十三行 博弈

第二部（上册）

阿菩 著

南方出版传媒 花城出版社
中国·广州

图书在版编目（CIP）数据

十三行. 第二部，博弈：上、下 / 阿菩著. -- 广州：花城出版社，2020.4
 ISBN 978-7-5360-9137-5

Ⅰ. ①十… Ⅱ. ①阿… Ⅲ. ①长篇历史小说－中国－当代 Ⅳ. ①I247.5

中国版本图书馆CIP数据核字(2020)第031848号

出 版 人：肖延兵
策划编辑：张　懿
责任编辑：黎　萍　蔡　宇　曹玛丽
技术编辑：凌春梅
装帧设计：姚　敏

书　　名	十三行　第二部　博弈 SHI SAN HANG DI ER BU BO YI
出版发行	花城出版社（广州市环市东路水荫路11号）
经　　销	全国新华书店
印　　刷	佛山市迎高彩印有限公司（佛山市顺德区陈村镇广隆工业区兴业七路9号）
开　　本	787毫米×1092毫米　16开
印　　张	34
字　　数	470,000字
版　　次	2020年4月第1版　2020年4月第1次印刷
定　　价	69.00元（全2册）

如发现印装质量问题，请直接与印刷厂联系调换。
购书热线：020-37604658　37602954
花城出版社网站：http://www.fcph.com.cn

已是生平行逆境,更堪末路践危机。

十三行制度

官府为了加强对商行的管理，逐步形成了承商、保商、公行、总商、行佣等十三行制度，达到"以官制商、以商制夷"的目的。

承商制度

洋行设立之初，经官府允许，由殷实商人担任行商。行商具有对外贸易特权，承担相应的责任和义务。

保商制度

即由行商担保，负有向外国商船征收税饷、管理外国商船人员的职责。设立保商后，无论货物是否由其买卖，承保商人一律负有为该船完纳税饷的责任。

公行制度

始创于康熙五十九年（1720），十三行行商建立名为公行的团体，统一货价和垄断大宗商品交易。

总商制度

总商又称商总，地位在其他保商之上，通常由资历较深的行商充当。总商的职责包括征收行佣、协调货价等，并对整个行商团体负责。

行佣制度

行佣又称行用，是从行商经营的部分进出口贸易中抽取佣金，以补充整个行商团体的运作经费，主要用于偿还拖欠外商的款项和交纳朝廷捐输，以及从事公益事业。

（以上内容引自广州十三行博物馆）

目录

001	第 一 章	来自大英帝国的意志
007	第 二 章	睚眦必报
012	第 三 章	叶家的危机
017	第 四 章	庶女的反抗
022	第 五 章	夜香仔
027	第 六 章	清算盘点
032	第 七 章	位势的上升
037	第 八 章	家风门风
042	第 九 章	酬功宴
047	第 十 章	金钗传承
052	第 十一 章	新四大花魁
057	第 十二 章	三娘的选择
062	第 十三 章	相见非时
067	第 十四 章	光儿回家
072	第 十五 章	父女姐弟
077	第 十六 章	蔡家分裂
082	第 十七 章	暗线
088	第 十八 章	协议婚姻
095	第 十九 章	红颜知己
100	第 二十 章	惊闻内禅
105	第二十一章	再拒
110	第二十二章	投靠
115	第二十三章	好久不见
120	第二十四章	不是纳妾是娶妻

125	第二十五章	议亲
130	第二十六章	昊官要娶我？
135	第二十七章	吴老病夫欺人太甚
140	第二十八章	开战否
145	第二十九章	妯娌之势
150	第 三 十 章	你也不为光儿想想吗？
155	第三十一章	资源再配置
160	第三十二章	日天居会议
165	第三十三章	潘有节请客
170	第三十四章	且让启官坐两年
176	第三十五章	义庄
181	第三十六章	和好
187	第三十七章	再开保商会议
192	第三十八章	第三任总商
197	第三十九章	红货
202	第 四 十 章	不是偶遇
207	第四十一章	软禁
212	第四十二章	义仆渡江
217	第四十三章	米尔顿来访
222	第四十四章	鸦片
228	第四十五章	闯园
233	第四十六章	换女出嫁
238	第四十七章	绝望
244	第四十八章	死胁
249	第四十九章	佳人嘉客
254	第 五 十 章	再换新娘

第一章

来自大英帝国的意志

尊敬的度路利将军阁下：

感谢您遥远的问候，我们在遥远的东方的一切都很好。

在过去这一年，我们东印度公司与清帝国的生意远超过去的年岁，一年之中的交易额达到以前不敢想象的地步。这样的成绩，是以前所不能达到的，将会给我们大英帝国带来更多的丝绸、瓷器以及茶叶。只是非常可惜，我们所期待改变的贸易逆差至今未能改变，哪怕是我们已经通过部分大清官员，输入了相当数量的鸦片，也依然未能改变这一现状。

在与大清商人的交易之中，我们主要通过清政府所批准的十三家——哦，不对，现在只剩下九家了，但广州人仍然习惯于称之为"十三行"——商行进行。这九家商行大部分位于广州湾的白鹅潭附近，这里是我们停泊的港口，我们居住的地方也在此处。

不得不抱怨一声，我们在广州湾这里居住的地方受到了十分严厉的限制，至今为止我们甚至不被允许进入城市，只能在郊区靠海的地方进行贸易活动，我们甚至不被批准学习中国话。曾经有一个中国人由于教外国人中国话，而被清朝皇帝处以死刑。这种不利的处境，实在希望有一天大英帝国能够将之改变。

上述所说的那九家商行是经过乾隆皇帝的特批，才被准予和我们东印度公司进行交易的。乾隆皇帝至少在表面上似乎并不在意与我们交易所得的白银，只是以一种施舍的态度出具对这九家交易的准许。

　　乾隆皇帝的这种态度是由于大清的物产极盛而产生的。中国人日常所需已经由中国自己生产所供足，甚至还有结余。我们东印度公司所提供的白银也只是充填一部分本就充盈的国库，对乾隆皇帝而言这点钱几乎是不值一提的。

　　中国所占地区广大，各种产品丰富得让人眼花缭乱。我们英国人所喜爱的瓷器与丝绸，多数是江南地区盛产的，江浙地区与景德镇市在这方面久有盛名，至于茶叶，则福建、安徽两省出产得比较多。

　　写到这里，米尔顿停住，想起了两个人，一个是精明而严肃的吴承钧，另外一个是永远笑嘻嘻的吴承鉴。

　　这兄弟两人真的给他留下了非常深刻的印象：吴承钧的严肃不苟很容易取得别人的信任，这是米尔顿这几年愿意与之加深合作关系，甚至预付大笔茶款的重要原因；而吴承鉴是一个给人带来快乐的人，几年前第一次见面，他和吴承鉴就成了朋友。这个年轻人喜欢玩乐，也在这个遥远的东方之国给他带来了许多意想不到的乐子，然而做生意伙伴嘛……他原本是没想过的。

　　米尔顿收住思绪，将信件写了下去：

　　……至于我们居住的广州湾地区，在中国原本并不以商业而闻名。相反，这个区域发展出来的桑基鱼塘，得到了中国其他地区的关注。由于可以大量地生产蚕丝和出产鱼获，商业和生意只能算是这个地区的一个添头、一个特色——中国的很多官僚都认为只是这样而已。

　　距离广州湾很近有两个现在还相对荒芜的地方，一个名叫香港，另一个名叫澳门。澳门已经被葡萄牙人所占据并开了埠；而香港现在还是人很少，但是和广州湾来往还算比较便利，如果可以发展起来的话，应该会大大增加我们东印度公司的收入。但前提是我们必须像葡萄牙人取得澳门一样，取得这个岛港的统治权。

　　长期来讲，香港肯定比澳门更加适合作为我们在远东贸易的中转港，因为这里面积更大，而且拥有一个十分优质的深水港——当然，由于人口稀少，我们必须花很大的资金投入和很多年才能完成基础建设工作。如果香港不能取得的话，那么取代葡萄牙成为澳门的统治者，也是一个不错的选择。

中国虽然地大物博，但是他们统治的方式还是基于十分落后的制度，所有决策都来源于京城的乾隆皇帝和他身边的侍从。

我听远在北京的传教士朋友说，乾隆皇帝是一位十分独断专行的统治者，对在北京的朋友多有限制，连书信沟通也必须经过特别部门的审批。但是我们这里距离北京十分遥远，根据我的估计，如果从伦敦出发走同样的距离，大概可以穿过法国和地中海，直接到达非洲的另一岸。

因此，广州湾的监管相对较为宽松。中国人有一句谚语"山高皇帝远"，十分适合用来形容这一种状况。也正因为这种距离，导致政治上的领导变得松懈，不注重商业发展的清政府才能允许广州湾发展商业。在广州湾，商人的地位比其他行业的人要相对高一些，钱财在广州湾，在很多领域都可以起到畅通无阻的作用。

清政府最近为广州湾派来了一位管理的大臣，名叫朱珪。听北京的朋友说，朱珪和现在乾隆皇帝最为宠信的大臣和珅并不和睦，这两位大臣是十分激烈的竞争关系。

和珅是乾隆皇帝最为相信的大臣，已经在首相的位置上盘踞多年。虽然和珅的名声不好，但是乾隆皇帝还是坚信自己的判断。乾隆皇帝对自己的统治能力十分自信，认为自己就是这个世界上最伟大的君主。他两年前为自己取了一个外号，叫"十全老人"，意思是人间十种最高贵的品格他都拥有，用以宣传他的功绩，与此同时对和珅的信任也完全没有衰减。

朱珪虽然也是乾隆皇帝相信和任用的大臣，但是和乾隆皇帝的亲近程度并没有和珅高，因此朱珪只能来到广州湾这种偏远的地区担任一方大员，而且他的权力还受到许多制约。比如由于他是汉人，所以对满洲军权无法掌控，同时广州湾最大的财政资源——也就是我前面提到的十三行——也不在他的掌控范围之内。可以说，朱珪虽然是中国南方最大的总督，但他的权力并不完整。

据说广州湾的十万兵马都由一个叫福昌的旁支王族统领。这位福昌的职位是广州将军，实际的地位——中国这边官员的地位有时候不看品级，而是看和皇帝的亲近程度——比广州湾的最高行政长官朱珪的地位还要高。

写到这里，米尔顿又停了一停，想着怎么继续措辞，怎么样才能将英国海军的注意力，引向自己希望到达的方向上。

他默想着这几年接触到的各种买办商人，综合他们透露给自己的各种情报，提笔继续写道：

清王朝的皇帝们出身于游牧发展起来的民族，因此对骑术和骑兵十分重视，清政府最为强悍的兵力也由此组成。

奇怪的是，尽管清朝皇帝暗中购买了大量的枪炮，他在对帝国西北方（准噶尔）和帝国西南（大小金川）用兵的时候，也因为使用了大量的热武器而取得胜利，可是在政府文件上，乾隆皇帝却对外宣称并不在乎我们进贡的热兵器。清政府表示，中国的主要兵力几乎全部都是冷兵器，而且中国的民间似乎也相信了皇帝的这个说法。

而我们了解到的另外一个情况是，乾隆皇帝也并没有下令研制新式的武器，反而是不停地宣称对他们传统发展的骑兵十分有自信。这些骑兵主要训练的都是我们大英帝国在百年以前就已经不使用的骑射之术，不得不说，我相当怀疑这些骑兵的战斗力。

然而我们还是要警惕乾隆皇帝的两面性：他暗中一定还握有相当规模的火炮和火枪。幸好，也由于乾隆皇帝的这种两面性，中国似乎并不具备大规模生产热武器的能力。如果帝国有准备对远东进行军事行动的话，那么在军事行动之前，就要控制清帝国对热武器的进口——我知道这会触及帝国甚至整个欧洲军火商人的利益，不过这是我们必须考虑的一个方面。

写到这里，他又停了一下，回忆他所接触到的那些买办所透露的消息，他非常惊讶中国民间的大部分人对热武器的无知——好吧，除了那个吴承鉴——似乎大部分中国人还都相信，他们的皇帝能够平定帝国西北、西南的叛乱，主要是靠骑射。

米尔顿心想，这可能是一种"愚民"式的统治策略，应该是一种区隔满汉的行为。

可让他惊讶的是，一些高级的中国官员，尤其是汉人中的文官，似乎也被这种欺骗波及了。

米尔顿没想到，在不久的将来，乾隆皇帝的这种"骑射立国"的忽悠不仅蔓延到汉族高级官员，连满洲的高级官员都开始坚信不疑，甚至波及他的子孙——谎言说久了，连满洲皇族自己都相信了。他继续写道：

……让我们把视线转到这个时代决胜的关键——海军上吧。

相较于我们大英帝国对海军的重视，清政府可以说是丝毫不在意他们的海岸线。虽然他们在重要的沿海要塞也有兵力驻扎，但他们对海岸线防守的最重要的方式，就是放弃海岸线，禁止人民下海，甚至将人民迁徙到远离大海的地方，把海岸线变成一片片不毛之地。他们相信，大海之外的其他国家，是要倚靠中国的物产才能生存发展的，用这种方式可以达到让其他国家陷入饥饿甚至混乱，从而不用战争就战胜对方的目的。

这样愚昧的想法充斥在许多满大人的脑海里——虽然我相信乾隆皇帝本人未必也是这样愚昧，可是他已经很老了。他的年龄应该已经超过八十岁，我听到不止一个中国人说，整个官场都已经在期待一个新的皇帝登上他的宝座。

哪怕是在广州这样一个远离帝国中心的地方，最近也出现了一些征兆。这个秋交广州湾发生了一件大事，虽然我在中国的朋友都竭力回避谈这件事情，以至于我未能得到全面的情报，但从各种蛛丝马迹中仍然可以推断出：北京的政局发生了很大的变故，以至于广州这边受到了波及，更具体来说可能是清政府的财政出了问题，因为北京方面似乎很紧急地需要从广州湾抽调大量的白银北上。

这次的事件让广州湾的十一家有资格和我们进行贸易的商行，变成了九家，我们也因此失去了一个非常友好的鸦片输入渠道。

这个冬天我会留在这里，暂时不回伦敦去了，因为我需要重新找一个鸦片贸易的代理人。我相信我很快就能找到，因为这次事件之后，广州湾的商人们比过去任何时候都更渴望白银。

米尔顿写到这里，脑中闪过了吴承鉴的脸。

他心里想，这个知情识趣的年轻人，应该不会拒绝这样的好事。他继续写道：

……种种迹象表明,在这个皇帝衰老的时候,或者是在老皇帝死去,新皇帝刚刚登基的时候,应该会是这个远东帝国的衰弱期。这个时候,我们大英帝国应该进行一点试探,也许这将是我们不需要靠鸦片就能够扭转这些年贸易逆差的糟糕情况的重要时机。

对于我们来说,中国这一块地方有我们十分重视的市场,我们十分珍视中国的茶叶、丝绸、瓷器与其他产出,但是我们不能容忍这种持续了上百年的贸易逆差与白银流失。

我们渴望与中国有更加深入的交流,渴望中国能够继续打开它的市场,只可惜乾隆皇帝不但好大喜功,而且自我封闭,他和他的大臣们迷信他们身边所看到的一切,而不愿意跟我们有更多深入的交流,更不愿意打开国门。

我们要改变这一切,或许近期就是上帝赋予我们的良机。

如果将军阁下有意了解中国的情况,可以从澳门这个地方入手。也许不需要到战争的地步,我们就能够从大清帝国的反应,看清楚这个大帝国的虚实。

当然,如果需要战争的话,也将是一件值得期待的事情。

诚挚问候。

东印度公司
你的米尔顿

第二章

睚眦必报

广州这个地方，最舒服的季节不是春季。

春季时季风从南方的海面回来的同时，会挟带充沛的水汽。"空气中能拧出水来"在这里不是夸张而是一种事实陈述，再加上气候也在回暖，这时候人就像被囚禁在一个温热的暖房里，水汽从外面攻，汗水从皮肤往外渗，两相夹击把人整个儿都变得黏糊糊的，极其难受。

倒是秋末初冬时节，北风南下，将整座城市变得凉爽而干燥，这时候的广州，最是舒服。

这时候的神仙洲，也最是舒爽。

秋交终于结束了。这场十年不遇的可怕的风波，也终于过去了。

刘全走了，同时带走了以百万两为计算单位的白银。没人知道这位爷什么时候离开的，但有一种神奇的魔力在暗中传递。他一走，粤海关那边就松了一口气，然后潘、蔡、卢、吴、叶五大家族就一起松了一口气，接着潘、易、梁、马也跟着松了一口气，然后整个广州城绷紧了的神经就都松了下来。

西关仿佛一头被压抑了两个月的巨兽，忽然间醒过来，朝天发出喜悦的吼叫。

一个又一个的豪商，在神仙洲包下一场又一场的盛宴。一掷千金在这里也不是一种夸张而是一种事实陈述。

这是一年一度神仙洲最销金的时节。只不过，今年小宴会做个不停，那场万众期待的最大盛宴却迟迟没消息。所有人，都忍不住抬头望向三楼的春元芝，猜测着，什么时候里头的主人会掀开珍珠帘。

神仙洲的两个常客坐在大堂，嗑着瓜子，聊着闲天。

"肥佬，你说三娘会不会回来揭帘？"其中那个瘦客商说。

"那怎么可能！"他旁边的胖客商摇头，"听说封帘宴都办过了，怎么可能回头？这春元芝肯定是要换人的了，不过不管换过来住的是哪个花魁，怕是都要看看花差号那边乐意不乐意。"

"何止是春元芝要换，依我看，这上四房的花魁，位置怕是全都要换啊！"

他话还没说完，三楼上爆出一声尖叫："我不走！我不走！这秋滨菊是我的，我不走，我哪里也不去！"

这声音颇为惨厉，在这纸醉金迷的气氛之中无比刺耳，跟着玛瑙帘甩开一角，一个女人露出她婀娜玲珑的身段，半边身子都挂在了栏杆上。

"三少呢？三少呢？我要见三少！我要见三少！"

不知多少人都望了上去，生客们莫名诧异，熟客们则心中有谱，知道那是神仙洲四大花魁中排行第三的银杏姑娘，在这次刚刚结束的秋交风波中，听说她没眼色站错了队，得罪了被满广州城看衰的宜和吴三少——哦，不，现在得称昊官了——结果昊官在最后手翻风云，扭转了整个局势。

那位昊官是怎么翻盘的，坊间谁也说不明白，只知道一夜之间，本来被踩到烂泥中的宜和行吴家，忽然腾跃于九天之上，别说潘、易、梁、马等小保商，就连十三行的蔡总商，据说这段时间见到了宜和行的灯笼也绕路走！甚至就连潘有节，最近也让他三分！

更有传闻说，惠州那边一位姓段的总兵，也是得罪了昊官，最近也落得个革职查办、家破人亡。

堂堂总兵、总商都这样，更别说区区一个花魁了。

秋滨菊里，银杏看着步步逼近的龟奴，陡然间情绪失控，她已是退无可退。这段时间吴承鉴根本就没空踏足神仙洲一步，也未传过来只言片语，可自然有趋炎附势的人，会将所有可能让昊官不爽的扎脚石子全清理掉。

想想到了今时今日，连见吴承鉴一面亦不可得，认错求情更都无从说起，银杏绝望到了头，竟然就在楼上笑了起来，唱起了："听一言后悔我恨无穷……哪里会惹下这滔天大祸事一宗……"

那是一句北方某种剧目的腔调，广东人分不清晋腔秦腔，只觉得唱得甚是凄凉。众人又听银杏大叫："乔老爷、曹老爷、范老爷！你们许的好诺！恨我不该信你们，果然落得个没好下场！"

就听众人惊呼声中，银杏倾身从楼上栽了下来。龟奴大惊："唔好俾佢死（别让她死）！"

戏台上一个耍杂技的忽然几个纵跃跳过来，将银杏拦腰接住了。

几十张桌子见了这身手，一起喝彩起来。二楼雅座上，有人用手帕卷了银锭、戒面、钗子等物，扔了下来。那杂技汉子一手提了银杏，一手连抓赏赐，竟然给他抓了个十之八九。客人们看到他这身手又是彩声雷动。

一场凄凄凉凉的跳楼，一下子变成另外一场杂耍好戏。

老鸨带着几个龟奴赶了下来，龟奴将银杏拖了出去，老鸨夸奖道："好身手！免了我们神仙洲一场晦气。这通赏赐，都归你了。"

杂耍汉子大喜，知道这是不用抽成的意思，半空翻了个跟头，向楼上的豪客们拜谢。

老鸨向周边桌子连连万福，道："行里没看好姑娘发疯，打扰了爷们的兴致，抱歉抱歉。"

她出到外面，银杏已经被拖到洲码头，看到老鸨叫道："妈妈，妈妈！让我见见三少……不，让我见见昊官。"

老鸨一声冷笑："见昊官？就你？今时不同往日了！如今昊官是什么声势，你又是什么身份！别说昊官，就是吴七——七爷，也不是咱们想见就能见的了。拖走拖走，别留在这里晦气。"

一个龟奴就塞了银杏的嘴，将人给拖走了。

老鸨换了一个语气，叫道："快点把秋滨菊给收拾收拾，回头有新的姑娘要住进来。"

便有好事的龟奴上前探问:"妈妈,不知道是哪家的花魁啊?"

老鸨嘿嘿两声:"花差号那边已经有话传过来了,到时候会补我们神仙洲一房新的花魁,至于是谁……等昊官再度驾临神仙洲那一天,你们就睁大眼睛看着吧。"

众龟奴都兴奋了:"昊官要来?什么时候?什么时候?"

这白鹅潭上,西关巷里,真是几家欢乐几家愁。

秋交这场风波的波及面被控制住了,广州愁苦的人家不多,但也有那么几十户,其中就有兴成行叶家。

叶大林坐在书房的太师椅上发怔,已经不知道多少天了,他都是这般状态;近几日更是像魔怔了,这两天都没进过什么水米。

他嘴里只是不停地念叨着:"翻盘了……翻盘了……还真叫他给翻盘了……他会怎么搞我……他会怎么搞我……"

在那个暗流涌动的夜晚,宜和行昊官一举扭转局面,把大半个西关都看傻了眼。

满广州的人都看到了结局,却没几个搞得明白其中的关节。

就连叶大林身为上六家之一,在西关各地耳目众多,对几个翻盘的关键竟然也搞不大通彻。但越是搞不明白,他就越是害怕。

那天晚上之后,谢家就彻底完了,罪名被迅速定下,主持定罪的人还是他的铁杆盟友蔡士文——叶大林不用想就知道蔡士文得是受了多大的压力,才会出来做这个恶人。

跟着谢家家产被抄,然后吴承鉴请了潘有节、卢关桓,连同蔡士文四家会议,将谢家的产业瓜分吞食,吴家、潘家拿了大头,卢家、蔡家拿了小头——这个分账的门道,叶大林也看不明白。

吴家那边他是不敢上门了,倒是偷偷去求见了蔡士文。谁料一见面黑头菜的一张脸就黑得如炭,当场就啐了他一脸,一句话也不肯说。

叶大林就猜自己是被人给坑了,坑他的人多半就是吴承鉴,可吴承鉴是怎么坑的,他竟然是一点头绪也没有!

"老爷,"叶忠进来,才算唤醒了叶大林回神,"惠州那边的人回来了。"

"嗯?"叶大林道,"怎么样了?"

叶忠道:"段龙江贪赃枉法,已经被革职查办了。"

叶大林只觉得整个人就像掉进了冰窟窿!他甚至产生了幻听,觉得周围在"嗡嗡嗡"响。

"老爷,老爷!"

叶忠不知叫唤了多少声,才把叶大林再次叫回了魂。

"嗯,嗯。"

叶忠看叶大林回神了,才又说道:"负责给吴家保茶的二镖头胡普林连夜逃出西关,却在北江江面上翻了船。他自己淹死了,妻儿倒是都被救了起来,但财物都打了水漂,胡普林的尸身也浮在水面半天没人管,后来杜铁寿赶到,才让把尸身捞起来。"

这一回叶大林受到的冲击没那么大了。区区一个镖头而已,敢出卖主家,本身就犯了镖行的大忌;现在宜和行势大,都未必是吴家自己动的手,江湖上的好汉有的是人上赶着要送吴家一个人情。

之后叶忠又说了好几件事情,比如南海县那个拦吴承鉴马车的小捕快被开革了,又比如那个叫银杏的花魁被赶出了神仙洲。这些衙差粉头的破事,叶大林已经没心思听了。

他嘴里念叨着:"二品总兵啊……二品总兵啊……"

叶忠住了嘴,他知道叶大林的意思。

段龙江是朝廷正二品总兵,竟然说倒就倒了——这离吴承鉴翻盘的那个晚上,才多久的工夫?两个月都不到!

他吴承鉴的能量,就已经大到这个地步了吗?连堂堂二品总兵老爷也说倒就倒!

"阿忠……"叶大林喃喃道,"那小子睚眦必报……你说……接下来是不是就轮到我们了?"

叶忠没回答,只是轻轻叹了一口气。

第三章

叶家的危机

叶忠和老顾同列西关"老八将"之一,原本对叶大林见势不妙就抛下吴家是不大赞成的,但他是执行人员,向来很少干涉叶大林的决策,所以当初也没多劝,不赞成叶大林退婚也只是从道义上来考虑。

但他也万料不到吴家竟然还能翻盘,还翻得这般彻底——不仅彻底摆脱了困境,还扭转乾坤更上层楼。

这段时间,他曾三次约见老顾,头两次老顾都让人挡住不愿见他了,第三次他在半夜里直接闯上门去,堵在老顾的床头。老哥俩喝了一壶酒,老顾才说:"昊官脾性不好。当初叶家如果只是退婚,那他多半出口气就算了;但第二次保商会议投筹,叶家还投了吴家,这是要将吴家往死里推——这可就是结仇了。"

叶忠当时说道:"叶家原本未必会投吴家,多半只会弃筹,你我明人不说暗话——是后面昊官的一番动作让叶家产生了疑心,所以才投了吴家。"

老顾冷笑:"你可以说是昊官设局,也可以说是昊官看透了叶大林。但最后选择投吴家的筹,毕竟还是叶大林自己做的决定。昊官如今主意大,他要怎么处置叶家,也没给我透过底;但不管轻处重处,总之迟早要处理的。"

叶忠便听明白了。

这件事情，吴家是从重处置还是高抬贵手都有理由可说，到时候就看吴承鉴的心情了。

可越是这样，叶大林越是没底了。他想打感情牌，找吴国英论老交情，可吴国英根本就不给见面的机会——有那天晚上叶大林不义在先，此时吴国英不仁在后也没人说他绝情了。叶大林也试过请潘家"做架梁"（替人出头、居中调停），但潘有节也不想蹚这趟浑水。

叶大林忽然道："这次对付吴家，蔡家才是主谋，但这次昊官也没动蔡家，还分了好处给他，也许……也许昊官也不会动我，对吧？得罪他的人那么多，他总不能全都收拾了吧？阿忠，你说是不是？"

叶忠皱了皱眉头，道："老爷，您这是没吃东西，饿糊涂了？把谢家的好处分给蔡家，这是好事？这是吴官在坑黑头菜啊！您是没到外头听听，现在外头黑头菜是什么名声！听说谢家的女眷被发卖的时候，对吴家倒没怎么骂，对蔡家那都是往十八层地狱里咒的。黑头菜当了多年的总商，树大根深，吴家不动蔡家，只因还不到时候。"

叶大林听了叶忠的话，心更是不停地往下沉。

就在这时，二小姐叶好彩端了一托盘饭菜过来，畏畏缩缩地道："阿爹，阿娘让、让你无论如何吃点……"

这几日叶大林脾气暴躁，全家上下都怕极了他，结果叶好彩话没说完，叶大林就气不打一处来地发作了，随手抓起一个盘子就砸了过来，大骂道："都是你们这些娘们，好端端闹什么退婚，惹来这么大的祸事！"

他手里砸东西，嘴里骂个不停，把叶好彩骂得趴在地上，号啕大哭。叶大林被她哭得烦了，又是一顿臭骂。

他老婆马氏在门外再也忍不住，闯进来护住女儿，叫道："当初退婚也是你自己想的，现在出了事情，就都怪在我们头上！"

叶大林骂道："如果不是你不停吹枕头风，老子怎么会鬼迷心窍地闹退婚？不是你一直在旁边怂恿，我怎么会和老吴闹得那么难看？"

退婚这件事情的确也是马氏先提起的，但叶大林如果自己没有这个心思，她就是有十张嘴也说不动。听丈夫把所有过错栽在自己头上，马氏不情愿了，当场撒起泼来。夫妻两人都不是什么好修养的人，这下子又对干了起来。

叶忠叹了一口气,退出门来。这些天来,叶家一旦闹开了都是如此。

家主和主母大干架,闹得满叶宅都惶惶不安,奴婢们缩头缩脑,妾侍们更是怕"城门失火,殃及池鱼",没人敢来劝,没人敢开口。

叶好彩在叶大林这里吃了瘪,想了想,就转到迎阳苑来,冲进去就是砸东西,怒道:"都是你这个小贱蹄子!惹来这些祸事!"她一边砸,一边骂,怨叶有鱼害了她。

徐氏只是畏事,宅子里发生过什么还是晓得的,心想与吴家的这场婚事,定亲的是叶好彩,要退婚的也是她们母女,现在亲家变仇家,叶好彩却跑到自己院子里来闹事,真是好没道理。可是她是被马氏整怕了的,只得眼睁睁看着叶好彩摔东西,一句话也不敢说。

叶有鱼站在旁边,冷眼看着,也是不开口。

迎阳苑的下人,看门扫地的婆子看到叶好彩怒气冲冲地来就躲在一边,两个小丫鬟也吓得缩在角落里。两个大丫鬟一个叫冬梅,一个叫冬雪。冬梅也不敢开口,冬雪却是泼辣,当场就道:"二姑娘真是,我们几个虽然进门迟,但也听说过退婚的事,却不知道这事从头到尾跟我们姑娘有什么相关,竟引惹得二姑娘来迎阳苑砸东西。"

她们四个丫鬟都是新买的,进门未久,又一直待在迎阳苑,对马氏一房没有什么畏惧心;进门后叶有鱼对她们又颇为关心,所以这时胆气较壮的冬雪就挺身护主。

叶好彩何尝不知道自己是无理取闹,却怎么能容忍一个下人驳自己的嘴?何况这还是叶有鱼自己买来的丫鬟,当场就大怒道:"你敢驳我的话,自己掌嘴!掌到我说停为止。"

冬雪却根本就不动。叶好彩才忽然想起自己是孤身前来,冬雪自己不"识做",这迎阳苑可没一个会替她动手,一时尴尬。

刚才躲在一边的那个婆子叫了起来:"哎哟,咱们兴成行叶家,可从来没有下人驳主子嘴的道理!"

叶有鱼扫了婆子一眼,心道:"这人不能留了。"

叶好彩那边听到有人帮腔,声势一壮,怒道:"好,竟敢不听话,那就等姑娘我来管教管教你!"说着就冲了过去,要撕冬雪的嘴。

冬雪再怎么泼辣，毕竟不敢跟主子动手的。

就在这时候，叶有鱼横向拦过来，说道："姐姐，这是做什么？这里是迎阳苑，这丫鬟便有什么不是，回头妹妹教训就是，姐姐何必如此？若是气坏了身子可不值得。"

叶好彩怒道："你还敢护着她！哼，什么迎阳苑？你真当给你们住，这地方就是你们的了吗？真以为仗着自己出了个什么馊主意，得了阿爹一时的宠爱，就能让你猖狂一辈子了？哼哼，回头等爹爹心淡了下来，不再待见你了，我再让阿娘叫阿爹剥了你的皮！"

她果然是个没城府的，一下子把给马氏的打算漏了底。

叶有鱼暗中好笑，心想这样的人来做自己的对手，真是胜之不武。她微微一哂，说："太太那边……原来做的是这个打算。"

叶好彩听得一呆，心想自己怎么就管不住自己的嘴，把这话都漏了。

又听叶有鱼说："也罢，现在离妹妹出那个馊主意也有一段时间了，或者阿爹的心已经冷了也未可知，不如我们现在就去书房，姐姐就让阿爹剥了妹妹的皮，如何？"

叶好彩这时哪里敢去书房触霉头？她怒道："我不去，谁知道你打的什么鬼主意！"

叶有鱼道："姐姐不去，妹妹却是要去的。姐姐忽然闯到迎阳苑，把这屋里屋外的东西都快砸干净了，妹妹不敢怨恨姐姐，但总得去求阿爹一声，把砸坏的东西换些新的，不然今晚我们母女怎么睡觉？"

说完就要出门，徐氏急忙叫道："有鱼，有鱼！不可以去！你阿爹正在生气，这时候你去，小心被他打死！"

叶有鱼却不管母亲的劝阻，叫道："冬梅、冬雪，跟我去书房。"冬雪应了一声立刻跟上，冬梅也跟了上来。

叶好彩看叶有鱼真的打算去，呆在当地，就像看疯子一样。

出了院子，叶有鱼忽然顿住脚，盯着冬梅道："下次再畏事，你就别留在迎阳苑了。"

冬梅一惊，忙道："姑娘，我……我不敢了！"

叶有鱼也不答话，带头又走，冬雪紧紧跟上，冬梅也赶忙跟着。那边叶好彩反应过来也跟了出来，但到了书房外就不敢进去了，只远远地要看叶有鱼的笑话。

这时马氏已经吵完回房去了,书房之中一片狼藉,叶大林坐在那里喘气,几个贴身男仆都躲在外头不敢近前,连叶忠也站在书房外。

叶有鱼留了两个丫鬟在外头,轻手轻脚走进去,也不言语,就收拾了起来——先收拾被扔在地上的书籍。

叶大林怒道:"谁让你进来的!滚出去!"

叶有鱼心里又是一阵冰凉,心道:"太太把阿爹的心摸得好准。这才过去多久,果然对我就已经淡了。若再过些时日我没表现出什么用处,太太那边再一吹枕头风,我们母女俩的下场可想而知。"

她手上却没停下,继续收拾着书籍,口中说道:"阿爹何必着恼?事情也不是没有解决的可能。当日阿爹许女儿送吴家父子出去,不就留下一线生机了吗?"

叶大林本来极其烦躁,闻言眉头一皱:"什么生机?"

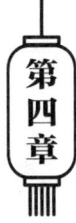

第四章

庶女的反抗

叶有鱼便将太阳环取了出来,说道:"狙击吴家这件事情,蔡家明显才是主谋,谢家只是跟从,结果吴家这次不倒蔡家,却倒谢家,可见在这西关地面,吴家也不是能为所欲为,而必须屈从大势。既然吴官能因为大势所逼暂时放过蔡家,那么也就有可能为了大局利益,跟我们叶家和好。"

叶大林斥道:"你懂什么!吴家怎么可能放过蔡家!你看吴承鉴这小子,连拦路之仇都不放过,何况蔡家!"

"但至少他现在没有动!"最近有关吴承鉴的事,是整个西关流传最快的新闻,而捕快、粉头狗眼看人低,事后被翻盘打脸,更是市井坊间最喜闻乐见的故事,所以便是各家内宅也都知道了这些事情。

叶有鱼道:"拦路捕快也好,不长眼的粉头也好,那些人被黜落都只是旁人代吴官出的手,他没有拒绝罢了。可见他即便在这时,他行事也是有分寸的。他既然行事有分寸,那我们叶家就还有契机。"

"契机、契机……"叶大林道,"现在就是没这个契机!"

真要让他有机会和吴承鉴或者吴国英面对面谈一谈,无论谈出什么结果,他反而能镇定了,好过现在不上不下吊着。

叶有鱼道:"女儿或许能帮爹爹……造出这个机会来。"

叶大林闻言，喜出望外，因有上一次提醒提前还钱之事，所以他毫不怀疑叶有鱼的机智，急道："好女儿，乖女儿，快说快说，你有什么办法？"叶大林的脸色在呼呼喝喝和春暖花开之间无缝转换，全没一点不自然。

叶有鱼心里便掠过徐氏的那句话来："你可莫在你阿爹对你好时，就把这好当作是能长久的。要知道，你阿爹向来是'有事钟无艳，无事夏迎春'。"

其实叶有鱼何尝不明白这个道理，只是摊上这个爹，除了认命，只有逆命！她当下心中忍着那股寒意，脸上强提精神，说道："阿爹可还记得，当日是女儿救下这太阳环，要还给吴老爷时，吴老爷顺手转赠给我了。之后我送他父子出去，或许是一时感念，昊官曾许我一诺，道日后若有什么为难的事情，可以拿着这太阳环去找他。"

叶大林愣了一下："这事我怎么不知道！"

叶有鱼道："当日女儿不敢说，也没放在心上。只是今天见阿爹烦恼，才想起这件事情来……却不知道昊官当日的这个诺言，可有点用处没。"

"有用，当然有用！"叶大林叫了出来，喜上眉梢，"如果真是他自己亲口说出来的话，难道还能吞回去不成！你快拿太阳环去找他，就让他……"

忽然他自己也说不下去了，叶有鱼对吴家父子也不过送行之礼，吴承鉴就算一时感念，许了一诺，所许之事也不可能多大——至少很难以此要吴家就此放过叶家。叶家如果提出这等要求，这事说出去要坊间论理，也会让人笑掉大牙。

叶有鱼道："就让女儿以这太阳环为契机，让他见女儿一面，如何？"

叶大林道："你去见他一面，有个屁用！"他一听到不合心的言语，又露出粗鄙的一面。

叶有鱼道："见不着昊官的面，只凭我们自己胡思乱想，事情只会坏不会好。但彼此见了面，三面六目说个清楚，无论是福是祸，咱们叶家便都知道怎么应付了。我看昊官行事，都是把局做在明处，只瞧别人能否看破，而不是那种当面一套、背后一套的人。"

她最后的那句判断，叶大林虽然听得脸皮有点发热，却也没有反驳。跟吴国英共事了几十年，吴国英是什么脾性他清楚得很，吴承钧的脾气与其父一脉相承，至于吴承鉴……似乎也还没听说什么说话不算话的劣迹。

叶大林道："若真见了面，你打算怎么说？"

叶有鱼道:"今时不同往日,如今的宜和行如日中天,昊官得势之后会变成什么样子,女儿如何能凭空猜得到?若这么容易让我猜到,那个晚上他也没法瞒过所有人一举翻盘了,总之到时候随机应变吧。"

看着叶大林似乎对这个回答不满意,叶有鱼又说:"他吴家势大,如今要让昊官当面应承下什么只怕也难,所以这次见面,女儿只和他谈私事,也就是吴叶两家小辈见小辈,然后再设法让吴伯伯见父亲一面。吴伯伯是个念旧的人,只要吴家两个长辈能够见面,到时候阿爹再向吴伯伯低个头,认个错,两家的恩恩怨怨,兴许就能大事化小、小事化了了。"

叶大林听得眼睛一亮,这个女儿素来蕙质兰心,口才又好,只要她见到了吴承鉴,又有当晚的人情在,说不定就能促使吴国英见自己。

他素知吴国英的性格,如果能见着他面,的确有机会化解两家恩怨,便拍手掌道:"好,这个主意不错!"

他这人的性情,得势时不饶人,等到落了下风却能卑躬屈膝。翻脸之快,广州无双;脸皮之厚,西关无对。商海数十年沉浮,有好几次面临危机就靠着他这厚脸皮熬过来的。

叶有鱼是一边说话一边收拾,这时候已经将书架收拾得剩下最后一卷书,便听叶大林道:"我这就让叶忠送你去吴家。"

叶有鱼一听这话,差点将那最后一卷书捏皱了。

这时叶忠在书房外道:"老爷,不能这样做!这样三姑娘就轻贱了,就是拿太阳环进了吴家的门也被人看不起,那样还有什么分量去跟昊官讨价还价?咱们必须先把三姑娘尊重起来,然后在外头找个地方,作为双方会见之所。这次会面,必须是叶家的千金三小姐与吴家的当家三少爷会谈,如此才能谈出个样子来。"

叶大林只是粗鄙,不是愚蠢,又习惯性地不将叶有鱼当回事,被叶忠一提,马上反应过来,道:"好,这事就这么办。"

叶有鱼道:"若是如此,女儿如今这身行头,略有不足。"

"去做!去做!"叶大林道,"该添置什么衣服首饰,让叶忠到账房直接支取。"

叶有鱼道:"只换一身衣服,添几件首饰,犹如沐猴而冠,只会叫人笑话。居移气,养移体。去见昊官之前,女儿房内,需添置一名一等丫鬟、四名二等丫鬟、八名三等丫鬟，外加粗使婆子四人、门外候叫小厮四个。这几日每天的吃食用度，比于上四家嫡女。要在家里先练出个样子来，到了外头摆开排场才能不怯场。"

其实这样的话，真正的千金小姐也是开不了口的，但叶有鱼深知其父的脾性，要什么东西都得直接说，而且还得趁着势头说，过期了别想他会念旧感恩，就算明显是一场利益置换，只要有好处他也都会认——委婉暗示在叶大林这里是行不通的。

外头听门缝的叶好彩，听得直咬自己的手指头！她自己都没享用过这等待遇呢！十三行保商虽然富甲天下，但叶大林毕竟是暴发户，宅子里哪有这么大的排场？她想阿爹一定不会同意的。

哪知道叶大林只是不耐烦，却叫道："去办！去办！"

叶家虽然没摆过这等排场，却不是花不起这个钱。只要有可能给当前祸事带来转机，这点儿钱又算什么？

叶有鱼得了叶大林的话后就出来了，在门口瞥见叶好彩目瞪口呆地看着自己，轻轻一笑，就不再理她，对叶忠道："忠叔，我们去议议该怎么置办东西吧。"

叶忠笑道："好。"

叶好彩忽然哇地一声哭了出来，直奔往马氏房内哭诉去了。

叶忠带着叶有鱼走出几步路，才忽然低声说："三姑娘，现在老爷是病急乱投医，你提什么他都会答应；可你想过没有，回头如果拿不回老爷要的东西，你会怎么样？"

"我知道的。"叶有鱼两条柳叶般的眉毛垂了垂。

刚才虽然把叶好彩都气哭了，但她内心深处其实还是一片黯然。她怎么会不知道叶忠这句善意提醒的意思——从当日叶大林一言不合就踢了她个窝心脚后，她就再不对自己的处境有任何的幻想。

她的胸口，到现在有时夜里还会痛——也不知道是有内伤积血未化，还是被叶大林的那一记窝心脚踢出了心理阴影。

她也希望能安安静静地做个闺秀，也不想有那么多的心机，然而她没有这个条件。生在这种家庭做庶女，有个那样的爹，有个那样的嫡母，有些那样的兄弟姐妹，她就很清楚，但凡自己想过得像个人，但凡想保住懦弱的母亲，都得靠自己想尽办法去争夺——甚至去冒险。

"谢谢忠叔。"叶有鱼说道。

叶忠听了这话，就知道叶有鱼明白了自己善意的提醒，更知道她很清楚自己似荣耀实险恶的处境。叶忠忍不住叹了口气，这个姑娘的品性怎么样他很清楚，只可惜啊，实在是生错了地方。

第五章

夜 香 仔

得了叶大林的面许,叶忠就派人去找人牙子来准备挑丫鬟,又让人去将十七甫吕大左家的叫来给三姑娘量身,又去开了库房,让叶有鱼挑衣料、首饰和珍宝器玩。

叶家毕竟是十三行上六家,哪怕只是上六家的吊车尾,库房里的东西就算比不上皇宫大内,却也不是普通的官宦、富豪家所能及。

叶有鱼从小随母亲读书,多识书中博物,又常随叶大林会客——这也是叶大林把她当个可供炫耀的东西,换了个真名门,就没有让闺中女儿随便见客的道理——因此让叶有鱼经历了人情世故,见多了珍奇宝物。

这时打开库房,她也没怎么将库房中的各种宝贝放在眼里,一路走过去,只按照自己的容貌气质,先在缎字库挑了十二种料子,再去皿字库挑了些日用的上等瓷器,又去董字库挑了三四件古玩玉器,而后又取出一些描样来,让人支了二十两足色黄金、一百两好银去打造各类配饰。

挑好了东西,人牙子已经送人来了。

叶有鱼对叶忠说:"一等丫鬟不用外找外调了,就把冬雪抬作一等丫鬟。另外再添置三名二等丫鬟、六名三等丫鬟。我都不自己挑了,丫鬟就让冬雪帮我去挑,小厮、婆子,就请忠叔帮忙挑选,现在在迎阳苑看门的那个婆子,颇颅懒惰，也请忠叔帮我换了她。"

叶忠便明白了她的意思，应承了下来。

这时候叶大林需要用到这个庶女，所以有求必应，宅子里连马氏都隐忍着不出声，事情就办得十分顺利。

只是这么多人挑了出来，迎阳苑就住不下了，叶忠又将靠近迎阳苑的一排耳房调出来，专门给下人住。

于是搬东西的搬东西，放古董的放古董，叶有鱼一边让十七甫吕大左家的给自己量身准备赶制衣服，一边还一句句地给新来的丫鬟、婆子训话，又告诉冬雪怎么去训示外头新来的小厮。

身材量好了，叶有鱼说了自己的要求，吕大左家的就出去跟吕大左说明了。吕大左觉得要在三天之内制成这样的衣服实在太赶，叶忠就给他加钱，又临时调来六个绣娘，马上赶工。

只有徐氏待在一旁，手足无措。

眼看着迎阳苑这边热闹异常，叶好彩在马氏房内哭道："大姐出嫁的时候，也没这么大动静！娘，娘，你也不管管！"

"管什么！"马氏却只是冷笑，"你就看着吧，你就看着吧！且就让她最后得意一番！回头干不成她在你爹面前夸口的事，到时候可就不是一顿打骂能了的事情了。"

叶好彩道："那万一……万一被她办成了呢？"

马氏将几颗金牙都差点咬碎了："那个昊官是什么样的人物！那是能在绝处逢生的人，是能把死棋下活的人，是连二品总兵都能收拾的人，怎么可能被一个小女娃儿左右？她要办成这事……除非天塌下来，地升上去！"

叶好彩道："万一……万一这蹄子不要脸，用自己的容貌去勾引昊官……"

马氏一听就笑了："若换了个人便算了，但那个昊官是什么人？那是神仙洲的班头、脂粉行的常客，什么风情没经历过？什么手段没见识过？这小蹄子就算脸长得标致些，毕竟是个在室女，能有多少手段，弄得过万花丛中滚过来的积年浪子？到得头来，她定要自取其辱的！"

约莫三天工夫，叶有鱼这边安排得差不多了，叶忠来问叶有鱼："三姑娘，你打算怎么做？"

叶有鱼道："需得一个机敏的、口紧的小厮，听我吩咐办事。"

叶忠想了想，"机敏的"好理解，"口紧"二字，那是怕这小厮是马氏的人，万一回头去跟马氏报串，马上就会坏了事情，只是满宅子有点位置、有点能耐的小厮，不是被马氏收服了，就是被马氏赶走了。叶忠脑子过一过，只想到了一个，说："有个小厮叫昌仔，脑筋倒也灵光，只是得罪过太太，这半年被指去倒夜香，还有就是人有些口吃，说话断续，所以被人叫'漏口昌'。"

叶有鱼道："口吃不要紧，慢慢地能把话说清楚就行。"

叶忠道："去年我让他办过两件事，都很有交代。"

叶有鱼道："那就行。"

叶忠就派人去叫了昌仔过来。昌仔是个顺德仔，家里孩子多，养不了他，七八岁上就被送来西关讨生活。此刻他正在倒夜香，听说三姑娘叫他办事，赶紧洗了手，匆匆赶来。他才十三岁，还是半大的孩子，却已经自己养活自己五六年了。他进了院子后不敢再进厅门，怕自己身上的味道熏到了三姑娘。

叶有鱼道："你走过来些，我要把话交代清楚。"

昌仔这才走近一些，叶有鱼就一句一句交代起来，让他找什么人，说什么话，然后让他复述一遍。这番话又长又复杂，昌仔口吃，却半句半句地复述出来，一句也没错。叶有鱼就放心了："果然好记性，你去吧。先让忠叔给你换身衣服；再跟忠叔说，这段时间你暂时别倒夜香了，到我院子里来给我跑腿。"

昌仔短腿一溜跑出去了，叶忠让人拨了两套干净的旧衣旧鞋给他。这衣服鞋子虽然不是新做的，却有七成新，昌仔十分珍惜地捧在手里，将其中一套收好，去洗了个澡，里里外外擦洗得十分干净，然后才换上第二套，朝水里一看，只觉得自己焕然一新！他这辈子长到这么大，可从来没穿过这么好的衣服呢！

这仆役之中也分三六九等，他从一个倒夜香的忽然变成三姑娘的听候——虽然叶宅那些积年的下人都觉得三姑娘这台灶烧不久，不愿意靠近，但于昌仔已是难得的际遇了。

他一个夜香仔，出门的机会不多，但人机灵，一路打听到吴宅去。

那边自然有人去告诉了马氏。叶好彩听说叶有鱼找了个倒夜香的去办事，哈哈几声就笑了出来，道："这条臭鱼！竟然派一个倒夜香的去办这等大事，这不是要丢我们叶家的脸吗？我这就去告诉阿爹！"

马氏喝道："回来！急什么！等他们把事情砸了再说。"

昌仔到了吴家门口，但见门庭若市，倒和吴国英做寿之前那几天差不多，只不过之前围在门前的都是来讨债的，现在围在门前的都是等机会希望能见吴官一面的。

吴家今时不同往日了！

吴承鉴在整个南粤商圈都是炙手可热，连带着门房吴达成的鼻孔也朝天上去了，寻常人上前他都不看一眼的。若没点来历，要进门都不容易，要见吴承鉴就更难了。连叶忠来了两回求见，进门是让进门了，到了大厅就被穿窿赐爷笑脸挡驾了；他再求见吴国英，吴国英也告病不见——正如当日老顾去见潘有节，潘有节可以不见他，但也得给他们"老八将"一个面子上过得去的台阶下。

这时昌仔笑嘻嘻上前，说："阿……叔，我……找……七哥，有话说。"一副和吴七很熟络的样子。

吴达成瞄了他一眼："找吴七？你是哪家的小厮？"眼前这个小厮的衣服样式显然是个二三等仆役，但衣服质料却是第二等的松江棉——这等布料，小康之家也是过年才拿来给自己做衣服，能用这等布料来给下人做衫，一看就知道不是普通人家出来的，所以吴达成才搭理了一句。

昌仔笑着："不……能说。"说着拿出一张纸，递给吴达成。

吴达成认得一百多个简单的字，但这张字条上的字对他来说就太难了："什么东西？"

昌仔说："三少……不，吴官……的字，请给……七哥，他知道。"

吴达成还没到能分辨笔迹的地步，但一听是吴承鉴的字，还是重视了起来，就让一个小厮拿了字条去找吴七。

不一会儿吴七就让人来传唤。

吴家过去一个月吃下了小半个谢家，其势大涨，事务也繁忙了起来。家中行中，业务人手都要扩增，吴七水涨船高，手下也多了七八个跑腿的。吴宅眼看是有点不够大了。

昌仔一路走来，只见吴宅里头人来人往，每个人都是脚步匆匆，显然各自身负要紧事，和叶宅的死气沉沉相比那是一个天上，一个地下。

昌仔进了左院的耳房，吴七瞧见他，把身旁几个小厮打发走，才打量了他几眼，说道："你谁啊，都没见过你！"又拿出那张纸来："笔迹倒是昊官的笔迹。"

这张纸上写的是刘禹锡的《竹枝词》，诗意涉及男女情事，又是吴承鉴的笔迹，难道是吴承鉴的哪个情人？所以吴七看到后不敢托大。

昌仔笑笑："不是……昊官的……笔迹，是我家……三姑娘，新……写的。"

吴七一愣："假的？我说我怎么会不知道。"他从小跟着吴承鉴读些书，认些字，也能分辨笔迹，但自然不可能达到周贻瑾、蔡清华那等水平，所以竟然被蒙过了。

但吴七马上就想起另外一个问题："你们三姑娘是谁？怎么会仿写我们昊官的笔迹？"有一个吴承鉴字迹都能描摹的女人，这可比有一个能拿到吴承鉴一张字纸的女人问题更大，吴七因此也更加谨慎上心起来。

昌仔这才把太阳环拿了出来，交给吴七。

这东西吴七可是认得的，有些吃惊起来："太阳环怎么在你这里！"

昌仔道："吴……老爷……许……给我们……三姑……娘的。"

那天晚上的事，吴七恰好不知，但对方拿得出太阳环，那就不是无中生有。而这个结巴小厮竟然还说这太阳环竟是吴国英老爷子给那位什么"三姑娘"的，这等事情如果说谎，一戳就破的，所以吴七也未怀疑。

昌仔又说："小人……求见……昊官……一面。"

吴七道："你还没说你家姑娘是谁。"

昌仔道："昊官……知道。"

吴七又逼视了昌仔一眼，如今西关仆从圈里，吴七算是金字塔最顶端的那几个之一，而昌仔这个夜香仔真正的身份却是在金字塔的最底层。吴七这一眼对他来说是很具压力的，但他想着三姑娘的吩咐，暗中咬牙扛住了，一个字也不说。

吴七反倒高看他两分了："好，你等着。"一边让人给他上了茶水糕点，一边出去了。

清算盘点

昌仔正口渴,喝了一口茶,就觉得口齿生津——这是他生平都没喝过的好茶,再看那精致的糕点,肚子差点就要叫出来,然而他心里想:"不行,不行,茶这么好喝,这糕点一定也很好吃,我这一吃就停不下来,到时候吃相露了馅,可别坏了三姑娘的事!"于是他强行克制住了,一口都不动。

那边吴七去了账房,穿窿赐爷等在外头。吴七推开门进去又关上门,里头五大掌柜正跟吴承鉴议事呢,也就是吴七这等心腹才能这时候不告而入;但掌柜们在议事,吴七也只能站在旁边等着。

议事的是哪五大掌柜?

刘大掌柜仍然主掌全局,吴四掌柜也还待在老位置上,侯三掌柜失踪了,吴承鉴请了一位徐三掌柜来代替他的位置。广州乃千年商都,各种级别、各种类型的商业人才十分齐备,涉外人才的储备更是冠绝海内。不过像侯三、徐三这个级别的大掌柜也不是那么好找的,吴家兄弟一直以来都对这个层次的人才有所留心,所以才能这么快地找到一位品性能力俱佳的人来代替侯三掌柜的位置。

至于戴二掌柜虽然还在老位置上,但吴承鉴以宜和行急剧扩张、业务量加倍为由,将欧家富提了起来。欧家富一面分去了戴二掌柜的涉内商务,一面又与徐三掌柜商议着处理涉外商务，内外同时辅助统筹，算是刘大掌柜的副手。若欧家富能在历练中能力更上一层楼，未来便可能成为刘大掌柜的接班人。

吴七进了账房，见吴四掌柜老老实实，戴二掌柜战战兢兢，徐三掌柜面色平静，欧家富和刘大掌柜正在交替说事。吴七听了两句，知道是在处理宏泰行的产业。

谢家也有相当规模的茶叶生意，有上游供货的渠道、茶行，也有海外的出货渠道。这次四家分谢，潘家吃掉了丝绸买卖，吴家吃掉了茶叶买卖，卢家吃掉了陶瓷买卖，蔡家吃掉了剩下的杂货买卖——这使得潘、吴、卢三家在三种大宗货物上更具垄断性，而蔡家得到的杂货买卖关系最杂、利润最低、价值也最小，还伴随着各种麻烦事。

金银、房子、土地这些都好过手，但这么大的一条商业线想吃下来，就很麻烦了，这里头不但涉及各处产业利益，还有极其复杂的人际关系。欧家富最近主抓的就是这一块，为了理顺产业交接，搞得焦头烂额，如今正说着眼下的三五桩极为难的事情。

吴承鉴和吴承钧不同：吴承钧每次和大掌柜们说事都是正襟危坐；吴承鉴却半瘫在罗汉床上，一只手玩着茶盏，眼睛也没看人。欧家富在那里说得无比激动，他却半点反应都没有。

换了在两个月前，刘大掌柜能用口水把这个新当家喷得坐直起来，但寿宴那一夜的翻盘太具震慑力了，以至于宜和行上下从此对昊官刮目相看。一些人甚至对吴承鉴产生了盲目崇拜，在一些伙计眼里，有时候看吴承鉴吐口痰都要想想是不是另有深意。

刘大掌柜如今也不大敢轻易指责吴承鉴了，反而觉得昊官他能行非常之事，乃是非常之人，平时懒散就懒散吧，只要关键时刻靠谱就行。

欧家富将一堆的困难说完，吴承鉴道："哦，好，我知道了。"

欧家富愕然道："啊？"

吴承鉴道："我知道了，你们去办吧。"

欧家富面有难色："昊官，这事若是我们办得了，在门外就解决了，不用带到账房来。"

吴承鉴道："这事没有永定河赈灾捐献那事那么难吧？"

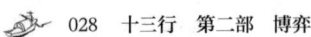

欧家富忙道:"当然没有。"

吴承鉴又说:"难度差得多吗?"

"这……"欧家富道,"自然不可同日而语!"

他刚才提出来的几件事情只是很难,欧家富觉得要处理起来很没把握;而逼捐事件则不然,那件事情的难度以及解决办法,根本就超乎欧家富的想象。

吴承鉴道:"以后像这样的事情,我知道了后,你们就自己先想办法解决吧。如果觉得实在想不到办法……那也尽量想办法解决掉。我相信办法总是有的。"

欧家富道:"这……可这事我们实在没把握,万一做坏了……"

吴承鉴道:"做坏了我扣你钱。"

欧家富目瞪口呆。

吴承鉴又接着道:"做好了,咱们论功行赏。"

欧家富哭笑不得:"昊官,这扣钱行赏的事另说,实在是怕做坏了事情,误了行里的大事,这才拿出来商量啊。"

"商量结果已经出来了啊。"吴承鉴道,"就是我相信这事你能办,所以你去办吧。如果你办砸了,这事是我授权你去办的,我该来收拾残局。而你辜负了我的信任,那我就扣你钱,这不是很公道吗?"

听他这么说,欧家富一时无话。刘大掌柜道:"好,那就这么定吧,这事小欧你去处理。"

吴承鉴道:"还有其他事情没?"

刘大掌柜道:"其他事情,都比这个小多了。"

吴承鉴道:"既然这样,那就刘大掌柜看着办吧。"

刘大掌柜点了点头,便和其他四位掌柜商议起一些细节来。

吴承鉴这才望向吴七,说:"有事?"

吴七含笑道:"昊官,到书房一下?"

吴承鉴就知道是不适合让诸位掌柜听的事。刚好,他在账房也待得烦了,便起身走到书房。他一出门穿窿赐爷就跟上来,在去书房的路上三言两语说了神仙洲请客的事情。走到书房门边,吴承鉴停步说:"请客的名单呢?"

穿窿赐爷已经把名单奉上了,这不但是名单,而且有座次——赐爷干这等事情向来周全。

吴承鉴一目十行扫了一眼，道："名单没问题，但首席换一下，这次让老周坐首席。"

穿窿赐爷一惊："老周的身份不到啊，没这么大的屁股，坐上首席去他也得如坐针毡啊。别人也就算了，像佛山陈应该还会卖吴官一个面子，但像刘三爷那等人物，见老周坐首席，只怕当场就要翻脸，那样反而不美。"

这次神仙洲设宴，请的主要是非官人物，宾客里头如佛山陈，如刘三爷，那身份地位都不是老周一个捕头能比的。穿窿赐爷虽然明白吴承鉴要抬举老周，但如果因此得罪了前头那些人，可就得不偿失。到时候不但对吴家没好处，对老周也有害无益。

吴承鉴道："设宴之前，你先想个办法让人知道我会让老周坐首席。"

穿窿赐爷愣了一下。

吴承鉴道："刘三爷是江湖中人；佛山陈是佛山人，练过武，吃过夜粥——这些人都讲义气的。"

穿窿赐爷一听，道："妙！妙！"

他已经明白了吴承鉴的用意：让老周坐首席，是因为老周讲义气，在三少最危难的时候还能替三少出头，称得上这次宴席的第一义人！

而将吴承鉴要让老周坐首席的消息先泄露出去，到时候刘三爷等人如果还愿意来，那就是愿意和吴承鉴一起捧着老周。这样不但不会得罪人，江湖上的朋友说起也会觉得刘三爷、佛山陈等人心胸豁达，义字当先，没准还能成为一时佳话。这样就既捧了老周，又不会得罪人了。

吴承鉴将名单交给赐爷，赐爷快步去办事了。吴承鉴这才进了书房，坐上了太师椅，把斟茶的丫鬟挥走，问："怎么了？什么事情？"

吴七就拿出太阳环来。

吴承鉴"呀"了一声，这段时间诸事繁杂，可忘了叶家那个漂亮的有鱼妹子了。

吴七看到吴承鉴的神情，就知道这里头果然有事，有些吃味地说："吴官啊，什么时候竟然有我不知道的事！你真因为我给六哥漏了嘴，就不信我啦？"

吴承鉴骂道："你这是在吃醋还是在邀宠？二十几的人了，还跟个小孩儿似的！你以为你还是小厮啊？"

吴承鉴也不是真生气，说着笑了笑，道："这事不是瞒着你，是你当时不在场，那段时间烦心的事多，我刚好没告诉你。"就将叶有鱼送他们父子那段事情跟吴七说了。

吴七对事情的前后都知道得很清楚，只是刚好缺了这一段，一听笑道："原来是这样，原来是这样。吴官，叶家那位三姑娘现在真出落得那么靓？"

吴承鉴啧啧赞道："靓！真的靓！满神仙洲找不出一个能比的。"

吴七凑上来道："现在叶家势头不好，我听说叶大林成天惶惶不安的，要不咱们使个办法吓唬吓唬他，吓得老叶把他那位三姑娘弄过来给吴官你做小？"

吴承鉴笑着打了他一巴掌，道："我大的还没娶呢，就纳小的？"

"那有什么？"吴七说，"花差号上，不早放着一位了吗？"

吴承鉴脸色正了正，说："三娘虽然出身风尘，但我从没当她是花行中人的，以后不许开三娘的玩笑。"

吴七吐了吐舌头，赶紧转移话题："那这位怎么办？"他的嘴往太阳环努了一努。

"我看看她要做什么吧。"吴承鉴悠悠说，"当日倒不是因为她漂亮，而是见她好心，说话又对我胃口，所以答应了如果她有什么困难，我会出手帮忙。但如果她真的打蛇随棍上，来个狮子大开口，那就两说了。去，把那个小厮给叫过来。"

第七章

位势的上升

从吴七到账房听完吴承鉴与欧家富等议事，再转到书房一路处理完神仙洲宴会的名单座次问题，又将一席话说完，时间早过去半个多时辰。

到了吴承鉴这个位置，事多时紧，其实是一点也没有故意要拿捏一个小厮的意思。

但昌仔是不知道这些的，不过他被人轻贱惯了，在耳房里等着，茶水早喝光了，说他不焦躁是不可能的，然而他毕竟忍住了没显露出来。好不容易终于有一个小厮来叫他，把他一路领到书房。

见到吴承鉴，他突然有些手足僵硬起来。

吴承鉴和他的身份差距甚大。如果吴承鉴是个官员，他直接磕头就是了，但吴承鉴再豪富毕竟也只是一个商人，如果昌仔是代表自己来，直接给富豪磕头也没什么，可这次毕竟是代表叶有鱼来，他一时不知道怎么样才既得体又不损叶有鱼的面子。

来之前叶有鱼虽然教会了他该对门房、吴七、吴承鉴说什么话，但毕竟不可能把一言一行的细节全部照顾到，所以见到吴承鉴的刹那，昌仔就有点不知所措——这就是出身低的坏处了。真正大户人家的上等小厮，各种场合要用哪一样礼仪都是调教过的，就算是买来的一二等的小厮，入门前也定要经过各种训练，并不是脸长得好就可以做的。

幸好昌仔为人机敏，脑袋一转，他有一次见到一个蔡家小厮给叶大林半跪，便模仿那人，在吴承鉴跟前半跪了一下，道："小人，见过，昊……昊官。"

他这迟疑只是转眼间事，但吴承鉴眼光很毒，已经留意到了，笑道："你给你们三姑娘跑腿之前，在叶家的上一份工是什么？"

昌仔呆了一呆，要说话又说不出来。

吴承鉴道："不说实话，立刻赶你走。若你扯了谎，回头我查实了，无论今天你家三姑娘要说什么，回头我统统不认。"

如今的吴承鉴是什么气场，岂是区区一个夜香仔能抵挡的？不到一秒钟的工夫，昌仔的冷汗都流下来了，结巴道："我……原来……倒……夜香……"竟然就被逼出了实情。

吴承鉴瞪了吴七一眼。吴七想到自己这段时间帮昊官挡掉了多少求上门的豪商能吏，没想到今天竟然让一个夜香仔闯上了门，还见到了昊官，一时大感窘迫。吴承鉴悠悠道："你这段时间都有些飘了，看人都不仔细、不用心！"

这一棍子把吴七敲得头都低了，吴承鉴又对昌仔道："你家三姑娘为什么用你？"

昌仔道："小的……不……知道。"他是真不知道，心里便是有所猜测也不敢肯定。

吴承鉴又道："谁点了你？"

昌仔道："忠……爷……让人……叫我……的。"

吴承鉴道："然后忠叔就让你换了一身行头，同时你家三姑娘一字一句地教你对门房怎么说、吴七怎么说，然后对我怎么说，对不？"

这下轮到昌仔窘迫了，吴承鉴的反应根本就不按套路来，不问叶有鱼的事情，却抓住昌仔自己的事情来问，叶有鱼的种种推测和教他的应对套路，全部落空。更要命的是，吴承鉴好像一眼能看透自己的肚肠一样，说的话全都中了！

若是吴七或者吴六，因为与上层人物大打交道的机会比较频繁，遇到类似的情况还能随机应变，昌仔毕竟是临时提拔起来的，此刻心里一个慌乱，便被吴承鉴牵着鼻子走。

吴承鉴又问了叶有鱼最近穿什么衣服，住什么院子，下人服侍得可还好，就像一个大哥哥问通家之好的小妹妹的日常起居。这更是叶有鱼想都没想过的话题了。昌仔一下子被迷惑了，他其实也不清楚吴承鉴和叶有鱼的关系，不敢胡说，虽然他和叶有鱼接触也不多，然而也知道她住了迎阳苑，穿着好衣服，手底下如今有好些个丫鬟婆子伺候。他结结巴巴地说了有一顿饭工夫，吴承鉴就朝吴七点了下头，吴七就把昌仔带下去了。

昌仔从书房出来，整个人如同还在梦中，走路的脚步都是虚浮的，忽然一拍脑袋，结结巴巴说："啊……我，还，没说，三，姑娘的……"

吴七因为他吃了吴承鉴一记敲打，正觉得丢脸，也不跟他多说话，点了个小厮把他送回去了。

他自己回到书房，正想为刚才的失误辩白几句，便听吴承鉴说："派人去打听打听叶家那位三姑娘如今的境况。不要自己去，多两个转折，别让人知道我在打听。"

吴七应了声是，又笑道："昊官真对这位叶三姑娘上心了？"

吴承鉴道："有鱼是庶出，而叶大林那个老婆，满西关都知道的，对妾侍都刻薄得比对仆妇还过分，何况是对一个妾侍的女儿？但有鱼竟然住进了迎阳苑——那院子虽然不大，却是叶家景致最好的地方。身边还有十几个丫鬟、婆子伺候着，我们吴叶两家过了筚路蓝缕之时还没几年，什么时候有这个规矩排场？我大姐当年在家的时候也才两个丫鬟呢！所以叶家的内宅，一定出了什么变故。你好好打听清楚了，其他的再说。"

吴七道："好。不过昊官刚才为什么不先听听对方要做什么？"

吴承鉴骂道："你最近是不是收红包收得手软，脑袋蒙了？这种话还要问？"

吴七又挨了一顿训，心里苦得要冒出涩水来，偏偏还是不明白这句话是什么意思，又慌又乱。吴承鉴又瞪了他一眼，随手取了两个盒子给他："好几天没空去花差号了，你去走一走，这一盒茶给贻瑾，这一盒珍珠粉给三娘。"

吴七"哦"了一声，又坐马车，又乘快艇，上了花差号，把东西都送了。周贻瑾见他无精打采的，问怎么回事。吴七想了想，便将方才的遭遇说了，说完带着哭腔道："前面这件事，我知道自己错了。可后面这顿骂，我连自己错哪里都不晓得。周师爷，您倒是教教我。能知道昊官心思的，也只有您了。"

周贻瑾笑了笑，道："这两件事情，其实是一件事情，就是昊官的身份变了，你的身份也跟着变了，但你都没把握好，还没有适应这种位势的骤然提升。"

"前面一件，我明白的。"吴七道，"我从宜和三少的小厮，变成十三行大当家跟前的实权管事，我还没把以前的玩心收住，所以出了岔子；可后面一件，怎么和前面一样了？"

周贻瑾道："吴官如今是吴官，不是宜和三少了啊。到了他这个位置，时间精力何等宝贵！别说出手帮人解决事情，就算是要让他'听听'请求本身，也是一件很'值钱'的事情啊。只要是值钱的东西，就不该轻易许人，不然习以为常之后，值钱的东西反而要变得轻贱了。"

吴七毕竟还是聪明通透的人："啊！我懂了！"

是的，吴承鉴如今连叶大林想跟他说句话都不得其门而入呢，何况一个夜香仔？

昌仔想起自己竟然没完成三姑娘的嘱咐，几乎是哭着回了叶家，觉得好不容易等来一个机会，自己却把事情给办砸了，一时间仓皇不已，到了迎阳苑，趴在房外台阶上。

叶有鱼见了他的脸色，就猜事情没办好，不让他说话，先把旁人都支开了。昌仔这才啜泣着把这一路去吴家的情况说了。他虽然口吃，但好在记性好，结结巴巴地把吴承鉴的每一句话几乎都复述了出来，说完哭道："三……姑娘，我……坏了……您的……事，您……打我，骂我吧。呜呜……"

叶有鱼将吴承鉴的言语咀嚼了半晌，越咀嚼越觉得有味道——这些年来，她有多少回就是这样琢磨着吴承鉴的言行，而领悟了许多东西的——当下道："别哭了，不是你的错，错的是我……唉！我心里还是以秋交之前的三少为对谈对象，却也不想想，今日的他已经不是当日的他了。是我把事情料错了。"

昌仔道："那……那……"

叶有鱼道："放心，吴官虽然拿捏了我一下，但还是有心的，不然你根本见不着他，更别说还说了那么长的话。不过你在不知不觉中，已经把我的真实底子漏了七七八八了。"

昌仔"啊"了一声。

叶有鱼道："这也不怪你，永定河逼捐那般凶险的局面，他都能够翻盘，如果对你还不能手到擒来，那才是奇了。"

她口里说着昌仔，心里却想着自己："莫说是昌仔，便是我的这点能耐，自然也是远远不如他的。"

昌仔道："那……那……怎么办？"

叶有鱼道："太阳环呢？"

昌仔"哎哟"叫了出来，这才想起太阳环都没带回来，一时更是惶恐——其实他年纪虽小，却本不是没交代的人，实在是因为遇上了吴承鉴，三言两语就把他的心境打乱了。

叶有鱼道："没带回来也好。我写一封信，你这就再去吴家，以讨要东西为理由，苦苦哀求也好，撒泼胡赖也好，死缠烂打也好，一定要再见到吴七。但还是那句话，见到吴七之前，不许泄露想讨的是太阳环，也不能轻易泄露我的身份。见到了吴七，就把信交给他，要他转交给吴官，然后你就等回音。如果一时没等到，你蹲门房也好，守墙角也好，没等到消息别回来。"

第八章

家风门风

昌仔的优点，是见难能进，他点头答应："好！"

叶有鱼便又写了一封信，交给了昌仔，然后小声说："昌仔，你刚刚吃瘪回来，吴家那边一定不待见你，这时候再度上门，对你对我都不是好时机。可我俩等不得，你好好帮我办成这件事，三姑娘我会感念你的。"

昌仔人是顶聪明的，一下子就明白：这事没办好，马氏那边只怕就要发作，而自己不但要回去倒夜香，日子只怕还会比之前更难挨，因此鼓起勇气，拿了书信就往吴家跑。

那边又有人去禀了马氏，马氏冷笑："这多半是在吴家吃瘪了，不然不需要去第二次。"

叶好彩喜上眉梢："我这就去数落那个小贱人！"

马氏骂道："给我站住！且再等等。哼，谋定后的第一回都搞不定，第二次再上门，能有什么好结果？咱们且等他们兜不住了，再去看笑话不迟。"

昌仔到了吴宅，已经是黄昏了。

这西关大宅里，就没有不透风的墙。今天吴七让叶家一个倒夜香的小厮闯了空门，还见到了吴官，这事在吴家宅子里早就传为笑柄了，所以吴达成也知道了昌仔的身份，见到了他，正眼也不瞧。而那些给吴七跑腿的小厮，也没一个愿意给他通报——七哥正气着呢，谁敢这时候去触霉头？

昌仔想起叶有鱼说"苦苦哀求也好，撒泼胡赖也好，死缠烂打也好"，一咬牙，想了个馊主意，在巷口寻到一个修锅的，摸出自己省吃俭用攒下的十个铜钱做抵押，问他借了一口破烂铁盆，然后拿着铁盆，又跑到吴宅墙边，猛地敲打了起来。

这大晚上的，周围一片寂静，忽然听一个尖锐的男童声音，用顺德儿歌的腔调，大声唱道："宜和行吴家个吴七，赖咗我哋嘢啊唔归还（赖了我的东西不肯还）！宜和行吴家个吴七，赖咗我哋嘢啊唔归还！"就在门口大嚷大叫起来。

他是结巴，说话不利索，唱歌却能唱出来。只是全不押韵，十分难听。

吴达成大怒，喝令昌仔住口住手。昌仔不肯，从大门开始，绕着围墙一路又敲又唱，这一下惹了不知道多少人来看热闹。吴家冲出几个小厮仆役，围住了昌仔就是一顿拳打脚踢。昌仔死命抱紧了，拿着铁盆砸地，一路高唱不休："宜和行吴家个吴七，赖咗我哋嘢啊唔归还！"

吴宅虽然不小，但毕竟不是深宫大内，昌仔的敲盆高唱绕了小半圈围墙，恰好吴老爷子晚饭后散步消食，走到前院，听到嚷嚷就问："怎么回事？"

有个小厮忙上前说："有个小疯子在胡说八道。"

吴国英道："什么小疯子，你当我耳聋吗？我听得明白，是说吴七赖了他东西！"

最近吴家势头急剧看涨，吴国英欣慰之余，也有些担心，也是怕一些当权的下人，如吴六、吴七、吴达成等人，骤然得势之后会变质，仗着吴家的势在外头胡作非为——多少富贵人家都是这样埋下败家因由，所以对这等事情十分上心，就吩咐人："把那人叫来。"

昌仔便被拖了进来。

吴二两扶着吴国英在院子里坐下，吴国英看这孩子抱着个破铁盆，被人揍得鼻青脸肿，不由得勃然大怒道："谁打他的！谁打他的！我们吴家是官府、强盗，还是土匪？你们是仗了谁的势！敢把人打成这样！"

他对吴二两道："回头告诉家嫂，把今天在门前打人的找出来，有一个算一个，全部严惩不贷！"

吴二两应下了。众下人吓得够呛，却连求饶都不敢。

吴国英这才望向昌仔，说道："我是吴国英，你是哪来的小厮，你为什么在我家门前吵吵嚷嚷？"

昌仔结结巴巴说："吴……老爷，好，吴七，七哥……他赖了……我，东、东东东西。"

吴国英心想这孩子竟然还是个结巴，怪不得要唱歌，又问："赖了你什么东西？"

昌仔道："不不……不能说！"其实叶有鱼也没想到昌仔第二次来还能见到吴国英，昌仔心眼实又还不知能否变通，所以干脆就死守着不说。

吴达成在旁边说："老爷，这小兔崽子是叶家的夜香仔，老爷别听他胡说八道了。"

昌仔叫道："不不不是！我……没有！"

吴国英道："叶家的？"他关注的重点却不是"夜香"二字。吴国英出身也不高，所以并没有因为昌仔出身卑贱就看不起人。

昌仔只是大叫："我来，办事，落下，东、东西，吴七，不不不不还我！"

吴达成道："说的什么胡话，吴七是什么人，还能赖你一个夜香仔的东西？"

双方各执一词，吴国英没空听他们对扯，就道："把吴七叫来！"对老爷子来说这是最简单的办法。

吴七听说事情惊动了老爷子，早在小门旁等着了，只是不敢出来，闻言立刻蹿了出来，跪下道："老爷，我没。"

"有，有！"昌仔叫道，"环……那个，环！"

吴七这才忽然想起太阳环还没还给他呢。

吴国英道："到底有没有？"

吴七道："有是有，可现在东西在吴官那里。"

吴国英眉头一皱，赈灾事件翻盘后，吴承鉴这个儿子在他心里的可靠程度直线上升，现在几乎都要超过吴承钧了。最近家里遇到什么事情，他宁可自己威信受损，也不肯让人对吴承鉴的权威生疑，再说吴承鉴也不可能私吞一个小厮的东西，便说道："那究竟是什么东西？"

吴七愁眉苦脸，只得道："老爷，我在您耳边说两句吧？"

吴国英便猜这里头有文章，点了点头，吴七伏到他耳边低声说："老爷，这是叶家三姑娘派来的小厮，他说的环就是太阳环。"

吴国英"啊"了一声，脑袋几乎转不过弯来。

吴七又低声说："昊官什么打算我也不知道，但可能是和那位三姑娘互相拿捏着呢，您看这事……"

吴国英就知道此事看起来荒唐无聊，其实里头可能掺杂了吴叶两家的恩恩怨怨，甚至可能涉及吴承鉴和叶有鱼的儿女情长。既然如此，还真不见得是吴七的错，也怪不得这个结巴小厮不肯把话说明白，而吴七又要和自己耳语。

他当即决定不掺和此事，扶着吴二两站起来说："把他带到房里去，把话说清楚。不要弄得人家吵吵嚷嚷了。"

吴七将昌仔带到房内，冷笑道："好啊，你真有本事，落了我两次脸，今晚还差点让我吴七挨了家法。"

昌仔结结巴巴说："七哥……对不，起……但，我，没，办法。"

吴七怒道："说吧，你想做什么！"

昌仔掏出那封已经皱了的信："三，姑娘，的，信。请，给，昊昊昊官。"

吴七收下道："好，我收下了，你可以走了。至于那太阳环，等什么时候昊官开了口，我们自然会送回去。"

昌仔道："看信，后……昊官，回音。我走。"

吴七道："都说了让你回去等消息！真要我派人把你轰出去吗？"

昌仔道："没回音，不走。"说着整个人就躺在耳房正中间了。

这也是叶有鱼把他这个人用对了，换了别的仆役，若看事情困难也许就退却了。昌仔却觉得自己没退路了，所以没脸没皮的事情都做得出来。

吴七愣住了，如果这事没捅给吴国英知道，他早让人把昌仔扔出去了，但因为吴国英知道这事了，所以他竟不好用强，没奈何只好去了左院。

吴承鉴正在吃晚饭——他近来的作息有点向吴承钧看齐，吃饭睡觉都不准点了——正在听夏晴说吴七的事，一边吃一边笑。吴七进来的时候，秋月都掩嘴看他，吴七大感没脸，但还是把信交给了吴承鉴。

吴承鉴放下饭碗，随手打开了信，扫了一眼，"哦"了一声，脸上有了微妙的变化。

夏晴道："这又是外面哪来的狐狸精？"

吴承鉴笑着不答，夏晴就道："我看看信！"一手抢了过来，只见这信没头没尾地就写了九个字：

三哥哥，有鱼但求一晤。

夏晴呸了一声，骂道："这外头的狐狸精，越来越不要脸了，闹出这么大的阵仗，原来只是要见你一面。哼，说是只见一面，见面之后，一定又有许多下贱手段。"

吴承鉴问吴七："人呢？"

"还在耳房呢！"吴七恼怒道，"躺在地上，说等不到回音不起来。"

吴承鉴笑道："这个小厮，虽然是个结巴，却很有叶家的无赖风范嘛。"

几个大丫鬟一听都笑了起来。

吴承鉴道："去告诉他吧，神仙洲夜宴之后，我大概有一顿饭的工夫，到时候白鹅潭见——如果她能出来的话。"

他又对房内三个丫鬟说："今晚这件事不许漏出去，和商务有关。"

夏晴撇了撇嘴，春蕊瞪了她一眼，夏晴才嘟哝："知道啦。"

自从惠州丢茶事件之后，吴家的门户——尤其是左院，春蕊看得甚严。

第九章

酬 功 宴

昌仔回了叶宅,已经是半夜三更,半个叶宅的人都还没睡,连侧门都还给他留着。

昌仔也不知道这一次事情办得算不算好,只是硬着头皮,到了迎阳苑,把事情始末说了。叶有鱼听到最后,心才放了下来,道:"现在就去告诉忠叔,说事情成了。告诉忠叔时间、地点,让忠叔去对接其余的事情。"

昌仔要走,叶有鱼道:"回来。"看着他脸上的伤痕,衣服上的破损,身份有别,她也不好太靠近,只是叹着气说:"昌仔,这次……辛苦你了。"

昌仔道:"三姑娘说什么话,只要没误了事,昌仔便被打断腿也是值了。"

"又胡说八道了!去吧,去吧。"

昌仔便出了迎阳苑,求见了叶忠,把叶有鱼的话说了。叶忠上下看了他两眼,道:"做得不错。从今天开始,你领三等月例吧。"又从手里摸出一锭二两重的银子来:"赏你了。"

这二两杂色白银,换了吴承鉴连做赏钱都嫌掉价,但在昌仔,却是他一辈子都没接触过的巨款!

昌仔赶紧收了,贴肉藏好。回到自己住的那间排屋,同住的几个小厮都用一种羡慕嫉妒恨的眼神看着他，随即昌仔看到地上一堆破布，捡起来对着月色一看，却是自己新领的衣衫被弄得破烂不堪。一扫眼，原本在这屋里地位最卑贱的他，这时却让同屋的几个小厮都吓得缩身。

昌仔喝道："谁——动，的的的，手！"

他毕竟是刚刚在吴承鉴、吴国英眼皮底下走过一遭的人，得过叶有鱼的耳提面命，又算是和吴七对上了两个回合，眼界、气势不知不觉就长了。虽然在吴承鉴那边丢盔弃甲，但对手换了最下层的这些小厮，他哪还把这些人放在眼里？

这一喝，没人敢答，昌仔竟然没再逼问，只道："好，我……去问，忠爷，再领，一件。"这句话说得可就颇有水平，若是吴承鉴、叶有鱼在此，也要为他喝一声彩。

他说完作势要出门，却已经有一个小厮吓得连滚带爬过来，抱住了昌仔的腿叫道："昌哥，昌哥，别去！是我猪油蒙了心！傍晚时听说你办砸了事情……是我不好，是我不好！"

这小厮说着就打起了自己的脸。昌仔冷冷看着，虽然自己没动手，心头却有一阵更大的快意涌了上来。

叶忠这边打发了昌仔，便去了书房。马氏也在一边坐着，脸色阴晴不定。叶大林问："怎么样了？"

叶忠道："事情的第一步办成了。吴官已经答应见面，接下来就看三姑娘能否说动吴官了。"

马氏在旁边阴阳怪气地说："搞出这么大的动静，我还以为已经把吴家搞定了呢，原来也只是能见一面。哼，最后能不能成还不晓得，却已经把我们叶家的脸都丢尽了。"

叶大林却不为这两句话所动："没什么，不管用什么手段，事情能办成就行。"

更丢脸的事情他都做过，何况这次是个小厮出面。回头如果有必要，把这个小厮推出去顶缸灭谣挽面子就好——眼下最重要的，还是怎么让吴承鉴放过叶家。

在这当口，轻重缓急他还是拎得清的，所以又对马氏说："这段时间不要去招惹有鱼,她要什么,尽量都给她。这事关系到我们叶家的兴衰,你可别在这时候给我惹幺蛾子。"

马氏虽然不忿,然而想想也知道得以大局为重,真把事情全弄砸了,叶家完蛋,自己还不得跟着倒霉?她扭过脸去,心道:"且等这件事情过去,再想办法拿你这个小蹄子开刀!"

她还就不信了,就算帮老子办成了两件事,还能让叶大林从此宠叶有鱼一辈子不成?只要她一日还在内宅,就终有一天要死在自己的手掌心!

叶忠这边便派人去了吴家,来回两趟,敲定了见面的时间、地点——吴、叶是老同盟,消息渠道通着呢,之前叶家这边见不着一个面、得不着一句话,是因为吴家故意关门,现在愿意相见,各种事情自然办得顺溜极了。

转眼已是初冬,放在北方或许已经有雪花飘落,富贵人家要开始安排赏雪,小姐、太太们要去搜集初雪饮茶配药,更北边的边疆将士则要开始面对这新的一轮冰满地雪满天。

北方贫贱者和富贵者各有苦乐,广州城这边却是满城欢欣。

广东的初冬好啊,这时候还根本不到冷的时候。常年湿气极重,而只有这时天地一片干爽,如在北方就是个好秋天。

这个晚上,天才微暗,白鹅潭的灯已经一盏接一盏地亮了起来。花差号难得地开过来,靠近了神仙洲。

唱礼迎接之声,响彻水面。

今晚神仙洲没有杂客——宜和行昊官包场了!

这次吴氏翻盘,所有没难为过吴家的,昊官统统有请;那些给过善意、帮过忙的,全部盛情款待。据说南海县最讲义气的老周还将坐首席——这可是让人大跌眼镜了。

便有人去为刘三爷不值,不料刘三爷却说:"跟红顶白容易,雪中送炭难得!周捕头这样的朋友,我刘三到时候都要交上一交!昊官不让他坐首席,我都要扶他上去!"

叶宅这边,叶有鱼等也准备好了出门。徐氏临出门把她拉到一边说:"女儿,女儿,这次你去见……见那个昊官,到底是怎么想的?"

换了三个月前，吴承鉴在她心里也只是一个听说过的纨绔，但"翻盘夜"之后，所有人对这位新的宜和行昊官的印象全变了。叶宅这边尤其如是，徐氏是近距离看见过叶大林和马氏是如何担心吴承鉴报复叶家的。

在徐氏眼里，叶大林和马氏夫妇已经是极厉害、极可怕的人了，而吴承鉴竟能让这两人怕成这样，徐氏心里也跟着对这个宜和行当家生出了畏惧感，想到叶有鱼今晚要去见对方，心里就忐忑不安。

"娘亲，你放心吧，"叶有鱼说，"三哥哥他是个好人。"

"你说这话，只让我更不放心了。"徐氏道，"西关街上尽是生意，十三行里哪有好人？何况他这样一个翻云覆雨的厉害角色，你竟然当他是好人来对待……那是要吃亏的啊！"

"我让娘亲放心，娘亲就尽管放心。"叶有鱼说，"我比你了解他……我比很多人都了解他。"

"那你这次去，是要……"

"是要救我们母女俩出苦海。如果可能，也保住叶家。"叶有鱼摸了摸自己的胸口，叶大林的那一记窝心脚，养了两个月，算是大体养好了，"毕竟他是我的亲生父亲……他们夫妇俩的薄情寡恩我记得，这口气我要出。但我再怎么也是叶家的人，这血脉牵绊、生养之恩，也否认不掉的。"

徐氏道："你真的有把握？"

叶有鱼心里其实并没有十足把握，只是不能真的这样说，这样说了徐氏如何能心安呢？于是她道："娘亲，你要相信我。"

而她心里也在说："我也要相信他。"

叶忠早安排好了人，护送了叶有鱼去了白鹅潭。

昌仔也来了神仙洲，不过没上去，只是待在码头——他要等，看得眼花缭乱。

背后一艘小船的舱里，叶忠道："怎么，想去耍耍？"

昌仔道："总有，一天……我我我，会，进去的！"

叶忠哈哈大笑："好小子，你有前途！"

两人一明一暗，在码头眼看着进去一拨又一拨的客人。叶忠算算客人到了有六七成了，花差号那边的灯亮了起来，隐隐看见有一行人走了下来。

两排的龟奴和丫鬟就跑了过去迎接，昌仔说："那是，是是是，昊官，他们，吗？"

叶忠道："应该是了。今晚他是主人，所以不从这里上神仙洲。"

吴承鉴那一行人进去之后，神仙洲里头就爆出了一声又一声、一阵又一阵的呼喊："昊官！""昊官！""昊官！""昊官！"

再没有多余的词句与修饰，就是这两个字重复了不知多少遍。

昌仔听得艳羡极了，知道一定是吴承鉴一进门，就是满场的欢呼热捧，不由得道："这时时时，吴七，一一一定，也跟，在在，身边吧。那也，也也也，真是，风光。"

叶忠哈哈一笑："你这羡慕的对象，羡慕对了。好好干，你有机会的。"然而作为西关"老八将"的他，不知看过多少粤海富豪的生死沉浮，早对这些灯红酒绿没兴趣了。他躲在暗处，抽根旱烟，笑看这些风云人物的起伏，于他才是最为安生。

他将舱窗揭开一条线，看着附近另外一艘船，一个铁塔般的男人同样坐在暗处，丝毫不理会近在咫尺的喧哗热闹——那是原本也有资格进去风光，却选择在这里寂寞的铁头军疤。叶忠从窗口望过去，点头赞了一声："也是一条真好汉！"

第十章

金钗传承

"昊官!"

"昊官!"

"昊官!"

"昊官!"

那一阵欢声呼喊之后,神仙洲慢慢静了下来,丝竹管弦之声开始飘了出来。客人还在继续赶来,后面的人里头,慢慢就都是重量级人物了。

洪门的刘三爷,北江水路的段先同,吴家的十五叔公,佛山的陈少爷,南海县的蒋刑书……一个接一个地赶到。

穿窿赐爷和吴七都赶到码头,轮番把人迎了进去。

吴七如今的风头,与"翻盘夜"之前相比,可谓天差地别了,那些个龟奴见到他都叫"七哥",个别卑下的甚至叫起了"七爷"。

来迎佛山陈的时候,吴七刚好经过附近,昌仔也叫了一声"七哥"。吴七转头看到了他,瞪了他一眼,把佛山陈迎了进去。

吴承鉴在门口等着,见面就牵了佛山陈的手,笑道:"今晚来得这么迟,可是不应该!待会儿要罚多你三杯酒。"

佛山陈笑道:"我能来就不错了,最近我爹看得紧,我是翻墙溜出来的,从佛山几十里水路赶来捧你的场,不迟到算不错了。"

吴承鉴笑道:"今晚你也是主角,敢不来?我去佛山拆你家的墙!"

他让开了一个身位,让佛山陈看到中央戏台上摆了香案。

佛山陈眼睛一亮:"这是?"

吴承鉴抓着他的手,笑道:"斩鸡头,烧黄纸啊,怎么,不想认我这个哥哥了?"

佛山陈将吴承鉴的手一抓,叫道:"我便是把我老子给忘了,也不能忘了哥哥你啊!"

吴承鉴"呸"了一声说:"这话说得太假!"

众人哈哈大笑,纷纷让出一条路来。

吴、陈二人当即上了戏台,吴承鉴、佛山陈,自此结了兄弟。清政府颇忌民间结义,虽然如今他势力大,也没人会在这时候去触霉头,然而吴承鉴还是留了心,将结义在戏台上搞,一整个流程搞得如同做戏一般:《桃园三结义》的戏曲奏了起来,然后假斩鸡头,假烧黄纸,十五叔公做了长辈,刘三爷做了公证,蒋刑书唱了流程,台下的看客们一阵又一阵地欢叫着。

一番好戏做完,吴承鉴清了清喉咙,整个神仙洲都静了下来,他才道:"今儿个,有两桩好戏让大伙儿看:一嘛,是我吴某和佛山陈家弟弟结金兰之好,从今往后我就是他契兄,他就是我契弟……"

"契弟"在粤语中可不是什么好话,有骂人的意思,吴承鉴在戏台上公开笑着说,所有人就都知道他在开玩笑,一起哄笑起来。佛山陈也是笑得直晃。

吴承鉴等所有人笑完了,才继续说:"二嘛,大伙儿都知道,两个月前,三娘封帘了,另一个花魁也另谋高就,咱们这神仙洲上四房一下子就空了俩,实在不好看,难不成还要等到明年再找人来填房不成?所以我就觉得,是时候将新的四大花魁,重新再选一选!"

众人一听,高声叫好。

吴承鉴道:"选花魁,就要点花灯,现在第一场戏看完了,咱们就且各自落座,坐看花灯上谁楼,花魁落谁家吧。"

神仙洲的龟奴头子,就将"选花魁喽!"唱了起来。

今天的来客和平时不同,真正的富商反而不多,洪门、北江航道的兄弟倒来了许多,也有南海县的一些差役、广州城的一些兵头,甚至还有一些白鹅潭的苦力头目，还有不少在攻占仓库时出了力的佛山打手。这些人是一群血气方刚的后生，好斗好色，讲义气，也爱荤黄，刚才看了一场结义的好戏正觉得不过瘾，这时听说要选花魁，一个两个都像疯了一样号叫起来。

酒席流水般摆布上来，上百个莺莺燕燕游步流向各桌各席，陪向众多壮汉后生。一些苦力一辈子也没见过这等场面，一个百媚千娇的姐儿往自己身边一凑，口若芝兰，细语温存，一时间筋骨都酥软了，只觉得今天晚上，这里真的是神仙居处啊，这辈子有过这一晚，回头死了都值！

另有一帮后生，拥着老周去主席上坐首席。老周虽然有心理准备，却哪里敢真坐上去，拼死要让。最后还是蒋刑书出手，说道："老周，今晚你要是不坐这个首席，不但是不给昊官面子，也是不给刘三爷面子，不给陈少爷面子，连我的面子也算是落了！"正所谓县官不如现管，刘三爷等势头虽大，但不如蒋刑书是同个衙门的经制吏，他说出来的话，老周是软硬话都不敢强驳。

当下蒋刑书硬生生把他给推了上去。

两个千娇百媚的姑娘就偎依了过来，为老周斟酒，一时间把他陪得如幻如梦。

龟奴头子又叫："起席，为姑娘们点灯了！"

除了小部分已经当场被酒色迷昏了头的后生之外，大部分听说点灯，心里都在想着："这新选的四大花魁，不知都会有谁？"

众多贵客都已经登上了二楼，坐上了雅座，各有银钗娘子陪着。众人见吴承鉴也只在二楼，陪着刘三爷、蒋刑书等人，心中奇怪：莫非昊官今天竟然不准备捧花魁了？

众人看到原本故意暗着的三楼，忽然亮了起来；与此同时，原本灯火通明的一楼、二楼，却刻意地暗了下来，灯光一暗，气氛更加暧昧勾人，同时也将三楼显得更加耀眼。

花差号这边，倒是清静。

只不过今夜的清静，却与"翻盘夜"之前的冷清不同。那时候的花差号是无人上船，门可罗雀，而这时候的花差号，却是不知道多少人想上来却不得其门而入。

广州花行看神仙洲，神仙洲则看花差号。现如今谁不知道昊官在这白鹅潭只手遮天,但他已在这么高的位置了,除了今天晚上的酬功宴会外,以后怎么可能还直接来插手这等花行贱业?所以所有眼睛都瞅向了花差号——知道那里住的人,才是今后神仙洲真正的主宰。

甲板上只摆了一桌瓜果、两杯淡酒,王妈妈在侧陪着疍三娘。

天气转冷了,尤其是在水面上,夜晚时,风大夜凉,与陆地、室内不同。所以疍三娘披了一件雀羽薄披风,扶着船舷,看着神仙洲变幻着的一切。

百花行的事情,她一两年前就看透了,而经历过这次大落大起,心更是不在这边了。如果按照她内心的本愿,兴许早就躲到义庄天后堂中吃斋念经了。只是知道吴承鉴还需要神仙洲这个情报来源地,所以才来处理这边的事情,接受来自神仙洲妈子、龟奴头子和部分银钗们的孝敬。

这是一个诡异却合理的逻辑链条:疍三娘要从她们这里得到自己所需要的情报,不是去雇佣她们,而是去盘剥她们——只有接受了她们的孝敬,这些人才会觉得疍三娘还愿意护着她们,然后有什么风吹草动,才会第一时间报到疍三娘这里来。

几个丫鬟拥着一个女孩儿上前来,这是"封帝宴"上唯一登过船的花娘于怜儿,她要过完这个年才十六岁,按照规矩近期就要破瓜了。她在疍三娘最落魄的时候还偷出神仙洲,上了花差号,回去后自然没好果子吃,然而就在她的妈妈准备给她安排恩客的时候,吴家翻盘了。

这一下子,所有人看向于怜儿的目光就都变了,连她的花头柳妈妈也赶紧把恩客推了,亲自上花差号来问疍三娘应该怎么安排。

眼前的于怜儿已不再是当日的寒酸模样,上等的珠翠挂曳着,浑身的绸缎包裹着,温顺的丫鬟伺候着,一下子把她的贵气给提了上来,虽然只是七八分颜色,但衣装之后亦是美人了,更难得的是她还没开瓜,点了眉心,擦了胭脂,却因为还是处子而不落俗艳。

于怜儿上前,给疍三娘行礼。疍三娘道:"可想好了?"

在几日前疍三娘给她指了两条路:第一条是帮她赎身,然后给一笔小钱让她安身立业,虽不能富贵,但温饱之余再找一户小康之家,可以照顾母亲,下半辈子也算是稳了。走这条路,她对吴承鉴不会有任何用处,纯粹是对她雪中送炭的回报。第二条路则是继续留在神仙洲,昊官会把她推上花魁的位置,这条路会更加风光,往后她也能代替疍三娘,成为吴承鉴留在神仙洲的一个影子。

"妹妹想好了……"于怜儿福了下去，说，"请姐姐成全。"

疍三娘本来是希望她选第一条路的，但于怜儿愿意往险路上奔，她也只能成全对方。

"过来吧。"

于怜儿再靠近了一些，疍三娘已经伸手，把今天特意插到头上的那支金钗——也就是今年她得中花魁的那一支钗子——插到了于怜儿的头上。

旁边伺候于怜儿的四个小丫鬟，看得眼都直了。

不就是那天偷偷跑出来，参加了疍三娘的封帘宴吗？

不就是回头挨了一顿打吗？

然后这个身份地位不比她们好的于怜儿，就换来了今晚神仙洲最高层的阶梯。

人生的机遇，真是神奇得叫她们炫目。那一晚吴承鉴的翻盘，改变的可不只是吴家自己的命运，还泽及了所有站对了队伍的人。

第十一章

新四大花魁

"谢谢姐姐。"于怜儿摸了摸金钗上的坠珠,嘴角不禁露出了欢喜的微笑。当日她来封帝宴,半出感激半由冲动,没想到就换来了这般大的回报。不过她知道,还有一场更大的风光,在神仙洲上等着她呢。

"去吧,"疍三娘说,"这条路不好走,但既然你已经选了,那就好好走下去吧。记住你每一步路,天后娘娘都看着呢,往后可别行差踏错。"

于怜儿答应了,旁边的妈妈、丫鬟、龟奴们纷纷恭喜,跟着就拥簇了她往神仙洲去了。

甲板上又恢复了冷清。

王妈妈凑了过来,低声说:"这路是她自己选的,将来会有什么因果,也是她自己负责。不过姑娘啊,你也差不多要替自己考虑考虑了。"

"考虑什么呢?"疍三娘说道,"我如今一切顺遂,又有什么好考虑的?"

"哎哟,我的姑娘啊!"王妈妈把旁边不打紧的人支开了,才说,"碧荷可是跟我说了,昊官他要娶你过门,还不是侍妾,是正室啊!还是吴老爷子点头了的事情——你当时怎么就不答应呢!"

就在刚才，吴承鉴下神仙洲之前，兴致勃勃地跟疍三娘开了口，告诉她老爷子松了口，愿意让她进门，话没有完全说明白，但那意思已经很明显，不是做妾，是做妻！

疍三娘说好听了是白鹅潭花魁之首，但在百花行再怎么风光，毕竟是个娼妓。吴国英经过这场大难，把世情都看淡了，又感念疍三娘在吴家覆灭之际不离不弃，甚至准备卖船救难，所以竟然松了口，默许吴承鉴娶疍三娘过门；蔡巧珠作为长嫂，对此事也不反对，这简直是天大的机遇。

当然，这与吴承鉴在翻盘前夕的一系列微操作也不无关系——疍三娘有她的情义，也要吴承鉴能够不着痕迹地让老父和长嫂知道这份情义才行。

吴家虽然不是官宦人家——若吴家是士族，这事吴承鉴想都不用想——但也是西关地面屈指可数的豪门。这次事件之后，只怕京师重臣和内务府那里，都会有人记住他的名字了。吴家又数代身家清白，这样的家世，比起普通官员更有权势，一个娼妓想要嫁进去，而且是当家商主的原配正妻，仍然是极不容易。这桩亲事真要做成，别说吴承鉴，便是吴国英、蔡巧珠，也得承担极大的压力。可吴老爷子竟然默许了，吴承鉴便来求亲。

没想到疍三娘竟然拒绝了。

自那晚翻盘之后，吴承鉴一直顺风顺水，不想在疍三娘这里碰了个大钉子，若不是待会儿还有个酬功宴要开，又有周贻瑾在旁劝着，只怕当场就要发作起来。

"姑娘啊姑娘！"王妈妈劝道，"我真是不明白了，你刚才……莫非是魔怔了？这样天大的喜事就摆在眼前，你竟然不答应！"

"妈妈啊，你不懂。"疍三娘嘴角带着旁人难以察觉的苦涩，"吴官他把这事挂在嘴边好久了，可是我却早就明白，这是不可能的。进门不是结果，而是开始。如果是侍妾也就算了，可是做明媒正娶的正房太太，这会变成吴官一辈子的话柄，这场婚礼会变成满西关的笑话，而我在吴家也只会过得不自在。既然如此，那不如各退一步吧。"

"哎哟，我的姑娘，你怎么就想那么远啊！"

"不能不想远啊，妈妈……"疍三娘说，"我听说，潘家已经在求取顶戴花翎了。潘家今天能求到的，吴家日后也能求到。可是一个娶了娼妓的商人……"疍三娘说到这里,摇了摇头:"朝廷怎么样都不会给一个娼妓诰命的。到那时候,我就会成为吴家由富而贵、再进一步的拦路石,就算昊官他不在乎,吴家宗族有的是人在乎。到了那时,我在吴家的好日子就到头了。"

"那是往后的事情了,而且凡事也都有个例外。"王妈妈说,"可没听说,宋朝的时候,梁红玉也是诰命啊,那也是人尽皆知的一段佳话啊。"

疍三娘道:"妈妈错了,梁红玉她不是妻,是妾。后来得封夫人,也不是因为韩世忠的宠爱,而是她自己为国家建立了功勋。更何况她那个时候是乱世,而现在是治世,不同的。"

"哎哟哟!"王妈妈说,"我可不懂你这么多道理,我就知道这是天赐良机。姑娘啊,你真不应该放过的。你为他想那么多做什么!你该想想你自己啊!"

"妈妈,你想的是我,是现在。"疍三娘道,"但我想的,却是昊官,是将来……"

她望着神仙洲的方向:"他当然是要择一个门当户对、身家清白的好女子,只有这样,才能对他的前程有所助力。"

她自己没发现,王妈妈却看着她眼中垂下的泪水,摇着头说:"姑娘……总有一天你会后悔的!"

神仙洲今晚的酬功宴会,随着四大花魁的点灯而进入高潮。

冬望梅中,新上位的王容儿刚刚放下砗磲帘。这是一位来自江南水乡的姑娘,琴棋书画无所不通,刚才盈盈拜谢的时候,操着一口吴侬软语。

可就是这样的一口又软又糯的腔调,引得底下不知多少江湖好汉、苦力壮男,都遥望着连吞口水。

"姑娘,要到你了。"

秋滨菊中,柳妈妈对于怜儿说。

于怜儿隔着珠帘,也看到了刚才满神仙洲的火爆场景,紧张得捏手帕——自己真的行吗?

她是靠着昊官的势,才能坐到这个房间里的,万一掀开帘子,底下却一片冷清,甚至有人唱起冷调来,那可怎么好?

此时听外头唱道:"浙江周师爷,为于怜儿姑娘点灯——"

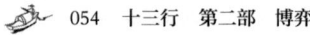

腔调拖得老长老长，随着这声唱，是无数人在下面喝彩。

第一层那里，胖客商问瘦客商："这于怜儿是什么来历？怎么从来没听说过，就能坐到第一层去？这还没掀帘子呢，就这么多人喝彩？大家可都还没见过她啊……还有浙江周师爷……怎么一个浙江的师爷，就能跑到我们广东地面来耀武扬威了？那些苦力汉子还叫得那么起劲。"

"你傻了吧？"瘦客商说，"浙江周师爷，就是宜和行的那位绍兴师爷啊，昊官现在不方便亲自出来捧人了。"

胖客商一听就懂了："原来是昊官要捧的人啊，那得捧！那得捧！"他赶紧和瘦客商一起站了起来，大声拍手叫好——他们俩能站在这里，也是因为自家买卖和宜和行有关系。

玛瑙帘内，于怜儿还在深呼吸。

"姑娘，姑娘，快掀帘子啊。"

"死就死吧！"于怜儿咬了咬牙，让自己放松下来，终于掀开了珠帘。

底下一下子爆发出海啸般的欢呼来！

那呼声一浪接着一浪，比刚才王容儿那边还要大得多！那种热气几乎要扑面而来，于怜儿看不清底下人的五官，只是听到这一波又一波的声浪，既不可置信，又疑虑尽扫！

她按照练习过不知多少次的姿势，向下方万福拜谢。这一拜谢过后，当她起身时，她对自己的容貌再无半点怀疑，众人的欢呼，让自信不知不觉就爬上了她的眉梢。

"北江段老爷，为于怜儿姑娘点灯！"

"南海蒋刑书，为于怜儿姑娘点灯！"

"西樵刘三爷，为于怜儿姑娘点灯！"

"山西乔老爷，为于怜儿姑娘点灯！"

"山西曹老爷，为于怜儿姑娘点灯！"

"山西范老爷，为于怜儿姑娘点灯！"

"西关胡公子，为于怜儿姑娘点灯！"

"西关刘公子，为于怜儿姑娘点灯！"

……

一盏又一盏的金灯，流水般挂了上来。每挂一盏灯，喝彩的声浪就要更往上扬,直挂到玛瑙帘下的栏杆几乎都要满了。

柳妈妈激动得叫道:"姑娘,姑娘,快答谢,快答谢!"她不是低声说,而是高声吼,这会子不大声说话,于怜儿根本听不见。

于怜儿悠悠下拜,按照神仙洲的规矩,这是点灯结束时的总答谢。这时候,忽然有一盏灯又凑了过来,唱礼的龟奴觉得不合规矩,正觉烦躁,却被他的头儿一个眼神扫过来,赶紧唱道:

"河南潘公子,为于怜儿姑娘点灯!"

于怜儿微微一愕,旁边的柳妈妈应变较快,说道:"点头为意。"于怜儿便向金灯来的方向点头,然后玛瑙帘就放下了。

二楼雅座,吴承鉴微微意外,也朝那个方向望过去,那里一个身形未足的身影,背对坐着,却忍不住总向玛瑙帘的方向望。

不用吴承鉴开口,吴七早在使眼色了,一个龟奴头子赶紧跑过来耳语一通。吴七脸上微有讶异,低头在吴承鉴耳边说:"是潘家园的大少。"

吴承鉴讶道:"正焕?他才多大?有十四了没?"

吴承鉴又笑骂道:"这是屁股嫌硬!也不怕回去了挨揍。"

吴七道:"瞒着家里出来的,叮嘱过不能声张。"

吴承鉴道:"偷偷出来,还敢学人点灯!"

周贻瑾在旁边问:"谁?"

吴承鉴道:"潘有节的大儿子。"

第十二章

三娘的选择

吴七道:"昊官,要跟潘家园那里知会一声不?"

吴承鉴道:"潘家园的事情,我多什么嘴?传话下去,再不许多传焕哥儿的事情。"

吴七道:"昊官啊,咱们潘、吴、叶几家的规矩,这种事情,要通声气的,这规矩是要在你这里破掉?"

吴承鉴笑道:"有这规矩吗?我怎么不知道?哦,怪不得我十三岁出来玩,刚回去就被打屁股了。"

周贻瑾笑道:"原来如此,看来这孩子多半是在学你。"

"别!"吴承鉴道,"我跟别人怎么一样!"

他们三人正说着话,那边已经轮到了给夏绿筠点灯。

秋滨菊这边刚才有多热闹,夏绿筠那边此刻就有多冷清。

唱礼的龟奴还在那里"不识相"地唱着:"给沈小樱姑娘点灯嘞!给沈小樱姑娘点灯嘞!"

却愣是一盏灯都没有。

沈小樱坐在房间里,眼泪都流不出来,那琥珀帘是掀开也不是,不掀开也不是——不掀开是失礼，掀开了，却给谁答礼去？

尴尬了不知多久，直到吴承鉴道："够了。"吴七打了个手势，龟奴重新唱礼，场面这才又热闹了起来。

一盏盏的金灯朝着春元芝的方向挂去，挂到跟秋滨菊差不多才停下。

下面的客人无不赞叹，一个老学究模样的恩客摇头晃脑道："今晚真是春兰秋菊，各擅胜场也！"

秋菱笑靥如花，在珍珠帘拉开后连连道谢。

胖客商道："这是鹬蚌相争，渔翁得利，放在三个月前，谁能想到最后坐进春元芝的，会是秋菱姑娘！"

瘦客商道："这些金灯，有一半是佛山陈的财力；另外一半，那还得是吴官的面子啊！听说惠州总兵那件事情，佛山陈可是出了大力气！"

胖客商道："若是这样，那这几十盏的金灯，倒也是值！"

神仙洲的宴会至此算度过了高潮，再往后，灯光渐暗，客人们享受过了场面上的乐子，开始找身边的乐子，喝美酒的喝美酒，玩皮肉的玩皮肉。更有猴急的已经带人去了舱房。

刘三爷等也各自带人回房间，雅座上冷清下来。吴承鉴和周贻瑾正要离开，有个龟奴头子匆匆跑来，为难地看着吴七。

吴七道："直接说吧，什么事情？"

龟奴头子低声道："河南来的那位大少……想要去秋滨菊坐一坐。"

像当初的疍三娘、今日的秋菱，虽然住在神仙洲，却和普通娼家不一样，两人都是有豪客梳笼的，平日里接不接客，神仙洲做不得主，便是接了，也是喝个茶，弹个琴，说个话，再不能有其他，而且不但要姑娘自己同意，也得是豪客默许知情了才行。

于怜儿是由周贻瑾梳笼的，既是周贻瑾的人，也可以算是吴承鉴的人。

吴承鉴骂道："胡闹！"

龟奴吓得赶紧跑了。

吴承鉴就来揽周贻瑾，笑道："咱们回花差号吧。"

周贻瑾拨开他的手："注意点儿。"

吴承鉴笑道："在北京的时候，咱们俩可是睡一张床的，现在勾肩搭背都不行啊？"

周贻瑾冷冰冰地说："那时候你几岁，现在你几岁？那时候你还是个少爷，现在却是人见人畏的吴官了。"

吴承鉴啧啧摇头："哎呀呀，我就说，当宜和行这个家不是好事！以前是人见人爱，花见花开，现在个个见到我就哆嗦着脸，连你都不肯让我搭理，太没趣了。"

周贻瑾冷笑了两声，道："你现在也是人见人爱，我给你保证，别人比以前更爱你了！"

吴承鉴道："他们现在爱的是我的钱！"

周贻瑾道："他们以前爱的就不是你的钱了？"

吴承鉴哈哈大笑着，就看到一个少年，戴着一顶不大合脑袋的帽子，穿着一身过于老气的衣服走了过来，靠近了，低头叫道："吴三叔。"

这个少年，正是潘家的大少爷潘正焕。

"别！"吴承鉴笑道，"你说你偷偷溜出来然后偷偷溜回去，我只假装不知道，多好。你这一叫，回头我得担责任了。"

潘正焕道："三叔，您别告诉我爹，咱们就都没事了。"

吴承鉴马上回头："吴七，这就派人去河南，告诉潘家，他家大少在神仙洲呢，让有节兄放心，我会派铁头军疤亲自送他回河南去的。"

潘正焕的一张脸就吓慌了："三叔，你可不能这么坑我啊！"

"不是我坑你，是你坑我！"吴承鉴道，"你知不知道你爹是长着六只耳朵的？你以为广州府地面有什么事情是能瞒得过他的？屁大点的年纪，就敢学人来花天酒地？回头洗干净屁股准备挨揍吧。"

潘正焕噘嘴道："你花天酒地的时候，比我还小呢，那时候神仙洲都还没有呢。"

吴承鉴闻言大怒，道："拿个鸡毛掸子来，我今天就替潘有节教训教训儿子！"

潘正焕道："你打啊，你打啊，你敢打我的话……"

吴承鉴冷笑道："怎么着，你觉得有你老子罩着，连我都不敢打你是不是？"

"我不用指望我爹！"潘正焕道，"你今天敢打我几下，以后等光儿来这里，还有你儿子，看我到时候不加倍揍他们回去！"

这回嘴的神逻辑，饶是吴承鉴足智多谋，也是听得目瞪口呆。

有着冰雪一样的脸的周贻瑾这时也忍不住哈哈笑了起来："这才叫因果循环，哈哈，报应不爽！"

吴承鉴还是把潘正焕拉到一个小房间里，好好收拾了一顿，当然也没真下狠手——这毕竟不是他吴家的人。

潘正焕被收拾了也不知道怕，反而说："三叔啊，你打也打过了，骂也骂过了，就让我去秋滨菊坐坐吧。"

"去传我的话，秋滨菊只要贻瑾点头，以后谁进去都行，就是这个小子……"吴承鉴指着潘正焕对吴七道，"谁敢放他进去，回头我就让马大宏找人，一个麻袋沉进白鹅潭！"

潘正焕苦着脸："三叔！"

"别叫我三叔！"吴承鉴骂道，"我可没你这好侄子！"见潘正焕咬牙，又说："你不用给我脸色看！以后光儿来，还有我儿子来，你尽管加倍地，不！十倍地还他们！最好整得他们都不敢来了，那叔叔我可就谢谢你了！"

说完这话，恰好铁头军疤来了，将潘正焕提起来给拎出去了。

周贻瑾忽然道："恭喜了。"

吴承鉴正气鼓鼓的，忽然被他恭喜，不由得有些奇怪："恭喜我什么？有什么好恭喜的？"

周贻瑾说："男人总是到当爹了，才忽然正经起来。你这么正经，多半是快要当爹了，恭喜恭喜。"

他一本正经地说出这番话来，倒把吴七乐得绷不住脸。

吴承鉴做了个龇牙咧嘴的鬼脸，道："走了走了！今晚真心没劲！"

吴七还在那里笑，周贻瑾道："还不快跟上！他衣服还没带呢，外头风大。"

吴七反应过来，赶紧抓了吴承鉴的外衣追了出去。

吴承鉴接过了衣服，一边套，一边放慢脚步等周贻瑾，冷不防旁边撞来一个小厮，在他身边哈腰说："昊，昊官。"

吴承鉴定眼一看，这不是叶家那个结巴小厮是谁。他心情正不好，冷冷道:"干什么!"

昌仔道:"忠……忠爷,让,让我,来,来请请,请。"

吴承鉴道:"滚一边去!"

昌仔都不知道他为什么忽然变卦,一下子惊呆了。

吴七更是将他往旁边拨开说:"昊官让你滚,没听见?"

幸好这时周贻瑾已经和于怜儿走了出来,刚好听见,周贻瑾道:"你回去把小船开到花差号,待会儿需要的时候,自会让你们带路。"

昌仔答应了一声,再抬头时,忽然看见裹在一领大氅里的于怜儿,看得一呆。于怜儿见到他的呆相,"扑哧"就笑了出来。

吴承鉴早走了,周贻瑾也带着于怜儿跟着走了,昌仔却还待在甲板上久久不能动弹。

吴承鉴到了花差号上,犹自愤愤不平。

疍三娘的情绪早已经平静下来,见他如此,问道:"这是怎么了?"

周贻瑾道:"有人惹他了。"用目光点点吴七。

周贻瑾是唯一一个能在吴承鉴发脾气的时候,替吴承鉴做主的人,所以吴七就把潘正焕的事情,还有周贻瑾的几句话简略说了。

疍三娘笑了,说:"贻瑾说得没错,你这个年龄,其实换了别人也早就当爹了。"

吴承鉴凑过来道:"你给我生吗?"

"别再说这个了。"疍三娘道,"大少奶奶多识广州闺秀,一定能帮你寻到一门好姻缘。"

吴承鉴怒道:"以前我说这个,你说我别开玩笑;现在好不容易老爷子都已经松口了,你还不乐意!你到底想怎么样!"

疍三娘道:"我说过,只要你心里有我就行了。我从不指望着能够进吴家的大门。你也不用因为这个,替我……"

吴承鉴大怒打断:"这么说,我娶别人也可以了?"

"当然。"疍三娘低着头,说,"只要你得配良缘,我会替你高兴的。"

吴承鉴冷笑道:"我要是娶了新人,忘了旧人,那时候怎么办?"

疍三娘倏地抬头。

第十三章

相见非时

看到疍三娘的反应,吴承鉴就知道,她还是在乎自己的,于是又刺了她一句:"真有那么一天,到了那时,你可不要后悔!"

不料疍三娘又把头低下了,说:"如果是那样,那也是我的命。我不怨,也不悔。"

吴承鉴的胸腔又被一股气堵住了,一时竟无处发泄,"砰"地一拍桌子,冲出去了,吴七赶紧跟上。

船舱里一时静了下来,好一会儿,周贻瑾才说道:"吴官是真心的。他对阵蔡、谢、吉山,在最凶险的时候,也没这么失态过。"

疍三娘道:"我知道。"

周贻瑾又说:"区区一个潘家后辈,本来惹不起他那么多火,他今晚情绪不对路,是因为……"

疍三娘打断了:"我知道!"

周贻瑾道:"既然你都知道,为什么就不考虑考虑?"

疍三娘笑着抬起了头,眼睛中噙着一点泪花:"我不是没考虑过,而是考虑了很多。我在百花行这么些年，见过的、听过的太多了……真的进了门，此刻是风光了，可将来……"

她摇着头："人不能太贪心，老天爷给你什么都有注定的。贪心太多，反而连已经有的都要失去，还不如像现在这样，平平淡淡的，说不定反而能长久些。"

周贻瑾轻轻叹了一口气，没有再劝，便要起身回自己的舱房去。于怜儿也要起身，周贻瑾道："你且留着，陪三姐说说话。"

于怜儿温顺地应了，送了周贻瑾出门，才回来坐到疍三娘身边。她虽然得了疍三娘亲手给的金钗，算是她在神仙洲的继承者，但话没说过几句，彼此还不熟悉，就不敢劝什么，只是默默地陪伴着。

碧荷送了吴承鉴、周贻瑾后回来，道："姑娘啊姑娘，你可晓得，今晚吴官是要去见什么人？"

疍三娘道："我知道他要去见叶家的三姑娘，怎么了？"这个事情，吴承鉴没有瞒他。

碧荷道："你真忍心将吴官让给别人？"

疍三娘道："今晚这次见面，说的多半是叶家的商事。"

碧荷道："叶家是没儿子，还是没掌柜？再不行，叶大林亲自过来又如何？怎么就轮到一个姑娘家黉夜上门？而吴官对叶家谁也不见，偏偏只肯见这位三姑娘，这里头如果说没点男女私情，谁信？"

疍三娘道："我劝他老老实实地成亲成家，也不是这几天的事情，都劝了几年了，他总是不听。现在若有个好姑娘能让他动心，我才能安心呢。那时我定要去天后宫，向天后娘娘还愿，祈求妈祖让他们举案齐眉、百年好合。"

碧荷忍不住道："吴官他若娶的是吴老爷指定的人，或者是吴大少奶奶硬给牵的线，那倒还好。他人在吴宅，心却会一辈子放在姑娘这里。怕就怕来了个他自己动了心要娶的。若是连心也转到那边去……姑娘，我就怕你到时候连哭都哭不出来。"

吴承鉴冲了出去，就上了叶忠等在那里的小船——铁头军疤的船去送潘正焕了，所以他直接跳上来，道："走，开船！走！"

昌仔叫道："昊，昊官……"

吴七急急忙忙跟上，也只来得及跳过来。

叶忠见他满脸的不耐烦，知道是有别的事情惹恼了他，心道："三姑娘这运气可不好！"吴承鉴对叶家本来印象就不好，叶有鱼今晚要做的事情是逆势而行，还碰上吴承鉴心情不好，看来事情的难度是要大大提升了。

不过他还是示意船夫开船。

昌仔要说话，也被他以目光止住了。

小船荡到白鹅潭深处，早有一艘楼船停在了那里。看到叶忠的船开近，那些在船上伺候的人便都下来驾了小船到二三十步外停歇了，只留叶忠和昌仔跟着上了船，但也只在楼下。

吴七跟着吴承鉴上了楼。这几天他早打听清楚了，叶大林这几天不知道发了什么疯，花了好多钱把叶有鱼当千金小姐养，想必楼上的这位，一定打扮得花团锦簇。

上了楼，楼上一道珠帘隔开，外头是一桌酒菜，珠帘里头两个人影，想必就是叶有鱼和她的贴身丫鬟了。

吴七看了，心中冷笑："一道珠帘隔开，要人雾里看花吗？故作矜持，来这一套，当三少没见过？"

那丫鬟冬雪先出来了，一身的衣衫装束，都是按照西关第一等丫鬟配置，头上还戴着珠翠，不知道的还以为就是位小姐了。她便要来给吴承鉴倒茶，吴承鉴冷笑道："滚下去！让你家小姐来伺候！"

冬雪一愣——这几日叶大林惯着迎阳苑这边，可把一院子的丫鬟、小厮惯出点儿脾气来了——听吴承鉴这话如此轻贱自家小姐，正忍不住要回护时，珠帘内叶有鱼道："冬雪，你下去吧。"

冬雪忍了，这才下楼去了。

珠帘掀开，叶有鱼走了出来。吴七不由得一怔，只见叶有鱼一身素淡，衣服的质料是很不错的，但没有多余的装束，头上也是一点珠玉都不见。这身打扮，素净得比冬雪这个做丫鬟的还寡淡些。

吴承鉴笑道："你不是诓叶大林给你买这买那吗？怎么这会子见面，反而不显摆出来？"

叶有鱼一听，就知道自家宅子里的虚实都已经被吴承鉴知道个透底了。她也不慌张，轻轻走过来坐下说："我要那些，是故意拿来气太太和我那几个姐妹的。居移气，养移体，但真正千金小姐的风范，也不是三两天的工夫能养出来的啊。"

吴承鉴嘿嘿一声，不管叶有鱼说的是真心还是假话，也没心情在这个问题上纠缠，伸手就去摸她的脸。

叶有鱼往后一躲，道："三哥哥，你做什么？"

吴承鉴道："怎么，还准备跟我玩欲拒还迎的把戏吗？"

叶有鱼道："我不知道三哥哥你说什么。"

吴承鉴笑道："你今天请我来，不就是为了把我哄好了，好救你爹出水火吗？来来！伺候得我开心了，我兴许会让你如愿！"

吴承鉴说着，又要去抱叶有鱼。

叶有鱼脸色一下子白了，今天的吴承鉴，和她印象中的吴承鉴根本就是两个人！

她心里头认定的那个吴承鉴可不是这样的。眼看他眯着双眼，就要来抱自己，就像一个嫖客来揽粉头，叶有鱼吓着了，条件反射一般躲开了。刚刚两人最靠近的一瞬间，她闻到了一股浓浓的酒气，一边躲一边问吴七："昊官今天喝醉了吗？"

吴七笑吟吟道："在神仙洲喝了一点。"

叶有鱼心下道："原来是这样。"她已经躲在了一边，心想："以前他也喝酒，可从没这样失态过啊。"以前吴承鉴就算喝了酒，那一层蒙眬醉眼后面，也藏着一股凌厉，只是这股凌厉若不是对吴承鉴很用心的人，很难看见罢了。

而现在她又看了吴承鉴一眼，只见他眼神不对，醉眼迷离后面，似乎憋着火。叶有鱼忽然就有所悟："他今天一定发生了什么事情，这时心情不好，拿我来做发泄的口子了。"

按理说吴承鉴如今春风得意，最近都很难有什么事情让他心情不好的了，何况是让他心情恶劣到失态？没想到概率这么小的事情，被自己撞上了，还偏偏就是今天晚上。

她把吴承鉴看得很重，这时在前有悬崖、后退无路的情况下，把自己的最后的指望都押在了对方身上，没想到却遇到这般场景，就知道今天自己的希望是很难达成了，心中不免一灰——当日被叶大林踢中的胸口，莫名地又隐隐作痛起来，也不知道是旧伤复发，还是心理作用。

然而只是片刻工夫，她就强打精神，心道："有鱼啊有鱼，老天爷从来不眷顾你的，你难道现在才知道吗？计划得再好的事情也总要掉个什么变数来给你添堵，这十几年来一直不都是这样子的吗？这路再怎么难走，你也要想办法走下去。"

其实她更难过的，还是自己在吴承鉴心里的分量原来不过如此，然而再难过，却还得振作起来，对吴七说道："既然这样，你还是先送……送昊官回去吧，海面风大，走的时候当心点，不要让昊官着凉了。"

吴承鉴大笑："就这么放我走？我可告诉你，我就给你这一次机会，若是走了，以后你就是哭着求我，我也不会来见你的。"

叶有鱼道："你心情不好，我现在跟你说什么都是白搭。既然这样，不如不说。"

她心里真是这样想，别人却当她在下套。

吴七听了心想："这个套路，放在别人那里也算新鲜，只可惜还是小瞧了我们昊官。"

果然吴承鉴就说："好，我走！"拍拍吴七的肩膀就要下楼。

叶有鱼忽然道："等等！"

吴承鉴哈哈笑道："又怎么了？知道你在故作矜持，不过今天哥哥我没心情玩这个。你还是老老实实伺候哥哥，等哥哥满意了，说不定也会让你满意。"

这还是把自己当作卖身救父来了，叶有鱼眼睛红了红，一股暗火憋着，伸手说道："太阳环呢？还给我。"

第十四章

光儿回家

吴承鉴一怔,还是摸出了太阳环,扔了过去。

叶有鱼赶紧接住了,道:"昊官好走,不送。"

吴承鉴道:"我走出了这个门,你可别想我会回来。你这等小伎俩,神仙洲的姐儿们不知用过几百次了。"

叶有鱼咬着嘴唇,说道:"我今天是来求人的,不是来卖身的。叶有鱼虽然是个庶女,但还没低贱到这个份上。昊官你不肯帮我,我回头拿着太阳环去求吴伯伯,也是一样。"

吴承鉴冷笑道:"现在宜和行当家的是我,不是我爹!要不要放过叶家,也是看我,不是看他老人家!"

叶有鱼将脸斜向上抬了抬,希望眼眶里湿了的水汽别凝成泪水,她也不想就此把她心里一直非常美好的吴承鉴想坏,更不想就此打破十二岁以来亲手筑成的美梦,硬要自己想一切都怪老天爷,竟然造出如此境遇让三哥哥误会了自己。

可她口中却还是忍不住冷笑道:"叶家是死是活,关我什么事!我只想求吴伯伯救我们母女俩逃出生天。老爷子就算不当家了,这点事情,只要有心帮忙,想必不会成不了的。"

吴承鉴倒是有些意外："你来求我，是要救自己，不是要救叶家？"

他上船以后第一次认真地看向叶有鱼的眼睛，忽然想：自己这两天会不会把这小姑娘给想错了。

西关的夜很静。

就在这时，却有一行人疾步跑来，敲响了大门。

"砰砰砰"，把门房里的吴达成给吵醒了，大怒起来开门道："吵什么吵！大半夜的，知不知道这里可是……哎哟！吴六，怎么是你！你回来了！"

大门外，灯笼底下站着的正是吴六。他风尘仆仆的，一脸胡子茬儿都没刮，但从小看他长大的吴达成自然不会认错人。

"快，快，告诉老爷和大少奶奶，光少回来了！"

吴达成大喜："光少回来了？这……这可是大喜事啊！"

两个月前，吴家的长子嫡孙被吴承鉴设法送往澳门——虽然当天晚上就翻盘了，但吴承鉴嘱咐过吴六，不管之后如何发展，接到光儿就要马不停蹄直奔澳门，然后随时等着，一听到不利消息，马上开船——这是因为"翻盘夜"的事，吴承鉴也不是百分之百有把握，为了防止出什么意外，事情就要做全套。

幸好当晚吴承鉴就翻了盘，但为防万一，吴承鉴还是让光儿继续在澳门待着，直到最近诸事皆定，这才派人去接光儿回来。

吴达成一路吼了进去："光少回来了！老爷，大少奶奶！光少回来了！"

右院那边的灯就先亮了，跟着左院的灯也亮了。后院吴国英虽然年老眠浅，但耳朵没那么灵敏了，听到有动静，起身问："什么事情？"

守夜的大丫鬟说："好像是光少回来了。"

吴国英大喜："啊！好，好！来，扶我起来穿衣服。"

右院那边蔡巧珠这两天是算着日子的，料儿子是明天到，所以今晚翻来覆去，都没睡着，没想到晚上就回来了，匆匆套了件衣服，头饰也没整一下就跑出来了。

到了外头院子，她刚好看见光儿下车，就喊："光儿，光儿！"

光儿大叫："阿娘！"跳着跑着过来了！

"仔细，仔细！"她喊着儿子却已经跑了过来，扑到她怀里，母子俩抱成一团，一起哭泣。蔡巧珠抱紧了儿子的头，这一去，真的犹如生死之别后意外重逢了——当日蔡巧珠是打定心思准备赴死的了，所以这时母子再见，眼泪就像珠江水决堤了一般，再也止不住。

蔡巧珠哭着又去看光儿，下人们将灯笼打过来，让她看得清楚。这两个月不在家，儿子是黑了也瘦了，蔡巧珠更是心疼得不行。

哭了好一会儿，才听吴达成在旁边说："大少奶奶，家宅内外大小都平安，这是高兴的事情，咱们应该多笑笑。而且你看吴六一路跑来，水都还没喝一口呢。"

蔡巧珠反应过来，转头看看吴六一身都是尘土，一脸都是胡子茬儿，心里过意不去："阿六，这一趟辛苦你了。"

"大少奶奶说什么话，"吴六说，"这是我应该做的。"

蔡巧珠道："以后阿六你就是我们吴家的亲人了。见外的话我也不说了，你先去沐浴休息吧。房间我都给你准备好了。"

吴六道："我想先去看看大少，再去给老爷磕头，给昊官回话。"

蔡巧珠"啊"了一声说："应该，应该。昊官不在家里，你先给老爷回话吧。"

一行人静静往右院看了一下吴承钧——吴承钧仍然躺着，人事不知——跟着往后院来。

吴国英早披着衣裳，在院子里等着了。

光儿上来给爷爷磕头。吴国英控制着情绪，连连点头："好，好。"摸摸光儿的脸，说："晒黑了些，也长大了些。经历过这次，希望你也懂事了些。"

跟着吴六来磕头，又给旁边的吴二两磕头："老爷，我回来了。阿爹，我回来了。"

吴二两不会说话，只是点头。吴国英道："这一趟辛苦你了。虽然因昊官力挽乾坤，吴家没破，但在我心里，仍当你是抚孤救孤。承钧病着，我就替他做主，让他认了你这个弟弟。光儿，往后不许你当吴六是下人，叫六叔。"

光儿这段时间也与吴六十分亲近，就叫道："六叔。"

吴六是个本分人，连忙挥手："不行，不行，那哪成啊！我一早就知道昊官一定能救吴家的，其实就是去澳门转了一圈，没什么大功劳。"

吴国英脸一沉："怎么，在外头转了一圈，我的话都不听了？"

吴六才不敢再推。

大事说完，吴国英才问琐事："不是说好了明天到吗？怎么连夜来了？"

吴六道："路上顺利，多赶了一程路。傍晚吃过饭后，光少不肯睡，一定要连夜赶回来。我看这是省城附近，听说最近也挺太平，我们人又多，就干脆走夜路回来了。"

吴国英道："也好，也好。"

吴六犹豫道："另外……"

吴国英道："怎么了？"

光儿在旁边说："外公和舅舅也来了。"

吴国英"哦"了一声，有些讶异。蔡巧珠也有些站不住了。

"饿龙出穴、群兽分食之局"，蔡士群虽然没有真的介入其中，但事发之后，他的站队显然是偏向蔡士文那边的。如果是别的家族，蔡巧珠也就告诉自己那是人之常情，别太计较了，可那偏偏是自己的娘家。爱之深，责之切，这段日子以来她便故意切断与大新街的联系，其中有怨恨，也有赌气。

吴六道："顾伯派人来接的时候，大新街那边也来人了。我不知道省城这边是什么形势，不敢放光少跟他们亲近。还好蔡老爷和蔡家舅爷也没为难，只隔着马车跟光少说了些话，然后就一路跟在后面，现在还在外头呢。"

吴国英看了蔡巧珠一眼，微一沉吟，说道："太失礼了！怎么能这样把亲家留在外头！二两，你快去替我把亲家请进来。"

吴二两答应着去了。

蔡巧珠道："老爷，这……要不就先让我爹和我兄弟先回去吧，明天昊官回家了再说。"

自那次从大新街回来，蔡巧珠就再没回过娘家。吴承鉴翻盘后，蔡士群那边倒几次派人上门，却都被蔡巧珠不软不硬地挡了回去；蔡母想要上门来探望女儿，或者让儿子来看望姐姐，也都被蔡巧珠婉拒了。

"饿龙出穴、群兽分食之局"，蔡士群虽然未必涉入得很深，但到底是偏向蔡家那边，生意上的成败倒也算了，可吴承钧因为此事病倒。每次看到病床上的丈夫，蔡巧珠就将蔡士文恨到心里去了，连带着对娘家也生怨不轻。这口气不出,她人就不能舒畅。

　　再则,蔡士群虽然没进十三行,大小也是广州一个商户,又是蔡士文的堂兄弟,若是重新来往,兴许蔡士文就要借着这道口子来与吴家修好。这是关系到吴、蔡两家是否恢复关系的大事,也可以说是公事。蔡巧珠毕竟是当过家的人,遇事能从大局考虑,所以说要先问问吴承鉴——毕竟现在他才是家主。

　　吴国英道:"这是什么话!生意场上的恩怨是生意场上的,但亲家一百年也是亲家。光儿身上,有一半流着蔡家的血。"

　　蔡巧珠道:"可是……"

　　吴国英道:"这事我是与昊官商量过的,家嫂你就听我的吧。"

　　蔡巧珠听说吴承鉴已经知道,才不言语了,却让碧桃把光儿带下去休息。光儿道:"外公和舅舅……"

　　蔡巧珠眼睛一扫,光儿就不敢说话了。原本他们这个小家的亲子关系里,吴承钧扮演的是严父的角色,蔡巧珠扮演的是慈母的角色,可如今吴承钧病倒了,蔡巧珠只能一改常态,把严厉的一面也拿了出来。

　　光儿虽然还不大能理解母亲为什么变了,却还是本能地知道怕,低了头,跟着碧桃去睡了。

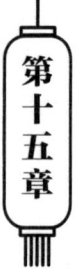

第十五章

父女姐弟

说话间,吴二两已经将蔡家父子迎了进来,换作以前,蔡巧珠早就迎到院子门外去了,这时却别着脸,故意不去看父亲和兄弟。

蔡士群也是先看到女儿,见她这副模样,心里又气又恼,又羞又忐忑,却还是收拾心情,先来拜见吴国英。

两个亲家见礼罢坐好,下人奉了茶,吴国英陪了几句话。蔡士群漏了几句求告的口风,吴国英一句也不接,只说些亲戚来往的家常,便露出疲倦不支之意。

蔡士群知道是什么意思,但今晚好不容易进了吴家的门,总不能这样无功而返,还想拖着,就听蔡巧珠说:"老爷,你为了光儿半夜里起来,现在风大夜冷的,对你身子不好,得歇息了。"

这是把话揭破了,蔡士群大恨,却还是不得不起来告辞。吴国英起身相送道:"我这病体不争气,亲家见谅。"

蔡士群忙道无妨,吴国英道:"家嫂,你送送亲家。"

蔡巧珠这才起身,把父亲和弟弟送出后院。蔡士群道:"女儿,也算过来一趟,我们去见见承钧吧。"

不提吴承钧还好,一提起来,蔡巧珠就恨不打一处来:"承钧被蔡家害成这样！阿爹，你是要去看他怎么折堕吗？"

虽然此"蔡家"指的是蔡士文，但一笔写不出两个蔡字，更何况是商业合作密切、利益彼此相关的堂兄弟？蔡士群脸上就热辣辣的，他儿子蔡朗叫道："姐姐，你怎么这样对阿爹说话！难道姐夫这样子是我们想的吗？"

蔡士群看着女儿脸色更加难看，连忙喝道："住口！"

他走近蔡巧珠一步，说："女儿，蔡士文是蔡士文，我们是我们……惠州的事情，我们之前半点也不知道，是……是蔡士文那条老狗干的啊！如果我知道，我一早带了你兄弟，操了刀子冲过去跟他拼命了！那个老扑街，竟然敢这样害我女婿！"

这话放在以前，蔡巧珠信；放在现在，经历过"惠州失茶""丈夫病倒""饿龙出穴、群兽分食"，蔡巧珠却是有所保留了。

"阿爹，那你现在也知道了啊，"蔡巧珠说，"你的女婿，现在还躺在床上生死不知呢！您现在也可以操了刀子，带了阿朗他们去跟黑头菜拼命啊。"

蔡士群被她堵得一句话也说不出来，蔡巧珠已经说："女儿还要去照看承钧，阿爹，您慢走！"

说着竟然就回去了。

蔡士群带着儿子，有些丧气地回了大新街，蔡巧珠是他最疼爱的女儿，嫁过去之前如珠如宝地呵护着，嫁到吴家之后也是捧着念着，不料一场风波下来，父女之间隔阂如此！

他又气又恼，一回到家，当场砸了好些个东西，蔡朗在旁边一点都不敢劝。

蔡母见状，问道："这是怎么回事？"

蔡朗便低声把在吴家的经历说了。

"还多说什么！"蔡士群怒气冲冲道，"都说女生外向，女生外向！果然不错！嫁出去这些年，心就都贴到吴家去了，也不想想谁是生她养她的父母！"

蔡母的心却是向着女儿一点的，就说："其实，这也不能怪巧珠。之前我们不知道那个局是黑头菜设的，现在知道了……听说承钧现在还躺在床上，熬日子罢了。这是杀夫之仇啊。巧珠迁怒我们几分，那也是应该的。"

蔡朗道:"阿娘,你怎么也帮家姐说话!你今天是没看到,家姐她对我们多过分。我们千里迢迢跑去澳门,一路护送了光儿回吴家,亲家公倒还客气,有请阿爹喝了杯茶,家姐却过分了!连大门口都不送出来,这哪里还有一点父女姐弟的情分?不知道的,还当她是我们家抱养的。"

"你懂什么!"蔡母说,"你家姐这样,才是情分还在的。"

蔡朗道:"阿娘,你这说的什么话?"

"你懂什么!"蔡母又说了一句,"所谓爱越深,恨就越深。黑头菜这计谋,害苦的既是你姐姐的丈夫,难道不也是亲家的儿子?但亲家怎么就能客客气气地请你阿爹喝茶,你阿姐却连送出门口都不愿意?因为亲家心里没我们蔡家了,但顾着名声,所以表现得客气。而你家姐却连送出大门都不肯——这是失礼啊,也是意气用事。能够意气用事,就是她心里对我们还没冷,这股恨意没消下去,所以才会行为失礼。但越是这样,越见巧丫头心里头还在乎你们父子两个。"

蔡士群气恼稍止,道:"真是这样?"

蔡母道:"巧珠是我肚子里爬出来的,知女莫若母,我怎么会看错?眼下最要紧的是让巧珠消了这口怨气。只要她消了这口气,有她在吴家做内应,我们家就不会有事了。"

蔡朗说:"阿娘,你说我们应该怎么让家姐消了这口气?"

蔡母想了想,说:"明天你们父子几个,就提了菜刀,去黑头菜家里去劈他!"

蔡家父子都吓了一跳。

蔡朗说:"阿娘,你说什么呢。"

蔡母说:"要提刀去劈黑头菜,这不是你阿爹自己说的吗?你家姐说得没错,如果我们真的在乎女婿的性命,真把女婿看得比堂兄重,那么知道这个局是黑头菜设的,就应该提了刀去跟黑头菜拼命。也不是真的要劈死黑头菜,但至少要让吴家知道,这件事情我们是站在他们这边的。也让你阿姐知道,我们是看重女婿的。虽然现在才提刀去劈已有些迟了,但亡羊补牢,为时未晚啊。"

蔡朗道:"这……就算不是真劈,真的提刀劈上门了,那不是把士文大伯家给得罪透了吗?"

蔡母一听，冷笑起来："怎么，你们父子俩现在还想着又要和吴家修好，又不得罪黑头菜吗？天底下哪有这么好的事情！逼捐的这个杀局，吴、蔡两家已势成水火；如果女婿再有个三长两短，那就更是生死大仇。你们没看吴老爷的姿态？你们送了光儿回去，情礼客套他都尽了，但你爹再想多说一句话，他可搭过一次腔？吴家的态度已经很明显了：我们家要么就站吴家，要么就站蔡家，没第三条路了。"

"阿娘啊！"蔡朗道，"你又不是不知道，我们家的生意，都是攀附在士文大伯家的生意上的，真要把他家得罪得狠了，我们家明年得去喝西北风。"

蔡母冷笑："说到攀附，既然能攀附黑头菜，就也能攀附吴家，没了堂兄，不是还有女婿吗？黑头菜现在是总商不假，但你看看外面的行情势头，吴家可是压着蔡家打的。以昊官那等手段，谢家能被他一个晚上就大卸八块，说不定什么时候蔡家也一个晚上就倒了。等到那时我们再想弃暗投明，那才是太晚了。"

就在这时，蔡士群十六七岁的小儿子嘻嘻哈哈跑了进来。蔡士群正烦恼着，忍不住喝道："做什么！没规没矩的！"

那不成器的小儿子蔡亮说："阿爹你不知道呢，刚才医馆那边，出了件好玩的事情。"

蔡士群怒道："这都什么时候了，你还有心情找乐子！"

蔡亮撇撇嘴，蔡朗问："什么好玩的事情？"

蔡亮说："有个满洲人断了手，被连夜送到医馆去正骨。结果那医生老眼昏花，不但没接好，还把筋骨接错了，现在整只手都扭成螃蟹腿的样子，真的好好笑。"

蔡朗有些奇怪："那个医生不得被满洲人打死？"

"这才是最奇怪的。"蔡亮说，"扭成这样，抬他来的满洲人不但没见怪，还说行了，就这样吧；跟着就把人抬回去了，一路上那大呼小叫的，把沿路都吵起来点灯看热闹呢。你说好不好玩？"

蔡母忽然问："那个满洲人，是哪家的？可有打听到？"

广州的旗人并不散居，而是聚居在广州城内的旗城——那里是城内之城，平时汉人是禁入的。

蔡亮道："不用打听，那个满洲人我认得，就是粤海关监督府上的，叫嘎溜；带他去治病的满洲人我也认得，叫呼塔布。"

"什么！"蔡士群惊得差点跳了起来。

蔡士群这样的中等商户是依附十三行大商户而生存的，而嘎溜和呼塔布则都曾是吉山派去管理十三行的代理者，对蔡士群这样的人来说，都曾是高高在上的存在。

一个多月前，吉山家宅变再起，刚刚得势的九姨太被吉山嫌弃"是个灾星"，一夜失宠。正是一朝天子一朝臣，依附着九姨太的嘎溜也同时被捋了。吉山宠起了新的十一姨太，同时把被贬去刷马桶的呼塔布重新叫了回来，取代了嘎溜的位置。这对十三行来说可是一件大事。

现在听说是嘎溜断了手，又是由呼塔布送去医馆，还把打断的手治疗得更加糟糕，蔡士群就猜到内里必有蹊跷。

蔡母忽然说："这个嘎溜，听说他打过昊官……还有，你们记不记得，当日他送光儿回去，撞见了巧珠，听说场面不是很好看，我们巧珠差点就被他那只猪爪子给碰到了。"

第十六章

蔡家分裂

蔡家与吴家毕竟是亲戚,吴承鉴虽然拒见蔡士群,但一些下人的家小来往也无法完全斩断,比如蔡巧珠的贴身丫鬟碧桃原本就是大新街跟过去的,蔡母既有心,知道的内情就比别的人家多一些。

蔡士群的嘴角抽了抽:"你是说……这事是昊官的意思?"

蔡母道:"未必是昊官亲自嘱咐的吧,但只怕脱不了干系。也有可能是呼塔布琢磨着昊官的心思,弄惨了嘎溜,既给自己出气,又讨好了昊官。"

一时之间,蔡士群心中大惧。

他的堂弟蔡士文虽然是总商,但在最得势的时候,也不过是吉山的一条狗,对嘎溜也是尽量奉承的。

哪能像吴承鉴这样,竟像是呼塔布反过来要去逢迎吴承鉴一般!

再想想最近这段时间,那些之前得罪过吴承鉴的人,或大或小,可没一个不遭殃的!甚至连惠州那个堂堂总兵老爷,听说也都被革职查办了。

这个昊官……他到底是怎么来的这么大的能量!

"阿朗、阿亮,还有,把老二、老三都叫上!"蔡士群道,"明天一大早,我们就去西关!"

蔡朗、蔡亮齐声问道:"去西关做什么?找家姐吗?"

"不是！"蔡士群道，"提了刀子，跟我去劈黑头菜！"

周贻瑾在花差号的甲板上，坐着躺椅，看着月色，等着喝茶。

旁边俊俏书童吴小九正在泡茶，忽然笑着说："师爷，如果不是你实在长得好看，这样子就像个七十岁的老头子。"

周贻瑾不转头，也不看人，随手拿了把扇子，敲打了一下吴小九的脑袋。

这时水手头目邓大昌跑了过来，道："师爷，刚才有艘小艇靠近，趁着月色，送来了一封信，指明了要交给周师爷。"

以前邓大昌等也只是拿钱为吴承鉴打工而已，两个月前擒船贼、攻仓库的两场变故，让周贻瑾在众水手、打手心目中建立了威信，所以这次拿到书信后他心甘情愿地亲自送来。

周贻瑾拿到信封，一看封泥，刚泡好的茶也不喝了，走回船舱，点了蜡烛拆信，果然是蔡清华写的。

信的抬头写着"贻瑾师棣"，对周贻瑾仍然亲热依旧，内容却没什么大不了的，除了寒暄之外，大概是想约吴承鉴一晤。在提及吴承鉴的时候，已经没有"翻盘夜"之前那般不当回事，虽然也不至于卑躬屈膝起来，但措辞已经颇为客气。

吴承鉴因这次顺利翻盘，在广州一时间如日中天，甚至连堂堂二品总兵都被他撸掉了，连呼塔布都要反过来拍他马屁，但这里头有相当大的一部分乃是虚势，属于权力泡沫。等到此次事情的影响渐渐淡下去，这层泡沫终究要破掉的。

而这广东地面，明面上的最高权力者仍然是朱珪，周贻瑾不至于因为近期的虚势，就认为吴承鉴真的就能和广州城内的满汉大员平起平坐了。不过在现在这个权势泡沫还没破掉之前，吴承鉴的确也有资格跟蔡清华好好谈谈。

可是，以周贻瑾对师父的理解，便猜到师父这一次会面多半是要提出什么新的要求的。

他想了想，对吴小九道："去，再走一趟总督府，再送我师父一点茶叶。"

有了上次的经历，这回吴小九倒是不怵了，笑道："好嘞！"

吴承鉴一直以为叶有鱼是为叶家求情而来的，这时忽然听她说自己不是为了叶家，而只是为了自己和母亲而来，倒是有些意外了。

他定眼看着叶有鱼，见她虽然强忍着，但眼睛里头隐约有水汽迷蒙，竟像要哭了一样。他是在神仙洲长年混迹的人，见惯了风月，很少有女人使的诡计能逃得过他的这双眼睛，叶有鱼再怎么聪慧，他也自信能分辨对方是真的要哭还是做戏。

忽然间他心里就软了两分，笑道："这么说来，我倒是误会你了？你不是为了叶家而来？"

叶有鱼捏着太阳环，低声道："我在家里，过得……并不好。"

这事吴承鉴倒是知道的："因为过得不好，所以准备报复家里吗？"

若真是如此，满足她的愿望倒也可以考虑，甚至顺水推舟整一整叶家也行，但这般为人者也不能深交。

"不是的，"叶有鱼道，"吴官，你是嫡子，上头有爹娘兄长，从小万千宠爱在一身，自然是很难理解我们这种人的这种处境。你刚才说我诓我爹给我买这个买那个，你连这个都知道了，想必对我……和我亲生阿娘的处境，也有所了解了。"

吴承鉴点头。

叶有鱼道："在我开始懂事之前，我爹就已经腻烦了我娘，又有了新的姨娘，就把我娘给忘了。我们母女俩都被丢在一个角落里，被安排干各种粗活。知道的晓得我们是叶宅的侍妾庶女，不知道的，还以为我们就是一对家生的仆妇母女呢。然而……其实我倒宁愿我们只是一对仆妇母女。若只是那样，我们还有机会离开这个家，但作为侍妾，除非是我嫁出去，或者是我娘被我爹卖掉，否则这辈子是别想离开叶家了。"

吴承鉴笑道："听起来，你的童年挺悲惨的。"

他在神仙洲多年，娼妓们的各种悲惨事情听得多了，早就很难被感动。

"那倒没有。"叶有鱼说，"其实很小很小时候，我并不觉得苦。说来也真是好笑了。在我五岁前后，基本上我并没有觉得有什么不快乐。那时候太太都不管我们的，平时我阿娘又护着我，尽量让我吃饱穿暖。所以她在刷马桶的时候，我就拿马桶盖和刷干净了的马桶玩；她在灶边的时候，我就拿炉灰堆着玩，当时并不觉得苦啊。"

吴承鉴倒是愣了一下,一个女孩子小时候只能拿马桶、炉灰来玩,旁人想想都觉得很可悲,然而转念一想,人在极小的时候,拿到什么玩什么,真的是不会觉得苦,因为根本就还没有"苦"的概念。

他在神仙洲,老听娼妓们说自己幼年如何凄惨,听得多了,自然就知道这些说话的人未必是说假话,但意图上多是在卖惨博同情。第一次、第二次他还被感动,三五次之后就麻木了,十次八次之后,别人说不到两句话,他就知道对方要卖什么惨、卖惨的目的是什么。

这还是第一次,听一个少女用这么平静的语调,诉说自己小时候玩马桶、玩炉灰,语调竟是这么平静,还坦承自己当时并不苦。

叶有鱼给吴承鉴倒了一杯茶——不知什么时候吴承鉴已经坐下了——然后继续说:"现在我回想,我娘当时应该是很苦的。但我因为小,不懂什么是苦,所以并不难过,至少能吃饱肚子,没被冻着饿着。真正苦的时候,是五六岁以后,我比较早慧,那时候就有点懂事了。大概是我六岁那年吧,我阿爹有一次看到我在玩马桶盖,大概以为我是哪个仆役的家生子,就随口问了一下,才知道我竟是他的亲生女儿,当场发了一顿火。从此我们母女俩就搬到了一间好一点的屋子里,有了好一点的床铺枕席,我阿娘也不用做那些脏活了,我也穿上了好衣服——虽然是我两个姐姐穿旧留下的,但那也比仆人们穿的要好得多。大家都说我们终于守得云开见月明了,谁知道……我的苦终于开始了。"

吴承鉴道:"因为你被马氏盯上了吧。"

"这是一半,"叶有鱼说,"还有一半,是我年纪大了一些,懂事了一些,所以被欺负了,就开始知道难受了,再看看哥哥姐姐们吃的用的比我好,竟然就妒忌了——其实之前我更差的食物也吃的,现在明明吃得比以前好了,但看到哥哥姐姐们能吃鸡翅肉,我只能吃点边角,心里却反而不衡稳了。又要被欺负,又要吃边角料,所以我就不甘心了。我当时还不大懂什么嫡庶,只是想吃的穿的和哥哥姐姐们一样,也不用被欺负。"

吴承鉴静静地听着,没有接话的意思。叶有鱼童年的遭遇有其苦处,但如果放在神仙洲无数的人生经历里头,就不算跌宕起伏,也就不显得引人注目了。

叶有鱼继续说:"哥哥姐姐们欺负我,毕竟都是背着阿爹、太太的,我当时就想坏的只是哥哥姐姐。于是有一次我隔着窗户缝隙,瞧见太太已经要来了,就故意挑了哥哥姐姐两句。他们见我不温顺,果然对我动手。刚好太太进了门就看见了他们扭我的脸,扯我的头发。太太进门的时候,他们都吃了一惊,手也僵在那里了。三哥哥,你觉得接下来会怎么样?"

吴承鉴笑道:"还能怎么样,自然是没好结果。嗯,你没有好结果。"

"是啊。"叶有鱼脸上也没有什么波动,似乎对这事已经看开了,"太太见到了哥哥姐姐扭打我,然而也只是看了一眼,就走开了,好像根本没看见一样——可是我一辈子都能记住那个眼神,哪怕当时我还那么小。而且也是从那时候我就知道,太太不会公平对待我的。"

第十七章

暗　　线

徐氏在迎阳苑坐立不安。

幸好，前一段时间叶有鱼争来的势，她现在也有人手派遣出去打探消息了。

两个小丫鬟轮番去探听老爷太太的动静，得回来的消息，却让她更加不安。

听小丫鬟说，老爷自从三姑娘出门之后就一直待在书房，太太进去了一会儿，然后没多久里头就传出她很大的声音，跟着她就出来了。

"这是吵架了？"徐氏心里想。她是个善良而柔弱的女人，叶有鱼继承了她的善良，却逆反了她的柔弱。若换了别的姨太太与她易地而处，兴许这时就幸灾乐祸起来了，徐氏心里却未曾如此，只是想着，别因为老爷太太的争吵，把祸害牵扯到有鱼身上去了。

马氏走了之后，叶大林坐在书房里，每过半个时辰，就会有人从白鹅潭方向给他报最新的情况，所以他已经知道吴承鉴登了船。

可是之后呢？叶有鱼真的能说服吴承鉴保住叶家吗？

叶有鱼的那些伎俩，说什么"居移气，养移体"，那些鬼话也只能去骗鬼，他自然是一眼看破其意图，然而有什么所谓呢？

如今吴家风头正劲，只要能够帮叶家度过这次危机，叶有鱼所要的那些东西，不过是他叶大林获益的九牛一毛。至于什么家风与规矩，作为暴发户的叶大林可从来就不讲究这个的。

"老爷。"一个男仆入门，递进了一个信封。叶大林挥手让男仆出去，打开信封取出一张纸条来。

然后他脸上就微现诧异之色。

"黑头菜又要有动作了？"

他们十三行几大家族，关系盘根错节，总体来说，自然是树大根深的潘家信息来源最全面，信息渠道铺得最深。其余蔡、卢、吴、叶几家，在信息网上各有长处，也各有盲点。比如对蔡士文那边，叶大林所下的功夫就要比吴国英来得深。

"哼，要是这样也不错。"叶大林嘴角微微斜翘起，带动了他其中的一撇胡子，低声呢喃，"黑头菜毕竟还是总商，百足之虫，死而不僵，虽然被吴家一时压住，但吴家要取代黑头菜坐上总商的位置，一时也难——吴承鉴风头再盛，毕竟还是太年轻了，把名字报上去对上头不好交代。而黑头菜也不会坐以待毙的，一旦反扑，这股劲道也将非同小可。我且等他们两虎相争，坐收渔人之利。"

叶大林又想："然而要坐收渔利，也得我自己能熬过这一关才行啊。哼，还是得看有鱼这丫头，能不能迷住吴承鉴那个色鬼！"

这倒也怨不得旁人一听叶有鱼要见吴承鉴，就觉得叶有鱼要以色娱人——因为连她老爹也是这样想的。

忽然，叶大林双目一瞪："不对，不对！"

他蓦地想起另外一个人，一时间额头沁出冷汗来："我怎么这么糊涂！黑头菜如果下来，坐上总商位置的……也不会是吴承鉴啊！"

是啊，有一个家族，有一个人，似乎沉默了许久，似乎旁观了许久，因为太久没有声音，以至于许多人一时竟忘了他的存在——可是老虎就算默不作声，它也还是老虎啊！

叶大林将"饿龙出穴、群兽分食之局"的经过和结果想了一遍，越想越是心惊胆战。

当下所有人的目光都被吴承鉴吸引过去了，却忘了有另外一个人，不声不响地也在此次事件中坐收巨利——其所获得的实际利益，甚至不在吴家之下，而此局的结果，又为那个人造成了空前良好的时势。

吴承鉴虽然一举翻盘，其势如日中天，但在人际关系上，却变得与蔡家势不两立。锋芒太盛之下，卢家未必不会因此忌惮。乃至于粤海关监督那边，虽然不知道为什么最近竟对吴家极其容忍，可满大爷的这种态度真的是好事吗？所以吴承鉴貌似势大，实际上在十三行中的人际关系却变得相当紧张，既失去了蔡家这半个亲家，又与盟友叶家几乎闹翻。

反倒是那个人……不声不响的，所有人都得指着他，靠着他，拉拢他。就连吴承鉴，在清算谢家的时候也不得不把极大的一块肥肉给他留着。他坐于高处，没得罪任何人，但无论局面怎么变化，他都能坐收其利。

"糊涂啊，糊涂啊！"叶大林心道，"我怎么这么糊涂，一时竟然漏掉了他！嘿嘿，他也真是藏得够深的。"

算算时间，那个人也是该要出来了，毕竟他的资历已经熬得差不多了。

想到这一点，叶大林又是心头一凛。

"群兽分食"一局，表面上看是吴承鉴赢了，但实际上呢？

那个人当初没有成为总商，不是因为家族势力不够，而是因为当年他太过年轻，把这个名字报上去，对内务府不好交代，所以才给压住了，让给了黑头菜，但现在他的年龄既然差不多了，自然不可能不想把总商之位拿回来，但这个位置黑头菜那边坐了这些年，自然不可能好说好商量地就让出来。

"难道……这个局他早就知道？甚至这个局的结果，也在他预料之中？甚至他也是推动者？"

一想到这一点，叶大林又冒出一阵冷汗。

那个人要拿回总商的位置，一没有自己对蔡家发起攻击，二没有指使爪牙（吴、叶）对蔡家发动攻击，相反，竟然是蔡家因于形势，对他的爪牙（吴）发动了攻击，然后反受其害——这究竟是大势使然，还是一开始就是他的谋划？

如果真是这样子……那个人就太可怕了，用计之深、用心之险，或许比他父亲还更可怕。

一想到这一点，叶大林的思路就全变了。

蔡士文不舍得点大蜡烛，屋子仍然显得很暗。

蔡士文吧唧呼啦地抽着水烟筒，一双眼睛深沉而未慌乱。

能坐到他这个位置上，临危不乱也是一种必然具备的修养。虽然眼下局势对他不利，却也远没到当初吴家那种墙倒众人推的地步。蔡家的耳目仍然广布西关，神仙洲发生的事情，一件又一件地传进了他的耳朵。

哼，扶着南海县一个捕头坐首席，扶持一个的黄毛丫头做花魁，这是报恩，也是立威，是要告诉满广州的人：现在的粤海欢场是他吴承鉴说了算。

排行第三的那个花魁被赶走了，而那几个山西佬又去捧那个新花魁的臭脚，那就是吴家已经暗中和晋商谈妥条件和好了。

和佛山陈做戏结拜，又捧着佛山陈梳笼的粉头做了花魁之首，这是要告诉所有人：他吴家不但渡过了难关，还有了新的同盟，势力比往日更上层楼。

至于偏偏排行第二的那个花魁被留下了又受尽屈辱，那自然是因为那个花魁是自家老二捧上去的，吴承鉴这是在告诉所有人：他吴家和蔡家，仍然是势不两立啊。

"小混蛋！"蔡士文一想起"翻盘夜"吴承鉴的那一脸嘚瑟，再想起自己竟被逼得手足无措，自断臂膀，就恨得牙痒痒的。

"我饶不了你，我饶不了你！"

"老爷，"有仆人上前，道，"有人从后门求见。"说着递上一个小锦囊。

蔡士文打开锦囊，抽出里头的东西，脸色变得有些怪异，道："接进来。小心些，别让不相干的人看见。"

不一会，来人裹在一件大氅里，连头都被连领帽罩住了，便进了这间暗黑暗黑的屋子。

仆人退了出去，来人放下了帽罩。

"是你！"蔡士文诧异，"你怎么来了？"

仆人一直站在来人的身后，都没能看清来人的面目，见蔡士文示意，就退了出去。

他在门外站着守候，过了一顿饭工夫，客人便告辞了；再过不久，忽然听见屋内传来蔡士文压抑不住的笑声："哈哈，哈哈！这下子……姓吴的死定了！"

　　吴小九跟着送信来花差号的人，拿着一斤好茶，连夜进了广州城——城门早就关了，但有两广总督府的人带着，进城自然不难。
　　上一次进总督府他是战战兢兢地如同要上刀山下油锅，眼睛都不敢斜视一下的，这第二次来就熟门熟路多了，一双圆溜溜的眼睛贼一般偶尔窜几下，打量着总督府内的景观，想着回去也好跟人吹嘘一番。
　　今晚是个特殊的夜，蔡清华竟然也还没睡，泡着一壶浓茶熬着，一边听各方传来的消息，终于吴小九进来拜见。
　　蔡清华喜欢美少年，看见吴小九就先欢喜了几分，见周贻瑾派来的是自己喜欢的小厮，又来得这么快，不由得笑道："贻瑾毕竟有我心。"
　　他们做师爷的，需要入乡随俗。他来广州也才几个月，但已经能说一些粤语了，"有我心"便是典型的广东话，是"对我有心"的意思。
　　吴小九道："蔡爷，还让小的伺候您喝茶吗？"
　　蔡清华微笑挥手。
　　吴小九跪着上前，熟练地换掉了那半壶快冷了的茶叶，把自己带来的茶叶换上。
　　蔡清华旁观他越发流畅的动作，笑道："不错，手艺又有长进了。"
　　这次吴小九带来的是极品乌龙——这茶本非蔡清华平时喝惯的，但今晚熬夜，喝下这浓浓的一杯乌龙，不由得精神一振，啧啧道："福建的工夫茶，以前我都觉得苦涩如药，今天再品，的确有其独到之处。"
　　吴小九其实听不懂其中的话外之音，然而他也是个机灵人，就将这些话牢牢记住，准备回去之后一字不易地给周贻瑾重述。
　　喝了一巡，蔡清华才道："嗯，可以了。"
　　吴小九马上就停下了，跪在那里等候吩咐。
　　只听蔡清华问："什么时候？哪里？"
　　吴小九道："全看蔡爷这边方便。"
　　蔡清华哈哈一笑，道："不错，贻瑾毕竟没有被一时的胜利就冲昏了头，很好，很好。"
　　蔡清华刚才是故意卖个破绽，但周贻瑾仍然谨守本分，将定时间和地点的主动权交给对方，这就是对蔡清华的尊重了；对蔡清华尊重，那就是对两广总督的尊重。

蔡清华道："那就明天吧，我再上花差号，仍然喝你们福建人的炒茶。"

第十八章

协议婚姻

对于叶有鱼童年的遭遇，吴承鉴有些同情，不过仅此而已。

叶有鱼只说了嫡母马氏对她不公，可吴承鉴知道其实叶大林对她也算不上好。

广州西关谁都知道叶家有个很早慧的庶女，很小就会读书写字了，还能背诵大篇大篇的诗词歌赋，这对文盲出身的叶大林来说是一件很长脸的事情，因此他很喜欢把她带在身边，或者让她到外头去出席各种女孩子能出席的场合。

就像是一件精美的瓷器，不拿出去炫耀实在对不起叶大林的性格——但大户人家谁会这么对自己的女儿啊？真把叶有鱼当掌上明珠的话，谁舍得她去抛头露面？

因此吴承鉴不用打听就知道，叶大林对叶有鱼也不可能是真心好。

不过他想，在叶大林家里过日子，叶有鱼能够有她的利用价值，其实已经算是一件不错的事情了。在叶大林手底下，连利用价值都没有的人才是真惨。

一阵沉默之后，吴承鉴道："你恨这个家？"

叶有鱼低了低头："有些。"

"只是有些？"

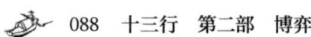

"我知道他们，"叶有鱼说，"他们有自己的苦，有自己的孽，所以才会那么对我，不过……道理我是懂的，但要让我完全不怨，我也做不到。我毕竟不是菩萨。但我也不想让自己的怨恨无穷无尽地扩大下去，我不能让这怨恨毒害了我自己。我的前十几年人生过得不算好，但我也不能因为他们，把我后面的人生也赔进去。"

吴承鉴道："你倒真的读了不少书，这是佛家的道理吧。"

"不管是哪一家的书，"叶有鱼说，"只要能让人过得更好，就是好书。"

吴承鉴点了点头，叶有鱼的这个想法倒是合他胃口，至少没有读书人的酸气，于是他说："你想我怎么帮你？"

终于等到这句话了……然而叶有鱼却并不开心，因为这不是她预期中的答案，所以她说道："我不晓得。"

吴承鉴怫然道："我不喜欢这种答案，既然是做交易，还是把事情摊开来说，明码标价才好。"

听吴承鉴把"做交易""明码标价"给说出口来，叶有鱼心头一揪。她再怎么聪明，毕竟也只是个十七八岁的女孩子，眼前又是长久以来放在心上的人，然而这个心上人却只是愿意跟她谈"交易"。

"我还是太天真了，我就应该知道……老天爷……你不会对我这么好的……"

她按捺着自己不要再想下去，收拾了一下心情，说道："我是希望我和我娘能脱离苦海，但这是很难的。"

吴承鉴颔首道："确实有点麻烦。"

叶有鱼自己也就罢了，可徐氏是叶大林的妾，而且是生了女儿的妾，这辈子都很难离开叶家了。这件事情，不是出钱就能办成的。

忽然，他又笑道："也许有个办法。"

叶有鱼道："嗯？"

吴承鉴笑说："我把叶家给整废了，等叶家废了，要捞个人出来就容易了。你觉得如何？"

叶有鱼双手合十，说："我对父亲有怨，对太太有恨，对兄姐有气，却还不到希望叶家到家破人亡的地步。我再怎么着，也还是叶家的女儿，真要把叶家弄到灭门破家，我死之后，怕是要下十八层地狱了。我母亲也不容我如此。"

吴承鉴道："若不是这样，那可难了。叶大林是打蛇随棍上的性格，我若真的只是向他要你们母女俩，他见状一定狮子大开口，那时候我可就要付出很大代价了，大到……大到远超你的这个人情。"

这些话，一句一句都是在打算盘的。

叶有鱼心里一阵黯然，口中说道："我晓得。"

吴承鉴道："但我想以你的性格，既然来见我，就一定有什么主意的，不会是需要我来帮你想办法的，对吧？"

叶有鱼又沉默了好一会儿。之所以沉默，是因为下面的话，本不是她想说的，然而现在已经没有退路："有的。"

吴承鉴道："说。"

叶有鱼道："三哥哥……昊官，你纳了我做侍妾吧。"

这是今天晚上，吴承鉴第二次感到意外了。刚才这一席话说下来，他已觉得叶有鱼是个内心骄傲无比的人。在他的判断里头，叶有鱼应该是"宁为鸡头，不为凤尾"的性格，也就是说，她应该是宁可嫁给一个中产之家，甚至家境贫寒的男人做妻，也不愿意攀附富贵者去当人的侍妾才对。更何况她会陷入今时今日的困境，根源也都在于她母亲的侍妾身份上，她竟然还愿意重蹈覆辙？所以吴承鉴不免感到意外：难道自己竟然看错了对方？

"你……确定吗？"

叶有鱼道："如今昊官你声势正大，我阿爹这次对不起你们吴家，所以十分恐惧你的报复。昊官你若想不花太大的代价就把我捞出来，其实也容易，只要你开出几个我爹刚好能够接受的条件，最后再提出一个附加的条款，说是要纳我为妾，这样……这样一来，我爹多半会认为要么你是用这个事情来奚落他，要么就是今晚我以美色迷住了你——一来觉得我破烂了，就不会再重视我；二来觉得我是个添头，也不会漫天要价——如此我也就能轻松地离开叶家，而不需要动用吴家多大的力量了。"

吴承鉴觉得以叶大林的性格，十有八九会这么想，就道："你觉得应该开什么条件？"

叶有鱼压低了声音，说了七八句话。

吴承鉴眉毛一挑，无比诧异："你……叶家的底细，你竟然这么清楚！"

叶有鱼道："我从小跟着我阿爹见多了宾客，有时候他跟人说些要紧的话也不避我，我又有心，颇能触类旁通，所以我对叶家的情况，只怕是比我的几个哥哥，都知道得多。"

吴承鉴笑道："知道这么多是一回事，可你也真是够狠啊，这几个条件提出来，叶大林得掉层皮。"

叶有鱼道："苍天之下，没有又便宜又好的事情。叶家对不起吴家，总得付出一些代价的；不这样的话，昊官你对叶家的这口气，也很难吐出来吧？事情不能了结，吴、叶两家的怨憎摩擦持续下去，最后叶家受到的损害，只会比这个大。"

吴承鉴"嘿"了一声，不作声。

叶有鱼道："但这样一来，吴家也大大得利了，所以昊官你还得再答应我一个条件。"

吴承鉴道："说。"

叶有鱼把头低了半晌，才又抬头说："昊官，我们做个约定吧。"

吴承鉴道："什么约定？"

叶有鱼说："如果过门之后，经过一段时间的相处，你觉得我人还好，堪为良配，我希望你找个机会，把我扶正。如果三年之后，你仍然无法信我爱我，那请你到时候把我休了，让我恢复自由之身，再给我一笔钱，让我能置办一点产业，奉养我的母亲终老。可以吗，昊官？"

吴承鉴道："你真的甘心？"

"当然不甘心啊。"叶有鱼道，"我不信命，只信自己，如果有更好的机会，我一定不甘如此的。但我没有，家里那边逼得极紧，我拖不下去了。我的筹码太少了，今天运气又坏……"她停顿了好一会儿，才继续说："在这片刻之间，我已经想不到更好的办法了，所以我只能如此。"

吴承鉴不置可否。

叶有鱼用微颤的声音，说道："可以吗，昊官？这个约定，你能答应吗？"

吴承鉴终于走了，也答应了。

这一席话谈了好久，铁头军疤都回来了，吴承鉴便直接坐了他的船。

冬雪上了楼梯，就看见叶有鱼望着小艇离去的后影，满脸都是泪。

冬雪急道："姑娘，姑娘，你这是怎么了？"刚才送吴承鉴上小艇的时候还挺好，怎么一转眼就哭成这样。

叶有鱼抹着眼泪，说："没事，我没事。"说完这话，抹了泪水，她又恢复往日那宠辱不惊的模样。

怎么可能没事呢？冬雪想。这还是她第一次见叶有鱼哭。

但叶忠已经上来了，看了叶有鱼一眼，对她的泪痕视若不见，就问："如何了？"

叶有鱼道："在合适的时候，他会找阿爹谈条件。"

叶忠一听，就松了一口气，只要吴承鉴愿意谈条件就好。吴、叶两家毕竟是老交情了，在生意场上，只要愿意坐下来就有得谈；只要能谈，事情就不会太坏。

他转身要走，忽然停了停，说："别想太多了。人一辈子，没那么多好事。多往好处想想。"

"我知道……"叶有鱼没想到叶忠竟似乎窥破了自己的心思，露出个很难看的笑容，"谢谢忠叔。"

铁头军疤掌舵的小艇上，吴七笑嘻嘻说："昊官，这一回咱们赚了啊，赚回了一个美娇娘。"

吴承鉴其实一开始就没打算将叶家往死里整，这段时间偶尔放出一些风声，也是故意要恐吓恐吓叶大林。他在家里日常闲聊的时候却透露过一两句，所以吴七知道吴承鉴的想法，也颇知道吴承鉴预想中的条件，但在此之上再得一房绝色美侍妾，却是意外之得。

吴承鉴笑了笑，忽然之间一怔，脸色都僵在那里了。

吴七道："昊官，你怎么了？"

"要死！"吴承鉴忽然怒道，"她怎么会知道的！她怎么会知道的！这个女人，是我肚子里的蛔虫吗？"

吴七道："昊官，怎么了？你怎么了？"

吴承鉴一脸愤怒，仿佛是被人冒犯了一样。他嬉皮笑脸之下，其实心思颇为深沉，整个广州城，也就周贻瑾能洞悉自己的心思。

可刚才叶有鱼提出的这几个条件，恰好就压在他的底线上，正可让叶家不至于破败，而吴承鉴这口气也算出了。

"她怎么会算得这么精准？"吴承鉴呢喃着，"难道是叶大林教的？不对！"

如果叶大林能将自己算得这么准，哪里还会这么担心自己的报复？那这个自己都没见过两三回的女人，又怎么会知道自己知道得这么深？

小船也在白鹅潭，所以很快就开到了花差号。

吴承鉴上了船，见到疍三娘的时候，又换了一张脸，笑吟吟的脸上带着掩盖不了的春意。

疍三娘仍然像往昔一样服侍他更衣，吴承鉴道："怎么不问问这一趟的情况了？"

疍三娘就问："谈得顺利吗？"

"顺利，顺利得很。"吴承鉴笑道，"不但得了叶家的虚实，还得了一房绝色美女做老婆。女生外向啊，有鱼虽然还没过门，但心已经向着我了。"

疍三娘怔了怔，但这一回她早收拾过心情，所以没那么大的反应。

吴承鉴道："你是没见过真人，叶家这位三小姐，真正的绝色佳人，满广州再找不到第二个能跟她比的！虽然她是个庶出，不过也还好，毕竟叶家和我们吴家算是门当户对，而且我阿爹也曾夸过她，说老叶的这个姑娘，着实不错，也算是我阿爹也看中了的人。"

旁边吴七心道："不是要纳侍妾吗？又不是要娶正妻，怎么说起门当户对的事情了？"

却听疍三娘道："那可恭喜你了。"

吴承鉴见她还是这么平平淡淡的，本来就憋着的暗火，一下子按不住了，道："你还真恭喜我？你就这么不在乎我娶老婆吗？"

疍三娘道："我说过的，只要你好，我就好……"

话没说完，却已经惹得吴承鉴怒气更甚："三娘，你凭什么这么拿捏我，真当我非你不娶吗？"

疍三娘道:"我从来没拿捏过你……只不过……昊官,我们真的不合适。其实只要你好,我就心安。你也是个凡事都看得通透的人,怎么到了这事情上就犯浑?"

"你……你!"吴承鉴怒道,"好!我这就回去跟我阿爹说这桩亲事,明天就让大嫂找媒婆,后天就娶叶有鱼过门,到时候你就到二何先生那里,看看他能不能开一剂后悔药给你吧!"

红颜知己

夜里的海上,风大天冷,周贻瑾虽然还没睡觉,却已经躺在被窝里了,忽然见吴承鉴怒气冲冲地进了自己的舱房,掀了掀身上的被子,问道:"又怎么了?"

吴承鉴道:"有人中邪了!放着大少奶奶不做,偏想做外室!你说好笑不好笑?"

周贻瑾笑了笑,坐起身来,往肩头上披了条毯子,道:"两个月前我看你谈笑之间覆雨翻云,差点把半个广州都掀了过来。如今满神仙洲的人,个个敬你畏你,可没想到你居然也有这样气急败坏的时候。真是英雄难过美人关了。"

吴承鉴道:"起来!陪我喝酒!"

"不喝。"周贻瑾道,"明天要去见师父,今晚我得睡好觉养精神。"

这时吴小九还没回来,所以周贻瑾尚未知道确切的时间,不过猜到不会等很久。

吴承鉴道:"蔡师爷?"

周贻瑾说道:"不只是我,还有你。所以你最好也去睡吧。"

周贻瑾把蔡清华来信之事说了。这时天冷,又是在海面船上,吴承鉴刚才一腔怒火时还好，这会儿站定了开始想事情，人就冻得耐不住，挤了过来掀被子盖。周贻瑾被打断了话，怒道："滚下去！"

吴承鉴把手也伸进被窝里暖和，笑道："继续说，继续说。"

周贻瑾被他挤到一边，骂道："你这无赖跟三娘耍去啊，别来我这边耍。"

吴承鉴道："干吗这么激动，当年我们在北京的时候也是这样。"

周贻瑾道："你当你还只有十七八岁吗？现在你在广州也算个大人物了，能不能端着点？"

吴承鉴道："你以为我想当这个人物？老子好好的花酒喝着，好好的乐子找着，本想就这么风流快活一辈子，谁知道贼老天给我找这么一堆破事让我担着。人前我要撑住吴家的场面，可人后也要我这么端着？我累不累啊。"

说到这里，他忽然道："三娘她不懂我！她不知道对我来说，什么破前程根本就没她来得重要。"

周贻瑾冷笑："不重要？那你把那张执照交了啊，把宜和行散了啊，吴家剩下的钱也够你风流快活一辈子了。"

"那不行。"吴承鉴说，"我是风流快活一辈子了，可得打破多少伙计的饭碗。再说了，北京那边容忍我，江湖道上的兄弟捧着我，都是因为我撑着的这个场子能给他们赚钱，我要是现在撂挑子不干，你信不信明天我们全家就得横死街头？我现在是逆水行舟，根本没退路。"

周贻瑾道："原来你也知道自己没退路，所以三娘没错，只是她想得比较远而已。"

吴承鉴静了下来，道："他们只是要我能赚钱办事，未必就会干涉到我的婚姻上来。"

周贻瑾道："这些事情是一步步逼来的。我估计再过几年，一个顶戴花翎就要罩在你头上了。朝廷的诰命下来，你要是不接，怎么向老爷子交代？怎么向你大嫂交代？怎么向你吴家的列祖列宗交代？你要是接，三娘的出身是朝廷能容忍的？那时候你进退两难，三娘不得被放在火炉上烤？以当今天下的风气，甚至到时候连要逼死三娘的事情都会有人做。"

吴承鉴道："那么远的事情现在想来做什么，说不定那时就能解决呢？眼前碍脚的石头自然要想办法推了它，但几年后才会遇到的困难，何苦现在就搞得自己不安生？哼，她要是有有鱼的心志，我就不用这么烦了。"

周贻瑾一奇："有鱼是谁？嗯，这个名字好像听过……"

吴承鉴一时有些尴尬。

周贻瑾一向冷冰冰的脸上难得露出一点好奇的笑容："来来来，咱们的好当家，快告诉你家师爷，这是哪家的闺女，居然能搞到你有些不自在，还在这当口拿出来跟三娘相提并论。"

"跟三娘相提并论？"吴承鉴呵呵一声冷笑，"那个满肚子算计的小蹄子，她也配！"

叶有鱼的轿子终于回到了叶家，她径自前往书房。这时天都快亮了，叶大林竟然一晚都没睡，还在那里等着。马氏听说她回来也赶了过来，夫妻俩并排坐在那里。马氏一双眼睛就像要吃人，若是叶有鱼这次带不回来一个能够交代的答案，她能当场把人活吞了。

叶有鱼回来前已经重施了淡妆，这时脸上再没一点失态过的痕迹，对着叶大林夫妇福了一福，叫道："阿爹，太太。"

叶大林道："事情办得怎么样了？"

叶有鱼道："昊官那边会来跟阿爹谈了。"

叶大林皱眉："就这样？你把他的话原原本本给我复述一遍。"

叶有鱼道："今天一整晚上，他说的话不超过二十句，其中大半都是故意调笑的疯言疯语，女儿……开不了口。好不容易才算来句实的，就是刚才这一句'我会找个机会，跟你老子谈谈的'——就是这一句了。"

马氏猛地厉声道："你摆了这么久的谱，结果就弄回来这么句九唔搭八的话？"

叶有鱼缓缓道："太太，昊官如今是什么人，岂是能容旁人摆布的？有鱼没本事，也只弄回来这句话，太太若不满意，但凭责罚。"

马氏看向叶大林，叶大林却抬了抬手说："好了，有得谈就算不错了。"

马氏叫道："当家的！"

叶大林道："我说行了！"

马氏才不开口了。

叶大林挥手道："你先下去吧。都熬了一个晚上了，都散了吧。"

叶有鱼便告辞走了，马氏又说："这个小蹄子，摆了这么多谱，把家规门风都搞得一塌糊涂，结果就弄回来这么模棱两可的一句话来。当家的，你也太纵容她了！"

叶大林淡淡说道："你也知道她已经摆了这么久的谱，那就不妨多纵容她两日，一切且等吴家那小狗来谈了之后再说吧。"

他既知道吴承鉴愿意谈，那么事情再坏也就有了底线，恐惧之心一去，言语之间，又恢复了往日的刚愎自用。

马氏不愧是他老婆，一听便明白了叶大林的意思：毕竟今晚去跟吴承鉴谈的是叶有鱼，谁知道个中还有没有别的内情，现在还是且让叶有鱼再逍遥几日，真要清算账目，也等叶大林这边和吴承鉴谈妥了再说。

"咦！"周贻瑾啧啧称奇，"叶家这个三小姐了不起啊，她能猜到你的底线，那不但是要掌握很多别的情报信息，而且最关键的一点是，她还得对你的心性有很深的了解才行。能把你琢磨得这么透，这姑娘对你的用心很深啊。"

吴承鉴冷笑道："她要来跟我谈条件，自然要对我仔细琢磨。"

"不不，不是这样的。"周贻瑾说，"你以前吊儿郎当，所以还不怎么入那些大人物的法眼，可自你当晚翻盘之后，蔡士文、叶大林、卢关桓，这些人哪个不时刻盯着你，琢磨你？这些人哪个不是老奸巨猾之辈？但我敢说，他们也没办法像这位叶三姑娘这样了解你。"

这句话，可是击中了吴承鉴不愿意承认却不得不承认的地方——他刚才在回来的路上之所以会忽然愤怒，就是觉得自己守护内心秘密的窗户，在叶有鱼面前似乎被砸烂了一样。

周贻瑾说："毕竟人心隔肚皮啊。能把对方的性情、秉性了解到这个程度，一般来说，得是朝夕相处，或者是长久琢磨才行。朝夕相处还好说，长久琢磨……就还得有一点运气了。"

吴承鉴道："什么运气？"

周贻瑾笑道："这世界总有一些人，彼此之间很容易就了解对方，只要有个机缘，一下子就能知道对方在想什么。就像……"

吴承鉴道："像你和我一样？"

周贻瑾"呸"了一声，说："我是说，像伯牙子期那样。"

伯牙和子期乃是千古至交的典范。伯牙是个古代著名的音乐家。据说他弹琴的时候，心里想着高山，子期听了他的琴声，脱口就说："善哉，峨峨兮若泰山！"伯牙弹琴的时候，心里想着流水，子期听了琴声，又脱口说："善哉，洋洋兮若江河！"——这就是"高山流水"这个成语的来历。

吴承鉴冷笑道："你是说，她还能跟你一样，成为我的知己了。"

周贻瑾笑道："我们两个男的，自然是知己。对方是个绝色美女的话，那就得再加两个字了。"

"哪两个字？"

"'红颜'啊。"周贻瑾道，"红颜知己。"

这一次吴承鉴没有笑，却忽然沉默了下来。

周贻瑾道："怎么？动心了？"

"别胡说！"吴承鉴道，"只不过你这么一说，我忽然就觉得，这个女孩子真是不简单，竟然把我琢磨得这么透。若是这样，那我可不能这么轻易放过她了。"

"也许也没那么复杂。"周贻瑾道，"其实一个女孩子这么琢磨一个男的，也可以有另外一种可能性的。"

"嗯？"吴承鉴道，"什么可能性？"

"她爱他。"周贻瑾道，"因为爱着，所以心就围着他转，日思夜想，日夜琢磨，若再加上一点聪慧、一点情报、一点运气，那么对心上人的心志心情了如指掌，简直就是顺理成章之事了。"

吴承鉴"呸"了一声，说："你也真能瞎掰！她才见我两三回，就这么爱上我了！我告诉你，叶大林家里出来的女儿，不可能这么简单。就凭她在叶家搞出来的那些动静，一看就不是个善茬。这样的女人，见了两次面就爱上我？我要天真到信了你这种鬼话，早在神仙洲被人吃到连骨头都没得剩下了。哼哼，本来我还只当这是一桩交易，现在看来，要重新琢磨一下了。"

第二十章

惊闻内禅

"福建的工夫茶,以前我都觉得苦涩如药,今天再品,的确有其独到之处。"

吴小九带回来的这句话,让吴承鉴和周贻瑾对蔡清华对吴家的态度都有了底——这句话明里是说工夫茶,暗中的意思则是对吴承鉴实力与手腕的承认,至少蔡清华已经不是双方第二次会面时那种高高在上、视吴家如蝼蚁的姿态了。

"不是恩赐或者施舍,而是合作。"吴承鉴笑道,"这就有得谈了。"

"你也不要太得意忘形。"周贻瑾说,"就算是合作,也只是和'蔡师爷'谈,而不是和总督老爷谈。"

"放心吧,"吴承鉴笑道,"这点自知之明我还是有的。"

蔡师爷约好了是晚上过来,所以吴承鉴就不回西关了,一整天都待在花差号上,却半步不入疍三娘的舱门,而是在甲板上钓了一整天的鱼。

到了晚间,吴承鉴挑了其中最肥最大的几条,准备用来款待蔡清华。疍三娘就想洗手做一道鱼汤,吴承鉴道:"你现在算是什么?如果是我老婆,女主人出手为客人做羹无可厚非,可如果只是个封了帘的花魁,这是准备重新出道吗？"

疍三娘一听，胸口不断起伏，忽地掩面回舱去了。

周贻瑾皱眉道："你就算心情不好，硬要刺三娘一刺，这话也太过分了。"

吴承鉴其实话说出口，心里也就后悔了。他除了与疍三娘赌气，还有几分激得她发怒的念头，然而也知道自己的话说得过了，就想要不要进舱去道歉，便在这时，远处的水面上有人举灯为号。

周贻瑾道："来了。"

吴承鉴只得跟着周贻瑾快步走过去，站在舷边迎候。

花差号上，灯火大明，火把在海风中猎猎作响，照得甲板十分亮堂。

宽敞的甲板上却空荡荡的，除了主客三人，就只有吴七和吴小九在旁伺候。吴小九调弄着酒水，吴七则摆弄着烧烤用的架子。

蔡清华扫了一眼，笑道："吴官如今权倾西关，富可敌国，就请我吃这个，也太寒酸了吧。"

周贻瑾笑了笑说："今晚的架撑虽然不多，却也都不是凡品，就说这个烧烤用的青铜煎炉，也是件两千年的古物了，不是富可敌国的人，还真拿不出这东西来整治烧烤。"

蔡清华上前看了两眼，只见吴七正在拿做烧烤的煎炉分上下两层，上层烤着鱼虾，下层放炭火，炉体边缘处黑中带绿，黑的是烟熏痕迹，绿的是千年铜锈。

"两千年？"蔡清华抹了一点铜锈，细品之后点了点头，"那是秦汉的古物了？"

周贻瑾道："这铜炉放在两千年前虽然不是什么精致的金石珍器，但的确是南越武王赵佗用过的古物。"

蔡清华指着笑道："那这几条鱼呢？有一千年还是两千年？"

周贻瑾道："鱼倒是新鲜的，昊官今天花了一整天，钓了十七八条，这几条是最大的。"

蔡清华抚掌道："宜和行近日每一天的进账，何止白银万两！这三条鱼花了昊官一整天的时间，算起来一尾也要三千金！"

三人同时哈哈大笑。

笑声中各自落座。吴承鉴手下的人都各有一两手绝活,吴七的烧烤功夫也是一绝,烤好了三条鱼端上来,还没开吃,香味已经引得人食指大动。

这白鹅潭在那个叫阿菩的帅小伙子生活的年代,已经成了珠江的一部分,但在吴承鉴这个年代却是江海交接之处,水文情况十分复杂。吴承鉴钓上来的鱼有淡水鱼也有咸水鱼,这三条鱼正是两江一海。

周贻瑾就请蔡清华挑选,说道:"淡水鱼的肉鲜嫩些,海水鱼的肉则比较实,师父还是吃一条淡水的吧,比较习惯。"

蔡清华却道:"不,好不容易来趟广东,自然要吃海鱼。"

吴承鉴、周贻瑾自然同意。

海鱼有个好处就是一般没什么细骨,吃起来不用挑刺,蔡清华吃了有半条,再配半杯吴小九斟上的葡萄酒,说道:"这海鱼果然和江河湖泊的鱼不同,长得好,烤得也好。在这山高皇帝远的地方,烤海鲜吃着,葡萄酒喝着,人生还有什么不足的?也怪不得贻瑾你乐不思蜀。"

用吴承鉴亲自钓的鱼开路那是表示敬重,接下来便是烤虾、烤蟹、烤章鱼、烤玉米、烤番薯……荤素搭配,吃了一样,又来一样,把蔡清华吃得舌头都麻了。

最后疍三娘带着碧荷过来,从碧荷捧着的餐盘里将三碗艇仔粥端出,和颜悦色地说:"烧烤烟火味太重,先生再喝口粥吧,清清肠胃火气。"

蔡清华是认得疍三娘的,接艇仔粥时微微欠身谢过女主人。疍三娘端给吴承鉴时,吴承鉴便拿眼睛来看她,她恍若未见,却未失礼,朝蔡清华福了一下便退下了。

这艇仔粥是广州地区水上人家的拿手小吃,以生鱼片、瘦肉、油条片、花生粒、葱花、蛋丝、海蜇丝、鱿鱼丝等为配料,以滚熟的白粥冲烫配料而成,既得白粥之绵滑,又尽诸料之鲜美,且配料虽多,却不夺粥之本味,喝起来清而不腻,因此闻名。

蔡清华喝了半碗艇仔粥,满口称赞,笑道:"酒足肉饱,淡粥清胃,海风习习,美人在侧,这日子,神仙也不换。北京虽然是天子脚下,能享用的好物却不如广东了。只可惜我身在旋涡之中,要想过这等清闲日子,不知道要等到什么时候。"

吴承鉴道:"北京有北京的非凡,广东也有广东的好处。蔡师爷若是喜欢，以后交代一声，什么样的好物都有。"

蔡清华笑道："今晚吃你一条鱼、一碗粥，倒也不算逾分，再要什么好物，大方伯那里我就交代不过去了。"

周贻瑾微微摆了摆手，吴七把炭火盖住，就带着吴小九走了，偌大的甲板只剩下三人。周贻瑾又将盖住的铜炉挪过来一些，以铜炉散发的热度来抵消海风的寒冷。

吴承鉴道："秋交之事，吴承鉴为求自保，不敢承大方伯之命，但从头到尾也未曾泄露过大方伯那边的消息。吴承鉴对大方伯绝无半点不敬之心，只是这件事情吴家这么选择实在是事出无奈，只能求大方伯体谅体谅我等商贾小民的难处。"

蔡清华道："你这是担心我今晚是来问罪的？"

吴承鉴道："我们老广都是胸无大志的闲散人，西关商人只求三餐饱暖、子孙无忧，九天之上神仙打架，随便一个雷霆都不是我们这些南蛮小民能经受得起的。大方伯乃是皇子之师，将来或许更是帝师，身处九五之侧，半步巅峰，自然目光开阔、胸襟博大，想来必能体谅下情，不至于因为这点小事为难我们这等商贾小民。"

蔡清华呵呵一笑："商贾是商贾，自谦为小民却是过了。一府总兵、二品大员都说撸掉就撸掉，这般威势，寻常巡抚都未必能够。"

吴承鉴连忙正色道："师爷此言差矣！那惠州总兵是因为贪腐而被革职查办，与我吴家有何相干？这都是外头的人谣传的闲言闲语，蔡师爷是明白人，想来也不会去相信这种谣言。"

虽然一举撸掉段龙江的确是吴承鉴的大手笔之一，南粤官场、江湖好汉也多因为这件事情对昊官侧目，然而吴承鉴若是因为此事就扬扬自得，蔡清华倒要看轻他两分，这时见他极力撇清，反而更觉此子不凡。

他忽然压低了声音，说："大方伯也许……就快是帝师了。"

周贻瑾正悬手于铜炉上烘暖，听到这话，两只手同时僵在了那里。

蔡清华的这句话太过突然，而这个消息本身又太过惊人了！

说朱珪要当帝师，自然不可能是因为乾隆皇帝要请他做老师——乾隆皇帝都八十几了，比朱珪还老，怎么可能请朱珪来做老师？让朱珪成为"帝师"，那就只能是皇十五子永琰要登基！

难道说，乾隆皇帝竟然要大行了不成？

蔡清华眼睛盯着吴承鉴，见吴承鉴面色沉静，倒是大感诧异："你……你也收到消息了？"

吴承鉴低声说："这是……要内禅了？"

周贻瑾心里一突，心道："不是老皇帝驾崩，竟然是内禅？吴官哪里来的消息？"

却见蔡清华用手指指着吴承鉴，好一会儿说不出话来。眼前这个小子，实在太让人意外了！

他今天本来要拿这个消息来震一震吴承鉴，不料到头来反是自己大吃一惊。

第二十一章

再 拒

蔡巧珠今天的心情变好了,所以午饭也多吃了半碗。

上午就有消息传来,隔没多远的蔡宅闹腾了起来,却是蔡士群提了菜刀,带着儿子,从大新街怒气冲冲跑到西关来兴师问罪。他们是堂兄弟,一笔写不出两个"蔡"字来,蔡士群却当着宗族街坊的面,历数蔡士文的种种恶行,最后更差点一菜刀砍到了蔡士文头上去。虽然被人拦着没真的砍伤了,却也把蔡士文闹了个灰头土脸。

最后众人好说歹说把两家给劝散了,但这一场大戏已经让蔡士文丢足了脸,也够满西关的人议论个十天半月了。

"我之前还以为你是好人,所以吴家出了事我还去求你,没想到所有事情都是你暗中使坏。你害苦了我女婿,也害惨了我那可怜的闺女,我的乖女啊,我的巧珠啊,真是阴功(可怜)啰……"

这些个言语,是吴达成趁乱跑去混在人群里听了,然后在家里把它们活灵活现地演了一遍。蔡巧珠隔着窗户听了,当时没说什么,其实心里自是极高兴的。

虽然以她的智巧,自然也知道阿爹这场闹带着几分心机谋算,并不是真的气急败坏后为女婿报仇,但能当众刀劈堂弟,那就是公开与蔡士文划清了界线,往后她在吴家也就有了为娘家人说话的立场了。

她在右院左等右等,偏偏就等不到吴承鉴回来。如今昊官与以前不同了,无论在家里还是在行里都是一言九鼎,他就算待在花差号没回来,家里的人也不敢有一句闲话。吴六要去白鹅潭找人,蔡巧珠反而拦住了,说:"不了,昊官消息灵通,这事多半也知道了。他是知道轻重的人,这会儿还没回来,多半是那边有更加要紧的事情。"

吃晚饭之前,后院那边派人来请,蔡巧珠赶紧来给家公请安。

吴国英的脸上带着笑意,说:"亲家公有心了,今天早上的那一刀虽然没砍中黑头菜,却也为我们吴家出了一口恶气。"

蔡巧珠脸上也带着笑意,口中却说:"我阿爹的人是不坏的,就是做事有时候下不定决心。这一刀他早该去劈了。"

"现在也不迟,不迟。"吴国英笑眯眯的,"不过这么一来,亲家那边的生意,怕是要有些阻滞了。"

其实何止是阻滞,蔡士群的生意,都是依附着蔡士文的。虽然蔡巧珠嫁给吴家之后宜和行这边也帮衬了不少,但根子上还在万宝行那边。蔡士群那一刀虽然没砍中蔡士文,却是注定要将自己的生意门路关系给斩断了。不过,那一刀从某种意义上来说,也是一种投名状。

蔡巧珠道:"两家人是一家人,情义才是最重的,生意算个什么?"

"对,对,应该如此。"吴国英道,"不过只要力所能及,我们也不能让亲家吃了亏。生意上的事情,我现在是彻底放手不管了,不过亲家那边的事情,昊官是跟我聊过的,所以我知道他的想法。眼下他还有别的事情要处理,亲家这边的事情只怕要有所耽搁,但昊官肯定会妥当安排的,你回头把这个意思跟你娘家的人说说,也好让亲家安心。"

蔡巧珠道:"老爷,您何必为这个事情费心,只要我们两家同心同德,和和睦睦,那便什么都好了。异姓结亲,情谊才是最要紧的,这些生意场上的利益之事都往后靠。"

吴国英笑道:"你这话说对了一半,说错了一半。既然是姻亲,既要同心,也要同利。这样吧,趁着还没宵禁,你带着光儿去大新街拜见一下外祖母,亲家母也好久没见外孙了。今晚呢,你就在大新街那边住下,不用急着回来。"

蔡巧珠道："光儿回来之后，还没见过他三叔呢。"

吴国英道："昊官刚让人带话回来，白鹅潭那边还有件要事，今晚不会回来。"

蔡巧珠沉吟道："承钧病着，昊官这个叔父就如同亲父一般，外祖母再亲也得靠后。还是等昊官回来后，光儿见过叔叔再说。去大新街也不急着这一夜半夜的，我让碧桃去带句话就好。"

吴国英听到这里，心中更宽，心想承钧这个儿媳妇，存心既正，处事也有法则，真是贤惠，当下道："这样也好。那就这样吧。"

"昊官，这个消息，你到底是怎么得来的？"

蔡清华盯着吴承鉴，寻常人听说朱珪要做帝师，能想到皇十五子要登基已经属于颇有才智，再往下的第一个念头多半就是老皇帝要驾崩。偏偏吴承鉴点出了"内禅"两个字，这除了他早就知道消息之外不可能作第二解——但蔡清华实在想不到这广州地面有人消息比自己还快。

吴承鉴眉毛挑了挑，遮掩着说："我哪有什么消息……只是以前听过个传闻。"

蔡清华道："什么传闻？"

吴承鉴道："不知从什么时候就有个流传，说乾隆爷曾说，自古帝皇圣贤无过于圣祖康熙爷，乾隆爷纵然文武十全、千秋万岁，却也不敢超过。康熙爷在位一共六十年，今年已经是乾隆五十九年了，既有这个传闻，那么算算日子，也就差不多了。皇上他身强体健，要想不超过康熙爷的话，那大概就只能内禅了。"

蔡清华道："有这个传闻？我怎么没听说过！"

吴承鉴道："啊？北京没这个传闻吗？那一定是以讹传讹，广东离北京太远，所以什么谣传都有，却被我歪打正着了。"

蔡清华审视地看了吴承鉴一眼，心里十二分不信，却也知道再问也问不出什么，便没在这个问题上继续深究，只是道："昊官你的情报网触，深广得出乎我意料。不过这样也好，你既然也知道这个情况，那么对自己两个月前犯下的那桩错误，可有什么要纠正的吗？"

两个月前，就是秋交翻盘之夜，当时吴承鉴是选择了拒绝朱珪、帮助和珅的，蔡清华这句话已经点到极明了，这是要告诉吴承鉴：两个月前，你看准了和珅不会倒，所以不肯投靠朱总督，但现在又如何呢？

周贻瑾也看向吴承鉴，要看他如何回答。他和吴承鉴虽然彼此信任如若一体，但在这般重大的决策上，还是要看吴承鉴怎么说。

吴承鉴沉吟道："蔡师爷，我和贻瑾情同手足，他的师父，也就是我的师父，所以我一直也当您是我的长辈，而不只是两广总督的幕僚。这里没有第四个人，我今日就剖心掏肺跟您说句实话：我对和珅全无好感，甚至我是极度厌恶他的所作所为。"

蔡清华的脸上露出一丝满意来，以为吴承鉴接下来就要痛骂和珅，跟着转投阵营了。

不料却听吴承鉴道："但是，我还是那句话，我们是商人，北京的政局，不想掺和，也不敢掺和，因为我们掺和不起。"

蔡清华意外之余，又多了两分愠怒——吴承鉴嘴里说着不肯掺和，可他现在还在用着和珅的势，在这种情况下什么都不做，那就是还不肯转投阵营。

这可是吴承鉴第二次拒绝自己，而且是在知道内禅这种爆炸性情报之后还拒绝自己。他紧紧地盯着对方，喝道："吴承鉴！你知道你在说什么吗？"

花差号甲板上的这场烧烤宴，开局一切顺利，结局却是不欢而散。

吴七要来收拾残局的时候，却被周贻瑾挥手遣走，甲板之上仍然只剩他们两个人。对着已经冷却的铜炉，周贻瑾道："你可真敢！"

如果还是先前的形势，那也就算了，把朱珪拒绝了也就拒绝了，那毕竟只是一个权力不完整的总督。只要和珅不倒，朱珪也拿吴家无可奈何。

但北京方面既已经透露出内禅的消息，在这种情况下，吴承鉴还敢婉拒朱珪的拉拢，这可真是胆大到几乎不识时务了。

吴承鉴道："内禅这么大的事情，广州内外，至今没有一个人听说——或者广州将军等满洲高层知道一些，但他们也不会轻易透露这个。这时候广州谁能早一步知道这个消息，谁就能早一步布局，因此而带来的利益，大到难以计算。这样一份大礼，你师父竟然没提什么条件就送上门来，这可真是看得起我。但他越是这样，我就越怕。"

周贻瑾眼皮垂了垂，似乎以此代替了颔首，说道："不错，礼下于人，必有所求。"

"嘿嘿！"吴承鉴道，"你这八个字可真是应景。不过'礼下于人'这个'礼'，不是礼貌的'礼'，而是大礼的'礼'；'必有所求'的这个'求'，不是恳求的'求'，而是要求的'求'。你师父跑来送我这份大礼，虽然事前没说，但只要我们收了，就不可能白收，总督府那边，是一定要收回等值的报偿的。而这份报偿，就是要我来当倒和的急先锋。"

周贻瑾这次终于点头了："是的，你当时若是露出一丝惊讶，那就算是变相收下这份大礼了，回头朱帝师再有什么要求，你便不能不答应了。"

第二十二章

投　　靠

　　停了一下，周贻瑾又说："当下我们的确没办法就转投到朱总督那边去，这一点我也很理解。不过，你是怎么知道内禅的？若不是点出这两个字，我师父的气势就不会被你打断了。"

　　吴承鉴道："你……你就当我是猜的吧。"

　　周贻瑾自然是不信的，不过也没再问。两人沉默了好久，吴承鉴才说："或许北京那边真的要内禅了，或许朱大方伯真的要成为帝师了，但……我仍然觉得，和珅不会倒。"

　　周贻瑾道："所以你还要继续押宝和珅吗？可你要知道，当今皇帝再怎么健康长寿，如今也是八十好几的人了，这个天下迟早是新君的。今日押了和珅，来日大势尽逆之日，便是我们的死期。"

　　所谓"大势尽逆之日"，就是两个皇帝权力交接之时。或许是老皇帝自己交权，或许是新皇帝设法夺权，也或许是老皇帝直接就老死了——不管哪一种，都已经不会太过遥远。

　　吴承鉴脸上布满了无奈："如果朱大方伯那边能够容我暧昧，我自然选择首鼠两端，但你觉得可能吗？你师父放着那么多衙门事务不做，却特地跑到花差号上来，为的难道只是我空口白牙地表忠心？还送上一份大礼来，这是要将我往火坑里推，要我做砍向和珅的刀子。只有砍了这一刀，我才算缴纳了投名状，才算是朱大方伯那边的人。"

就像吴家要等蔡士群砍了蔡士文一刀之后，才肯松口表示接纳；两广总督那边的门槛，自然不会比吴家的门槛低，相反，只会更高。

吴承鉴道："可是这一刀下去……嘿嘿，怕是还没能达到朱大方伯的目的，我们自己的脑袋，就要先搬家了。"

"区区一介保商，竟然连大内秘闻都知道得比老夫早！"朱珪盘膝端坐在罗汉床上，看了蔡清华一眼。

蔡清华在花差号上拂袖而走，但他的愤怒只是一种姿态，并不是真的气昏了头，一回总督府，便又恢复了平静无波的神情。

"哼，这伙商贾之辈，竟然把手伸到那么长远，若不加以规制，吕不韦之祸，或者就在眼前。"朱珪的脸上出现一丝忧国愤色。

乾隆皇帝可能要内禅的消息，他前天才收到，自忖广州城内外，除了旗城之内那个代表满洲人坐镇南方的广州将军，不可能有人比自己知道得更早了，哪晓得一介保商，竟然也提前知道了这个消息！

蔡清华道："如今的大内，已经不是世宗皇帝（雍正）时的样子了。其实许多小道消息，都可以花钱买到的，此事晚生在京城的时候就已经清楚。"

朱珪的眼皮子一翻："你买过？"

蔡清华连忙道："晚生亲眼见过。那也只是个无关紧要的寻常消息，售价五十两。"其实他真的买过，但面对朱珪也不敢直接承认。"只不过那个五十两的消息，也不过是买到皇上当天吃了哪几样菜肴，若是要刺探到内禅这等天大机密，恐怕需得天价了——不过这些保商也不缺钱。"

"荒唐，荒唐！"朱珪怒道，"老夫若有机会回京，定要设法清除此弊。哼，粘杆处养了这么多人，就堵不住这些窟窿？"

所谓粘杆处，乃是雍正设立的一个特务机构，是雍正还在潜邸的时候设立的一个家丁组织。这个组织招揽了许多武艺高强的人，经过训练之后用于刺探各种情报以作夺嫡之用，对外却宣称这些人是夏天的时候用来做"粘知了""钓鱼"等事的，所以叫作粘杆处。

雍正登基之后，粘杆处仍然保留了下来，继续用于监视百官与政敌，每日清晨接收奏折，日常监察官员和各种形迹可疑之人。乾隆登基之后，这个机构被保留了下来，竟成定制。

蔡清华低声道："许多消息……听说就是粘杆侍卫拿出来卖的。"

朱珪呆了一呆，随即大怒，忍不住拍案而起。

原本该是皇帝掌握外界消息的一件利器，七十几年过去，竟然腐化堕落成外界渗透内廷的工具。朱珪乃是大大的忠臣，事事都为皇帝考虑，故而大怒。只不过这位大忠臣，当然是不会再去想一个皇帝要设立粘杆处来监视臣民，究竟合不合法、合不合理，甚至合不合他朱南崖所标榜的儒家价值观了。

"崖公息怒，息怒。"蔡清华道，"如今我们身在岭南，北京的事情，还是等回了北京再说吧。"

朱珪对自己这个得力幕僚的话，还是能听进去的，冷静了下来，道："所以这些个保商，自恃上窥天秘，便不将老夫放在眼里了吗？"

蔡清华沉吟道："那倒不至于。这些保商虽然有钱，但有钱而无位，便是把皇家秘闻刺探到了如指掌的地步，真到了图穷匕见时节，也是无用。他们买这些消息，也不过是为了投靠个好靠山罢了。"

"靠山？"朱珪冷笑道，"且不说忠孝节义的话了，这些商贾，哪里晓得忠义？就说靠山，这天底下最大最好的靠山，还有比得过天子的？这个吴承鉴，不知忠义大节也就算了，连进退都不知，实在太令人失望了。"

蔡清华从总督府的书房出来，回到自己的住处，心腹书童上前，呈上一个小盒子，里头是一份精致极了的点心，是顺德的大厨，特意将一些珍稀的食材做出了绍兴的风味。这份礼品是周贻瑾送的，说它值钱也不值钱，吃了就没了；说不值钱，其用料之珍稀，做工之精细，以及那位顺德大厨的身价，小小一盒点心至少价值百两纹银。

换了往日，蔡清华一定欣然接受，这时却冷冷道："扔出去。"

朱珪、蔡清华一主一幕，虽然已经身居高位，但都还保留着几分读书人的脾气。他们主掌南方，每日来投靠的人如过江之鲫，但他们也不可能来者不拒。吴承鉴算是他们看得起的了，不只是因为他在"翻盘夜"所展现的手腕和能耐，也和吴承鉴能说出那一番大道理有关。这些行为让朱珪觉得此子虽在商流，却也读书，稍加指引可以作为清流的外延，这才主动伸出了橄榄枝。原本以为对方必定感激涕零,谁料会被第二次拒绝。

这一趟花差号之行不能将吴承鉴收服,固然让朱珪对吴承鉴产生了不满,而蔡清华作为主持此事的人无功而返,也是在东家面前丢了个大面子。吴承鉴、周贻瑾在关键的问题上不肯合作,却事后妄图用这等怀柔手段安抚自己,真当他是好糊弄的吗?

心腹书童十分高兴,出偏门去把那个吴小九给轰走了,回来时道:"另有一个人下了帖子,求见师爷,不知道师爷见不见?"

"什么人?"蔡清华问。

书童就将帖子拿了出来。

蔡清华接过一看,不免有些意外——竟然是蔡士文。然而转念一想,便又不意外了。

粤海关监督府大变天,蔡士文在吉山面前的地位怕是不稳,当此之时转投靠山,对这种商贾来说半点也不奇怪。

蔡清华对吴承鉴算是青睐有加了,相反对蔡士文却颇有些看不上,然而两广总督的人自然有两广总督的人的傲气,这时心道:"吴承鉴做了一次漂亮的翻盘,这脾气就上来了,还真以为自己已经登天了吗?哼,今日大门广开你不进来,来日等大局已定,再想来投可就没那么简单了。且看看这个黑头菜要说什么。"

他当下对心腹书童说了两句话。

蔡士文这次求见蔡清华,原本只是病急乱投医,没想到蔡清华真的愿意见自己,这真是喜出望外,赶紧按照对方的要求,换了一身灰扑扑的衣服,悄悄赶到总督府后门,由那个书童接了进去。

进门后一见到蔡清华,蔡士文"扑通"一下就跪下了。

蔡清华却是一愣。他是两广总督的主幕,手里头实权极大,但毕竟是没有品级的师爷,平日里可没受过什么大礼,愕然道:"蔡总商,你这是做什么?"

蔡士文哭丧着脸道:"蔡士文命在旦夕,求蔡师爷救命。"

蔡清华一笑道:"如今蔡总商的局势虽有小挫,却也不至于一蹶不振,所谓救命,从何说来?"

蔡士文道："我们十三行不是普通商人，吃的是万岁爷赏的饭，干的是内务府允许的差使，进了这个门槛就不再平凡，也就没有平安，要么是风光如在九天之上，要么就是折堕直入万丈深渊。如今吴承鉴那厮都已经和吉山老爷平起平坐了，他区区一介保商，连二品总兵都能干掉，假以时日，蔡某一家一定死无葬身之地！如今放眼广东，能压制这个小畜生的，唯有蔡师爷了。"

他爬了过来，抱住了蔡清华的鞋子，用哭嗓叫道："求蔡师爷救命！"

蔡清华打骨子里还是个文人，就是看不起蔡士文这等模样，心想换了吴承鉴在这等处境下，怎么也不至于这般没品。不过能被一任总商求救，掌其生死的快感却仍然是谁都会感到些许惬意，也让蔡清华稍稍解了点在吴承鉴那里受的气。他笑了笑说："那宜和昊官势头再盛，说什么与吉山平起平坐，这也太浮夸了。"

蔡士文道："蔡师爷久在京师，可曾听过刘全此人？"

蔡清华心中一凛然——朱珪与和珅是政敌，刘全是和府的得力家奴，他自己则是朱珪的心腹师爷，朱、和在朝堂上斗，蔡、刘就在外面过招，两人在京城不知交手过多少回合了——虽然正如朱珪老斗不过和珅，蔡清华这边也常落下风——但作为宿敌之一，两人怎么会不知道对方？

"提刘秃子做什么？"蔡清华猛地警醒，"他来广州了？"

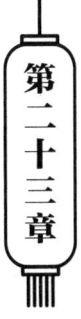

好久不见

  眼看蔡清华叫出刘全的花名,又是如此警醒,蔡士文心中一动,就把原本要说的话,临时变换了一下,口中说道:"来了,又走了。这次的钱,就是吴承鉴这小贼筹备,由刘全提走的。"

  对刘全驾临广州,蔡清华虽然略感意外,但很快又觉得此事乃在情理之中:这么大的事情,和珅派个心腹下来监督也是应有之义。只是听蔡士文这么说,吴承鉴显然和刘全有过勾结,后面又是刘全亲自把钱提走,那刘全在广州至少就待了一个月。这么长的时间自己浑然不觉,外界也一点风声都没收到,这保密功夫真是做到极致了。

  蔡士文又说:"刘全临走之前,设了个小宴,只请了吉山和吴承鉴两人——两人都上桌了。"

  蔡士文没再多说,但蔡清华已经明白——放在以前,吉山的桌子上哪有保商们的座位?刘全设宴,两人上桌,这就意味着在刘全眼中,吴承鉴在某种意义上已经可以和吉山相提并论了。

  虽然吴承鉴是区区一介保商,而吉山是堂堂粤海关监督,官商满汉判若天渊,可是在大清的体制下,一个人地位的高低不一定是看他官位的品级,也不一定是看他财力的多寡,而是看这个人和主子的亲近程度以及在主子心里的地位。如果吴承鉴能够跳过吉山直接和刘全建立关系,那么他就不再是吉山能予取予夺的了。

听到这里,蔡清华呵呵冷笑:"原来如此,原来如此!我道这位吴官怎么有这么大的脾气,原来是抱上了和珅的大腿啊!"

蔡士文听这言语之中带着刺,心中暗喜。

他又听蔡清华冷冷道:"你这次来,就是来说这几句话吗?"

蔡士文忙道:"不是不是,小人这次来,既是求蔡师爷救命,也是弃暗投明来了。"

蔡清华笑道:"弃暗投明?那就该两个月前来。得势的时候不来烧香,现在要失势了才来抱佛脚,两广总督府的门,呵呵,也不是谁要进来就让进来的。"

"那是小人的错,小人当初猪油蒙了心了!小人也知道自己来得唐突,但小人愿意鞍前马后,戴罪立功。"

蔡士文说着,从袖子里摸出一个东西来,说:"小人今后愿将身家性命都托付给蔡师爷,只求蔡师爷能给我们万宝行一条活路。"

蔡清华接过了那东西一看,愕然道:"这……这是……"

"这是个把柄。"蔡士文道,"只要用好了它,相信以蔡师爷的智慧必知其妙;若是运作得当,便是和中堂……怕也会被拖下水来!"

蔡清华这次接见蔡士文,本来是可有可无的,听到这里才略为动心,端详着手里的东西,一脸凝重。

吴承鉴在花差号上待了两个晚上,第三天才回到家中。光儿听说三叔回来,蹦跳着跑出来,见面就拉手扯衣服,哇哇哭着叫着三叔,一副劫后余生、久别重逢的样子。

光儿以前也不是没出过远门,有几次还是跟着吴承鉴去的。

但这次去澳门不同——以前是郊游,这次是逃难。尤其是寿宴躲在箱子里、透过钥匙孔提心吊胆地偷看外界的那个场景,光儿至今记忆犹新。经此一劫,光儿也长了一点心眼。去澳门的路上凄凄惨惨、胆战心惊,而回来的路上体会又大不一样:走到哪里,处处都有安排,处处都有照拂,吴承鉴人没到,但江湖上的好汉却把他们一行人守护得夜猫子都近不得前。光儿看在了眼里,记在了心里，以前在西关只知道家里有钱，这次出门才晓得家里有势。

吴承鉴捏着侄子的脸笑道："都几岁了？"

光儿哭道："三叔，我以为这次回来再见不到你了。"

吴承鉴抹了一下他的脸，道："一点泪水都没有。以后在你三叔面前演戏，这还得再练练。"

吴承钧为人严肃沉闷，又担着宜和行的重担，所以光儿与吴承鉴玩耍的时间要比跟父亲还多，两人本来就极亲的。被三叔揭破，光儿笑开了，拉了他往后院走："阿公等我们吃饭呢。"

吴承鉴道："等等。"他看向跟着光儿过来的吴六，说道，"这一路辛苦你了。"

"不苦，不苦。"吴六说，"去的路上、回的路上，都有人安排照应，根本没遇到什么事情。"

吴承鉴道："外头的事情，花钱仗势就能搞掂，但贴身护着光儿，这事换了别人，我和大嫂都放不下心。这次来去平安是妈祖保佑，但你走的时候却不知道会平安的，你担起来的这份险，不因为结局平安就没了价值。"转头对光儿说，"光儿，这个恩情你要一辈子记住。"

光儿倒也乖巧，点头应是。

吴承鉴又说："以后人前人后，对吴六你要叫六叔。"

光儿应了，说："我一路都叫六叔叔的。"

吴承鉴道："好仔！"

这才拉着他朝后院而来，一路上光儿夹七夹八地说着沿途的见闻，也没说多少就到了。今天晚上，家里要吃围饭。

这时吴承钧还在病榻上挨日子，说是一家人，其实也就吴国英、吴承鉴父子和蔡巧珠母子一共四人。虽然吴国英节俭惯了，但吴家如今家势空前，今天又是光儿回来的好日子，所以春蕊让厨房安排了一大桌子的菜，三十六个碗碗盘盘，鲍燕翅琳琅满目，相形之下，座位就显得空了。

吴承鉴看了吴国英一眼，知道老人都喜欢热闹，虽然父亲忍着没说什么，却也明白老人家心里深藏的念头，就对吴二两说："二两叔，把二哥叫来吧，我知道他在家里。杨姨娘如果在也一起叫来，凑凑热闹。"

吴国英哼道："这个不孝子，叫他做什么！让他来气我吗？"

吴承鉴笑道:"都是一家人,斩断皮肉还连着筋呢。这两个月的教训,也够二哥记一段日子了。往后如果他故态复萌,那时阿爹再教训一顿不迟。大嫂,你说是不是?"

蔡巧珠朝吴国英看了一眼,说道:"三叔说得是。二叔当日临阵脱逃的行径固然……不甚好,但再怎么说也都是一家人,还能就这样真的父子兄弟不相认了?再说,老爷跟前也不能没人照顾。"

吴国英只有两个侍妾,生了儿子的只有杨姨娘。杨姨娘虽然浑,但在吴国英生病之后,这几年也的确将吴国英照顾得很妥帖。这才过去两个月,虽然家里下人一大堆,儿子儿媳妇又近在咫尺,但吴国英其实还是颇不习惯,然而他担心吴承构如果回来又闹出事端,于是道:"他们是自己要分家的,既然都已经分出去过了,还是在吴家灭门大劫之际独自逃生的,大伙儿情义已绝,还说什么父子兄弟!"

"二哥也就是没出息,自私了点,但他终归是我亲生二哥。"吴承鉴笑道,"再说,使功不如使过啊。"

他不再管吴国英的反对,就对吴七说:"去,把二哥叫来吧,你应该晓得他在哪儿。"

这半个多月来,吴承构来吴家大宅都不知道来了几次了,每次都没见到吴国英,更见不到吴承鉴。这次听说光儿回家,他昨天就又来了,却被拦在门外,结果今天他又上门来纠缠。

他虽然分家出去,毕竟是吴国英的亲生儿子,这次哭着喊着说要见出远门回来的侄子,吴达成也不好把他往死里拦,所以被他母子两个闯进了后院,一番纠缠后又被吴国英轰了出去。他又死皮赖脸地不肯走,赖在以前住的屋子里,说死也要陪侄子吃顿围饭。

这些事情,吴承鉴还没到家就有人告诉了吴七,然后吴七又告诉了吴承鉴。吴承鉴自然明白吴承构是怎么打算的,他也有自己的一副算盘,所以不管吴国英的口头阻拦,还是让吴承构母子进来了。

这时吴承构和杨姨娘一起被吴七叫了来,两个人脸上再没有半点往日的气焰。吴承构厚着脸皮却又扭捏着,杨姨娘更是畏畏缩缩。

以前吴承构虽是庶出,但吴国英人前人后从不许别人提嫡庶之别——他们商贾人家，原没有官宦人家那么讲究——所以吴承构对吴承鉴一直以二哥自居，但这时再站在吴承鉴面前，连大气都不敢出，站在那里局促不安。

还是吴承鉴先开了口，叫道："二哥好啊，姨娘好啊，好久不见。"

他仍然还是那副笑嘻嘻的样子，好像跟以往并无不同，然而在场所有人都是眼看着他笑嘻嘻把满广州商圈巨鳄摆了一道的，所以这时再看他的笑容，就觉得他的笑脸之下都是刀子。

杨姨娘"啊"了一声，如果不是顾忌着自己半个长辈的身份，几乎要趴下来给吴承鉴磕头了。

吴承构更是一个哆嗦，没见到吴承鉴的时候他拼命想要进来见他，等见到了人，被他一个笑脸、一句叫唤，自己竟没来由地怕得颤了颤。

第二十四章

不是纳妾是娶妻

吴承构以前虽然也在外面做事情,但那时候有吴承钧这棵大树遮风挡雨,有吴承鉴在暗中梳理潜流,所以他其实对世道险恶的理解终究隔了一层。等到这次分家出去,在外头颠沛了两个月——这两个月真过得他生不如死。

按照当初的约定,他的确分到了一些店铺、财产,以及福建茶山、路线的经营许可——但当天晚上吴承鉴就翻盘了。天翻地覆之下,吴承构当初的作妖就变成了一个笑话,至于说什么去接手福建茶山的经营那更是笑话中的笑话了。

便是宗族里那些人,比如六叔公,往日有多倚靠吴承构,这两个月就有多埋怨吴承构,个个都恨他"把我们带歪了",得罪了昊官不说,还坏了财路——这个秋冬之际,那些在危急之际还能挺吴承鉴的人,比如十五叔公,比如刘三爷,个个赚到盆满钵满。但像六叔公等人,不但没在这次盛宴中分到一杯羹,反而落了一身的骚。若不是吴国英顾念同宗之谊,他们连往日的那点生意都保不住。在挨了吴国英一通义正词严的教训后,这些人在外面好长时间都抬不起头来,再见到吴承构,哪里还有好脸色?

同宗挤对吴承构也就算了,就是外头的也都排挤他。吴承构在宜和行的时候自诩精明强干,一直认为自己能够接吴承钧的班,直到独立去了外头,才晓得没有吴家这棵大树，自己的能力也是一个笑话。

他虽然分到了店铺，又存有一笔不小的体己，但满广州都知道他干的蠢事，趋炎附势的都怕得罪宜和昊官，性情耿直的又看不起他的人品，就连那些老关系也都不愿意跟他来往，所以他的生意竟是越来越做不下去。到后来终于有一伙貌似靠谱的客商上门，却是一伙骗子，连蒙带诓，把他的钱货卷走了将近一半——粤海地方的江湖好汉不知多少双眼睛看得明白，却愣是没一个人事前提醒，也愣是没一个人事后帮着追缉，就这样让那伙骗子跑了。

短短一个月下来，吴承构分到手的那些财物竟被折腾到没了一半，他越想越觉得没意思，就想将店铺、房产什么的变卖了去别的地方另起炉灶。但满广州竟然找不到人敢接手，牙行开出来的价钱也是白菜价。终于他手里的存银耗尽，落到要靠变卖首饰度日的地步。

直到那一天他喝醉了酒，得罪了一帮混混，被揍得差点要被砍手了，恰好吴七路过，看不过眼上前过问。那一帮混混的头目在吴七面前规规矩矩地叫着七哥，说了经过后，吴七三言两语就把事情摆平了。

到了这时，他才知道吴承鉴势力之大，再回想过去一个月的处处碰壁，更惊惧于吴承鉴手段之强。这宜和行靠着钱，靠着势，竟然像把半个广州市井都抓在手里一般，衙门里的胥吏、商场中的豪客、江湖上的好汉，提起"昊官说"三个字就像听圣旨，这等当家人的威风，哪里是他往日敢想的？

所以这次再见吴承鉴，吴承构就像老鼠见到了猫。此刻他怕吴承鉴，竟然比以前怕吴国英、吴承钧还要厉害——实在是这两个月他被折磨惨了。

他听吴承鉴和颜悦色地说："姨娘、二哥，都坐吧。"

杨姨娘大喜，拉了拉吴承构，就要坐在吴国英旁边。

忽然吴国英喝道："给我站好！"

杨姨娘赶紧起身，吴承构也站直了——只是腰杆已经直不起来了。

吴国英扫了两人一眼，这才对吴承鉴道："昊官，你真的容得下这不孝子？"

吴承鉴笑道："只要姨娘往后能洗心革面，好好伺候阿爹，二哥能改邪归正，我们就还是一家人。"

吴国英道："好。"转头对杨姨娘、吴承构道，"听见没有？这次能让你们来吃这顿围饭，不是我的意思，而是昊官的意思。但在吃饭之前，我要先把话给说清楚了。"

吴承构唯唯诺诺道："阿爹您说。"

吴国英道："杨姨娘可以回来，但老二你既然分出去了，那就还是在外头住吧。"

吴承构想的就是回这个家，让老妈自己回来，自己却要被挡在外头，这怎么行？但他已经全没了以前的气焰，不敢出声反对一句半声，只是咬着嘴唇。

吴承鉴笑道："虽然分了家，但血脉骨肉总割不开，二哥若有对阿爹的孝心，以后就多回来探望阿爹和姨娘。"

吴承构大喜，心想只要能常回来就行了，虽然不如住在家里头，但能回来就有吴家的势可借，而且自己在外头住，也是多了一份自在呢，便叫道："好，好，我想回来，也是担心老三……昊官在外头事情多，阿爹年纪又大了，家里没个男人做顶梁柱总不行，对吧？"

蔡巧珠想起当初嘎溜欺上门来的时候吴承构的表现，心下一哂。然而她修养好，便是一点讥色也没露出来，只是微微偏过头。光儿却童言无忌："二叔，往后再有满洲家奴上门的时候，你别再躲在门后面就行了。"

吴承构大为尴尬，蔡巧珠轻轻拍了儿子一下说："不许这样对二叔说话！没大没小！"

"光儿说得又没错！"吴国英道，"你这样的只能塞在门后面的顶梁柱，有不如无！但你身上毕竟流着我的血，我吴国英也不是绝情的人，所以当日那般困顿的境况，还是分了许多家财与你，白纸黑字都在，又有宗族做证，岂能反悔？所以从今往后，吴家的家业，都与你无关；宜和行的生意，也不许你再插手；更不许你用家里行里的招牌在外头招摇——昊官你回头就传出话去，好让外头的人都知道。"

吴国英虽然年老多病，却不糊涂，他自己的身体自己知道，大概也没多少日子了。而吴承钧的身体只怕还不如自己。如果自己死了，吴承钧也不在了，吴承构虽然是庶子，却也是哥哥、叔叔，那时候他倚老卖老作起妖来，说不定又要给吴承鉴和光儿添麻烦。

他年老寂寞，吴承鉴肯让杨姨娘、吴承构回来，老实说他内心深处也是愿意的，这也是吴承鉴的孝心，但他不能给吴承鉴和光儿留下隐患，所以事先要把吴承构的路给堵死——有吴承构临阵脱逃在前，加上自己亲口断言在后，往后就算自己不在了,若吴承构再做出什么混蛋事,无论吴承鉴还是光儿,都能拿扫帚把吴承构赶出去。

吴承构脸上青一阵,红一阵,如果不能再借吴家和宜和行的势,那他还回来做什么?

杨姨娘虽然也浑,毕竟是个积年,心想自己娘俩被分出去了再上门,现在肯定没好话,但只要能进门,以后把吴国英给伺候好了,人心都是肉做的,何况又是亲生儿子,日子久了又是另外一种光景了,便暗中扭了儿子一下。吴承构吃疼,赶紧答应了:"是,是。都听爹的。"

吴承鉴眼睛毒辣得很,扫了一眼就猜到他们母子打的是什么算盘,然而这也是他想要的:吴国英老了,这次"饿龙出穴、群兽分食之局"劳心劳力,又耗了不少元气,不管杨姨娘存着什么用心,只要能让吴国英多过几天舒坦日子就行,至于背后的算计,吴承鉴哪里会怕?

他当下笑道:"往后和和睦睦,大家还是一家人。坐吧。"

一家子这才都坐了。吴承构的老婆刘氏在门口张望,见状也畏畏缩缩地走了进来,吴承鉴也大大方方地道:"二嫂坐。"

光儿叫道:"吃饭喽!"

吴承构拿起了筷子道:"还是家里的菜好吃。这两个月在外头,吃什么都不对味。"

换了以前吴承鉴少不得要损他两句,这时却连开口的兴致都没有。别人都没察觉这种变化,唯有蔡巧珠心道:"经此一役,昊官的心胸、眼界也都变了。"

吴国英看看左手边光儿给蔡巧珠夹菜,右手边吴承构也有刘氏陪着,只有对面吴承鉴只自己一个人,不由得喟叹道:"昊官……如今行里的事情已经上了轨道,你的婚事,也要好好考虑了。一个单身汉做商主,总会让伙计们觉得不妥当,心里没底。"

吴承鉴手里掰着一只白灼虾,口中说:"正要跟阿爹说,我最近相中了一个好女子,正打算央大嫂找媒婆帮我去说亲。"

吴国英早知这个儿子对一个花魁情有独钟,那个花魁在吴家危难之际的表现也算有情有义,不过这毕竟是自己最看重的儿子,心中对他要娶一个娼妓为妻,他总不甘心——哪怕对方出身贫寒、相貌平庸,只要身家清白都好啊,至少将来不会变成儿子的前程障碍。但想想吴承鉴为吴家立了这么大的功劳，整个家族都是他一手从万丈深渊中捞起来的，这婚事上他要任性一回，也只得由他了。

蔡巧珠也觉得吴承鉴若娶了亶三娘，将来对他的前途、对吴家的家声都大有妨碍。她曾想过劝吴承鉴纳亶三娘为妾，将来过门之后多宠她一些就是了，然而探过口风后明白吴承鉴心意甚坚，就没开口了。

这是她和吴国英的默契，当下两人都默默然不说话。

就听吴承鉴道："大林叔的家教虽然一般，但他养出来的女儿我很是喜欢。大嫂，如果阿爹不反对的话，你就帮忙找个媒婆上门，看看我们的八字合不合。如果合的话，呵呵，可就要让大林叔好好准备嫁妆了。"

此言一出，满院子的人无不诧异，吴国英"咦"了一声，蔡巧珠"呀"了一声，竟然都没忍住。便是吴七，心里也是惊异不已："这……这还真的要娶那个叶有鱼？不是纳妾，是娶妻?!"

第二十五章

议 亲

一餐围饭吃完,别人都走了,只杨姨娘、蔡巧珠留了下来。

吴国英把杨姨娘打发去熟悉下这两个月后院的变化,却让儿媳妇坐到身边来,满脸欢喜地说:"家嫂,你觉得这门亲事怎么样?"

蔡巧珠见吴国英满脸堆欢,就知道他是赞同这门亲事的——叶有鱼虽然是个庶出,但毕竟是清白人家女儿,怎么也比一个花魁娘子好多了啊——于是微笑着说:"听说老爷见过这个姑娘。"

吴国英笑道:"见过,见过,顶标致的一个姑娘,难得的是人品也好,她和我们昊官也是有缘。"

其实如果一开始就议叶有鱼的话,以现在吴承鉴的声势和吴国英对他的期待,吴国英肯定认为叶有鱼也配不上儿子,但有一个出身带着污点的疍三娘在前面做对比,叶有鱼一下子就变成无瑕白璧了。

蔡巧珠也含笑说:"老爷都觉得好,那这个姑娘肯定就顶好了的。也难得昊官在这件事情上终于想通了,看来他真的生性了。不过……"

吴国英道:"家嫂还有什么顾虑?"

蔡巧珠道:"其实也不是什么大事。就是我们两家当初是定过亲的,咱们吴家翻盘之前因为叶家背义而毁掉了。现在要再议亲事,还是从一个嫡出的姐姐，换成庶出的妹妹，咱们这时再上门去，该怎么开口才好呢？"

吴国英就明白了，蔡巧珠说的是吴家的面子问题。如今吴家声势正旺，若从门户来说，吴、叶虽然门当户对，但叶家现在是略略高攀了，何况那叶有鱼是庶出，叶家又曾背义，这时却要吴家上门提亲的话，吴家其实是丢脸的。但吴国英虽然觉得此事略有不甘，但既然这姑娘是吴承鉴喜欢的，那就无论如何都要想办法解决——总好过事情不成，吴承鉴回头又去娶那个花魁吧？

他正犹豫着，想着怎么办才能把这脸面功夫做好，便在这时，吴七在外头敲门。吴国英让进来后问："怎么了？"

吴七道："昊官路上忽然想起忘记了个东西，让我拿来给大少奶奶。"说着拿出一张清单来，交给了蔡巧珠。

蔡巧珠一边接过一边问："是什么东西？"

吴七道："昊官说……是让叶大……让叶家准备的嫁妆。"

吴国英骂道："胡闹！哪有还没上门提亲，就写了嫁妆单子让人家准备的？"

蔡巧珠接过扫了一眼，不由得吃了一惊，赶紧递给吴国英："老爷，您仔细看看。"

这时天已经黑了，吴国英房里虽然不像蔡士文房里那样孤寒吝啬，灯火却也没点到亮如白昼的地步。吴国英看字条就有些吃力，要找眼镜时，蔡巧珠道："我来念吧。"就又接过纸条，念了起来，只念了两三条，吴国英就叫道："这……这是什么东西！"

这哪里是什么嫁妆，叶家要真的照办了，这是要剔叶大林的骨，割叶大林的肉！

蔡巧珠还是一口气给念完了。

吴国英听了之后，沉默半晌，才道："不行，这门亲事，我不答应。"

吴七诧异起来："啊？"

吴国英道："现在我们吴家的势头，不需用昊官的终身大事来办这种事情。"

这所有事情，吴七几乎都亲身经历了，可吴国英的话，他偏偏就听不懂了。

蔡巧珠却是听懂了："叶家如果真的答应了……这可不只是伤筋动骨，这是要破家的。"

清单里头要的不是银钱这么简单，还涉及了叶家生意的两条命脉。

"破家倒不至于。"吴国英道，"这是嫁妆，同时我们也得下聘礼。"

蔡巧珠马上明白："要是这样的话……那两家都会有好处，不过往后叶家可就离不开我们吴家了。"

这次"饿龙出穴、群众兽分食之局"，吴家吞了谢家近半产业，手里头掌握的资产急剧膨胀，把吴家吃到撑，其中有一部分的确适合分给叶家去经营。此外，宜和行有此飞跃，往后经营的重点也势必改变，那么原本的一些产业也可以逐渐放掉，而里头又恰好有适合给叶家接手的。

也就是说，如果利用这次婚姻的下聘和嫁妆，对吴、叶两家的产业进行重新配置，运作得当的话，两家都能得利，这是双赢。可是看吴承鉴的这张清单，里头又牵涉了叶家的生意命脉，如果叶大林答应了，从资产上来说，叶家未必就亏了，短期来说甚至可能小赚，保住上五家的地位绰绰有余。可是生意命脉被吴家把持，往后叶家就要变成吴家的附庸了。

吴七总算是长久跟着吴承鉴的，听到这里终于明白了过来。可他又不明白了，既然是对宜和行大大有利的事情，为什么老爷又不同意？

却听吴国英说："娶妻娶贤，这是要一辈子互相扶持的人，有选择的情况下，最好还是不要掺杂这么复杂的利益交换。再说以当前的局势，我们要逼叶大林就范，也不一定要用联姻当借口。唉，之前吴官为了那个花魁，不顾前程，不顾利害，现在又走向另外一个极端，竟然要把自己的婚事拿来做买卖……这这这，吴官怎么忽然变成这样！"

吴七听到这里，忍不住撇了撇嘴。不料蔡巧珠眼尖，竟然就被她看见了，问道："阿七，这中间是不是还发生了什么我们不知道的事情？"

吴七想了想，觉得这事吴承鉴也没交代，似乎没有让自己保密的意思，便道："这单子不是吴官拟的。"

吴国英愕了愕，道："那……那是周师爷拟的？"

周贻瑾没进过西关吴家大宅，但他刚来广州的时候，有一次吴国英外出时撞见，正好看见吴承鉴和周贻瑾勾肩搭背极其亲热。当时周贻瑾以子侄礼拜见了，可由于周贻瑾长得实在太过俊美，吴承鉴那时又做尽各种风流事，还迟迟不肯娶老婆，导致吴国英便以为"师爷"只是托词，吴承鉴和周贻瑾搞在一起是在搞南风——所以一开始吴国英对周贻瑾没有好印象。

直到这次惊险万分的危局翻盘，事后吴国英听说吴承鉴被困期间，都是周贻瑾在外主持大局，才晓得这个师爷是有真本事，往日对他以貌取人了，一夜之间便对他改观了，言语之间都显得十分尊重。

吴七道："也不是。"

吴国英挥手："快说快说，别卖关子了！"

吴七道："这份清单，大致上是叶家那位三小姐拟的。不过吴官略有增减。"

吴国英和蔡巧珠同时"咦"了一声，这可真是让他们意外了。

蔡巧珠道："他们什么时候见的面？"

吴七道："这事老爷您知道前面一半，就是上次来家里吵吵嚷嚷的那个小结巴，还记得吗？"

吴国英"哦"了一声，点头。

吴七道："他们就是那时候约好的，见面就在前天晚上，在白鹅潭一艘船上。两人说了大半夜的话。"

吴国英道："那么这张清单……是叶大林自己愿意拿出来的投诚？"他忽然就自己否定了，"不！不可能！"

那是相识了大半辈子的老朋友了，叶大林什么性子吴国英还能不知道？

"要老叶主动拿出这些东西来，除非太阳打西边出来。"

吴七道："应该……不是吧。我当时在旁边听着，似乎是那位叶三姑娘自己提出来的……哎呀，当时的情况……他们俩说话云山雾绕的，虽然每一句我都听了，但有一些实在跟不上，我也说不清楚。老爷，不如把吴官叫来，你们问个清楚？"

其实吴七也不是真的说不清楚，只是要从头到尾说个明白，里头就涉及吴承鉴的儿女私情。他就不想都捅给吴国英和蔡巧珠听，所以推托说自己没搞清楚。

蔡巧珠道："我来问你吧。这个清单，是那位叶三姑娘拟的，但她有没有说是她父亲的授意？"

"是。"吴七道，"清单是吴官后来写的，但里头的内容，和叶三姑娘当天说的内容差不多。"

蔡巧珠又问："那么这桩亲事，也是他们在船上说开了的？"

吴七心想当时说的是纳妾啊，怎么变成娶妻？但纳妾应该也算亲事吧，就道："是。不过里头的情况有些复杂。大少奶奶您要弄得更明白，最好还是问问昊官。"

蔡巧珠不接话，又问："你刚才说，他们说了大半夜的话？"

"嗯，好久。"吴七说，"我平时站一个时辰都没什么的，那晚把我的腿都站酸了。"

蔡巧珠道："昊官就没顾念着你一下？"

吴七道："顾念什么？当时他就只顾着和那位三小姐说些有的没的。"

蔡巧珠听到这里，一笑，道："好了，你回去吧。"

吴七道："不让昊官来吗？"

"不用了。"蔡巧珠道，"这事昊官既然做了，想必就有他的道理。"

吴七走了以后，蔡巧珠道："这门亲事，我觉得可以按三叔的想法来。"

吴国英道："家嫂，你看出什么了？"

蔡巧珠道："虽然这里头还有许多事情隐着，但细细琢磨，昊官肯放弃那位花魁娘子，选择这位叶三姑娘，显然不只是出于利害关系的考虑。要是不然，为什么放着嫡出的姐姐不要，却要娶庶女？这里头，怕就有儿女情愫牵扯着了。"

吴国英怔了一怔。他一生和亡妻相敬如宾，和两个姨娘的关系也称不上爱情，所以对男女之情事，远不如蔡巧珠来得敏感，然而这时忽然想起那一晚，叶有鱼的举动大不寻常——她和吴承鉴显然不是初见啊！开口就叫三哥哥，又夹杂着一两句莫名其妙的话，似乎还有什么信物，若不是自己打断，两人不知道要说到什么时候呢——这两人分明是有猫腻啊。

蔡巧珠道："这件事情，三叔没跟我们多说——这种儿女情长之事，也的确不好跟人多说。但从各种蛛丝马迹看来，这桩亲事，对昊官来说应该不只是生意算计的。"

"好，好！"吴国英道，"如果是这样，那就没问题了。那聘媒求亲的事情，家嫂你就去办吧。"

第二十六章

昊官要娶我？

听吴国英说要将这场婚事的办理交给自己,蔡巧珠心里盘算了一下,说道:"这次跟叶家问媒,可要与上一回有什么不同?"

这是在问对叶家要用什么姿态。

吴国英沉吟道:"其实我们吴家这两个月来犹如鲜花着锦,烈焰烹油,外人看着羡慕,却不知道内里多有隐忧,昊官的压力应该很大。如果能把叶家这个冤家变成助力,对家里行里都有极大的好处。但此刻我们在上风,叶家在下风,老叶又对不住我们过。他这个人,你不能对他太客气,你对他客气了他只会理所当然,照单全收,而不会心存感激,后图报答——所以那笔老账还是要算一算的。"

蔡巧珠道:"怎么算?"

吴国英道:"婚姻礼节,你依礼依情来办;至于嫁妆聘礼,你就按照昊官开出的单子,把算盘打好。"

这就是定了调:姻亲是姻亲,要讲礼数和感情;利益是利益,要讲套路和算计。

蔡巧珠便明白了,又道:"但以大林叔的脾气,我们最好是进二退一,不然事情不好办。不知道媳妇这揣摩对不对。"

吴国英一笑，心想这个儿媳妇真是太贤惠了，呵呵说道："家嫂说得很对！来，拿纸笔，我给这张清单再添上几项。"

叶家在忐忑之中，终于等来了吴家的回音，但让他们奇怪的是传来消息的不是吴家的家主吴承鉴，而是吴家的大少奶奶蔡巧珠。

蔡巧珠作为吴承钧的贤内助，在西关豪商太太的圈子里历练多年，近两年在对外交往上已经得心应手，虽无惊人之举，也没对谁落过下风。她行事素来稳妥，也没有自己上门，而是托了个和两家都有两三拐弯亲的亲眷，上门透了风。

马氏一听，又是惊讶，又是意外，又带着暗喜。那亲眷一走，她就赶紧找来叶大林商量，说了经过后道："当家的，吴家说要跟我们再结秦晋之好……这是什么意思？他……他们不是正占上风吗？"

现在谢家已倒，吴家已经稳稳进入四大家族之列，且就近期而言，便是蔡、卢的声势也有所不及。叶大林夫妇一向得势不饶人，以己度人就觉得吴家也会如此，所以叶大林一时也闹不明白吴家这番操作的意图，心道："难道我的那一番猜测是对的？吴家遇到麻烦事了？"

于是他便道："先去谈谈，不管怎么样，吴家现在正得势，如果能修补好老交情，那也是好事。"

马氏点头称是，道："那我问问女儿的意思。"

叶大林走后，马氏把叶好彩叫了来，透露了这个消息。叶好彩问："什么叫秦晋之好？"

"哎，你这个睁眼瞎！"马氏虽然也没什么文化，但毕竟嫁过女儿，也娶过儿媳妇，混了这么多年也知道一点婚姻场合的行话，"意思就是说吴家想重新和我们结亲。"

叶好彩听得两眼放光："娘！你是说……吴官他要娶我?!"

马氏笑着点头："那当然。吴家没成亲的光棍就剩吴官一个了，他那侄儿还小，除了他还能有谁？"

叶好彩可没一点女孩家的矜持，拉着马氏的衣袖："快答应！阿娘，快答应！"

现在在她心里的吴承鉴，可再不是几个月前的吴承鉴了。西关的小姐圈子里，这两个月不知传了多少吴承鉴的威风逸闻，什么反掌之间干掉总商啦，什么一笑之间折服吉山啦，什么一怒之下撸掉总兵啦，总之要多威风有多威风，要多传奇有多传奇。

尤其是这些西关小姐们个个都晓得叶好彩和吴承鉴原本是有婚约的，偏偏在吴家翻盘之前被叶好彩自己悔掉了，所以个个都故意在她面前讲吴承鉴的好话，把叶好彩气得要死。

可她人有多气恼，心里就有多后悔，谁知道自己看死了的赔钱货，一转眼就变成个超级金饽饽啊。好几次午夜梦回，她都恼恨得咬碎银牙，如果不是怕痛，几乎想打自己几巴掌。

可万万没想到今天竟然听到这个消息，万分惊喜之余又带着不敢置信。

马氏看着女儿的模样，就知道有些话不用问了，笑道："这也是我们好彩福气厚，丢了的熟鸭子，竟然还能自己飞回来。"

因丈夫点头，女儿愿意，马氏便去安排后续事宜，准备约蔡巧珠出来一见。

叶好彩那边听了这个消息，犹如掉进甜酒瓮里，甜甜的，醉醉的，满心都被这个好消息塞满了，只恨不能告诉所有人，不跟别人分享简直不自在——脚下不自觉地就往迎阳苑走。她走进来时，叶有鱼正在调教丫鬟、小厮划沙盘认字。

叶好彩一脚把沙盘踩乱了，叉着腰冷笑着。昌仔学字学得最认真入迷，怒而抬头，看到叶好彩又是一愣。

叶有鱼便知道今天又不得安生了，微微摇头。昌仔埋头走了，丫鬟们也都退在了一边。

叶好彩就站在那棵剩下秃枝的木棉树下，得意洋洋地笑道："今天刚得了个好消息，我别人都没来得及告诉，赶紧就来跟妹妹说。"

叶有鱼道："那太谢谢姐姐了，姐姐要不要进屋里喝杯茶慢慢说？"

"不用。"叶好彩说。

叶有鱼道："那要不要丫鬟们退下？"

"也不用。"叶好彩道，"反正也不是什么秘密。"更重要的是，说这种话如果没别人在场那就太不过瘾了。

叶好彩道："好叫妹妹得知，吴家那边已经决定要和我们家和好，往后不需要妹妹烦恼了。"

叶有鱼一听，就猜到吴承鉴那边应该有了动作，轻轻"哦"了一声。但她看着叶好彩几乎都要从眼睛里漏出来的满腔欢喜，又有些奇怪吴承鉴到底传来了什么消息——按理说，就算是自己要去做侍妾，也不至于让叶好彩高兴成这样啊。

眼前吴承鉴正得势，又正青春年少，自己去做他的小老婆，从身份来说是低了，但作为一个庶女，这样的结局也不算最坏的了，似乎还不值得叶好彩如此高兴。

"另外还有一桩好事，"叶好彩道，"是吴家刚刚托人来跟阿娘说的。他们吴家啊，不但要和我们叶家讲和，而且还要和我们叶家结'秦晋之好'！"这是个她刚刚学会的成语，虽然她自己还不是很懂，但也直接拿过来用了。她想叶有鱼是条女书虫，应该能听得懂。

果然叶有鱼一听便愣住了："秦晋之好？"

看到叶有鱼愣住了的神情，叶好彩得意极了，忍不住掩嘴咯咯连笑，道："你大概想不到吧，呵呵，这人啊，有时候就不得不信命！是你的，你怎么扔都扔不走！不是你的，你怎么争都没用！"

丢下这句话后，叶好彩终于感觉满足极了，哈哈笑着走了。

几个丫鬟都望向叶有鱼，她们中就算有听不懂"秦晋之好"的，却也从叶好彩的语气中猜到了。冬雪忍不住道："姑娘……"

叶有鱼道："别理这些有的没的，把昌仔叫来，我们继续认字。"

说是这样说，等到昌仔进了院子继续认字，叶有鱼却连续三次写错了笔画。

昌仔人倒是聪明，就说："三……姑娘，我，累累，累了，要不，改改，改天？"

叶有鱼叹道："好吧，改天再练。"

她回到房间休息，左思右想不得要领，不知道事情怎么会演变成这样，也不知道吴承鉴那边怎么会改了主意。

对于有好处的事情，马氏行动真可谓神速。她可不讲究什么矜持，当天就又找了那个亲眷，然后约了蔡巧珠第二天喝茶。

蔡巧珠听到邀约，笑道"这也真是着急"，却也没拒绝，第二天便和马氏喝了早茶。

广东这边的早茶，不一定约在早餐时，常常是早上八九点以后才去，甚至有十点以后去的，然后能一直喝到下午一两点，连中午饭一起解决了。

然而一餐早茶下来，蔡巧珠却再不提此事。等到马氏忍不住开口，她也就是应了，道："那回头我们就把八字给换一下吧，看看合不合。"

马氏道："早就合过了，万事顺遂。"

蔡巧珠奇道："什么时候合过啊？"

马氏道："上一回……那个，不就合过了？"悔婚之事，这时见到了吴家大少奶奶，她是实在不好开口。

蔡巧珠怔了一怔，随即就猜到了，笑道："这是不是有什么误会？我们吴家这次要聘的不是二姑娘，是三姑娘。"

马氏一呆："什么？"

蔡巧珠道："我们吴家这次要聘的，是你们三姑娘。婶子可还记得，我们家老爷两个月前夤夜上门，当时我们吴家落魄，出门的时候路黑，连个带路的都没有，只你们家三姑娘送了出来。就是那次，让我家老爷对她印象深刻，回来后大赞这个姑娘好门风。这次昊官要议亲，我家老爷就想起她来了，所以才有了这一桩婚事。"

马氏听了这么一个反转，花了好大的工夫，才终于反应了过来，道："这……可是那个小蹄……那个叶有鱼是庶出啊，再说我们家好彩都还没出阁呢，哪有姐姐还没出嫁，妹妹就先出门的道理！"

蔡巧珠笑道："我们又不是仕宦人家，不怎么讲究嫡庶；我们吴家要的是人品端方，嫡庶讲究且往后靠吧。如果实在觉得亏待了我们昊官，回头叶家补份厚点的嫁妆就行了。至于出阁早晚，虽然一般是姐姐先嫁人，但世上也不是没有妹妹先成亲的，这都不是什么大事。"

马氏实在不忿，道："但昊官一开始定的是我们好彩啊。"

蔡巧珠笑道："可是二小姐不是看不上我们昊官嘛，好马都不吃回头草呢，何况是我们宜和行的当家商主、十三行里新晋的四大商主之一呢……"她把吴承鉴的地位轻轻点了出来，才说："婶子，你说是不是？"

马氏被她点得心里一凛，自知如今的形势，吴家肯不计前嫌和叶家结亲，那已经是俯身屈就了，更何况还是娶一个庶女？自己若再不识相，回头就要仇上加仇，当下便不敢再言语了。

吴老病夫欺人太甚

这一餐早茶以欢愉开局,却以尴尬结束。

临散场,蔡巧珠忽然道:"差点忘了一件事情。连翘!"

连翘便取出一个信封来。

蔡巧珠将信封递向马氏说:"今晨要来喝茶,去给我家老爷请安时提起,我家老爷就让我顺手递个信给大林叔。婶子,劳烦了。"

她递了信,这才告辞。

马氏一路有些浑噩地回家,在门口就碰见叶好彩,只见她一脸的焦急,眼神中带着无限期待,也不管还有别的人在场,看到马氏就叫:"阿娘,怎么样了,怎么样了?"

叶好彩为人最浑,但偏偏马氏最疼她,一时也不知道怎么跟她说,就轻喝道:"大门口的,像什么样子!"叶好彩吐了吐舌头,这才忍住了。

马氏往宅子里走,叶好彩赶紧跟着,一边走一边咬着耳朵问:"阿娘,到底怎么样了?"

"先别闹!"马氏道,"我先去跟你爹商量。你回房里去!女孩子家打听这个,被人看见要笑话。"

叶好彩"哦"了一声,无奈走了。马氏停步看着她的背影,也无奈地叹息了一声：她对外人再怎么凶恶，对自己心爱的女儿，终究心软。

走去书房，只见叶大林坐在躺椅上眯眼养神，两个婢女端着暖炉在他身边伺候，叶有鱼在旁边静悄悄地收拾书架。叶大林也不理她——这段时间下来，他对这个女儿又冷淡下来了，只是大事未定，所以一些情绪也还没准备发作。

马氏看到了她，却是气不打一处来，指着门口道："滚出去！"

叶有鱼愕然看着马氏，见她胸口不断起伏，也不知道自己是怎么惹了对方，不过她也不肯吃眼前亏，低了头就走了。

马氏又将别的人都遣走，这才气冲冲在躺椅旁边坐下了。

叶大林睁开了眼睛道："怎么了？"

马氏怒道："欺人太甚！吴家欺人太甚！"

叶大林一下子就知道老婆去喝早茶受气了，然而竟未意外，他早预着吴家会有什么伏笔了。打了几十年的交道，吴国英了解他，他也了解吴国英，知道吴家上次吃过一次亏，吴国英一定要设法找回来的，但这次不但没提出条件，反而提出重新议亲，这里面就有古怪，果然伏笔埋着呢。

"说吧，吴家提出了什么条件？"

马氏怒道："原来他们要娶过门去的，不是好彩！"

"不是好彩？"叶大林奇道，"那是谁？"

马氏怒道："是有鱼！"

叶大林怔了怔："这……这不能吧？"

"什么不能！"马氏的怒气如果能变成实体，早把整个书房都掀翻了，"一定是那个小蹄子使了什么手段，竟然把那个吴家三小子给迷住了！所以提了亲，却指明了不要好彩，要那个小贱人，这……这是要让我们好彩变成满西关的笑话啊！以后好彩还怎么嫁人啊！"

吴承鉴原本是跟叶好彩定的亲，结果再来议亲，偏偏要娶的不是姐姐，而变成了妹妹，这可比他随便另找一个姑娘更让马氏难受。此事出来，叶好彩非被人议论不可，往后的婚姻也要大受妨碍。

叶大林一开始也有些恼，然而他的反应远不如马氏来得大——虽然他宠叶好彩比叶有鱼多些，然而也就那样了，毕竟生意对他来说才是最重要的。所以这时恼意只是一晃而过，随即一番算计，他就道："如果只是这样，那对我们来说也很划算啊。"

如果吴承鉴只是打算拿这一点来恶心自己出口气，那对叶家来说可就太划算了。不就是两个女儿的婚姻嘛，有什么打紧的，叶有鱼是个庶女，吴承鉴愿意娶过去，这门生意算来他还有得赚，至于叶好彩那边，万一真嫁不出去也可以找个女婿上门，有什么所谓的呢？

马氏一开始没想到自家老公是这等反应，但他们是几十年的夫妻了，一转念就想到了，忍不住怒道："划算，划算！你就知道你的买卖！不顾你女儿的死活！好，这件事情，回头你自己跟好彩说去！"

马氏说着起身就走，忽然想到那封信，摸出来丢到了叶大林胸口。

叶大林道："什么东西？"

马氏道："吴老头给你的！"

她怒气冲冲地回了房，坐在房间里正生着闷气，忽然"啪"的一声，就见叶好彩大哭着进门来叫道："阿娘，阿娘！那……那不是真的，对吧？昊官他要娶的是我，不是那条臭鱼，对吧？"

马氏就知道叶好彩已经知道了。想想也是，这次她和蔡巧珠见面，双方都是摆足了排场，各带了一堆丫鬟、小厮、仆役的，早茶议亲又不是什么机密事，当时说话就没避人，左右一堆人听着呢。

这等在西关大宅里算是爆炸性新闻的消息，那些下人回来后怎么可能不碎嘴？叶好彩又是个忍不住气的，给自己赶回房后也一定要派人打听，这一打听就什么都瞒不住了。

虽然亲娘还没开口，但看见对方这样子，叶好彩就知道果然是真的了。

她"哇"的一声，坐到了地上，不停踢腿："我唔制，我唔制！昊官是我的！我死也不会让给那个贱人！"

马氏也恨恨道："你现在在这里撒泼，有什么用！还不是你，当初如果不是你硬不要他，现在怎么会自取其辱？"

"阿娘，你怎么这么说我！"叶好彩哭道，"就算我自己嫁不成，我也不能让那条臭鱼嫁给昊官！"

马氏一听，也觉得有理，起身道："对，我们走！去见你爹。就算这门亲事做不成了，我们也不能便宜了那个小蹄子！"

叶好彩连忙收泪，也跳起来，跟着马氏一路心急火燎地朝书房走去，还没到就看见几个小厮、丫鬟在门外吓得瑟瑟发抖。

马氏上前道："怎么了？"

小厮、丫鬟们竟然都不敢说话，就听见书房内不时传来砸碎东西的声音，跟着一件东西飞了出来——那是一件唐三彩，当初花了大价钱买来的。有一次吴承鉴上门看见，曾嫌弃说这东西是坟墓里挖出来的，摆在书房也不怕晦气，叶大林却不管，只要东西值钱就行，没想到这时竟被砸成了碎片。

马氏微微一惊，对叶好彩道："这东西都砸？你爹这次气得不轻。"

叶好彩道："阿爹是因为我生气吗？"

马氏心道多半不是，刚才叶大林可没这么恼啊，就听"呼"的一声，又一件东西飞出来，在门槛上一碰碎成七八块。马氏瞥了一眼，心头剧震，碎掉的可是一只汝窑天青三足盘！那是整个叶家库藏中的五大名器之一！以叶大林的脾性，在他心里只怕女儿都未必有这天青三足盘值钱！

连这都砸，马氏就知道叶大林已经不是恼怒这么简单了，必定是心神大乱。

叶好彩的脸色也一片苍白，天青三足盘这东西，平日里她连碰一碰都要挨骂呢，这时竟被摔成了碎片。

这时书房内打砸声停了，却听叶大林在书房内发出嗬嗬的喉音，就像野兽在嘶吼。

马氏近十年来就没见丈夫这样过，这下子连她都不敢进去了。她想了想，便派了人去叫叶忠过来。

过了好久，屋内静静的，再没声响，马氏才壮起胆子，掀开帘子进门，只见书房内满地狼藉，书柜、桌子都倒了，倒塌的炭火煤炉、凌乱的书籍纸张、各种古董碎片堆满一地。叶大林手也伤了，没椅子坐，蹲在地上不断喘气。

马氏小心翼翼地上前问道："当家的……这是怎么了？"

叶大林咬牙切齿地从喉咙里泄出声音来："吴老病夫……欺人太甚！欺人太甚！"

马氏道："吴家？他们又怎么了？"

叶大林指着地上被他撕成三四片的信，说："你自己看！"

马氏年轻的时候是帮着叶大林做过账的，和叶大林一样，字认得不多，但和自家生意有关的却都硬记下来。这时把碎掉的纸张一拼，这清单上面的字她竟认得一大半——写的都是自家的产业啊！

"这……这是要做什么？"马氏抖了抖那几片纸片问。

叶大林磨着牙说："吴老病夫……他说要我把这些东西拿出来做嫁妆！"

马氏大叫："什么！你说什么！"

叶大林叫道："没听清楚吗？嫁妆！他要我把这些拿出来，给有鱼做嫁妆！"

马氏对家财的看重，可不比丈夫轻多少！这一下子就像疯了一样，手指都插到头发里去了，一挣头发都散了，怒吼着："吴国英他疯了吗？他这是疯了吗？敢提这种要求，他一定是疯了！"

叶忠来到书房的时候，看到的就是一对披头散发的发疯公婆，如果不是认识，谁能想到这一对是十三行中的貔貅夫妇、当今天下的顶级富豪夫妻。

"老爷、太太，这是怎么了？"

叶大林这时发泄过两轮了，人也平静了许多，只是有点有气无力，指着地上变成六七片皱巴巴的纸张说："你自己看！"

叶忠摊平了纸张碎片，好不容易凑好了，仔细看清楚了，心中暗暗吃惊。但他毕竟是打工的，不像叶大林般把叶家的产业都当作心头肉，所以心神不乱，开口问道："老爷，这是吴官的意思？"

叶大林马上就想起，吴国英在满十三行里头，算是厚道的了，怎么会开出这么刁钻的条件来？信虽然是他写的，但这主意——

"没错！这一定是吴承鉴的意思！这个小畜生！他这是要把我们叶家给拆了吗？他这是准备把我叶大林连皮带肉都给吃了！"

开 战 否

马氏忽然道:"吴承鉴这么可恶,叶有鱼到底是怎么谈的!这个小蹄子,一定是她作怪了,把她叫来,先把她的皮给扒了!"

她说着就让人去叫叶有鱼——马氏在盛怒之中,还存着一个心眼,要趁着叶大林火大,把自己的心头刺、眼中钉顺带着给除了。

不多久,叶有鱼便来到了书房。她看看就知道形势不好,有些不想进去,可门外叶好彩已经叫道:"娘!三妹来了。"一边叫,一边幸灾乐祸地拿眼睛瞥她。

叶有鱼心里一紧,更知道书房之内定无好事!却听马氏在里头道:"来了吗?给我进来!"叶有鱼无奈,只得进门,一进去看到书房里的情景,心中大惊。

马氏怪声怪气地道:"我的好姑娘,咱们叶家的好三小姐,如今宜和行的昊官看上你了,准备八抬大轿抬你过门,恭喜了,恭喜了!"

吴承鉴要娶三姑娘的消息在宅子里传得极快,所以叶有鱼也听说了。然而她并不相信,觉得下人们应该是误传误信了,因为这和自己与昊官的约定不符合,多半是吴家那边说要纳妾,传着传着就传成正娶了。

"太太这话,有鱼不明白。"叶有鱼道,"想那昊官如今是什么位势,有鱼又是什么身份，他怎么会看得上女儿？"

"哎哟，这还矫情上了。"马氏道，"那么你当天在白鹅潭究竟跟昊官是怎么说的，不如一字一句地摆出来，让我们仔细参详一下，如何？"

叶有鱼道："当日昊官在船上说过的话，有鱼早跟阿爹说了。"

"说了？"马氏道，"你那说了，却相当于没说。昊官在你船上待了多久，以为我们不知道？那么长的时间，就算喝一巡茶才憋出一句话，那也有几十句了，怎么可能就那么几句？他昊官是什么人？会在那里闷坐那么久？哼，分明是你心里有鬼，所以不敢把真话说出来，要编出一套假话又怕被我们识破其中漏洞，所以干脆推说没几句话。"

叶大林听了这话，感觉有理，一双眼睛刀一样逼过来。

叶有鱼吓得退了一步，叶大林只道她是心虚，又想吴承鉴无端端地竟然要娶她，这更惹人嫌疑了，当下发怒道："你个赔钱货，果然是你卖了叶家是不是！"

他猛地冲了过去，对着叶有鱼又是一记窝心脚，好巧不巧，正好踢在上一次的位置上。叶有鱼旧伤其实还没好得十足十，再吃这一脚，"哇"地一口血吐了出来。

叶忠大吃一惊，赶紧拦住道："老爷，留力息怒，可别伤了三姑娘的性命！"

叶有鱼趴在地上，浑身发抖。她的确向吴承鉴透露了一些消息，但那笔代价，正好卡在叶大林勉强能接受、吴承鉴大体能出气的底线上。若是吴、叶的恩怨能够就此了结，于双方都是一桩好事，因此在她心里并不觉得自己是卖了叶家，而是既能让自己跳出火坑，又能调和吴、叶的恩怨的一条路。

然而吃了这一脚，原本就冰冷的心又灰寒了几分。她只觉得满嘴的腥味，便知道自己呕血了。她毕竟是个不到二十岁的少女，经事不多，许多事情都是从书里看来的，只记得许多书里都写女孩家呕血那都是命不长久者，比如《石头记》里那个林姑娘，也不知道自己连挨了这两脚，往后还活得长不？再想到人家林姑娘呕血是天生不足，自己呕血却是被亲生父亲给踢出来的，一瞬间只恨不得自己就这般死了算了。

然而轻生的念头只是一闪，徐氏娇弱无力的身影又浮现了出来，叶有鱼心想："我还不能就这样死了，不然阿娘怎么办？"

想到了徐氏，叶有鱼才勉力将各种痛苦都压下来，喘息好一会儿，"哇哇"把口里的积血吐干净了，才抬头望着叶大林说："阿爹，到底是怎么了？你便是要杀了女儿，咳咳……女儿也不怨恨，但阿爹你至少要让女儿死个明白。"

叶大林看她被自己踢得吐血，怒火也稍稍出了些，对叶忠努嘴："给她看！"

叶忠就把自己拼好了的信交给叶有鱼。

叶有鱼撑了撑身子要坐起来，但一动胸口就吃痛，整个人又趴下了。当此之时，书房之内就没一个来心疼她的，只有叶忠有些担心地说："三姑娘，你还可以吧？"

叶有鱼微微点头，闭眼睛，只觉得周围静得可怕，而自己也孤独得可怕。自出生以来，除了母亲，其实又何曾有人把自己当回事过？然而越是如此，母亲于她便越显重要了。

她轻轻呼吸了一下，这才睁开眼睛。叶忠干脆把信放在了地上，叶有鱼便半俯身看了起来。

这信她是越读越诧异，信看落款是吴国英的亲笔，口吻是吴国英对叶大林说的话，大意是要给吴承鉴延娶一门媳妇，觉得叶家的三姑娘很不错云云。看到这里，叶有鱼只觉得一阵眩晕：怎么变成娶妻了？不是纳妾！是娶妻！而且是吴国英的亲笔，那就不是误传了。可这到底是发生了什么事情呢？

一时之间，她也不知道是该高兴还是该惊惶，好半响才恢复过来，再往下看，吴国英笔锋一转，便说起他们福建人嫁娶的风俗，嫁妆必须丰厚云云——这当然只是个由头，福建那边嫁女儿就算嫁妆再丰厚，也没有新郎家点明了要哪些嫁妆的道理，所以吴国英这么说只是拿来做话引子，重点是下面的那张清单了。

前面七八条，都是自己当初念给吴承鉴听的，可到了后面却多出了几项——加上了这几项，那吴家就不仅是要出气了，甚至不只是要叶家放血，而是要剔叶家的肉，拆叶家的骨，抽叶家的筋，吸叶家的髓——这就怪不得叶大林的反应会这么大了。

可是这不符合自己和吴承鉴的约定啊，无论是纳妾变娶妻还是增加的条款，这中间到底出了什么变化？

马氏见她沉默，冷冷道："看这么久，看完了没有！是不是想不出什么搪塞的话了？"

叶有鱼虽然这时候还没完全想明白这封信背后的古怪，却知马氏再不容她细想了，便开口说道："阿爹，其实你不用这么生气啊，既然吴家老爷开出了条件，那这就是一桩生意，做生意……咳，咳……"

她咳了几下，又咳出了些许血腥，都喷在了那封信上面，调整了一下呼吸，才继续说："做生意，没有一口价的，总得讨价还价不是？咳……这张清单是漫天要价，但我们可以落地还钱啊。对吧，阿爹？"

这句话，可是把叶大林给点了一点。

财产是叶大林的逆鳞，于他来说比命还要紧！

更何况吴国英的清单里列出的，又是他叶家生意的命脉所在，加上当下的形势和吴承鉴的手腕，吴家的确有将叶家逼到如此地步的可能，所以他一时就急火攻心，如一把火将鞭炮给点爆了，怒火爆发之下理智全无。

但这时被叶有鱼一说，忽然又觉得此言有理。

吴国英列出的这张清单，无论怎么看都实在太过了，叶家怎么都不可能答应的——如果这真是吴家的底线，那就不是和谈，也不是议亲，而是直接踩上门挑衅了。

马氏见叶大林意动，赶紧厉声道："会提出这么过分的要求，吴家还有什么诚意可言？谈？再怎么谈，还能谈出什么花儿来！"

叶有鱼忍着胸口的剧痛和口里的血腥，说道："不谈，那按照太太的意思，是打算跟吴家开战吗？"

马氏叫道："开战就开战！就拼个鱼死网破，也不能这么便宜了吴家！"

她在那里叫嚣着，叶大林这边却是胸口一堵。虽然他在猜测吴家可能有些什么隐忧，但那毕竟只是他的猜测，目前还未坐实；就算坐实了，对吴家来说也不是迫在眉睫的事情。

反而就近期来说，吴承鉴在西关的权势可以说是如日中天。他不但吞了半个谢家，压制了蔡家，还变相送了两份厚礼给了潘家、卢家，可以说如今十三行里头，潘、卢都正欠着吴家一份新鲜热辣的人情。而下四家的潘、易、梁、马都已经在观望，尤其是原本依附蔡、谢的潘、易两家，都传出要转投吴家的风声了。如果这时候吴、叶开战，以眼下吴、叶两家的声势对比以及西关豪门跟红顶白的习性，胜败可想而知。甚至可以说，满西关不知多少人指望吴承鉴顺手把叶家也给灭了呢！

灭了一个谢家，就吃得不知多少人打嗝了，再干掉一个叶家，还不把大家喂个脑满肠肥？

想到这个，叶大林就忍不住打了个哆嗦——他刚才的失态，不只是因为气，还是因为怕啊。

叶有鱼的这句话实在戳中了他的要害：在当下他是怎么都不敢跟吴家正面开战的，真的杠上，他毫无胜算，而一旦落败，谢家的下场就是他的榜样！

"当家的？当家的！"马氏看到他的神色，就知道他已经动摇了。

叶大林喝道："你给我住口！"他瞄了叶有鱼一眼，说道："若依你说，该怎么谈？"

叶有鱼道："他们福建人不是说重嫁妆吗？但我们安徽老家那边却重聘礼。既然吴家要拿姻亲来谈生意，那我们也就跟他们谈。他们要多少的嫁妆，我们就要多少的聘礼。阿爹，你说是吗？"

叶大林听到这里，转了怒气，脸色恢复了平静，竟是连点了两下头。他一瞥眼看见叶有鱼吐的到处都是的鲜血，微微生出一丝歉意——然而也仅此而已，问道："你没事吧？"

叶有鱼的脸上露出了一丝淡淡的笑容，咳了两声，说："谢谢阿爹关心，女儿……咳，女儿没事。"

妯娌之势

叶大林见叶有鱼又咳嗽了几声,虽然不至于再呕血,但喷出来的唾沫仍然带着血丝,便让一个丫鬟来把她带下去。

马氏大为不悦:"你真的就这样信了她的鬼话?"

叶大林冷冷道:"不然怎么样?真跟吴家开战?吴家把我们弄死未必真对他们有好处,但西关不知道多少人等着我们栽倒好吃肉呢。你看看谢家的下场!"

马氏也不是蠢人,被叶大林一提也忍不住打了个寒战。

谢家位列十三行四大家族,那样的庞然大物却在墙倒众人推之下,旬月之间就被分食了个干净:潘、吴吃肉,卢家随筷,潘、易、梁、马在一旁也分了不少汤水,蔡家啃骨头——只有叶家什么也没捞着。此外还有大大小小几十家商户也都因此得了好处,然而除了潘、吴、卢之外,其他大小家族可都还没吃饱呢。

狼一直饿着也就算了,分明舔到了一点血腥却吃不着大头,这个时候会更加危险可怕。

叶大林道:"就算这妮子跟吴承鉴真有什么勾结,既然姓吴的指了她做媳妇,总不能现在把她给打死,不然谈都没得谈了。"

马氏这才不吱声了。

那边叶有鱼忍痛出门，叶好彩看着她，一边幸灾乐祸，一边又不忿她还能逃过一劫。旁边冬雪已经含泪要把叶有鱼扶回迎阳苑，路上昌仔也赶了来，带着一个被他收服的小厮抬了一个太师椅过来，让叶有鱼坐在椅子上，他们一同把人抬回了迎阳苑。

徐氏嘴唇发颤地等在迎阳苑门口，接了女儿进屋，颤着手揭开衣服，只看了一眼就哭了出来，叫道："有鱼，有鱼，不要争了，不要争了，我们什么都不要了！往后我就是一辈子刷马桶，刷到老，刷到死，也不要你再遭这个罪了。"

此时屋内只有冬雪。主仆间信任已经建立，叶有鱼就不避她，苍白的脸上挤出一丝笑容来，说："娘，你说什么呢！要是这样……那……我这两脚不白挨了吗？这些罪不白受了吗？"

徐氏道："可就算让你真的嫁进了吴家，以吴家现在的声势，以咱们娘俩的出身，你真能过得好吗？"

如今的迎阳苑与以前不同，手下有了几个丫鬟、小厮，徐氏的消息也没那么闭塞了，她也已经听说吴家要娶叶有鱼。刚开始听到消息的时候她真是吓了一跳，以为这就是叶有鱼一直以来的谋划，然而徐氏并不觉得女儿嫁入吴家，会是什么好事。

叶有鱼听了娘亲这话，心里就浮现出两个影子，一个是那个给自己排忧解难、送了蜜蜡葫芦给自己的吴承鉴，另外一个是冷冰冰跟自己谈条件的吴承鉴——那真的是同一个人吗？

她从小连梦都被闯入过无数次的那个吴承鉴，是已经变了，还是从来就不存在？

"有鱼，有鱼，你怎么了？"徐氏看到女儿失神，十分担心地问。

这时冬雪已经把膏药拿了过来——上一次那记窝心脚没隔几个月，用的膏药还剩下许多呢。

徐氏接过，万分小心地为女儿涂抹，却还是触碰到了叶有鱼的疼痛点。

一阵刺痛让叶有鱼回过神来。她痛楚之余，却轻轻地笑了起来，心里说："不管怎么样，就算他……他真的不是那个人了，但他至少是个厉害的商人。

能坐到这个位置,他一定会权衡利害得失,也当知道守信的价值。只要有这两点,那他许诺过我的事情就能当真,那样……我至少就能设法将娘亲捞出这火坑。"

她在叶家名分卑微,说什么、做什么都受制于马氏。就算近几个月仗势而起,但只要稍有反复,马氏反手就能置她于死地——就像今日一样。

去了吴家,也许会有另外的难处,但她至少就有了名分,甚至可能会拥有自己能独立支配的财力。有了财力就会有人手,有钱有人,她就有更多筹谋的余地。

是的,这是一个更好的去向……

可是,为什么一想起吴承鉴不是那个吴承鉴了,想起昊官不是三哥哥了,她的心就痛得厉害呢?痛得比膏药敷盖处还要厉害十倍呢?

西关是个很小的圈子。

吴家要娶叶家三姑娘,这个消息虽然没有当日吴承鉴一晚翻盘那么强的爆炸性,却也是近来罕有的新闻,所以很快就传得满天飞。

蔡士群夫妇也听到了。他们虽然住在大新街,但本质上也是西关人,何况又是宜和行吴家的亲家,自然也很快就得到了消息。

两顶轿子被抬进了吴家大宅,这次是蔡士群夫妇上门,外公看外孙,母亲看女儿。

进门后两人先到后院拜访吴国英。

吴国英的精神挺不错。自那顿围饭之后,杨姨娘又接手了服侍他的工作,而吴承构也是天天都来,做足了孝子范。虽然看破他娘俩心有所图,但吴国英就当自己糊涂享福,这几日过得舒坦,气色又好了几分。

两个亲家说了几句话,蔡士群就被请去了账房,蔡母这边则往右院来。

自从那次大新街企图扣留蔡巧珠之后,母女俩可有快三个月没见面了。蔡母到了右院,先见了病榻上的吴承钧。她是个积年,自然看得出吴承钧是靠着吴家的泼天财富,银子如流水般泼出去,用名医良药吊着性命。然而见面她只是叹息两声,不敢再触碰女儿心里的伤口。

见罢了女婿,转到一间小房来,母女俩才说起体己话。

里外琐碎事情说了一大堆后,蔡母问:"外面风传昊官要娶叶家三姑娘,可是真的？"

蔡巧珠道："是真的，老爷已经答应了，昊官自己也愿意，所以我就张罗起来了，现在就看叶家的意思。"

蔡母不知"嫁妆清单"一事，心想叶家怎么可能不同意，又问："这么说，吴家是打算跟叶家和好了？"

"外头的事情，就算是承钧当年当家的时候，女儿也从来不管的。"蔡巧珠毕竟是当家多年的人，人和心都在吴家了，虽然是母女之亲，但她还是将分寸拿捏得很好，"现在连老爷都不管外头的事情了，内宅的事情我暂时管着，外头的事情，就都看昊官的意思。"

蔡母眉头微蹙，又说："就算要和叶家和好，怎么不挑个嫡女，却选个姨太太生的。"

蔡巧珠道："咱们又不是仕宦人家，只要身家清清白白就好。真要把门当户对讲究到那份上，当初承钧就不是娶我，而是娶珀表妹了。"

珀表妹是蔡士文的女儿，容貌贤淑都远不如蔡巧珠，但论起家势来，哪怕在当年，蔡巧珠嫁吴承钧都是高攀了，珀表妹才是登对。

其实也是因为有了疍三娘这个出身做对比，蔡巧珠和吴国英才觉得叶有鱼完全可以接受，不过这话却不想对蔡母说。

蔡母道："不过这样也好。将来那位叶三姑娘进门，便很难压着你了。"

蔡巧珠倒是呆了一呆，不大明白母亲这话是什么意思。

她们是母女，此时又没有故意作诈，一个表情就知道对方想什么。蔡母道："你啊，聪慧是有的，就是心眼太实在了，有些事情都不放长远想的。"

蔡巧珠道："什么事情要长远想？"

蔡母道："如果承钧身体康健，昊官就算娶个公主也压不到你头上去。但现在这形势……巧珠啊，你可听阿娘一句，这内宅的大权，一定要好好抓紧在手里头。"

蔡巧珠隐隐猜到母亲要说什么，愕然道："阿娘，你说这话什么意思？"

蔡母道："承钧的身体如果大好，你自然是没什么可担心的。而如今……这个家业交到了昊官手中，如果他仍然是个浪荡子，或者只是个守成之辈，那也还好。谁知道他是一个这么厉害的，往后这个家，一定是他说了算的。"

吴承钧对吴家、对宜和行的贡献都很大，如果吴承鉴是个浪荡子，那就算继承家业了也必定一辈子都要活在大哥的阴影底下，就算他是个守成之辈，萧规曹随之下长房也能守住应有的位势，但谁能想到吴承鉴继承家业之后，旬月之间便干出了全城震惊的大事来。短短几个月，其声望之盛便已经盖过吴承钧了。

蔡巧珠却觉得蔡母这话说得奇怪："这个当然啊，他本来就是当家。"

"你怎么还不开窍啊！"蔡母道，"他做了当家，他在外头说一不二了，那将来内宅又该是谁来说一不二啊？我知道你与这个小叔子感情好，但叔嫂的情谊再好，能好得过夫妻？等将来你那未来三弟妹过了门，这内宅当家的大权你是交啊，还是不交啊？"

蔡巧珠一下子被蔡母给说蒙了——她不是智慧不足，而是这段时间从未想过这个问题。她自己没想，旁人就算想到了，谁敢轻易跟她开这个口？也就是母女至亲才敢当面点破。

蔡母又说："但现在嘛，却是菩萨保佑了。想那叶三姑娘是个庶出，叶家又是这等形势，她进门之后一定不敢跟你争权，这样事情可就好办多了。"

蔡巧珠在诧异之余，却是越听越不舒服，终于忍不住道："娘，不要说这个了！如果那个叶家三姑娘是个贤惠的，她过门之后又愿意理事，女儿肩头这副担子正好可以卸下来。什么内宅大权，什么抓紧在手，这些事情……你以后就别再跟我说了，我也不想听。"

第三十章

你也不为光儿想想吗？

蔡母看着蔡巧珠的眼神，就像看着一个呆子，看看蔡巧珠脸上又有抗拒之意，这时候只能将最厉害的刀锋也亮出来了："我知道你疏懒，也知道你不愿意揽权，可就算你不为自己想想，你也不为光儿想想吗？"

提到光儿，蔡巧珠果然浑身一震，道："又跟光儿有什么关系？你还怕昊官会对光儿不利不成？阿娘，你是不知道，他们叔侄两个有多亲，便是跟父子也差不多了。"

"怎么没关系！"蔡母道，"昊官他娶了媳妇，难道能不生儿子？等他生了儿子，哼哼，侄子再亲，还能亲得过亲生儿子？天底下就没见过这个理！你们吴家刚刚才从患难之中出来，彼此相濡以沫，自然爱亲压过了谋算。但这日子天长地久过下来，等到光儿要成年了，这笔账又该怎么算？你觉得昊官是会将家产留给光儿，还是留给他的儿子呢？"

她不管女儿的脸色变得越来越难看，一口气将话全丢了出来，一字一句，全部刺心入肺，全都是蔡巧珠从未想过，也不愿意去想的问题。

听到后面，蔡巧珠摇晃欲倒，终于忍不住道："阿娘！别说了，别说了！我不想听这些混账话。你再说这话，我……我要对你无礼了！"

蔡母没想到女儿还是不开窍，又急又恼，又不敢太逆她意，忽听外面有人叫喊，却是蔡士群来了。

蔡巧珠趁机道："阿娘，一起出去见阿爹吧。"

蔡母知道今日劝说无用了，只是长叹："你这个实心的蠢丫头啊，就怕你心肠好，别人的心肠未必都能如你一般。"

母女俩收拾了一下心情，一起出来。看到蔡士群满脸堆笑，蔡巧珠就知道他在吴承鉴那里一定得到了不少好处，心想："三叔为人恩怨必酬。阿爹阿娘几个月前其实是有些对不起吴家的，但他既往不咎，那自然是看在我的面子上。阿娘在外头看多了人心算计，不知道吴家门风，所以她会说出那一番话也不奇怪。"

蔡士群没有进房，也就在光秃秃的梨树下和女儿说话，着实把吴承鉴给夸了一顿。这吹捧程度比他当年吹捧吴承钧犹甚。

蔡巧珠听了一会儿，大体就知道蔡士群给吴承鉴推荐了一位姚大掌柜。这位大掌柜原本是谢家排行前三的大掌柜，谢家败落之后，那些底层打工仔大多被各大家族顺利吸收，中层也择木而栖，像姚大掌柜这样的高层管理人员就颇为尴尬：能坐到那个位置上，身上一定烙上很深的谢家印记，这种情况下，与谢家有仇怨的家族一定不敢轻易接收，便接收了也是"降将待遇"——要降格录用的。而同盟者如蔡家又声势大衰，且不说有没有合适的位置能够留给姚大掌柜，便是蔡士文能提供一个位置，姚大掌柜也要考虑一下万宝行今后的前途。

想来想去，姚大掌柜便想走蔡士群这条线试试运气——他们俩小时候拜过同一个算盘师父，算是同门。蔡士群也不敢大包大揽，结果今天一提，吴承鉴就满口答应了，这让蔡士群觉得倍有面子。

蔡父蔡母又在院子里聊了一会儿天，蔡母见女儿没有留饭的意思，知道因为刚才的话她心里还不舒坦，便不自讨没趣，拉了丈夫回去了。

蔡巧珠送走了父母，又到后院来见吴国英。吴国英道："家嫂，你怎么不留亲家公亲家母饭？太失礼了！"

蔡巧珠知公公说的不是客气话——厨房那边其实是有准备的——却也不愿意道破实情，只说："家里忽然有点别的事情，大新街又不远，随时来去，一顿饭吃不吃都成的，不算什么失礼。"

吴国英是个老商海，虽觉有异也没多问了。

蔡巧珠陪了一会儿，又来左院见吴承鉴，进门就听见吴承鉴正在和夏晴调笑。蔡巧珠咳嗽了一声，夏晴见是大少奶奶，有些不好意思地溜走了。吴承鉴直了直身子道："大嫂。"

蔡巧珠道："知道你宠着这丫头，不过该收敛的时候也收敛些，不然到时候我那弟妹进门，怕会惹出事端。"自夏晴护着光儿走了一趟澳门，回来后蔡巧珠就对她与别人不同，这句话倒是真的在为夏晴考虑。

吴承鉴却道："无妨。日子该怎么过还是怎么过，哪有为了一个人就把好日子全打乱了，那我还娶这个媳妇来做什么？"

蔡巧珠皱眉坐下，说道："这是什么话！娶了媳妇成了亲，这日子本来就该和以前不一样了。你在外头已经威风八面了，怎么一回到家又混……""混账"两个字，她终究不好再开口，就打住了。

"混账对不对？"吴承鉴笑道，"我本来就是这个样子，在外头是装给别人看的，回到家还这样，那也太累了。嫂嫂你以后也别把我当什么当家，想说就说，想骂就骂，这个家，还像以前一样。就是有一样……"

蔡巧珠心里一紧，心想吴承鉴准备立个什么新规矩吗？便是夏晴端茶上来，听到这里也是动作一顿，便听大少奶奶有些谨慎地问："哪一样？"

吴承鉴笑道："虽然说长嫂为母，但我只当你是我姐姐。你拿镜子照照自己，还多年轻漂亮呢，别年纪轻轻的就搞得自己像个师奶一样。"

蔡巧珠啐了他一声，骂道："又跟我没正经！"

吴承鉴却仍然嘻嘻哈哈的。

夏晴下去后，蔡巧珠才又说："今天过来，是问你个事情。"

"嗯。"吴承鉴道，"是问叶家三姑娘的事？"

"那个押后。"蔡巧珠道，"是有关姚大掌柜的事情。"

吴承鉴"哦"了一声，不接腔。

蔡巧珠道："这行里的事情，照例我都是不管的，便是你大哥当家的事情，我也只帮忙算过部分账目，从来不干涉人事的。今天提这个事情，是想问问你，你答应让姚大掌柜进来，是碍着我吗？"

吴承鉴刚要开口，蔡巧珠截住道："慢着，听我将话说完。我的意思很简

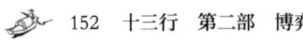

单。大新街蔡家是我的娘家,老爷能摒弃前嫌重修亲好,我心里已经很感激,也很满足了。可家事公事要分清楚了,对我娘家那边,哪怕花钱也无所谓。但任用大掌柜牵涉宜和行,我不希望这里头掺杂了家事纠葛,给宜和行的生意埋下什么隐患。如果你觉得已经开口不好回绝,那也不要紧,这个事情由我去说。"

吴承鉴微笑着,说道:"嫂嫂你多虑了。我一个连未来岳父都算计的人,你觉得我会为了一点情面就给行里的生意埋雷吗?"

蔡巧珠长长的睫毛微微一动,却并不觉得吴承鉴这个理由有多大的说服力,虽然当初吴承鉴说就算怀疑老婆也不会怀疑自己云云的话她斥为"疯言疯语",但在她内心深处,其实也是觉得自己在吴承鉴心里的分量要比那个还没过门的叶三姑娘要重的——至少现在是如此。

吴承鉴看了看蔡巧珠,又说:"放心吧,这位姚大掌柜的情况,我早就在留意了。我们这次翻盘,接管了谢家不少生意,既接收了死的产业,也接收了活的人手。人手里头底层的容易处置,他们给谁打工都一样;中间的有些麻烦,但也不是处理不了的问题;但高层的管事,在我们吴家的生意陡然壮大之后,其实却是缺了。"

蔡巧珠点了点头。

经过"饿龙出穴、群兽分食之局",侯三被处置,戴二被边缘化后做起事情束手束脚,且在行内威望锐减,吴家四大掌柜可以说是只剩下两个半。虽然提拔了欧家富,又引进了一位徐三掌柜,但比起宜和行更加壮大的生意规模,仍然显得不足。

吴承鉴道:"徐三掌柜的人品是挺不错的,涉外业务也熟,但资历上却颇有缺陷。说白了吧,这广州商界的大管事,能力高到一定程度的,早就被几大家族给圈定了。徐三掌柜在好几大保商家族待过,却从没进过核心层,这是他的好处,但没进过核心层的人,处置某些要紧事务的时候,手腕就有所不足。"

蔡巧珠道:"可一进入核心层,身上就会有那个家族的印记了。"

吴承鉴笑道:"是啊,所以底层劳力遍地走,中层管事也好找,高层的大管事,有一个是一个——满广州来来去去就那么些人,几乎被几大家族收拢去了。姚大掌柜的人品、能力、口碑,那都是没得说的。虽然他和谢家有亲,但我仔细打听过，也没到一定会为谢家报仇的地步。而且他不是跟蔡叔有同窗之谊嘛，这一抵消，就当无亲无怨。所以这个人我留意他好久了，今天不是卖嫂嫂的面子答应了蔡叔，而是我和蔡叔一拍即合。且谢家破家有两个月了，别的家族也不是没去延揽他，但他都不动心，直守到现在才托蔡叔来牵线，可见也是一早就有意于我，所以我觉得这人可用！若是他入行之后嫂嫂能待他好些，让他宾至如归，那往后多半还能成为我们吴家的一根柱石。"

蔡巧珠大喜道："若是这样，那我就放心了。"

叔嫂两人把话说开后彼此欣然，夏晴又端上点心来。蔡巧珠见她来得巧，刚好是不会打扰到两人正经谈话的时候进来，就忍不住道："这个丫头，真是招人疼。以后你媳妇进门了，也得好好待她。"

吴承鉴笑道："要不我不娶叶三小姐了，把晴儿扶上位吧。"

夏晴"呸"了一声，骂道："又来开这种没轻没重的玩笑话了。也就是我——换了别人听见这话，指不定要生妄念了。"

吴承鉴道："你就不生妄念吗？"

夏晴道："我不要那些没谱的东西，也不想长远，只要眼前开开心心的日子，有一天是一天。"说着转身走了。

吴承鉴笑道："这丫头，没心没肺的。"

蔡巧珠却道："这样才好。"

吴承鉴笑道："也就是遇到我——换了别的少爷，有她受的！你看哪家少爷会容一个整天跟自己过不去的丫头。"

"但你毕竟不是别的少爷。"蔡巧珠道，"而且我真想知道，那个叶三小姐到底何德何能，竟能够收服我们吴家的千里驹。"

"收服我？我呸！"吴承鉴道，"我是觉得这个姑娘心眼太多，与其放在外头，不如收在身边仔细盯着。"

资源再配置

"将军阁下,有远东来的信件。"

一艘巨大的海舰上,度路利拿到信件,看到信封上的印泥,脸上就变得谨慎起来。他回舱,然后才割开印泥;风浪荡漾着海船,却不影响他读信。

来信说的都是远东的事情,从商业一直说到政治,再提到一些军事问题,内容十分丰富,很有战略参考价值。度路利有自己关注的方向,所以将信再读了一遍,并将重点放在自己感兴趣的那些事情上面。

如今的欧洲正处于巨大的动荡期,与正处于死寂的停滞期的中国截然相反。

法国大革命仍在进行,伟大的拿破仑皇帝已经登上了历史舞台,正走在他统一欧洲的伟大征程上。如果不加点破,也许大多数人都会觉得法国大革命是近代史,而康乾盛世是古代史,然而将历史坐标一对,才能发现:原来乾隆皇帝和拿破仑、华盛顿竟然是同时代的人。

度路利虽然是海军少将,但他对欧洲大陆上发生的事情也十分关注。

至于米尔顿信中提到的那个自称"十全老人"的远东皇帝,度路利却嗤之以鼻。这样的所谓帝国,也就是趁着欧洲混乱无暇东顾,才显得强大,否则,大英帝国的战舰跨越海洋,也一定能将中国打下来——就像征服印度一样。

"虽然米尔顿的信充满了诱惑,甚至可能存在误导。"度路利心想,"但是,远东的僵局的确应该打破——至少要试着打破。"

打破中国的僵局,或许对欧洲的局面产生不了决定性的、直接的作用。但是,女皇皇冠上的明珠,从来都不介意再多一颗。

想到这里,度路利收起了信。

马氏终于完成了和蔡巧珠的第二次接触。

和第一次完全相反,两人第二次约早茶,一开始气氛十分不好。蔡巧珠虽然云淡风轻依旧,马氏却憋着一肚子的火,不过作为一家主母,倒不至于在外人面前胡乱发作,当下就论起婚事细节来,以"时辰八字已经合过,倒也相合"为开场白,又点出"我家老爷对这门亲事倒也赞同"。

接着,马氏很不情愿地用上了叶有鱼的那个办法:"只是我们安徽的习俗与福建那边不大一样,你们福建那边重嫁妆,我们安徽那边却重聘礼。这是老家那边带来的规矩,列祖列宗在上,可不能坏了。"

其实这也是睁着眼睛说瞎话,叶家虽然是从安徽迁来的,但落户较久,如果说吴家还存留着不少福建人的习性,叶家就没多少安徽人的气质了。马氏连安徽话都不会说,什么列祖列宗的规矩更是无从谈起。

蔡巧珠也不揭破,只是一笑:"那自然是应该的。我们昊官是什么人,西关街第一等的金龟婿,这聘礼自然不会少了。回头我跟我家老爷商量一下,再来回复婶子。"

马氏没想到对方接得这么爽快,那岂非证明叶有鱼的预料是对的?但她一回头,却以此来作为叶有鱼与吴家暗中勾结的铁证:"若不是双方勾结好了的,怎么会这么巧?就像商量好了的一样。"

叶大林听了觉得有理,对叶有鱼又厌弃了几分,黑着脸说:"且看看他们愿意给出什么聘礼吧。"

过了一天,吴家那边就派人送了信过来。叶大林打开一看,几句寒暄后又是一张清单,金银不多,剩下的是一溜的产业,把叶大林的眼睛都看红了——这张清单上大部分原本都是谢家的产业,也有一小部分原本就属于吴家的,但不管前者还是后者都有一个特点,就是和叶家的产业有相当强的互补性。

比如芳村的那一大块田地,就与叶家的田地连成了一片;又比如江西那边的一条商道如果并入叶家，叶大林就能吞下半个江西二十六种货物的货流；再比如广州城内的三开间店面也与叶家的五间店面连在一起，如果给了叶家，叶大林就能占半条街——这些都是以前叶大林求而不得的良田佳地，真的当聘礼送过来，对叶家的价值会远大于这些产业本身。

马氏看了一眼，也是怦然心动，却说："如果不算那嫁妆清单，这当然是一笔巨财，可是那笔嫁妆……"

叶大林一想起那笔嫁妆就咬牙切齿，吴家的这笔聘礼虽然也大，却远远不足以抵消那笔嫁妆带来的损失。叶大林想了想，又将叶有鱼叫了来，将清单给她看了后说："吴家虽然同意下聘，但这笔买卖还是没法做。"

叶有鱼道："既然爹爹觉得吴家的聘礼给得不足，那您也可以拟一份清单过去嘛。讨价还价，这不才两个回合？"

叶大林拍了一下手掌道："有理！"又看了叶有鱼一眼，心道："也不知道你们究竟有没有勾结，如果没有勾结，就真可惜了这份机敏了，可惜不是个儿子。"

这一次，叶大林让自家的首席大掌柜冯大掌柜去求见吴国英。吴国英没再拒绝——叶大林听说吴国英肯见自己派去的人了，便知道吴家果然是准备和解，这是两家人的关系在走向正常化的信号。

吴国英见了冯大掌柜，喝了杯茶，便让欧家富代自己待客。

冯大掌柜心道："怎么不是老刘，而是你来？"他是首席大掌柜，吴家却只派来了欧家富，这场对谈从双方身份来说就有些不对等。冯大掌柜不免心中略感憋屈，觉得叶家被矮化了，然而吴家这样的安排，自己也不能因为一时脾气把事情给办砸了。

两个大掌柜便在吴家的账房谈了起来——这已经不像在谈嫁妆聘礼，而是借着嫁娶的由头在谈商务。一开始两人还都把成亲的由头在嘴边挂一挂，到后来就直接谈商事合作和利益交换了。

叶大林开出的新条件，吴家这边一个都不认，"聘礼"是一件都不肯增加了，但在冯大掌柜的坚持下，欧家富才一点一点地愿意减少"嫁妆"，从上午一直谈到晚上，从大方向一直谈到合作细节，终于谈成了一个庞大的资源再配置的方案。

最后冯大掌柜才算拿着这份新的"聘嫁清单"回了叶家，叶大林叫来了叶忠。马氏也凑了过来，瞧着叶大林看着两份清单，好久没有说话。

马氏对商行的事业只是略懂，现在的两份清单这么庞杂繁复，两家各有割让，各有馈赠，收授关系犬牙交错，已经超过她的掌控范围，便只是问："当家的，怎么样？我们可会吃亏？"

叶大林捂着额头说："吃亏，当然吃亏！"

马氏道："那就再谈！"

冯大掌柜一听，眉头大皱，这可是他耗费了一整天心神的成果，如果还能争他早争了。他望着叶大林——如果商主还不满意，他就准备撂挑子了。

幸好叶大林只是拍着额头，没接马氏的腔，因为眼前之事委实让他为难。

这份聘嫁清单虽然叶家要大大吃亏，但也不至于因此伤了元气，只是从此之后，三大主业务都要在一定程度上受制于吴家，如果吴家的强势能够持续下去，十年之后恐怕叶家就可能会变成吴家的附庸。

但好处也不是没有：一来是单单就财富值来说，叶家比起之前甚至还要有所提升；二来是双方如此结合，往后就要变成不得不扶持对方的铁杆盟友了，有吴家为靠山，叶家的飞速发展也指日可待。

好久好久，叶大林才说："把有鱼叫过来。"

马氏不忿道："这是在商议大事，叫她来做什么！"

叶大林怒道："这是商行的事情，不是儿女嫁娶的家事，你给我闭嘴！"

对叶大林来说，在这么庞大的产业整合前面，嫁女儿的事情已经无足轻重了——他心里认为吴承鉴一定也是这样想的。

叶有鱼很快就来了，看了聘嫁清单，心中暗暗吃惊，脸上却不动声色，说："阿爹，这份清单对吴、叶同盟来说利益极大，对吴家来说利大于弊，对叶家来说利弊各半。我们叶家如果答应了，往后就要受制于吴家了，不过财利必定增长，假以时日，足以与蔡家、卢家抗衡。"

叶大林冷笑道："但从此之后，叶家就要看吴家的脸色了。"

叶有鱼道："是的。"

叶大林的手重重地在桌上一拍，如果换了吴承钧，一定要死扛到底不答应的，但叶大林的经商理念却柔软善变得多，所以才会如此犹豫。

"阿忠、老冯，你们都来说说，要不要答应。"

叶忠道:"老爷怎么决断,我就怎么行事。太过复杂的事情,我不懂。"

冯大掌柜道:"这已经是我能为叶家争取到的最好的条件,但此事干系太大,还是得商主来决断。"

这球又给踢到了叶大林处。叶大林转头看了马氏一眼,马上转开目光,跟着盯到叶有鱼脸上,道:"有鱼,你来说说吧。你觉得怎么样?"

第三十二章

日天居会议

这才过了没几天,叶有鱼胸口的伤其实还没养好,而马氏如何在叶大林面前诋毁她,她也有所耳闻。此时被叶大林逼问,她是建议答应吴家不行,否决此议又不愿,还不能像叶忠、冯大掌柜那样推托,微一沉吟,反问道:"阿爹,若是我们不答应这个条件,吴家会怎么做?"

叶大林心里一沉,眉头都有些抽搐了起来。

这份聘嫁清单上的条件于叶家的确不利,他内心也不想回到那种寄人篱下、为人附庸的老处境,只是眼下他有更好的选择吗?正如叶有鱼所问,如果不答应这个条件,吴家会怎么做呢?

换了是吴国英,叶大林还能博望这老朋友顾念旧交而心软,但吴承鉴……从他各种狠辣手段看来,怎么可能对自己手软!所以如果不答应,那就只有开战,当下凭自己单独对抗吴家肯定要死,唯一的指望就是投靠潘家,但潘家也不是善茬,到时候潘有节开出来的条件,指不定会比吴承鉴更加苛刻呢。

所以眼下的选择,已经不是答应之后叶家会不会比现在好的问题,而是不答应会有什么后果的问题了。

想到此处,叶大林终于下定了决心,骂道:"吴承鉴哩条扑街仔!都唔知吴国英系点样生出来嘅!"

叶家的决定下来之后，两家的恩怨似乎就告一段落。叶家的人心安稳了下来，吴家那边则士气高昂。吴国英喜气满面，就让蔡巧珠赶紧去安排婚礼："我们吴家，正需要一场喜事来热闹热闹。"

吴承鉴这边却就此事召开了吴家新一届的大掌柜会议。这次没在账房举行，却把人都拉到了河南岛。

清代广州城都在珠江北岸，被广州人称为"河南"的珠江南岸，其北面是水面极宽的珠江，西北是江海交汇的白鹅潭，东西是珠江的两条入海水道，南面临海，四面八方都被水包围着，所以当时一些广州人也将这一块地叫河南岛。

这里算是郊区，虽然比不上广州城内与西关地区那么繁华，却也不能称之为荒凉，尤其是沿江地区已经发展起了不少街坊店面。在海幢寺附近，潘家圈了一大片地，建成了偌大的潘家园；吴家、叶家当初也跟风在这里圈了地，两片地刚好与潘家园比邻，但都比潘家小了一半。

此时的广州水网密布，河南岛这边更是到处都是河涌，驾着小船几乎哪里都能去。吴承鉴带着几位大掌柜，在船上指点着说："叶家把这片地换给我们了，两片地加起来，也就和潘家园差不多了。我打算将两家园林打通，完工之后就把家从西关搬到这里来。"

欧家富大喜道："若是这样，那可就太妙了！"

十三行各大保商都住在西关，唯有潘家在河南岛傲视群雄，若吴家也要搬了来，那隐隐然就是双雄并峙的格局了。

吴承鉴虽然没有点破这一点，但同来的掌柜们都展开了脑补，个个都暗中兴奋。

西关发展了几十年，土地已经相当金贵，土地一金贵，保商们再要扩建自己的家宅就不容易了。所以吴、叶两家一早就都有另外的打算，在河南这边其实都已经有了建设：两片土地上并非荒芜一片，而是有了许多宅院，又用两堵土墙围了起来。如今只要将居中的那道土墙打掉，这就是一个可以媲美潘家园的大园林了。

吴承鉴所在的小艇后面还跟着三艘小艇，穿窿赐爷和铁头军疤坐的那一艘上落后半个船位，所以也能听见吴承鉴的话。穿窿赐爷兴奋地指指点点，跟铁头军疤说着这里可以怎么改,那里可以怎么平,说了半晌道:"北面这一片已经建得差不多了,再有半年可以入住,南面这一片可以慢慢来。"

粤派园林极其考究,房子建起来一年半载就行,但真要精雕细琢起来,几年都嫌短。

穿窿赐爷说了一大堆后道:"军兄,你觉得怎么样呢?"

铁头军疤道:"嗯。"

几艘小船循水道,在一个花草芬芳的小码头登岸,眼前出现一个相当大气的院子。吴承鉴领了众人进门,门内一派西式花园景致,就是花圃上的花还没种上。

吴承鉴说这一片花圃打算种上各种玫瑰,院子门外打算种薰衣草。

"我阿爹喜欢老派风格,什么梨木檀木家具准备了一大堆,他那院子也只能建成那种风格了。我大哥不会过日子,不理生活琐碎事,但我大嫂是喜欢素雅的,所以就搞成江南园林的味道。我想着,不能每个院子都一样,所以这个院子就弄成了欧罗巴的调调。"

他带着众人转了一圈。这个时代英国国势虽强,但论起园林艺术还蛮荒着呢;法国好一些,但巅峰期也远未到来;所以吴承鉴这个园子主要是意大利风格,不过园子里的雕塑只留了位置,厅里墙壁也还空着。吴承鉴说:"我让米尔顿先生帮我预订了一些雕塑,有意大利时下名家现制的,也有两件已故名家的好物——一件米开朗基罗的,一件拉斐尔的,都在仓库里放着,到时候园子都弄好了再看怎么摆。本来还有一件达·芬奇的,可到岸后我才发现是假的,当场被我砸了,回头让人再去搜罗一件。壁画嘛,准备直接去欧洲把画家拉过来,明年开始画。"

这些掌柜们久居广州,见多识广,然而也多没听过什么"米开狼鸡箩",什么"辣肥耳",什么"大分旗",总之随口赞叹两声就是了。

至于再往内的房间,吴承鉴就不带人转了。园子后面有水环绕成一个小岛,吴承鉴指着说:"那里本来想造一个古堡,贻瑾说可能会犯忌,也就算了;回头弄成整片的草地,等我有了娃,就带他们在上面踢蹴鞠。"

吴承鉴里外转了一圈后又出来,笑道:"我这个园子怎么样?"

众人都道:"甚是雅致,与众不同。"

只有同来的姚大掌柜笑道:"很好,园子很有翡冷翠的味道,却又风味别异。"

翡冷翠就是佛罗伦萨的旧译，吴承鉴一听，就知道这位姚大掌柜对海外的见识远胜其他人。

他们转了这么久，也只转了吴承鉴自己的园子，预备给吴国英的园子、给吴承钧和蔡巧珠的园子，离这里都还有一段距离。除了三个园子，还有前面一大片公用的建筑，比如祠堂、算房、议事厅等，公私之间隔着若干花园、竹林、听戏的小岛、钓鱼的半岛、养鹅的桑塘、养鱼的小湖，整个加起来回环盘绕，连成一片——而这还不算圈了叶家的那片地。

吴承鉴笑道："我也喜欢这边，我大哥大嫂那边素雅些，阿爹要养老，得安排得清静些。我这里嘛，想清静就清静，想热闹就热闹。我连名字都想好了，以后这里就叫日天居。大家觉得怎么样？"

日天者，昊也，正是他的商名。众人都赞道："好名字！好名字！"

还没挂名字的日天居里已经有了丫鬟、仆役，吴七已经按照吴承鉴的吩咐安排了个茶会，就在院子里开。吴七依次引着众掌柜落座，众人心中一凛，便知道这次茶会别有深意，连座次都安排好了，只怕不会那么随便。

果然，这次吴承鉴在座次上已经进行了调整：他自己居中朝北而坐，左手第一张椅子坐了刘掌柜，右手第一张椅子坐了欧家富，左手第二张椅子坐了戴掌柜，右手第二张椅子坐了姚掌柜，左手第三张椅子坐了吴掌柜，右手第三张椅子坐了徐掌柜。

这个座次后来流传了出来，让宜和行对这六大掌柜的背后称呼也产生了变化：刘大掌柜、欧二掌柜、戴三掌柜、姚四掌柜、吴五掌柜、徐六掌柜。

其中，刘大掌柜与欧家富仍然总揽全局，但刘大掌柜年纪偏大，稳重却精力稍嫌不足，所以主决策与方向；欧家富年资较浅却年富力强，所以主执行。戴三掌柜与吴五掌柜主要负责国内事务，姚四掌柜与徐六掌柜主管涉外事务，双方对坐对柄。

这种调整十分敏感，但在吴承鉴如今的威信之下，六大掌柜竟无人不服：欧家富得吴承鉴如此提拔自然感恩戴德；戴三掌柜见吴承鉴一直没发落自己的意思，如今这个安排显然是准备前事不究了，便战战兢兢地准备戴罪立功——反正吴承钧已经指望不上了，他也断绝了后路；姚四掌柜见过档之后吴承鉴能给自己这样一个位置，已经出乎意料了，再加上这段时间蔡巧珠的亲近示意，也让他觉得来吴家的确是下对了棋——新降之将，更要图建功勋。

众人落座，春蕊带人上了茶，个个抿了一口，才听吴承鉴笑道："今天带大伙儿来，除了看看这新园子，也是要商量一下叶家的嫁妆，哈哈。"

几大掌柜就没有消息不灵通的。这事大伙儿早听说过了，想想这第一次六大掌柜聚议，商量的就是这么一个极度利好的事情，一时间整个日天居便充满了野心蓬勃的朝气。

然而当吴七将两张清单发下来，除了早就心里有底的刘大掌柜和欧家富，其余四个掌柜看了之后，却还是被震惊了。

第三十三章

潘有节请客

姚四掌柜第一个抚掌笑了起来:"好,好,好!有了这份嫁妆,以后我们宜和行的生意,可就要更上一层楼了!"

吴家新近吞了谢家的茶叶生意,再整合叶家的部分产业,别的不说,在茶叶的销路上,往后势必傲视群豪——这些年叶大林整合两江茶路,整个徽系商圈掌控下的茶叶买卖,别的西关家族都插不进手,但根据这张清单的内容,叶大林以后的茶叶定价,也要受到吴家的限制与指导,这可是一项极大的权力。

那边戴三掌柜看着清单,心中也盘算着,暗想虽然自己在座次上往后靠了一位,让年轻资浅的欧家富压自己一头,这也算是对自己的惩戒敲打了。既然已经惩戒敲打过了,戴三掌柜反而就放心了,往后只要吴承鉴不行罢黜,由于吴家实力的增强,自己手里的权柄反而要比以前重得多。

只有吴五掌柜觉得自己手头的杂项产业可能要比上次开会少了一些,不过他是个老实本分的人,再说也只是在替吴家打理这些产业,又不是自家的,所以并不着急。

众人兴高采烈地议论着,一番欢喜之后,便又开始讨论如何整合这些新产业的细节问题。

这桩买卖是吴承鉴定的调,吴国英做的修改,刘大掌柜幕后操弄,欧家富台前执行，所以欧家富最为清楚。戴三掌柜小心翼翼地，却也提出了自己的一些意见。姚四掌柜言语不多，但每一句都点到了要害上。吴承鉴在一旁听着，对几大掌柜的能力又有了更进一步的认识。

他们这边谈论得热火朝天，日天居码头边，一艘小船上坐着两个老头子，一个是吴家的老顾，另外一个是叶家的叶忠。两人坐着包毯小凳，烧着小煤炉喝茶。老顾道："以前也常常想着，吴、叶两家能合为一家的话，那就能和潘家叫板了，没想到如今合是合在一起了，却是这样一个合法。"

叶忠嘿嘿两声，并不开口。

老顾道："怎么，不服气啊？"

叶忠淡淡道："你们家老吴的为人是不错的，不过也不见得能压得下我们家老叶。就是他生儿子有能耐，一个比一个厉害！"

老顾哈哈大笑，又道："其实老叶生人的本事也不错，就可惜没生对男女。这段时间我听着多方传闻，你们家那个三姑娘，也不是个简单的人物啊。这嫁到吴家来，以后吴家只怕要多一番大变化了。"

叶忠沉默了一会儿，才说道："这孩子虽然有她的心机，不过也有她的苦处。我倒是不觉得她嫁入吴家是件好事，然而事情已经这样了，也就这么着吧。"

老顾道："不管怎么说，她已经是吴家未过门的媳妇了，还没过门的这段日子，就有劳你照看下她了。"

叶忠有些奇怪："你居然会关心别人？这可真是奇了。"随即醒悟，"是谁托你来说这句话的？"

老顾笑道："还能有谁，自然是吴家的人啊。"

叶忠也就没有再问是吴家的谁，点了点头，上了另外一艘小艇驶向珠江，登了北岸，回西关叶家大宅去了。

叶家也准备办喜事了，然而气氛却说不上有多喜庆。叶忠先来迎阳苑，一进门，一股喜气就冲面而来，倒像这一场喜事不是叶家的，只是迎阳苑的。

听说叶忠来，叶有鱼赶紧迎出来——过了这么几天，她脸色已经好一些了，但走路时还是不敢大步。叶忠心道："她爹这一脚，可踢得太狠了。"口中说："恭喜了，三姑娘。"

叶有鱼勉强笑了一下说："多谢忠叔。"

叶忠正打算拐个弯叮嘱几句，给些忠告，忽然外头奔入一个小厮，在叶忠耳边耳语了一声。叶忠道："老爷叫我呢，三姑娘你多保重。"

叶有鱼心道："忠叔不会无的放矢，只是这'保重'二字该作何解？"

那边叶忠来到书房，见到了叶大林。

叶大林脸上神色不定，就丢给了他一张请帖。

叶忠看了一眼道："潘有节来请客？"

叶大林点头："是，约了在白云楼。"

叶忠道："请了几个人？"

"两个。"叶大林道，"就是我……和昊官。"

吴承鉴拿到请帖比叶大林晚一些，因为潘家的小厮不知道吴承鉴在河南岛，所以是先送到西关吴家大宅去，然后才转回河南岛来。

吴承鉴拿到请帖的时候还在和六大掌柜开会呢，然而潘有节的请帖还是让会议暂停了下来。他打开了请帖，扫了一眼日期、地点，笑道："嗯，我就说，也该来了。"

白云山，白云楼。

白云山如果被放到全国的名山大川里头去，只能算个小土包，然而山不在高，位置好就行：此山是广州的靠山，放眼望去，广州城尽收眼底；若再往南，则此山是整个珠江流域精华三角的顶点，东南延往香港，西南延往澳门。顶部位置的广州号称背山向海，海是南海，山就是白云山。

吴、叶两家去见潘家都是老规矩——两家先会合了，然后再去见潘家。这次也不例外，只不过在山脚见到吴承鉴的时候，叶大林的脸色有些不自然，吴承鉴却是照旧的二皮脸，笑嘻嘻叫着岳父，叶大林也只能应了他。

到了白云楼，外头候着一个三十来岁的男子，长相俊朗，打扮斯文，是潘有节的心腹侍从潘海根（也是如吴七般从小一路跟随的，从小厮做到了心腹管事）。他将两人迎了进去。

白云楼内，一个人凭栏南望，听到吴、叶到了，起身相迎。只见他三十来岁年纪，长身玉立，作儒生打扮，拿着一把折扇，衣衫饰品的材料都是极品，但风格上低调沉稳,乍一看还以为是个上山踏青的文人呢。任谁也想不到眼前这人就是富甲天下的十三行第一家族潘家的掌门人——潘有节。

一见面,潘有节就笑道:"叶叔,承鉴,上山的路上风可大?"

叶大林的商名是达官,吴承鉴的商名是昊官,但潘有节不叫商名,那是要论私交了。叶大林便也叫他有节,吴承鉴在别人那里摆谱,却也摆不到潘有节这里来,也笑着叫他有节哥,说道:"轿子里有暖炉呢,不过沿途看到叶子上结霜了。"

潘有节道:"咱们广州天气暖,不比北方。这时节白云山上也不见雪,算是好了,就是湿气大——这种湿冷,风一吹还是让人受不了。坐。"

三人落座。早有几个极俊俏的小厮摆上茶具,烧了茶炉,又有一个取了山泉水来,再一个绝色少女上前,跪着掌茶具洗茶冲茶——这些是潘家专门养来泡茶的茶童、茶姬,除了为人机灵,容貌经过精挑细选,还要经过三年以上培训,但茶童一过十五、茶姬一过十八,就要新换一批。无论是茶具器皿还是少年少女,都是千金之价,然而在这三大保商眼里却仿佛是透明的,只当是家常享受。

喝了一巡茶,潘有节才说:"承鉴,听说你终于要娶叶家妹子了?"

吴承鉴笑道:"是啊,兜兜转转,还是逃不掉要给兴成行做女婿。"

潘有节哈哈笑着,道:"你就皮吧你,得了便宜还卖乖。"停了停,脸色稍整,才又说:"几个月前,我也听说吴叔和叶叔起了龃龉,当时我心里难过,心想若先父还在,定能设法调停的,但吴叔、叶叔都是长辈,我一个晚辈却是不好出头,所以只是心里着急。没想到没过几天,你们两家自己好了,我心里一高兴,便约了今天这个茶局。"

这几句话若认真想其实经不起推敲,然而也就是给个交代大家好下台阶。叶大林一听就说:"其实我们也没什么事。"

吴承鉴却笑着说:"要是潘伯伯还在,这事根本就不会发生嘛。"

叶大林没想到吴承鉴连潘有节都敢正面顶撞,心里一突:"这小子,好大胆!"

旁边潘海根的脸色也微微一黑,便是蔡士文这个总商,在潘有节面前也不敢如此的。

潘有节却仿佛毫不在意,笑道:"也对,若是先父还在,一定不会有这一次十三行的乱局。蔡士文接掌十三行以来，任用私人，行事不公，西关街上早已怨声载道，我在河南岛离得那么远也常常听人说。往日太平时节还好，这一出点什么事情就搅得立立乱，我看他这总商的位置，也该挪一挪了。"

说到这里，他且不问叶大林，就看着吴承鉴道："昊官，你觉得呢？"一论到正事，他口中的称呼就变了。

潘有节说这几句话的时候一脸的从容，但旁边无论是叶大林还是潘海根都凝重了起来，知道接下来吴承鉴的回答事关重大——若他还继续顶撞下去，那一场新的风波只怕就要在西关掀起来了。

却听吴承鉴笑了笑说："我也觉得该换了。岳父大人，不如我们回头就去请示吉山老爷，择日召开保商会议。议题嘛，也不转弯抹角了，就是要选个新的总商出来。"

潘有节呵呵笑道："听昊官你这语气，可是对这个座位有意？"

"那当然……"吴承鉴瞥见潘海根脸色都变得有些难看了，但潘有节依旧云淡风轻，不禁暗赞了他一声，语气一转，道，"是没兴趣的啦！我这么懒的人，给我个宜和行我都嫌累，还让我把十三行给担起来？那还不如杀了我呢。"

潘海根才暗中松了一口气，潘有节哈哈一笑，却又听吴承鉴对叶大林说："岳父，不如你上？我知道你向来喜欢搞这些事的。"

第三十四章

且让启官坐两年

潘海根的脸色又晴转多云,叶大林也显得有些尴尬,潘有节却抚掌道:"好!若是达官上位,那我也是赞同的,只要总商之位不脱出我们三家掌心之外便行。"

叶大林忙道:"不行不行,最近兴成行的事情太多,我又忙着要给女儿办婚礼,实在脱不开身。"

吴承鉴道:"若是岳父大人也不想做……"他转向潘有节,嘻嘻笑道:"启官,那就只能你勉为其难了。"

这一次,潘有节竟全不推辞,把本来张开了的折扇一收,在左手掌心一拍,道:"我最近倒是闲着,这个位子让我来坐倒也成。"

吴承鉴道:"那就这么办?"

潘有节笑道:"就这么办。"

两人都笑了起来,叶大林也跟着笑,潘海根马上也赔着笑。

笑声飘满了白云楼。

绝色茶姬又奉上一巡茶来。潘有节道:"承鉴,这次你成亲,可要哥哥送你什么贺礼?"说起私事,他称呼又转了。

吴承鉴笑道:"贺礼这种东西,哪有自己开口要的?"

潘有节笑道:"循例的东西,自有下头的人去准备,若你有什么心头好,又是哥哥能办到的,不必跟我客气。"

吴承鉴想了想说:"我家就要搬家了。别的都还凑合,就是少了个戏班。有节哥你家那个昆曲班子,我可眼红了好久了。"

潘海根听了心中一哼,心想那个昆曲班子可是潘有节下了不知多少真金白银才打造出来的——戏班教导是名家,所有角儿选的都是江南籍的美貌童子,三四年一路在家里养着教着,花费何止万金!更别说为此而投入的心血——结果这小子一句话就要了去,可真敢开口。

不料潘有节笑道:"那算什么!若知道你喜欢,我早让人给你送过去了。"

吴承鉴笑道:"有节哥若是以前送,我们吴家的西关宅子门面太小,放都没地方放,也就是现在要搬新家了,这才能多出了地方来折腾。不过不管怎么样,谢过有节哥了。"

两人举茶齐笑。

若不知道的,只当白云楼内在谈什么风雅之事,也只有清楚底细的人,细品之后,才能晓得刚才一席话三方已经做了几次交易了。

送了吴承鉴、叶大林下山后,潘海根回来,不忿地道:"启官,真要把昆曲班子送给吴家?那可是您这几年的心血啊。"

潘有节挥手让茶姬、少年们都下去了,这才道:"我本来以为昊官年少气盛,这次多半要试着跟我争一争的,没想到他能点到为止,这份心性更不简单了,不错,不错。"

至于那个价逾万金的昆曲班子,似乎连提都不值得他再提一声。

潘海根就不再说话了。

那边吴承鉴和叶大林到了山下,走到岔路上就要分别,叶大林忽然问道:"昊官,总商的位置,你真的一点想法都没有?"

吴承鉴轻轻一笑,正想说话,忽然瞥见叶大林眼中精光一闪,心里一阵凛然,临时改口道:"这个位置,且让启官坐两年再说吧。"

叶大林这才一笑,道:"这样才对嘛。"

问明这句话，叶大林才乘轿而去。

吴承鉴望着远去的轿子，心里头忽然没来由地又是一沉——他知道自己不知不觉中又被压多了一个担子了。

他叶大林是什么人？是当年连给粤海金鳌潘震臣做左右手都不肯的。有这样的心气，现在却被迫来给吴家做附庸，如果吴家连拿下总商之位的野心都没有，还凭什么让他跟随？

所以叶大林刚才那一问，轻若鸿毛，却又重逾千斤，竟是逼得吴承鉴违心改了口。

想起这个，吴承鉴不禁低声自语："如今才算知道，什么叫人在江湖，身不由己。"

吴七道："昊官，你说什么？"

吴承鉴淡淡道："没什么。"

他不喜欢坐轿子，于是骑马回了西关，来后院见吴国英，只见吴承构正在院子里扮小丑引得吴国英呵呵直笑。吴承鉴看老爹乐成这个样子，心想让老二回来果然是对的。

吴国英是知道吴承鉴去见潘有节的，见他来，就找了个理由把吴承构支走了，只留下吴承鉴，问道："谈得怎么样？"

吴承鉴道："启官想要做总商。"

吴国英点头："也差不多是时候了。这两年黑头莱机关算尽，但家族实力不够领导群雄，再多的算计，终是枉然。"他又问，"昊官，你是什么想法？"

吴承鉴道："我答应了。"

吴国英再次点头："好。我们吴、叶两家就算合起来，目前最多也只是和潘家抗衡而已，再说你年纪也还小了些。老叶说什么了？"

吴承鉴道："他能说什么，赔着笑呗。"

"那不能。"吴国英说道，"至少下山之后，他要问问你的想法吧？"

这真是打了一辈子交道的人，一举一动都把对方摸得通透。

吴承鉴笑道："阿爹真是人老成精了。嗯，他是这么问我的。"

"那你怎么说？"

吴承鉴道："我说，这个位置，且让启官坐两年再说吧。"

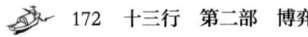

吴国英的一双眼睛，一下子就眯了起来，这种愉悦感都要从每一根皱纹边漏出来了，比起刚才吴承构扮小丑逗他开心都要强烈十倍。

那一晚吴承鉴成功翻盘之后，他对这个小儿子的能耐手腕已经不再担心了，然而还是有不放心的一点：他明白吴承鉴对商事的不耐烦。

吴承鉴不像叶大林，把商场事业当作最大的人生乐趣。吴承鉴虽然有这方面的天赋，有时候却把事业当作负担。如果不是吴承钧忽然病倒，这个小儿子多半是真的准备做一辈子的纨绔了。

但今天吴承鉴能够这么回答叶大林，吴国英就知道他已经完全进入昊官的角色了。

"好，好。"吴国英伸过手来，握住了儿子的手，又说了两声，"好，好。"

潘有节回潘家园后，当天就让整个昆曲班子收拾行装，连同几十箱的戏服、七八辆大车的戏班杂物一起送了过来。

这下却让吴家为难了——西关大宅哪里放得下这些？

倒是吴国英当场拍板："现在就把家搬到河南去。"

吴承鉴道："颐养堂还没完工呢。"

颐养堂就是准备给吴国英养老的院子，吴承钧和蔡巧珠那边的叫梨溶院。

吴国英道："让戏班先过去，你把公务这一块也挪过去。我且在这边先住着，承钧也不能乱动，至于你想住哪里住哪里。"

吴承鉴想了想，说："我还是在这边住，让贻瑾挑个院子先住进去吧。"

"应该，应该。"吴国英道，"早该让周师爷来家里了，就是这边小，让他在河南那边挑个院子就很好。"他如今对周贻瑾即使在日常语气上也放得很尊重。

想了想，吴国英又说："你的婚事，也在那边办吧。成亲那日一定热闹，承钧却不宜多被打扰。"

吴承鉴也觉得是这个说法，哥哥的身体可比什么都重要。成亲和办寿不同，鞭炮什么的少不了，到时候一定很吵闹。尤其是吴承鉴这等人物，到时候鞭炮声只怕要跟枪炮声差不多。

当下他便去准备了，先去告诉周贻瑾。周贻瑾笑道："这新家还有我的份？"

吴承鉴道："除了颐养堂和梨溶院，随你要哪个院子都行，就是你把日天居要了去也没问题。"说着摊开了整个吴家园的布局图。

周贻瑾道："我才不要呢，你那园子的名字，我听着怪异。"就要了吴家园最西南角，还有外边的一个小岛。他在地图上点了点，说："就这里吧，回头改个名字，把戏班也搬到那里去。这段时间我就玩玩昆曲，不寂寞了。"

吴承鉴道："这里？这可是叶家园的地界了。"

周贻瑾笑道："如今不都成了吴家园了吗？"

吴承鉴笑道："是这样没错。只是这样我们离得就好远了。"

周贻瑾道："你都要成亲了，我们保持点距离好些。"

吴承鉴就来勾他的肩，搭他的背，笑道："你这话可说得有些暧昧了，不知道的还以为我们两个在搞南风。"

周贻瑾给了他一个肘子："我就是怕你来聒噪我。"

吴承鉴要给这个岛起个名字，叫桃花岛。周贻瑾问这岛上是否有桃花，吴承鉴说回头种上就有了。周贻瑾不肯，自己改了个名字，叫"曼倩蓬莱"。

不说吴家这边，叶家那边听了吴家的打算，叶大林倒也没什么，就是送女儿过珠江而已。

马氏却说："与其从这边抬轿子出去，不如我们也去河南住些日子，到时候从叶家园把轿子抬出去。"

叶大林道："那片地都已经划给吴家了。"

说起那片地，马氏就心疼得不行，那里的亭台楼榭，有不少都是她找人精心设计过的，没想到大好的别墅一天都没住过就成了别人的了。不过木已成舟，这时候她再撒泼也改变不了什么，只是道："那片地是嫁妆，嫁妆嫁妆，女儿都还没嫁，就还是我们的。"

她其实还存了点上不得台面的心思，便是已经建好的园子一天都没住过，就这么给了吴家，实在不甘心，不如去住上几天——住过几天也是住过了，到时候就是旧房子转手，这样想着心里就舒坦多了。

叶大林想想也有道理，加上他最近烦心事多，也想换个环境住几天，就派人去跟吴家那边交涉。蔡巧珠便来跟公公商量，吴国英道："可以，这样挺好。"

　　事情就这么定了,叶家当即就去打扫,准备全家都到那里去住,并在成亲之日作为叶有鱼的出嫁之地。

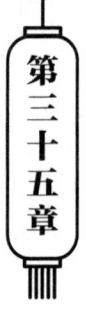

第三十五章

义　　庄

吴承鉴本来是打算过完年之后成亲，日子也不紧张，慢慢来就行。不料天气转冷之后，吴承钧的病情忽有反复，虽然在二何先生的努力下稳了下来，但一家人也因此忧心忡忡。

吴国英是老头脑，就提议把日子挪前了，冲一冲喜。吴承鉴没什么意见，蔡巧珠就又去请阴阳先生挑了个好日子。年前最好的一天却就在半个月后，蔡巧珠怕太赶了，许多事情来不及办。

吴承鉴道："这有什么？有什么事情是砸钱搞不定的？若嫂子有什么难处，就让赐爷来想办法。"

蔡巧珠道："那也要看看叶家的意思。"

结果问了叶家，叶家竟也没意见。叶大林并不太将这件事情放在心上，也是宁愿快点搞完。然而他又让人来提醒了一句："听说启官已经将戏班送到你家了？"——这句话的潜台词是提醒吴承鉴：人家把"定金"都付了，关于推选新的总商的事情你也得着手进行了。

吴承鉴回道："近日就办，两不耽误。"

于是吴、叶两家便把婚事办了起来，同时吴承鉴又放出了风声，准备向吉山老爷提议重选十三行总商。这一下把整个西关都轰动了。

众人都想：这吴、叶两家原本是闹翻了，现在又要联姻，听说还准备互换许多产业，这是要重新结盟了，看来吴官是对总商之位势在必得啊——不然为什么放着"翻盘夜"之前的几桩仇怨不报，还做了叶家的女婿，娶的还是个庶出。

因此观望的观望，看热闹的看热闹，上门串消息的串消息，犹如一窝窝骚动的老鼠。

西关街上热闹非凡，花差号却冷清了下来。

自那晚神仙洲酬谢宴之后，吴官就再没来过；不但如此，近日连周贻瑾都准备搬走。虽然吴家流向花差号的银流没断，但外人哪知道这内里的事情？自不免有诸多猜测。

就连王妈妈也不稳了，几次上船来唉声叹气，每次都说："女儿啊，你这次真的做错了啊。"

疍三娘却依旧若无其事，只是被王妈妈三头两日来一遭也是有些烦躁，便对碧荷说："收拾一下，我们到义庄去住几天。"

义庄虽然也在河南，但更加偏远，并不与潘家园靠在一起。碧荷道："姑娘，你可想好了，去了义庄那边，离吴官可就更远了。什么时候他想起了你，要来都不方便。"

疍三娘淡淡道："我之于他，往雅里说是知交，往俗里说就是他的外室，他办喜事我本来就该躲远一些，免得碍着了他的喜事。"

说着就真的搬到义庄去了——那里正大搞建设，疍三娘到了之后也没闲着，而是下到田地里，去到船排上，帮忙安排各种生产建设。

但她那两句话却很快传到吴承鉴耳朵里，吴承鉴气得在书房里狂砸杯盏，大怒道："她要吊着我，好啊，让她吊啊！等成了亲，我就带着新娘子到花差号相亲相爱给她看！"

所有下人都被挡在书房外，没人知道里头发生了什么，只有吴七一个人在书房里承受着吴承鉴的怒火。他心中暗暗叫苦，回头寻了个机会跑到曼倩蓬莱，向周贻瑾请教该怎么办。

周贻瑾道："什么都不需要办，这不是你的事情。"

吴七道："可看着吴官这样跟三娘耗着，我心里也难受啊。"

周贻瑾道:"这桩婚事有里外三层意味。最外层的意味就是满西关的人说的,是吴、叶联姻结盟。但往里一层,知道的人就没几个了,大概也就我们几个,才晓得这里头有意气用事的味道,昊官是在跟三娘斗气呢。他是发起狠来要气三娘一气,但真的随便找个人成亲,又会耽误了一个女孩子的终身,这却不是昊官愿意做的事情。不料这时候那位叶家三小姐撞了上来,刚好提出了这桩交易,于是昊官就顺水推舟了。"

吴七道:"可是当日那桩交易,叶三小姐只是说愿做侍妾啊。"

周贻瑾淡淡一笑道:"对一个女孩子的终身与清白而言,为人妻妾都是一样的,妾还不如妻呢。但对昊官来说,纳一个侍妾,刺激不到三娘什么,所以不如明媒正娶。只不过他是没想到三娘这般沉得住气,一点都不受激。"

"这一层我也是想到了。"吴七说,"可还有一层是什么?"

周贻瑾神色微微一凝重,道:"还有一层……此刻我便说了,你也是不懂。"

吴七走后,周贻瑾对着水面自己的倒影,喃喃:"其实这个世界上,谁不是身不由己呢。"

这时候戏班的一个俊俏极了的旦角过来,请周贻瑾指点《惊梦》一折中的几个细节。看着小旦角婉好的容貌,周贻瑾笑了起来,不再想那些烦心的事情,投入到戏班中去。

西关吴家大宅里,蔡巧珠和穿窿赐爷一内一外开始忙碌了起来——既要办婚礼事宜,又要安排搬家,反而是吴承鉴,于这桩婚事是个甩手掌柜,因看家里各种进进出出的人事十分繁杂,就干脆住到宜和行去,诸大掌柜但有公事找他,在那里也会更加方便——这里有一个起卧的房间,当初吴承钧在最忙的时候也会十天半个月都住在这里。只是行里生活配备毕竟太过简朴,把事业当生命的吴承钧能习惯,惯于享受的吴承鉴却不可能久待。

吴承鉴的办公方式与吴承钧不同,吴承钧几乎事必躬亲——不然也不会短短几年就积劳成疾了——吴承鉴却是抓大放小,上午接见了六大掌柜,到下午就没他什么事情了。

宜和行的位置临江靠水——毕竟大宗货物运输以水道运输最为方便,成本也低。靠近码头的是仓库,靠近街边的做店铺,兴成行和宜和行挨得极紧,几乎是贴在了一起,两家最邻近的仓库还共用一道墙壁。

兴成行过去就是同和行,同和行再过去就是万宝行,万宝行再过去就是宏泰行——一个个的商行,一座座的仓库,连成了一片百年繁华。大半个中国的出口货物从内陆各省汇聚到此,进了仓库,跟着运往外洋,然后收回一船又一船的海外白银。

吴承鉴坐在骑楼上,望着江水,心想:"从这里下船,小艇一划就进入白鹅潭了。"小艇向左可以去神仙洲,向右可以去花差号,但没有疍三娘的神仙洲令人意兴阑珊,而花差号……现在连花差号上她也不在了。

吴承鉴一阵烦闷,然而又有些担心起疍三娘来,心道:"她去义庄那边也不知道怎么样了。"想着想着,忽然唤来了吴七:"走,开一艘快艇。"

吴七这几日见吴承鉴闷闷不乐,心里正担心,闻言喜道:"去神仙洲吗?"

"去你的神仙洲!"吴承鉴道,"去义庄。"

"义庄?"吴七愕然,"什么义庄?"

疍三娘购置建成的这座义庄位置偏僻,远在河南岛东南面,靠近沥滘岛。这里本来土地贫瘠,是疍三娘花了钱整治成一片桑基鱼塘,然而受地力所限,所产也只是中等。

而靠水的地方,又整治了一排的渔村,周围种植树木把义庄围起来。这片树木是一道林墙,树干长粗了将来又能做棺材,树墙所围的桑基鱼塘加上这个渔村,便是整个义庄的产业,在建成之后将靠这两项来作为义庄的主要收入来源。

义庄周围的田都佃出去,不收银租,收上粮食来直接作为义庄的口粮;渔村、鱼塘为渔村提供鱼肉,桑树所产蚕丝让义庄里的人自己纺丝卖点小钱,作为一点创收副业——所有这些加起来折成白银的话,少得会让十三行的保商们笑话,然而如果运作得好,又足以给百来个孤女老弱生养死葬了。

这座义庄的资金来源大头其实都出自吴承鉴,但他自己从没来过,这回是首次踏足。渔村和桑基鱼塘都已经在运作了,如今是冬天全歇着,但义庄里面正在起屋子。吴承鉴来的时候,正好瞧见这里正在起一排又一排的屋子,每一间都狭小憋窄,只能容下一张小床、一个柜子、一张小桌,此外就连回旋空间都不大——睡一个人略宽松，住两个人就显得挤了。每排屋子有个公用的灶台，整个义庄有个公用的澡堂子。

吴承鉴和吴七、铁头军疤一路走着，也不问路地随走随看。这些屋舍的设计图其实他都看过，但看过图纸和亲眼看见毕竟是两回事，住习惯了大宅子的人，陡然看见这些房屋，不禁皱眉道："这些屋子也起得太小了。"

吴七也道："对，这怎么住人啊！"他的房间也不止这么小啊。

铁头军疤却说："这些房子通风、采光都很好。墙壁屋瓦也都很厚实，扛得住风，顶得住雨，做饭睡觉又都方便，都是好房子。我将来老了，也在这里弄一间住吧。"

吴承鉴骂道："你这话说得忒没出息！我一年给你的银子就够你在广州城内起一座大宅子了，要是跟我跟到你老了，自己去办个小商行都足够了，说什么来这里住的丧气话。"

铁头军疤却说："省城里的大宅子花费太大，眼红的人也多，不如这里，几斤粗米就能过一日，三亩田租就能过一年。没人眼红，也没人嫉恨，这里才是能长久的。"

吴承鉴就不说话了——实际上这本来就是这座义庄规划的本意。当日蔁三娘想建这座义庄，却不希望这座义庄建成之后会变成一个吸吴家血的无底洞，所以周贻瑾就给她做了全盘的规划，选择了这么一个偏僻贫瘠的地方。因为偏僻贫瘠，所以不会跟别人造成冲突；也因为偏僻贫瘠，所以建成之后那些有权有势的人多半也不会来争夺——一个产不出多少现银的地方，争来做什么？

就连房子的设计也都贯彻这个思路：虽然把屋子建得坚固、结实、耐用，却狭窄寒酸，让富贵者见到之后不起夺占之心，却足以让老弱们养老送终。

第三十六章

和　好

三人走到一片工地，只见疍三娘正在那里忙活着。这时她扎起了头发，在冬天的寒风里也忙得满额头的汗水，不停喷出白气，身上沾着泥土水浆，从头到脚哪里还有半点花魁娘子的风韵？

吴承鉴却一下子将这场面记到了心里。在他眼中，神仙洲那些打扮得花枝招展的花魁娘子们，连眼前疍三娘的一个小指头都比不上，见到了她，这段时间的烦闷、怄气，刹那间都消散了。

疍三娘也瞥见了他们仨，停下来道："你们怎么来了？"

便有工头看出了端倪，接过了指挥，让疍三娘且休息去。

疍三娘把三人接到了一个小屋子里头，给三人倒了茶水，茶水倒出来后才想起这是工人们喝的劣茶，忙说："唉，花差号的茶叶没带过来，你应该喝不惯。"

正要想想办法，吴承鉴已经拿起尝了一口，皱眉道："你这几日就喝这个？"

疍三娘笑道："就是拿来解渴，有点茶味，不像白开水那样难喝而已。"

吴承鉴道："这比白开水还难喝。"

吴七看着两人要说体己话，便拉着铁头军疤和碧荷出去了。

屋里头再没第三个人，吴承鉴道："行了，别跟我怄气了，回去吧，这里实在不是人待的。"

疍三娘道："我也不是跟你怄气，其实早想过来出点力气。"

吴承鉴道："这整座庄子的钱都是你出的，还嫌不够？"

疍三娘道："出钱和出力气是两回事。再说，我的钱都从你那里来，这钱其实也是你出的。"

吴承鉴皱眉了："你还跟我分这么清楚！"

疍三娘这几日终日劳作，心思有处摆放，胸襟就明朗了许多，笑道："好啦，是我的钱。不过只是投钱，和亲手打下地基，这感觉毕竟不同。"

吴承鉴道："听你这么说，难道打算等义庄都起好了你才回去？"

疍三娘的确有这意思。她这几日忙碌下来，竟然都有些上瘾了，几乎就想留在这里不回去了，但看着吴承鉴紧皱的眉头，就知道若自己真这样说，一场新的冲突势必爆发。她不想再与他怄气，内心便妥协了，说道："等这一排房屋都起好了，把第二批的地基材料都安顿好，我便回去。"

吴承鉴道："那得多久？"

疍三娘道："约莫一个月吧。"

吴承鉴怫然，手里的茶杯重重一顿："那不是得在这里过年？"

疍三娘柔声说："已经有第一批老弱住进来了。新到一个地方，她们都有些惶然，我陪着她们，也能让她们把这个年过好。我知道我这样子有些任性了，但你就由得我一回，好不好？"

吴承鉴听她软言软语的，心也被说软了，才道："行了行了！"

两人这腔气便都过去了，慢慢把话说开。吴承鉴吐了一肚子苦水，这段日子经历的事情，都不是他喜欢的。

"知道潘家的那个昆曲班子吗？当初启官把这个班子建起来后，我不知道垂涎了多久。要知道广东地面粤曲自然是好的，可昆曲就不行了，神仙洲的那些戏班，也就能哄哄广州本地的土老财，其实腔调都不正的，贻瑾怎么调教他们都改不过来。但潘家园的那个班子，一开始请的就是名师，用的角儿又都是江南籍的，那鼓乐一起，角儿开腔一唱，不知道的还以为人不在广州而在苏杭呢。"

疍三娘道："那现在这个戏班子落到你手里了，不正好遂了你的心愿。"

"最烦的事情，就是这个了。"吴承鉴骂道，"当初我看着这个班子流口水，潘有节混蛋得很，故意老逗弄我却又捂着半让看半不让看，我越得不到心里越痒痒。现在潘有节把戏班送到我手里了，我竟然发现自己没兴趣了……唉！也不知道再过几年，我会不会变成和大哥一样，整天把打算盘、看账本当乐事趣事了……"他忽然露出个恶寒的表情："咦！日子要是过成那个样子，我还不如死了算了！"

　　眢三娘笑道："若真有那么一天，你把打算盘、看账本当乐事趣事的时候，你就不会觉得恶心了。"

　　吴承鉴道："才不要呢！太恶心了。"

　　眢三娘微笑着："都顺其自然吧。"

　　两人就在屋子里有一搭没一搭地说话，只是有意无意地都避开了吴承鉴的婚事。吴承鉴这时是有些后悔的，只是事情进展到现在也回不了头了，而眢三娘那边也不想为自己添堵。

　　屋子外头，碧荷拍拍胸口，低声说："好了好了，总算是和好了。这段日子可担心死我了。"

　　吴七也笑着说："我也是呢，这段时间明明诸事顺遂，可昊官总是憋着一张臭脸。我就知道，只有三娘才能让他开怀一笑。"

　　看着天色已晚，他们三人就准备在义庄吃一顿晚饭——是吴七亲自摆弄的，用一口大锅煮了菌菇为汤底，铁头军疤又去弄了一点野味，再加上附近买来的鱼肉、田地里现摘的青菜，要打一个大大的火锅。

　　大火锅才弄得差不多，忽然花差号那边来人，却是呼塔布来访。他先去了西关大宅，没找到人，吴达成说昊官去了行里；呼塔布又去了宜和行，结果又没找到人，说是昊官驾小艇出去了；于是呼塔布又去了神仙洲，见不在又去了花差号，仍然找不到，才有个水手试着跑来义庄这边试试。

　　吴承鉴听说是呼塔布找自己，一波三折还不肯放弃，就知道多半有要事，不由得烦躁道："不知道又要来什么麻烦事。"

　　眢三娘道："呼塔布如今是十三行的管事家奴，虽然咱们不用像蔡士文奉承嘎溜那样奉承他，但也不能太怠慢了。快去吧。"

　　吴承鉴无奈，道："好吧，我去会会他。"

　　两人依依惜别。

看着小船远去，碧荷双手合十祝祷。疍三娘道："念叨什么呢？"

碧荷满脸都是笑容："感恩妈祖娘娘，让姑娘一切顺利啊。"

疍三娘连忙也合十说："不管顺境逆境，都是妈祖娘娘的恩典。"

"过了今天，我也就放心了。"碧荷笑着说，"往后就是昊官成了亲，我也不怕了。我看得出他的心啊，还是在姑娘这里。"

疍三娘骂道："说什么呢？走，去招呼大家来吃大火锅。别把这一大锅好东西浪费了。"

铁头军疤便驾了小艇，飞一般来到花差号。吴承鉴登了船，只见呼塔布正坐在甲板上小酌呢，一旁自有人伺候着。见到吴承鉴，呼塔布就笑道："昊官这是上哪里访美去了？害得我好找。"

吴承鉴嘻嘻一笑，道："还不是三娘，她在南面搞了个义庄，我跑去找她去了。"

呼塔布道："听说过，听说过，建这义庄是大好事、大功德啊！现在神仙洲花行里的，个个都说她是菩萨转世。古往今来花魁娘子多了，有几个能像三娘这样，把自己的积蓄都捐出来做这等大善事的？真正是奇女子！回头我也捐一些，积点功德。"

吴承鉴笑道："若是别的，这点小钱我就替呼管事给了，但这积德的事情嘛，我就替义庄的老弱孤女们谢过了。"

呼塔布道："昊官还叫我呼管事呢，莫非是嫌我是个奴才，不够跟你做朋友？"

吴承鉴忙道："这是什么话！别人高攀还高攀不起呢，呼大哥大我几岁，如果不见怪，那我以后就叫你大哥了。"

呼塔布大喜："能得昊官叫我一声大哥，我呼塔布在这广州地面也是真有面子了！"

两人哈哈笑了起来，吴承鉴又让吴七把船上珍藏的那坛猴儿酒拿出来。

呼塔布道："酒且不忙喝，今天来是奉了老爷的命来办事，不然我也不会一天里头奔波三四次了。"

吴承鉴忙道："不知道吉山老爷有什么吩咐？"

"翻盘夜"当晚，吴承鉴挟威令，吉山也奈何不了他，两人几乎分庭抗礼。但随着时日的推移,他和吉山的关系又向"正常化"慢慢回归。吴承鉴虽然处处被人捧着,但也不至于就真的以为自己可以和吉山平起平坐了。

呼塔布拉了拉吴承鉴的手,低声道:"坊间传闻昊官你想换掉现在这个总商,是不是真的?"

吴承鉴笑道:"也不算假,我的确打算这两日就向吉山老爷请命,召开保商会议商量这个事情。"

"召开保商会议,这个容易。"呼塔布说,"把黑头菜给撵下来,也是应该。"

提起蔡士文,呼塔布就恨得牙痒痒,其实他更恨的是嘎溜,不过嘎溜已经被他收拾了,下一步要收拾的,就是蔡士文。

"不过啊,"呼塔布说,"黑头菜一下来,这总商的位置也就空了。昊官,你是不是也对这个位置有意呢?"

说到这里的时候,他是一脸的凝重。

吴承鉴不承认也不否认,笑笑说:"这个嘛,就看内务府怎么安排,吉山老爷怎么选择。至于我,只是安心地当差办事罢了。"

"这话可就言不由心了吧。"呼塔布道,"我以兄弟来待昊官,若昊官你再不跟我说个实话,我现在就走了。"

他说着作势要走,吴承鉴连忙拉住了他,笑道:"酒都还没喝呢,急什么?"

呼塔布装着怒气腾腾:"你都不把我当兄弟,我还喝什么酒!"

吴承鉴连忙按住他说:"你这话说的。我跟谁也不能跟呼大哥你打马虎眼啊。好吧,咱们敞开了天窗说亮话。"

明明船舱里没外人,他还是凑近了呼塔布的耳朵,故作神秘地说:"说我吴某人没有这个野心,那是假的,但我吴某人有没有这个想法,也要看吉山老爷和内务府那边是怎么安排不是?若是我有机会,自然要设法争取一下;但如果上头另有安排,我也一定听从。只是我区区一介商人,又哪里知道上头怎么安排?这件事情,可还得向呼大哥你请教了。"

呼塔布一听,这才缓和了颜色。这时吴七刚好把酒拿了来,呼塔布喝了一口,叫道:"好酒!"这才说:"其实这件事情,如果你肯听哥哥的,哥哥就赠你一句,现在这个总商的位置啊,别争!"

"哦?"吴承鉴道,"呼大哥你好好儿替我分析分析。"

呼塔布道:"老弟,你如今的风头一时无二,但这只是风头,毕竟不能长久。论到根基,毕竟还是不如潘、卢、蔡。蔡家如今是动摇了,可潘家还稳着呢。潘有节前几年之所以没能坐上总商的位置,还不是因为当时他太年轻。现在他年纪也够了,资历也熬出来了,我看上头的意思,这十三行,还是要以稳为主。"

吴承鉴听得连连点头:"有理,有理!"

呼塔布又说:"至于老弟你,你才几岁,着什么急!这几年先把总商的位置让出去,你在后面好好夯根基,等过些年,宜和行的根基更牢靠了,你的年纪资历也都到了,总商的位置,迟早逃不过你的手掌心去。"

"不错!不错!"吴承鉴道,"多谢呼大哥指点了,如果不是呼大哥指点,我几乎要误了大事了。只是……"

呼塔布道:"只是什么?"

吴承鉴道:"大哥也知道,做不做总商,我自己嘛,其实也无所谓,但这家业大了,底下的人不免有些心大的要胡思乱想。我做着这个商主,一边要秉承上意,另一边也要安抚下情啊。这该怎么办,待我好好儿想想。"

呼塔布笑道:"这件事情,就交老哥我来帮你解决吧。"

吴承鉴大喜,举杯道:"那老哥可真是我的贵人!不说了,这杯酒,我先饮尽了。"

第三十七章

再开保商会议

这一顿酒,喝得宾主尽兴。临走时,吴七又包了一个大包裹,塞给了半醉未醉的呼塔布。

送走了这个满洲家奴,吴七回来说:"昊官,你不是一开始就没打算跟启官争吗?怎么又跟呼塔布这样说,还平白送了这么多银子。"

吴承鉴道:"这都搞不懂!搞不懂你问问你的军师去!"

吴七道:"什么军师?我有什么军师?"

吴承鉴道:"最近你一有什么事情,不就跑去找贻瑾了吗?他不是你的军师是什么?"

吴七哈哈一笑,道:"周师爷对我虽然不错,但咱们是什么关系啊,我从穿开裆裤的时候就跟着你了。先前你发脾气的时候我怕触你的霉头,这才去找周师爷的,现在你又没生气,我找周师爷做什么?"

吴承鉴笑了笑,也不计较。他和吴七名分上是主仆,实际上和兄弟也差不多了,就说:"我确实一开始就没打算坐这个位置,但既然有资格问鼎,这个资格也是值钱的;与其平白放过,不如拿出来卖啊。"

吴七笑道:"我们这不卖给潘家了吗?还换回来一个昆曲班子。"

吴承鉴笑道:"这东西又不是茶叶,当然可以一货多卖的,先卖给了潘家一次，也不妨再卖给吉山和他背后的人一次。"

吉山和他背后的人，可能是内务府的实权人物，也可能就是和珅。

吴承鉴道："至于呼塔布，他的跑腿钱迟早要给的，这次只是借个由头，假装我们承了他的人情。"

吴七道："卖给了潘家，我们赚回了一个昆曲班子；但卖给吉山他们，我们能得到什么？内务府那边是个貔貅，只吃不吐的，不可能给我们银子。"

吴承鉴往自己的脑袋一指。

吴七毕竟机灵，在十三行又多有见识，一下子就明白了，大喜道："恭喜昊官，贺喜昊官，哈哈，往后您就要变成老爷啦！"

吴承鉴淡淡道："有什么好恭喜的，不过是拿来安抚一下底下的人罢了，你还真当一顶顶戴花翎能有什么用？"

西关长年累月都是谣言满天飞，一个谣言还没结束，另外一个谣言就跟着起来了。

最新的谣言就是朝廷为了表彰吴承鉴承担永定河赈灾后续事宜，捐献有功，可能要赏赐一顶顶戴花翎下来了。

这个谣言一传出，整条西关街都轰动了。

如今整个十三行，也只有一个人头上有顶戴——那就是潘有节。如果吴承鉴再拿下一顶，其中代表的意义足以让很多人展开各种想象。

在这大清天下，只是有钱没什么，只是做官可能清苦，但富豪能弄来一顶顶戴，那可就是又有钱又有地位，大大地有面子了！

这一下，吴家的行情又看涨了。

消息传到叶家，马氏也不禁心动，便来问她当家的。叶大林道："这事虽是谣传，但无风不起浪，昊官既然能抱上和中堂的大腿，区区一顶顶戴，不算什么。"

马氏道："若是这样，那他的正妻……可就是诰命夫人了。"

叶大林道："不一定就有，但很可能会有。"

叶大林见他老婆黑着脸，问道："又怎么了？"

马氏道了声"没事"，转身就走了。

她还没回到屋里，就听到里面传来叶好彩的哭声。马氏轻轻叹了一声，进

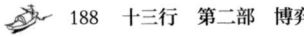

房来，果然就见叶好彩坐在地上抹着脸哭。见到马氏进来，叶好彩就哭得更厉害了："阿娘，阿娘，听说昊官要做官了，是真的吗？是真的吗？"

马氏道："刚刚问了你阿爹，虽然暂时还是谣传，但可能会是真的。"

叶好彩道："那他的妻子……"

马氏道："或许也能讨个诰命回来。"

叶好彩一听，更是哭天抢地号啕起来。

别人不知道她哭什么，马氏却是清楚的，所以也不问。

叶好彩哭了好一会儿，才自说自话起来："那是我的……那是我的！那都是我的！"

马氏不由得也有些闷："哭什么，都这样子了，有什么好哭的！"

叶好彩道："可那明明都是我的，为什么偏偏让那条臭鱼弄了去！"

马氏道："你的？你当初可也嫌弃人家得很。"

"我嫌弃，难道你不嫌弃吗？"叶好彩说，"我嫌弃他的那些话，还不都是听你说的。"

马氏被她一堵，气得有些说不出话来。只是当初她的确也看不上吴承鉴，谁知道这人一转身会变得这么厉害，有这般荣耀。

叶好彩哭道："当初要不是你老在我面前说他的坏话，兴许我就嫁过去了……那我现在就是诰命夫人了。"

当初马氏的确不咸不淡地说过吴承鉴不好的话，但退婚毁婚，叶好彩在里头也是很积极的，如今把锅全部甩到自己头上，马氏几乎就想揍她。然而叶好彩毕竟是自己身上掉下来的肉，见她这么伤心，马氏便也不忍，说道："好了好了，这事也不是完全没有转机。"

叶好彩把哭声一下子收了，一双眼睛直直瞪着马氏："阿娘，你说什么？"

"我说你别哭了。"马氏道，"我再来想想办法。"

叶好彩一下子跳了起来，抱住了马氏："阿娘，阿娘，快跟我说，还能有什么办法？"

马氏叫道："现在可不能告诉你！你啊！肚子包着一堆草，现在告诉了你，不小心又要漏风，那办法就不灵了。总之你放心，阿娘不会让你吃亏的。无论怎么样，至少也不能让那小浪蹄子好过！"

"对，对！"叶好彩恨恨道，"就算最后真嫁不了昊官……我也不能让那小浪蹄子好过！"

西关街上的儿女情长、喜怒哀乐，一点也挡不住商业大势的如轮运转。

在一个寒风瑟瑟的早晨，时隔不到三个月，保商会议再一次召开了。

这一次是吴、叶两家联名，提请粤海关监督吉山召开此会。吉山准了，便将时间定在了今日。

吴承鉴穿上了疍三娘赶制给自己的新棉袄，心情颇佳地来到保商议事处。叶家的轿子已经等在了那里，见到了吴承鉴，叶大林便与他一起进了大门。

跨入议事厅的门槛，门内潘、易、梁、马纷纷起立，拱手叫唤："昊官，达官。"

卢关桓虽没起身，却也在椅子上点头示意。

和吴承鉴参加的第一次保商会议相比，如今的议事厅更显寥落——毕竟撤掉了两把椅子。谢家没了，吴承鉴就顶上去坐到了神案左侧第二把交椅——这个座位次序是呼塔布安排的，神案左侧第二便是保商第三名，竟是直接让吴承鉴越过卢关桓了。

而叶大林也顶了上来，坐在了神案左侧第三把交椅上，翁婿俩坐在了一起——吴承鉴的上手就坐着蔡士文。

吴、叶两人还没落座，门外响起了脚步声，呼塔布陪着一个人进来了。众人举目一看，不是十三行第一家族的商主潘有节是谁？

潘、易、梁、马心里一突：自从蔡士文继任总商以来，每一次会议潘家都是借故缺席的；今天是潘有节继任商主以来第一次踏足保商议事处，众人便知事情不会简单。

潘有节今天穿着一身崭新的正五品即用郎中的官袍，潘、易、梁、马一见，赶紧要口叩头行礼。

潘有节赶紧进了门，扶住了众人，笑道："今天是保商会议，只论商情，不论官位。"

梁商主、马商主心想："若是只论商情，你穿着官袍来做什么？"

潘有节已经在与众保商团团作揖，众人都急忙回礼，叫唤着"启官"，便是蔡士文、卢关桓也都起来了，只是蔡士文的一张脸越发地黑了。

众人寒暄毕，潘有节便坐到了神案右侧第一张椅子上，这是议事厅的第二把交椅，然而潘、易、梁、马心里都想："今天过后，这议事厅的前两把交椅只怕就要换一换了。"

那边蔡士文举目望去，只见卢关桓半合着眼睛，吴、叶翁婿低声说笑，潘、易目光闪烁，梁、马只看着卢关桓——想当初他与谢原礼结盟，又与吴家有亲，吴家又牵连着叶家，只要不影响自家利益，叶家一般也不会反对自己，更有潘、易两家唯自己马首是瞻。

正因如此，这几年每次召开保商会议，议程还没提出来，蔡士文基本就知道必定能成，因为他已经掌控了大半个十三行。谢原礼一动议，潘、易马上跳出来力挺，再跟着吴家跟从，叶家默认，就算再有什么杂音，基本也影响不了大局。

然而现在形势全变了，整个议事厅里头，他竟找不到一个能附和自己的。谢家没了，吴家与他反目成仇，潘、易也一个多月没跟自己通过声气了——这是他当上总商以来，第一次体会到什么叫势孤力穷。

他低下了头，却又不服输地昂起了头——就算形势再怎么恶劣，他也要撑着。这是一种粤西人特有的倔强。不管胜负如何，为了一口气他也要挺下去！

第三任总商

这是呼塔布重夺权柄后第一次监控保商会议，不免志得意满。他清了清喉咙，说道："好了，今天我奉了吉山老爷的意思，召开这次保商会议，咱也不废话了，直接入正题。前一段时间，西关多事，连带着广州也不安稳，吉山老爷听说十三行这边流言颇多，似乎有人认为应该把总商的位置换一下。所以吉山老爷就让我把大家召集起来，问问大伙儿的意思。"

虽然他口里说是吉山老爷让他"问问大伙儿的意思"，但谁心里都清楚这不过是欲盖弥彰，谁会认为真的只是来问问意思？若没有换人的意图，这话根本不会说出口。

官场的事情，听话听音，有时候不用说明白了，看看风向就知道怎么回事。

潘、易、梁、马心里都已一突，暗道最近的谣言果然都不是没依据的，上头真的要换掉蔡士文了。

吴承鉴和叶大林对望一眼，叶大林给了个眼神，大概就是说让吴承鉴来开口。

吴承鉴正要开口，忽然中通行潘商主跳了出来，大声道："吉山老爷说得没错，过去这段时间，我们十三行真是乱象丛生。有人把持权柄，欺上瞒下，连万岁爷的事情都不放在心上，把内务府的交代都当耳边风，更辜负了吉山老爷的信任，这才搞得西关街上怨气沸腾。"

"不错不错！"又见康泰行易商主站了起来，慷慨陈词，"何止是怨气沸腾，简直是商不聊生！也是吉山老爷明鉴，终究没被奸人欺瞒下去，如今也是时候清理一番了。"

吴承鉴心下有些愕然，不由得望向叶大林。叶大林下巴微抬，朝向右前方，吴承鉴顺着望去，只见潘有节坐在那里，脸上保持着微笑，就好像什么也没听见，什么也没看见一样。

卢关桓也将眼皮抬了抬，朝他的左侧一瞄，随即又将眼皮半合了。

"启官这棋走得可真是谋划深远。"吴承鉴心想，"原来潘、易两家早就已经被他收了。"

那潘、易两人，你一言，我一语，不提名地把蔡士文数落得体无完肤。蔡士文的一张脸本来就黑，这时更是黑得如同涂了墨汁一般。

听他们说了好一会儿，呼塔布才笑吟吟地说："原来还发生了这么多事情，我不在的这段时间，到底乱成什么样子啊。"

潘、易一听这话，心下领会，口风微转，又把污水泼一小半到嘎溜那边去，反正一条死狗，不踩白不踩。

呼塔布与嘎溜结仇最深，听得十分享受，等听得过瘾了，这才问吴承鉴和叶大林："昊官、达官，你们觉得呢？"

吴承鉴和叶大林对视一眼。这一次叶大林是公开给了个明显的眼神，手作请势，吴承鉴才说："我和达官都认为，吉山老爷的担忧是有道理的，眼下的这位总商也坐了好久了，或者也是时候让其他商主提提意见。如果大家真的觉得有必要，那不妨再选一次。"

潘、易齐声道："不错，是时候再选一次了。"

三江行梁商主、顺达行马商主都一起向卢关桓看去，只要卢关桓给一个暗示，他们就准备加入"倒蔡"的行列里去。

不料就在这个时候，卢关桓开口说道："诸位的话，也不是没有道理。但老夫以为十三行也没乱到诸位所说的那个地步。两三个月前的乱局有其特殊之处，很难说就能怪谁怨谁。古人说得好，一动不如一静。我看嘛，如果现任总商没有什么确凿的大罪名的话，多一事，不如少一事。"

这几句话说出来，可是大出所有人的意料。卢关桓一向跟蔡士文对着干的，本来以为潘有节一出手，他多半会落井下石，可没想到他竟逆流力挺蔡士文！

呼塔布一下子就黑了脸，潘有节也微微侧头，虽然不至于露出不悦的神色，但眼神之中还是微感意外。就连蔡士文也诧异得很。

梁、马两位商主对望一眼，终于决定跟进，便一起说："卢商主所言，也有道理。"

这样一来，有四家同意换总商，三家认为不如照旧，双方势不均而力可敌，也不算是一边倒。

呼塔布主持十三行行务有些年了，水平比嘎溜高不少，虽然恼怒，却也没有把气全摆在脸上，只是不咸不淡地问道："不知潘官人、蔡总商是什么意思？"

潘有节虽然不是总商，但他有御赐的顶戴，所以还是压了蔡士文一头，这时且不说话。

蔡士文沉声说："事情既然涉及在下，在下不宜开口。但是蔡某还是要说一句，这些年我对十三行、对粤海关、对内务府、对万岁爷所做的一切，都问心无愧！"

呼塔布呵呵笑了两声，道："好一个问心无愧。"又问潘有节，"潘官人觉得呢？"

潘有节笑笑道："既然大家意见不同，多言无益，老规矩，投筹决定吧。"

呼塔布笑道："说得好，就是这个理！那就投筹决定吧！"他暗中算了下人头，就算卢关桓再搞鬼，按照眼前的局面，投筹了，蔡士文也是输。

角落里的书记拿出来九根竹筹，呼塔布道："在筹上直接写商名，若是蔡总商还能得到五筹，那这张椅子就不妨继续坐。"他说到最后一句，言语之中已经夹带着冷笑，同时环顾一圈——威胁不到有两广总督罩着的卢关桓，却不妨将梁、马给狠狠盯了两眼。

梁、马两位商主也是暗暗叫苦。如果可以，他们真不想得罪这位海关监督府的管事，更不想得罪潘有节，然而卢关桓既然当面硬杠，他们就算不明白卢商主究竟是什么意思，却也只好硬着头皮跟从了。

众人分到竹筹之后，吴承鉴第一个道："笔墨。"

潘、易虽然有心拍潘有节的马屁，却也不敢抢吴承鉴的风头。

吴承鉴取了笔墨，就在竹筹上当众写了个"启"字，投到了筹筒之中——他做出如此气势，既是对潘有节的一种公开表态，也是对下四家的一种无形威压。

潘有节果然投来目光，脸上带着微笑。

吴承鉴又将笔递给叶大林，叶大林顺手接过笔，也写了个"启"字，投了。

潘、易两个商主也抢了过来，跟着写好投筹，都是"启"字。

书记把笔墨端到梁、马面前。梁、马面面相觑，看看潘有节，看看吴承鉴，一时不知该如何动手。

卢关桓道："拿来！"

书记只好先拿到他跟前。卢关桓提了笔，当众写了个"宝"字，这是蔡士文的商名。

潘、易两位商主都是心里暗叫厉害，心想这不仅是要跟呼塔布过不去，还是要跟潘有节正面杠上的节奏？甚至不惜开罪最近风头正劲的吴承鉴？

然而卢关桓都已经如此表态，梁、马也只好跟随了，便都咬紧牙关，写下了"宝"字。

书记又将笔墨拿到蔡士文跟前。蔡士文哼了一声，也在竹筹上写了个"宝"字。

等笔墨拿到潘有节面前，他犹疑了一下。他原本的计划是蔡士文墙倒众人推，九个保商他随随便便能拿六七票，自己直接投弃权以保风度，没料到卢关桓不知吃错了什么药，拼着得罪人也要保蔡士文，而蔡士文又全没半点谦让之风，竟然当众写了自己。

这时潘有节若再弃权，这一轮投筹就算打平，之前自己给出去的东西都打水漂了，不得已，只好也提笔写了个"启"字，投了自己。

虽然这也是意料中的结局，但呼塔布也是看到这里才算安心，笑了起来，道："统筹，统筹。"

书记又按照程序，当众把筹唱了一遍，最后得出启官五筹、宝官四筹的结果。

呼塔布笑吟吟地来到潘有节面前道："启官啊，恭喜恭喜，从今天起你就是我们十三行的第三任总商了。"

潘有节微微欠身道："这是大家的抬举，当然还要看吉山老爷那边的安排，以及内务府的决定。"

呼塔布笑道："人心如此，我家老爷岂能不顺应众情？内务府那边想必也不会有什么意见。"

吴承鉴看他这般监控了这一轮保商会议，虽然未见有什么惊人之语，但就水平来说还是比嘎溜好多了。

这轮会议到此也就算结束了。吴承鉴和叶大林正要过来恭喜潘有节，潘、易两位商主已经溜上去，点头哈腰地给潘有节道喜。

蔡士文向卢关桓走了过来，他的脸色竟没那么黑了——毕竟九票里头得了四票，只是以微弱劣势输了，也算保全了颜面，而这一切都有赖于卢关桓，所以就要来向他道谢。

不料卢关桓仿佛没看到他正向自己走过来一般，先一步转向他身边的潘有节，拱手祝贺道："恭喜启官了。令尊主持十三行多年，未有纰漏，至今仍有遗泽，启官子承父业，料来也必能为西关商群谋一番福祉。等什么时候内务府下了正式委任，卢某再来道贺。"

蔡士文尴尬地站在那儿，进退不得。

潘有节仿佛想明白了什么，对卢关桓作揖道："茂官客气了。今后西关街上的事务，还需要茂官多多支持。"

两人当下握手，似乎就尽弃前嫌了。

第三十九章

红　　货

眼前的局面,可让梁、马两位商主更看不懂了,心想潘有节、卢关桓两人,看着不像有矛盾的样子啊,怎么刚才卢关桓又逆势硬顶?而当众投筹支持敌对方这种事情,潘有节又怎么会这么轻易就揭过去了?但他们也是实在不想得罪潘有节,赶紧跟着卢关桓的步伐,上前躬身道喜。

潘有节笑道:"若是朝廷真的下达恩旨,内务府当真眷顾,到时候还请梁商主、马商主拨冗到潘家园一聚。"

梁、马听他竟然当众请客,那是对刚才的事情也不以为忤吗?这位启官的心胸当真如此开阔?

他们两人又惊又喜。卢关桓已经轻轻一笑,与众人告辞,第一个离开了议事厅。

吴承鉴看了一眼卢关桓高大的背影,心道:"卢关桓这是要告诉启官:自己没打算和同和行作对,也不是真的支持蔡士文。"

他马上又想到了卢关桓背后的靠山——代表朱总督的那位师爷蔡清华。

卢关桓不需要和潘有节有什么矛盾,也不需要和蔡士文有什么交情,但呼塔布代表了吉山,吉山背后又站着和珅——那呼塔布想支持的,卢关桓就要反对;呼塔布想要反对的,卢关桓就要支持。这就是一种立场的表态了。

潘有节显然也想到了这一点，反正结果还是一样，便不打算和卢关桓因此事而结梁子。至于梁、马的跟随，于堂堂启官来说根本不以为意。

吴承鉴心念微转，已把这些想明白了，那边叶大林也已经想通。翁婿对视一眼，心照不宣。

蔡士文的脸一下子黑得很难看，哼了一声，甩袖子走了。

吴承鉴和叶大林这才上前，简单地一起说了一句"恭喜"。潘有节上前来两步，一手握着一个人，笑道："今天是我的小喜事，接下来就要办你们两家的大喜事了。听说婚事要在河南举行？若是不弃，到时候我也来喝一杯喜酒吧。就不知这证婚人已经定了没有？"

叶大林眼睛一亮，笑道："没定，没定，若是启官能为他们两个新人证婚，那可是他们两个小的的福气了。"

吴承鉴虽然不想搞得这么复杂，但潘有节既然已经开了口，他也就不好反对了。

这一次保商会议的结果很快就传遍西关，犹如一颗炮弹炸在了火药堆里，一下子又引发了街头巷尾的热议。潘有节会替掉蔡士文，大伙儿早猜到了，没有什么人谈论，反而是卢关桓当场硬杠——出乎众商户的意料。

不过能在西关立足的生意人就没一个蠢的，慢慢地众人也就琢磨出了卢关桓的意思来。

今天的这一场投筹，几乎是当众摆明了两广总督的势力已经进入到了十三行，而不计算潘、蔡的话，剩下的三筹对四筹，基本也就是当下朝廷两派势力在十三行里的势力划分了。

好事者说得口沫横飞，稳重者却不禁暗暗摇头，均想："十三行内部搞得如此壁垒分明，往后西关就要多事了。"

吴承鉴从保商议事处出来，轿子没走出几步，忽然有人追上来说呼塔布管事请他回去。

吴承鉴有些奇怪，却也只能掉头又进了保商议事处。进门之后，他又被呼塔布领到后花园来——这保商议事处，吴承鉴不知来过多少回了，但进入这后花园还是第一次。

吉山跷腿坐在凉亭里头，手里还在逗着鸟，见到吴承鉴才放下逗鸟棒，也不说话。

吴承鉴虽然不像"翻盘夜"之前那样，不敢看到吉山的第八颗纽扣以上，却也不能如同刚刚翻盘时一般在吉山面前嚣张，老老实实行了礼。吉山心想这小子还算识相，便就着台阶下了，道："以后吴官来见我也不用这么多礼。呼塔布，给吴官看座。"

呼塔布搬了个凳子来给吴承鉴坐，然后立在一边。

后花园中再无第三个人。

吉山这才说："刘公来信了，说你事情办得不错，和中堂那边也着实夸奖了你几句。"

吴承鉴脸上现出受宠若惊状来，口中说："小的什么人，竟然能劳动和中堂谬奖。"

吉山也不管他是真的惊喜还是在做戏，嘴角一个冷笑，道："刘公信中另外交代了一件事情，是一批北京运来的货物，要放在你行中。本来这事是谢原礼经手的，但现在出了这个事情，就只能交给你去办了。"

吴承鉴道："监督老爷放心，既然是刘公交代下来的事情，小人一定办得妥妥帖帖。就不知道这批货物是什么，买家是谁，到时候我们要卖到多少钱才好。"

反正和珅交代下来的生意，就算是赔本买卖，吴承鉴也会把它补贴成赚钱买卖。

"这些你都不用管。"吉山道，"买主是去年就联系好了的，本来要今年秋交运船，因为出了一点意外耽搁了，所以只能推迟一年。你只管把货放在你的仓库里就好了，等明年时间到了，刘公那边自然会告诉你怎么做。"

吴承鉴不再多话，也就答应了。

吉山又说："只一件，这些货物封存之后，你也不许私开，否则就是重罪。"

吴承鉴心里一紧，却还是点头答应了。

吉山道："行了，货会在今晚送抵，你今晚去仓库等着。"

吴承鉴心头蒙上一层不祥的黑雾来，心想以和珅的权势，得是什么样的货物，需要在夜里运来？而且收货这种事情，一般也就是掌柜清点入库，大掌柜都不一定会在场，现在需要让商主去亲自监督，此事自然非同小可。

他便回了宜和行，路上先让人去河南找周贻瑾回来。

周贻瑾赶到宜和行，两人商量了几句。周贻瑾说："我觉得这事可能是'常例'，只因现在谢家倒了，蔡家恐怕也会离心，刘全不能信任蔡士文，所以这'常例'就改到了你这里来。"

吴承鉴道："我也是这么想的。只是……"

"你担心什么呢？"周贻瑾见他犹豫，"就算这货有什么蹊跷，但既是和珅的生意，他肯定会前前后后都摆平，不会有什么危险的。"

"这个我也知道。"吴承鉴叹息道，"只是这样一来，我们头顶上这个'和'字，可就要越描越黑了。"

"这不是早就注定了的事情吗？"周贻瑾道，"从我们发现'饿龙出穴、群兽分食之局'，定下应对策略的时候，就已经注定了。"

"嗯，也是。"吴承鉴道，"多想无益，还想来做什么！"

等到晚上，果然呼塔布监督着一艘船开到码头，吴承鉴让铁头军疤亲自带人去卸货。货物倒是不多，几大口箱子而已，只是箱子都贴着封条——竟连是什么东西都不让吴承鉴看。

吴承鉴为了这批货物，特地辟出仓库中一个小房——保商们的仓库本来就是库中套库，既有存放大宗货物用的场所，也有各种防火防贼的小房间，用来放置各种珍奇红货的。

货物被搬进去后，吴承鉴锁了内门，又锁了外门。两把钥匙自己收起来一把，把另外一把钥匙交给了呼塔布，呼塔布又在门外贴上了封条。

看着吴承鉴一脸凝重，呼塔布摆摆手，周贻瑾便带着所有人出去了。呼塔布才说："昊官，你在担心？"

吴承鉴拉着他道："呼大哥，你给我透个消息吧，这些到底是什么？"

"我也不知道。"呼塔布低声说，"不过你放心，这事不是什么局，真的就是一批红货。嘎溜上任没多久，这事本来还是我经手的，所以我清楚得很。往年也都有这种事情，或者封在谢家，或者封在蔡家，等货交割清楚就没你什么事情了，从来没出过事。总之你听我的，管好下面的人，只要别弄出么蛾子，我保你平平安安。"

呼塔布走后，周贻瑾走了进来。两人看着封好了的两重门，吴承鉴道：

"你觉得是什么东西？"

周贻瑾道："不知道，但应该不是什么好东西。"

吴承鉴道："要不要弄出来看看？"

虽然贴了封条，又锁了两重门，但他们要是真打算看，广州奇人异士多得很，未必就没有办法。

周贻瑾道："我不想看……你最好也别看。"

吴承鉴道："我们干掉了蔡、谢，来的果然不只是好事。"

"事情总是有得有失。"周贻瑾说，"'饿龙出穴、群兽分食之局'你虽然做出了选择，但其实没有更好的选择。不过从各方反应来看，这事应该真的是常有的，只要防备好蔡士文，不要出岔子就可以了。"

吴承鉴道："蔡士文？"

周贻瑾道："蔡士文在吉山手底下多久了？多半知道此事内情，如今他已经被踢出局，若因此生仇搞你一把，就可能拿这东西来做文章。不过如今他已失势，只要防备得好，其实倒也不用太过担心。"

"也只能如此了。"吴承鉴一甩沉重的脸色，笑道，"天掉下来当被子盖，反正连那么坏的局面都经历过来了，还有什么好怕的？"

第四十章

不是偶遇

宜和行的环境不算好,周贻瑾可不想在这里过夜,就要连夜回曼倩蓬莱去,正坐船渡江,就看见一艘两层楼船在江心漂荡,风吹飘过来几句戏曲,却是《紫钗记》。周贻瑾细细听着,听出了几句很明显的新会腔,心道:"是卢关桓送给师父的那个小生。"

他坐的船离楼船有些近了,但如果装不知道也能绕过去,然而周贻瑾心里想了想,还是让把船开过去,通了姓名,上头就下来那个俊俏小厮——果然是蔡清华贴身的那个。小厮看到周贻瑾眉开眼笑,迎了他上去。

蔡清华见到了他,笑着:"是贻瑾啊,真巧。咱俩师徒缘分不浅,在这里也能遇到。"

周贻瑾上前,含笑道:"上次送的一点心意被师父丢了,我本以为师父恼上我了呢。"

蔡清华哈哈一笑,道:"我恼谁也不能恼你啊。"摆了摆手,那小生就停了唱词,下楼去了。那个俊俏小厮上前来斟了酒,也下去了。

周贻瑾道:"师父,可是有什么要紧的话要教训徒儿?"

"你早出师了,我哪里还能教训你?"蔡清华道,"你一定要攀着吴承鉴,我有什么办法。然而师徒一场,我还是要最后跟你说一句:既然你已经打定主意要跟着吴承鉴，那就该规劝几句，让他不要一条路走到黑。"

周贻瑾道："吴家没有一点对朱总督不敬的意思，正如贻瑾没有一点对师父不亲的意思。"

蔡清华冷笑道："这等暧昧手段，只好去骗官场新丁。在真正要紧的事情上不松口，那他就是和珅那边的人。贻瑾，我今天把话放在这里：若他还不弃暗投明，往后便是敌我分明——那时候休怪我不择手段！"

周贻瑾道："不管师父如何对我，我只以初心对师父；不管总督如何对吴家，吴家只以初心对全局。"

蔡清华冷笑道："什么初心，什么全局！"

周贻瑾道："'翻盘夜'之前的见面，承鉴不是已经说得很清楚了吗？吴家只打算做一个纯粹的商人，并不希望陷入官场的泥潭之中。"

蔡清华仰天而笑："他抱和珅的大腿，为和珅筹钱，为和珅办事，而和珅投桃报李，如今已让手下的人在给吴承鉴运作顶戴花翎了。这样的行事，还叫不涉官场？这样的人，还能叫纯粹的商人？"

周贻瑾叹息道："有些事情，他也是身不由己。"

"什么狗屁的身不由己！"蔡清华道，"其实还是不肯放下嘴里的骨头罢了。罢了罢了，我还跟你说这些话做什么！下去下去，往后我再不想看见你了。"

他摇了铃铛，心腹书童就上来了。周贻瑾无奈，只好下了楼，回了自己的船。两船渐渐错开，楼船上又传出戏曲来。

周贻瑾心道："刚才这个小生腔调里的新会调，比第一次听的时候还明显几分。本来曲中夹杂新会乡音，是教导师父为了逢迎卢关桓刻意安插的，上次经过昊官指点，按照常理来说，应该已经去掉了。然而不但没有，而且还更明显了，这不合常理。"

于是他就猜到："这趟不是偶遇，师父是故意引我过去。可是他引我过去，目的是什么呢？"

跟着他又想："我从曼倩蓬莱出来，是临时被昊官叫来，师父要在这里伏我，除非他算准我会在这里经过，可他怎么能算准我在这里经过？难道是他安插了人手，监视着宜和行，或者是监视着昊官，或者是监视着我？"

想到这里，他又更进一步："就算师父算准了我在这里经过，但他的人为什么就这么凑巧在这里？楼船、戏子……这排场可不是急急忙忙赶来的……这是一早就在这里，或者因为什么事情而来到了这附近。"

红货……蔡、谢……蔡清华……

一个个影子在周贻瑾脑中晃过。

这时船已经到了珠江南岸，正要转入一条河涌，被周贻瑾叫停了。他命取灯、纸、笔，写了一张条子，封好了，交给了吴小九，说："你坐小船回宜和行，亲手交给吴官。吴官如果睡了，也叫他起来接信。如果中途出什么岔子，你就把字条吞了。"

吴小九应了声"是"，坐小船飞速赶回宜和行。吴承鉴已经睡着了，吴七拦着他。吴小九道："师爷说了，吴官睡了也得叫起来接信。"

周贻瑾是整个家族里头唯一一个能在公事上替吴承鉴做主的，吴七无奈，只能去把吴承鉴叫醒。吴承鉴睡不踏实，自是没好脾气，烦躁地接过字条，打开一看，犹如一盆冷水浇下来，整个人一下子清醒了。

周贻瑾的字条写的是文言文，如果翻译成大白话，那意思就是——

蔡士文可能已经投靠了我师父。
我师父可能已经知道红货的内情。
接下来估计会有针对红货的密谋。
小心！

吴承鉴既得了周贻瑾的警戒，马上进行多方戒备。

疍三娘也从周贻瑾那里听到了风声，既然有正事要做，就顾不得义庄的工程了，赶紧回了花差号。

这几日吴承鉴轻舟入义庄之事已经在神仙洲传开了，不知道多少花行娘子暗中艳羡着吴承鉴的痴情，又不知道有几个花魁在佩服疍三娘的手段，更不知有多少老鸨明里暗里教训着自己的女儿们，让她们往后好好学学："看看，看看！这才是一代花行魁首的本领，就算那边正室要抬进门了又如何？新郎的心还被牢牢抓着呢。"

就连王妈妈也来了一趟花差号，连赞道："好女儿，还是你的手段高！"

疍三娘不想去解释什么，大家既然认为是这样，一来她去辟谣也不会有人信，二来顺水推舟反而对吴承鉴的事有帮助，所以她干脆保持沉默。

接连数日，罨三娘请了几位花魁姐妹上了花差号，只是请了几顿饭，就把自己在神仙洲的地位又进一步给巩固了。大路消息、小道消息络绎不绝，往来客商但凡漏了一字半句在姐儿们的耳朵里，罨三娘就都能晓得。便是什么要紧的话也没说，至少见过什么人、见了多久、神情喜怒如何，擅长察言观色的花行姑娘们也能看出许多端倪来。

然而多日过去，局势却无丝毫变化。无论蔡士文还是两广总督府那边，都没什么动静。

吴承鉴的婚期却是越来越近了。

迎阳苑。

叶好彩得意地出了门。

她刚刚特意过来，将吴承鉴轻舟入义庄的事情，若有心若无心地"泄露"给了叶有鱼，又"好心"地给她分析了好久，要她过门之后"小心在意"云云。

跨出门槛的时候，她想起叶有鱼那张毫无表情的脸，心中却想："还憋着呢，还憋着呢，看不憋死你！"

迎阳苑里头，丫头、婆子们正来来往往地忙活。今天叶家要举家搬到河南岛那边暂住，直到吴、叶联姻结束。只有冬雪捧了一杯茶，走到木棉树下，来到叶有鱼身边，低声说："姑娘，别理二姑娘的话，她是故意的。"

叶有鱼没有接茶，抬着头，看着头顶光秃秃的树枝，呢喃着："你为什么要娶我呢？为什么？"

叶好彩为什么要来说这些话她很清楚，她原本也不至于因此就被困扰，但是过去这些日子，她心里也并没有因为要成亲了而高兴，因为她一直想不通吴承鉴为什么要娶她。

"姑娘，别想了。"冬雪说，"不管怎么样，姑娘能够嫁给吴官做正房少奶奶，都是好事。"

叶有鱼心头一凛，心道："没错！能嫁给他做正房太太，而不是侍妾，我就有机会做更多的事情，将阿娘捞出来的机会也大多了……还妄想什么得到他的真心呢？我太贪心了！"

于是她便甩去烦恼，按捺住少女的忧伤，把心智都放在了往后的筹谋上。

可是想是这么想，心却还是乱糟糟的。

这一日叶家搬家去河南岛暂住，虽然不是所有人都去，但一家子大大小小过去的也有几十口，人多物也多。这等琐事自然不可能叶大林亲自主抓，都是马氏来安排——宅里女眷随行人数等事她自己操办，外出的轿子、船只、路线则是大儿子叶好野在安排。

迎阳苑这一边只让带着一个冬雪，其余丫鬟、婆子都没让随行，昌仔等小厮也留着了。按马氏的说法是："当初给三姑娘安排那么多人，那是为了临时摆谱。现在事情既然都定下来了，自然要回归正常。我们叶家哪个姑娘有这排场的？就是她大姐也没有。"

所以迎阳苑这一边只徐氏、叶有鱼和准备陪嫁过去的冬雪得以随行。

徐氏虽然懦弱，却非愚笨，否则叶有鱼的机智能是凭空来的？再加上这么多年下来，对马氏这个当家主母的脾性了解甚深，当下便对女儿说："有鱼，太太只怕是要有什么图谋，你得小心。"

叶有鱼也觉得事有蹊跷，只是她手头无人无势，马氏毕竟当着家，只要找到个理由，就能压得叶有鱼无法翻身。叶有鱼也没办法反抗她的安排，略想了想，对徐氏说："阿娘，等上了船你就装病，到了河南那边争取分开住。"

徐氏点头答应了。

一家子上了船，叶好野故意安排了一条看似漂亮、实际不稳的船给叶有鱼母女，又暗中嘱咐了船夫，一路上荡得厉害，下水没多久，徐氏就吐了个天昏地暗——这下病都不用装了。便是叶有鱼也晕了起来。

行走路线也是古怪，不是从珠江较狭窄那一段渡江，而是走白鹅潭，从水面开阔处走，按照叶好野的说法是："阿娘妹妹们没多少机会走这段水面，刚好让她们看看这一带的好风景。"

于是搬家的船只不仅经过神仙洲，而且还经过花差号附近。

软　禁

　　船开到花差号附近的时候,五弟叶好家还故意跳过这边来,"好心"地帮叶有鱼介绍着神仙洲,把神仙洲以前四大花魁的兴盛场面讲得活灵活现,重点当然是讲疍三娘,把吴承鉴对疍三娘的宠爱添油加醋地说了一遍又一遍。

　　冬雪听不下去,急了道:"五少爷,三姑娘就要嫁人了,你说这些……有意思吗?"

　　叶好家骂道:"滚开!我和我姐姐说话,你一个下人插什么嘴!"

　　叶有鱼连忙拉住了冬雪,让她别说了。转头船一荡,她忍不住就干呕。

　　叶好家笑道:"三姐姐,你这样子,倒像是有了。哈哈,吴家看见得多高兴。"

　　这句笑话低俗而恶毒——叶有鱼还没过门就害喜,这等笑话也开得?

　　冬雪又是恼恨,又是无奈,气得浑身发抖。

　　不久船就接近了花差号。

　　那是叶家的女眷们第一次见到这样的船,齐齐发出惊叹。

　　花差号原本是艘战舰,如今上面又被改造成了水上花园。搬家的船队都是小船,花差号却是一艘巨舰,所以经过附近时众人都得仰望,眼看着船板如城墙一般的巨舰上面种满了花草,有些在冬天枯萎了,却还有些梅花正吐蕊;又吊了许多大灯，现在是白天自然是不点的，可这些大灯都有玻璃罩，反射着日光，煞是漂亮。仰望上去，花差号如同一座城悬在海上、一座花园悬在半空，宏伟、绚烂而美丽。

叶好野安排这条路线，又让叶好家过来，原本是要拿这事来气叶有鱼，但这时看到花差号，叶好家也忍不住艳羡起来。他又听人说花差号上不但有鲜花，还有美酒，甚至还有美人……他一个半大的少年，脑中转过这样的念头，忍不住浑身一热。

叶有鱼从他眼睛里看到了，擦了擦嘴角，便轻轻一笑说："五弟，等姐姐过了门，得空让你姐夫带你到上面玩一玩可好？"

叶好家才十四岁，正是爱玩的年纪，听了这话，忍不住就脱口道："好啊，那当然好。"忽然想起自己是来做什么的，心中一阵羞耻，红了脸，看着另一艘船在近处就跳过去了。

叶有鱼不再理他，却抬头望向花差号。吴承鉴对疍三娘怎么好，就算她以前不知道、不放在心上，这几日叶好彩也早聒噪得她不能不知道了，而今天看着这艘巨舰，想着吴承鉴为疍三娘一掷万金，忽然心道："她才是他的心上人吧。我就是他娶回去在屋里放着的……或许他原本就有这个打算，只是我刚好提出了那桩交易来，所以他就顺水推舟……"

当叶有鱼望向花差号时，疍三娘也正从花差号望下来。神仙洲方面消息灵通，早有人给碧荷传了消息，所以疍三娘也就知道了这几艘船是叶家搬家的，其中有一艘还载着那个即将嫁给吴承鉴的新娘。

不知为什么，她还是忍不住走了出来，站在甲板上下望。碧荷道："听说这是叶家的船，也不知道哪一艘是……"她忽然觉得所言不妥，就把自己的话硬生生掐断了，又说："其实又能怎么样？吴官的心，终究还是在姑娘这里。"

疍三娘心里却忍不住想："就算他的心还在我处又如何？我终究不是那个能与他知冷知热、陪伴终身的人。"

忽然之间，一股酸酸苦苦的味道就涌了上来，她以前以为自己能够不在乎的，可一看到叶家的小船队，那股酸苦还是不由自主地冒了出来。

疍三娘在花差号上这么想，叶有鱼在下头却听冬雪说："就算眼下再怎么得宠又怎么样,终究是花行中人,从古到今只听说过浪子回头的,没听过将娼家宠一辈子的。"

叶有鱼心里却想着:"今后的事情,谁知道怎么样呢?我虽然得了个名分,但他对船上那人才是真心。我却是要得他片刻真心,亦不可得。"

两人一个在上头,一个在下头,虽然一个素来心胸豁达,另一个更是深谋理智,但毕竟都还是女儿家,面临婚姻大事之际,心神同时不稳,各自神伤。

疍三娘只觉得海面的风忽然冷得让人受不了,转身回舱房去了。

叶有鱼怀中那个蜜蜡葫芦忽然碰到了受伤处,虽然只是轻轻挨着,她还是猛地就痛了起来,痛得泪流满面,把徐氏和冬雪都给吓到了。

小船很快就到了叶家园,搬东西的搬东西,上岸的上岸,叶有鱼被安排到了一个叫承露园的雅致小院子住。徐氏半真半假地病了起来,一上岸整个人就歪得快倒了。她对马氏说:"后天就是大喜之日了,可别让我把病气传给了有鱼,太太,求你另安排我个地方住吧。"

马氏虽皱着眉头,却还是答应了。

叶有鱼便自己住进了承露园。园中屋舍崭新,院子也宽敞,左边一个鱼池,右边一个花圃,风景自是不错,但位置偏僻,远离主院。她身边只带着个冬雪,两人一进去,承露园的大门就猛地被关了起来。

冬雪大惊,叫道:"做什么?这是做什么?"

门外的男仆道:"这是我们安徽的规矩。成亲之前,还请三姑娘好好静养。"

冬雪怒道:"这是什么规矩?从没听说过这样的规矩!"

大门忽然打开,冬雪要冲出去时,却不妨被门外的男仆狠狠一推,向后连跌出三四步远,跌下台阶,手脚好几个地方都擦伤破皮了。

男仆冷冷一笑,又将门给关上了。

冬雪不顾疼痛又冲上去拍门,但不管她怎么叫嚷,外头都不回答一声。加上承露园这么偏僻,她就是叫破了喉咙,也传不到能做主的人耳朵里去。

冬雪叫骂到喉咙都哑了,终究无可奈何,回头去看叶有鱼,只见她站在一个月季花圃中怔怔出神。这时天冷,月季早已进入自然休眠期,叶片脱落,只剩下一枝枝的枯条。

冬雪已经猜到大事不好，带着哭腔叫道："三姑娘，这可怎么办啊？"

叶有鱼才回过神来，忽然一声苦笑："西洋传来的戏本里，公主落难了，总有英雄、王子来救，我却是没有的。我果然不是公主啊，出了什么事情……都要自己想办法。"

自己的这个处境，她从很小的时候就已经认清了，但不知道为什么，临到此事竟然还是自伤自怜起来。她自己也觉得矫情，却又忍不住如此。

冬雪叫道："姑娘，您可不能这时候这样啊……还是要快想想办法！您素来主意多的。"

叶有鱼道："去找找有没有被子、衣服、小厨房。"

冬雪赶紧屋里屋外跑了一遍，回来说，屋里有干净的衣服被子，院子角有个小厨房，里头柴米油盐都齐了。

叶有鱼道："那就没办法了。"

冬雪不解："啊？"

叶有鱼说："既然有这些，就说明这是预谋已久。如果没有这些，那他们就每天都还要送饭，开门关门的时候就还有可乘之机。现在……院子大门一锁，我们叫天天不应，叫地地不灵……没办法了。"

她抬头望去，周围是空落落的院子，头顶是空落落的夜空。

"姑娘……太太她这是……"

"大概要软禁我到婚事结束吧。"

"若是那样，那谁去成亲啊！"

"谁去成亲？"叶有鱼惨然道，"那自然是二姐姐啊。"

冬雪忽然像疯了一样狂叫了一声，扑到了大门那边去，捶着大门大叫："开门！开门！你们开门！你们不能这样做！你们不能这样做！"

叶大林打量着叶家园的新书房，这里比西关的书房大多了，陈设也是按照他的想法来，如果再将北边的古玩搬过来，这个地方一定可以让他非常满意。

可惜……很快就要当嫁妆了。

马氏走了进来，叶大林头也没回，就问："都安排妥当了吧？"

这次的婚事他并不上心，只想快些搞完就好。

马氏道:"真的要把有鱼嫁过去?"

叶大林颇为不悦:"这是什么话?后天都要办喜事了,现在还说这个。"

马氏道:"换了别的婚事,倒都好说。但这次的婚事,可是干系重大呢。咱家这么多的产业,说过去就过去了。可不止地皮财物过去,还有不少人也要过去呢。"

一些庄子需要管事佃头,一些店铺需要掌柜伙计,一些商路需要主管镖头,如果吴家把人全都换了,那就只是接收许多个空壳产业,效用要大打折扣的,所以这次两家交换资产,交换的不只是物,还有人。

叶大林哼了一声,这次的交换他是受到了形势的胁迫,自然不是非常满意的,然而又有什么办法?

马氏道:"本来嘛,这些人作为嫁妆过去,到了新家,天然就会和主母亲近,因为主母是自家人啊。只是可惜,有鱼和我们不同心。"

叶大林愣了一愣,猛地回头:"你要说什么!"

第四十二章

义仆渡江

马氏道:"如果嫁过去的是好彩,哪怕她是个草包,但只要她在那个位置上,过去吴家的人就都会向她靠拢。我们再安排两个得力的老仆、心腹丫鬟跟着帮她,总能将人给拢住。人归心了,财物也就都在好彩手上。这样这些财产虽然不姓叶了,当家的你却还能说上话。当家的,你说是吗?"

叶大林瞪着马氏,怒道:"妇人之见!你这是准备让好彩替有鱼嫁过去?你当这是过家家吗?你当这是戏台上唱戏吗?人家吴家会平白无故地看着一个顶替的儿媳进门?!老吴只是病着,不是老糊涂,吴承鉴那小子更不是好糊弄的。就连证婚人,那可是潘有节,他会任凭你们娘俩儿闹着玩?!"

马氏在大事上虽然有几分惧着丈夫,但这事她是经过深思熟虑的,所以毫不慌张,轻轻说出一番话来,竟把叶大林给说愣了。

"当家的,糊涂的不是我,是你啊。"马氏说,"这要只是儿女嫁娶也就算了,但既然是一桩托名儿女嫁娶的大生意,那自然是按照生意的路子来。事关两个家族的盟好,那么成亲的人究竟是谁又有什么所谓?就算吴家来成亲的不是吴承鉴,而是还没有成年的光儿,我们也只有认,甚至是吴承钧这个病汉要娶个小的来冲喜,临时拿一只公鸡来拜堂,这种事情老爷你没听说过?我们这边也一样,临近成亲,妹妹生病了,为了不耽误吉时和两姓之好,姐姐临时替着她去成亲，这种事情天底下多了去了——总之到时候找个由头也就行了。"

叶大林皱着眉头，似有动心，却还是觉得事情不好办。

"至于证婚人那边……"马氏道，"老爷你觉得潘启官知道之后，到时候是会顺水推舟，还是会跳出来反对呢？"

叶大林有些惊讶地看着马氏，他的这个老婆，不但想法荒唐下作，而且无耻得让他觉得……真是好老婆啊！

马氏道："若真到了那个地步，那就不是吴家逼着叶家低头，而是潘、叶架着吴家默认这桩婚事。老爷，你觉得呢？"

冬雪在承露园的大门里头叫得嗓子都咳出血丝了，门外看门的男仆却仿佛铁石心肠一般，一句也未回应。

冬雪敲打着大门，指节都蹭破了，血迹沾上了门，但伤口又很快被冻结了，而大门却纹丝不动。

到了这时节，当真如叶有鱼说的一般，叫天天不应，叫地地不灵。

这天气是越发冷了。

南方的冷夹带着湿气，所以有时候比北方的冷还可怕些。

昌仔去杂物房取炭火的时候，双手搓着，两脚跳着，但天气再冷，他脑袋也没僵化，也能看明白杂物房管事的白眼。

主人们去河南之后，叶宅里对他的不友好又变得严重了几分，昌仔隐隐觉得事情可能有些不对头。他悄悄跑去迎阳苑，却发现迎阳苑已经散了，丫鬟、婆子全都不见了，也不知道去了哪里。

"这不对啊，"昌仔心里想，"不是说只有冬雪姐姐去河南吗？"

他越想越觉得事情可疑，越是生疑就越是担心："三姑娘那边……不会出什么意外吧？"

才回住处，一进门就发现满地凌乱——全是自己的衣服、被子。他大怒之下要发作，却发现周围几个小厮的眼神又变了：再没有一个人怕他，大家似乎收到了什么风声，原本的唯唯诺诺一下子又变成冷剑寒刀。

本来要发作的昌仔，一下子又顿住。他年纪虽小，却是分得清形势好坏的。

然后，门外有人唤了一声，让他记得去倒夜香。

昌仔呆住了，小厮房却传出了笑声。所有人的眼神都写着这么一句话：转了一大圈，你还是得去倒夜香！

昌仔低了头，虽然手脚还是冷，却连跳也跳不起来了，僵硬着腿走出去，走到自己无比熟悉的那个角落，看着那些冻了一层粪水皮的马桶。

他知道事情起了大变化，却不是为自己担心，而是为叶有鱼。

"三姑娘……你……你……没事吧！"

蹲在马桶边呢喃的时候，身边不知道什么时候站着一个人。昌仔抬头，吃惊地呼唤："忠……忠爷。"

叶忠垂着眼帘，好一会儿，才说："三姑娘在承露园。"

"啊？"昌仔不明白。

"在叶家园最西南角。"叶忠说完这句话就走了，什么话也没说。

昌仔看着他的背影，一股凉意从背脊往上蹿。

他不知道河南的叶家园是什么情况，也不知道承露园在哪里，但忠爷不会无缘无故告诉自己这两句话的。

他想了片刻也想不出个所以然来，然而他心里想："不管怎么样，先见到三姑娘再说！"

他摸摸贴身收藏的银子——那是他的全部财产，这段时间片刻不离身的——趁着黄昏，从叶宅的一个狗洞钻了出去，然后一路打听，跑到码头，肉痛地出了钱，雇了一艘船直开到叶家园附近。

叶家园和吴家园一样，内部精细的装修虽然还没完全做好，但整个园子都已经用围墙围起来了。昌仔绕着墙兜了小半圈没能进去，在大门远远望了望，不敢过去，又找到了偏门，看着守门的是个眼生的，就跳着脚过去，说："阿……阿叔，我北……北边，西关叶……叶宅，来的……忠爷，让我，来给老爷，报件事。"

看门的是叶家放在河南叶家园的一个老头，不太知道西关本宅的事情，看昌仔的穿着打扮和叶家的二等小厮一般无二，又叫得出叶忠的名号，就放他进去了。

这时天已经黑了，昌仔想着叶有鱼的教导，望着北极星，定到了方向往西南边找。

叶家园占地很大，而叶家这次来只是来办婚事，下人来了不到三分之一，且都集中在主院那边，越偏僻的地方就越没人。昌仔一路也没遇到几个人，遇到了就大大方方地点头，也没人疑他，就这么找到了一个院子。别的院子要么开了门里头有灯火，有人进出，要么就大门紧闭，只有这个院子里头很昏暗，大门关着，外头却有人守着。昌仔就觉得这院子不寻常。他也不去惊动守着的那人，悄悄摸近一些，借着月光去看牌匾。他眼神好，星月之下也能看清牌匾，"承露园"三个字刚好认识后面两个。

昌仔心道："多半是这里了。三姑娘是要成亲的人，却被关在这种鬼地方，这里头果然是有鬼！"

他不敢走大门，绕着围墙找。狗洞是没有的，但承露园有鱼池。鱼池是眼活水，叶家园的设计者是个巧匠，所以引了水流入园子又流了出来。

昌仔就猜可以从水里潜进去，试了试水，冷得就像冰刚刚化出来的，皮肤碰到就像被针刺。他在水边跳着脚，心想："三姑娘对我这么好，昌仔，咱得知恩图报。"

他一咬牙，脱了外衣，冒着严寒扎了进去，一进水，差点被冻得抽筋。幸亏他是吃苦吃惯了的人，还是强忍着往里摸索，墙底下果然有个洞供水流进出，让他进了花园。

当他从鱼池中冒出来的时候，不但叶有鱼吃惊，冬雪更是吓得尖叫了出来。

幸好她叫嚷了半天，守门的人也没被引起注意。

主仆两人因为处境落寞，连灯都没点，这时院子里黑乎乎的。叶有鱼盯着从水里冒出来的黑影，直到昌仔打着寒战叫道："三……姑……娘……"

叶有鱼惊喜与感动交迸："昌仔？"忙叫冬雪，"快过来帮忙！"

两人手忙脚乱地把昌仔拖了出来，扶进屋里。叶有鱼又叫道："快拿棉被来，点火烧炭！"

棉被裹住了昌仔后，他才算好了点。叶有鱼又让冬雪赶紧去煮热水热汤来，然后才问："昌仔，你怎么来了？"

昌仔哆嗦着说："我，又被，叫去，倒，夜香……忠，忠爷，突然，来，告诉，我……你在，承露，园……我琢磨，着，不对……就，摸黑，来了。"

叶有鱼何等机巧的人,闻一知十,一下子就明白了,心中无比感动,抓住昌仔的手要帮他搓暖。昌仔吓得缩手:"使,使不得!"

叶有鱼等不得热汤热水来,说道:"去小厨房。"

两人赶到小厨房,冬雪才刚刚把火点着。主仆三人围着炉火,寒意稍减,昌仔这才把这半日的遭遇结结巴巴说了,冬雪也说了过河以来的事情,跟着两人便都看着叶有鱼,要她来拿主意。

叶有鱼在他们说话的时候,心中已经转了不知多少念头。她被关进承露园后,想起都要成亲了,自己落难也无人管顾——尤其是作为"未婚夫"的吴承鉴没有管顾——难以避免地还在为自己自伤。这时见到昌仔如此为自己,那点少女伤怀也都如同冬冷被炉火驱逐一般,暂时都消失了,人也恢复了理智。压着各种负面情绪,她心念几转,已经猜到了许多事情,对昌仔、冬雪说:"这一定是太太的主意。如果一开始就是阿爹的意思,事情就不是这样了。"

冬雪道:"太太她到底要做什么?"

叶有鱼道:"自然是要让二姐姐代替我去嫁给昊官啊。"

"这……"冬雪道,"这也能行吗?"

叶有鱼道:"只要太太能说服阿爹,那么事情也未必不行。到现在阿爹都还没来放我,那多半是已经被太太说服了。"

冬雪一听,急得眼泪都要下来了:"那……那可怎么办啊?"

叶有鱼道:"事到如今,只有一个人能扭转这局面了。"

冬雪道:"谁?"

叶有鱼还没回答,昌仔叫道:"昊……昊官!"

冬雪转喜道:"对,昊官!找昊官!只要让昊官知道这件事情,他一定会想办法救我们出去的。"

昌仔道:"我,我,我这就去,找……他!"

两人兴冲冲地看着叶有鱼,却见她脸上仍然带着忧色。

冬雪道:"姑娘,找昊官也不行吗?"

叶有鱼呼吸有些不稳:"如果能找到他……只要他肯帮忙,当然是行的……只要他肯帮忙……"

米尔顿来访

还没过年,河南岛却热闹了起来,因为吴、叶两家要结亲了。

由于婚礼被安排在河南,就不怕打扰吴承钧养病,所以亲事就被大肆操办了起来。吴承鉴拨了一笔丰厚的预算给了穿窿赐爷,以赐爷花钱的本事,自然把事情办得要多热闹有多热闹;他也不是纯粹乱花钱,而是能把一万两银子花出五万两银子的效果来——若非如此,也不会这么些年能牢牢在吴承鉴身边把持住这个肥差。

在赐爷的引导下,十三行大小商户,以及粤海地区的江湖好汉都乐得来凑热闹。眼看离婚礼还有两天,鞭炮已经从白鹅潭一路挂到吴家园,又从吴家园挂到叶家园。潘家也很给面子,将鞭炮从潘家园的门口也挂了过来。想想成亲之时,鞭炮声必定响彻珠江两岸。

北江大佬段先同调来了北江段上百艘闲散船只,一半做排场,一半做运力。至于佛山陈更是一早就预订了全广州府叫得出名号的醒狮,准备到时候来个百狮贺彩。

在蔡巧珠的安排下,吴家的人手也提前好些天就陆续渡江进入河南的吴家园,日天居已经被装饰得无比喜庆,花草树木都提前移植得满园满圃。吴老爷子也先两日被抬过珠江,在园子里适应;吴承构跑上跑下、跑内跑外,接待各路亲族客人。

这都还没到成亲日呢,各方提前送来的贺礼就塞满了两个偏厅。

幸好蔡巧珠和穿窿赐爷都是见过大场面的,一个主内,一个主外,把所有事情都安排得妥妥帖帖,一点儿都不用劳烦到我们的新郎官。

秋交钱货的盘点已经结束,宜和行正好要进入修整期——这个时期吴承鉴认为暂时不会有什么大事情。至于行里大事情的再启动,要等叶家那边的"嫁妆"送过来之后——不过这是吴承鉴认为的"没事",刘大掌柜、欧家富他们却不这么看,所以还是天天找他。

吴承鉴被他眼中的"琐事"烦到不行,便离开了宜和行,在西关大宅陪了吴承钧一日,又被吴国英赶到河南居住。老人家有老人家的想法,觉得小儿子是要成亲的人,不宜在大儿子身边,沾染病气。这倒不是偏心,只是某种老观念使然,类似的事情吴承钧与吴承鉴易地而处,老人家也会这么办。当然这种事情他只能做,不能说破。

吴承鉴便到了日天居来,没住两天,就看见整个日天居进进出出的——他要成亲啊,新居自然要做各种装潢布置。他走到哪里都发现自己没处落脚,对这些杂务不免眼见心烦,当下把日天居交给了春蕊打理,带着夏晴跑到曼倩蓬莱去躲清静。

谁知道周贻瑾也嫌弃他:"都要成亲的人了,来我这里做什么?"

吴承鉴苦笑道:"不然我还能去哪里?现在总不能去花差号啊。"

关于这件事,蔡巧珠前几日特意叮嘱过他,让他成亲之前不要再到花差号上去,也莫再去神仙洲。蔡巧珠说:"老爷说了,你就算是装,也给我装几日正经。"

再则现在去花差号,疍三娘见着他也未必有好心情。

周贻瑾道:"我这里也不清静,最近忙着排戏呢,也是为你的婚礼。"

吴承鉴问:"排什么戏目?"

周贻瑾道:"准备排《凯宴》《释疑》。"

吴承鉴也是喜欢这个道道的,过了一下脑子,说:"李渔的《风筝误》啊,以你的才情,还有这个班的底子,怎么选个二流水准的剧?有点没劲,怎么不排一段《牡丹亭》?不然来一段《桃花扇》或者《长生殿》也好啊。"

其实李渔的《风筝误》在清朝的戏曲之中也是超一流之作，只是放到历史的维度上跟《牡丹亭》《桃花扇》这种顶级的一比，那的确要次一等了。

周贻瑾骂道："《牡丹亭》里是女鬼做妻，《桃花扇》里是国破家亡，《长生殿》更是生离死别，这是你成亲呢！你不嫌晦气，老人家也替你嫌晦气！"

吴承鉴道："可是这《风筝误》也选得不对，太过应景了，你就不怕刺激到叶家？"

《风筝误》是李渔的名剧。才子韩琦仲题了诗的风筝误落詹家，先被既美貌又有才的詹淑娟（妹妹）拾去且依韵和诗一首于风筝上。韩琦仲见诗钟情，设法求见后却撞见了貌丑急色的詹爱娟（姐姐）而被吓跑。之后韩琦仲状元及第，上司詹烈侯（岳父）要将女儿淑娟（妹妹）许配给他。韩琦仲以为自己要娶的人是姐姐，从抗拒到屈从，直到入洞房才发现娶的原来是妹妹，于是皆大欢喜。

这个故事与吴承鉴、叶家姐妹的事情多有相似之处，所以吴承鉴才说"太过应景"。

周贻瑾笑道："我有送剧目给老爷子看过，老爷子没说什么。"

吴承鉴一听就笑了，道："真真没想到，老头子原来是表面好人，肚子里也都是坏水呢。"

他一笑之后，心情就好了起来，便要待在曼倩蓬莱，与周贻瑾一起排演剧目。

吴七心道："师爷一定会拒绝吧。"

不料周贻瑾却答应了，吴七十分诧异。眼看吴承鉴已经上了戏台，对生旦指指点点，吴七凑近周贻瑾道："师爷，昊官最近无心正事，到处躲闲，一路躲到你这里胡来，你也不劝劝。回头传到老爷、大少奶奶那里，只怕他们要对你有点意见。"

周贻瑾扫了他一眼，看看左右无人，才说："你不懂，昊官最近心情烦躁，所以要寻地方缓解缓解。花差号去不得，若我这里也不收留他，只会让他更加狂躁。他心神如果乱了，于正事不但无补，反有妨碍。"

吴七道："三娘那边已经没什么事情了啊，我也奇怪他最近烦什么。"

周贻瑾道："这一回不是为了私情，而是为了公事。"

吴七道："公事？什么公事？"

周贻瑾道："这就不是你需要知道的了。"

头一日无事，因没人知他在此，但过了不到两天，还是被找上了门，吴承鉴道："我都要成亲了，也不让我安生两天。"就让吴七把来见的人全都挡驾。

如此清静了三日，这日正排好了《释疑》。吴承鉴看得兴致起来，忍不住要自己上台，又逼着周贻瑾上去反串詹淑娟。小生小旦们嘻嘻哈哈地凑趣，起哄架着周贻瑾也上台。周贻瑾半推半就，也就从了。

两人正在化装，忽然吴七闯了进来，说有人求见。

吴承鉴很是不满："是吉山吗？是启官吗？还是蔡师爷？"

吴七道："都不是。"

吴承鉴道："那我谁也不见。"

吴七说："是米尔顿先生。他还带来了一箱东西，说是为昊官的婚礼准备的贺礼。"

吴承鉴怔住了，正在画脸的手也停了下来。周贻瑾已经画好了，正在换衣服，闻言也不换了，道："去见见吧。"他正入戏，说话的时候一不小心就带着花旦的手势特征，连说话都带着花旦戏腔。

放在平时，吴承鉴非立刻笑话他不可，这时竟然就没了心情，说道："真是躲得过蔡吉启，躲不过英吉利。"

帮着画脸的小旦道："昊官，要卸妆不？"

吴承鉴道："也不是什么正式见面，就这样去吧。如果三两句话说完，回来我们再唱戏。贻瑾，一起去吧。"

周贻瑾道："好。"这声答应已经恢复了男音。

两人也不卸妆，就到看戏的凉亭里等着。吴七去带人过来。亭内暂无第三人时，周贻瑾忽道："这两天在我这里玩着，心情好一些没？"

吴承鉴哼了两声，知道自己的心事还是没瞒过这个知己。

周贻瑾道："红货的事情，我们已经尽力防范了，反正暂时没什么动静，你也暂且不要挂心了，先开开心心地成亲吧。"

吴承鉴道："就是越没动静，我才越烦啊。若是摆在明面上，我们兵来将挡,水来土掩,但现在明知道对方要动手,却见不到对方动手,这就更让人烦躁了。总不能又等到上次那样,人家刀子都架到脖子上来了,我们才急忙设法反击啊。"

周贻瑾道:"可现在着急也没用。而且这次的局面,和几个月前的毕竟不同。至少我们提前知道症结在哪里了。"

"知道症结在哪儿,又有什么用!"吴承鉴说,"对方不动,我们也就只能干等着。这可比什么都不知道还糟糕。我们虽然知道了敌人在哪里,但对方要出什么招都看不见,这样我们怎么破招?我就怕等到对方出招的时候,事情已经迟了。"

"那有什么办法?民不与官斗。吴家再怎么有钱,终究只是一介商人,何况对面是两广总督呢。"周贻瑾叹息说,"我师父迟迟不动,的确也让人心焦。现在我们唯一的办法,就是多拿好牌在手。这样等到开始反击的时候,才能多一点胜算。"

吴承鉴:"好牌,好牌,嘿!"

周贻瑾道:"我们如今的牌面其实不错,潘家欠我们人情,叶家与我们就要结盟,江湖上的朋友关系又很顺畅,只要巩固好这些关系,北京和中堂一日不倒,我们就没什么好怕的。至于外国人那边……你让查理去办的事情到底怎么样了?"

两人谈到这里,便见吴七引了米尔顿走过来,于是一起住嘴了,脸上都再不见一丝愁容,同时露出了微笑。

第四十四章

鸦　片

米尔顿跟着吴七走到凉亭，用生硬的汉语说道："七，昊官呢？"

吴承鉴开口笑道："Here! Mr. Milton.（我在这儿，米尔顿先生！）"

米尔顿定眼看了吴承鉴一眼，惊道："昊官！是你——你怎么变成这个样子？"他来广州的时间不短了，算是个中国通，马上就反应过来："啊，你是要登台唱戏吗？"

他其实也会说不少中国话，甚至还分得清粤语和官话，上一次要人翻译，有一半是在做戏。

吴承鉴笑道："是啊。还没登台呢，你就来了，我都赶不及卸妆就要见你。"

米尔顿道："感谢昊官对我的盛情。"又看到旁边的周贻瑾，赞叹说："您身边的这位女士，真是漂亮极了，比我见过的任何女演员都漂亮。她简直是一颗star（明星）。"

周贻瑾呵呵一笑说："过奖了，米尔顿先生。好久不见。"

他没有用变声腔调，米尔顿听了吃了一惊："啊！你是一位男士吗？啊，你的声音有些熟悉啊。啊！你是周！"

就在他"啊啊啊"的大惊小怪中，吴七已经准备好了点心，吴小九上前摆好了茶炉。

三人是旧识，也不客气，一番寒暄之后开始喝茶。吴小九经过周贻瑾的调教，连英国人喝茶的习性也知道，这次用了红茶，还加了奶和糖。

米尔顿喝了两口后连连称赞，说："印度那边新种出来的茶叶，比起贵国的茶叶来还是差了一点，不过现在那边茶叶的品质也在迎头赶上了。"

吴承鉴听了这话，瞳孔微微一缩，脸上的微笑却依然未改。

对方偷茶种到印度大面积种植的事情，一直是一个敏感的话题，以往双方都刻意规避，没想到今天米尔顿竟然自己捅破了。周贻瑾一听就知道对方不会是说漏嘴，米尔顿这条老狐狸的每句话都经过算计的。

果然，就听米尔顿说："昊官，等印度的茶园运作得成熟了，恐怕我们公司就要削减在贵国的茶叶进口了。我们朋友一场，所以才在这里给你透露这个消息，你最好也要早做打算，让宜和行准备好其他营利商品了。"

吴承鉴却不接他这个茬，仿佛一点都不担心的样子，笑笑说："我们的茶叶，从种植到制作，上百道工序是经过几千年的千锤百炼的。印度人想要在短短几十年就超越我们，没那么容易。"

"不需要超越，只要接近就可以了。"米尔顿说，"别人不知道，但昊官你应该清楚，我们欧洲人喝茶不像你们这样只放茶叶，我们还要放糖，放奶，所以茶叶品质的好坏，说实在的，大部分的欧洲人喝不出来。等过几年印度的茶叶质量到了差不多的层次，产量也上来了，整个欧洲的商人一定会选择那边作为货源地。毕竟那边的货运路程会缩短三分之一，出口价格更是不到贵国茶叶的十分之一，整个成本缩减到原来的十五分之一的话，就相当于利润提高了十五倍。这种利润，能让整个欧洲的商人都疯狂起来。"

他顿了顿，嘴角露出了微笑，仿佛在憧憬那个美好的未来："到那时候，贵国的茶叶就只能作为需求量极少的顶级奢侈品出口了，而奢侈品和大宗货物的区别，我想昊官你是懂的。"

少量的奢侈品，自然是不可能支撑大规模远洋贸易的，也撑不起宜和行，这个道理吴承鉴自然懂得。

同时他也不相信米尔顿所夸张的"十五倍利润"，如果英国人真做得到这一点，直接干就行了，不需要来自己面前鼓吹。不过他一时没搞清楚米尔顿说这番话的意图，所以沉默不语。

为了让场面不至于尴尬，周贻瑾在旁边说："米尔顿先生，谢谢你给我们带来这个情报，印度那边的情况我们会设法去核实的。"

米尔顿说："昊官在海外也是有关系的，当然可以去核实。这种事情我不会吹牛皮，因为一戳就破。"

吴承鉴哈哈笑道："米尔顿先生，你的中国话学得不错，连这种俗语也会用了。"

米尔顿说："我不但会用一些俗语，还会用一些成语。比如你们有一个成语叫作'未雨绸缪'，我就觉得非常之好。既然看到天上有又黑又厚的云层，虽然雨还没下，但如果出门之前不准备雨伞的话，等到了路上遇到下大雨就来不及了。"

吴承鉴不说话。

周贻瑾笑道："大清和贵国的贸易，几百年下来早就定型了，大宗商品就这么几样，不是茶叶，就是丝绸、陶瓷等，每一样都有主的。吴家如果不做茶叶，还能做什么？去跟其他家族抢别的生意吗？"

"这可真不是个好主意。"米尔顿说，"虽然我和昊官是好朋友，但和启官、茂官他们的关系也不错，我可不希望你们之间爆发商业战争。"

周贻瑾道："如果这样，那我们还能怎么未雨绸缪呢？"

米尔顿道："未雨绸缪有两个办法，一个是去抢夺旧的地盘，另一个是去开发新的商品。我觉得后一种办法会比前一种办法更好。"

"新的商品？"周贻瑾摇头说道，"无论是茶叶、丝绸，还是瓷器，都是经过几百上千年的发展，才有现在的规模。米尔顿先生你这话说得太轻而易举，能够作为大宗货物的商品，不是说开发就能开发的。"

"时代不同了啊。"米尔顿说，"你们依靠历史，喜欢守着旧传统，但我们欧洲人却依靠科技，能够创造新变化。今天我来就是向昊官你推荐一种新的商品。这种商品如果做起来，我保证，昊官你不出十年就能彻底盖过启官，成为大清的……不，你会成为世界首富的！"

周贻瑾听着这话，满心都是不信，然而米尔顿已经拿出了一个盒子来，推到了两人面前。

周贻瑾摆摆手，吴七带着吴小九下去了。

米尔顿这才打开盒子的盖子，推到了两人面前。盒子里是一团黑乎乎的东西。

饶是周贻瑾见多识广，一时竟也没认出这东西来。吴承鉴却已经脸色大变。

昌仔冒着严寒，从鱼池水眼潜了出来，到外头后穿好外衣，溜出叶家园，一路打听着。

他年纪小又结巴，但用积蓄下来的散碎银子开路，竟然还是让他一路打听到昊官不在西关，而在河南岛。

吴承鉴冷冷地看着盒子里的东西，眼睛里发着冷光。

米尔顿见到吴承鉴的神色，带着些诧异，道："昊官，你认得这东西？"

吴承鉴冷冷道："这是大明万历皇帝为了延缓痛风之苦而使用的福寿膏吧。"

"昊官真是博学呢。"米尔顿说，"这东西本来就是很好的药品，你们有一个医生给它做了很好的评价，我特意背了下来呢：ّ神方千卷，药名八百中，黄丸能差千阿……善除万病。'所以这个医生把它叫作阿片，或者鸦片。本来鸦片产量很低，非常金贵，但经过我们英国科学家的研究，现在已经能实现量产，又经过调制，开发出了新的吸食形式。现在这鸦片不但能治病，而且可以像茶叶一样给普通人享用。吸食之后耳聪目明、神清气爽，是一种比茶叶更好、更高级的享受品。如果推广开来，我相信很快就能风靡整个国家。"

吴承鉴仰天哈哈一笑。他抬头仰天，是因为不想发作，怕看着米尔顿的脸自己会忍不下去。

米尔顿因此没看到他几乎彻底扭曲的五官，还在说："怎么样，昊官，我的这份礼物怎么样？也许你现在还没发现它的价值，但我向你保证，一旦这门生意做开来，将会把你们宜和行推向世界财富的巅峰，到时候只怕连东印度公司都不如你们有钱。"

吴承鉴调整了自己好一会儿，才低头重新面对米尔顿说："既然这门生意这么赚钱，东印度公司为什么自己不做？"

米尔顿说："我们要做这门生意，也需要你们从中帮忙啊。没有你们保商帮忙，我们的鸦片进不了贵国的市场。"

吴承鉴说:"进入不了我们的市场,可以去欧洲嘛。欧洲的市场应该是敞开的。"

米尔顿的脸上闪过一丝尴尬,但瞬间恢复正常,微笑着说:"欧洲人太穷了,根本享用不起鸦片。"

"这样啊。"吴承鉴说,"其实我们这里的穷人更多,所以我觉得这鸦片也不适合我们这里。抱歉了,米尔顿先生,这门生意我不会做的。"

米尔顿的眼睛眯了一下,眼神之中,夹带着审视和警惕,心想莫非吴承鉴知道这鸦片之中的深层战略意义?这不可能吧?那应该只是一个大清商人面对新事物时的习惯性保守态度。

"昊官,你确定吗?这门生意一本万利,你不做,迟早有人会做。如果被别人接了去,那很快地,你们宜和行就要面临一个商业上最大的强敌了,到时候我怕你会后悔。"

周贻瑾听着这话带着几分火药味。他虽然博览群书,然而毕竟对鸦片的危害没有深刻理解,因此望向吴承鉴,暗示他莫要如此强硬。生意的事情,应该万事好商量才对。

不料吴承鉴却说:"米尔顿先生,你最好打消这个主意。有我在十三行一日,鸦片要进大清,没那么容易!"

米尔顿的眉毛挑了挑,似乎意识到了什么,轻轻哼了两声,说:"昊官,我还是低估你了啊。看来你不是不明白这鸦片的价值,而是非常了解它呢。"

吴承鉴道:"是的,我很了解它,比任何人都了解。"

米尔顿道:"既然这样,那我就更不明白了,你究竟在坚持什么呢?"

吴承鉴已经站了起来,倒了一点茶水往脸上一抹,颜料就混乱地让整张脸变得狰狞——就像忽然变成一只恶鬼。

米尔顿有些吃惊地往后仰了仰身。

吴承鉴顶着这张狰狞的脸,说道:"米尔顿先生,我现在心情很不好。今天我们就先谈到这里吧,我不希望因为一场不会存在的生意,影响到我们之间的友谊。"

米尔顿有些失望地叹息了一声,说:"那就真是太遗憾了。"

他站了起来,却没有就此告辞,而是说:"昊官,如果我得到的情报没有失误的话,你和两广总督之间,似乎正陷入一场胶着的暗中战争吧。上一次你和粤海关监督的战争，如果不是借着我们东印度公司的势，怕是没法渡过难关吧。那么这一次遇到一个更加强大的对手，如果我们东印度公司不但不帮忙，还被你逼得站在你敌人的那条战线上……我想，你应该清楚那会是一个什么样的局面。"

米尔顿最后的这番话已经不是在谈生意了，而是赤裸裸的威胁。

然而直到他离开，吴承鉴还是一句软话都不说，狰狞的脸反而变得更加狰狞。

米尔顿嘿嘿两声冷笑，终于走了。

凉亭静了下来，周贻瑾看着桌上，那里有一盒米尔顿没带走的鸦片。

"我师父那边还不知道要出什么招……"周贻瑾道，"现在得罪东印度公司的话，实在不是明智之举。"

吴承鉴怒道："你知道这东西是什么东西吗？"

周贻瑾一愕。自认识以来，吴承鉴可从没这样对自己发过脾气。

闯　园

　　吴承鉴呆了呆，也就想起自己不应该迁怒到周贻瑾身上去，便压着自己收了脾气，说道："这东西，在……在我们福建老家流行过，是一些纨绔子弟钻研出来的，把药物变成了玩物，吸食之后，的确有一段时间会神清气爽、耳聪目明，甚至飘飘欲仙。但药力过后，整个人很快就会变得虚脱、空虚、无力，要再吸食一次，才能再次得到那种幻觉。"

　　周贻瑾道："那如果不再吸食呢……"

　　"不可能不再吸食。"吴承鉴道，"谁尝过那种滋味，会舍得不再尝试一次？而有了第二次，就有第三次、第四次，然后没有它就不行了。"

　　周贻瑾道："这是上瘾了？"

　　"是上瘾。"吴承鉴道，"茶有茶瘾，酒有酒瘾，但无论茶瘾酒瘾，都比不上这鸦片瘾的万分之一。而且喝茶喝酒，危害终究有限，但这鸦片吸食得久了，却会让人时而浑身乏力，时而焦虑烦躁。吸食既久，不戒断则身体会垮掉，而中毒深的若不给吸食，则可能癫狂。我小时候回老家，就看见过一个人，因为鸦片瘾发作，竟然把自己的老婆孩子给杀了。"

　　周贻瑾打了个寒战，道："这么可怕？"

　　吴承鉴道："幸亏这东西不多，价钱又贵，整个福建搜罗起来也没几斤，断了源头,吸食的人被迫戒掉,慢慢也就好了。可你想想,如果这东西量产了,成千上万地运进来,像茶叶一样变成无数人的桌头物,等到我们的父老、子弟都吸上了瘾,他们会变成什么样子?这个国家会变成什么样子?"

周贻瑾沉默了。

吴承鉴道:"别的事情我都能忍,都能妥协,唯独此物,没得商量!"

周贻瑾轻轻叹了一口气,道:"你……你做得没错。不过这样一来,我们要面对的敌人就要又多一个了。这前狼后虎的,往后就要更难过了。而且……"他看着吴承鉴的眼睛,说:"而且你以后再要放下这个担子,就更不可能了。如果鸦片真的如米尔顿所说的那么暴利,那么……它就不是每一个人都能拒绝的。"

是的,吴承鉴不答应,米尔顿还可以去找潘有节、叶大林,去找卢关桓、蔡士文,去找潘、易、梁、马。只要利润足够高,未必每个人都能拒绝这样的诱惑——甚至可以说,没有几个商人能够抗拒。

吴承鉴真的要拦住鸦片,可不只是拒绝和米尔顿合作就行的,他还得再进一步,掌控十三行,甚至掌握到更高一层的权力才有可能做到。

而这个权力还没拿到手,需要追逐;一旦拿到手,又是一份沉甸甸的责任。

吴承鉴呆住了。他刚才强硬拒绝米尔顿的时候并没有想那么多,但现在被周贻瑾一提醒才惊觉过来:自己肩头上卸不下来的担子,不知不觉中竟然又多了一个,而且还是自己挑上去的……

周贻瑾道:"我们手里的好牌又少了一张,这轮麻将,更难胡了。"

吴承鉴道:"如果实在胡不了……"

周贻瑾问:"怎么办?"

吴承鉴道:"咱们掀桌子!"

昌仔像一只没头苍蝇一样,在河南岛乱撞,然而这时吴承鉴周边从消息到人手层层封锁,差点连米尔顿都见不到他,更别说他这个夜香仔了。更何况吴七手下的小厮又都知道七哥不待见这个结巴,见到他就绕着走。

昌仔又不能像上次一样,敲锣打鼓地来引起吴家人的注意——这是吴、叶两家的婚事,叶家也有不少下人在吴家园这里进进出出,他要是这么干,也许不用吴家动手,叶家的人就能在他见到吴家核心人物之前,把他逮回去了。且吴家园又比西关吴宅大了许多,不知道吴国英、吴承鉴在哪里,敲锣打鼓也未必能让对方听到。

其间没能见到吴承鉴,却不小心撞到了徐氏。

徐氏被安置在吴家园西北角一个养鹅的小院子里。马氏素知她懦弱无能,所以对她的看管反而不如对叶有鱼来得严厉,只是让一个婆子看住她不让走远。

徐氏出来倒水的时候被昌仔听见,昌仔就翻过矮墙,瞒过那婆子来见徐氏。徐氏听说了女儿的处境,心中又是担忧,又是伤心,然而她也没什么主意,于是昌仔便翻墙出去了。

就这样仓皇了一整个白天,眼看叶家园已经将嫁妆一箱箱抬往吴家,昌仔心道:"明天就是成亲日,明晚就要抬新娘子过门去拜堂,再这么耽搁下去就要来不及了。"他心急如焚,却又无计可施,忽然远远地就看见了叶家抬往这边的轿子。轿子是叶家的八抬大轿,旁边跟着叶忠——能让叶忠跟在轿子旁边的,也只有叶大林。

昌仔心道:"老爷怎么忽然来叶家园了?"他吓得远远躲开,轿子旁边的叶忠瞥见了昌仔的身影,扫了他一眼。

昌仔被他一瞥,心里先是一怕,跟着忽然又想:"老爷这时候来吴家园,见的人不是吴官,就是吴老爷子。这两个人我随便见到哪个都行!"便又暗中尾随。

等叶大林进了吴家园的大门,昌仔给自己壮了壮胆,大大方方地也过去,对门房说:"我,叶叶叶家的……我家,老爷,鼻烟壶,忘带了……太太,让,带来。"

门房见他的装束与刚刚过去的叶家随行小厮一样,言语又对路,便放他进去了。跨过门槛后,他又问明叶大林的去向,一路走到赏月台来。这里是吴家园地势较高的所在,吴家便在这里筑了亭台,做赏月观星之用。

今天晚上,却是潘有节得到京师方面的消息,说是吴承鉴的敕封已经下来了,诰命还在来广州的路上,估计得再走上十天半个月的。潘有节这边却已经知晓,就来提前恭贺吴承鉴,顺带把叶大林也叫了来——吴承鉴得了敕封,他的新婚妻子便也能争取一个诰命夫人，这事说起来也与叶家有些关系。

园子里面，潘、吴、叶三巨头正在恭贺受贺，喝酒谈天；园子外面，昌仔眼看门外守着的是叶大林的长随男仆叶多福。这人是叶大林的心腹，不算是马氏那边的人，且昌仔认得他，可他未必认得昌仔，于是昌仔就鼓起勇气撞了上去。昌仔还是担心自己是口吃这件事情太过明显，就假装跑路跑得喘气地说："西关，有急事！找忠爷。"这八个字他是仔细琢磨过的，说出来竟不显得结巴，只以为他在喘气。

叶多福怔了怔，对旁边吴家的看门者说了一声，就带了昌仔进去了。

进了园子，里头有一道月牙门，门边坐着叶忠、吴七和潘海根。他们正围着一张小桌子嗑瓜子。到了这里，已经能隐约听见里头三大富豪说话的声音了。

叶多福就指着昌仔说："忠爷，这小子找你。"

叶多福平时没留意昌仔，吴七却留意着呢，看到昌仔就瞪了他一眼。叶忠盯着昌仔道："什么事情？"

昌仔道："太太，找老爷，有事！"

吴七才要说什么，叶忠已经指着里面说："进去吧。"

吴七眉头微微一皱，但叶忠是老顾、吴二两那一辈的人，自己穿开裆裤的时候，光屁股都被他踢过，叶忠开了口，他也不好公然反驳。

昌仔战战兢兢地就进了园子。园里潘、吴、叶三巨头说得正欢，除了他们三个的声音，再没半点声响，就连个虫叫都没有，只夏晴一个伺候着。周贻瑾坐在旁边喝酒，两人也都绝无一点声响。

潘、吴、叶三人瞥见昌仔都停了下来，眼光若有若无地扫过来。这对昌仔来说，就像三座大山压了过来一般。

昌仔只觉得肩头一沉，呼吸都重了几分。

幸好潘、吴只是一瞥就移开了目光，叶大林却皱着眉道："什么事情？"他隐约看出是自己家的小厮，却不知道是哪个。

昌仔心道："死就死吧！"

都不回叶大林的话，就扑了过去，抱住了吴承鉴的腿大叫："昊，昊昊官！救救，三姑娘！救救，三姑娘！"

这一扑蹭到了夏晴，吓得她盘里的酒壶都摔碎在地，把园子里的好气氛都给破坏透了。

叶大林甚有急智，马上反应了过来，知道这多半是叶有鱼的人，又见此人口吃，便记起叶有鱼身边有个结巴小厮了，又恼又怒，喝道："小贱种，给我滚出去！"

吴承鉴也已经认出昌仔来了。

昌仔却只是抱着吴承鉴的腿大哭："昊、昊官，救、救命，救命！"

两句话的工夫，叶忠、吴七、潘海根都进来了。

潘有节在旁边冷眼旁观，吴承鉴冷笑着对吴七道："这是第几次了？"

吴七一下子羞愧无比。虽然这一回有叶忠的原因，但说到底他还是让这个小结巴闯到了吴承鉴身前——这个家伙简直是自己的克星！

潘有节眼看大概不是什么大事，这才笑吟吟道："这是做哪出戏啊？"

叶大林不想昌仔说话，就叫道："把人给我拖出去！"转头说，"见笑了。"

叶多福就来拖昌仔，吴七也来帮忙。昌仔一边挣扎一边大叫："假的，假新娘！昊官，那是，二姑娘，新娘子，假的。"

吴七一听呆了呆，吴承鉴也是一怔，一举手，叶多福便不敢再动。

吴承鉴道："怎么回事？"

换女出嫁

昌仔挣脱了叶多福，又爬到了吴承鉴脚边，叫道："吴官，假的！他们，要用，二姑娘，来顶，顶，顶，顶替，三姑娘！你快救救，三姑娘！"

吴承鉴"哦"了一声，有些意外，却也不算非常意外，望向叶大林道："岳父大人，这是……有这回事啊？"

最近这段时间，潘、吴、叶三家的紧密关系几乎恢复到历史的顶点。

他们三家本来渊源久远，但在潘震臣去世之后的几年里，三家的关系由密转疏，这里头最根本的原因就是吴、叶两家都不想继续做潘家的附庸，而潘有节却不肯真正放弃对吴、叶的掌控。

但如今吴、叶要结亲了，关系天然就会拉近，而吴、叶结盟之后，与潘家就成抗衡之势。潘有节眼看控制吴、叶已无可能，终于在白云楼茶会之后放弃了旧策略，第一次以对等盟友的姿态来对待吴、叶。在最近那次保商会议，上三家合力将潘有节推上总商位置之后，三家的关系更是迅速拉近。

对于家族形势近期的发展，叶大林十分满意，换女出嫁虽然可能会为这种好趋势带来变数，但叶大林却觉得值得冒一冒险，如果事情能蒙混过去，那么叶家与吴家的关系，也有可能得到进一步的调整。

但现在吴承鉴问得直接，他也就不好当面还说假话，当下道："有鱼病了。从昨晚开始就咳血不止。我想着让她嫁过来的话，对吴家可不太好。所以跟你婶子商量了好久，才打算让好彩嫁过来。"

他不等吴承鉴回答，就转向潘有节，说道："有节，我那个女儿病成那个样子，肯定是成不了亲了，但现在满广州都知道我们两家要结亲了，亲朋好友们把鞭炮挂满了珠江两岸，这门亲事总不能忽然就说不办了，那样咱们潘、吴、叶三家，至少得叫人从现在笑话到过年，你说是吗？"

潘有节在叶大林说话的时候脑子飞速转动，这时叶大林话声一落，他马上就接口，笑道："叶大叔这话有道理。正所谓箭在弦上，不得不发。之前承鉴原本就是和二妹妹定的亲，现在转到三妹妹身上，偏偏不迟不早又发了病，看来这位三妹妹终究没这个福分。"

他拍拍吴承鉴的肩膀说："承鉴啊，我看叶叔的打算也没错，反正都是叶叔的女儿，姐妹俩都是好姑娘，娶谁不是娶？二妹妹还是嫡出呢，说起来更加门当户对，你说对吗？"

吴承鉴的眉头皱了皱，眼前的变故来得奇怪而突然。他虽然猜到其中必有猫腻，却没法在片刻之间完全理清头绪。

就听昌仔大叫："没有，没有！三，姑娘，没……"他才要说三姑娘没生病，却被叶大林截口喝道："给我住嘴！掌嘴！"

后一句是对叶多福说的。叶多福已经抓起昌仔的头发，"啪啪啪"连打昌仔的嘴巴，随手捏了一把泥土团，塞在了昌仔的嘴巴里。

吴承鉴是什么眼色？自然马上就猜到叶大林所谓的"生病"不过是托词。正要说话，叶大林道："吴官，别听这小畜生胡说八道，有鱼是真的病了。这次的姻亲不但是我们吴、叶两家结亲结盟，有节又破天荒地站出来做证婚，这就不只是一桩亲事，还是我们潘、吴、叶三家共同的大事。一个病女嫁入你们吴家，对你们吴家来说是不祥，对我们叶家来说也实在没脸。万一拜堂的时候，有鱼当众病倒，那就更晦气了，我们可不能冒这个险啊。有节，你说是不是？"

潘有节笑了笑，点着头，算是默认支持。

叶大林又说："承鉴，我也不知道你为什么要挑有鱼，嫡出的不要，偏要一个庶出的。不过如果你真的这么中意她，回头等她病好了，我做主，让她也进吴家的门，给你做小。"

在场所有人——从潘有节到叶忠，从吴承鉴到潘海根——这下子都吃惊了，区别只是吃惊的程度而已。有人惊骇，有人微讶。

过了明天，叶大林就是吴承鉴的岳父了，一个做岳父的，竟愿意把自己另外一个女儿给女婿做妾——哪怕是庶出！他叶大林可不是穷苦无依的人家，而是广州的顶级富豪之一！

潘有节这下子终于笑了，道："这番盛情，满广州也只有叶叔才给得出手。承鉴啊，也就是你才有这样的艳福。"

吴承鉴的眼睛微微一眯——越是看起来便宜的东西越要警惕，这是吴国英从小的教诲。如今婚事在即，叶大林忽然给自己换个老婆，说吴承鉴心里不怀疑、不恼火那是不可能的。

然而叶大林接着给出来的理由，虽然说服力一般，但作为台阶下却是足够了，甚至多送一个女儿来做妾这种让步都提出来了，更是让吴承鉴翻不起脸来。

如果今天叶大林不在，吴承鉴知道这个消息后自可慢慢了解情况，设法应对；便是叶大林在而潘有节不在，吴承鉴也能更顺当地向叶大林施压；可现在不但叶大林在，潘有节也在，且叶大林做出让步之后，潘有节又顺势做和事佬，这就让吴承鉴连脾气都发不出来了。

这时候如果太过强硬地反对，刚刚要形成的潘、吴、叶三家同盟，指不定说崩就崩，而且不但推走了叶家这个亲家，连潘家也连带着要得罪——这个后果，吴承鉴掂量了一下近期引而不发的几桩忧患，一时沉默不语。

昌仔被按在地上，呜呜作声。

吴承鉴一转眼间念头数转，朝吴七挥了挥手，吴七便和叶多福拖着昌仔的腿将他倒拖出去了。昌仔十根指头抓着地面，一开始指甲里抓满了泥土，后来碰到硬砖，又抓出了血痕来。

见他如此忠义，园中众人都看得有些动容。吴承鉴不禁心道："有鱼这个小姑娘，在叶家没身份、没地位，是怎么让这个小结巴如此忠心的？"一时间对这个曾经的未婚妻更加好奇。

叶多福将昌仔拖出两重门外，丢给叶家的仆役拿住，这才回来。叶大林说："刁奴目无家法，回头打死了丢伶仃洋去。"他倒不是刻意要针对叶有鱼，而是觉得这结巴小厮让他在潘有节面前丢脸了。

吴承鉴道："岳父大人，这两天咱们可是在办喜事。"

潘有节也道："是啊，这种煞风景的事情，提起了都晦气。"

叶大林马上道："也是，也是。那就先关起来，等办完承鉴和好彩的婚事再处置。"

叶多福马上出去办了。

吴承鉴等下人们都出去了，才说："叶叔虽然有叶叔的道理，但临阵换新娘，这事终归不地道啊。"

叶大林一听，就猜吴承鉴这是准备再抬价格。他也是早有准备，嘿了一声说："吴官你的意思是……"这称呼一改，就是谈生意的口吻。

吴承鉴是骤知此事，各方情报掌握得不够全面，一时之间也拿捏不好其中轻重，便只淡淡地推托了一下："这事等我先问过我阿爹再说吧。"

叶大林"哦"了一声，说："行，你们爷俩商量吧，反正我们叶家会把新娘子准备好，是姐姐还是妹妹，吴官你自己好好选。如果吴家真的不怕一个病新娘晦气，到时候我还是把有鱼抬过来就是。"

这话可就说得有些可怕了，周贻瑾在旁边忍不住打了个哆嗦，便是吴承鉴，听了这话也是心中微微一寒。

潘有节目光闪了一闪，满西关的众保商没一个心慈手软的，但论到阴狠，叶大林却素来名列前茅。

本来高高兴兴的一场欢聚，被这个结巴这么一闹，三人也就都没什么兴致了，又不咸不淡地聊了两句，各自散了。

送走了潘、叶，周贻瑾才道："叶大林真是名不虚传！脸皮够厚，心肠够黑！临过门换新娘，还要把自家女儿送人做妾，这种事情也亏他做得出来。他最后那句话，嘿嘿！"

吴承鉴道："他是在威胁我。就算有鱼其实没病，他也能让她生病。如果我们坚持一定要有鱼，他说不定敢让新娘子死在花轿里，送我们吴家一场晦气。"

这事说出来太过可怕，但以叶大林的秉性，谁知道他做不做得出来。

而对吴承鉴来说更麻烦的是，一旦走到这个地步，吴、叶两家的关系就算是彻底崩了。吴、叶若崩，和潘家的现有关系也将再难维持。

换了半个月前，叶家承受不起这个崩裂；但时移势易，如今承受不起这个崩裂的，是吴家。

周贻瑾低头琢磨了一会儿，叹道："那个痴恋你的红颜知己，只怕要……没什么好下场了。"

如果吴承鉴答应姐妹易嫁，叶有鱼往后在叶家就没好日子过；但如果吴承鉴不答应，那么叶有鱼只怕旦夕之间就要有生命危险，所以周贻瑾说她要没好下场。

"谁痴恋我了？"吴承鉴道，"那小丫头，肯定满满的都是一肚子的算计。说她痴恋我？我才不信！不过……"

吴承鉴顿了顿，道："这两天我应该会不大方便，你想办法帮我照看一下她吧。"

周贻瑾笑道："你也就是嘴硬，终究还是心软了。"

"谁嘴硬！谁心软？"吴承鉴咂咂嘴唇，道，"我只是觉得，这小丫头虽然心眼多多，但身世其实也挺可怜的。摊上了这么一对生父嫡母，有些罪不是她该受的。要我为了她把当前的局势弄崩不值得，但能帮到她一点的话，就帮一点吧。"

说到底，叶有鱼毕竟不是疍三娘，此刻在他心中的分量，也仅仅如此。

第四十七章

绝　　望

　　昌仔被拖出去以后,因为是在吴家园,叶家的人不好动手,所以一直将他拖到叶家园,才开始拳打脚踢起来。

　　这么小的事情,叶大林自然不会亲自来看顾,所以众小厮自行揍了一顿,就听叶忠过来说:"行了行了。"

　　昌仔听到叶忠的声音,扑了过去,吐出嘴里带着草根的泥土,叫道:"忠,忠爷!救救!三姑娘!"

　　叶忠道:"刚才吴官的话,你没听见吗?"

　　下人们退出来以后,吴、叶两人的交锋众人都没听见,但吴承鉴没有当场反对姐妹易嫁的态度,却是众人都看出来了的。

　　昌仔当场哭了起来,吴承鉴是叶有鱼最后的希望,他不肯出头的话,叶有鱼便什么希望都没有了。她纵然智计满腹,但无势力可用,马氏就随时都能碾死她!想到这里,昌仔哭得眼泪鼻涕交替着流,比刚才自己被痛扁还要伤心。

　　叶忠见他如此,叹道:"好小子……别哭了。你能忠心护主,有这份心的人将来迟早能出头。三姑娘能得你这样待她,也是她前世修来的福气,但有些事情,还要看命。"

　　他对其余小厮道:"把昌仔关到柴房,不许再打他了。"

昌仔匍匐着不动，两个小厮便将他拖往柴房。拖到一半，昌仔忽然疯了一样挣扎起来。三人都是半大的小厮，其中一个发疯，另外两个就拿他不住，再加上刚才叶忠说的话让两个小厮觉得忠爷可能还护着他，所以不敢太用力。

这时天色已黑。他们被昌仔左一闪，右一藏，竟失去了踪影。

昌仔躲躲藏藏，一路又逃到承露园附近，这次连衣服也不脱，直接潜入承露园内。冬雪早在那里等着了。

昌仔走了之后，冬雪心情略定，便把承露园张罗了起来，收拾一番，让叶有鱼住下，又去小厨房整治吃食。不料等了一夜一天，外头始终不见动静，冬雪就担心了起来。

和冬雪的担心不同，叶有鱼想："他……会来吗？"

昌仔是连夜走的，这个晚上叶有鱼便没有睡。她也知道熬夜干等没什么意义，然而还是睡不着。

第二天早晨起来，吃冬雪端上来的早点时心思也全没放在吃食上，念叨着过了上午，又到了中午，过了中午，又到了下午，如此等了整整一个白天。

冬雪担忧地说："昌仔……不知道会不会被抓到，不知道能不能见到昊官……"

叶有鱼怔怔道："见不到人，是我的命。可如果见到了……他却不来救我……我怎么办？"

冬雪见叶有鱼失魂落魄的样子，连忙说："姑娘，莫想太多了，昊官一定会来接你出去的，一定会。"

叶有鱼却不敢肯定。花差号的影子忽然如同一堵墙一样压了过来，她心里忽然想："如果是她……他多半会不顾利害来救人的。但是我的话，他就要打打算盘了……"

一想到自己的终身大事在吴承鉴心目中也不过是一桩买卖，叶有鱼一时间胸口剧痛。这些天她一直告诉自己别太贪心，别想那么多，但理智知道不该想，却总是管不住自己的心。

平时的一天很快就过去了，今天的这一天却好像无比漫长。

熬着熬着，终于等到了晚上，昌仔却还是没有消息，叶有鱼终于整个人都显得不稳了。

承露园虽然偏僻，一些大一点的动静却还是能够传到。冬雪远远能望见主屋那边似乎灯光闪动，又有一两波的人声鼎沸，那是在庆祝什么吗？

到了晚饭时节，大门终于开了。冬雪大喜，奔了过去，叶有鱼眼睛也闪动着希望。

然而进来的，却是马氏的贴身丫鬟翠萍。她提了一个食盒来，塞给了冬雪，说："二姑娘要出阁了，今晚要吃姐妹宴。三姑娘虽然病着不能亲自去，但姐妹一场，三姑娘的这份吃食二姑娘也没忘记。"她的言语似乎客气，但语气中尽是得意扬扬："拿去。"

大门"砰"地又关上了，只留下叶有鱼和冬雪愣在那里。

叶好彩要吃姐妹宴了……

那么婚事就是还在继续进行……

那么昌仔是被抓住了吗？

还是昌仔没能见到昊官？

天高月明，风清水寒，更令这个院子显得寂寥冰冷，宛如囚所。

叶有鱼低下了头，自顾自走回屋里去，身形已经有些摇晃了。

冬雪看着手中的食盒，都不知道该怎么劝了，但她还是抱着最后一丝希望，守候在了鱼池边。

如此等着，等着，每一刻钟都长得好像一年。她心里想："姑娘在屋里，一定比我更加难过。"

院子里很冷，冻得她整个人都缩成了一团。不知等了多久，总之是等到她四肢都冻僵了的时候，水面忽然破开——不用看，就知道是昌仔！

冬雪仿佛穿越了数十里的暗黑地穴后看到了破晓的曙光，欢喜得几乎要跳起来。人要跳起来才发现手脚僵硬不能动，她的声音却已经叫了出去："姑娘，姑娘！"

屋子的门打开了，叶有鱼也是带着希冀出来了。

然而昌仔挣扎着起来之后，却只是打哆嗦。一开始冬雪以为他是被冻着了，赶紧接回屋内，将准备好的火炉、棉被，热在小厨房里的姜汤都端了出来。

昌仔终于不哆嗦了，然而还是不说话。

"昌仔，你怎么了！你倒是说话啊！"冬雪有些急了。

叶有鱼却一下子明白过来了，惨然道："你见到他了，是不是？"

昌仔哆嗦着。

叶有鱼又道："他不肯来，是不是？"

昌仔张了张口，话还是说不出口。

叶有鱼一下子捂住了脸。

湿湿的液体从她的指缝中渗了出来。

这是第几次她为吴承鉴哭了？

冬雪急了，昌仔也着急。冬雪叫道："姑娘，姑娘，你别哭，我们再想想办法，我们再想想办法。"

昌仔也在旁边兜兜转，却不知道说什么好。

"不哭，不哭。"叶有鱼捂着脸，哽咽着说："我们想想办法……可是……可是……可是我们还有什么办法！"

她这一辈子，从没这么无助过。

天冷墙厚，弱女成囚。

实在是无计可施了啊。

她已经用尽了办法，最后却还是这样的结局，偏偏给予她最后一击的，还是多年来给予她希望的那个人。

这真的就是命吗？

她一直是不服命的，可是现在……还是抗不过……

"不哭，不哭……"

在白鹅潭的时候，在迎阳苑的时候，她为吴承鉴哭过两次，却都还能守住一点仪态，只是默泣流泪而已；这时哭着哭着，整个人竟失态地号啕了起来。

"不哭，不哭，哈哈，哈哈……"

外面响起了丝竹之声。

那是在演大戏。

戏台的位置是马氏选的，刚好就在承露园这边能隐约听见的地方。偶尔有一两段飘了进来，让叶有鱼听得清清楚楚：那是《于归》——是女儿要出嫁的时候，最有善祝善祷意义的一折戏。

"太太……"叶有鱼哈哈笑了起来，带着满脸的泪水，"你赢了……你赢了……"

看着叶有鱼又笑又哭的样子，冬雪和昌仔都担心得不行，然而无论他们说什么话，叶有鱼都置若罔闻。冬雪实在是担心再这样下去，三姑娘会疯掉。

"六太太她如果在就好了，"冬雪哭道，"姑娘至少不会这样子……"

昌仔猛地挣脱了裹在身上的棉被，冲了出去。

"昌仔！"冬雪叫唤，却根本叫不住他。

昌仔奔出院子，已经一头扎进了鱼池。

他在这大冬天的来回潜水，虽然仗着年轻一时没病倒，但严寒入骨，自会留下病根。

昌仔出了承露园之后，直奔叶家园西北角，翻矮墙来见徐氏，结结巴巴地把叶有鱼的情况说了。

徐氏听说吴承鉴袖手旁观，不由得大吃一惊："昊官不肯来？这可怎么好？"这段时间下来，她已经摸到了女儿的心思，知道有鱼口中不说，实际上心里把吴承鉴看得极重，果然再听下去，便是女儿闻讯又哭又笑，恍若疯癫。

昌仔结结巴巴道："六……太太，您，想想，办法……"

徐氏整个人呆在了那里。

如果说吴承鉴是叶有鱼内心深处的希望，那叶有鱼就是徐氏的命根。徐氏平时遇到点小难事就急得团团转，这时听说女儿要疯，整个身子都发起抖来。然而抖了一会儿，她终于不抖了，心里只有一个念头："我要去见有鱼！"

她没有什么办法，也没有什么主意，但这一刻她一定要在女儿身边！

一瞥眼，瞧见了桌上一把剪刀。徐氏就抓了过来，笼在了袖子里，对昌仔说："走，带我去见老爷、太太。"

昌仔道："啊？"

徐氏已经走了出去，直接推开院子大门。看她的婆子终于听到了动静，恶狠狠地过来阻止。徐氏亮出了剪刀，对着婆子说："你敢拦我一步，我就死在你身上，看明天你担不担得起这个罪过！"

那个婆子这两天对徐氏冷嘲热讽，极尽羞辱之能事，但这时有些惊诧了——她哪里见过徐氏这副模样？

如果还是那个在洗马桶的徐氏，死了就死了，没人放心上。但这几个月经过叶有鱼的折腾，徐氏在叶家的地位隐隐然也直线上升。虽然下人们都不看好她们母女能斗得过马氏，但既然能站在马氏的对立面斗上一斗，便不是一个普通的姨娘了。

第四十八章

死　胁

　　那婆子不敢阻拦，有昌仔在旁边她也不好用强，徐氏便带着昌仔出了门。她因年少时的经历，一路被人虐待，几次反抗无用、反而遭到更惨的虐待之后，终于变得不敢反抗，因此养成了懦弱的秉性，但内里其实十分聪慧，隐隐听到戏曲声，心道："就去那边，多半在那里。"

　　她便带着昌仔循声而去，沿途遇到叶家仆役。众人见她和昌仔二人走得气势汹汹，竟都不敢阻拦。徐氏一直走到戏台所在，才有仆役上来阻拦。

　　徐氏问也不问就闯，两个仆役伸手来拦，昌仔一头撞了过去，撞开了其中一人。徐氏挺胸又闯，另外一个仆役不敢碰她，就给她闯了进去。戏台边马氏已经看见了，使了个眼色，她的两个儿子就跑了过来拦住。叶好家说："姨娘，这里正做着好事呢，你来做什么？快回去休息。"

　　徐氏又摸出了剪刀，挺在胸前就冲。叶好家大吃一惊，叫道："六姨娘，你疯了吗？"

　　戏台前不少人也看到了这一幕，有人惊呼，有人讶异，场面登时有些乱。

　　今晚是叶好彩吃姐妹宴，也就是叶好彩的妹妹、表妹、堂妹等一起来给她祝贺，贺她成亲，送她出阁，所以她坐在了姐妹宴的主桌首席。叶大林从吴家园回来后，和马氏在旁边坐另外一桌。因是巨富人家，所以还请了一台大戏来热闹热闹。

徐氏趁乱直闯到了叶大林、马氏的桌前。

叶大林见到了她，眉头就皱。马氏双眉几乎要倒竖起来，瞪眼怒道："阿六，你做什么！"

放在平时，她这么一瞪，徐氏身子就要软了，但今晚徐氏整个人豁出去了，迎着马氏道："太太！我今晚要来为有鱼讨个公道！"

马氏怒道："你说什么！"

徐氏且不理她，转向叶大林道："老爷，有鱼虽然是个庶出，但怎么也算你的女儿。你平素不待见她，让她过得比翠萍这般丫鬟都不如，也就罢了；两次硬生生踢得她吐血，你就忍心？今天更是夺了她的姻缘，还将她软禁起来，还在这个她听得见的地方设戏台，让她听见好彩要出阁了的丝竹管弦之声。如此软硬兼施地折磨，她如今在承露园就要疯了，你知道吗？虎毒尚不食子，你却踢得她吐血，逼得她要疯，这是为人父亲能做出来的事情吗？"

她声音虽然柔弱，但这一字一句，字字带血，把叶大林说得又羞又恼。马氏大怒道："你这个疯婆子，胡说八道些什么！你们都死了吗？还不把她拉下去！"

眼看婆子们要上来，徐氏竖起剪刀，又开架在自己的脖子上，叫道："不许过来！"

剪刀带着锈，不算非常锋利。徐氏虽到中年，但脖子上的肌肤仍然白胜冰雪、嫩比丝绸，望上去哪怕是钝刃一割也马上要破了。仆役婆子们一时又不敢动，怕惹出一场血光之灾。

徐氏道："罢了罢了！我知道与你们两公婆也没道理可讲，今天我们只讲交易。老爷、太太，我要你们答应我一个条件！"

马氏冷笑道："答应你一个条件？凭什么？"

徐氏道："我这个条件，不会让你们太过为难；但如果你们不答应，我就割破喉咙，血溅此桌，叫叶好彩带血出阁！我死之后化为厉鬼，一生一世，就缠着叶好彩不放！"

说到这里，她转头看了叶好彩一眼，一双通红的眼睛，吓得那一桌子的小姑娘个个尖叫。叶好彩更是浑身颤抖，叫道："娘，娘，别让她死，千万别让她死！"

马氏也是气得坐不住，站了起来，指着徐氏骂道："你个无耻下贱、勾人老公的娼妓贱人！你竟敢威胁我！"

徐氏道："你能为你的女儿做出这种卑鄙缺德的事情，我为什么不能为我的女儿不要性命！"

两人对着桌子，一个怒瞪，一个迎视，一时之间气势竟僵持不下。

叶大林终于忍耐不住，喝道："够了！"对徐氏道，"你想怎样？"

徐氏道："我要见我的女儿！"

叶大林道："就这样？"

徐氏道："就这样！"

叶大林挥手道："去吧。"

马氏叫道："当家的！"

叶大林怒道："你真的要让她死在这里，让好彩带血出阁吗？"

马氏气焰为之一低。

叶大林向徐氏喝道："还不走！"

徐氏道："请老爷指派个人带路！"

叶忠在旁边道："我带六姨娘去吧。"

叶大林十分烦躁，摆了摆手，叶忠就带着徐氏、昌仔走了。

马氏望着她的背影，恨恨道："这个贱人！"

叶大林怒道："你也够了！"又哼道，"一堆的破事！"他戏也不看了，转身回屋睡觉去了。

徐氏跟着叶忠，来到了承露园。看门的男仆是马氏的心腹，马上就过来阻挠，幸亏让叶忠给镇住了。

开了门后，叶忠道："我在外头守着，你们好好说话。"

冬雪见大门打开，惊喜出迎，就见徐氏奔了进来，抱着女儿，呜呜哭了起来。

母女俩相抱相依。叶有鱼靠在母亲怀里，闻到了那无比熟悉的气味，那是从小一起相依为命，哪怕是那些马桶的臭气，也掩盖不了的母亲的馨香。

她终于回过神来，抬头看到了徐氏，喉咙里带着含糊的声音："娘……是你……"

"是我，是我！"徐氏低声道，"有鱼，是我。娘来了，娘跟你在一起！

娘不会离开你的，有娘守着你！有鱼没事，有鱼没事了。"

叶有鱼在重重压力中不断硬挺，可她再怎么多智，毕竟也还只是个十七八岁的女孩子。诸般变故接踵而来，导致她的精神状态濒临崩溃。

如今得到了徐氏的抚慰，终于在精神错乱的边缘被拉了回来。

母女俩靠在一起，说着话儿。

叶有鱼絮絮叨叨地，把这段日子的苦水都倒了出来。

这几个月她既为自己谋划，也为母亲谋划，却为了不让徐氏担心，一直都是自己收着藏着，只想着自己一个人扛，然而此刻再扛不住，便都倒出来告诉了母亲。

这些言语说出来后，她整个人也就轻松了下来，外界的处境虽然未曾改善，但心里就没那么难过了。

看看外头的天越发地黑了，传来四更鼓，叶有鱼道："再有一更，就要天亮了。"

徐氏道："等天亮了，就一切都好了。"

叶有鱼道："只要能跟娘在一起，就一切都好。"

徐氏道："你……不想昊官了？"

"他不是他了……"叶有鱼道，"也许，他从来都不是他。我心里的那个人，是我自己想出来的，和西关大宅吴家的那个三少爷，根本不是一个人。"

徐氏呆了许久，心中其实不是很明白女儿的话，口中却说道："既然这样，那就不要想他了。叶好彩要嫁就让她嫁去。反正那个人，也不是我们有鱼的心上人了。"

叶有鱼听了这话，心头微微一动。如今她心境已经完全平静，往昔的智慧就全回来了，绝境过后，忽然因为智慧灯光的复燃，又看到了一线生机，只一转念间，心思百转，脱口道："不，为了我自己也好，为了阿娘也好，为了出一口气也好……我都要争这个新娘！"

徐氏"啊"了一声说："有鱼，你怎么又糊涂了？"

叶有鱼却道："我没糊涂……娘，你放心，我已经想通了，不过正因为想通了，所以才觉得应该再争一下。老天爷从来没对我们母女俩好过，但我不信命！我的命是娘给的。有娘在我身边，我就……我就敢跟这命数再搏一搏！"

她从徐氏怀里站起来，便叫了冬雪和昌仔来，先拍拍昌仔身上的衣服，道："衣服干了？"

冬雪道："刚才在小厨房，用炉火帮他烘干了。"

叶有鱼想起昌仔这两夜的奔波，数次冒着严寒钻鱼池，心里十分感动，然而大恩不言谢，当下就没说什么，只问道："忠叔在外头守着？"

昌仔点头应是。

叶有鱼道："我听说昊官身边有一位周师爷，是能帮他拿主意的人。"

周师爷在吴承鉴身边的地位，这几个月在西关街上倒是都传开了，连冬雪、昌仔都点头表示知道。

"现在我们直接找昊官的话，一定阻力重重。吴家那边的人不说，叶家这边也一定无论如何要阻拦我们的。但找那位周师爷的话，太太那边一时未必能反应过来我们要做什么。"叶有鱼问昌仔，"你白天撞了一日，可知道他人在哪里不？"

昌仔还没回答，徐氏道："我知道他在哪里。他就住在我被关的那个养鹅院的北边，那里有个小洲。我住进去后听那里传来曲乐之声，问了两句，才知道昊官把启官送的一个昆曲班子给了那位周师爷，安置在了那里。"

叶有鱼道："那好，昌仔，你这就去求一下忠叔，让他放你出去，然后你去寻那位周师爷。我写一封信，你带给他。"

这个承露园只配备了衣服、被子、食物、炭火，哪里有笔墨纸砚？叶有鱼就让拿了炭条，撕了一条白布，在上面写了些字，折好了交给昌仔，道："想办法见到他，带他来见我。"

昌仔把白布放在怀里藏好，就出门了。冬雪送他出来，来到叶忠面前，还没开口，叶忠已经指着门外说："去吧。"

昌仔大喜，就奔去了。冬雪目送他离去，一抬头，天已经蒙蒙亮了。

冬雪回来说了，徐氏双手合十道："阿忠真是好人，总是这么帮我们。"

冬雪道："不止这次呢，昨晚昌仔能见到昊官，也是忠爷帮忙。"

叶有鱼点了点头，忽然心道："忠叔这么帮我们，是可怜我们母女俩，还是另有缘故？"

第四十九章

佳人嘉客

按下承露园这边不提,却说昌仔直奔曼倩蓬莱。说起来,曼倩蓬莱其实还在叶家园围墙之内,昌仔去那里连大门都不用出。

他到了小码头,说了来意,已经做好被拒绝的准备,盘算着如果对方不肯,自己就游泳过去——反正水面也不算很宽。

不想码头的船夫听了之后,就渡了他过去,又有个小厮引了他去见周贻瑾。周贻瑾虽然躺下了,却还是起身接见了他。昌仔结结巴巴说了一通,周贻瑾也不嫌他啰唆,仔细听完了,才问:"信呢?"

昌仔就把布条给拿了出来。

周贻瑾扫了一眼,笑道:"好,我去见见她。"

昌仔大喜。这两天做什么都磕磕碰碰的,他可没想到此刻会这么顺利。

周贻瑾看看天色说:"这才天亮呢,你先回去。我等半个时辰再出发,去承露园拜访叶家三姑娘,请教一点音律的事情。"停了停又说,"我的话,记住了吗?"

昌仔点头:"记……住了。"

周贻瑾道:"去吧。"

昌仔急奔回去,结结巴巴地把周贻瑾的原话回了。叶有鱼听了暗赞:"这位师爷，行事不但有章法，而且有礼仪。"便让冬雪去准备一点茶点，好迎接这位嘉客。

小厨房能有什么东西？冬雪却还是想了办法，把米粒爆炒，做了一碟干炒米，又用油炸面粉，做了一碟炸面花，再配上一点粗茶——东西实在摆不上台面，但总算有茶有点心了。

才做好，周贻瑾就来了。

他是正儿八经地上门，在承露园门口递帖子拜访。叶忠收了帖子，就让他进去了。

马氏在徐氏大闹姐妹宴之后，就一直派人盯着，只是有叶忠看着大门，她的人就进不去。后来昌仔去了曼倩蓬莱她也知道了，然而周贻瑾是大大方方地登门拜访，马氏也不好太过刻意地阻拦，而且她也听说这位周贻瑾在吴承鉴身边地位特殊，所以也不敢硬挡，心想着："都这时候了，若只靠人从中传话，谅那个小蹄子也翻不出什么花样来。但一定要挡住昊官，不让他见着这个贱人！"

于是又多派了些人手，把承露园盯紧了。若是吴承鉴被叶有鱼说动了要来见她，马氏就准备亲自闯进去，亲手了结了她的性命！

周贻瑾进了园子，就和叶有鱼在鱼池旁相见。

周贻瑾见了她，心道："好标致的姑娘，怪不得承鉴一见难忘。"

叶有鱼见了他，心道："好俊俏的男儿，若不是先听说过他的种种事迹，定要以为他是以色娱人。"

冬雪已经准备好了一张小桌子，摆上粗茶、点心。两人见礼后坐下，周贻瑾就近又看了叶有鱼一眼，心道："这姑娘双颊有些清减，眼袋浮肿未消，昨晚定是不好过。"

叶有鱼也若有意若无意地瞥了一眼周贻瑾，心道："他眼中血丝难掩，这是昨晚没睡好，还是近来都如此？是宜和行有什么烦心的事情吗？"

只一个照面，两人就各自琢磨出对方的许多事情来。

喝了一口茶，周贻瑾环顾了一下周围，说："这院子不错，够冷清，够僻静。"

叶有鱼道："用来做冷宫，刚刚好。"

周贻瑾一笑。

叶有鱼道:"开门见山吧。今天请周师爷来,实是有事请教。"

周贻瑾做了个请的手势。

叶有鱼说:"周师爷,你可做得昊官的主?"

周贻瑾笑道:"小事做不了主,大事可以商量。"

叶有鱼便问:"什么是小事?"

周贻瑾笑道:"他屋里的争风吃醋,床上的狗屁倒灶,这些就是小事。我从来不掺和。"他以绝世容颜、斯文之姿,却说出一堆俗语来,竟让人觉得并不违和。

叶有鱼咯咯一笑,也不以为忤。这一笑犹如枯寂的花园内鲜花一时绽开,把周贻瑾看得心中暗赞。叶有鱼一笑之后,又问:"那什么是大事?"

周贻瑾道:"宜和行的生死祸福,要成要败,这些事情,他倒是经常跟我商量。"

叶有鱼道:"那正好,如今便要跟周师爷商量件大事。"

周贻瑾懒洋洋地道:"什么大事。"语气之中,连询问都不算,显然并不认为叶有鱼能说出什么大事来。

叶有鱼道:"我要昊官向我阿爹施压,仍然换我去拜堂成亲。"

周贻瑾"哦"了一声,道:"这件事情,昊官不是做不到,但外头有些事情你不晓得,我也不多说。总之一句,这事如果做了,昊官得付出不小的代价。他有什么理由要为此付出代价?只凭当日照顾你的许诺可是远远不够——要照顾你,我们大可用别的办法。"

叶有鱼示意了一下,冬雪、昌仔就退下了,周贻瑾让吴小九也且退下。叶有鱼才说:"外头的事情,我不清楚。但想来想去,也不过是蔡士文要设什么局,两广总督那边要施什么压,粤海关监督或者和中堂那边交代了什么难办的事情,再有什么事情的话,就是东印度公司那边也跑来掺和上一脚——毕竟昊官借过他们的势,有些事情,索取了,就得有还回去的时候。大概就是这些了吧?"

周贻瑾定定地看了叶有鱼一眼,眼神中无法掩饰地带着一丝欣赏加一丝诧异。如果不是这两天发生的事情,他几乎要以为:眼前这个姑娘,其实乃是叶大林的谋主了。

他忽然笑了起来，道："满西关都说叶大林精明狡猾，今天看来他却是有眼无珠！"

叶有鱼道："未必是有眼无珠，只是唾手可得的东西，人们总是习惯地视若瓦砾。我在叶家，就只是一片瓦砾。"

周贻瑾笑笑道："你是想自己若去吴家，就能成为明珠吗？只可惜光这点还是不够的。昊官自己就很聪明，再加上有我在，吴家如今并不缺乏智慧。"

一句话：叶有鱼所拥有的，并非吴承鉴所急缺的。

叶有鱼道："我被困深闺，外头的消息掌握得不全，所以只能从只鳞片爪中来臆测。然而想想，宜和行近来应该总是有些难处的。不然周师爷你近日也不会睡不好觉。"

周贻瑾一笑不言。

叶有鱼道："诚然，昊官自己早就智计百出，加上又有周师爷在旁边帮出谋划策，我过去了，最多也不过是锦上添花，再说昊官他都未必能信任我呢。一个信不过的人出的主意，有不如无。所以我就算有点智谋，对他来说作用也不大，但我有的不止这些。"

周贻瑾道："三姑娘还有别的？若你真有什么，就不会被关在这里坐困愁城了。"

叶有鱼道："鱼在坑洼之中，也只能等着渴死；可一旦归海，却有机会化鸟为鹏。这是我的名字，而昊官是第一个当众解释出它意思的人。"

周贻瑾忽然插口道："他什么时候解的？"

叶有鱼随口答道："我十三岁的时候。"

周贻瑾再次盯着她，忽然放声笑道："原来如此。"

叶有鱼有些错愕，不明白他为什么忽然这样笑："什么原来如此？"

周贻瑾道："没事，你继续说。"

叶有鱼目光之中虽有疑色，但眼前不是满足好奇心的时候，且放下这点疑虑，继续道："单靠我自己，自然什么都没有，什么也不能，但昊官如果能给我一条入海之路，那我就能还给他一片海湾，甚至一个海洋。"

周贻瑾笑道："真是好大的口气。"

叶有鱼道："不是大口气，而是说事实。周师爷，我请教你一个问题，吴家通过这次嫁娶，要了叶家这么多的产业，是想要趁机将叶家变成吴家的跟班，还是想要让叶家这颗钉子，钉入吴家的内部？"

周贻瑾听到这里，心头微微一动。

叶有鱼道："愚者千虑，必有一得；智者千虑，必有一失。吴官跟周师爷都是在外头周旋大事的人，有时候对内宅的一些勾当，不免有所疏忽。但我既然提了个醒，想必周师爷也就能想到了吧？这次两家产业交换，要过去吴家的，不只是财物，还有人。有人就会有事，有事就会有人心和江湖。吴、叶联姻，叶家跟着产业过去的那些人，他们的心总要有个归拢的地方。这个归心之处，就是嫁过去的这位姓叶的吴家三少奶奶。而这位三少奶奶，是由我来做，还是由叶好彩来做，区别可就大了。"

周贻瑾道："区别在哪里？"

叶有鱼道："我的二姐叶好彩是我生父、嫡母的掌上明珠，她就算嫁过去了，也一定会千方百计地依靠父母，依靠叶家。她虽然没什么本事，但有名分、势力在，指不定什么时候就能出来坏事。而这两天的事情，想必周师爷已经听说了，我跟生父、嫡母的不和，已经遮都遮不住了。我与叶家，恩少怨多，若嫁过去，以后就只能依靠吴官了。"

她顿了顿，才继续道："这个世道，男人无妻财无主，女人无夫身无主。不管吴官认为我是什么人，我一个孤立无援的女人嫁给了他之后，就只能依着他、靠着他、为着他、帮着他了。所以我若嫁过去，不但能帮吴家拢住从叶家归来的这些人心人手，甚至还能帮着吴官，进一步控制叶家。吴官若能挟吴、叶两家合势，一来，少了叶家背后捅刀子的后顾之忧；二来，能挟吴、叶而制衡潘家；三来，能背靠潘、吴、叶联盟，对外大张声势。那样不管是面对十三行、面对粤海关、面对两广总督，还是面对东印度公司，也都有了更厚的底气。我说得对吗，周师爷？"

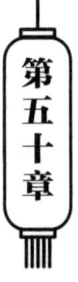

再换新娘

"这个女孩子,的确值得你为她付出代价。"

周贻瑾将和叶有鱼见面的情景说完后,下了结论。

吴承鉴琢磨着叶有鱼的话,越琢磨越觉得有味道,终于笑道:"看看,没错吧,我就说这个小妮子不能放在外头,就得收在房里头才行。"

周贻瑾冷笑道:"你就嘚瑟吧。不过也别仗着人家对你有意思就嘚瑟得太过头,女人的心很容易变的,有时候快得你自己都不知道。"

吴承鉴道:"什么对我有意思,她是在算计我呢。"

他昨晚跟叶大林说要和吴国英商量,其实只是留下了一点反悔的余地,实际上并没有真的去和吴国英商量,直接就派了吴七去请了叶大林来,就在曼倩蓬莱见面。

叶大林眼看吴承鉴来请,预感到事情怕是要不合心意,便推托说:"成亲在即,我们翁婿这么频繁见面,并不妥当。"

吴七毕竟不是昌仔,知道吴承鉴是肯定要见着叶大林的,岂能被对方一句话就打发了?接口便说:"普通人家自然这样,但叶老爷和我们昊官的身份岂能和普通人相比?再说我们昊官这次相请是有个生意上的急事要和叶老爷商量。如果叶老爷不愿意过去，那我们昊官只好过来了。"

叶大林想了想，或者吴承鉴真的有商业上的大事要商量吧，这才答应了。幸好吴家园和叶家园几乎凑在一起，曼倩蓬莱又在两家地界上——这里原本就属于叶家园。叶大林去曼倩蓬莱，和在自己家的园林路走动没两样，因此跑过来见吴承鉴也不算丢脸。

这时角儿们都回避了，双方就在看戏的凉亭里坐定。喝了口茶，吴承鉴就开门见山道："岳父大人，换新娘的事情，我跟我阿爹商量过了，我阿爹觉得不妥。我们还是按照原来的商议来吧。"

叶大林一听，眉头就皱了起来，瞪了旁边吴七一眼，然而这时去跟吴七计较他诓了自己，只有更掉身份，便冷冷道："既然昊官这么坚持，那我便让有鱼带病出阁吧。"

他说这句话的时候，语气阴森到带着三分杀气。

吴承鉴却仿佛没听出这话里的威胁之意，微微一笑，说道："昨天北京那边来了个信，和中堂有件事情交代我来办。我正琢磨着，不知道这事是我自己办，还是多找个人来办。不知道岳父大人对这件事情有兴趣没有？"

叶大林愣了一愣，心想吴承鉴这话题跑得也太快了吧……然而只一转念间，马上笑脸绽了开来，说道："和中堂交代的差使，那肯定是大事。如果能够帮他老人家跑跑腿，那也是我们叶家三辈子修来的福分啊，就不知道是什么事情。"

吴承鉴笑道："其实我也不是很清楚，刘全刘公……嗯，岳父知道这一位不？"

"知道，知道，"叶大林对北京情况的掌握虽然不如潘、吴，却也不是一无所知。

吴承鉴道："刘全刘公派了个人来，把事情说了，然而我要问具体是什么事情的时候，他的人却让我不要问太多，只一句：'好好办差，到时会有你的好处。'我就想着啊，这事我一个人办是办，多来一个人办也是办，就不知道岳父大人要不要过来搭把手。"

叶大林忙道："如果有机会，这个自然是乐意之至！"

吴承鉴笑道："那这个事情就这么定了？"

叶大林道："好！"

吴承鉴点了点头，才又说："至于换新娘的事情嘛……岳父大人，其实我也不是很清楚您家后宅到底发生了什么，不过我们做男人的，眼光总得放长远些啊，一些个眼前的蝇头小利，放到更上一层的人眼里，那才几斤几两？值得我们去费心思？所以那些婆娘的事情我是不喜欢掺和的，您觉得呢？"

叶大林微一沉吟，看向吴承鉴。

吴承鉴却目光平视，脸色淡漠，似乎叶有鱼的事情对他来讲无足轻重。

叶大林见他如此，反而心中一虚，也就点头说："昊官说得有理。你年少志高，可把我们这些老家伙比下去了，也怪不得黑头菜不是你的对手，三个月前能一举翻盘，反掌定乾坤。嘿嘿，不是侥幸啊。"

"岳父大人过奖了。"吴承鉴呵呵笑道，"以后我们结了姻亲，就是骨肉相连的关系了。天下这么大，我们吴家也吃不下所有生意啊。吃不下的那些，给谁不是给？自然是先照顾自家人。便是将来好野或者好劲当家，我也会好好扶持。翁婿也好，郎舅也好，一荣俱荣，才能长久嘛。"

叶大林眼睛眯了一眯，笑道："这话说得好！昊官你放心吧，我一定请个好医生，把有鱼的身体调理好，让她顺顺利利地过门。"

说到这里，两人一起朗声大笑，翁婿俱欢颜。

目送了叶大林出门，周贻瑾从后面出来，轻轻一哂，笑道："你这张嘴，真是鬼都能被你哄来推磨了。"

吴承鉴笑笑道："不是我智谋比他强，口才比他好，只是消息不对称罢了。他要是知道得和我一样多，就不会轻易入我彀中了。换了潘有节，嘿嘿，这种事情想都不用想。"

叶大林在回去的路上，寻思着，琢磨着，刚才他和吴承鉴的一番话，其实又是做了一番交易：叶大林答应不再在这次婚事上搞小动作，而吴承鉴则答应拉他上和珅的车。

一想起就要有机会与权倾天下的和中堂搭上关系，叶大林忍不住兴奋得浑身发抖。

能和吉山扯上关系，就有机会进入十三行的系列，但这又岂能和攀上和中堂相比？攀上了后者，那便是一飞冲天！

几个月前的"翻盘夜",内里究竟发生了什么,十三行众说纷纭,却谁也搞不清楚内情,偏偏几个真正知情的人都讳莫如深。然而众人无不猜测,认为吴承鉴能够翻盘,一定是抱上了和珅的大腿——至于吴承鉴是怎么抱上和珅大腿的,却是谁也闹不明白了。

但这不妨碍那些旁观而不可得者的热切。

在这大清,有钱的不如有权的,而在当今朝堂之上,在下头的官商心里头最热的追捧对象,有时候甚至不是乾隆皇帝,而是和珅和中堂——毕竟皇上是天子,天子总得顾忌公心,但和中堂……

想到自己或许就要能借着吴承鉴这道桥,进入和府的视野,叶大林一时心醉。

坐着轿子,回到了叶家园主屋,只见叶好彩正在准备晚上梳头的事情。见到叶大林,叶好彩搂了搂一身鲜艳的嫁衣,跑过来道:"阿爹,你看我今天漂亮不?"

她毕竟也有六七分颜色,这一装扮,倒也楚楚动人。做新娘子的人,只要容貌还过得去,就没有不漂亮的。

毕竟是自己的爱女,看她对这场婚事如此期待,叶大林心中不免生出几分不忍,然而也仅此而已,就挥手对旁边的马氏说:"今天晚上,还是把有鱼抬过去。"

马氏听了这话,愣在当场。叶好彩更是如同遭遇晴天霹雳:"阿爹,阿爹,你……你说什么?"

马氏叫道:"当家的,你魔怔了?说什么话呢!"

叶大林道:"我说今晚还是把有鱼抬过去。你这么多话做什么!"

马氏叫道:"这……现在都什么时候了,好彩姐妹宴都吃过了,你忽然说抬有鱼那小贱人过去……你,你,你……你这是准备让好彩别做人了吗?"

叶好彩也看出叶大林不像开玩笑,"哇"地一声哭了起来,但看着叶大林脸色不好,就不敢往他身上靠,而投到了马氏的怀里。

叶大林哼道:"什么姐妹宴,都是自家侄女、外甥女们热闹一番罢了。除了自家,谁知道这事?外头一直都以为要嫁过去的是有鱼。这事就这么不动声色地进行吧,没什么大不了的。"

马氏叫道:"可是……"

"没有可是。"叶大林喝道,"让你办你就去办!"

马氏也被激恼了。这是她筹划了多少时日的事情,被叶大林这么说变就变。她一时间怒火中烧,叫道:"老娘我就不办了!要办,你自己去办!"一转身回房去了,"砰"地一声狠甩房门走了。

叶好彩看看她爹,再看看被她娘甩得关上的房门,忽然坐倒在地上哭了起来。

叶大林哼了一声,就当没看见叶好彩,转身出门,叫来了叶多福。

反正他家乃是富豪之家,人多财多好办事,一切又都安排妥当了,只需要再将新娘子换成叶有鱼就行——且以姐易妹是这两日才发动的事情,之前马氏都是暗中操作,所以叶有鱼出嫁用的衣裳头饰,全都在的。

马氏不肯牵头,也只好改为由叶多福来发这个总号令,又传言到承露园,让叶有鱼做好准备。

叶多福的人还没到承露园,消息已经像长了翅膀一样飞过去了。

徐氏听到消息,整个人都愣在了那里。

她之前虽然听叶有鱼说还要争一争,却认为事情没那么好办,可没想到转眼之间,真的就给叶有鱼办成了。而她还完全摸不清楚女儿是怎么办到的。

"女儿,"徐氏道,"你到底和那位师爷说了什么?还有,昊官……他是怎么让你爹改变心意的?我最清楚你爹这个人,已经打定主意的事情,谁也没办法让他改的。"

"能不能让阿爹改心意,主要看人。"叶有鱼道,"对我们来说千难万难的事情,对……对他来说,或许只是轻轻几句话而已。"虽然她也不知道吴承鉴用了什么手段,然而大体的思路也猜着了:想来不外乎"威逼利诱"四个字而已。

不多时叶多福就登门了。叶有鱼听说他来,反而进了屋子,让冬雪接他进来,她自己转身就躺上了床。

徐氏道:"有鱼,你这是做什么?"

叶有鱼道:"阿爹的为人娘还不清楚吗?现在是我们开条件的时候,若是不开,他不会主动给我们的。"

徐氏十分奇怪:"你还想开什么条件?"

叶有鱼还未回答,叶多福就进来了,脸上堆着笑容:"恭喜三姑娘,贺喜三姑娘了……"忽然顿住,道:"三姑娘,您这是……"

却是见叶有鱼躺在床上,盖着厚厚的棉被,徐氏陪在床边。

叶有鱼有气无力地道:"多福哥好,可是阿爹有什么吩咐?可惜我病得不轻,没法去送二姐姐出阁了。"

叶大林听说叶有鱼"病"了,一下子怒火直冲头顶,气得暴跳如雷,大怒道:"这个衰女,给三分颜色她就开染房了!"

马氏在房内听到消息,哈哈大笑推开了门,道:"她这不是很像你吗?得势不饶人。果然是你身上掉下来的肉!"

叶大林怒中一愣,随即又怒道:"也不看看自己是什么东西!敢跟我得势不饶人!"

叶多福在旁边试探着问:"那……是不是给三姑娘请个大夫?"

叶大林怒道:"请大夫?你当她真有病吗?"

然而想想,既然已经答应了吴承鉴,且事关能否搭上和中堂的关系,叶大林这时还是按住怒火,亲自朝承露园这边走来。

图书在版编目（CIP）数据

　　十三行. 第二部，博弈：上、下 / 阿菩著. -- 广州：花城出版社，2020.4
　　ISBN 978-7-5360-9137-5

　　Ⅰ. ①十… Ⅱ. ①阿… Ⅲ. ①长篇历史小说－中国－当代 Ⅳ. ①I247.5

　　中国版本图书馆CIP数据核字(2020)第031848号

出 版 人：	肖延兵
策划编辑：	张　懿
责任编辑：	黎　萍　蔡　宇　曹玛丽
技术编辑：	凌春梅
装帧设计：	姚　敏

书　　名	十三行　第二部　博弈
	SHI SAN HANG DI ER BU BO YI
出版发行	花城出版社
	（广州市环市东路水荫路11号）
经　　销	全国新华书店
印　　刷	佛山市迎高彩印有限公司
	（佛山市顺德区陈村镇广隆工业区兴业七路9号）
开　　本	787毫米×1092毫米　16开
印　　张	34
字　　数	470,000字
版　　次	2020年4月第1版　2020年4月第1次印刷
定　　价	69.00元（全2册）

如发现印装质量问题，请直接与印刷厂联系调换。
购书热线：020－37604658　37602954
花城出版社网站：http://www.fcph.com.cn

十三行 博弈

第二部（下册）

阿菩 著

南方出版传媒 花城出版社
中国·广州

已是生平行逆境，更堪末路践危机。

十三行制度

官府为了加强对商行的管理，逐步形成了承商、保商、公行、总商、行佣等十三行制度，达到"以官制商、以商制夷"的目的。

承商制度

洋行设立之初，经官府允许，由殷实商人担任行商。行商具有对外贸易特权，承担相应的责任和义务。

保商制度

即由行商担保，负有向外国商船征收税饷、管理外国商船人员的职责。设立保商后，无论货物是否由其买卖，承保商人一律负有为该船完纳税饷的责任。

公行制度

始创于康熙五十九年（1720年），十三行行商建立名为公行的团体，统一货价和垄断大宗商品交易。

总商制度

总商又称商总，地址在其他保商之上，通常由资历较深的行商充当。总商的职责包括征收行佣、协调货价等，并对整个行商团体负责。

行佣制度

行佣又称行用，是从行商经营的部分进出口贸易中抽取佣金，以补充整个行商团体的运作经费，主要用于偿还拖欠外商的款项和交纳朝廷捐输，以及从事公益事业。

（以上内容引自广州十三行博物馆）

目录

001	第五十一章	真的都成了嫁妆了
006	第五十二章	洞房
012	第五十三章	初婚
018	第五十四章	婚后日常
024	第五十五章	番夷炮轰事件
029	第五十六章	过年
034	第五十七章	初二回门
039	第五十八章	三礼
044	第五十九章	筹款造船
049	第 六 十 章	护身符变索命咒
055	第六十一章	有喜了
060	第六十二章	报喜
065	第六十三章	茶叶被扣
070	第六十四章	刘三爷失踪
075	第六十五章	封仓
080	第六十六章	唇枪舌剑
085	第六十七章	挤对
090	第六十八章	搜仓
095	第六十九章	调兵
100	第 七 十 章	难局
105	第七十一章	东印度公司的股权
110	第七十二章	孰重孰轻
115	第七十三章	押宝
120	第七十四章	再回娘家
125	第七十五章	安抚

130	第七十六章	探监
135	第七十七章	长线大鱼
140	第七十八章	蔡士群的建议
145	第七十九章	再探监
150	第 八 十 章	道义之争
155	第八十一章	儆猴之鸡
160	第八十二章	再见刘全
165	第八十三章	任他折腾
170	第八十四章	谁才是鱼
175	第八十五章	休书
180	第八十六章	破执
185	第八十七章	交心
192	第八十八章	天生一对
197	第八十九章	再谋
202	第 九 十 章	夺船
207	第九十一章	逼父
212	第九十二章	密道
218	第九十三章	摊牌
227	第九十四章	罅隙
233	第九十五章	大家都是鸿毛
238	第九十六章	破裂
243	第九十七章	山雨已来
248	第九十八章	火烧十三行
258	第九十九章	尾声

真的都成了嫁妆了

叶有鱼这一"生病",家主竟然亲自来看望,这在叶家可是破天荒的事情,昌仔都躲在了一边。

叶大林走入房中,连床边的徐氏也不看一眼,就对着叶有鱼冷冷道:"病了?"

叶有鱼半撑起身子来说:"女儿病中失礼了,还劳烦爹爹过来。有鱼真是罪过。"

叶大林鼻孔轻轻哼了一声,说:"那今晚还能不能上得了花轿?"

叶有鱼道:"我听下人们说,因为有鱼病了,阿爹不是已经做主让二姐姐代有鱼嫁过去吗?那就让二姐姐做新娘子好了。"

叶大林道:"你听谁胡说八道的?"

叶有鱼道:"就是承露园看门的那个老朱,还有我娘暂住鹅房养病时,看她的那个婆子。"

叶大林道:"胡说八道!"就对叶多福说,"把那两个狗奴才拖到院子里来,动家法!"

叶多福心道:"这两个家伙也是倒霉。"却一句话都没说,就让人将那两人拖了来,在院子中打起板子来。叶大林也不着急,就坐在了屋内椅子上,等外头传进来那老朱以及那婆子的惨叫，才说："如今可好些了？"

叶有鱼道："谢谢阿爹，不知怎么，如今心里忽然就好些了。"

叶大林道："既好些了，就起来梳妆打扮吧，别误了吉时。"

叶有鱼道："虽然身子好些，只是……"

叶大林道："只是什么？"

叶有鱼道："女儿一想到要嫁到吴家去，那里人生地不熟的，就觉得心里又慌又怕。"

叶大林道："会让你带几个人过去，你在迎阳苑用惯了的那几个丫鬟、小厮，都带过去。"

叶有鱼道："这些人成不了什么事，还有那些要进吴家的掌柜呢？是否也能让女儿见见？"

叶大林一下子警惕了起来，道："你想做什么？"

叶有鱼道："现在离上花轿还有半日工夫，阿爹能不能让那些掌柜的过来一趟，让女儿认认人。"

叶大林猛地站了起来，怫然喝道："小娘儿们！你可别得寸进尺！"

叶有鱼道："娘，能不能让我和阿爹单独说会儿话？"

徐氏早被房里的气氛弄得坐立不安，闻言便起身出去了。

叶多福总算有几分眼色，便也出去了。

叶大林问："你到底要做什么？"

叶有鱼这时也就不装病了，坐起身来，下床后跪下，说道："阿爹，女儿问阿爹一件事情。"

叶大林道："问什么，说吧。"

叶有鱼道："阿爹，如今女儿就要嫁过去了，坊间都说，嫁出去的女儿，如同泼出去的水。可话虽如此，哪个女儿家的根底不是在娘家？我的出身再怎么不好，毕竟还是姓叶。如今就要嫁入吴家，去做吴家的三少奶奶，前程如何且不说……只是女儿想问阿爹一声，你希望吴家的三少奶奶，是阿爹的女儿，还是阿爹的仇人？"

叶大林不喜欢叶有鱼说话的态度，因为不习惯，然而他毕竟是能在十三行立足数十年的商界大豪，即便在不悦之中，也还能保持冷静的分析能力。叶有鱼抛开亲情，直接讲起利害来，倒是让他颇有转念。

叶有鱼继续道："阿爹，我知道你或者对二姐姐更好一些，然而女儿这些都不计较。过去两日太太对女儿的所作所为，如果阿爹愿意，有鱼也不是那般心胸狭隘的人，我都可以放下的。只求阿爹一件事：待女儿过门之后，阿爹能善待娘亲。若是如此，那么女儿将来一定待兄弟们如胞兄弟；对于爹爹，吴家那边的事情，只要力所能及，女儿一定会帮叶家争取。而叶家这边，再怎么说，将来毕竟也还是女儿的长久依靠，阿爹，你说是吗？"

说到这里，她匍匐在地，呼唤道："阿爹。"

叶大林听到这里，心中的算盘打得飞快，马上就算清了其中利弊。

他为人寡恩薄情，却分得清好歹，算得明账目。

的确，叶有鱼说得有道理啊，如今她出阁在即，平白和女儿成了冤家，对自己有何好处？相反，若是临出阁前，送她一份大体面，就能消泯些旧怨，往后彼此也好相见，给出去的只是举手之劳，日后的好处却是多多。至于叶有鱼出阁之后照顾好徐氏，那就更简单了，还是让徐氏住迎阳苑，安排多两个丫鬟、婆子伺候，让老婆往后别老跟徐氏接触就是了——这些事值几个钱？

想到此处，叶大林点了点头。换了别人，也许一时间还拉不下脸来，但叶大林就是有这能耐，说变脸就变脸，可以瞬间翻成反，怒火冲天也可以转眼变成和颜悦色，竟然就坐了下来，道："好，你尽管放心嫁过去，你娘我仍让她住迎阳苑。照顾她的丫鬟、婆子，由你安排。"

叶有鱼大喜，就在地上磕了九个头。

叶大林忽然心头微微一动，心想："这个丫头，虽然做事常常出格，但有些也是被逼的，平时倒是很少做那些违逆我意的事情。"这念头一转，就想到了更多，当下便道："既然你想见见那些掌柜，我便让你见见他们吧。毕竟这也是你的嫁妆。"

叶有鱼欣然道："是。谢谢阿爹。"

叶大林走后，徐氏走了进来。她见叶大林离开的时候神色和悦，放下一点心之余，又有些好奇道："女儿，你到底和你阿爹说了什么？"

"没什么，就是和他讲讲道理。"

叶大林会"讲道理"？徐氏一万个不相信，却听叶有鱼道："娘亲，快来帮我梳头吧，今晚……女儿就要出阁了……"

徐氏走上前来，看看镜子里头姣好的容貌，忽然眼泪又流了下来。几个时辰之前，她还在为女儿被夺了婚姻而伤心。如今女儿不知用了什么手段反转了局面，可想想今夜之后，她就要到那个精明厉害的昊官身边去，到深似湖海的保商吴家去，三分担心、三分恐惧，再加上三分不舍，一时间就止不住流下眼泪来。

叶有鱼眼看母亲哭，也忍不住流泪了，道："娘啊，娘啊，你这是怎么了？今天是女儿的大喜之日啊，嫁的还是我多年来心心念念的心上人，你哭什么呢？"

徐氏哭道："我……我……"她心中有着种种忧虑，又怨艾自己没能给女儿一个好的未来，然而想想事情已经无法改变，未知的忧患，多说何益？且对叶有鱼来说，这也许已经是最好的归宿了……

当下她擦干了泪水，拿起了梳子。

这一天，叶大林不但重新安排叶有鱼做今晚拜堂的新娘子，还让那些负责打理作为嫁妆的产业的掌柜们，都来见见叶有鱼。

在叶家园的主屋，七八个掌柜站在下首。叶大林指着盛装的叶有鱼道："这位是三姑娘，你们大都没见过，现在她就要出阁了，你们都是陪我叶大林打天下的老伙计，我觉得还是应该让你们来见见。"

叶有鱼站起身子，朝着众掌柜福了一福，口中说："诸位叔叔好。"

众掌柜一听就知道是什么意思了，眼前这一位，此刻是三姑娘，过了今晚，可就是吴家的三少奶奶了。本来他们对要过去吴家都有些忐忑，可再一想眼前的三姑娘就要成为昊官的枕边人，这可就是一帖安心剂了。众人便纷纷还礼，拱手说："三姑娘好。"

这边叶大林带着叶有鱼接见众掌柜，同时消息也传到了房里去，气得马氏差点将屋里能砸的东西都砸了个精光。

翠萍在旁边劝道："太太，太太……你这是何苦？"

"你懂什么，你懂什么！"马氏拎起一个明朝古董碗，恨恨地砸，碗碎了一地，"这下子……真的都成了嫁妆了……都成了那小贱人的嫁妆了！"

当天晚上，叶有鱼即将出阁之际，按礼俗应该来拜别父母。徐氏是姨娘，所以应该是来拜叶大林和马氏，徐氏只能站在旁边。

不料马氏正与叶大林怄气，憋在房间里头不肯出来，叶大林一气之下，把徐氏拉了来坐在自己身边。

徐氏受宠若惊，在叶大林身边如坐针毡，叶有鱼却是喜出望外，赶紧朝着父母拜了下去。

在这个还没过年的夜晚，珠江两岸却鞭炮震天。

如同枪炮一般啪啦啪啦的声音从西关街响到白鹅潭，再从白鹅潭响到河南岛。从叶家园到潘家园的路上，更是明亮犹如白昼。

一朵朵烟花在珠江两岸绽放，把夜空变得绚丽无比，半个广州城如同过节一般。尤其是神仙洲的上空，那烟花更是一朵接一朵地发射，在最频密的时候三花齐放，把神仙洲照耀得瞬间如同白昼，引得千百看客齐声喝彩。

疍三娘在花差号上望着烟花，久久出神。

旁边碧荷忍不住劝道："姑娘，别看了，没什么好看的。"

疍三娘缓缓低了头，转身进了船舱。

鞭炮声不但在西关、河南震响，甚至传到了广州城内。

正在读书的朱珪放下手中书卷，问道："那是什么声音？"

长随朱馨进来说："是保商吴家、叶家成亲，西关、河南都在放鞭炮、放烟花，听说半座省城的百姓一早都备了凳子，出城的出城，登墙的登墙，都去听鞭炮、看烟花了，比过年还热闹。"

朱珪沉默半晌，不愠不怒，却化作长长一声叹息，摇头道："世风不古，人心不古！"猛地将书卷重重地拍在了凳子上。

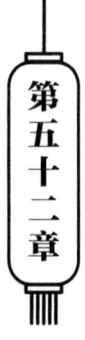

第五十二章

洞　　房

在这两日的可怕经历之后，尽管周围哄闹之声此起彼伏，叶有鱼却再没有半点少女刚刚成亲时的冲动与憧憬，满心都是清冷与平静。

她盖着盖头，走流程一般拜完了堂，然后被送入日天居。

这次成亲，虽然叶大林许诺说可以让叶有鱼多带一些下人过来，但到最后叶有鱼决定带过来的，却只有冬雪和昌仔。随三少奶奶嫁过来的下人有哪些是提前知会了的，所以春蕊也安排了冬雪和昌仔的住处，至于等级待遇问题，得等三少奶奶和昊官商量后再决定。

将新娘子迎进装潢一新的日天居后，春蕊把昌仔安排在外屋，留下冬雪在里头伺候，其他人就都先退出去了。

冬雪打量着这个新房的装修，心道："这陈设，倒是符合姑娘的口味。"她上前问道："姑娘，可要吃点东西，或喝口水吗？"

叶有鱼在盖头下说："过了今夜，在人前你可要改口了。"

冬雪一省，心道："也是，若将在叶家的称呼带过来，兴许吴家的人要不高兴。"她新来此地，一路都小心翼翼、规行矩步的，唯恐出了一点差错，落人口实。

主仆两人守着龙凤花烛，等大红烛烧了一半，才听外头几个丫鬟呼喊：

"昊官。"

冬雪本已经歪坐在椅子上，闻声连忙起身，守在门口迎候，便见吴承鉴一身喜气打扮地进来，脸上带着醉意。冬雪连忙行礼道："姑爷。"

吴承鉴"嗯"了一声，音作阳平，扶着吴承鉴进来的吴七"哼"了一声，冬雪连忙改口："昊官。"

吴七早扶了吴承鉴入内。吴承鉴挥手道："都出去吧，我没醉。"

冬雪心道："说自己没醉，多半是醉了。"却不敢违拗，便跟着吴七一起退了出来。

吴七出来之后，对春蕊道："丫鬟的事情本不该我管，但有些规矩，回头你可要好好跟人说说。"

春蕊知道这话是冲着冬雪去的，便答应了。

冬雪心里一突，暗道："这就要拿我来立威了。总听说这吴七是昊官手底下第一心腹，果然不假。"

她一念未已，就听一个人咯咯笑道："什么规矩啊，我们左院，哎呀，不对，现在叫日天居了——这名字怎么老觉得怪怪的……我说什么来着？啊，我们日天居什么时候有什么规矩了？少爷自己都说了，咱们房里头，没有规矩就是规矩，嘻嘻。"

冬雪大感诧异，忍不住抬头望去，只见一个绝色大丫鬟用手帕捂嘴在那里笑。吴七被她当众驳嘴，脸上尴尬，竟未发作。冬雪心道："这个是谁？"

就听春蕊板着脸骂道："夏晴，你这说的是什么话！"

夏晴撇了撇嘴道："知道啦，你们不就想在新来的面前立威吗？其实何必呢：日子照旧过不好？搞这套东西。都在一个院子里住着，把她们搞得不自在了，难道我们自己就能自在？"

夏晴说着转身就走了，晾着吴七、春蕊在那里，真的是没规没矩。

冬雪看得有些发怔，心想是这个丫鬟地位与众不同，还是说这昊官房里，真的没什么规矩？

场面一时有些尴尬，吴七不愿再待，就出来了。

日天居可比西关大宅的左院大多了，里头给丫鬟们住的、用的就有七八间大小不同的屋子，外头又有左右各四间耳房给小厮们住、用。吴七出来后看见众小厮立成两列在那里等着——如今昊官的少奶奶终于过门了，过了今晚，日天居的规矩说不定就要调整，所以小厮们都来等吴七发话。

吴七一瞥眼，扫见了昌仔，冷笑道："行啊，还是让你给跟过来了。"

昌仔含笑，结结巴巴说："七，七哥……以前，为了，三少奶，奶奶，多……多……多有，得罪……你，别……别，别见怪。以……以……以后，我……我……我，都听七哥的。"

吴七虽然不待见他，但毕竟是从小跟着吴承鉴的人，拎得清轻重，又见他虽然结巴，话却说得顺服乖巧，便没在这时候跟他过不去，只道："你既然跟着三少奶奶到了这里，以后就是吴家的人，是日天居的人，是昊官的人了。慢慢地把这边的规矩弄熟悉了，好好办事，以前的那些狗屁事情，七哥我既往不咎。"

昌仔大喜，道："是，是！谢谢，七……七……七……七哥。"

他结巴得太厉害，旁边的几个小厮就都笑了。吴七作色道："人家结巴是自己愿意的？笑什么笑！今天是昊官大喜的日子，我就容你们一遭，以后谁敢拿这个笑话他，笑一声打一个嘴巴！"

众小厮一下子都噤声了，昌仔看吴七的眼神就变得真的顺服了。

吴七挥手道："就都散了吧。昌仔的份例，等明天看昊官和三少奶奶的意思再定。留下两个守夜，其他的且都睡觉去吧。"

众小厮齐声应了。

洞房之外，丫鬟、小厮们各有心事；洞房之内，叶有鱼却还沉住气，一动不动。因为极静，所以门外吴七和春蕊她们的言语也就听到了几句。吴承鉴在夏晴说话之后，呵呵笑了两声，听声音似乎丝毫不以为忤。叶有鱼心里就说："那个敢在这时候当众言笑的，多半就是他的宠婢。"

然后就看到一双靴子走近，叶有鱼原本以为自己已经整颗心都冷却了，但不知怎么，看到靴子逼近还是屏住了呼吸。

一根挑盖头的吉祥柱掀开了盖头，新郎官和新娘子终于在花烛之下见了面。

叶有鱼抬头望向吴承鉴，一时间有些恍惚，这个人、这张脸……多少年的魂牵梦萦，如今他终于成自己丈夫了。这是以前不大敢想又窃窃想着的，然而现在自己的心里却不是欢喜，而是复杂，犹如酱料摊子垮塌，酸咸苦涩全都有。

吴承鉴低头看着叶有鱼，也不知道是不是酒意上头，心神竟微微一晃，心道："这么标致聪明的女儿，叶大林竟然偏心叶好彩，真是眼瞎。"又见她虽然化了浓妆，但还是掩不住整张脸比上次见面明显清瘦了许多，显然这段时间饱受折磨，不由得有些不忍，心道："可难为她了。"。

然而他一张口，却是说："真漂亮，这笔生意不亏啊。"

叶有鱼听到"生意"两个字，心里没来由地就一堵，复杂的心情一扫而光，整个心境恢复成冷静，抬眼皮见吴承鉴一脸的红晕，嘴角带着春意，口里喷出酒气，就也轻轻一笑说："是啊，借着昊官的势，咱们俩都赚了。"

吴承鉴哈哈大笑道："还叫我昊官啊！"他凑过脸来，在叶有鱼的耳边说："以后我可是你的老公了呀。"

叶有鱼就站了起来，不动声色地离吴承鉴三尺，盈盈万福道："夫君吉祥。"

吴承鉴摔坐在床上，笑道："这是干什么？"

叶有鱼道："这叫相敬如宾，举案齐眉。"

吴承鉴笑道："相敬如宾这个成语是扯淡，夫妻俩相待如同宾客，那不成外人了吗？"

叶有鱼道："放在正常的夫妇身上，是挺扯的；但放在我们之间，不正合适吗？"

吴承鉴的眼睛微微一眯。他酒量极好，而且久经欢场，虽在半醉之中，但还能保持思考能力，一转念就明白了叶有鱼的意思，笑道："行，咱们大家都是明白人，趁着今天洞房花烛夜，把话摊开了说明白吧。"

叶有鱼听到"洞房花烛夜"五个字，还是忍不住掠过一丝伤感。此等良辰美景，岂是摊开话说明白的场合？然而脸上却半点不见痕迹，就说："昊官，我们原本的合计，不是纳我为妾吗？为什么变成了正妻？"

吴承鉴哈哈一笑，说："做妾也好，做妻也好，只要过了门，清白之身肯定是没有了，所以有区别吗？如果要说有什么区别，也是妻比妾好，对吧？"

叶有鱼道："妾可以卖。那样按照我们的协议，几年后我就可以脱身了。"

吴承鉴笑道:"妻也可以休。而且初嫁从父,再嫁从身。那样你不但可以带走一些财产,而且连叶大林也管不了你了。"

叶有鱼听得微微一怔,才道:"这么说起来,却是我占了便宜。"

吴承鉴嘻嘻笑道:"那当然,昊官我做生意不但公道,而且厚道。"

叶有鱼"呵呵"两声,不作评价,却说:"昊官为什么要给这个便宜让我占?还请明言。莫名其妙的便宜里头,多半有坑。蔡士文殷鉴不远,谢原礼死不瞑目,昊官的便宜,我可不敢占。"

吴承鉴嘻嘻笑道:"如果我说我看你顺眼,觉得你长得好看,心里其实有几分喜欢你,所以干脆就给你抬身份做正房,你信不信?"

叶有鱼道:"不信。"

吴承鉴哈哈一笑,才道:"其实我心里头有个人的,这件事情你知道吧?"

叶有鱼道:"花差号上那位吗?"

吴承鉴道:"不过她的出身,还有我如今的形势,还有……总之我娶不了她了。可我不成亲,家里、族里、行里、亲戚、朋友、上司、下属,都一定会揪着这个问题不停来烦我。我本来也不想因为自己的心事就祸害其他姑娘,可刚好你就自己提出那个条件来。然而纳你做妾,对我没什么用;但娶你为妻就能把他们的嘴都堵上了。所以这件事情,你我两便。"

"原来如此,这个理由倒也合情合理。"叶有鱼道,"只不过做妾还好,昊官找个小院子给我,我把门一关,就过自己的小日子,彼此无牵碍;但做妻子却有许多麻烦事了。"

吴承鉴道:"那当然,做妾多简单啊,以色娱人就行。但做我的正房太太、吴家的三少奶奶,却就得按三少奶奶的体统来行事,该三少奶奶担的事情,你都得替我担起来。"

叶有鱼道:"这样我岂不是吃大亏了?"

"你若只是要自己跳出火坑,那给我做妾的确就足够了,但你要的不止这个吧?"吴承鉴道,"凭着宜和行昊官一个小妾的身份,就想要保叶家六姨太一世安康,怕是很难。要想因此让你娘在叶家顺心体面,那就更难。"

叶有鱼默然。

吴承鉴道:"可是吴家三少奶奶就不一样了。我给了你担子,就会给你相应的权限和体面；该三少奶奶应得的东西，我一分都不会少你。你有了这个权限和这份体面，应该就能办成许多你想办成的事情了。这样公平吧？"

"公平，公平得很。那以后我们就这么处吧。"叶有鱼又是盈盈一福道，"吴官，我们合作愉快。"

看到她下拜时的蒲柳之姿，吴承鉴带酒意的心头忽然一阵躁动，忽然伸出手去。叶有鱼被吴承鉴一扯，整个人都被他扯到了怀里。

叶有鱼大吃一惊："吴官……你做什么！"

吴承鉴摸着她的脸，酒气醺醺然道："周公之礼、传宗接代，这两项也是三少奶奶应承担的事情吧？娘子，要不……咱们行礼吧。"

叶有鱼听了吴承鉴的话，一时被堵得说不出话来，然而怎么算怎么想，自己似乎都没理由拒绝；再则她过门之前，对此事也早有心理准备，便闭着眼睛，点了点头。

第五十三章

初　　婚

　　吴承鉴呵呵一笑，喷着酒气把叶有鱼平放在了床上，伸手解她衣服，摸她脖颈，却觉得叶有鱼全身僵硬，又见她双眼紧闭，紧张得不行。

　　吴承鉴心道："这时拿出些手段来，也没什么问题，只是太没意思了。"轻轻在叶有鱼的耳垂上亲了下，用喉咙出气的声音笑道："好啦，逗你的，睡吧。"

　　叶有鱼有些讶异地睁开眼睛，见吴承鉴已经平躺在自己身边，闭了眼睛，忍不住道："不……不是要行礼吗？"

　　吴承鉴也不睁眼，只是嘴角微笑，伸手在她身上的被子上轻轻拍了拍，便不说话了。

　　叶有鱼反而有些不知所措了，眼神收了回来，望向床顶，忽然觉得耳朵边刚才被他亲到的地方火辣辣的。

　　一时间万般思绪飘过，然而因为太乱、太多，最后就变成了一片混沌，不知不觉她就睡着了。

　　这一觉叶有鱼竟然睡得十分安稳，第二天醒来，却发现自己不复平躺，而是侧身偎依着吴承鉴。被窝里温暖舒适，她却大感羞赧，赶紧抽回手来。

这一下吴承鉴也醒了，睁开了眼睛，瞥见叶有鱼的情状，就料到出了什么事情，笑道："是不是做梦梦见跟我行周公之礼了？"

叶有鱼啐道："什么跟什么！现在天气这么冷，你身上热，我才……我只当是个枕头、被子。"

吴承鉴笑道："原来娘子睡觉的时候有这个习惯啊，那我以后就当你的枕头、被子可好？"

叶有鱼只觉得心头像被一根头发搔中一样，又痒又酸，然而她马上就恢复了冷静，说道："昊官，既然我们成亲只是一笔生意，那你要行周公之礼，我会随你；你要我给你生孩子，我也会尽力。但你……你若是对我无心，以后别老拿这些疯话来撩我。我不想自己被当作别人的替代，彼此不过界，你逍遥些，我也舒服。"

吴承鉴"哦"了一声，便也淡了下来。

叶有鱼看看外头的阳光，怕已经日上三竿了，道："不行，这时候，要去敬茶了吧？"

吴承鉴道："我们家规矩没那么多，你别那么紧张。"却还是拉开红帐，摇了铃，外头的光透了进来。

他一起身，被子也拉了下来。叶有鱼昨晚衣扣半被解开了，睡梦中脱落，刚才在被窝里没有发现，现在只觉得胸口一凉。吴承鉴一转头，但见玉体如酥，正要笑她两句，忽然瞥见叶有鱼胸口的伤痕。叶有鱼已经察觉走光，赶紧遮住。

吴承鉴皱眉道："这怎么回事？"

叶有鱼道："没什么。"

吴承鉴怒道："这是新伤！谁做的！"

叶有鱼道："也过了好些天了，都已经好了。"

这时春蕊、冬雪已经进来，叶有鱼赶紧披好衣服。春蕊和冬雪却已经瞥见了些许春光，只当没看见，服侍了少爷、少奶奶梳洗。吴承鉴道："你叫冬雪？"

冬雪忙应道："冬雪见过昊官。"

"昨晚已经见过了。"吴承鉴道，"你家姑娘能把你带过来，显然是个得力的。呵呵，刚好叫冬雪，我房里的丫鬟往后就凑齐四季了。"对春蕊道：

"她的份例，就比照秋月吧。"

春蕊应了声是。

吴承鉴让春蕊去吩咐准备早点，却没让冬雪出去。春蕊出去后，吴承鉴忽然问道："你家姑娘胸口的伤是怎么回事？"

冬雪"啊"了一声，看向叶有鱼。吴承鉴喝道："看着我回话！"

他毕竟是曾让叶大林都寝食难安的人，这一施压，冬雪再不敢隐瞒，跪下道："是我家……叶家老爷踢的，踢了两次。"

吴承鉴脸上就如同蒙上一层乌云，这时春蕊已经进来，他就没说什么了，却像是硬生生将要爆发的火山给暂时压了下去。

昨晚明明已经说好这场婚姻是一笔"生意"，但看见吴承鉴为自己发怒，不知怎的，叶有鱼心间忽然出现一种莫名的激动：从小到大，也只徐氏在乎过她的死活，却从来不曾有别人为了自己而发怒。

她低了头，当下也不言语。

两人一起用早点，吃饭时吴承鉴道："我爹是很好说话的，大嫂则喜欢懂规矩的人。但你也不用太拘谨，等熟悉了他们的心性，你就知道在这个家里头日子很好过。至于这房里头，要做什么都随你便，我这屋里没什么规矩。但春蕊是有功劳有苦劳的人，我跟她说话也都给三分敬重的。夏晴曾为吴家冒过奇险，护光儿立过大功，所以大嫂那边对她也与别个不同，只要不犯大过错，平时就随她折腾。秋月是个老实堪用的，若有什么事情你交代她办多半妥帖。其余小丫头随你使唤，若不中意也任你打发。"

叶有鱼一听便明白了：说春蕊"有功劳有苦劳"，那是说春蕊是处理宅里"公事"上的好手。至于夏晴多半就是昨晚那个敢笑吴七的丫鬟了。"原来是立过大功，怪不得如此。"然而又想，"他这么说，是真的就把这屋里头的大权都交给我了吗？"

她从小到大被人苛待惯了，总要付出二十倍的努力，才能得到普通人一半的收获，若是好处得来得轻易，必有后患反扑。所以她对没什么理由就得到的权力与好处，既感意外，又不大敢相信。

吴承鉴房里的吃食真是"食不厌精，脍不厌细"。不过这时已经快到中午了，他就没吃多少，随便扒了两口，就将冬雪叫到旁边小房间里问话，好一会儿才出来，出来时脸上带着煞气。

叶有鱼有些担心,却听吴承鉴说:"换了别人,我能把他弄死!"

叶有鱼呆了呆,随即明白了这个"他"说的是叶大林,一时间胸口又涌起那种莫名的激动来,一直哽咽到咽喉,忽然有些吃不下东西。

吴承鉴等她缓过来将剩下的半碗粥喝完后,才道:"走吧,跟我去见我阿爹。"

走到外头院子里,小厮们跑过来伺候。吴承鉴瞥见人群里的昌仔,叫过来道:"小子,本事不错。你叫什么?"

昌仔结结巴巴道:"昌……昌仔。"

"好,我记住你的名字了。"吴承鉴对吴七道,"回头请个医生,看看能不能把他的结巴给治了;如果治不好,你们以后也不能笑话他。"

昌仔听得愣住了,叶有鱼心道:"他对待身边的人,都是这般贴心的好吗?"昌仔连忙说:"昨晚,七……七……七哥,已经,交代过了。谢谢,昊官。"

吴承鉴看了吴七一眼,笑了笑,拉着叶有鱼就直朝颐养堂去,出发前对她说:"我阿爹平时不管行里、宅里的事情了。行里的事情都是我说了算,宅里的事情如今是我大嫂做主。待会儿见了面你听大嫂怎么说,她安排哪些事给你管,你就接过来管着。"

叶有鱼道:"好。"

他们起床后,春蕊就让人往这边报过消息,所以吴国英和蔡巧珠都在那里等着了。

吴老太太已经去世,叶有鱼给吴国英敬茶时,吴国英喝茶后欣然道:"细家嫂,你婆婆不在了,以后居家过日子,若有什么不习惯的,可以跟你大嫂说,也可以来跟我说。你进了我吴家的门,往后就是我吴家的顶梁柱,日天居那边你要帮昊官撑持着。两口子过日子,应该和和美美,但若昊官有委屈你的地方,你随时来跟我讲,我来替你做主。"

叶有鱼听了这话,只觉得一股暖意传遍全身,从小到大,可从没一个男性长者对自己说过这般暖心的言语,一时之间眼眶竟有些发热,忙道:"多谢老爷,昊官……他对我很好。"

吴国英点头一笑,给她封了个厚厚的红包。

吴承鉴又带着叶有鱼到蔡巧珠身边来,道:"叫大嫂。"

吴老太太不在了，正所谓长嫂如母，叶有鱼叫了大嫂，也敬了茶，心道："这位就是西关闺门有名的吴大少奶奶了，虽然昊官那般说，却不知是否真的好相处。"

蔡巧珠上下打量一番，笑道："怪不得昊官别人不要，指定着要娶你，果然标致得很。"说着封了个红包过来，道："吃过午饭，我就要回西关照顾昊官他大哥，吴家园这边就先交给你了。这园子一切草创，你要好好把规矩立起来。有不懂的，可以问春蕊；春蕊拿不定主意的，就让人过珠江问我。公公不能太劳神，昊官要忙外头的事情，家里的琐事他从来不掺和的。明白了吗？"

叶有鱼不慌不忙地答应道："是，听大嫂的。"

吴承鉴懒洋洋道："大嫂，这大好的日子，说这些麻烦事做什么？"

吴国英骂道："这是什么话！一大家子的人，自然要先立规矩，规矩之下才得自在。大家嫂的话才是正理。"又对叶有鱼道，"细家嫂，这事你要听大家嫂的。昊官散漫惯了，但你可得帮他把门户给立起来。"

叶有鱼连忙应道："是。"

当下一家人就坐着说会儿闲话，不久便已到中午，光儿和吴承构夫妇也都来了。光儿与吴承鉴亲近，便过来蹭着叶有鱼讨礼物。叶有鱼没准备，却想不到吴承鉴悄悄塞了个东西在她手里，她就拿出来，给了光儿。光儿欢天喜地叫了声"谢谢三婶，三婶真好！"，便拿着那玩意儿玩了起来。

吴承构那边也来见礼。刘氏对着叶有鱼，客气中带着拘谨。

一家子围在一起吃了午饭。叶有鱼少说多听，一餐饭吃下来，便也对这个家里头众人的脾性、地位都摸了个七八分，心里想："若往后都能如今日这般和气，这日子倒也好过。"

吃完午饭，蔡巧珠果然就回西关大宅去了。吴国英道："河南这里虽然好，就是空得慌，过两天我也回西关那边去。"他身子骨不佳，所以不能太过频繁地来回折腾。

吴承鉴笑道："那这么大一个园子，就都给我和有鱼两个住了？"

叶有鱼听他把"我和有鱼"四个字说得无比顺溜，不由得瞧了他一眼。

就听吴国英道："你俩赶紧多生几个孩子，这里不就热闹了？"

吴承鉴哈哈大笑，叶有鱼却有些不好意思起来，就被吴承鉴拉着出了颐养堂。

才回日天居,刘大掌柜已经和欧家富等掌柜在那里等着了。

吴承鉴见着他们就没好脸色:"我昨晚才成亲,你们就不能放我几天假吗?"

刘大掌柜道:"本来也不想这么早来扰昊官的兴致,但三少奶奶过门,嫁妆也正式过来了。怎么交接,还请昊官给个章程。"

吴承鉴道:"按照之前商议好的办不就行了?"

欧家富道:"本来是要这样,但今天我们召了那几个掌柜来见,他们却说要三少奶奶给句话。"

吴承鉴有些吃惊,微一沉吟,道:"你们等等。我跟三少奶奶说两句话。"他带了叶有鱼到一边来说:"过门前,叶大林让你见过那些掌柜?"他因为叶有鱼的伤,言语间就变得对叶大林不客气。

叶有鱼道:"见过。就在昨天。"

吴承鉴道:"我这岳父这是怎么回事,一边踢得你两次吐血,一边竟然还给你交权。这不对啊,后面这桩不合他的性格。"

叶有鱼想了想,料来这事欺瞒不过吴承鉴,便直说了:"我逼着他的。"

"啊?"

叶有鱼便将昨日自己如何乘势逼叶大林让步交权的事情说了。

吴承鉴听得哈哈大笑,道:"我还想着怎么给你出气呢,现在看来……嗯嗯,如果有机会还是要再出一出……嗯,哈哈。你这条精明狡猾的鱼儿,幸亏把你捉到家里来放着了,要是在外头我可怎么放心?"

婚后日常

叶有鱼就这么在吴家园住下了。

她本来就聪慧,吴承鉴又很清楚地告诉她行事界线,哪些该管,哪些莫管,她了解之后,既不畏缩,也不逾矩,尤其是与春蕊之间把权责厘清后,处事就更显自在从容。

吴承鉴见她管人管事井井有条,就把吴家园其他院落的婆子都叫来了,让她一起管着。

大几十号人的管事、婆子、丫鬟、小厮都到日天居的院子里来,齐声道:"见过昊官,见过三少奶奶。"

吴承鉴坐在旁边一张躺椅上晒太阳,就在旁边看着,不吱声。

叶有鱼瞧着满院子垂头低耳的下人,不慌也不忙,就按着院落,点了领头的人一个个问话,多问多听,自己不下评语,最后道:"事情就且按照大少奶奶已经定下的规矩办。若有什么具体的事务弄不明白,回头再单独来与我说。"

吴达成出来说:"三少奶奶,别的都好说,就是叶家园那边,叶家的人今天都已经过江去了,留下了二十几号看园子的仆役、婆子。就不知道这些人要怎么处置,这些地方要怎么管。"

叶有鱼看了吴承鉴一眼，见他完全没有插手的意思，就说："以后没有叶家园了，那边就是我们吴家园的南苑。回头我去和大嫂商量一下，寻位得力的工匠来重新规置设计，打掉围墙，并作一个大园子。叶家的仆役、婆子，一个不留，全都送回去。"

吴达成道："那样我们人手不够啊。"

叶有鱼道："去找人牙子重新挑买。等送了人来，小厮由吴七挑，丫鬟、婆子让春蕊挑，粗使、园丁那些就由达成叔挑。"

吴达成大喜。叶有鱼又说："人挑好了，让人牙子行把价钱计好给春蕊，春蕊统计好再来报我一声，我送去给大嫂过目。"

春蕊看吴承鉴全不阻止，便应道："是。"

叶有鱼问道："昊官，还有什么要吩咐的吗？"

吴承鉴道："这些事我不管的，就按你说的办吧。"

他这句话出来，下人们的头和腰就又弯了两分。

叶有鱼便道："那就都散了吧。"

下人们便都退了。

吴承鉴这才起身，笑着说："以后这些事就都这么办。"又对吴七说："准备船，带上夏晴，我们出门。"

叶有鱼看着日头已经西斜，也不知道他要去哪里，要问时，话到嘴边反咽下去了，心道："他让我帮着管家，可没让我管他自己。"便硬生生改口说："晚上可回来吃饭？"

吴承鉴道："应该不用。今晚我若没回来，你明早记得代我去给阿爹请个安。"

叶有鱼心道："这是要去花差号过夜吗？"口中却只是说："好。"

吴承鉴便带着吴七和夏晴走了，当天晚上果然就没回来。

冬雪于无人时忍不住道："姑娘，这新婚燕尔的，昊官就不着家了……"

还没说完，就被叶有鱼一个眼神瞪得噎住了。叶有鱼道："这样的话，以后不管人前人后，不许再提。"

冬雪低头道："是。"

看看冬雪一脸委屈的样子，想着这是自己从叶家带来的心腹，往后多少年要互相依靠的，总得和她说实话，便拉了她近前，低声说："我和昊官的这桩婚姻……其实是桩生意，是我跟昊官的一个协议。这件事我今天明白告诉了你，往后你要放在肚子里，但也要烂在肚子里。"

冬雪"啊"了一声。这事她其实也猜到了，毕竟吴承鉴忽然答应娶叶有鱼这个庶女为妻，这事怎么都透着怪异，然而她低声说："我也知道……可姑娘你现在……毕竟是正房三少奶奶啊。"

"正房三少奶奶……"叶有鱼淡淡一笑，道，"门当户对的，比如潘启官的太太，那是真正的正房。或者和丈夫两情相悦的，比如昊官他大嫂，也是理直气壮的正房。我算什么呢？论门户嫡庶，我是高攀；论双方感情，他心头有人——这些事情，成亲之前我们都心里有数的。所以这场婚姻，只是一桩买卖。往后我做好'三少奶奶'的本分事情，他则给我所需要的体面势头，此外互不纠缠，也两不相欠。这是我们约好了的。冬雪，你既心里有数，往后知道自己该怎么做了吧？"

冬雪有些僵硬地点了点头，却还是道："我只是……有些替姑娘不值……"

"怎么会不值……"叶有鱼道，"你也不想想，满广州要做吴家三少奶奶的人，可以从西关一路排到西樵山脚下去。但能帮到我，又愿意出手的人，却只有他一个。所以这桩买卖，我没得选择，而他选择多多。然而他为什么还是愿意选我呢？"

冬雪摇了摇头，表示不解。

"因为我懂分寸。"叶有鱼道，"所以，你也要懂分寸，明白了吗？"

叶有鱼嘴里是这么说，但昨晚还是两个人一起睡的大床，今晚忽然就显得空落落的了。

"有鱼啊有鱼，"她对着空荡荡的床顶，对自己说，"想什么呢？现在一切都很好，都已经是超过你预想的好了，不是吗？想想你被软禁的时候吧，想想你玩马桶的时候吧，现在比起来，已经是天堂般的日子了……有鱼……睡吧，睡吧。"

她闭上了眼睛，眼角却有些湿了。

吴承鉴这一去就两天都没回来，也不知道去了哪里。叶有鱼因吴承鉴放权,满吴家园的下人都能指使得动了,却没开口让人去打听。

冬雪心道:"姑娘不好做的事情,我得替她做。"便要让昌仔去打听,不料昌仔却病倒了——他在成亲的那两天钻水烤火、来回奔波,当时死撑着,等诸事一定,他一口气一松,人就病倒了。

叶有鱼赶紧让人请大夫来。这场病来得不轻,幸好他年纪轻,生命力旺,病得虽重却没危险,只是需要一段时间静养而已。

安顿好了昌仔,春蕊她们也把人给挑好了,将人牙子的报价呈了上来。叶有鱼道:"去商功园看看穿窿赐爷在不在,若在就请他过来。"

商功园就是西关老宅账房的扩大版,是吴家园的办公地。不久穿窿赐爷就来了,见礼后叶有鱼开门见山,就将人牙子的报价给了他。穿窿赐爷扫了一眼,笑道:"贵了。这个价钱……"

叶有鱼截口道:"我不想知道这里头有什么内情,只想请赐爷把这里头的水分给挤一挤。我们吴家不做冤大头,但该牙行赚的钱就让赚,只要是行市上的公道价便可。"

穿窿赐爷笑道:"我明白了,我去跟对方谈谈价钱。"

几个牙行的经纪都在外头等着呢,穿窿赐爷出去了有一顿饭工夫,就拿了七涂八抹的报价单子回来,把总价跟叶有鱼一说,叶有鱼道:"可以了,就按这个价格重新誊写一遍给我。"

这事传了出去,满宅子的下人便都知道这位三少奶奶虽然看着嫩,却不好糊弄,但她这般处事,别人也没得发脾气。

这事传到了老宅,蔡巧珠听说后微微颔首:"不想竟是个这般七窍玲珑的人。"

这天晚上吴承鉴还是没回来。第二天一大早,叶有鱼去颐养堂时,恰好见蔡巧珠也来了。妯娌俩给吴国英请了早安后,叶有鱼道:"赶巧了,本来打算待会儿去西关老宅的,正有几件事情要向大嫂请示。"

吴国英挥手道:"有家里的正事,你们就先去忙吧。"

妯娌俩就告退到院子里来坐定,叶有鱼就将想要拆墙、并园、遣仆、买人等事,不厌其烦地从头到尾说了一遍,最后将那张誊写好的价目单拿了出来。

蔡巧珠细细看了一遍,放下来说:"好,就这么办。"又瞟了叶有鱼一眼，忽然说："昊官这几天是去南海二何先生处了。"

这突如其来的一句话，让叶有鱼有些愕然："啊？"

蔡巧珠道："你还没去过西关大宅，未见过你大伯，但他的身体，大概你也听说过的。他们兄弟两个手足情深，这段时日来，你大伯的延医、用药，昊官都是亲自过问的。承钧的主治是南海的二何先生，昊官每个月都会去他那里的，有时候一待就是两三天。"

叶有鱼"哦"了一声，低了头。

蔡巧珠道："好了，你先去忙吧，我再到屋里头跟老爷问问安。"

叶有鱼答应着，便带着冬雪回去了。

蔡巧珠目送了她离开，才回房去，择要把这两日叶有鱼的事情跟公公说了。

吴国英甚是满意："看来这细家嫂也是个贤惠的，能理事，还懂分寸。昊官的眼光不错，真不错！"

蔡巧珠道："我也觉得这个弟妹好，就是……"

吴国英道："怎么？"

蔡巧珠道："昊官两个晚上没回来了，老爷就没发现？"

因为吴承鉴以前也经常夜不归宿，家里人都习惯了，所以吴国英竟然一时也没留意，这时皱了皱眉头："不是为了公事？"

"现在都年底了，哪还有什么公事？"蔡巧珠道，"他这两天是在南海西池堂，但去南海之前还去了花差号一趟，从花差号下来后又去神仙洲喝了一顿闷酒，怕是和船上那位吵架了。"

吴国英眉头更皱了。

蔡巧珠道："花差号上那位，从她在我们吴家危难时节能不离不弃，秉性应该也是不错，就可惜了她的出身，实在不适合做昊官的良配。昊官是我们宜和行的当家，十三行第一等的大保商！有个外室也不算什么事，只是现在才成亲几天，他就又跑船上去，毕竟不妥。这内外、主次之别，总得分清楚。不然将来要闹出些事端来。"

吴国英微微颔首。

蔡巧珠又道："刚才在三婶面前，我帮着遮掩了一下，实在不想他们小夫妻俩才新婚就闹别扭。可往后若老是这样,以有鱼的聪慧,她总能猜到的。老爷,你知道我素来不太管三叔那些风流事的,但有鱼这几日的处事,我看着觉得合意,是个我们吴家的好媳妇。又觉得昊官这两天的行事不甚妥当。所以我想,若得便的时候,老爷还是劝劝,花差号那边,能少去还是少去些吧。"

吴国英就答应了蔡巧珠,然而他一直就没去做这件事。

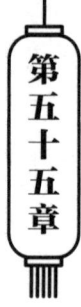

第五十五章

番夷炮轰事件

叶有鱼和冬雪回到房内,冬雪脸上带着兴奋。叶有鱼道:"你高兴什么呢?"

冬雪道:"姑娘,你就没听大少奶奶说吗?昊官他是去南海,没去花差号。"

叶有鱼淡淡一笑,道:"那又怎么样?他是去南海,还是去花差号,跟我又有什么关系呢?我们把自己的本分做好便是。"

冬雪道:"可是……"

叶有鱼道:"而且,昊官或许这两天是在南海,但说没去花差号,却也未必的。大嫂特意说这话或许是好心,然而……却有些太着痕迹了。你看不出来吗?"

冬雪虽然没听太明白,但她素来相信叶有鱼的智慧与判断,一下子就失望了起来。

叶有鱼看到她失望的样子,笑道:"你看看,就是你这样子啊,因为有不安分的想法,所以才会失望。人啊,就不应该有逾分的期待,那样才能减少不必要的烦恼。还记得几天前我怎么跟你说的不?"

冬雪叹了口气,又点了点头,却还是忍不住:"可是……可是我看昊官对姑娘你挺好的啊。"

叶有鱼道:"他不是只对我好。你没看他怎么对昌仔、对身边其他人的?你看他是多宠夏晴的,然而怕我嫉她,新婚第二天跟我说什么来着?夏晴是有功之人,所以没犯大错就让她折腾吧。不提宠爱,但论功劳,而且语气淡漠,仿佛那就是一个立了功劳所以才容忍她胡闹的丫鬟,可真是这样吗?这两日下来,你自己想想,昊官对夏晴的宽纵,真的只是因为她立过功?按我看,这个说法、这个语气,都是想让人对她没忌惮。这份用心,可得多深。甚至……我觉得夏晴的功劳,兴许也是他从中安排的呢。可能是在很久以前,他就为夏晴谋划着她在吴家的立足之地了。"

冬雪都听得有些呆了,然而想想,若一个男主人在新婚不久后就对妻子表露其对宠婢的回护之意,他越是回护,只怕主母越要给这个宠婢小鞋穿了。

"他是对谁都好。所以,别想那么多了。"叶有鱼道,"想想我们在叶家的时候,过的是什么日子,现在在这边过的又是什么日子。人啊,不能太贪心。只要在这吴家园里开心点过就好了,想那么多做什么,自寻烦恼。"

便在这时,有人敲了门,跟着夏晴进了房来,叫道:"三少奶奶。"

这次吴承鉴出门,是把夏晴也带去的。见她进来,叶有鱼道:"昊官回来了?"

"没呢。"夏晴说,"刚从南海回来,又到行里去了。"她说着,就递了一瓶子膏药来,"给。"

叶有鱼道:"这是?"

夏晴道:"我跟昊官去南海西池堂,昊官问大少的病情呢,顺便就帮三少奶奶你问了下。三少奶奶,原来你最近受过伤啊?怪不得脸色看起来不是很好。"

她在房内行走,见过叶有鱼卸妆后的脸色。

叶有鱼接过那瓶膏药,一时发呆。

夏晴笑道:"这两天昊官可是逼着二何先生,把西池堂许多珍藏都给翻出来,才配成了这一瓶药。二何先生胡子都气得翘起来了,嘻嘻。"

叶有鱼打开瓶盖,只见那膏药恍若冰雪,着肤清凉,没有一点药味,闻着是一股淡淡的香气。

夏晴道:"这是外敷消痕的,内服去瘀的方子,等明天二何先生来给老爷子请平安脉,到时候顺道来日天居给三少奶奶诊脉后再拟。"

说了这话她就走了,临出门忽又回头说:"其实三少他虽然说话贱贱的讨人嫌,但心地却是极好的。处久了你便知道。"

她终于转身出门了。冬雪低声道:"姑娘……昊官他心里惦记着你的伤呢。"

叶有鱼听了这些话,再看看这瓶子,只觉得一股莫名之气从胸腹之间涌动了起来,好久才算消解掉了,淡淡道:"我知道他挺不错。夏晴不也说了吗?他心地是极好的。我现在是他的正房太太,关心妻子的身体,是他的本分。我们两个,都只是在按照自己的本分行事罢了。"

按下小儿女心思不提,却说在那广州海域的外围,伶仃洋外,一些看似微小实际上影响深远的事情正在发生。

老万山群岛是珠江口通向南海的一系列岛屿,往西北数十里就是澳门,往东北数十里就是香港,群岛以北就是珠江口——这时被叫作伶仃洋,群岛以南就是大南海地区,且再没有靠近大陆的成规模群岛了。

这个群岛的主岛老万山岛,岛上有一个渔村,也被叫作老万山村。渔村虽然偏远,却有一种别样的安静与富庶。

这一天老万山村的渔民们正在晒网,忽然远远看到了高大的桅杆乘风逼近。

"啊,那是番鬼的船吗?"

番鬼的船只怎么会来这里?

这里虽然是珠江进入南海的必经之地,可是和西北的大横琴山(今珠海市的大横琴岛)、东北的大屿山之间都有相当开阔的海峡,渔民们出去打鱼的时候经常会看到各种番鬼的大船,但这些番鬼的大船从没有这样逼近老万山岛啊!

就在渔民们错愕不解时——

"轰隆,轰隆——"炮声响起了。

一份香山县的加急军情,放在了朱珪的案头。

英国炮舰炮轰老万山岛,继而登陆不知做什么事情的情况,最早是澳门方面的葡萄牙人发现的。

他们担心英国人是要趁机图谋葡萄牙人在澳门的租借利益,就暗搓搓地给香山县衙门递了消息。香山县知县几番斟酌之后,终于决定由师爷——幸亏他的师爷也是绍兴人——向两广总督的师爷去信提及此事。清朝的官场发展到现在,师爷们已经构成了一个半独立于主官之外的系统。

蔡清华知道此事之后,急命香山县方面将事情查明再报。香山县这才派人上了老万山岛,放眼过去满目疮痍,惊骇之后才又将情况拟成军情,报给了两广总督。

这一来一回,自然耽搁了不少时间,然而也让各方人员都有了心理上的缓冲。

朱珪有了这个缓冲,拿到军情之后就没有显得暴怒,问几个幕僚道:"番夷此举,是何意图?"

他的幕僚或者擅长收税计算,或者擅长刑法律例,或者擅长官场斗争,就没一个具有处理涉外事务能力的,更不要说拥有国际视野的。

幸亏蔡清华早有准备,于此事已经询问过卢关桓,所以便能说出一番道道来:"听说泰西诸国,国势颇有消长,那租借了澳门的葡萄牙人似乎已经不如英吉利人强盛,所以如今来十三行贸易的外夷船只以英吉利最多,然而他们来我中华朝贡较晚,不能如葡萄牙一般,在近海之地租借到一块地方。"

朱珪问道:"这是英吉利人在觊觎澳门?"

蔡清华道:"可能是觊觎澳门,想要取葡萄牙人而代之;也可能是觊觎伶仃洋另外一边的地方——卢关桓言,番夷多次秘密登陆新安县的香港仔和九龙山,其不轨之心,可想而知。"

"狼子野心,不可测也!"朱珪隔空将英国人骂了一句,又道,"那老万山呢?是个什么所在?"

蔡清华道:"那老万山无物产,其地势不足以驻军开埠;如果人口太多,别说粮食,连水都不够喝。所以虽然扼守着伶仃洋与南海之通路,但自古以来未曾有过驻军,上头只有一个小小渔村。然而番夷或许是要以此为跳板,觊觎澳门或香港,也未可知。"

"就算只有一个渔村,那也是我大清疆土!"朱珪道,"番夷侵我领土,伤我百姓,不可轻饶。那炮轰老万山的英夷是由谁监管?"

蔡清华道:"岛上没有留下证据,但据葡萄牙人说,应该是英吉利的东印度公司。东印度公司……与十三行各家都有生意往来。"

朱珪眉头微皱,随即道:"那就发文粤海关,让他们彻查此事!"

公文很快就到了粤海关,吉山看到文书后冷笑道:"且不说炮轰之事是真是假,若是假的自然是无所谓之事,若是真的那就是军务。他两广总督把军务推到我粤海关头上,算哪门子的事儿!"

旁边呼塔布问道:"那该如何处置?"

吉山道:"文书给封回去。不该我们管的事情,我们凑什么热闹!不过还是让十三行那边好好问问是个什么情况。回头朱老头那边如果有什么过分的要求,让潘有节给我顶住。"

呼塔布忽然道:"是不是跟刘公那边知会一声?这事若有什么变化,落到和中堂手里,兴许也是个不大不小的把柄。"

吉山眉头挑了挑,笑道:"把你换回来,看来还是对的。"

呼塔布赶紧哈腰谄笑道:"奴才多谢主子夸奖。"

第五十六章

过　　年

潘有节很快就收到了呼塔布的通知。

他叫来几个心腹，说了此事，道："这才坐上总商位置几天，就来了这等破事。"

柳大掌柜道："既然坐了这个位置，这等事情免不了。"

潘有节道："这个事情，本来没牵涉多少，偏偏有人不知根底，小题大做！"

潘海根在旁边道："要不就让事主去处理？"

潘有节沉吟片刻，道："昊官不蠢，不会轻易接这口锅。不过还是先知会他一下吧，另外再通知卢关桓，两日后共议此事。"

吴七把潘海根送走之后，回到曼倩蓬莱的观戏亭，就听吴承鉴道："米尔顿可有些过分了！"

周贻瑾道："这事是冲着你来的？"

吴承鉴道："至少有一大半。"

周贻瑾道："我猜到了，但想不通你和老万山岛有什么关系。"

吴承鉴道："段龙江出事之后，惠州那边换了人。新的总兵倒是很客气，愿意照旧例给我们提供方便。但既然出过事，我便不能把福建本家茶的商路安危都押在这条路上了。"

周贻瑾道："所以你这段时间已经在着手安排，想要打通一条直达白鹅潭的海路。这事你虽然没跟我详说，但我听了一耳朵。"

他是师爷，但也并不是什么事情都管，可有什么事情，吴承鉴一般也都没瞒着他。

吴承鉴道："走海路要绕过大星澳、香港仔，新安县这一块的兵丁要打点，海上的好汉也要打点。谈倒是已经谈得差不多了，刘三爷给接了个头后，各方面都很是顺利——如今是太平治世，朝廷不容大股海盗肆意劫掠，番鬼的大海船他们去抢代价又太大，沿海小渔村他们能抢到几个钱？定期收我们的买水钱，这笔买卖可比去抢要划算十倍，所以海上的好汉们倒是很乐意我们向他们买水，甚至抢着向我示好。"

周贻瑾道："这个和老万山岛有什么关系？"他对北京官场消息的掌握，要比吴承鉴来得深，所以当初在惊闻内禅一事上才会惊讶他还不知道而吴承鉴知道；可对海上的事务，他就没吴承鉴了解得多了。

吴承鉴道："老万山岛表面上是一个渔村，实际上是他们的一个巢穴。岛上藏着些货物，船只经过的时候补给些食水。"

周贻瑾恍然大悟："所以米尔顿这一刀，是杀鸡儆猴。"

吴承鉴道："我们和东印度公司做生意呢，他们总不好直接就抢我们运茶的船，那样生意还怎么做？但打了老万山岛，那是要告诉我们，如果他们不点头，这条海上运茶路线就别想安生了。"

周贻瑾道："也亏了他们大胆，也不想想当今皇上是什么脾气，敢来摸老虎尾股，真不怕朝廷一怒之下，连广州也给关了吗？"

以乾隆皇帝的个性，这事没准真干得出来。或许不是永久性关闭，但关个一两年、三四年，乾隆他损失得起，最多也就是再一次迁界禁海而已。

"如果朝廷质问，他们也会推说是打海盗。"吴承鉴道，"虽然在我们的海域，海盗也轮不到他们来打，不过这总算是个台阶下，未必就会搞得没法收拾。这帮英国人精着呢，方方面面，都有算计的。"

周贻瑾道："那你打算怎么办？"

吴承鉴沉吟片刻，道："这个事情，启官消息灵通，应该能知道五六分，连蒙带猜,估计能到七八分,就不晓得他是否清楚鸦片之事;卢关桓那边,知道的应该比启官少一些;粤海关那边又知道得少一些;两广总督更次之。这个事件,扩大了对我们没好处,但又不能向米尔顿服软……我们再琢磨琢磨吧。"

英国人的船在海外炮轰一个小渔村,这事偶尔传出了一些流言,却也没在广州掀起一点儿波澜。西关街上的富户们更是酒照喝、日子照过,不受此事半点影响。

潘、吴、卢三家则为了此事碰了一下头。他们彼此掌握的信息有多有少,却不像两广总督府一样完全不知内情,但真的谈起来,却好像三个人都不知什么内情,只是就着两广总督府已经知道的情况在那里协商。

最后三家得出结论,由十三行总商出面,对东印度公司发出照会,要他们说明情况,并严令要求他们不得再有雷同事件发生,否则严惩不贷。

"都快过年了。"潘有节说,"还整出这样一件东西来让我们'叹[①]'。"

吴承鉴笑笑道:"没办法,谁让我们赚着这份钱,自然是要帮皇上操心,帮天下人操心。"

卢关桓哼哼了两声,不开口。

潘有节便一边照会东印度公司,发出严厉的斥责,一边又向呼塔布那边回复了。呼塔布又去禀报了吉山。

吉山道:"让两广总督府那边知道这个事情,但不用公文。"

不用公文,所以不担责任;通传此事,那是要告诉朱珪:这事本不归我管,但我还是尽力帮你了。

蔡清华从卢关桓、呼塔布两方面知道了十三行的处理后,又再来禀报朱珪。朱珪默然半晌,长长叹道:"都是无心于国的人!这么几张官样文书发出去,又有个什么作用!真要让番夷知道敬畏,还是得用兵!"

蔡清华道:"崖公……用兵可要谨慎啊。"

朱珪道:"老夫自然不会轻易动兵,如此大事,自然要令从上出。但……

[①] 叹:粤语俗语,享受的意思,比如叹世界就是享受世界的意思。这里潘有节是正话反说。

但我觉得陛下也好，储君也罢，应该都不会坐视番夷祸乱东南的。我们得准备一番。"

他就算被多方钳制，很难如臂使指地调动兵力，但毕竟是两广总督，名义上的两广军政第一人，当下发下号令，清查海战船只。

不查不知道，一查之下，才知大清的水师，根本连一艘能与东印度公司炮舰抗衡的大船都没有。

朱珪知道情况后十分忧心，说道："这怎么能成？番夷自海上来，我们无船何以应战？"当下下定了准备打造战舰的决心。

蔡清华知道朱珪这个想法之后却又愁苦起来：他们手里头，没钱！

官场的纷扰、商界的暗潮，全都不能阻止新年的到来。吴国英念着吴承钧人在西关大宅，就决定今年还是回老宅去过年。两个儿媳妇自然都无不同意，就是吴承鉴成亲后的第三天人就好像失踪了。蔡巧珠说道："这事就老爷来做主吧，这等家里事吴官还是听老爷的。"

事情就这么定了。

当下又是一番搬家的动作——主要是日天居和颐养堂两处人马要搬过去。日天居是过去暂住，颐养堂那边吴老爷子打算搬回江北后暂时就不回来了。

春蕊来问三少奶奶怎么办，叶有鱼道："家里的事情你更熟悉些，你来安排吧。"春蕊得了这句话就安排了起来。她做事妥当，自然各方面都井井有条。

一大家子在年二十八搬回了西关老宅，叶有鱼也就住进了左院。地方自是比吴家园那头挤了一点，不过相对而言也就是多了叶有鱼主仆二人，倒也没什么大问题——昌仔直接留在河南岛养身体。

一直等到年二十八这天晚上，吴承鉴才在家里出现。

回来之后脸色不大好，他一进门春蕊就给他捧了衣服让换，然而看看旁边的叶有鱼，才想起什么，又将衣服递给了她。叶有鱼便猜大概是要伺候更衣了，便和冬雪上前帮吴承鉴换衣服。

吴承鉴心神仿佛不在家，随意伸手伸脚，叶有鱼不熟悉他穿衣服的习性，动作就没跟上。吴承鉴恼道："怎么回事！"一定神才看清眼前人不是春蕊。春蕊赶紧上前接着要掉落的衣服。

吴承鉴反应过来，说道："这事以后让三少奶奶来，我慢慢会习惯的。"

春蕊答应了一声出去了，吴承鉴才又对叶有鱼说："我穿衣服喜欢花哨些，阿爹喜欢朴实，所以我一到家就要换一套衣服，免得他看到了骂我。以前都是春蕊来帮我换衣服。"一边说，一边就着叶有鱼的动作穿衣服。

冬雪在旁边瞧着，心中略安："姑爷对姑娘还是有心的。"

叶有鱼也慢慢跟上了吴承鉴的动作。

夏晴进了门。她是听说吴承鉴不开心，要过来逗他两句，瞥见了房内的情状，撇撇嘴，哼一声就走了。

叶有鱼瞧见，淡淡笑道："不哄哄你的宠婢？"

吴承鉴笑道："要哄也不能当着新婚老婆的面哄啊。"

叶有鱼轻轻笑道："你还知道自己新婚啊，这都在外头几天了？一个口信都不递回来。"

吴承鉴笑道："怎么，生气了？"

这时吴承鉴衣服已经穿好了，叶有鱼微一沉吟，才说："我们说好了有些事彼此不干涉，不过我毕竟是三少奶奶的身份，你的行踪我若不知晓，有时候不知道如何跟老爷、大嫂他们交代。"

吴承鉴犹豫了一下，终于开口道："东印度公司在搞我。"

叶有鱼呆了一呆，这是过门以后，吴承鉴第一次跟他说起商行的公事。

"除此之外，行里还有另外一个大隐忧。"吴承鉴道，"我本来是跑到花差号想散一散心的，谁知道三娘又说了些煞风景的话，所以我一气之下又跑到神仙洲喝了一夜的闷酒。第二天才跑南海去的。"

叶有鱼"嗯"了一声，低语："有我能帮到忙的地方不？"

吴承鉴道："只要能减少我别的方面的烦扰，就已经帮到我了。"

叶有鱼道："好。"

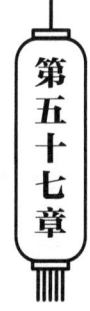

第五十七章

初二回门

中国传统中有"回门"之礼,又叫归宁,一般是在新婚夫妇成亲后的第二天或者第三天。当然这是在夫妇双方家庭居住相近的情况下,但一些特殊情况,比如远嫁远娶,会按照实际情况来处理。

叶家将叶家园当作叶有鱼的嫁妆给了吴家,在吴承鉴成亲之后,叶家就搬回了西关。虽然隔着一条珠江,可对于吴家这种豪门来说,这点距离也不算个什么事。

不过两个家族基于各方面的考虑,一致同意将回门延后到大年初二——按照传统习俗,这一天一般是出嫁的女儿一年一度回娘家的日子,反正吴、叶的婚期离过年很近了,于是就将两个日子合并了。

叶有鱼在叶家虽然没什么地位,吴承鉴却是谁也不敢怠慢的,所以回门这一天,叶大林做了不少准备,连老婆都给暂时镇住了,要她在吴承鉴带叶有鱼回来时不得无礼。

叶家的大女儿、大女婿是先到了,二女儿叶好彩还没出嫁。马氏耐着性子,和叶大林等到快中午,大门那边才报说三姑爷到了——以吴承鉴的身份地位,他来得迟倒也没人敢见怪,除了叶好彩躲在后头不肯露面,叶大林夫妇、叶好野夫妇以及大女儿、大女婿都在正厅坐得好好儿地等着呢。

除此之外，还有叶家的四位大掌柜、四位下线商户的商主，以及叶家的堂表亲族十余人，全都恭候着——叶大林特意叫了这么多人来，是特意要摆一摆脸面的。毕竟能招得吴承鉴做女婿，这可是很长脸的一件事情。

但左等右等，就是等不来吴承鉴。叶大林正要忍耐不住时，就见一个男仆匆匆赶了过来，在叶大林耳边说了一句话，一下子把叶大林的脸色也说得有些黑了。

却说叶有鱼这日是第一次回门，因为过年是在西关老宅，她在这里一不管家二不管事，倒是蔡巧珠帮她都想好了——她因吴承钧病着，就不回大新街去了，只准备了一份给父母兄弟的礼物，让吴六带着光儿去拜见外祖父、外祖母。她自己准备了什么，就给叶有鱼准备了一份，而且还顾念到叶有鱼的特殊情况，除了给马氏这个嫡母的，又精心准备了一份给徐氏的。

叶有鱼看到，心中感动，说道："大嫂有心了。"

吴承鉴笑道："是啊，我大哥娶了她，真是三生有幸。"

吴承鉴对叶大林没好感，对去叶家就不上心，拖拖拉拉地才出门，幸好都在西关，没一会儿就到了。进门后叶有鱼想起待会儿要见叶大林夫妇，叶大林还好，毕竟出阁之前父女俩把话说开了，但对马氏，她有些不知道待会儿要怎么相见。

才迈过门槛，忽然听吴承鉴问道："迎阳苑怎么走？"

叶有鱼"啊"了一声，吴承鉴已经在叫昌仔，道："带路。"昌仔大喜，就在前头带路了。

叶有鱼呆在门口不动，吴承鉴道："走啊。"叶有鱼蒙了一下，才跟了上去。

初二这天，徐氏也是知道女儿要回门的，所以昨晚早早就睡下了。她想要女儿看见自己气色好，不用担心，然后今天早上又早早起来了，有些心焦地等待着。

叶大林没来叫她去客厅，徐氏这些年逆来顺受惯了，倒也不恼。她心里只是想着："若待会儿不能正经地相见，我便在园子里悄悄看她一眼。"

如此等到快中午，才听门口的婆子叫道："姨太太，姨太太，大喜，大喜！姑爷带三姑娘来看你了。"

徐氏几乎不敢相信自己的耳朵，冬梅"呀"了一声跑出去，没一下又跑了回来，叫道："姨太太，真的是姑娘、姑爷。"

徐氏又惊又喜，赶紧要出去迎接，却又转身照照镜子，见没什么失礼处，才走出房门。吴承鉴和叶有鱼已经进了小厅。

母女相见，虽然其实才隔了几天，于徐氏却恍若隔世。两人一下子都有些失态，叶有鱼几个小碎步走了过来，抱住了娘亲。徐氏原本想让女儿看自己平安高兴，但一抱住女儿，泪水就渗出了眼眶。

吴承鉴见叶有鱼虽然眼角含泪，其实却是欢喜的，心里没来由地也小小地高兴了下，在旁笑着道："岳母大人好。"

徐氏这才想起他来，赶紧推着女儿站好，福了一福道："这……昊……昊官。"

她被人作践惯了，骤然见到跟叶大林平起平坐，甚至压其一头的吴承鉴，还是不敢以长辈自居。

吴承鉴"哎哟"了一声说："这可使不得，哪有岳母这样给女婿行礼的，折我的福气。"他说着，扶着徐氏在椅子上坐好，然后拉着叶有鱼道："我们来给您磕头。"

徐氏慌得站起来道："这……我当不起……"

吴承鉴笑道："您当不起，难道那个姓马的当得起吗？"又将徐氏扶回到椅子上，给冬雪、冬梅两个丫鬟使了个眼色。冬雪毕竟比冬梅机灵一些，就按着徐氏不让她起身。

吴承鉴扯着叶有鱼道："来啊。"

叶有鱼也没想到吴承鉴会这么做，肯这么做，尽管她素来是极有主见的，这时却仿佛一个提线木偶，被吴承鉴拉着，两人一起给徐氏磕了头。

徐氏被冬雪按住起不来身，眼看着鼎鼎有名的宜和行昊官竟然给自己行了大礼，眼泪再忍不住，又赶紧用袖口擦了，心里就想："我一个侍妾，他给我拱个手我都如愿了，他竟然给我磕头。男儿膝下有黄金，何况他这等身份，那定是因为有鱼了……那么他对有鱼，是真的好了。"

吴承鉴当众给了她体面倒是其次，想起吴承鉴肯给这个体面，那就是爱着女儿的，这更让她安心了。

叶家的下人见了这个场面，看徐氏的眼神又有些不一样了。

那边叶有鱼随吴承鉴站起来后，眼眶里泪花未散，看吴承鉴时就像透过一层水晶看这个男人。

便在这时，叶多福匆匆赶来，进门后哈腰道："昊官，您在这儿啊。"

吴承鉴斜了他一眼："嗯。"

叶多福哈腰道："我家老爷、太太，还有几位少爷、姑娘、姑爷、各方来宾，都在大厅等着您了，不想您就先到迎阳苑这边来了。"

吴承鉴笑道："你家三姑娘想娘呢。所以就先到这里来了。"

叶多福道："那……姨太太这边见也见了，是不是就移步大厅去，见见老爷和众位宾客。"

这时已是中午，那边都要开席了。吴承鉴在这里多耽搁一刻，叶大林在那边就要多空等一刻，脸也就多丢一分。

吴承鉴笑道："你问你家姑娘。这来到丈母娘家，我当然都听老婆的。"

包括叶多福在内，厅内厅外，叶家所有下人都听得呆了。

叶有鱼是七窍玲珑心，这时哪里还不明白吴承鉴是特意要给自己体面，更是公然要给娘亲撑腰。她心中欢喜，口中却道："我听娘的安排。"

徐氏下意识地就想说"你们就快去吧"，却见女儿背着叶多福给自己使了个眼色。徐氏是习惯性懦弱，却非愚昧，话到嘴边就改了口，有些结巴地说："这……这……我听老爷安排。"

叶多福愣住了，左看右看，这个屋子真正能做主的肯定是吴承鉴，但吴承鉴推给了叶有鱼，叶有鱼又推给了徐氏，徐氏又推给了不在场的叶大林……

叶多福无奈，只得告辞，又匆匆去禀报了叶大林。

叶大林一听怒火中烧，然而他毕竟是能靠一己之力干到十三行上四家的人，一转念就想道："吴承鉴这个小龟孙，竟然肯为有鱼做到这个地步，他对有鱼这是真宠啊！"他是利益至上者，念头一转，怒火就压下去了，就说："加把椅子，去请六姨娘入席。"

原本就不大情愿的马氏猛地瞪了过来。

她的大女儿也叫道："阿爹！"她还没出阁的时候，徐氏在家里什么都不是，但经历了最近发生的事情后，徐氏的地位直线上升，在叶宅甚至已经隐隐地威胁到了马氏。这个时候，叶家的大姑娘自然要帮亲娘的。

叶大林却朝着叶多福喝道:"愣什么,还不快去请!"

叶多福答应着去了,马氏却怒喝一声:"叶大林,你当我是死人吗?"

叶大林淡淡道:"今天是初二回门,也是有鱼出阁后第一次回娘家,让她亲娘列席,不算过分。你就给我好好坐着吧。"

马氏哼道:"好好坐?我告诉你,有她没我,有我没她!"一个转身,怒冲冲回了内屋。

叶家的大小姐就也要起身,忽然瞥见身边的丈夫一动不动。女人出嫁从夫,她屁股还没离开椅子,又坐回去了。

叶好野、叶好家等几个叶家少爷,也都拿着求情的脸色对着叶大林,却一个都没离席。

马氏走开了几步,发现一窝儿女一个都没跟上来,猛地一回头,又恨恨地骂了一句:"我真是生了一窝子没良心的啊!"干号着冲回内屋去了。

众宾客眼看生此变故,各自偷眼看叶大林,只见他半点声色都不动,又各自暗中佩服。

三　礼

徐氏也不知道自己是以什么样的心情走进大厅的。

她觉得厅内所有人的眼睛都在看着她。自从家破人亡之后,她几乎就没在这等喜庆场合上受过这样的关注。

她的身后,跟着吴承鉴、叶有鱼夫妇,再后面才是吴七、冬雪几个下人。

叶大林见吴承鉴真像一个孝顺女婿一样跟在徐氏身后,就知道今天不给徐氏个体面不行了。事情既然已经开了头,再半途而废只会造成无谓的损失。他当下拍拍身边的椅子,对徐氏说:"你大姐身子抱恙,这位子你来坐吧。"

叶家大小姐和几个少爷大惊,齐声叫道:"阿爹!"

却被叶大林一个瞪眼瞪回去了。

徐氏有些不知所措。吴承鉴笑道:"岳母大人,坐,坐。"就扶着徐氏,坐到了叶大林身边。

然后他才向叶大林拱手道:"岳父大人,新年吉祥,步步高升。"

叶大林也起身回礼说:"昊官你也万事如意。"

吴承鉴哈哈一笑,道:"承吉言,近来的确如意得很。"又跟厅内宾客、几个大舅子、小舅子,以及叶家大小姐、大姑爷团团见礼了。众人急忙还礼。叶好野、叶好家虽然不待见叶有鱼,却都愿意往吴承鉴身边凑,那位大姑爷更是亲热。

叶大林道："昊官你来得晚了，我就直接让开了宴，那么就快入席吧。"留给吴承鉴的自然是首席。

吴承鉴却笑道："今天是家宴吧，那我怎么好坐首席？"说着就让大姐夫坐首席——来宾之中，没人身份比吴承鉴贵重，但今日是女儿们回门，论齿序则大女婿坐首席也算有道理。

大姐夫受宠若惊，却推不过吴承鉴，也就战战兢兢地坐了。

吴承鉴这才坐在他下首，拍了拍手，道："今日带有鱼回门，来得匆忙，也没什么像样的东西，只能请岳父大人、岳母大人见谅。"说着看了吴七一眼。

吴七一招手，就有一排人抬了四块硕大的东西进来。吴七上前揭开盖住东西的红布，一时间整个大厅所有人只觉得金光晃眼——竟是四扇金澄澄的黄金屏风，看这成色，怕不得是真金打造的。

吴承鉴笑道："我听前一段时间岳父嫌书房器物老旧，一股脑都砸了，如今虽然置办了不少新物，却还有两块屏风未曾置办，想了想，就让人打造了这几块玩意儿，不知道岳父大人中意否？"

叶有鱼看到这般巨俗之物，几乎就要捂脸，然而她清楚叶大林最喜欢这等暴发户式的东西。

果然，叶大林微笑道："不错，不错。"他虽然被吴承鉴压着妥协，但脸色一直不善，直到这时才脸色微霁。

叶大林走了过来，弹弹屏风。他是手里过过千金万银的人，一摸就知道整个屏风用的是十足赤金，笑了笑，道："破费了。"

吴承鉴道："值个什么？"又看了吴七一眼。

吴七又挥了挥手，又进来了七个人。众人心想："这全金屏风已经闪瞎人眼了，后面来的若不能更加值钱，那可压不住阵脚。"

进来的那七个人，每个人手里都捧着一个盒子。吴七一个接一个地将盒子打开，却见盒子里全都是瓷器，只是样样不同，有盘，有碗，有瓶，有洗，盘有三而瓶有二，但三盘二瓶的形态却各不相同。

吴承鉴笑道："听说岳父嫌书房里的几件汝窑旧物不趁手，随手都砸碎了，如今博古架有些空。小婿近来刚好得了几件，又在家中库藏里挑了两件，凑成这七件玩意儿，岳父大人看看合不合眼。"

叶大林走近细看，不由得大喜，将瓶、盘、碗、洗一件件捧出来看，果然件件都是汝窑精品！他虽然不通文墨，但豪富之后，过手的古董车载斗量，尤其对自己喜欢的瓷器，那份眼力还是有的，且见识又颇为丰富，就认出其中三件是原本谢原礼家的东西，两件是吴国英的珍藏，剩下两件就不知来历了——这七件东西凑在一起，简直价值连城！真亏了吴承鉴肯拿出来！

将七件汝窑一一过手之后，他终于呵呵笑了起来，道："昊官，有心了。有心了！"

这七件汝窑精品的价值之高固然一下子瓦解了他的情绪，更重要的是吴承鉴肯下这么大的本钱，这就是给了他个大面子，也是要告诉全西关，吴承鉴是敬重他这个岳父的。

吴承鉴笑了笑，道："还有一件，却不是小婿的礼物了，是北京一位大人物有感于前些时候岳父出钱捐米，缓解甘肃旱灾而写的一幅字。"

他拍了拍手，一个丫鬟捧着一个盒子进来。吴七打开了盒子，吴承鉴起身，珍而重之地把盒子里一卷装裱好的书法拿了出来，慢慢打开。

叶大林为了做生意是认得不少字的，认出是"急公好义"四个字，书法的高下来历却看不出来。

叶有鱼却"咦"了一声，声音微颤，道："这……这……不可能吧？"

她自幼跟在叶大林身边，瓷器鉴赏叶大林自己是强项，但每逢遇到书画类都是让女儿代劳，所以叶大林也深知女儿在这一方面的眼力。这时他顺口就问："有鱼，这是哪位名家的字？"

吴承鉴笑道："夫人，你能认出这字？你要是真认出来了，那我就服你了。"

叶有鱼走了过来，再细细品看，只见这四个字字体飘逸，自言自语道："像，真像……但……又有点……摸不准。"

一张都没有落款的新写之字，竟能让吴承鉴当作压箱底的宝贝，在四扇黄金屏风、七件汝窑精品之后才拿出来，这里头可就大有文章了——想来就算不是《兰亭序》《祭侄帖》，怕也差不了多远了。然而奇怪的是这四个字没有落款，且看纸张就觉得不是旧物，而是新写不久的。当今天下，却又有哪个大书法家能够写出这般万金不易之书呢？

在场的人里头，叶家诸子和大女婿的文化水平也一般，众宾客中却有两个颇有点书法功底的，有的摇头晃脑，有的窃窃私语，一时间议论纷纷。

那两个颇懂书法的就在那儿议论了起来。他们虽然低声，但别人也都听见了，大意是说这幅字嘛，写得倒也不错，但离史上顶级的书法家如苏、黄、米、蔡固然差距明显，便是比本朝第一流的书法家如王澍、刘墉，也是有所不如的，但即便是王澍、刘墉，因年代尚近，他们的作品就价值来说，应该也不可能压得倒那七件汝窑精品，甚至可以说是远远不及。

更别说，这幅字连印章、落款都没有。

叶大林叫道："有鱼，究竟像什么？"

叶有鱼犹豫了好久，才道："这幅字，像极了当今圣上的笔迹。"

满屋子的人，包括叶大林在内，齐齐叫道："哎哟！"跟着齐齐站了起来，个个坐都坐不住，甚至都要朝这幅书法跪拜了。

宾客之中一位颇懂书法的被叶有鱼一提醒，也想起了什么，叫道："不错，不错，的确极像！"

乾隆曾六下江南，又喜欢到处题字，能拿到他御笔亲书的人当然不多，但见过他书法摹本、拓本的人也不少。

叶有鱼轻轻摸了摸纸张，说："嗯，的确是苏州织造的本色贡纸。墨色也对……像是大内之物。"

叶大林惊疑不定，望向吴承鉴道："昊官，这……真的是……"

吴承鉴笑道："这怎么可能！我一个四民之末，能求得天子手书？再说，这幅字没有落款，若是陛下亲笔写的书法，不落款就流出宫外，这不成了盗窃大内御物了吗？这可是死罪。"

众人一听也都觉得有理，忽然之间又觉得惊惶了。叶大林道："那这是……"

吴承鉴道："这幅字虽然不是陛下的亲笔，但也有点关系。这次甘肃旱灾，有司赈灾得力，陛下就亲笔写了几句慰勉的话，赐给了有功的官员。当时这幅字的作者就在旁边，当场临摹着陛下的笔意，也写了这幅字，送给了在这次赈灾事件中出钱出力的商户。岳父大人，这出钱最多、出力最大的商户，可是谁呢？"

这一次是吴承鉴牵线，开口让叶大林给和中堂办了两件事，其中一件就是出钱赈灾。

叶大林欣然道:"自然是我!我也是听说甘肃那边旱灾,多少人流离失所,这不是就心里难受嘛,所以就出了一点钱。只不过……那这位临摹了圣上笔迹的人是……"

吴承鉴笑道:"有资格借用御笔,在御前临摹书法的人,岳父大人认为还能有谁?"

叶大林口中有一个名字几乎就要跳出来,而宾客之中那位懂书法的人已经脱口而出:"和珅!和大人!"

大厅之内,一时哗然。

叶有鱼一时也默然点头了。

和珅雅擅书法,而且特别擅长临摹乾隆皇帝的书法。据说乾隆皇帝甚至曾让他代笔题写下赐,旁人竟难辨真假。

吴承鉴虽然没说话,但他既然不否认,显然写这四个字的人就是和珅了。叶大林又惊又喜,走了过来,朝着这幅字磕了个头,然后才从吴承鉴手中珍重地接过来,说道:"昊官啊,这幅字……"

吴承鉴笑道:"这幅字,是国家重臣嘉奖为国出力、捐钱赈灾的人的。岳父大人,您收好吧。"

叶大林大喜,吴承鉴又道:"但这幅字的书写者素来谨慎,不喜张扬。幸好这里也都是自己人,这幅字的来历,大家心里知道就好,就不要到外头传得沸沸扬扬了。"

叶大林忙道:"不错,不错,大家心里清楚就好,可别到外头张扬。"然而他心里清楚得很,这种事情根本遮盖不住,一出叶家的大门,这些宾客,甚至就是自己的儿子、女婿,也马上会悄悄告诉他们的朋友亲戚,一来二去,不用几日,满西关的人就都知道他叶大林得了和中堂的一幅墨宝了。

第五十九章

筹款造船

女儿、女婿都走了之后,叶大林让儿子们将金屏风、汝窑瓷都在书房里摆好,接着又打开了那幅《急公好义》,捧在手里,又怕掌心出汗坏了纸张,赶紧让人去拿手套来套上,然后又慢慢欣赏了起来。

马氏掀门进来,看看屏风,的确是真金;又看看汝瓷,她道不出好歹;最后目光落到那幅字上面,冷笑道:"落款都没有,也不知道是真的还是假的,你就宝贝成这样了。"

叶大林仿佛就没看见她进来,嘿嘿笑道:"纸是大内的纸,墨是御用的墨,字体也对路,别人就信了五分了。这幅字是昊官拿来的,他如今是和中堂的爱将,既然是他手中出来的东西,别人也就信了七分了。这字又是在金屏风、汝窑瓷之后压轴出场的,前面两样价值万金的东西是真的,怎么可能后面这个是假的呢?别人也就信了九分了。"

马氏道:"那就还有一分可能是假的。"

"就算是假的,又怎么样?"叶大林道,"只要满西关的人都知道,我叶大林手里,很可能藏着和中堂的一幅墨宝,而我能得到这幅墨宝,是因为应了和中堂的号召,给甘肃灾区捐钱捐米——大家只要知道这一点就行了。哈哈,哈哈。"

说到这里,他终于将字好好收好,放在了博古架的最上面,笑道:"只要满广州的人都晓得,往后我叶大林是和中堂的人了,那我们叶家在广州就会顺风顺水,稳如泰山了。"

他们十三行的保商,从来不怕钱赚得少,却最怕钱赚得不稳当,现在能攀上一条大象般的大腿,往后可就能安心了。

马氏哼了一声,摔门走了。

叶大林也不管她,对叶多福道:"去,给迎阳苑那边多挑两个使唤丫鬟,挑好一点的,再给六姨娘预支两千两银子,再打造一副首饰配头,以后粮米鱼肉、菜蔬瓜果这些东西,太太房里有的,也都给迎阳苑那边预备一份。"

叶多福心道:"没想到六姨太临到老,还能靠着女儿翻身。"便应道:"是。"

叶多福出去后,叶大林又对叶好野、叶好家等几个儿子说:"我知道你们以前都跟有鱼不对付,不过我们是大老爷们,发财富家才是最要紧的。往后少掺和内宅的勾当,多跟昊官走动走动。这小子前途无量,你们只要学到了几分,我叶家就不愁后继无人了。"

不说叶大林这边训妻教子,却说吴家的人回了吴宅,无人时,叶有鱼忽然道:"今天……谢谢你。"

吴承鉴道:"嗯?"

叶有鱼道:"今天你做了这些事情之后,可不只是给我阿娘体面了。我知道从今往后,只要吴家声势不减,阿娘在叶家就会过得很好了。"

吴承鉴笑道:"这不是我们之间的约定吗?"

叶有鱼道:"虽然是约定,但你今天能做到这一步……我心里还是很感激,往后你让我做什么,我不但尽力而为,而且心甘情愿。"

吴承鉴笑笑道:"做什么都行?"

叶有鱼道:"是,你要行周公之礼也好,要传宗接代也好,我都心甘情愿。虽说是协议,但你给我阿娘跪下的那一刻起……我、我一辈子都感激你。"

吴承鉴本来想趁机说两句调笑的话,但眼看着叶有鱼真情流露,那些轻薄的话反而说不出口了,脱口就说:"我以后每年都带你去见她。"

叶有鱼道:"啊?"

吴承鉴道:"以后每年初二,我都带你去见你娘。嗯,也不是说一年才让你们娘俩见一次,我是说……你明白的。"

他的意思叶有鱼很明白,每年带她回门不只是回门相聚,更是给徐氏撑腰的一种仪式,让她能在叶家过上一年好日子。

叶有鱼道:"你……不是哄我的吗?"

吴承鉴道:"当然是说真的。"

叶有鱼一时失态,竟扑到了他怀里,哭了起来。

吴承鉴一直对周贻瑾说这个小姑娘满肚子算计,可没想到她会为这样一件事情,哭成这个样子,一时有些措手不及,僵了一下,手却自然而然地抱住了她。

却听叶有鱼的声音几乎是从他胸口震动地传过来:"谢谢……谢谢……"

曼倩蓬莱。

周贻瑾正在钓鱼,而吴承鉴则看着他钓鱼,有些发呆。

忽然,吴承鉴说:"贻瑾,我是不是魔怔了?"

周贻瑾道:"什么魔怔?"

"你就没听我说话吗?"吴承鉴道:"当时她在我怀里哭的时候,我差点就想把行里的好多事情都告诉她。嘿嘿,这个小……小姑娘啊,真是满肚子算计!她之前一定是把这个都算到了,把我的心事都算到了,太厉害了她!"

"你就得了吧你。"周贻瑾道,"这么说你老婆,真的好吗?"

"总之啊……"吴承鉴道。

周贻瑾截口:"我不想听你口是心非地说这些狗屁倒灶。你就是最近太闲了!"他从怀中摸出一封信来,道:"看看这个吧,我想你看完之后,就不会再唠叨你房里的那些无聊之事了。"

吴承鉴打开信封一看,脸色一下子就变了。

周贻瑾道:"这是过年前的几天,宫里的一些变动,以及一些宫闱采买透露出来的痕迹。看得出来……如果没意外的话,改元就在眼前,甚至可能就在正月初一。"

清朝开国以来,一个皇帝都只用一个年号。改元,就是换皇帝,也就是内禅！

种种迹象表明，乾隆皇帝真的要退位了。

本来，北京那边换一个皇帝，广州这边也可以酒照喝，肉照吃，钱照赚，市民们的生活不会受到多大的影响。

唯有十三行是例外。

十三行虽然远在广州，却仿佛是紫禁城的第二颗心脏，大内的任何风吹草动，都可能会引发西关街的地动山摇。

满西关的豪门都清楚：吉山是和珅的人，而去年来的那一位两广总督，则是皇十五子永琰的老师；在朝堂上，朱珪朱大总督与和珅和中堂是公开的不和。

本来双方不管怎么斗，朱珪都一直落在下风，但如果北京真的禅让了……皇十五子真的登基了……

那朱珪就会成为帝师！

一朝天子一朝臣！

到时候，谁知道会再发生什么变故。

周贻瑾道："我师父没说假话，如果北京那边没出什么意外的话，官方邸报来到广州也许要一个月，但消息不会那么晚。早则十天，迟则半个月，只怕广州这边就都会知道了。那时候北京变了天，广州这边也得翻海。有些事情，我们得早做准备。"

广州风俗中，正月初五是财神日，所以大小商户都赶在这一天开市，博一个好意头。

开市的鞭炮声，这一天便响遍整条十三行街，这里头有的商铺无比热闹，有的商铺相对冷清。大的商行客似云来，就算不是真买卖也有一大堆人捧场，小商户也有自己的亲戚朋友。

在九大保商之中，却是潘、吴、叶炙手可热，蔡家门庭冷清，卢关桓介于二者之间，不算热闹，但也不冷清。

开市之后，卢关桓便放出消息，要为总督府那边筹饷造船，结果消息传出，应者寥寥。

一整天下来，只收到了五笔大钱和七八笔敷衍之资。蔡清华看得几乎要拍案子，忽然又指着上头道："这是什么？"

他指的是响应名单下面，列在卢、潘、梁、马之后的一个姓周的商户。这次卢关桓发出号召之后，潘有节跟投了一笔大钱，梁、马是卢关桓的应声虫，卢关桓做什么他们就跟什么，所以也都出了一大笔钱，可这姓周的是怎么回事？

"是去年谢家倒下后，才冒出来的一个小商户。"卢关桓说，"是个外来户，似乎是一户浙江人，但已经在广州住了几年，从做小买卖慢慢发了点家，原本不怎么起眼，然而去年看准了乱局，趁着谢家倒下，就把生意做得风生水起。"

去年大变乱之际，大家族吃肉，小家族喝汤，另外也有一些新的商户趁机崛起。这个周家是其中之一。

"也是个有眼光的。"蔡清华赞了一声，又听说是浙江人，心中又多生了一点亲近感，"他的这笔钱也收了。不过……就凭这点儿，还是不够。"

造大海船，建新水师，这就是一个无底洞，凭着现在筹集的这点钱只够开个头。卢关桓发起的这个召集，响应捐钱只是第一步，之后再要干什么，就要响应的这些家族源源不断地往这个无底洞里填坑。现在潘有节明显只是给两广总督面子以示不得罪，梁、马实力一般，说到底扛梁柱的还是只有卢关桓，但这肯定不行。

要办成这件大事，上四家不说，其余西关街大小商户，至少得发动一半，所谓人多力量大，才有可能把这件事情给办起来。

第六十章

护身符变索命咒

卢关桓无奈，回去后又一家一家地写信，给十三行各大家族都发出了请帖，邀请他们初七这天到卢家一聚。

叶大林听到消息，便也决定在初七这天在家里开个"赏宝会"，说是自己最近得了几件宝物，邀请西关众同行来品鉴品鉴。卢关桓请了那些人，他也照样请了那些人，明眼人一看就知道他这是在打擂台，要坏卢关桓的事。

蔡清华听到这个消息，暗火萌生，冷冷道："叶大林这是做什么？"

卢关桓对他道："近来西关街都在暗中传着，说叶大林刚刚得了和中堂的一幅字，也不知道是真的假的。"

蔡清华"哦"了一声，哼道："这么说来，倒是抱上和珅大腿了啊，嘿嘿！好，很好！"

潘家园。

潘海根将卢家、叶家的请帖都送了来。潘有节看了之后笑笑，对身边柳大掌柜道："分别派两个掌柜，都去赴会。"

潘海根道："这也真是奇怪，怎么是叶大林跳了出来？我还以为会是吴家呢。"

潘有节看了他一眼，笑笑不语。

柳大掌柜道："因为叶家是新抱上大腿的，所以要比吴家更上心。吴家那边反而不需要了。"

潘海根"哦"了一声，马上就醒悟了——就像他已经是潘有节的心腹，所以日常行事反而能够从容一点，但如果换做一个新近得到潘有节注意的家奴，遇事一定会跳得比他潘海根更急。这是为了尽量争取在主子面前有所表现啊。

柳大掌柜道："北京那边的形势，已经有了变化，可笑广州这边知者寥寥。但以吴家的耳目，不应该如此闭塞啊，卢关桓这次发出号召，他们居然也敢不随份子。"

潘有节淡淡道："吴官不是不想随份子，而是不能。"

柳大掌柜"哦"了一声，道："是，老朽一时想岔了。"

正如在吴、叶之间，吴家已经可以做到相对从容，但在潘、吴之间，则是潘有节站在更超然的位置上，可以在这个敏感时期做到两不得罪。吴承鉴却是不能的——他现在已经跟和珅捆绑得太死了，这也是当日他破开"饿龙出穴，群兽分食之局"的后遗症之一。

柳大掌柜道："北京那边的情况已经越来越明显了。这次卢关桓的号召，我们是不是要多出一把力气？"

潘有节淡淡道："不用，随份子就好。就算真的内禅了，是否就变天还说不定呢。该我们出的力气，我们就出。两广总督府那边有什么指示下来，我们都照办，但办事的力气，一分也不少了它，可一分也不多了它。"

柳大掌柜道："明白。"

曼倩蓬莱。

戏台上，小旦们正咿咿呀呀地唱着。看戏的凉亭里，吴七将请帖递到了吴承鉴手中，吴承鉴看了一眼，又递给了周贻瑾。

周贻瑾看了一眼，道："你这一把可将你岳父坑得够呛。"

吴承鉴淡淡道："就凭他踢有鱼的那两脚，这些只算是利息。"

周贻瑾道："你什么时候变得对那个算计你的'小姑娘'这么上心了？"

吴承鉴道："不管怎么说，现在都是我老婆。"

周贻瑾道："那两脚也是你老婆过门前的事情，那时候人家还是叶大林的女儿呢。"

吴承鉴冷冷道:"如果是过门后才发生的事,你认为我能这么便宜他?再说,自知道那两脚的事情后,我也真不觉得老叶把有鱼当女儿。"顿了顿,问道:"仓库的事情怎么样了?"

周贻瑾道:"初三那天,已经让老顾和叶忠交接过了。"

吴承鉴点头:"消息大概这两天就会传到广州吧,届时西关又要有一波动荡了。"

周贻瑾道:"叶大林听到消息后,仓库那边会不会出问题?"

"他不敢,而且也不能了。"吴承鉴道,"就算他知道自己被我坑了,又能如何?他现在就算想换个大腿抱,两广总督府那边还能让他抱吗?"

周贻瑾连连摇头:"你这个人啊……真是不能惹。"

叶家的"奇宝鉴赏大会",无论时间还是宾客名单,全部都跟卢关桓的"筹款造船茶会"撞了个正着。

论起来,卢关桓无论身家还是声势都要明显高过叶大林一筹,然而接到邀请的宾客们将两份请帖左看看,右看看,最后十之八九还是去给叶大林捧场了。

约好的时间还没到,叶宅外头就挤满了马车轿子。叶大林带着儿子们在门口迎客,将宾客一个接一个地迎了进去。来的客人除了广州的富豪、商户,更有执掌实权的吏员,甚至还有部分官员。原本是想在书房里开,后来发现应邀的人实在太多,只能改在大厅里,最后发现连大厅都坐不下——他叶家以前就是办更大的喜事,也没这么多人来捧场啊。

叶大林眼看着自己家里高朋满座,欢喜塞了满怀。他自然清楚这些人是奔着什么来的。

相反,卢关桓那边就门庭冷落了,今天不但卢、梁、马三家保商齐到,连蔡师爷都亲自来卢宅压场子,没想到场面还是冷清到了极点。到场的客人,也就只有卢家的嫡系和一些相好,除此之外就寥寥可数,偌大的客厅坐得七零八落。

蔡清华冷着脸,却只是哈哈。

卢关桓道:"蔡师爷,是否……"

"且等等！"蔡清华道，"且喝茶！"

叶家那边，热闹的场面却已经到了顶点。

叶大林与众宾客欣赏了金屏风、七汝窑，一众来宾无不交口赞誉。看着高潮将至，叶大林笑道："在座的各位全都见多识广，这几件东西虽然也算珍贵，但劳烦大家特地跑一趟还不大够格呢。我最近刚刚得了一幅字，虽然没落款，那字却是好到极点。我叶大林是个大老粗，也不懂这写字的学问，不如就拿出来，请大家帮我品评品评。"

会来叶家的宾客，谁心里不清楚是怎么回事，于是齐声说："不用看，那肯定是顶级的好字！"又说："不过能瞻仰瞻仰，却是我们的福分了。"

叶大林大为满足，就道："我亲自去把那幅字请下来。"

那幅字他已经用了一个古董盒子，珍而重之地放在了博古架的最上层。这时小厮搬来了小梯，叶大林故作斯文，撩起半边衣角，朝着那幅书法所在的地方一步一步地踏上去。

众宾客的目光也随着叶大林的步伐，头慢慢地往上抬，最后目光都随着叶大林的手，聚集在了那个古董盒子上面。

叶大林拿到了古董盒子，轻轻地吹了口气，仿佛在吹上面的灰尘——其实才放上去半天，哪里来的灰尘？

然后他才双手捧着，慢慢走了下来——这时忽然有人跑了进来，在一个宾客的耳朵边耳语了几句，那个宾客的脸色一下子就变了，跟着在另外一个宾客耳朵边耳语了几句，另外那个宾客的脸色也变了。

这个消息静悄悄地传递，但这时叶大林也没发现什么，含笑下了梯子，众宾客自然而然就围了上来，围着那个古董盒子，形成了个小圈子。最靠内的自然是中通行的潘商主和康泰行的易商主——那些听到悄悄话的宾客却犹豫着，竟往后退！

叶大林笑道："来来来，大家来帮我鉴赏一下这幅字。"

潘商主笑道："那肯定是百年难得一见的好字！"

叶大林就打开了盒子，取出了那幅字来，果然没有落款。才打开了一半，易商主就赞了起来："好字！好字！"

他身边的潘商主赞道："神如蛟附龙，笔若鹤攀凤，好字啊好字！"

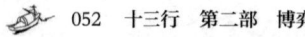

书房里登时就交头接耳起来，似乎很多人在议论。借着这个机会，刚才传进来的消息也被传得更快了，只要听见的人，个个脸色诡异。

到了最后，除了最内层的几个人，其他宾客都听到消息了，竟然个个有意识地与这幅字保持距离。

叶大林道："咦，怎么都站那么远？来来，都过来看看，这等好字，可不是随时都能见的啊。"

外围那些人面面相觑，忽然有一个人道："达官，我家刚好有点急事，我要赶回去瞧瞧。"

叶大林眉头一皱，正觉得此人煞风景时，外围的宾客纷纷道："啊，我也是刚好有点急事。""我家老婆忽然病了，我得赶紧回。""啊，我儿媳妇生了，我也得赶紧回去抱孙子。"

外围众宾客竟然都拱手告辞——到后来大多数人连理由都没找了，直接就随大流走了。

叶大林和几个内围宾客面面相觑，都知道肯定是出了什么事情，却不知道是出了什么事情。

就在这时，潘商主的一个小厮焦急地上前，跟潘商主耳语了几句。潘商主这时一只手还拿着那幅字呢，听了耳语，手一颤，就像手里握住的不是字画，而是一块烤红的铁！惊得他赶紧丢了，向叶大林道："达官，告辞，告辞！"

易商主眼珠子一转，道："达官，我去看看他们是怎么回事。"竟然也跟着溜了。

眼看着满座亲朋转眼间如鸟兽散，叶大林一时间目瞪口呆，不知所措，眼睛扫向身边几个儿子、仆役，作询问色。

叶好家道："阿爹，我刚才好像听他们说外头出了件什么大喜事。"

叶大林愤懑道："什么喜事！"心想能有什么喜事，竟然扰了老子的鉴宝大会！

叶好家道："好像说我们大清要改年号了，皇十五子登基，北京换了个皇上。"

叶大林一听，一蹦三尺高："什么！"

他呆了一呆，随即叫道："换了皇上……皇十五子……啊！！"

他想起来了！

本来，广州这边的老百姓对北京那边的政局未必耳熟能详，但谁让西关街吃的是内务府的饭呢？所以对皇族的情况还是要知道些，更何况如今压在头上的两广总督，就是皇十五子的老师啊！

"啊！"叶大林的目光落在了"和珅"的那幅字上！

片刻之前，他还把这幅字当成了青云梯、护身符！

转眼之间，这幅字却仿佛一下子变成了地狱索、催命咒！

第六十一章

有 喜 了

乾隆逊位、嘉庆登基、天下改元的消息,终于正式传到了广州。

在官方来说,这是一件普天同庆的大喜事;但具体对某些人来说,就未必了。

在西关,造成的最直接的一个变化,就是那场"鉴宝大会"还没结束,大部分的宾客就忽然退场,纷纷涌到卢关桓宅子里去了。

然而等到他们到了卢家,蔡清华却已经走了。

想到蔡师爷怫然离去的背影,所有"迟到"的宾客个个心中惴惴不安——北京已经变天了,这广州城,这西关街,只怕也跟着要变天了!

这个消息是上午传到广州的,然后只一顿饭工夫就满西关都知道了。

宜和行六大掌柜急急碰了个头,然后连午饭都来不及吃,就渡江来吴家园,紧急来见吴承鉴。

吴承鉴却不在日天居。叶有鱼接待了众掌柜后道:"诸位大掌柜,这是出了什么大事,把诸位急成这样?"

"哎呀,变天了,变天了啊!三少奶奶!"刘大掌柜道,"北京那边传来消息,正月初一当日,乾隆万岁爷退了位做太上皇,皇十五子登基,改元嘉庆，如今是嘉庆元年了！"

叶有鱼心里一惊，暗道："终于来了。"

因她脸色过于镇定，以至于刘大掌柜等还以为她是听不懂，于是欧家富又加了一句："三少奶奶，如今的两广总督朱老爷，就是皇十五子……不不，是当今皇上的老师啊！"

叶有鱼轻轻点了点头，说："外头的事情，我们妇人家不懂什么。如今昊官不在日天居，早上我听他提了一句，现在应该是在曼倩蓬莱。"

六大掌柜便告辞了，匆匆赶到曼倩蓬莱，却见吴承鉴和周贻瑾竟然都在戏台上唱戏呢。吴承鉴扮唐明皇，周贻瑾反串杨贵妃，唱的是昆曲。刘大掌柜是个地道的广东人，官话会说，昆曲却是听不懂的。只听台上咿咿呀呀的，他就在台下跳着叫道："昊官，昊官！大事不好了！"

这时正轮到周贻瑾唱，吴承鉴在给他搭戏，旁边戏子们都受到了干扰，然而吴承鉴眼睛就只看着"杨贵妃"。周贻瑾则是继续唱着，气息都没受半点干扰。

刘大掌柜年纪大，声音压不下鼓乐。欧家富大声叫道："昊官！北京传来消息，乾隆皇上退位，皇十五子登基了！"

戏子们都有些吃惊，吴承鉴却好像没听到，周贻瑾也气息如常地将这折戏给唱完了。

直到他收了调，观戏亭内才响起一个人的鼓掌声。那人笑道："不错不错！昊官你这扮相真是不错，周师爷这唱腔更是绝了！"

刘大掌柜等微微一惊，这才发现观戏亭里还真有个观众，竟然是潘有节！

吴承鉴和周贻瑾收了戏，吴承鉴笑道："我也就学会这一段了，再唱别的就不行了。"

潘有节笑道："咱就是玩玩，难道还真把整部《长生殿》给学下来不成？"

戏台上，凉亭里，潘、吴、周三人同时大笑。

潘有节道："你家掌柜们大概找你有事，我就先回了。"他说着，跟刘大掌柜等作揖，六大掌柜赶紧还礼。

因潘有节的这一打岔，六大掌柜倒是冷静了不少。吴承鉴招呼了两个小旦来给自己和周贻瑾卸妆。六大掌柜跟在旁边，说话也不是，离开也不是。搞了好久，才算卸了妆，换了衣服，吴承鉴才带着他们回到凉亭。

吴七上来说："昊官，午饭在哪里用？"

吴承鉴笑道："就在这里将就吧。"看了六大掌柜一眼，笑道："我看刘叔他们也还没吃饭呢，不如一起吃吧。"

饭菜虽然是为他和周贻瑾两个人准备的，菜式少了些，只有二十八个，加几碗米饭的话，招呼多六个人倒也勉强够。

刘大掌柜顿足道："昊官，刚才小欧的话你没听见吗？变天了，变天了！"

吴承鉴淡淡一笑道："这事我早知道了。"

除了姚四掌柜，五大掌柜都是一愕。

吴承鉴道："这天要变就随它变吧，我们该吃吃该喝喝，该玩玩该乐乐，不用担心。"

刘大掌柜道："这……这……"

欧家富道："昊官，叶……达官上午办的鉴宝大会，办到一半就狼狈收场；而卢家那边，原本是门可罗雀，而现在则是门庭若市。"

吴承鉴笑道："跟红顶白嘛，人之常情。随他们去吧。"

这时吴七已经让人将饭菜摆好，吴承鉴道："刘叔，入席吧？"

姚四掌柜笑道："我老婆已经做好了饭菜在家里等着了，我就先回去了，不打扰昊官和周师爷用饭。"

他说着就要告辞，但脚下还没动，只拿眼睛看刘大掌柜。

刘大掌柜毕竟是个老辣的人，要不是今天这个消息实在太过惊人，也不至于失了分寸，当下沉吟下来，道："那我等先告辞了。"

吴承鉴留了两句，也没强留。

六大掌柜出了曼倩蓬莱，刘大掌柜道："姚老弟，你怎么忽然就不急了？"

姚四掌柜笑道："刚才大伙儿没听昊官说吗？这事他早就知道了。既然早就知道了，还有心情在那里唱戏玩儿，那我们大伙儿急什么？"

五大掌柜一听，微觉有理。

姚四掌柜又道："不但昊官知道，周师爷肯定也知道了，可你们听他刚才的唱腔，可有些许慌乱？没有啊。可见周师爷的心也是定的。"

有喜了　057

五大掌柜一听,都觉有理。

姚四掌柜继续道:"还有启官,刚才他还在观戏亭里听戏呢,你看他听了我们的言语后一点都不放在心上,可见也是早知道了的;而且你看启官和昊官仍然言笑自若,昊官登台唱戏玩,他就在下面听戏玩,关系亲密,与之前也都没什么变化。由此推想,北京这场改元,对我们吴家多半也不会有多大的影响。"

五大掌柜一听,都觉得非常有理——虽然还有许多不明白的地方,然而心情也就没来的时候那么糟糕了。

六大掌柜走后,下人也都退到远处。

周贻瑾道:"你这六位掌柜里头,倒是那位姚四掌柜的眼力见最好。"

吴承鉴笑着点头:"家富精明强干,但毕竟还不够沉稳,得多历练历练。"

吴七在旁边道:"昊官,这皇十五子登基,对我们真的没什么影响吗?"

吴承鉴笑道:"怎么可能没影响,影响大了去了。"

吴七道:"那你还玩着笑着?"

周贻瑾淡淡道:"不玩着笑着,难道还哭着给别人看不成?呵呵。"

北京传来的这个消息,不管各方反应如何,还是让广州十三行内部的局面产生了微妙的变化。

蔡清华人虽然走了,卢关桓却还是筹到了不少钱。

关于北京的情况,传来的消息越来越多,而各方的形势也在晦明之中变化不定。但总体的趋势,还是人心渐渐往朱珪这里靠,钱流也隐隐往卢关桓这边涌。只不过这都是隐隐的形势,就外在大势而言,大部分都还在观望。

卢关桓大张旗鼓帮着两广总督筹款的同时,同和行那边,潘有节依旧低调;兴成行的叶大林则闭门不出。

唯有吴承鉴,三头两日地往神仙洲跑,在那里夜夜笙歌,挥金如土。

于是众人以为要风起云涌的西关十三行,莫名其妙地就这么安静了下来。

春去夏至,季风南来,走了的海外船队又伴随着季风回来了。

于是平静了几个月的广州港口又一日更胜一日地热闹了起来。

　　不管北京那边是哪个皇帝当家，广州这边的生意还是要继续做，钱照赚，饭照吃。

　　二何先生也循例到吴家西关老宅，来给吴承钧、吴老爷子诊脉。叶有鱼平时都住在河南岛，但每个月总会过来几次——尤其是二何先生来诊脉时，她都会来这边请安伺候。

　　吴承钧的情况并不怎么好，吴老爷子也衰弱了许多，然而这个家还是保持了最大程度的安稳。蔡巧珠心里知道北京城里皇位交替的事情不可能对吴家没影响，但她看吴承鉴镇定如恒，便连问都没问过一声，只当什么事情也没发生。

　　二何先生给吴国英诊脉后，叶有鱼退回左院。二何先生跟了过来，他特意带来的儿媳妇进了房内，给叶有鱼仔细看了胸口的伤势，出来后向二何先生回禀。二何先生听了后说："外伤没什么大碍了。"

　　过年之后，二何先生曾到河南岛给叶有鱼诊过脉，开了化瘀通血的方子，吃了有一个月，就吩咐改了食疗。之后半个月诊一次脉，诊了两次，又改为一个月诊一次脉，最近这次已过了四五十天，今天诊脉是看有没有复发或者后遗症。

　　叶有鱼最近几个月锦衣玉食的，日子又过得顺心，整个人的气色都调养得很好，自觉血脉通畅，料来也没什么事情了。不料二何先生诊脉之后，却形色有异，又换了另一只手细细诊断。

　　冬雪可有些担心了，道："先生，我们三少奶奶没事吧？"

　　"怎么没事！"二何先生扫了她一眼，不等她们忧心，便笑道，"有事！有喜了！恭喜了，三少奶奶。"

第六十二章

报　　喜

　　叶有鱼听说自己有了身孕，一时间百感交集，不知作何反应。

　　二何先生也不见怪，心想毕竟是第一次怀孕的妇人嘛，就对周围的丫鬟说："还不快去后院给吴老爷子报喜。"

　　冬雪等这才反应了过来，急忙跑出去。春蕊要动，但还没动就停了下来，那边冬雪叫来昌仔："快，快，去后院给老爷子报喜！三少奶奶有身孕了。"

　　昌仔怔了怔，随即高兴地跳了起来，赶紧往后院跑。

　　春蕊这才说："也得跟大少奶奶那边报一声喜。夏晴，你去吧。"

　　昌仔连跑带跳，中途还摔了一跤，跑到了后院，直闯进去。

　　吴国英正在喝茶，看到了昌仔，那句"毛躁"还没骂出口，就听昌仔结结巴巴叫道："有喜，有喜了！三……三……三少奶奶，有喜了！"

　　吴国英转怒为喜道："什么？"

　　"二何……先生，诊脉……喜脉，喜脉。"

　　吴国英大喜："这……好啊，好啊！来来，我去看看细家嫂。"

　　旁边杨姨娘连忙扶住说："老爷，可使不得。虽然是大喜事，但三少奶奶的身子都还不太显呢，行动没什么妨碍，待会儿让三少奶奶过来给您道喜就行了。"

那边蔡巧珠从夏晴那里听说，也是欢喜无比道："这下好了！我们吴家，真是喜事连连。"马上就带了丫鬟赶到左院来。

妯娌见面，彼此握手。蔡巧珠用的是扶的姿势，叶有鱼赶紧道："大嫂不用这么紧张，我自己都没什么感觉呢。"

二何先生在旁边笑着骂道："这果然是新媳妇，这么久了月事没来，你就没发现？"

蔡巧珠扶着叶有鱼坐好了，这才来见二何先生，先道了声谢，再细细盘问诸般细节，知道胎稳母壮，这才放心。

妯娌俩便请二何先生再到后院来。

吴国英已经在那里等着了，看到叶有鱼来，呵呵直笑。

叶有鱼要请安时，吴国英摆手："免了免了，今天起这些礼节都免了，以后你也别跑来跑去的，就在河南好好养胎。若是怕那边冷清，在这边养胎也行。"

忽然想起什么，吴国英问道："吴官呢？"

众人面面相觑，叶有鱼道："大概在外头谈生意吧。"

吴国英挥手："快找个人去告诉他！"

昌仔便被指了去通知吴承鉴。

今日再去找吴承鉴，他的身份地位与往日再不一样了，带着吴国英的指示，干什么都理直气壮，穿得身光颈亮的，身后还有两个小厮做跟班。这一路打听，也没人敢瞒他，昌仔就知道了吴承鉴在神仙洲，又一路寻了过来。

上了码头后，自有人将他一路引到秋滨菊来。秋滨菊是个小巧的套房，房分内外。昌仔站在外间，从珠帘之中，隐约看到房内有一男一女，男的长身玉立，女的身形窈窕。那男人道："是哪个？"

昌仔就听出是周贻瑾，唤道："周……师……师爷……是……是……是我。"

周贻瑾回了一声道："进来。"

昌仔一进门，第一眼就看到了于怜儿。与几个月前不同，经过百余日居养，于怜儿不复当日那豆蔻初开的青涩，又经周贻瑾调教，隐隐然已有一点富贵派头。昌仔一见到她，整个人愣在那里，连周贻瑾叫了他两声都没反应。

于怜儿看到他的呆态，扑哧一笑："这人，有趣。"

她的结巴这段时间治过，但好得不明显，是周贻瑾教了她一些遮掩的技巧。

然而昌仔自己是个结巴,一听就感同身受,心想:"她竟然也和我一样。"

于怜儿却自是不记得他的了,推了他一把说:"周师爷问你话呢。"

昌仔"啊"了一声,赶紧收回不着体的魂魄,结结巴巴道:"报报……报报……报喜。"在于怜儿面前,不知怎么,竟比平时更加紧张。

周贻瑾道:"什么喜?"

昌仔道:"三……三三……三……"

周贻瑾道:"三少奶奶?"

昌仔连连点头:"有有有,喜喜喜……"

周贻瑾眉头挑了挑:"三少奶奶有喜了?"

"是是,"昌仔说,"老……老……老爷,让让让……"

周贻瑾道:"吴老爷子让三少赶紧回家对不对?"

昌仔连连点头,一边暗骂自己今天不争气,一边庆幸今天遇到的是闻一知十的周师爷。

周贻瑾道:"你在这里等着,我去告诉吴官。"

临出门,忽然看看昌仔,再看看于怜儿,对于怜儿道:"陪他吃两盅酒,他是有功之人。"

于怜儿便知道周贻瑾的意思,这是酬功之意,微微一笑,就伸手招昌仔过来。昌仔呆呆上前,如在梦中。

周贻瑾出门之后,来到春元芝,里头笑声连连。他径自掀门进去,屋里头酒气醺醺,却是吴承鉴、刘三爷和佛山陈三人。旁边三个花魁打点着,陪着佛山陈的自然是春元芝的主人秋菱,陪着刘三爷的是冬望梅的主人王容儿,陪着吴承鉴的是夏绿筠的新主人月婵儿。

和上次不同,这一回虽然传来乾隆退位、嘉庆登基的消息,但吴承鉴仍然牢牢掌控着神仙洲。有沈小樱和银杏的殷鉴在前,那些姐儿、龟奴也都不敢在形势彻底明朗之前,稍违昊官之意。

刘三爷看到周贻瑾,笑道:"周师爷,你这一趟去更衣,可错过了陈少的一个好笑话。"

大概刚才那个笑话的确好笑,三大花魁一起笑了起来,王容儿更是推着刘三爷娇嗔。

过去几个月，吴承鉴和佛山陈合作做成了两笔大买卖，洪门的兄弟也从中得了大利。刘三爷借此在洪门之中威望更增，因此北京的局势虽有动荡，却还不至于一下子就冲垮三人的利益联盟。

周贻瑾笑了笑，对吴承鉴道："你家老爷子让你赶紧回去呢。"

吴承鉴有些奇怪，吴国英已经好久没管过他了。

周贻瑾道："你们吴家三少奶奶，有喜了。"

一室之人皆面露惊喜，三个花魁同声恭喜。刘三爷叫道："那得回去，赶紧回去！"

佛山陈也笑道："这么大的喜事，咱们不敢留人，不敢不敢。"

吴承鉴也是呆在那里，嘴巴都合不拢。周贻瑾推了旁边吴七一把，说："快帮昊官换衣服。"

不说这边吴承鉴惊喜回家，却说他家正房三少奶奶有喜的消息，瞬间传遍整个神仙洲——这也就是个普通的新闻而已，对神仙洲的花娘、龟奴们来说，不会有什么大影响，最多不过琢磨着下次吴承鉴来说两句好话，讨多一点赏赐罢了。

然而还是有其他有心人的，于怜儿送走了客人后，想了想，便封了秋滨菊，让人备船准备上花差号，才进小船船舱，冷不防被一个人抱住了。她先吓了一跳，随即觉得那人气味熟悉，却是潘有节的儿子潘正焕。几个月过去，他又长大了不少。

于怜儿拍了他一下，说："怎么，伏，这里……吓我，一跳。"

潘正焕笑道："我等了你大半天了。哼，都是那个周师爷，霸着你不放。"

于怜儿点了点他的额头："你是，怕，昊官。"

潘正焕怏然，他的确是忌惮着吴承鉴告诉他爹，所以才不敢露脸。

两人厮混了一路，艄公也算识趣，让小船在白鹅潭荡了一个圈子，才把于怜儿送上花差号。

花差号上，海棠开得正好，但整个甲板十分清静——吴承鉴成亲之后偶尔还会来，所以神仙洲的人知道罟三娘还没失宠。然而吴承鉴每次来的时间都不长，再不和以前一样一混几天不下花差号了，所以神仙洲的人私下又有些议论，再加上罟三娘也不喜欢人有事没事往船上蹭，于是大伙儿便识趣地保持了距离。因此花差号上近来十分清静,只有于怜儿每过几天都上来一趟,所以已经和船上的人混得熟门熟路了。

碧荷见到了她,欣然给她上茶。

疍三娘正在逗鸟——吴承鉴让人将几段花枝编成了一个天然的鸟笼,里面养了一只画眉——察觉到于怜儿近前,说了声:"妹妹来了。"

于怜儿叫了声"姐姐",在旁边坐了,好一会儿不知道怎么开口。

疍三娘忽然道:"是要来跟我说,吴家三少奶奶有喜的事情吗?"

于怜儿微微吃惊,心想三姐人不在神仙洲,消息收得却好快。

疍三娘微微笑道:"这挺好的,挺好的。"又回头看了于怜儿一眼说:"有心了。"

于怜儿本来觉得疍三娘应该会不高兴,但看疍三娘还能赏花逗鸟,似乎心情又不坏。她说话不顺畅,这一时间也不晓得说什么好,就陪疍三娘坐了一会儿,便回神仙洲了。

临行前,疍三娘忽然开口道:"妹妹,你如今虽然鲜花着锦,但花行中的风光总不能长久的,若有机会,还是找个老实本分的人上岸吧。"

于怜儿应了一声,心里却想:"若是能找着个如昊官这般风流深情的人,哪怕是做外室,也胜过嫁给那些腌臜汉子。"

于怜儿走后,碧荷过来道:"姑娘,其实你何必呢?"

疍三娘微微皱眉:"你说什么?"

碧荷道:"自昊官成亲之后,每次他上船,你就总是劝他些……那些道德夫子般的话,搅得他心情不好,都不愿多待。姑娘,你何必这样呢。你知道昊官对你还是有心的。"

疍三娘道:"那难道我还要学那些勾人丈夫、坏人婚姻的风尘女子一般,缠着昊官让他多陪我、不回家?"

碧荷愕然:"这……"这种事,做得,却说不出口。

疍三娘道:"我不愿意做那样的人。"

碧荷道:"可是,可是……"

"我知道你要说什么。"疍三娘说,"我也知道我现在这样,很多人都认为我是犯蠢……犯蠢就犯蠢吧,真落得个不好,我也认了……这……这都是我的命。"

第六十三章

茶叶被扣

昌仔到神仙洲报了喜后，跟着吴承鉴回去了，进门才歇了没一会儿，又被吴国英派出去，跟吴七一起去叶家报喜。他倒是不觉得辛苦，实际上吴国英会特地派他去，正是对他的认可。

消息传到叶大林耳朵里头，他听了非但不高兴，反而心头更增烦躁。

这几个月来，西关街一切顺遂，也不见有什么不好的变化发生，然而叶大林心头总压着一块石头。

叶有鱼怀孕的喜讯传来，他下意识地抬头望向书架——"和珅"的那幅字仍然收在那里，可是他再也没拿出来过。这幅字现在变成了一个烫手的山芋，他是扔也不是，不扔也不是。

思前想后，叶大林终于长叹一声，对叶多福说："去吧，让……"他本想让马氏准备些东西，但想想这时候跟马氏说这事，不过平白招来一顿抢白，便临时改口："跟徐姨娘说一声，让她准备份保胎礼。"

叶多福答应了去了。迎阳苑那边，徐氏听到消息自是欢天喜地。她如今手头有点体己了，又有些人手使唤，便问了一些西关豪门女儿怀孕时的规矩。除了叶家公里出的，她自己又把体己拿了一半出来，厚厚地给女儿备了一份保胎礼送了过去。

不提吴承鉴回家后的琐事，也按下叶宅家中的鸡毛蒜皮不表，却说这西关街、白鹅潭，在大海船陆续入港之后，丝绸、瓷器、茶叶从四面八方汇聚准备出海，白银如水，亦从海上流来。

广州港如火如荼，粤海关一切宁定，竟然就这样平平安安的，似乎什么意外都不会发生，眼看又望秋了。

不知道是否去年的事故让刘大掌柜打了十二分警醒，今年他一切抓紧，又恰好去年岁末米尔顿先生没有回去，所以许多事情都能比往年提前办。这还没入秋呢，宜和行的外家茶就已经结了八成。刘大掌柜留了个心，每一笔货都要求货到付款；姚四掌柜业务娴熟，东印度公司那边也没有拖欠，所以一切顺利。

周贻瑾指示欧家富，但凡结了账目的银子，便提六成运到河南家中的新库存好，剩下四成留在行中银库以备支用。整条十三行街忙得热火朝天，从伙计们到老板们，渐渐地就都忘了别的事情，全心全意都放在生意上了。

吴承鉴和周贻瑾偶尔提起，不禁说道："你师父可真是忍得！都过去多久了，还不动手。我都要怀疑那事是不是我们多心了。"

周贻瑾冷然道："我师父的事，只会迟到，不会不到。大概是要等到所有人都懈怠的时候……我们等着吧。"

吴承鉴道："这么空等下去，不是个事。"

周贻瑾道："那批红货还没出仓呢，也许我师父就等着出仓的那一天。"

吴承鉴冷笑道："要是那样我可就千恩万谢了。"虽然呼塔布从红货封好之后就再没来过，但吴承鉴有把握，若真到出仓的时候，断不会让任何人抓到任何把柄。

然而事情并不按人们的预想发展。

就在一些人明里暗里都将注意力聚焦在宜和行的货仓上时，意外却发生在了外海。这一日，算算福建来的本家茶就要入仓了——到了码头上，欧家富和戴三掌柜却接了个空！

今年本家茶的运茶路线，用的是新航线——也就是从福建入广东海域，绕过香港大屿山，直接运入珠江口。

这条航线，黑白两道吴承鉴都已经打通了，原本还担心米尔顿从中作梗，不料东印度公司没出手,却在别的环节出了意外。九龙湾的一群水上兄弟——其实就是海盗——为首叫铁金齿的,竟然在船队途经急水门的时候,把船队给扣住了,押进了他们的水寨。

宜和行虽然财力雄大,但受到朝廷的诸般政策限制,船队不敢配备重装武器,所以面对海盗的逼迫,押船的吴新桥没有选择抵抗,而是选择妥协。船队进了水寨后,铁金齿就派了人急到白鹅潭来报讯提要求,把接不到货物的刘大掌柜气得暴跳如雷。

铁金齿倒是没狮子大开口,只是要求吴家把买水钱提高两成——这点钱倒也不多,然而吴承鉴并未马上答应。他召集了六大掌柜一起到商功园商议对策,又让吴七亲自去请刘三爷前来一会。

吴承鉴、周贻瑾和六大掌柜都到齐后,吴承鉴道:"这事该怎么着,大家议一议吧。"

刘大掌柜道:"这个铁金齿,要的倒是不多,要不就给他们吧,别节外生枝了。"

姚四掌柜道:"怕就怕坏了规矩。"

戴三掌柜道:"坏了规矩,总比船被凿沉了,满舱茶叶都沉进大海里强啊,那样我们宜和行可就得元气大伤。"

他和刘大掌柜都是宜和行的老人了,又经历过去年的事情,心有余悸。

姚四掌柜道:"铁金齿这么做是坏了道上的规矩,如果我们答应他,那别的水道上的好汉,是不是也能来这样一招提价钱?急水门道上的好汉能这么干,伶仃洋的好汉就也能这么干。到了明年,大星澳的好汉,甚至海陆丰的好汉,也就都有样学样了,那我们这条海路就别走了。一个示软,后患无穷!"

戴三掌柜道:"说起来,今年的本家茶就走外海这条路,还是太着急了……"

他才说了一半,吴承鉴就冷冷截断道:"现在只谈怎么解决此事!"

戴三掌柜就不敢说了——这条外海航路是吴承鉴一力促成的,今年本家茶就从外海航路走也是吴承鉴拍的板,这时候再来提及该不该走这条航线,那就是当面打吴承鉴的脸。

欧家富连忙出来打圆场,道:"戴三掌柜也是因为着急。"这话也只能由他来说。

刘大掌柜道:"不管怎么样,今年本家茶不容有失!去年已经出过一次意外,如果今年再出意外,那么就算最后能冒险解决,也会大大动摇各方对我们宜和行的信心。"

徐六掌柜道:"要不这样,我们对外宣称绝不妥协,但悄悄把钱给他们送去……"

姚四掌柜道:"不可!世上就没有不透风的墙,何况是那些水上兄弟。他们拿到了钱只会得意扬扬,不可能替我们保密的。事情传了出去,我们宜和行只会更被那些水上好汉看不起,丢脸之余,明年的航路也难保障。"

吴五掌柜道:"左也不行,右也不行,那究竟该怎么办啊?"

几个掌柜又出了七八条主意,却没一个有十全把握。戴三、姚四各执一词,一个要妥协,一个要强硬,各自争执不下。就在这时,外头吴七道:"刘三爷到了。"

吴承鉴急忙走向门口迎接。

刘三爷人还没进来,声音先传了过来:"昊官,你别担心,这事我刘三给你揽下来了!"

吴承鉴走到门口,接住了刘三爷:"三哥。"

刘三爷匆匆赶来,一路走得满头大汗,进门后就指着南海的方向破口大骂道:"铁金齿条扑街!咁样坑我刘三。昊官你放心,这事包在我身上。你不用出钱,我会把你宜和行的茶叶一包不落地运回来。你就在白鹅潭等着接茶好了。"

他又急又气——因铁金齿本来就是他给吴承鉴牵的线,算起来他是中间人。铁金齿也是洪门中人,见了刘三爷得叫师叔的。现在十拿九稳的事情出了意外,传了出去,不但他刘三爷没法做人,整个洪门都得丢脸。

因此刘三爷口口声声要吴承鉴不用管这事,他这就要赶去铁金齿的水寨,让他放行。

刘三爷来去如风,坐都没坐,只是给吴承鉴做了一个保证后就要出门。吴承鉴道:"三哥何必这么着急,水都不喝一口。再说现在天色晚了,就算要出海,也等明天再去。"

刘三爷怒道:"明天?不能等!这茶多耽搁一天入港,我刘三的脸面就多丢一天。"

刘三爷说完，气冲冲要走，刘大掌柜叫道："三爷，江湖上的事情，老朽半懂不懂，不过这批茶叶事关我宜和行兴衰祸福，这一点还请三爷放在心上。"

刘三爷顿住了脚，头也不回，冷笑道："刘大掌柜，你这是怕我意气用事，坏了你们宜和行的大事吗？我今天就把话撂在这里——你刘大掌柜放一万个心！宜和行的茶叶若是少了一包，我刘三的脚就不登岸！"

他丢下这话后便气冲冲走了，连夜上了快艇，直往铁金齿的水寨去了。

第六十四章

刘三爷失踪

吴承鉴在刘三爷走了之后,说:"铁金齿的事情,我接下来了。船入港之前,你们都不用管了,先把其他生意料理好再说。"

外家茶虽然快要到尾声了,但杂货项和洋货项才开了个头——吴家的几笔大生意,本家茶来路去路最单一、利润最高;外家茶次之;杂货就事务的繁杂程度而言却是比前面两个加起来还麻烦;至于洋货的进货出货,繁杂程度也不在杂货之下。

去年吴家刚刚吞了小半个谢家,又置换了叶家许多产业,杂货入库、外销,还有新的洋货入行、内销,各种事情千头万绪,比往年更加复杂,有许多事务还需要磨合。这些事务性的事情,就算不出这样的大意外也很容易出错,所以吴承鉴让六大掌柜先把精力放在这上面。

商功园的会议散了之后,吴承鉴才回日天居。这时叶有鱼的肚子已经有点儿显了。她走了出来,帮吴承鉴换衣服时,问道:"听说本家茶又出了意外?"

吴家的本家茶又出意外,不到半日工夫便传遍了西关。吴家园这边自也全家知闻。

吴承鉴道:"这些事情你别理,好好养胎。"

"我知道,公事我不会过问什么。"叶有鱼道,"但有些事情,你得跟我说一点啊。你说了，我才能安心。"

吴承鉴沉吟了一下，说道："这次的事情，其实不大。你不用担心，我能解决。"

叶有鱼"嗯"了一声，就没再问。

当天晚上，吴承鉴睡不安寝。到了半夜，忽然有人急闯进吴家园，跟着吴七急忙入内叩门。

吴承鉴掀开蚊帐问："怎么了？"

吴七在外头道："昊官，不好了，刘三爷的快艇在伶仃洋沉了。"

叶有鱼听了这话，心里头一沉。

"什么！"吴承鉴外衣都来不及穿就跑了出来，"怎么回事？"

吴七道："听说刘三爷的船在伶仃洋沉了，也不知道是意外还是人为。洪门的人都出海搜救去了，军疤大哥也赶去了。"

吴承鉴恨恨道："真是福无双至，祸不单行！"

他回内屋扯了件衣服，要出门，又停下对叶有鱼道："你现在最要紧的是养胎，知道不？不管发生什么，我和贻瑾都能处理。"

叶有鱼道："你放心去吧，我知道轻重缓急。"她半边身子在被子里头，摸着自己肚子的地方说："这个就是重。"

吴承鉴点了点头，这才与吴七一起去了。

吴承鉴直接一路跑到白鹅潭。这时尚未破晓，但消息都已经传开了，便连欧家富也赶来了。

吴承鉴在岸边见到刘三爷的师弟黄冲，开口便问："怎么样？可找到我刘三哥了？"

黄冲道："还没。"

吴承鉴道："把宜和行能开的大小船只都开出去，能派出去的人都派出去，卸货装货的事情且停下，三哥的性命才是最要紧的。"

岸边聚集了不少洪门的弟兄。这时铁金齿扣留吴家货物的事情已经传开了，众人都知道那批货对吴家来说事关重大，但听了吴承鉴这两句话，见他先问人的事情，不问货的事情，心里头都是一宽，觉得刘三爷没交错这个朋友。

这一折腾，可就把吴承鉴的实力给显出来了。洪门兄弟众多，但论到水上的事情，还是得靠着吴官。吴承鉴不但派出了自己行里的船只，还去叶家、潘家、梁家、马家、卢家等借船，又发动了疍家的儿郎，当下数百艘大小船只、成千人都被派了出去，将伶仃洋大举搜索。

搜到第二日中午，却还是没个影子。刘三爷这次去找铁金齿并非孤船前往，后面还有一艘船跟着。船过沙角以后天色就黑了，船夫建议找个地方歇一晚，明天继续赶路，但刘三爷着急，硬逼着连夜赶路，结果过沙角没多久，前船走得太快，失去了踪影，后面跟随的船在伶仃洋荡了一圈，觉得要出大事，这才赶紧回报。

文天祥有诗云："惶恐滩头说惶恐，零丁洋里叹零丁。"这"零丁洋"就是伶仃洋。伶仃洋位于珠江口，水面广大，船在其中自生伶仃之感，在这里找一艘沉船跟大海捞针也没什么区别。疍家儿郎在各处海面漂来漂去，洪门兄弟登陆东边的新安县、西边的香山县，沿岸搜索线索，宜和行的人登陆几个小岛，就这么搜了三天，还是一点消息都没有。

众人便都知道刘三爷这回是生机渺茫了，但吴承鉴和洪门兄弟还是不肯放弃。

铁金齿那边也早派了人去打听，知道刘三爷的确没到过他的水寨，便确定是中途出了意外。然而这事毕竟是他引起的，所以洪门兄弟怒火无处发泄，全都迁怒到他头上了。铁金齿知道自己闯了大祸，把水寨大门关得严严实实的——但也就是眼下所有人都忙着找刘三爷，一旦洪门决定报复，他小小一个水寨，可承受不起整个洪门的怒火。

因为大伙儿都急着搜寻刘三爷，宜和行本家茶的事情竟然被暂时按下了。刘大掌柜虽然着急，但这时候刘三爷生死不明，前面三四天他也不好开口，挨到第五日上，终于忍不住来寻吴承鉴道："三爷的事情，固然是大不幸，但本家茶的事情也不能耽误啊。如果耽误了，那时候宜和行的多少伙计的生计都要出问题，甚至洪门那边也要遭受不小的损失啊。"

本家茶没有洪门的份，但本家茶有失，宜和行不垮也得元气大伤；宜和行伤了元气，自然会影响其他生意和结算。

这时候事情真是不好办——铁金齿是洪门的旁支，这事刘三爷又已经揽了过去，要解决这件事情就绕不开洪门。

之前还能按照刘大掌柜说的交钱了事，但现在是不能示弱了——洪门中已经有消息传出来，说兄弟们要将铁金齿抓出来千刀万剐！而铁金齿知道自己间接闯了大祸，又死命扣住了茶叶要用此自保，甚至派人来私下跟吴承鉴说要吴承鉴保他性命，他才交茶。

这时候吴承鉴如果为了拿回茶叶，私下里跑去跟铁金齿示弱、交钱、做保，洪门的兄弟会认为吴承鉴见利忘义、不讲义气，看不起刘三爷出事前的承诺，把货物看得比刘三爷的性命还重，坏了江湖道义。

再说，现在吴承鉴也做不了这个保，他既和刘三爷称兄道弟，又怎么能为了钱财上的事情而放过害死刘三爷的始作俑者呢？到得这时，宜和行的掌柜们才有些体会到当初关公丢荆州后，刘备的愤怒与无奈。

可要真的让洪门上水寨抓人，铁金齿岂肯束手就擒？到时候严防死守之余，肯定还要拿茶叶来威胁。事态如果发展到那个地步，宜和行只会更加被动，说不定一个不慎，那批茶叶就被人一把火烧了。

因此吴承鉴连连摇头。

那成千上万的江湖子弟都是头脑简单、一腔热血，凡事要讲面子、论义气的，心平气和时才说得清楚的道理，很难对这群人讲明白——尤其他一个"外人"更没立场开口。只有门中大佬级别的人，才能冷静思考，顾及利害得失，压着千万江湖汉子做出较为理性的选择。但现在刘三爷出了事，所有人都说一定要严惩铁金齿的时候，就没人敢在这时候出来犯众怒。

吴五掌柜道："要不跟官兵商量一下，让官兵去施压、剿匪？"

姚四掌柜道："那样就又多交了一个把柄去给人勒索了。再说官兵们做事哪有个小心谨慎的？一旦攻打水寨，不会顾念我们的茶叶是否有失的。"

因此说来说去，事情竟比之前更加棘手了。

便在这时，米尔顿派人上门了，问吴承鉴是否需要自己帮忙，吴承鉴当下却婉拒了。

刘大掌柜颇为不解，问道："难得米尔顿先生肯帮忙，昊官为什么不同意？由他们番鬼去办这件事情，不涉洪门，不涉官府，正是最佳之选。"

吴承鉴不愿提及鸦片一事，只是模棱两可地道："番鬼这样献殷勤，哪有真好心？米尔顿更是从来不做亏本买卖的，今天让他帮了这个忙，回头一定得被他连本带利算计回去。"

他虽然没把话说得更加明白，但这个道理，六大掌柜竟然也都接受了。

欧家富道："那现在怎么办？"

吴承鉴道："还是那句话，日常事务你们尽量料理，不要让我有后顾之忧，这种突变之事我来扛。你们都去办事吧。"

六大掌柜都听出昊官一时间也无善法，亦各无奈。

便在整个宜和行焦头烂额之际，呼塔布忽然来访，说道："接头的人来了，你这边准备一下，后天晚上交割货物。"

呼塔布走后，吴承鉴对周贻瑾道："这些事情，不来就不来，一来全凑一块了。"

周贻瑾道："那也没办法，按计划行事吧。"

吴承鉴就叫了欧家富，说道："秘仓之中，有一批红货，是一批要紧货物。你后天中午趁着人多，带上得力的伙计，就当是普通货物，押到镇海楼边上的徐九家交割。记住内紧外宽，别让人看出是在押运要紧货物，但咱们自己要小心谨慎。"

吴承鉴又暗中通知了周捕头，让他后天中午亲自带人在欧家富沿途帮忙盯着。

欧家富论资历不如刘大掌柜，论见识不如姚四掌柜，但谁都知道他如今是六大掌柜中最受信任的一个。这一点欧家富自己也清楚。他见吴承鉴如此慎重，那肯定是交代了一个大担子，当下就打醒十二分精神准备此事。

封 仓

欧家富走了之后,吴承鉴对周贻瑾道:"你那边都准备好了吗?"

周贻瑾道:"我准备了三条明线、三条暗线,后天开始虚虚实实,一定让谁也摸不着头脑。"

吴承鉴道:"这段时间我把能接触到秘仓的人筛了又筛,按理说应该不会走漏消息才对,还准备得这么复杂,也就是以防万一了。"

周贻瑾道:"你怎么聪明一世,糊涂一时起来了?不管你怎么筛,这消息一定会走漏的。"

吴承鉴道:"怎么漏?"

周贻瑾道:"不一定要从宜和行这里漏啊,而是粤海关、吉山府,还有买家。那么多个环节,指不定哪个就有蔡士文的老眼线。"

吴承鉴一拍脑袋:"唉,糊涂了!"

周贻瑾道:"所以这消息一定会漏。出货接货的时间漏了,然后再从蛛丝马迹中推算,运货的路线也能猜出三四成。"

他们这边才开始商量,蔡士文那边就连夜进了蔡清华的房间,禀道:"蔡师爷,他们要动手了!就在后天。地方倒是没有指明,想必是为了让宜和行那边来安排。"

蔡清华沉吟片刻，道："宜和行那边，可有漏出什么消息没有？"

蔡士文道："难办得紧，吴承鉴那小子表面是整天在神仙洲花天酒地，实际上花了许多工夫，这段时间把他行内整治得针扎不进、水泼不进。"

"既然这样，那后天对方一定安排各种虚实。"蔡清华笑道，"我那徒儿，我最清楚，到时候一定虚虚实实，让你弄不清哪条线是真的，哪条线是假的。若你以为那条暗线才是真的时，说不定那条明线才是红货所在；但你要觉得红货定在那明线上，那条暗线却才是真的。"

蔡士文道："若这样怎么办？多派人手全都盯着？"

蔡清华道："人手再多，也难保没有盯漏了的时候。不盯了，一个都不盯。"

蔡士文愕然。

蔡清华笑道："我那徒儿，十五岁就让我吃过暗亏，十八岁就青出于蓝了，跟他耍机谋，我也得掉泥坑里去。所以这一回我们不跟他玩机谋，就用最粗暴的法子来破他。"

蔡士文道："请蔡师爷指点。"

"一力降十会！"蔡清华淡淡道，"你以为我这么长时间不动手，为的是等他们交货露破绽？呵呵，我是在等着那'一力'的到来。"

蔡士文听得半懂不懂，蔡清华也没有解释的意思，就挥手说："不用等到后天了，明天一大早，你就公开上门，到两广总督府辕门外，举报宜和行买卖违禁之物。"

第二日，欧家富正在行中安排运送红货的事宜，各处细节他都已经深思熟虑，务要让这趟行程绝无破绽。就在他将一切安排妥帖之时，外头忽然鸡飞狗跳。

欧家富喝道："怎么回事？仓库重地，谁在胡闹？"

便有人跑进来叫道："欧掌柜，不好了，官府来人，把我们前、后门都堵了！"

欧家富吃了一惊，道："什么官府？南海县还是粤海关？"

西关白鹅潭这一带，论地域该属南海县管，但十三行保商的地方论权责则归粤海关管,所以欧家富一下就点出了这两个。

"都不是。好像是广州府点来的差役。"

欧家富这一惊吃得就更大了,暗道:"要出事!"

广州是块神仙地,各方势力盘根错节,尤其是西关、白鹅潭一带。你别瞧那些个小小的班头、书吏、县令之类,看着不起眼,后头七弯八绕指不定就站着某个皇族,所以一直以来各衙门都尽量按章办事,免得惹上麻烦。

广州府虽然是省城大府,但绕过南海县直接插手地方上的事务,这是不合规矩的。

欧家富马上就道:"快去给昊官报信!"

这时前、后门都被堵住了,便有一个身手灵便的伙计翻墙偷出。他刚出来就抹了一把汗——因为马上看到有不知多少民壮跑了过来,几乎是十步一人地把整个宜和行的仓库给围住了。

那个伙计大惊,赶紧跑去行里报信。这两天吴承鉴也不回河南岛了,周贻瑾在行里坐镇,他则留在神仙洲。周贻瑾收到消息,眉头一跳,心想这来得好快!急叫人:"分两个人手,一个去神仙洲告诉昊官,一个去南海县找老周。"

仓库里头,欧家富急忙让人封锁好秘仓,然后就带人堵在了仓库大门口。

前头广州府的衙役已经要进门,幸亏被门房拖住。欧家富带了伙计来,又下令搬东西堵门:"不管发生什么,一个也不许放进来!"然后才带人上前问话。

按常理说,"民不与官斗",但十三行的保商有皇商色彩,背后的根系是直通北京的,所以只要东家没有失势,对上地方差役并不怎么害怕畏缩。

这时仓库里也有几十个伙计,欧家富带人上前,就喝道:"对面是哪来的人,怎么敢在这里放肆,知道这是什么地方吗?"

对面领头的是广州府衙门的一位刑书,拿着一张签押笑笑道:"府尊有令,查封宜和行。"

欧家富都不问查封的缘由是什么,直接冷笑道:"我们宜和行是粤海关该管,南海县该辖,什么时候轮到广州府来指手画脚了?"

那刑书久在广州,深知十三行的水有多深。他是奉命行事,却也不想胡乱得罪人,只是笑笑说:"在下也只是奉命来查封而已。事情查明之前,你们都不要胡乱走动就好。"

这时来围宜和行的人已经越来越多，怕是不止广州府，还有番禺县的人手也被调了过来。

欧家富带人挡在门内，不让一人入内，而围住宜和行仓库的民壮、衙役也没有冲撞破门的意思——所有人都在等着上头真正有决断权力的人的到来。

这时神仙洲也收到消息了，众人都吃了一惊。

秋菱心道："又要出事了？"就拿眼睛看看吴承鉴，再看看佛山陈。

于怜儿正在给吴承鉴奉茶，这时也僵住了。

却见吴承鉴舒了舒腿，笑道："又有人嫌皮肉痒痒了。"

佛山陈道："是否要去看看？"

吴承鉴却笑道："不急。咱们且再喝一杯。"

佛山陈笑道："好。"

神仙洲的花娘、龟奴眼看吴承鉴连楼都不下，只派了吴七下楼，就觉得那应该不是什么大事。

岸上各种消息窜得极快，各处衙门不停有人把情报卖出来。周贻瑾一顿饭工夫已经把事情经过了解了个大概，知道是今天天才蒙蒙亮，蔡士文就闯进两广总督府。不知道里头发生了什么，之后便有一道命令下到广州府——广州知府马上下了签押，调了差役赶往宜和行的仓库堵前、后门，同时急调民壮围仓，又命番禺县的衙役、民壮赶往白鹅潭增援。

周贻瑾心想广州府这一系列行动来得这么迅疾，以至于消息还来不及走漏，人马就已经上门——这肯定是之前已经通过声气了，他不由得想："知府老爷要么就已经被朱总督收服，要么就是眼看嘉庆皇帝登基，已经暗中投靠了朱总督。"

这些事情才了解清楚，宜和行早被广州府、番禺县调来的人马围了个水泄不通。整个西关街全都轰动了，有个老生意人不禁摇头："这两年吴家流年不利啊！去年那样，今年又这样。"

却有旁边的人道："出了事却能身家翻倍，这样的流年不利，麻烦也给我多来几年。"

那老生意人道:"不管怎么样,都是多事之秋。这种麻烦还是少点好,大家平安点做生意不好吗?老这么折腾!"

吴七见到周贻瑾的时候,刚好两广总督府那边有新的消息卖了出来——虽然朱珪花了大力气整治过总督府,奈何财帛动人心,总还是有人为了白花花的银子铤而走险,但总督府发生的事情在前、广州府发生的事情在后,如今却是广州府的消息先传、总督府的消息后到,也算是朱珪把他的衙门整治得不错了。

根据那边传出来的消息,却是今天一大早,有人说宜和行买卖违禁之物,如今那违禁之物就在宜和行的仓库里头。朱总督闻言震怒,当即下令广州府严查此事。

吴七在一旁听完,忍不住道:"朱总督下令严查,不责令粤海关,不责令南海县,却责令广州府。他都来了快一年了,还不懂行。"

周贻瑾道:"不是不懂行,是已经很懂行了。"

吴七其实心里也清楚得很——如果朱珪真的让粤海关或者南海县来办这事,差役还没出门,保证宜和行这边就已经知道了。

"周师爷,现在怎么办?"

周贻瑾道:"现在广州府的刑书还算客气,但等总督府的人到场,可就没那么好说话了。还是我走一趟吧,欧家富挡不住我师父的。另外,粤海关那边应该也听到消息了,但我们还是要正式请一请才好。你去通知赐爷,让他派人守在粤海关监督府门口。仓库这边如果挡不住,就只能报请吉山老爷赶来救场了。"

吴七惊道:"这……查个违禁之物,也要吉山老爷亲自出马来压场?"

"违禁之物……嘿嘿!"周贻瑾淡淡道,"这个事……比你能想象的都要严重得多!"

第六十六章

唇枪舌剑

周贻瑾派去南海县的人还没到县衙，就在路上遇到了老周。老周一挥手："我都知道了，走！"就带了南海县的差役赶到了宜和行的仓库外。

虽然府比县大，广州府又是南海县的顶头上司，但大家都是差役，这里又是特殊地界，所以老周说话的嗓门并没有低下去，就指着堵了仓库大门的府属衙役们骂道："做什么，做什么！这里是南海县的地方，你们这是要做什么！"

仓库里头，宜和行的伙计看见老周，暗中都松了一口气——他们虽然斗胆抗拒广州府差役，但以民抗官，心里毕竟还是有些虚的；现在南海县的人来了，就不用他们打头阵了。

广州府的那个刑书却是好脾气，笑道："这位捕头，不生气，不生气。大家都是奉命行事嘛。公文你要不要看一看？"

老周挥手："看什么看，我一个大老粗，看不懂！总之就是你们办事不合规矩。"他才不看公文呢，看了公文，有些事情反而不好嚷嚷了。

那刑书道："既然这样，那我们就等'上面'的人来了再说？"

老周道："好，只要你们不乱来就行。"

他说着就吩咐了自己的手下，一半在外头盯着府属衙役，一半进了仓库帮宜和行守门。

　　这时整个宜和行的仓库外头，里里外外已经围了不知多少人——除了宜和行的伙计们闻风而动，亲近家族的伙计也来了，此外就是洪门的兄弟、白鹅潭的苦力，也都来"看热闹"。广州府调来的衙役、民壮虽然不少，但就人数而言是少数了。因此在心理上反而是那些围仓的府属衙役、民壮心中发虚。

　　欧家富看到这里，心中稍安，心想："按现在这个局面，只要对方拿不出过硬的理由，这道门我守得住。"

　　就在喧闹之中，便见一队总督府的兵丁，护着两顶小轿抬上前来，来到仓库外头。小轿走下两个人来，一个是蔡清华，另外一个是蔡士文。

　　人群中便有认得蔡士文的，不知道谁叫了一声："是'黑头菜'！"

　　这半年多里，蔡士文是缩着脖子低头做生意，很久没在广州市井有什么声音了，连神仙洲上都没有他蔡家子弟的身影，然而西关的人都知道他"黑头菜"会没落正是因为昊官的崛起。所以这时忽然看到了他，许多人就有"恍然大悟"之感，都想："怪不得忽然有官差围了宜和行仓库，这是报仇来了。"

　　蔡清华下轿之后，瞥了一眼周围的情况，冷眼怒道："怎么回事？怎么还不入仓封查？"

　　广州府的那个刑书道："蔡师爷，我们本来要进去的，可是这边……他们不让啊。"

　　蔡清华冷笑道："这可真是好笑了，这白鹅潭还是不是广州府的白鹅潭？这广州府还是不是我大清的广州府？你拿着广州府的签押，人家不让进，你就在这里干耗着？"

　　那个刑书可不想背这个锅，就指着老周、欧家富叫道："喂，你们快点让开！"

　　欧家富在门里头叫道："我们宜和行是保商，是粤海关该管，南海县该辖，从来没听说广州府什么时候直接插手这边的事情。我们办的是内务府许办的生意，这随随便便开门，回头出了什么闪失，内务府、粤海关那边怪罪下来，我们吃罪不起，见谅见谅。能否请上差到粤海关拿了公文过来，只要粤海关吩咐了，那我们马上开门，不敢有违。"

　　蔡清华仰天呵呵一笑，道："好，看来广州府的签押也是没用了，那总督府的签押，总行了吧！"他拿出一张公文字样的纸来，喝道："这是两广总督府的文书，你们过去，把门给我撞开！谁敢阻拦，那就是对抗朝廷，格杀勿论！"

欧家富、老周以下所有宜和行的伙计、南海县的差役都是心头大惊。虽然谁也没看清楚那张纸是不是真的是公文，但也没人敢上去查验。

两广总督可不是区区广州府能比的，那是代表天子镇守天南的地方大员，真发起狠来，先斩后奏都是寻常事。广州府要怕内务府，人家朱总督可不见得会怕。

跟着蔡清华上来的几个总督府的兵丁就要上前，南海县的捕快衙役都想跑了，宜和行的伙计也齐齐望向欧家富。

就听一个清朗的声音笑道："师父，大热的天您这么大的火气，今天还没喝凉茶吗？"

欧家富心里一宽："周师爷来了。"

就见两顶肩舆抬近前来，肩舆上坐着两个人，一个是丰神俊朗的汉家青年，一个是阴鸷沉默的满洲家奴，正是周贻瑾和呼塔布。

周贻瑾跳下肩舆，手里执着折扇，朝着周围众人连连拱手，道："来迟了来迟了，让诸位晒了这么久的日头。"

他的身后，已有宜和行的伙计推了两大车的凉茶来，取碗的取碗，舀凉茶的舀凉茶，跟着端到每个人面前，不分敌我，人人有份。

如今已进入夏季，岭南地方酷热，这时太阳又是顶头晒，若没个遮阴，站久了谁也受不了。

宜和行的伙计、南海县的差役想都没想，接过就喝了。府属的接过凉茶，心想对方自己人都喝了，想必不会有问题，只是不敢喝，拿眼睛看着刑书。那位刑书手里也接过了一个碗，却拿眼睛看着蔡清华。

周贻瑾亲自端了一碗凉茶，来到蔡清华身前恭敬奉上，说道："师父，公事回头再说，先喝一碗凉茶，消消暑气。"

众人眼看蔡清华接过了，正松一口气，只要等他喝了就接着喝。不料蔡清华手一扬，一整碗凉茶直接泼到了周贻瑾的脸上，冷冷道："这里正办差呢！你是什么人，拿这些腌臜东西来阻总督府的差使？"

府属的人员一看，赶紧也都把手里的碗给扔了。

周贻瑾脸皮垂了垂，任一碗凉茶在他眉毛鼻子脸颊淌滴着，擦都没擦，就躬身行了一礼道："不敢。鄙人这是代表宜和行保商吴官来接待上差的，请问这位师爷，您又是什么身份，拿的是什么命令，办的是什么差？"

"在下是两广总督府的幕僚蔡清华，奉了两广总督朱老爷之令，前来监督广州府办差。因你们宜和行贩售违禁之物，所以朱总督才下令广州府彻查此事。"蔡清华指了指旁边的蔡士文，"第一轮堂审已过，保商蔡士文是举主，也是人证，现在就是要来搜查证物。你们竟然聚众阻拦官差，这是要造反吗？"

"不敢不敢，我们都是大清顺民，一向奉公守法的。"周贻瑾道，"只不过广州知府不是亲民官，按照本朝惯例，知府老爷应该将案件发给南海县，由南海县办理此事才对啊。如今却是府属人员直接上门，还把番禺县的衙役、民壮调到这南海县的地面来办公，这不合规矩。南海的父老乡亲心中惶恐，自然难免引起西关士民惊诧，商户们更是无所适从啊。"

蔡清华道："蔡保商不但状告你们宜和行收售违禁之物，还状告南海县包庇商行，所以朱总督才下令广州府绕过南海县，直接彻查。周师爷，按照我大清惯例，南海县出了问题，广州府有没有权力这么办啊？朱总督的钧令，可有哪处违反律例啊？"

周贻瑾道："若真是如此……"

他忽然面向蔡士文道："蔡保商，你举报宜和行是以商告商；但控告南海县，就是以民告官；告的又是南海县，而你自己就住在南海县西关街，南海知县正是你的父母官。知县牧民，如民之父母，你状告南海县，有如子女忤逆父母，按我大清律例，要先打你二十大板！"

以民告官先打二十大板，而且还将这条惯例上升到"孝悌"的高度，正是清朝官场的一个特色。周贻瑾的这番话往前放在明朝、往后放在现代都是满满的歪理，但在清朝却是谁都觉得理所当然。

蔡士文被他这么一说，一张脸早就黑了下来。众人还来不及反应，周贻瑾又转向广州府的那位刑书："屈刑书，不知广州府过堂之时，这二十大板打了没有？"

那个屈刑书愕然道："这……好像……还没打……"

其实看蔡士文还好端端站在那里的模样，众人就都知道还没打。

周贻瑾笑吟吟道："蔡师爷，广州府这过堂的程序，似乎不大对啊。要不还是先将这位蔡保商带回广州府衙门，打了二十大板，然后再来查抄宜和行的仓库如何？"

若是要按照程序来，除了要将蔡士文带回广州府衙门去打屁股，自然也要让府属人员都先撤了，等打完蔡士文的屁股再来围查——有这份空当，就算宜和行的仓库里头真有什么违禁之物，也早转移干净了，还查什么查！

蔡清华仰天哈哈一笑，道："按照惯例，的确应该如此。"

欧家富等正自一喜，心想周师爷真是厉害，抓住对方一个破绽就逼得对方撤人。不料蔡清华语调一转："然而朱总督有言，此事干系重大，需要以雷霆之势进行处置，对蔡保商的这二十大板，让广州府先记下了，事后论功论过，一并结案。"

周贻瑾道："蔡师爷，这话可有明证？"

蔡清华淡淡道："这是朱总督的口令，周师爷如果不信，大可去广州府问知府老爷。"

在场所有人个个都猜到这里头未必如此，但蔡清华张口就来替朱珪下令，他是朱珪的心腹，朱珪难道会否他？有朱珪支持，广州知府敢否他？所以这话也不用去问了。

蔡清华道："还有什么疑问，一并问来；若无疑问，就全都给我滚开！"

蔡清华眼神刚厉，又要催总督府的官兵上前开门。周贻瑾让开一个身位来，已经下了轿子的呼塔布挺着圆圆的肚子，喝道："谁敢动手！"

第六十七章

挤　　对

呼塔布的身后就跑出几个监督府的满洲士兵，冲过去挡在了仓库门前。

呼塔布道："十三行的事务，向来是粤海关该管，什么时候轮到广州府来指手画脚了？"

欧家富等看到几个满洲士兵挡在了自己面前，一起心头大定。

那位广州府的屈刑书见了这形势却退开了两步，心想："果然不是个好差使。两边都是硬骨头，哪个都得罪不起！"

呼塔布和周贻瑾不同，他也不逞什么口舌之利，直接让人搬了一张椅子来，放在了仓库门口，然后他整个人就瘫在了上面，犹如无赖一般。有个奴才捧了一盘瓜子、一碗凉茶，呼塔布就当众嗑起了瓜子，喝一两口凉茶解火。

广州府、番禺县的人，就一个都不敢上去了。

蔡清华扫了周贻瑾一眼，这时周贻瑾脸上的凉茶都已经干了，但一张脸因为茶水凝固而变得脸色焦黄。吴小九捧了一张湿手巾上前，周贻瑾接过轻轻擦了，马上又面如冠玉。

蔡清华轻轻笑道："周师爷，你技仅于此吗？"说着又从怀中掏出一张纸来。

周贻瑾见了他这个动作，就知自己师父早有准备，微微一惊，急给吴小九使了一个眼色。吴小九急往后退,给一个伙计打了声招呼,那伙计便急忙骑马往粤海关监督府去了。

蔡清华对着那张纸念道:"兹闻有广州府南海县保商吴某,不忠不孝,无耻无行,盗窃御前天子之宝,贩卖大内皇家之物,劣行举世罕有,罪状国法不容……"

他还没念完,周围所有人都大吃一惊。刚才官差上门说要查抄宜和行的违禁之物时,众人都还以为是宜和行的仓库里掺杂了朝廷禁止出口的火药、铁器等物,所以心里都觉得蔡士文无理取闹,总督府小题大做了,可没想到蔡士文举报的竟然是这个!

贩卖大内皇家之物,如果坐实,这可是杀头的大罪!

听到这个,许多老成的人两脚就悄悄往后退,唯恐惹祸上身。

其中欧家富心中最是焦灼恐惧。他比别人又多知不少事情,想起那"红货"昊官那样重视,态度又那样神秘,只怕……只怕里头还真是皇宫里出来的东西也未可知啊!

就听蔡清华继续冷冷念道:"……特着广州府从严从快查办此事,一应士民,若有阻挠者,以同谋论处;满汉官吏,若有勾结,一并拿下。汉吏当场革职查办,满吏即押广州将军处监候。"

蔡清华再将公文当众一举,这一次文书朝外,转了半个圈子,让周围靠近些的人都看得清楚:文书的左侧,便是朱珪的亲笔画押和猩红大印。

呼塔布只听到一半,瓜子就嗑不动了,手都有些发抖。

周贻瑾心中更是惊骇交加,朱珪这个命令下得如此强硬,他以汉人总督的身份,竟然敢下令不管满汉一并拿下,这事对一个汉官来说是要承受巨大政治风险的;然而想想当前的局势,却又觉得朱珪完全具备这么强硬的底气——现如今他不再是去年那个弱势总督了,他朱老爷如今是新皇上的老师了啊!

随即周贻瑾又想起一事:"我糊涂了!一直没想明白师父为什么迟迟不动手,如今想来,他在等的不是'事',而是'势'啊!"

嘉庆皇帝登基的消息虽然早已传来,但"势"还需要时间来发酵。经过这几个月的时间,只怕朱珪已经借着新皇之势,暗中镇住了许多两广官员了——从广州知府在这件事情上如此配合就可见一斑。

蔡清华举着公文,对呼塔布道:"这位呼管事,你还准备继续阻挠吗?"

呼塔布这时已经汗流浃背，满洲人对汉官不管品级对比如何，总有一种心理优势，然而从这份公文之中他也听出了这位朱总督的决心，而朱珪这位总督虽然是汉人，却有一个极其特殊的身份——他是主子万岁爷的老师啊，而大清皇上，那就是所有满洲人共同的主子。

呼塔布敢在别的汉官面前仗势压人，那是因为在朝廷里汉疏而满亲。但具体到朱珪身上，对方虽是汉官，却是能跟主子万岁爷直接说上话的；而自己这个吉山家的家奴，又有什么资格敢与主子爷的老师对抗？说句不好听的，怕是朱珪不分青红皂白将自己乱棍打死，事后也是屁事没有！

当下他浑身发抖，却又不敢就退——他这不是为了护着吴家，而是因为既然奉了吉山的命令来挡驾，无论如何就不能退缩，退缩了回头他也没好果子吃。

蔡清华眼看呼塔布不敢动弹，却又不愿退去，便朝两个总督府的卫兵一摆头，要他们把呼塔布搬开。

周贻瑾知道只要呼塔布被搬开了，后面南海县的捕快、差役就都不敢再抗拒，而到那时，宜和行的伙计也都不能抗拒了。一旦抗拒，都不用等查出有没有大内失窃之物，朱珪拿这条罪名就能将吴承鉴下狱！

就在蔡清华刚刚示意、总督府卫兵尚未行动之际，周贻瑾已经冲了过去，指着呼塔布叫道："快快退去！不许阻挠总督府办事！可不要仗着你满洲人的身份撒泼耍赖了，你以为吉山老爷会跑来给你做主吗？"

他这几句话说得莫名其妙，尤其很不符合他的立场身份，呼塔布却一下子就明白了，"哇"地一声扑倒在地，眼泪鼻涕一起流，大哭大叫："主子啊，万岁爷啊，我们旗人被人欺负了，我们旗人被人欺负了！这广州还是不是我们大清朝的广州啊，这天下还是不是我们旗人的天下了？主子啊，万岁爷啊！我们旗人被人作践了啊！在广州被人作践了！"

他一大哭，跟着他来的四五个旗人家奴，也一起滚在地上大哭了起来，开口闭口就是旗人被汉人欺负，道理都没道理，但全都赖在地上不起来了。

周贻瑾已经退到了一旁，低声对旁边几个"看热闹的"说了几句话，便有十几个人都冲了过去，高声劝道："这普天之下，满汉一家亲，没人欺负你们，你们别想多了。"

名义上是劝慰，实际上是捣乱，十几个人推推搡搡，把现场搞成一锅乱粥。

总督府的几个兵丁要想抓人，却是没个着手处。

蔡清华这次终于气得嘴唇发抖，望向了周贻瑾，却见周贻瑾用手中收起来的折扇，指着呼塔布等人骂道："你们这是做什么！这里是我们宜和行的门口，你们这么做，有辱斯文，有辱斯文啊！"

蔡清华大怒，心道："贻瑾自幼风度翩翩，从哪儿学来这等无赖手段！是了，定是吴承鉴那厮把贻瑾给带坏了！"

他按下心头怒火，口中喝道："给我把人全都抓起来！"

呼塔布的外围是几个旗人家奴，是"看热闹的"。士兵们抓了几个看热闹的，又涌上来几个看热闹的，闹了好一会儿。蔡清华喝道："给我动刀子！"

铿铿两声，两个总督府卫兵拔刀上前，那些看热闹的不敢再强抗，哄哗如鸟兽散。几个旗人家奴则僵在那里，不动也不抗拒，任由着被人搬走。

最后终于只剩下呼塔布一个人了。总督府的兵正要将他搬走，就听一个阴森森的声音道："谁敢动我吉山的人！"

呼塔布一听，犹如一下子焕发了生机，从地上弹了起来，扑了过去抱住吉山的大腿，叫道："老爷，主子！奴才快让人作践死了。你快来救救奴才！"

吉山身穿全套官袍，辫子梳得油光滑亮，将呼塔布一脚踢开，直接就坐在门口的椅子上。呼塔布却马上挣扎起来，狗一样哈腰站在了他的身边。

吉山环顾一圈，冷冷道："这都怎么回事啊，怎么闹成这个样子啊？"又指着蔡清华道："你是什么人，见到本官，竟不下拜！"

蔡清华无奈，只好跪下行礼。

吉山坦然受了他一礼，然后才道："这广州十三行，是太上皇在乾隆二十二年颁布的通商上谕，御笔钦令的对外口岸。大小事务，例由粤海关掌管。这粤海关是太上皇交到我吉山手里掌管的，这些年也没出过什么差错，内务府对此也是褒奖有加。却不知道是谁，在太上皇退位颐养还没几个月的时间里，就要无视太上皇定下的条例，不顾乾隆二十二年的上谕，这人仗的是谁的势啊？"

蔡清华听了这话，嘴角抽搐。

吉山这一番言语上纲上线，隐隐把事情抬到了"蔑视太上皇"的层面——明明只是一桩御物失窃案，却被他说成这样，一个不慎，那就要变成二皇纠纷。在乾隆皇帝刚刚退位、嘉庆皇帝刚刚登基的时节,这可是谁也担待不起的罪名!

蔡清华将手一拱,大声道:"监督大人,天子以孝治天下,太上皇虽然退位,上谕仍是上谕,我等岂敢有违?今天到来……"

吉山不等他说完,截口就道:"不是想违抗太上皇的上谕,那你手里拿着的谕令是怎么回事?还说什么'不分满汉',一并查处,你这不只是藐视太上皇,更是以汉凌满!你这是要借着总督府的权势欺凌我们八旗吗?你这是要变天吗!你一个小小的师爷,有几个脑袋,这事你扛得起吗!"

蔡清华不是口才不如,实在是势不能及!被吉山一顶又一顶的大帽子扣下来,到后来整个人不由得浑身哆嗦。

忽然听一个人道:"这个事情,他扛不起来,那就老夫来扛吧!"

第六十八章

搜　仓

众人循声望去,只见人群之中走出一个老儒生来,在朱磬等几个长随的围护下,走到仓库门口。这人年纪虽大,身材矮瘦,然而相貌清癯,一身正气,虽是便服,却是不怒而威。

蔡清华急忙上前,躬身道:"大方伯。"

众人无不大惊,便知道眼前这个小老头竟然就是当朝帝师、两广总督朱珪朱老爷了。

当下不分官民,跪倒了一片,吉山也不得不起身行礼。

朱珪环视一圈,淡淡道:"都说广州神仙地,不服王化,我本来还不信,今天看来,却是不得不信了。区区一个宜和行,连我总督府出了明文谕令,也进不去他的仓库搜剿。这十三行,果然是通了天啊。"

吉山道:"总督大人这话可说得差了,十三行归粤海关管,粤海关归内务府管,难道粤海关和内务府就不是王化吗?"

朱珪轻轻一笑,道:"吉山老爷,你不在粤海关坐镇,却被一介保商叫上一声,就巴巴地赶来给他看门,也不怕丢了身份。"

吉山大怒:"朱……你!"朱珪这话暗骂他是看门狗,换了去年他能不顾官位地骂回去,但现在想想对方毕竟是皇上的老师,明面的身份又在自己之上，当下只好忍下了。

朱珪又道："还是说……这仓库里头的东西，跟你有关？"

吉山忙道："朱总督，东西可以乱吃，话可不能乱说！没有证据的言语，还请不要乱出口。"

朱珪道："若是无关，那你又急个什么呢？又不是现在就要抄家，大小不过是搜一搜仓库，需要吉山老爷你这样拼死维护吗？还把当今圣上的清誉也拉下水！难道我朱珪今天搜了这个仓库，就是对太上皇不敬，就是对上谕不遵？你别忘了，我这个两广总督，也是太上皇委任的；于这两广，朱某便是代天巡狩！我既受两代天子重托，是两省军政总督的身份，难道连一个商人的仓库都搜不得吗？若你吉山老爷敢当着满广州士民的面，明说一句搜不得，那我今天就不搜了，回头咱们一起上折子，在太上皇和皇上面前辩个明白吧。"

吉山道："这……这……"

朱珪道："其实有没有违禁之物，一看便知。若是没有，那也算还了这家保商一个清白。对吧，吉山老爷？"

吉山眼珠子乱转，心中盘算着各种利害得失，而周贻瑾眼看朱珪竟然亲临，便知道今日无论如何也是挡不住了——再强扛下去，朱珪一怒之下，当场就要死人。

朱珪挥一挥手，蔡清华道："进去搜！"

两个总督府的卫兵就打头阵，而府属衙役有总督老爷撑腰，也硬气起来了，跟着上前。

欧家富看了周贻瑾一眼，见他摇了摇头，长叹一声也让开了。

眼看吉山恼色上额，呼塔布心急如焚。周贻瑾趁着众人没注意，悄悄走近，在呼塔布耳边说了一句话。呼塔布眼睛一亮，赶紧在吉山耳边也说了一句话。

吉山的脸色一下子就镇定了。这时蔡清华已经进门，吉山却叫道："且慢！"

朱珪道："吉山老爷还有什么话说？"

吉山道："十三行的事情，照例是粤海关监管的；总督大人既然说自己是代天巡狩，硬要破这个例，我吉山也没办法。只不过这个例一开，以后我们粤海关可就不好做事了。宫里问下来，我吉山也不好回答。这里头的担待，还要请总督大人给一句明白话——这坏了规矩的例是朱总督开了，回头官里问下来，我也只能这样回话了。朱总督，你觉得呢？"

众人听了，便知道吉山这是在逼迫，也是在威胁。

朱珪两条长长的眉毛垂了下来，他神色不恶，神情却是坚定："好，真有什么担待，老夫一并扛下就是。"

吉山哈哈笑道："好，这句话，满白鹅潭的士民百姓都是见证！搜啊，你们就搜吧！"

蔡清华眼看他突然变得狰狞，暗中生了一丝忧心，然而事已至此，也不能停下来了，当下指挥总督府官兵和广州府衙役入库细搜。

宜和行如今位居十三行四大行之一，仓库之中，自然摆满了来自全国各地的各种大宗货物、来自海外各国的各种珍奇异物。自红货入库，吴承鉴、周贻瑾就预着可能会有这一天，为了避免额外的罪名，整个仓库就处理得比往年都干净多了，没有放置什么违禁之物。

其实大清朝廷对十三行的一些禁物规例，有一些是有道理的，有一些则是毫无用处的因循。比如禁止粮食出口——大清自己的粮食都不够吃呢——是有道理的，但禁止铁器、火药出境——这时大清的制铁技术和火药技术早就落后于世界了，仍然禁止这些出口海外就只是因循了。所以十三行的很多保商都不以为意，也不以为然。

所谓财货动人心，进来查验的那些卫兵、官差，十有八九手脚都不太干净，但外头有两尊大佛压着，旁边又有不知多少宜和行的伙计盯着，衙役们这次也就不敢造次，挨个地把仓库搜了个遍。东西是不敢拿了，但偶尔故意手脚放粗重些，砸烂一些解解眼馋心恨则在所难免。

最后连银库都被迫打开了——宜和行吴家有两座银库，一座在仓库这边，一座在家里。现在正是交易季，这座银库的银子是很充盈的。

周贻瑾道："银库重地，不容闲杂人等，不然往后数目出了问题，大家都说不清楚。要不请总督老爷亲自过目？"

朱珪和吉山都已经随后进入仓库里头，这时朱珪道："老夫就不进去了，清华代我进去。"

蔡清华点头答应了，就跟着宜和行的一个老伙计进去，一进门，差点就被满库的白银闪瞎了眼睛。但见一个又一个的架子，一个又一个的箱子，上头里头，尽是金银，蔡清华哪怕有心理准备也不由得心道："都说十三行富甲天下，果然不假。这才是一个吴家，还不是全部保商，银子就已经多到这个地步了。"

银库虽然不小，但为了统计方便，架子箱子的排列井然有序，几乎是一目了然，几眼就看完了，果然什么都没有。

蔡清华出来之后，朝朱珪摇了摇头。

总督府这次是带着能人来的，这能人还是蔡士文提供的。那老头儿虽然没进过宜和行的仓库，但深知仓库设计之理，在蔡清华查过银库无果后并不着急，慢慢寻找，终于来到了一个拐角处，移动一面假墙壁，打开了那个秘仓。

欧家富眼看秘仓也被发现了，脸色就有些难看；呼塔布是眼看着红货进仓上锁的，心中其实也惴惴；吉山这时也忍不住看了他这个家奴一眼，心想那句"红货已经暗中运走"的话到底是不是真的。

蔡清华则是大喜，钻进去后就出来说："里头还有扇门，门上封了封条。崖公、吉山老爷，不如一起进去看看？"

朱珪点了点头。

秘仓入口狭窄，朱磬、呼塔布赶紧先进去给主人踩路，然后朱珪、吉山才先后矮身进去，果然见里头又有一扇门，门上贴了封条。

蔡清华便道："打开。"

欧家富道："蔡师爷没看这里贴着粤海关的封条吗？我们哪敢打开？"

蔡清华想了想，便转身请示朱珪。朱珪上前两步，看了封条两眼，微笑着问："这是宜和行的私仓吧，怎么有粤海关的东西？"

吉山哼了一声，也不说话。

朱珪道："看封条还是没动过的。既然是粤海关的，就请吉山老爷下令，开封一验如何？"

吉山不耐烦地看了呼塔布一眼，呼塔布才去揭开了封条。蔡清华急忙打开了秘仓大门，满怀期待地朝里头一瞧，却见秘仓之中，空空如也。

欧家富整个人愣住了，呼塔布则一颗心都放了回去。吉山见状，哈哈大笑道："总督大人，您这么兴师动众，如今可搜出什么违禁之物没有啊？"

蔡清华脸上犹如涂上了一层猪血，看了蔡士文一眼。蔡士文打了个哆嗦，大声道："不可能没有的！不可能没有的！"

蔡清华又看向周贻瑾，只见他面色镇定如常，暗中对这个徒弟又爱又恨——爱的是他手段多端，不愧是自己教出来的；但恨的也是他手段多端，竟然是自己教出来的！

他一咬牙，喝道："再给我多搜一遍！"

朱珪能坐到这个位置上，自然眼力了得，察言观色之下，却已知道再搜多半枉然，但他也没有阻止。

这一回朱磬亲自带人去搜。蔡清华拿眼睛看向周贻瑾，周贻瑾则眼观鼻、鼻观心，仿佛入定。

这一轮搜剿更加仔细了，几乎是把宜和行的仓库都犁扫了一遍。连银库蔡清华都亲自钻了两遭，细细敲打，倒也找出了好几个暗格，然而暗格之中，虽然藏着异样珍宝，却没有让人找到他们所需要的罪证！

吉山在旁边不断地冷嘲热讽，却也没有阻挠，一直等到蔡清华又搜了个遍，这才冷冷道："朱总督，还需要再搜第三次吗？"

朱珪很是沉得住气，淡淡道："倒是不用了。"

吉山哼哼道："既然如此，那这宜和行的清白，连同我粤海关的清白，便都算保住了吧？不过总督大人你这次为了一个小人的无证指责，就硬要插手我粤海关的内务，坏了内务府定下的规矩，回头宫里问下来，就请总督大人多多担待了！"

他一拂袖，道："我们走！"

众家奴一起冷笑，就要离开。

蔡清华忽然道："且慢！"

第六十九章

调　　兵

　　眼看蔡清华还敢阻止自己，吉山冷笑道："还要怎么样？"

　　蔡清华便在朱珪耳边耳语起来，朱珪听了神色凝重，然而终于道："好，也罢，破釜沉舟，在此一役！"

　　原本已经松了口气的宜和行众人，听了这话又忍不住紧张了起来，均想："这是要做什么？"

　　便听朱珪道："请诸位稍留。"

　　蔡清华叮嘱了一声，便有长随取了纸笔，朱珪背过去当场写字，跟着取出随身携带的关防用印。

　　吉山微微吃惊，叫道："总督大人，你还想怎么样？"

　　朱珪道："稍待便知。"

　　那边朱磬已经拿了他的文书飞速去了。

　　朱珪就在这宜和行留下了，蔡清华去取了张椅子来请东家坐。吉山不知道他要搞什么鬼，也就不敢离开。其他人也都不敢乱动，个个提着心，吊着胆。

　　过了好一会儿，才听有跑步声接近——那不是一两个人的跑步声，也不是一两群人的跑步声，而是千百人的跑步声。听那声响，竟像是军队在行动。

吉山的脸色一下子就变得更不好看了，朝着朱珪叫道："总督大人，你调了兵马来？你这是要做什么？"

朱珪却并不回答，坐在那里，犹如老僧入定。

宜和行的人听说是兵马来了，个个紧张得不行，唯有周贻瑾还保持着镇定。

吉山眼珠子转了转，叫了一个家奴过来，耳语了几句，那家奴就冲了出去。

蔡清华上前一步，还没开口，朱珪已经道："无妨。"

这时第一拨的军马已经开到仓库外头，果然是几队绿营兵马，为首的人欧家富认得，就是去年来过吴家的副将王得功——如今已经升了总兵，据说他能高升也是得了朱珪朱总督的赏识。

王得功上前向朱珪请命，朱珪道："依照我命令行事。"

王得功应道："是。"便出去安排人马。

这绿营兵一个营又一个营地开过来，到后来人数破千，竟有数千人马——如今是承平之日，这商贸重地，陡然迎来了这么多兵马，可把整个南海县都惊动了。

等兵马到齐，已经入夜，一支支的火把点了起来，黑夜之中更见威势。

这时那些看热闹的已经吓跑了十之七八，却还有几百个苦力零散分布在各处——那里头有洪门在暗中组织。

总兵王得功再次进来道："禀总督大人，标下人马共计六营、四千三百人，已经到齐，只等总督大人下令。"

朱珪微微颔首，道："好，你这就指挥兵马，把整个十三行所有保商的仓库，都给我围起来。"

他这个命令一下，在场所有人全部变色。

吉山叫道："总督大人，你这是要做什么！真要变天吗！"

朱珪淡淡道："我乃两广总督，调动一点兵马，乃是职责所在，说什么变天！"

吉山叫道："但这里是十三行！乃是天子南库！"

朱珪道："便是天子南库，也还是我大清的土地。既是两广的地皮，我身为两广总督，就有权力管他一管。"对王得功道："围。"

王得功领命去了，不一会儿，将整个十三行所有保商的仓库，全都给围了起来——十三行各家行商的仓库，一个挨着一个，都挤在了一块，兵力足够的情况下，全部围起来倒是不费什么工夫。

便在这时，先前派出去的家奴回来了，与吉山耳语了起来，吉山的脸色一下子变得惨绿惨绿的——刚才他派家奴出去，便是去找广州将军。

两广总督统辖广东广西军政要务，但广州将军所统领的八旗兵却不归他管。吉山眼看朱珪竟然要用兵，就想去搬广州将军来制衡吉山——眼下也只有他手里头有兵。

按照以往的经验，满汉大员如有冲突，满洲大员都会自觉不自觉地站在一起压迫汉大员。朱珪以汉人身份而居两广总督之位，本来就遭人嫉妒，所以吉山以为广州将军一定会来。谁知道这次消息传了过去，广州将军竟然不来！

吉山眼珠子一转，忽然就明白了什么，暗中恨道："福昌啊福昌，你个混蛋！"

广州将军福昌虽然没递过什么话来，但吉山马上就能猜到是嘉庆登基已经影响到了广东这边：朱珪乃是新皇帝的老师，福昌可以仗着满族王公的身份威压汉官，但要针对帝师就要掂量掂量了。看眼前的局面，福昌就算不是已经投靠了嘉庆，至少也身处观望之中，忌惮着新皇帝，不敢妄动了。

想到这一点，吉山气势更减。他眼看自己手头无兵，官比人家小，势又比人家弱，唯一的依仗满洲人身份又被对方的帝师身份所抵消，一时之间，面对朱珪时腰杆也有些直不起来了。

这时周贻瑾也叹了一口气，知道势已不可为——他就算运筹帷幄的能耐已经青出于蓝，奈何权势落差太大。吴承鉴毕竟只是一介商人，一旦朱珪下定决心，吴家便又只能沦为鱼肉。

他端起了茶杯抿了一口，对吴小九道："这茶淡了。去给我拿一泡来，要乌龙。"

吴小九要走，却被一个官差拦住了。

蔡清华却摆了摆手，官差这才放行。

吴小九急急奔往神仙洲，直上秋滨菊。神仙洲本来就是广州府的消息集散地，白鹅潭那边发生的事情早就传遍了，所以这时气氛也颇为紧张。

吴小九上来后，就对吴承鉴说："师爷说，茶淡了，让我带泡茶过去。"

吴承鉴道："要什么茶？"

吴小九道："乌龙。"

吴承鉴"哦"了一声，道："你自己拿吧。"

吴小九低了头，找到了一盒乌龙便去了。

于怜儿眼看默不作声，忍不住道："昊，官。"她年纪虽小，毕竟是花行之中长大的，这几个月又经历了高级欢场的历练，眼力见已经不差了，所以声音之中，有安慰之意，只是不知道该说什么。

吴承鉴看了她一眼，忽然道："神仙洲不是久留之地。你今晚就去花差号，让三娘给你安排一下去路。"

他说完便掀帘子走了。

于怜儿怔了怔，却还是听从了，转身去了码头，坐船去了花差号，把吴承鉴的话转告给了疍三娘。

疍三娘沉默半晌，终于叹道："你啊……"这个"你"字，很明显不是指眼前的于怜儿。

碧荷在旁边道："姑娘，又要出事了吗？"

疍三娘犹豫着，眼看舱内只有三人，便点了点头，说道："都什么时候了，他还……"她想说，昊官在眼看又要陷入自身难保的境地，却还能在这时候想到区区于怜儿的后路，然而这话毕竟不好明说，又摇头："唉，他素来如此的。"

碧荷与于怜儿听得半明白半不明白，疍三娘道："总之听昊官的吩咐吧。怜儿妹妹，你愿意去哪里？"

于怜儿道："若在，平时……一切，只听姐，姐姐，吩咐……但如今，我不走。"

疍三娘呆了呆，随即点头："难得妹妹也是有心的。"

这时局势至少看起来还没大坏，疍三娘就没强劝，于怜儿待了一会儿便回神仙洲了。一回秋滨菊，便见一个少年马猴般钻出来搂住自己，于怜儿吓了一跳，随即看清是潘正焕，便任由他搂住，却又忍不住问："宜和，是不是，又出事，了？"

潘正焕道："谁知道，管他呢！"

于怜儿道："如果，出事……你，可得，保我。"

潘正焕笑道："放心，就算十三行翻了个天，也惹不到我们同和行头上来。"

潘正焕的迷之自信却是错得离谱。

朱珪等王得功兵马齐备之后，便下令围住整个十三行；围定之后，又下令搜剿，第一站就让人搜剿同和行。

柳大掌柜赶紧带人出来迎待——说是迎，其实是拒。

蔡清华上前道："总督大人说了，这次搜剿，只查官中失窃之物，余者不管。"

这话几乎是在明示了：这次大搜剿不会旁及别的事情，就算搜出什么其他的违禁之物也不作惩处。这也是朱珪的能耐处，懂得抓住当前的主要矛盾，不及其余，以减少行动的阻力。

果然柳大掌柜一听就放行了，只是要求每一位入库搜剿的官兵、衙役身边，都得有一个同和行的伙计跟着。蔡清华也无异议。

如此将同和行的仓库给搜了一遍，费时却比搜宜和行仓库两遍用时更多——毕竟同和行的底蕴，是宜和行这个暴发户不能比的。

这一轮搜过去，没找到想要的东西，蔡清华便带了人去搜卢家的仓库。这时，天已经蒙蒙亮了。

第七十章

难　　局

朱珪毕竟是一代帝师，行事大气。

他不怕吴承鉴能跑到哪里去，所以也就没限制他的行动。

吴承鉴这边，因为有上一次悬崖边上翻盘的不远殷鉴在，又怕了他睚眦必报的作风，所以满西关的人便都忌惮着，一日不见尘埃落定，便也不敢如上一次般马上变脸。

故而吴承鉴顺顺利利地就从神仙洲回到了西关老宅。

吴达成已经去了河南岛做管事，新的门房是他女婿，这时也都已经听到了消息，看见了吴承鉴，想问又不敢问。

吴承鉴换了衣服，先去看看大哥。这时天色已晚，院子里却还点着灯，吴承鉴进去看了吴承钧一遭，这才回到院子里，坐在了蔡巧珠旁边。

蔡巧珠将人都遣走了，这才问："又出事了？"

吴承鉴点头："是。"

蔡巧珠道："比上次的事情如何？"

吴承鉴道："可能还要麻烦一点。不过这一回，兴许祸不及妻儿老小，兴许我一个人能顶下来。不过宜和行的大买卖，怕就要执笠（收摊、破产）了。"

蔡巧珠道:"这是什么话!三叔你是当家,你若真的……覆巢之下,哪有完卵?"

"我已有安排,当然最后是否顺利还要看运气。"吴承鉴道,"再说,这只是最坏的打算,不到最后,鹿死谁手,尚未可知。总之嫂嫂你安心照顾我大哥,外头的事情,我会顶着。"

安抚了蔡巧珠后,吴承鉴才来到后院。吴国英这时也没睡,已经在那里等着了。吴承鉴就知道他已得了消息,不悦道:"谁乱嚼舌根了,让阿爹觉都睡不好!"

蔡巧珠那边他一直有通声气,但吴国英这边他却是一直瞒着的,就是不想吴国英再劳心。

吴国英摇头:"你爹我就算再不管事,毕竟也有几个老伙计的。我平时也不是什么事情都不知道,只不过知道你一定能处理,但这次……昊官,你跟我说吧,你到底是怎么得罪两广总督的?破家的知府,灭门的县令——何况是两广总督!那是真的伸伸手指就能捏死我们的,你怎么会逼得他动用这么大的阵仗?"

吴承鉴自嘲地笑道:"我们吴家算个什么?去年冬天那么大的势,全都是狐假虎威,在真正有权势的人那里,那就是一张一刀下来就扎破的虎皮。我也不是想惹事情,只不过……既然上了和珅的船,得了他的好,就得跟着承受他的坏啊。"

吴国英"哦"了一声,道:"搂草打兔子,和珅是兔子,我们就是那丛草。"

吴承鉴笑笑道:"差不多,不过被顺手割掉的也会是我们。"

吴国英看着小儿子这时候还笑得出来,长叹一声,说:"从听说新皇帝登基那天开始,我就知道……唉,朱珪打和珅,如今的事情不只是两个大臣斗争这么简单了,不只是朝堂政争,怕还要牵涉新旧两个皇上的争端。事情一牵涉大内,那就凶险得紧了。"

"还好。"吴承鉴道,"朱珪毕竟是清流。回头只要我抵死不认,他最多也就是要了我的脑袋,封了我们宜和行。盗窃御物罪过虽大,却也不会抄家灭门。"

吴国英听了这话,猛地咳嗽了起来。吴承鉴那句"也就是要了我的脑袋"

说得轻巧，但吴国英听了心里无比难受。然而他毕竟是一代商行开创者，知道这时不是儿女悲戚之时，心思便又转到大事上来，道："你打算自己扛？"

吴承鉴道："如果我全部扛下来，死的就只是我一个人。和珅明面上会落井下石，暗中却还会保我们吴家的身家性命，以防我狗急跳墙。但如果我胡乱攀扯，不管最后朝廷那边是什么结果，我们吴家却得注定要灭族了。"

吴国英道："难道就没有其他办法了吗？"

吴承鉴沉吟半晌，才道："贻瑾还有后手，不过还有一两个难关要过，能不能成，可悬得很。最麻烦的，是如今朱珪势大，眼看连广州将军都缩头了，在这广州地面上，和珅的手暂时怕是伸不进来了。没有这个后援，贻瑾就算有千般谋算，也都是以卵击石；蔡清华就算智谋不及，也能以力破巧——就像刚才那样。"

吴国英道："若到有必要的时候，我这把老骨头……"

吴承鉴笑道："阿爹，现在都什么时候了，您这把老骨头，人家看不上！您就好好颐养天年吧。我和大哥虽然都不能给您养老送终，但我们都有后了。往后的十几年，吴家一定会很艰苦，但有了血脉传承，吴家也就有了指望，阿爹您说对吗？"

吴国英虽然焦虑于吴承鉴的生死祸福，但想到光儿和叶有鱼肚子里的孩儿，眼前便看到了一丝希望。

安抚好了吴国英之后，吴承鉴便离开了西关老宅，坐船渡江，直接回到吴家园日天居。

到了日天居，天已蒙蒙亮。这边也已经听到了消息，春蕊等一夜都睡不着，看到吴承鉴，眼睛都红红的。

吴承鉴道："三少奶奶呢？"

春蕊不好开口，冬雪道："姑娘昨天说，不管发生什么，她都要把觉睡满了再说，所以现在还在睡觉呢。"

吴承鉴闻言大笑道："这才对！我这个老婆，果然懂得轻重缓急。"对春蕊道："去弄点吃的来，跑了一个晚上，你家少爷饿了。"

春蕊揉了揉眼睛，赶紧去整治汤点。

吴承鉴一边等着，一边闭目养神。直到汤点端上来，他旁若无人地就吃喝起来，吃到一半，才见叶有鱼不施粉黛地走出来。

叶有鱼道："回来了。"

吴承鉴道："坐，一起吃吧。"

叶有鱼道："最近常犯恶心，这些不合我胃口，你吃吧。"说着就在他对面坐了，吩咐冬雪另外整治一个粥。

旁边再无人时，叶有鱼道："事情很大？"

吴承鉴道："这次的事情比上次的大，但事态略有不同。若到最坏的时候，我一个人能全扛下来。你这边，吴家园也许就不能住了，但我有安排，富贵日子过不起，小康日子还是行的。"

叶有鱼道："有我能帮忙的地方不？"

吴承鉴道："你好好养胎，不要胡思乱想，就是最大的帮忙了。"

安抚好了妻子，他这才到商功园来，坐到了园中的躺椅上，整个人一下子就瘫了一般。吴七一路跟着，一路都没说话，这时再忍不住，说道："昊官，你就睡一觉吧。睡一觉吧！你一个晚上都没合过眼了。"

他毕竟是从小跟吴承鉴长大的，犹如手足一般。吴承鉴虽然有一些事情没告诉他，但他也能猜到吴承鉴的心情。眼看他连夜奔波，安抚蔡巧珠，安抚吴国英，安抚叶有鱼，看似笑容挂脸，实际上是把压力都扛自己肩头上了，因此吴七忍不住心疼。

吴承鉴对吴七便没瞒着什么，道："若待会儿有人来抓我，叫人不用抗拒，免得生出事端。"跟着便长长舒了一口气，闭上眼睛，睡了过去。

吴承鉴有个好处，虽然处在巨大的压力之中，却还能够睡觉。这般睡了有一个多时辰才醒来，他睁开眼睛，就看见夏晴轻手轻脚地在放帘子，便猜刚才是有日光落到自己脸上了。

吴承鉴道："把帘子打开吧。"

夏晴"哦"了一声，拉开了帘子，眼前阳光耀眼起来。吴承鉴道："中午了啊。"夏晴近前说："那个短腿番牛皮来了，见不见？"

吴承鉴一听，就知道是短腿查理，因为他喜欢跟丫鬟们吹牛皮，所以被夏晴叫作短腿番牛皮。

"他回来了！"吴承鉴有些意外，忙道，"快让进来吧。"又说："让厨房准备好吃的拿上来。"

不一会儿，短腿查理就溜进来了，一边走一边跟引路的小丫鬟开荤笑话，把小丫头说得头都快低到胸脯里头去了。

吴承鉴笑道："你这张嘴，怎么没在海上让船长给缝了。"

短腿查理嘻嘻笑着："海船上的人，个个的嘴比我还荤呢。要都缝起来，满船的人就都不能吃饭了。"

夏晴已经让丫鬟摆上了许多点心，又准备了一杯加了奶的云浮红茶。短腿查理也不客气，抓起点心就吃，端起茶杯就喝。夏晴啐道："你这番牛皮，好歹也是昊官手底下的大帮闲，怎么一副饿死鬼的样子，去了外头让人瞧见，别人还当昊官亏待了你呢。"

短腿查理嘴里嚼着东西，含含糊糊地说："夏晴姑娘你哪里知道，广州这边的美食世界第一！我在海上就没一口好吃的，到了英国，也是天天土豆面包、半生牛肉，以前没觉得怎么样，但在广州住了这几年再回去，怎么可能习惯？我可饿了大半年了，和饿死鬼也没什么区别，天天想念广州的美食。"

夏晴哈哈笑了："你这番牛皮，吹起牛来和真的一样。"

"不是吹牛，不是吹牛。"短腿查理说，"没到过广州的外国人，不知道东西能这么好吃；没去过英国的广州人，不知道东西能那么难吃。"

夏晴毕竟是广州人，听一个外国人赞美自己的家乡，不管他是夸张还是说真的，心里总是高兴的，嘻嘻笑了两声，又去小厨房多拿一些精致的糕点过来给短腿查理加餐。

吴承鉴等短腿查理七八样点心下肚，这才道："这一趟回欧洲，我以为你至少要两年才回来呢。"

短腿查理笑道："事情办得顺利，所以就提前回来了。昊官，这次我带了两个人来，你什么时候方便见上一见吧。"

第七十一章

东印度公司的股权

吴承鉴就问:"是什么人?"

短腿查理道:"一个在路上遇到的美国人,叫约翰。另外一个是艾洛特勋爵的特使。艾洛特勋爵知道了远东这边的情况后很感兴趣,想跟昊官谈一笔大生意。"

当然,由于空间阻隔,消息延迟,那位艾洛特勋爵所知道的"远东这边的情况",最多也只能是去年的情况了。

"艾洛特勋爵?"吴承鉴道,"东印度公司的原始持股人家族吗?"

"是啊,昊官你还记得。"短腿查理说,"他这次派了人跟我来,就是想问问昊官,对东印度公司的股份有没有兴趣。"

吴承鉴一听就笑了,然而只是笑,不说话。

短腿查理道:"这个事情,我上回有跟昊官你提起过的。东印度公司的那群创始人,从一百多年前开始,获得了大英帝国女王陛下的王室特许经营权,成立了东印度公司。这一百多年下来,公司的股权持股人变更很大,而艾洛特勋爵就是从公司成立之初一直到现在都没有变化过的原始持股人家族之一。经过这一百多年的发展,他手里掌握的这部分股权,已经变成了难以估量的巨大财富了。"

吴承鉴道:"股权本身的确是一笔巨大的财富,但到了他这个位置的人,收入大,开支更大。"

短腿查理笑了:"是啊,所以最近十几年,他的家族一直都处于入不敷出的状态。伦敦那边不停有人在打他这部分股权的主意,但开出来的价格都不能让他满意。另外如果真的出售股权,那勋爵就会失去对东印度公司的影响力,甚至他的政治声誉也会受到影响,很可能会导致他在上议院的话语权遭到削弱。所以这些年艾洛特勋爵虽然日子过得紧巴巴的,却还一直捂着干瘪的钱包不放手。他听我跟他说了昊官的情况,就忽然高兴了起来。昊官,我觉得这个合作可以进行!"

吴承鉴点了点头:"他那边是什么想法?"

短腿查理说:"他希望和昊官签署一份东印度公司的股权秘密转让协议和一份股权代理协议。"

吴承鉴一听就懂:"就是说,他把股权卖给我,但这笔买卖暂时不对外公开,同时由他继续代理我在东印度公司的股东权力。这样的话,他的体面和他在上议院的政治前途就都保住了。"

"是的。"短腿查理说,"昊官你真聪明。你真是整个广州——不!整个大清最有国际视野的商人!一听就明白了。"

吴承鉴道:"一般的情况下,我不可能去伦敦,也的确需要一位英国的绅士来作为我在东印度公司的代理人。所以艾洛特勋爵的提议很符合我的利益。"

短腿查理连连点头。

"钱不是问题。"吴承鉴说,"但是查理,我没记错的话,东印度公司的持股人至少有几十个甚至上百个吧?艾洛特勋爵那区区一点小股权的话,还不足以让我动心啊。"

"当然不止。"短腿查理笑着说,"像艾洛特勋爵一样,陷入某种经济困境的持股人,并不止他一个啊。就看昊官能拿出多少钱了。"

吴承鉴笑道:"难道你还能找到所有陷入类似困境的持股人,并跟他们谈妥收售条件吗?看不出来啊,查理,你在伦敦的人脉这么厉害。"

"哎呀,昊官,你太看得起我了。我只是一个海员,能搭上艾洛特勋爵,还是靠着你给我的大量钱财开了道。我怎么可能在伦敦的上流社会,有那么广泛的人脉呢？"短腿查理说，"但是我不行，艾洛特勋爵可以啊。中国有句成语：物以类聚，人以群分。他们这些有权有势而经济陷入困境的上流家族，互相之间都有联系的。何况勋爵还是原始持股人家族之一，一百多年的人脉积累下来，关系链条就非常庞大了。"

吴承鉴笑道："所以，艾洛特勋爵还愿意做我在伦敦的总代理，对吗？由他在伦敦居中联系，用类似的条款，不公开地收购这些东印度公司的股权，让这些旧股东都变成我在东印度公司的股权代理人，然后艾洛特勋爵再成为这些股权代理人的首脑。"

"是的，是的。"短腿查理说。

"他真是打得一手好算盘呢。"吴承鉴说，"这样一来，他不但得到了能帮他脱离经济困境的金钱，而且还能顺便控制许多股权代理人，形成一股难以估量的政治潜力。"

"哈哈！"短腿查理笑着说，"我就知道，瞒不过昊官。"

"他要这些，很正常。"吴承鉴说，"我也愿意帮他攫取权力，但是利益的得到与责任的付出必须是对等的。我想这一点艾洛特勋爵应该有心理准备。你也应该告诉他，东方的昊官不是一个任他算计的蠢人。"

"昊官说得对。"短腿查理站了起来，行了一个很绅士的礼，"我想艾洛特勋爵也很愿意和一位睿智的东方富豪建立长期的、对彼此有利的合作关系。"

吴承鉴颔首："很好，很好，那么这笔生意，我们可以好好谈一谈。至于那个约翰，他又是什么人呢？"

"那个人啊？用一句中国话来形容的话，他就是个破落户，并不重要。如果昊官有空的话，见他一见，问问美国那边的情况也是好的。"

吴七送了短腿查理出去之后，回来说道："昊官，查理带回来的这个是好消息吧？"

"嗯，好消息，挺好的消息。"吴承鉴说。

吴七道："那能帮着破掉眼前这个困局吗？"

"当然不行。"吴承鉴道，"那是另外一个战场，另外一场战争。如果能够成功，那我也许就有机会远程影响伦敦那边，从源头上抵制鸦片流入大清。"

吴七怔住了。

"但如果眼前这一关我过不了，那么艾洛特勋爵的野心和期望……"吴承鉴道，"只怕就都要落空了。"

蔡清华花了小半个晚上和大半个上午，才搜完了同和行的仓库，跟着朱珪给他加派了人手，兵分两路：一路由蔡清华带领，一路由朱磬带领，又去搜卢家、蔡家的仓库。卢家是一直替两广总督府办事的，蔡家又是新近投诚的，但朱珪这个做法，就是要告诉所有人他的大公无私。

卢、蔡两家的仓库也不小，仔细检查也极费时间。蔡清华连午饭都顾不上吃，只是就着一碗热水，啃了两口馒头，便全情投入到搜剿之中——朱珪压着吉山，强行派兵包围整个十三行，导致这一天整个广州的外贸都中断了。这不但坏了"规矩"，而且影响了整个地区贸易的顺利进行，造成的后果难以估量。

蔡清华很清楚东家这么做要承担多大的政治压力，所以他一定要将给那批红货搜出来。

眼看着卢、蔡搜完，跟着就要轮到叶家了。

从昨天晚上得到消息，叶大林在家里就坐立不安，眼看周贻瑾接连出招，把呼塔布甚至吉山都搬了出来，然而还是挡不住两广总督的雷霆一怒。原本大家都以为事情是奔着宜和行去的，也就都在看热闹，然而数千兵马忽然出动包围了整个十三行的仓库后，形势急转直下，叶大林要做什么也来不及了。

马氏这段时间一直跟叶大林怄气，但两人毕竟是大半辈子的夫妻了，叶大林出了什么事情，出的事情有多大，她比别人更早就知道了。她走进书房，眼看他在躺椅上仓皇发抖，便问道："当家的，这个事情，和我们叶家有关？"

"吴承鉴这条黑心毒肺的狗崽子！"叶大林尖声叫道，"有鱼成亲之后不久，他就要了我们兴成行的秘仓！"

马氏一惊，道："他拿来做什么？"

"不知道！"叶大林道，"他借了之后就封起来了。本来借个地方放点东西，也不是什么大事——"他的声调陡然拔高："谁知道他是把一个祸胎放在我这里！大内失物，大内失物……他竟然把大内的失物放在我们这里……这是要杀头的啊！"

马氏惊骇道："当家的，这……这还有什么办法吗？"

"还能有什么办法？"叶大林说，"现在整个十三行都被看住了，几千官兵、上万只眼睛盯着呢，能有什么办法！"

马氏出去一下，把门外的两个心腹都支走远一些，才回来低声道："我记得，我们的仓库有一条密道的。"

"没用！"叶大林道，"那条密道，通不到秘仓之中。若非如此，我早让叶忠动手了。"

这一下子，马氏也哭丧起脸来了："那现在怎么办？"她随即指着迎阳苑的方向破口大骂："我就知道，我就知道！那对狐狸精母女，不会有什么好带挈给我们叶家的！当家，别的不说，先把那贱人拿下出出气吧！"

"你给我住口！"眼看大祸临头，老婆还不忘宅斗，叶大林黑着脸道，"这一趟，我若死了，你怎么发落阿六都行。但尘埃落定之前，迎阳苑那边谁也不要去动。"

第七十二章

孰重孰轻

搜潘、卢、蔡三家的时候，周贻瑾都被蔡清华带在了身边——搜剿的工作做得很细致，这中间又出了一个小小的插曲。

蔡清华搜剿潘、卢两家仓库，凡是有嫌疑的东西都一一过问。他见多识广，两个仓库里的东西大多认得，便是眼睛不认得也听说过，只有两家各一小仓的东西不知何物，撬了开来，黑乎乎的，连蔡家派来的积年老伙计也不知道是什么东西。

周贻瑾一见此物，眉毛整个儿就皱了起来，神色凝重。

蔡清华留意到他的神情，警惕起来，问起跟随搜仓的大掌柜。两个大掌柜都说是西洋新出的药物，叫作福寿膏，是东印度公司发来试卖的。

两个大掌柜说起这福寿膏时候的神情语气，显然只是将这东西当作一款没什么特别的新货，但蔡清华不放心，因为周贻瑾的神情让他生疑。

周贻瑾道："此物名福寿膏，又叫鸦片，乃是祸国殃民之物。请蔡师爷赶紧禀明总督大人，严厉封禁此物，勿许一箱一笼入境。"

蔡清华皱眉道："怎么个祸国殃民法？"

周贻瑾便将从吴承鉴处听来的关于鸦片的形容说了，蔡清华却不为所动，道："原来就是一种新药，就算能上瘾，也不过是和烈一点的酒差不多罢了。

你的说法，怕是有些危言耸听。"

周贻瑾道："此物危害极大，任由此物流入国内，可比眼前大内宝物失窃一案要严重百倍，还请师父你放下成见，重视此事。"

蔡清华问道："此物我未曾见过，你又是从哪里知道其危害的？"

周贻瑾道："这是昊官告诉我的。"

蔡清华本来还有两三分放在心上，听了这话，"哈"地一声便将手中的那块鸦片扔回箱子里了："行了，别再想拿出一件旁的事情来转移我的注意力，眼前还是以搜索违禁之物为第一要务。你们不用妄想拿这东西来扰我视听。"

周贻瑾还要再说时，蔡清华已经无意再听。忽然之间周贻瑾便猜到：显然米尔顿在吴承鉴那里碰了一个大钉子之后便改变了策略，不再将这鸦片当作重点货物来推介，而是当作一种寻常"新款"商品，用"无足轻重"的态度让各大保商去"试卖"。各保商不知此物危害之重，自然愿意尝试一下新品，而如果鸦片真的有吴承鉴所形容的那种可怕特性，只要在大清一落地，造成第一批上瘾者，同时让中间商尝到了甜头，再往后想要禁止便极难了。

尽管这明明是一种战略性商品，却以无足轻重的姿态卖进来，米尔顿的这种姿态对清朝官商都产生了迷惑性，也就没有马上引起官府以及保商们的注意了。

周贻瑾眼看着蔡清华扔下鸦片之后，便匆匆赶去进行其他搜索，长叹了一声，心道："大内御物失窃，牵涉的不过一家生死，若是牵扯下去也不过一时的朝堂政争，而昊官所言如果不虚，那么鸦片的危害就要比这场政争严重百倍，两者孰轻孰重不言而喻。不过对师父来说，轻重分别却是反过来的。怎么帮朱总督对付和珅，应该才是他心目中的第一大事！"

然而他知道蔡清华对自己已经起了戒心，便再劝也是无益，说不定还会适得其反。

这边两广总督府派兵封锁了整个十三行的仓库，导致广州的贸易全线停顿。此事早就轰动了整条西关街，市井之间议论纷纷，不知情的人群里谣言四起，一些知道点内情的人则猜到此事是奔着宜和行来的。

蔡士群一家也是夜里就听到消息。夫妇两人商量了好久，蔡母道："我去看看女儿。"

上午她便坐了轿子出城来西关，眼看吴家老宅没被封锁，心中稍稍安定了一些，便来寻女儿。自从蔡士群倒戈以来，两家关系转暖，她们母女俩也再无罅隙。

蔡母拉着女儿说了几句家常后便切入正题，找个由头支使开丫鬟、婆子，低声问道："乖女，这次的事情，是不是又是奔着吴家来的？"

蔡巧珠原也猜到母亲这种时候来，肯定是无事不登三宝殿，却不置可否地道："外头这些事情，我向来不理会的。阿娘你怎么又来问？"

"少给我打太极。"蔡母道，"内务府那边，偷了官中宝物出来卖，这事原来黑头菜干过，五六年前你阿爹也帮忙接洽过一单呢。所以这事你阿爹一听就知道是怎么回事。"

蔡巧珠一听，惊道："阿娘，这事你们知道？那怎么不早说？"

蔡母忙说："你可别乱疑你阿爹啊，这次的事情我们真不知道。你阿爹虽然知道有这样的事情，但这次的事情，我们一开始哪晓得啊？只是昨晚听到了消息，联想起以前的一些蛛丝马迹才猜到几分的。"

蔡巧珠点了点头，倒也相信。她也猜到这次是蔡士文要借机打击吴家的，这等行动自然要做得机密，不大可能会给已经倒戈的蔡士群漏口风。

蔡母道："以前替内务府办这事的是蔡士文和谢原礼，现在嘛，想来这差使便是落在吴官身上了。"

这次事件，吴承鉴没有跟家里头细说，所以蔡巧珠也只是猜测，这时听母亲分析得丝丝入扣，便不由得点头。

蔡母说："这次的事情，可大可小，可有可无。官中倒卖宝物，一部分销到江南，一部分转到广州，这些年来一直都有。只要不揭破，从北京到广州，多少经手的人都是睁一只眼，闭一只眼；但是一旦揭破，那可就是大祸一桩！妥妥的杀头重罪……可恨这黑头菜，竟然在这件事情上来坑吴家！"

蔡巧珠听到"杀头"两个字，心脏就忍不住狂跳了两下，满脸都是不安。

又听蔡母说："然而此事按你阿爹琢磨，杀吴官的头怕还不足以惊动两广总督那样的人。最怕的，就是那些官老爷不是想杀吴官的头，而是用这事牵连出去，那样就不只是吴官自己要遭殃——整个吴家，甚至吴家的亲朋九族都要受到牵连了。"

蔡巧珠道："阿娘，这些我也都想到了的，但事已至此，我们也没办法了。"

蔡母道："怎么没办法？还是有办法的，就是看……看吴家有没有壮士断臂的狠心了。"

蔡巧珠皱眉道："阿娘，你说什么呢？"

蔡母道："事到如今，唯一的办法，只有想办法让昊官把这桩案子扛了。"

蔡巧珠脸色一变，道："阿娘！你说什么呢！"

蔡母道："巧珠啊，这句话，如果不是母女至亲，我是不会出口的。但我做这个恶人，不单单是为了你，也是为了吴家，为了光儿啊。"

"够了！"蔡巧珠道，"阿娘，今天你这几句话，要是传到我公公耳朵里，我们吴、蔡两家，亲家也没得做了。"

蔡母还要劝，却被蔡巧珠打断了。

"阿娘，我跟你直说吧。"蔡巧珠道，"其实就在昨晚，昊官他已经有这个意思了，他就是要自己扛！"

蔡母愣了一愣，倒是有些意外，

昨晚吴承鉴漏出来的口风和蔡母刚才的说法，里子其实是一样的。然而事情由吴承鉴口中说出来和由蔡母口中说出来，就完全不是一回事了。

蔡巧珠虽然顾念着儿子，顾念着丈夫，顾念着全家，但要让她为了自保而亲手把吴承鉴推入火坑，她怎么也做不到。便是吴承鉴自己要扛下此事，于她而言也是一桩惨痛之事。

蔡巧珠道："母亲，以后吴家的事情，你就不要再来干涉了，有些话不说还好，出了口，便是枉做小人！"

蔡母也有些讷讷，不好意思起来。蔡巧珠还以为她心中有愧，不料蔡母忽又道："只是这样，其实还是不够的。"

蔡巧珠道："什么？"

蔡母道："如今的局势，你阿爹料着，是两广总督府那边一定是有个什么把柄，只是看这把柄怎么搜出来而已，对吧？"

蔡巧珠道："那又如何？"

蔡母道："现在最好的办法，不是等把柄露出来之后昊官再去顶缸，而是在把柄还没暴露出来之前，由你去出首昊官。这样才能将你、将吴家大房给摘出去。"

蔡巧珠大惊："阿娘！你……你怎么说得出这等话来！"

蔡母道："我这话虽然难听，但这也是没办法中的办法。这个主意，你大可和昊官商量一下，既然他已经有了准备，那兴许真会答应，也未可知。"

"行了行了！我不听这话！"蔡巧珠道，"阿娘，今天我就不留你了，你快回家去吧。"

"我的乖女儿啊，你怎么就这么傻啊。"蔡母道，"阿娘说的话虽然难听，但全都是真心实意为你打算的。换了别人，可就未必会这么为你打算了，还不是个个都想着自己？你就看着吧，不用等总督府的人搜出，我料那藏着把柄的人，就会自己给供出来。"

蔡巧珠不愿再听这些话，起了身就要叫碧桃。

"好了好了，既然你不想听这些，那我就不说了。"蔡母眼看着蔡巧珠又要赶走自己，便道，"但你阿爹还有另外一个计较，或许……不但能保住吴家，甚至连昊官都能保住，你要不要听？"

第七十三章

押　　宝

叶有鱼自从做了吴家的三少奶奶,居养都和以前大不一样,不但如此,耳目也比以前更加聪明——吴承鉴不理宅里的事情,蔡巧珠又将河南这边的事情放权给了她,所以她手下就有了不少人手奔走,而且还是名正言顺的当家一把手,这和在叶宅的时候那种处处受限的情况完全不一样。

所以尽管在养胎期间,外头发生的事情,她都还是知道得很多。吴承鉴让她安心养身子,她为了自己的孩子考虑也这么做了,可毕竟是长着一颗七窍玲珑心的人,就算让自己不要把心思放在这上面,偶尔脑子一转,还是想到了许许多多。忽然一个念头闪过,她便叫冬雪:"去请吴官进来一下。"

吴承鉴这边刚刚见过了艾洛特勋爵的特使,正要接见那个叫约翰的美国商人,听说叶有鱼来请自己,便按下见约翰的事情,入房来问:"怎么,可是身体有什么不舒服?"

叶有鱼把冬雪都支使了出去,才问道:"你还是跟我仔细说说仓库那边的事情吧,不然我不能安心。"

多慧则心累,吴承鉴也知道叶有鱼和自己算是一个类型,是心闲不住的人,沉默了一下,才开口:"罢了,这事给你交个底吧:和珅的大管家刘全,几个月前交代了一批红货下来。红货都封着,由呼塔布亲自监押交给我,要我保管。原本预备着今天出货的，我和贻瑾已经做了种种计划，以为可以万无一失，不料昨天蔡清华就带人上了门。我们的第一层准备就都落了空。"

"但是他们在宜和行的仓库没搜到东西。"叶有鱼道，"那么这批红货，你其实放在了叶家的仓库？"

吴承鉴道："是。这是第二层准备。贻瑾之前透过蛛丝马迹，猜测蔡士文可能已经倒向了总督府，进而猜测蔡清华可能会拿此事来要挟我们吴家。可是总督府那边迟迟不发作，我们也不知道蔡清华最后会用什么手段，所以贻瑾就多做了一手准备——连呼塔布都瞒着，而将红货悄悄给转移了。这事如果被粤海关知道，我们吴家也要吃罪的，可为了保险，也只能冒险了。但是贻瑾也没有料到蔡清华会整出这么大的手笔，甘冒奇险，竟然调动大兵，把整个十三行都围了搜剿。"

叶有鱼道："现在潘、卢、蔡三家，都快搜完了吧？"

吴承鉴道："潘家已经搜完，卢、蔡也快了。"

叶有鱼道："那我阿爹应该已经在去见蔡师爷的路上了。"

吴承鉴道："嗯？"

叶有鱼道："难道你认为，我阿爹会等那位蔡师爷搜到兴成行的仓库，才有所行动？"

吴承鉴恍然一悟，笑道："也对，他不是那样的人。"

叶有鱼看着吴承鉴，脸上带着一丝讶异："你还笑得出来？"

吴承鉴笑道："现在不笑，还能怎么样？"其实他笑容之中，也带着一丝自嘲与苦涩，"从蔡清华动用大兵围了整个十三行那一刻起，我这边能做的事情，就不多了。"

叶有鱼道："那……那你打算怎么办？"

吴承鉴沉吟着，道："这事是和珅交代下来的，他交代了事情，我不但照办，而且用心了。现在东窗事发，我相当于是替他顶缸。经过上次的事情，刘全应该知道我是个什么样的人，所以只要我在朱珪的手里头闭紧了嘴，和珅多半就会明里撇清，暗中保我——这就是我应对的策略了。这个办法有点蠢，但就当前局势来说，也没有别的更好的办法了。"

叶有鱼道："他还能保住你吗？现在当家的，可不是乾隆皇帝了，是嘉庆皇帝了啊。"

"皇帝是换了。"吴承鉴淡淡道,"但当家的人,未必就已经换了。"

"你是说……"

"如今棋局晦明难定,但当家的究竟是老皇帝,还是新皇帝,这点才是这一局棋的生死关键。"吴承鉴道,"我知道你是个不甘束手待毙的人,快则今天,缓则两日,我只怕就要进去了。我进去后若再起什么变故,你若要采取什么行动……我要你牢记这一点,不要慌乱之中,押错了宝。押对了宝,死棋也有机会变活棋;押错了宝,活棋也会变死棋!"

叶有鱼道:"你押的,是和珅。"

"不是押和珅。"吴承鉴道,"我押的,是太上皇。"

蔡清华停止了搜剿,就在卢家的仓库里,看着跪在地上的叶大林。

叶大林脸上一把鼻涕一把泪,就在刚才他来出首了,告诉蔡清华:他的女婿吴承鉴在他仓库里寄了一批东西,他也不知道是什么东西,但从各种蛛丝马迹中看,只怕会和蔡师爷要搜剿的东西有关,所以赶紧跑来出首。

蔡清华冷冷地看着叶大林,对这只老狐狸并无好感,也不相信他是真心实意来出首——如果真的有心立功,早干什么去了?要等到大兵把十三行围了、再无退路时才来出首?

不过叶大林肯来出首,也是有点好处的,一来少了自己一番麻烦,二来东西在叶大林手里,也还需要用他来攀出吴承鉴——靠着叶大林自己,可还攀不上和珅——而如果只是扯出叶大林,这个事情又毫无意义。

"走吧。"蔡清华留下一点人,继续搜剿卢家的仓库,他自己则带了人直奔兴成行的仓库。在叶大林的带领下,他们直接就找到了兴成行的秘仓。

秘仓的内门,果然封着宜和行的封条。

蔡清华笑道:"好,很好。"他转头对周贻瑾道:"这封条是伪造的吗?"

周贻瑾轻叹一声,蔡清华喝道:"去,把吴承鉴给我叫来!"

吴家园,日天居。

刚刚见完了那个叫约翰的美国商人,吴承鉴就听说总督府的人来传唤自己。

吴承鉴道："终于还是来了。"他早有准备，所以并不慌乱。

叶有鱼也知道没法推脱，便问："你这次去，还需要我在外面做什么吗？"

吴承鉴沉吟道："你找个人，替我告诉叶大林，虽然他出首了我，但我不恼他，因为他不出首，迟早也会搜到兴成行，只要搜到了东西，脱身便不可能了。我待会儿过去，会把他摘出来。一家倒霉就够了，不用两家一起下水。"

叶有鱼有些奇怪："你……不恼他？"

吴承鉴道："恼他对局势无益，恼来做什么？"

他交代完这话便出了门，外头两广总督府的兵已经在那里等着了。

他们把吴承鉴带过珠江，直入兴成行的仓库。秘仓还未打开，封条也完好无损。

蔡清华坐在仓库外一条板凳上，脸上笑吟吟的，非常轻松惬意。

周贻瑾站在一旁，沉默无语；叶大林跪在一边，扭过头去；蔡士文也站在一边，一脸的幸灾乐祸。

吴承鉴进了仓库，伸手在鼻端扇着，笑说："这地方太憋窄了，蔡师爷你就不觉得难受吗？"

蔡清华看他还能笑，倒是给他竖起个大拇指，道："昊官，好风度。"

吴承鉴笑了笑，转头对叶大林说："岳父大人，以后有机会把这里改一改吧，太狭促了，气味不好。东西放在这里，沾染了臭气可不好。"

叶大林原本不好意思看吴承鉴，但听他的语气，好像一点气恼自己都没有，倒是有些奇怪，不禁转头过来看了他一眼。

吴承鉴这才向蔡清华行了一礼，道："蔡师爷，公事先别说，能否请你容我办一件私事？"

蔡清华"哼"了一声，不置可否。

吴承鉴便指着周贻瑾道："周老弟，你被开革了。从今往后，你跟我吴家、跟我吴承鉴没关系了。滚吧。"

周贻瑾抬眼看了他一眼，不说话。

吴承鉴又向蔡清华道："蔡师爷，可以不？"

蔡清华笑道："你倒是有情有义，怨不得贻瑾这么帮你。"他对周贻瑾说："你也别辜负了人家一片好心。出去之后，可别再牵扯进来了，否则师父我保不了你。"

周贻瑾低了低头,便出秘仓。

蔡清华这才道:"叶大林供述说,这秘仓是他借给你的。他不知道里头是什么东西,东西都是你的。"

他和叶大林都已经做好了吴承鉴抵赖的准备,也都各自准备了能让吴承鉴无法抵赖的后手。

没想到吴承鉴一口就承认了:"没错,我们十三行的行规,有时候也会借用亲朋好友的仓库来用。借出去的仓库,暂时就是对方的了,封条一贴,原主也不能干涉,这就是我们广州人的信用。"

叶大林都听得一呆。

蔡清华也没想到他这么坦荡,倒是多了两分佩服,又指着秘仓门上的封条,道:"昊官,这封条是你封的吧?"

吴承鉴点头承认:"是。"

蔡清华又道:"门后的东西,是你放的吧?"

吴承鉴又点头承认:"是。"

蔡清华见他答应得如此顺溜,反倒有些不安起来,担心里头是个空仓,赶紧道:"好,那就开封条吧。"

他亲自揭开了封条,打开最后一层仓门,幸好,不是空仓。

仓库里头,端端正正摆着几口大箱子,箱子上面都贴着粤海关的封条。

蔡士文大喜,就要去揭封条,不料蔡清华却叫住了:"慢!"

他转头对吴承鉴道:"昊官,你还有什么话要说?"

"我无话可说。"吴承鉴道,"从现在开始,我什么话也不说。总督大人要治我什么罪,就治吧。"

说完这话,他就把眼睛给闭上了。在场众人见他如此坦荡,各自佩服。

蔡清华"嘿嘿"两声。就在众人以为他要打开箱子查验"大内赃物"的时候,蔡清华竟然让人把秘仓的门给关了,又贴上了两广总督的封条,而后道:"行,那我们就看看谁耗得过谁!"

第七十四章

再回娘家

从蔡士文到吴承鉴,众人眼看蔡清华将那批"大内赃物"封而不看,无不愕然。

却就听蔡清华说:"此事总督府已经交给了广州府,这次清查十三行,是因为南海县与粤海关可能有弊,既然赃物已经搜到,回头就交给广州府那边审理。"

蔡士文就更看不明白了,不知道蔡清华这是什么意思。

吴承鉴却沉吟不语了,看了蔡清华一眼,眼神之中,戒备与忌惮反而更深。

广州府的屈刑书道:"那这位……昊官……"

蔡清华道:"他是涉事之人,南海县又有嫌疑,就交给你带回去。"

屈刑书一听,脸色就变得很难看——这件案子涉及大内,谁知道接下来会惹出什么幺蛾子,哪里轮得到区区广州知府来决断?但要是吴承鉴在广州府的大牢里出了什么意外,背黑锅的就是他老屈!

吴承鉴朝屈刑书拱了拱手,笑道:"那这段时间,就要劳烦屈刑书了。"

屈刑书强颜笑了两声,也只得接了,让府属官差把吴承鉴给带走。

蔡士文更看不懂了,上前低声道:"蔡师爷……"还没说完就被蔡清华抬手打断了。

蔡清华道："留下总督府的官兵看守此库，派一营绿营官兵将叶家的仓库给我封锁起来。其他人就散了吧。十三行的搜剿到此为止。"

一场哄闹了两天一夜的变故就此告一段落，除了兴成行之外，各家商行在绿营撤兵之后又恢复了运作。

但西关的顶级富豪们却个个心里有数：眼前是山雨欲来风满楼，真正的大事才刚刚开始呢。

宜和行这边撤了围，六大掌柜碰了下头，便来曼倩蓬莱寻周贻瑾，却见周贻瑾正在搬家——吴承鉴在仓库里的那几句话是将他摘了出来，但明面上也是将他除了名，所以周贻瑾于情于理，也不合适继续大摇大摆地在曼倩蓬莱住，便稍微收拾了一下，让吴小九在西关街附近给赁一栋小楼暂居。

六大掌柜来见，周贻瑾支使开下人。刘大掌柜愁容满面，说道："周师爷，如今吴官进去了……你可得帮着我们拿主意。"

周贻瑾道："我如今不是宜和行的人，更不是吴家的人了，这事我不好插嘴。不过昊官去仓库之前，就没给你们带什么话吗？"

刘大掌柜道："昊官让人来带话了，说如果宜和行被封，那就生意暂停；如果宜和行没被封，那就生意照做。"

周贻瑾道："那你们就按照他的意思做就好了啊。天大地大，生意最大！"

"如今宜和行虽然没被封，但是昊官进去了。"欧家富道，"我们总得设法解救吧？"

周贻瑾道："如果他没有安排你们做这件事情，那多半就是安排了别人，你们不如就不管了吧。"

众人面面相觑，却也只好叹气告辞。等众人都走了，欧家富独个儿溜了回来，于无人处来见周贻瑾，道："周师爷，这事你和昊官就没有后手？有没有要我们这边配合的？"

周贻瑾见只有他一个人，犹豫了一下，才说："若到有需要的时候，我会让小九去找你。"

欧家富道："好。"

周贻瑾这次搬家动静不大，也就是让吴小九收拾了一些日常用品，然后就搬到西关街去。以他的身份和吴承鉴的势力，要在西关街弄一套合适的小楼住易如反掌，当天晚上他们就住下了。

吃完晚饭，吴六悄悄从后门进了小楼，道："周师爷，我家老爷、大少奶奶有请。"

周贻瑾就知道为的是什么事情，却道："请回复你家老爷，我现在不合适去吴宅。你们吴家的人以后也得少来找我。"

吴六道："周师爷，如今是非常时期，我们就不见外了。经过去年的事情，我们全家上下都当你是我们吴家的再世诸葛了，所以昊官虽然公然将你除了名，但我们都知道这是做给别人看的。眼下昊官进去了，老爷和大少奶奶就指着您来给我们拿个主意了。"

周贻瑾道："就算是做给别人看的，也得把事情做得像那么回事。所以我不能去吴宅，你们也少来。"

吴六听了这话，便显得十分难办。

周贻瑾又说："有两件事情，你回去回复下吴老爷。第一，吴家最好把穿窿赐爷、短腿查理、铁头军疤也给除名了，这样我们几个在外头反而好活动。"

吴六一听，就知道周贻瑾要有所行动，喜道："是，是。"

周贻瑾道："听说我离开之后，昊官是被关在广州府那边，而不是被关进总督府。广州府的牢房你们打点了没？"

吴六道："大少奶奶早派人打点了。广州府那边的刑书、牢头倒也没有为难我们，已经答应会照看。只是这件事情干系重大，他们现在也得公事公办。"

周贻瑾道："公事公办就好。那么第二件，小叔子进去了，三少奶奶又怀孕，父老兄病，作为大嫂就可以名正言顺进去送饭啊。你把这两件回去回复，我想吴老爷就会明白的。"

吴六答应了，便回了吴宅。

这一回事情闹得也大，毕竟是当家的被押入了大牢，而且牵涉的还是"盗窃宫廷之物"这样的大罪名。但兴许是有去年的事情打底，吴家的人心竟未大乱，蔡巧珠仍然很好地打点着吴家。吴六直往后院去，吴国英打发了姨娘和下人，只留下蔡巧珠。

听了吴六的回话，蔡巧珠道："第一我倒能理解，是让我们把赐爷他们摘出去，这样他们在外头办事反而方便些，这个回头我就去做；同时再支一笔钱，让周师爷他们用。但第二是什么道理？"

吴国英已经在点头了，道："周师爷的意思是，他暂时不要和我们有过多的联系，但你如果能去牢里见到昊官，那有难以决断的事情，就可以让昊官拿主意。"

蔡巧珠道："啊，原来如此，还是老爷明断。我今晚就去送饭，只是这事我看不大懂——两广总督府既然大张旗鼓地派兵，把整个十三行都围了，怎么搜到了东西，反而封而不验，人也不带回总督府，却放在了广州府？如果直接带回总督府的话，我们要见昊官反而就更难了，这又是什么道理？"

吴国英叹道："这事情我也看不大明白了，你回头送饭的时候问问昊官吧。"

他忽然又问："细家嫂那边怎么样了？她可已经知道昊官的事情了？"

吴六道："三少奶奶的消息也挺灵光的，早知道了。"

吴国英道："昊官被抓，河南那边就剩下她一个人，我可不大放心。要不让细家嫂搬到西关老宅来吧，大家好照应。"

吴六道："三少奶奶今天下午就渡江了，现在应该在叶家。"

吴国英和蔡巧珠都"咦"了一声。

"是吴七护送了三少奶奶去叶家的，所以我才知道这事。"吴六道，"但我也是刚刚晓得，今天事情杂，就没来得及说。"

吴国英道："吴七送去的？嗯，那多半是昊官有什么话，让细家嫂去跟老叶说。"

蔡巧珠也点头。

蔡清华两天一夜没睡，回到总督府人已经十分疲倦，但还是有人进来，跟他说了一番话。

"呵呵。"蔡清华冷笑道，"革除那些帮闲？这等伎俩，何足道哉！去，让卢关桓和王得功，各选人手，十二个时辰轮班不休，明暗两条线同时下手，

再回娘家

把吴承鉴手下的四大帮闲都给我盯住了。若暗线跟丢了，就让明线亮出官方身份，逼对方现身——不现身就以图谋不轨处理，派官差拿其家人待审，不许任何一个脱离视线之外。我要叫贻瑾就算有计谋也再无施展之余地。"

来人要去办事，蔡清华忽道："回来。吴家有一个老将叫作老顾，掌柜里头有一个叫欧家富，这两个也是能替吴家办秘事的，把这两个人也都给我盯住了。"

来人出去后，蔡清华冷笑道："呵呵，贻瑾啊贻瑾，汝虽多智，奈何势薄。这一局，你是别想翻盘了！"

早一些的时候，看着太阳刚刚西斜，叶有鱼的轿子就到了叶家。

这一次是她自己来，昌仔和冬雪跟着，吴七护送进了叶家的门。

叶大林夫妇最近有些恼了吴承鉴，但哪怕叶大林再恨，也不敢就跟吴承鉴撕破了脸。而叶家的下人自然也不敢怠慢，换上一副欢喜的脸色来迎接三小姐。

马氏听说她来，有些讶异，但自己不愿意见她，便让大儿子叶好野出面。

安 抚

叶有鱼下了轿子,叶好野带着两个弟弟来接。兄妹问过好,叶有鱼道:"大哥,阿爹可在家里?"

叶好野道:"阿爹去仓库那边还没回呢,要不妹妹先到迎阳苑等等?"

叶有鱼道:"我今天来是找阿爹有点事,我就去书房等着吧。等和阿爹说完话,再去见见我娘。"

叶好野等被叶大林敲打过,对吴承鉴又很有些敬畏,便也不敢违拗,就把叶有鱼带到了书房来。

吴七和昌仔等在门口,冬雪伺候着叶有鱼进去。

书房被叶大林砸了两回,重新布置后已与之前大不相同。叶有鱼的心境变化更大,这时再回到这个自己曾经很熟悉的地方,往事恍若梦中。

下人奉了茶上来,叶好家给姐姐递了一盏,笑道:"三姐,最近你在吴家那头,过得怎么样啊?"

"挺好的。"叶有鱼接过茶,微微一笑。

这时吴承鉴被抓的消息已经传开,叶好野本来想看看这个三妹的笑话,没想到她还能笑得出来,不由得错愕,又想起去年那般凶险的局面下吴承鉴还能翻盘,兴许这次自己这个妹夫也还有后手呢,于是就暗中收了落井下石之心。

叶有鱼喝了一口,才放下茶盏,轻轻一叹,说:"就是有些累。我公公不理事,大嫂在西关这边,河南岛吴家园偌大的园子,都是我在管。"

叶好野、叶好家都愕了愕,心想叶有鱼这是在河南那边当家啊——大宅院里头不怕累,就怕不掌权。但想想门口那个吴七,满西关都知道他是吴承鉴的心腹,现在也老老实实在外头站着,只怕叶有鱼真的没说大话。

叶好野见这个妹妹真有吴家当家少奶奶的派头,也是有些好奇。

这时五弟叶好家蹭了上来,笑道:"可听说姐夫成亲之后,还常常去神仙洲、花差号呢。"

叶好野眉头皱了皱,知道弟弟是在给母亲出气,故意要激怒叶有鱼。

叶有鱼却笑道:"是啊。听说那边挺好玩的。说起来,哥哥、弟弟好像都不怎么去神仙洲呢,所以以前也很少听你们说起。"

叶家几个儿子都没怎么去过神仙洲,不是叶大林家教严,是因为他们手头没钱——叶大林和马氏都把钱管得死紧死紧的,所以叶好野虽然去过一趟,但也是被人请去的。他手里没银子,去了也没得到什么好招待,对在神仙洲挥金如土的吴承鉴,向来是空自羡慕嫉妒恨。至于叶好家,那就只能空听人说了。

这时被叶有鱼这么一提,两人都有些讪讪——神仙洲他们可不是不想去,是去不起啊。但没能把叶有鱼激恼,叶好家不甘心,又说:"神仙洲也就算了,那花差号上,听说我姐夫还养着个千娇百媚的花魁呢。哎呀,成亲那天三姐你也见到了。我听说那上面种满了奇花异草,藏满了珍馐佳酿,里头还有不少绝色姐儿和俊美相公。我还听人说,满广州最销金、最享福的地方,神仙洲都只能排第二,花差号才是第一呢。"

他一开始是故意找话往花差号上靠,但到后来越说越放开,把自己也给说得两眼发光。

叶有鱼淡淡一笑,道:"是有这回事。每个月家里砸到那艘船上的钱,都跟流水似的。那是昊官用来款待达官贵人的私密之所。普通人能见到的还只是外围的珍贵花草、精美酒食,其实里头啊……"

叶好家毕竟是少年心性,一下子被勾起了好奇心:"其实怎么样?"

叶有鱼笑道:"那是吴家最大的秘密,可不能随便让人瞧见。"

叶好家急道:"都是一家人,说说能怎么样!"

叶有鱼悠悠道:"那里头的好处,不亲眼一见,你都不敢相信,无法想象，但若是见着了……"

叶好家心痒难耐，叫道："怎么样？"

叶有鱼笑道："我怎么知道啊，我又没去过。不过我听周师爷说，无论是什么样的达官贵人，只要上去过一次，就没有不想再上去第二次的……"她压低了声音说："便是那位刚刚把你姐夫逮进去的蔡师爷，他暗地里也上去过两三回呢。"

叶好家讶异道："还有这事！"

叶有鱼淡淡笑道："所以这次的事情，他是半为公来半为私，公事是一方面，私那一头来说，大概就是想把花差号里头的好处，霸为己有吧。"

别说叶好家，连叶好野都被叶有鱼说得心痒痒。

"不过蔡师爷是做梦呢！"叶有鱼道，"这次昊官出事，如果能平安出来也就算了；如果有个好歹，我一把火就把花差号给烧了，宁可化作灰烬沉进白鹅潭，也不会把里头的好物，便宜了仇人！"

叶好野道："三妹妹，你连花差号都做得了主？"

叶有鱼笑道："船契都是我收着呢，怎么做不了主？那位疍家的花魁，说到底只是昊官一个外室。吴家规矩大，牵涉财产的东西，自然是正房奶奶收着。"

其实船契并不在叶有鱼手里，但她张嘴就来，语气平淡自然，叶家兄弟是一点都看不出来。

叶好家道："真要一把火烧了……那也太可惜了……"

叶有鱼瞥了他一眼，道："怎么，五弟想去见识见识？"

叶好家眼睛就亮了一下，但不好意思承认。

叶有鱼道："若是在平日，跟你姐夫说一声也就是了。现在你们姐夫进去了，我倒也能安排一下。只是我今天实在没心情，过两天吧。"

叶好家道："三姐姐，你真能安排啊？"

叶有鱼笑道："不就一条船嘛。都是你姐夫的东西。只要是你姐夫的东西，你三姐就做得了主。也罢，反正都准备烧掉沉海，不如烧了之前，给自家兄弟享用享用。不过这事……"她看了叶好野一眼，说："可得瞒着阿爹，还得大哥同意才行。"

叶好家笑着攀着叶好野的胳膊说："我们兄弟两个，自然是有福同享。对吧，大哥？"

叶有鱼笑笑，道："若说有福同享，那到时候就把兄弟们都叫上吧。不过这事还得瞒着太太，不然别想成。"

叶好家笑道："那个自然喽！"

等到快吃晚饭的时候，叶大林终于回来了。回来后听说三女儿回了娘家，他心里奇怪，便先到书房里来。

父女俩见了面，叶大林道："吃了饭没？"

叶有鱼道："没呢，一直等着阿爹。"

叶大林道："那就让厨房里做了端书房来，你陪我吃吧。"

叶有鱼答应了。

若是外人见到这场面，只当是父慈女孝，谁能知道叶大林此刻心里憋着一股阴火，只是按捺着暂不发作。

叶家的厨房早就做好饭菜了，马氏就让人搬了一张桌子到书房来，父女俩坐定了，叶好野、叶好家在旁边陪着。起了两筷，叶大林道："今天怎么有空来，听说昊官刚刚进去吧？"

叶有鱼放下筷子，拿毛巾点了点嘴唇，才道："怎么是听说？昊官是在我们兴成行的仓库里被拿下的，当时阿爹应该在场才对。"

叶大林眉头一皱，哼道："你这是来兴师问罪吗？"

叶有鱼道："不是啊，是昊官临出门之前让我来的。阿爹，在两广总督府的兵搜到我们兴成行的仓库之前，你就已经去告发昊官了，对吧？"

叶大林"哼"了一声，没有否认。

叶有鱼道："昊官临出门前，特地让我回娘家一趟。他说，这件事情怪不得岳父，岳父现在这样做是对的，不但保住了叶家，说起来，对吴家也会有好处。"

叶大林听了这话，倒是有些诧异了。他思前想后，终于在官兵搜到叶家仓库之前去告发了吴承鉴，本来已经做好了承受吴家怒火的预备，却没想到吴承鉴不但不恼，甚至还帮自己找台阶下。

叶有鱼看了叶好野、叶好家一眼。

叶大林摆手："你们吃饱了的话，就去后面陪你们娘。"

叶家两兄弟讷讷地就走了，叶有鱼这才说：“阿爹，你会首告的事情，昊官早就料到了，但他说，岳父大人这么做很对，反正他自己肯定是洗不干净的，不如把能摘出来的人都摘出来，也免得大伙儿都进去了，落得个一网打尽。”

吴承鉴的这个反应，大大出乎叶大林的意料，所以一时之间他反而有些不知如何反应。

叶有鱼又说：“然而昊官又说，怕岳父大人出首了他之后，心下不安，所以让我过来一趟。昊官说了，这事不管阿爹你是否首告，都改变不了结局，所以阿爹不用把这件事情放在心上；他进去之后，也尽量不会把叶家牵扯进来。东西是昊官放进兴成行的仓库的，有什么后果他自己会承担，不管这事后续变成什么样子，都希望我们吴、叶两家的关系，不需要因此而产生多余的芥蒂。”

第七十六章

探　　监

叶大林一时沉默，好久没有言语。

叶有鱼道："阿爹，菜都快冷了，快些用饭吧。"

叶大林忽道："你们要我做什么？"

"嗯？"

叶大林道："你们这么做，是要我做什么？"

"阿爹这话说的！"叶有鱼笑了，"不用，什么都不用做，只要一切照旧便可。"

叶大林有些疑惑地看着女儿："你丈夫进去了，你就一点都不担心？我出首了昊官，你也一点都不着恼？"

叶有鱼淡淡道："女儿不知道昊官的打算，不过他进去的时候一点都不担心，所以女儿也就不担心了。既没什么可担心的事，那我为什么要为此而恼阿爹？"

叶大林听到这里，再想想吴承鉴被蔡清华拘去时的坦然，以及蔡清华掌握了证据之后，却开仓而不开箱，也不将吴承鉴带回总督府，反而直接扔给广州府，种种迹象皆违反常理，心中更是生疑。一时之间，他又觉得自己没有仓促去动迎阳苑是对的。

叶有鱼也不多做解释,只是道:"阿爹,这些事情,大概牵扯到更上面的一些人、事吧。我们就别多想了,免得自寻烦恼。"

叶大林正想再旁敲侧击一番,叶有鱼已经叫来冬雪,给自己斟一杯茶,漱过口,便告辞说要去迎阳苑看看母亲。叶大林也不好拦,便只好让她去了。

徐氏今时不同往日,耳目也没那么闭塞了,叶有鱼进叶宅没一会儿她就知道了,已经在迎阳苑久等。

叶有鱼一进来,徐氏就拉了她进房内。自古丈母娘都疼女婿,何况吴承鉴这般的好女婿!所以徐氏听说吴承鉴被拘,满心焦急,拉着叶有鱼就问。

叶有鱼笑道:"阿娘,你放心吧,不会有事的。"

徐氏道:"可我听说,这次昊官是被人栽赃了盗窃官中之物,如果坐实,是要杀头的重罪啊。我还听说……听说昊官会进去,还是你阿爹给告发的……"

"娘!"叶有鱼道,"现在外头谣言乱飞,阿娘你不管听到什么都不要相信,一切都有我们处理。别人你信不过,你还信不过你女婿?去年那般险恶的局面都过来了,区区小案,他接得住的,你就放一百个心吧。"

她左劝右劝,才算把徐氏的心安慰了下来,也没有多留便告辞了。

叶有鱼在叶大林面前,神色平淡到有些冷,在徐氏面前也表现得一切如常,然而一出叶家的大门,坐进了轿子,眉头还是忍不住就皱了起来。

轿子坐了没几步,她就急忙叫停,拿着手帕在轿子里吐。

冬雪担心得不行。叶有鱼吐了几口道:"没事,就是被轿子晃的。歇会儿就好。"

吴七看着三少奶奶为昊官这样奔波,心里也有些感动,插口道:"三少奶奶,我们仓库里有一辆西洋马车,要不让人拿出来用吧。西关一带路况好,坐那四轮马车比坐轿子舒服。"

叶有鱼想了想,没有拒绝,微微点头。

她又休息了一会儿才让重新出发。这时看着天色将晚,吴七道:"三少奶奶,是回河南岛吗?"

叶有鱼道:"都到西关了,岂能过门不入?"

她就没有回河南岛,直接往西关老宅来。门房接了她进去,叶有鱼便直接朝后院而去。蔡巧珠正要去广州府的大牢给吴承鉴送饭,听人说三少奶奶回来,也跟着先去了后院。

公公媳妇三人坐定,叶有鱼才简略地将吴承鉴嘱咐自己去叶家,以及自己在叶家的言语说了一遍。

蔡巧珠沉吟着道:"老爷,昊官他是……真的不恼叶家吗?还是因为看在三弟妹的面子上不发作?"

吴国英道:"恼恨或不恼恨,这时候有什么用?眼下的局面,应该还是十分凶险。所以昊官才要稳住老叶。这种时候,我们不能再树敌人了。"

蔡巧珠一听,马上也就懂了。

叶大林自己是个睚眦必报的人,因此以己度人,也必认为既然得罪了吴承鉴,吴承鉴事后必然报复,为了避免被吴承鉴报复,那么一不做二不休,不如就趁机落井下石,把吴承鉴往死里坑——在一桩仇怨里头,受害者固然会有报仇之心,而施害者为了防止被报复,又可能对受害者再下狠手。

这才叫冤冤相报何时了!

所以吴承鉴明明被叶大林给坑了,却还要让叶有鱼回娘家给叶大林一个台阶下,为的就是要避免叶大林往亲人变敌人的路上越走越远。

这时叶有鱼在场,虽然老听说他们父女不和,但父女终究是父女,吴国英就没有说得太透了。

蔡巧珠又问:"那接下来我们该怎么办?"

吴国英道:"昊官离开之前,没有其他吩咐了?"

叶有鱼摇头:"没有了。只是一直跟我说,让我别太担心。"

吴国英道:"那么或许他心中另有打算,不想我们介入,也可能是他在吴家园的时候还摸不准最新的形势,总之今晚还是得再见他一见,问问他的打算。"

叶有鱼道:"老爷,我去吧。"

吴国英道:"不行,你有身孕,大牢是什么好地方?现在看情况似乎也不危急,先让大家嫂去吧。大家嫂,如今快要关城门了,你速速进城,看过昊官,今晚就住大新街。"

叶有鱼也就没有坚持。蔡巧珠问可有什么需要她捎带的话,叶有鱼想了想,道:"你告诉他,我会听他的话,好好养着身子。"

叶大林坐在书房，对着一桌冷了的菜，良久没说话。

直到马氏进来，道："你的好女儿人都走了，你还发什么呆。"

叶大林道："昊官没恼恨我。"

马氏"啊"了一声，甚是不解。

叶大林道："他进去之前，特地让有鱼回来告诉我，他不恼我去出首了他。"

马氏皱着眉，说："他心胸有这么宽阔？那你是被你这个好女婿感动了，良心不安吗？"

"感动个屁！"叶大林道，"这小子是什么性情，怎么可能有仇不报？现在却一反常态，不是不恼我，而是现在他不敢恼我。他怕我落井下石，所以才特地让他老婆来稳住我。"

马氏"哦"了一声，两撇凶直的眉头撇了撇："如果是这样，那他的情况岂不是很糟糕？"

"应该是比我预想之中，还要凶险。"叶大林道，"这次的事情，处处透着诡异，应该还有我也不知道的隐秘。"

蔡巧珠便带了饭菜，一路赶进城去。

明、清两朝的规矩，城门戌时五刻关闭，换成二十四小时制就是晚上八点十五分。

蔡巧珠赶到西门口的时候，城门就要关了。换作平时，就算是迟了点，吴家花点钱，要进去也容易；但现在是非常时期，谁知道上头的人有没有吩咐什么，吴家的人也不敢造次，所以轿子抬得飞快，终于赶着进了城。

这一路朝广州府那边去，吴家跟大新街打过招呼，所以蔡士群亲自带了儿子等在城门边上，护送着女儿，一路打点。屈刑书和牢头倒也没有为难——蔡清华让广州府的人把吴承鉴抓了之后就不闻不问，既没明示广州知府要怎么处理吴承鉴，也没暗示刑房监牢的人要怎么从严关押。他越这样，府属的官吏衙役就越觉得心里没底。

但是嫌犯关在牢里头，他的家里人来送饭却是人情，也是惯例，所以刑书和牢头暗中收钱之后也就睁一只眼，闭一只眼了——只要没让吴承鉴给跑了，这事就不算坏了规矩。

蔡巧珠跟着牢头一路走到关押吴承鉴的那个牢房。牢房还是独立的——广州府毕竟是省城,牢房有时候会关押一些有身份的人物。这间独立的牢房有阶梯朝下,挖向地底,但还留有两个窗户透光。

进了牢门,走下阶梯,里头又有三间牢房,都用牢柱子隔开了,现在只有一间关着人。

蔡巧珠见这牢房里头倒打扫得颇为干净,还放了一张干净的凉席,凉席下还垫着稻草。旁边摆着一只茶几,茶几上还有一壶茶。

牢头低声笑道:"昊官是咱们广州的大名人,我们可不敢怠慢了。"

蔡巧珠微笑致意,旁边吴六又悄悄塞了个大红包。牢头大喜,道:"这里头三间牢间,昊官隔壁两个牢间都清空了,现在没人,你们慢慢说话。这外牢门一关,里头的人说话外头就都听不见了。只要府里头没人来管,你们想说多久说多久。"

蔡士群把牢头请了出去在外头喝酒,吴六就在外牢门外看着。

蔡巧珠这才进了牢间的门——锁已经打开了。像吴承鉴这样的监犯,狱卒也不怕他会逃跑。人家那么大的家业都在西关街摆着呢,跑得了和尚跑不了庙。

第七十七章

长线大鱼

吴承鉴道:"大嫂。"他也不说什么"你怎么来了"的废话,知道只要有机会,家里人还是会来看自己的。

蔡巧珠见这牢房虽然打扫干净了,对普通人来说其实也不难受,也就是在一间仄窄一点的屋子睡觉而已,但吴承鉴二十几年来锦衣玉食惯了,怕是会很难受。

她叹了一声,就打开食盒,把饭菜在茶几上摆了起来。

吴承鉴笑道:"还是家里的东西香,还好我没吃老许拿来的东西。"老许就是那个牢头。

蔡巧珠见他拿起筷子就吃菜,说道:"你倒是心大!"跟着压低了声音,"那箱子里头,是不是空的?"

吴承鉴苦笑着摇头:"不是。贻瑾智计百出,但也不是神仙,没料到蔡清华有那个魄力,竟说动了朱总督动用大兵把整个十三行都给围了。如果我们能预料到今日的事情,那也不用对箱子动手脚了,直接把箱子搬到别处不是更加省事?"

蔡巧珠有些失望:"当初怎么就放在兴成行了?放在别处不行?"

"那放在哪里好?"吴承鉴道,"现在是大家知道总督府已经围搜了十三行,所以才会觉得不妥,但事发之前,看整个广州,十三行的仓库巡视是最严密的了,也是我们最能掌控的地方。除了十三行的仓库,放在别的地方更容易出意外啊。难道放家里头?那样如果被搜出来,更说不清楚。旗城里、粤海关倒也是个好地方,可惜广州将军和吉山都不蠢,他们不会亲手碰这些要命的'赃物'的。要放得更远一些,比如澳门,官府是有些鞭长莫及了,可我们吴家一样鞭长莫及,随便捅出个什么娄子就更要命了。"

蔡巧珠道:"这……里头真的是大内的'赃物'?"

"不知道。"吴承鉴道,"我没打开,但……多半是的。"

"那么那东西,就是能要人命的啊。"蔡巧珠努力保持着镇定,却还掩不了那份焦躁,"那现在怎么办?总不能就这样听天由命,任由他们判罪啊。"

"嫂子,你别急。"吴承鉴道,"你回去后也告诉阿爹,现在最要紧的,就是别急。"

蔡巧珠道:"都这样了,我们怎么能不焦急?现在箱子还没开,等到箱子一开……那就罪证确凿,死罪难逃了!"

"可箱子不是还没开吗?"吴承鉴悠悠道,"这就是那位蔡师爷,还有他背后的朱总督,故意留给我的'机会'啊。"

蔡巧珠听得一怔。

吴承鉴道:"嫂子你想想,那位蔡师爷既然拿到了红货,为什么不当场打开查验?他抓到了我这个贼,为什么又不带到两广总督府,却把我放在广州府这里?人放在这里也就算了,也不交代一声,也没严加看管,轻而易举地就让你进来了,这是为什么啊?"

蔡巧珠道:"是啊,为什么?我也是想不通。"

吴承鉴道:"在兴成行仓库,蔡师爷对红货封而不查的时候,我也没想通;但之后他不抓我回总督府,我忽然就想明白了;等到他放任牢房这边如此松懈,我就更确定了自己的想法。"

"怎么说?"蔡巧珠问。

"他是故意的。"吴承鉴道,"封而不查,是不将事情做死,给我们留下运作、翻盘的机会;监而不严,是要让别人有机会进来能见到我。"

蔡巧珠道:"他为什么要这样做?"

"因为我根本就不是他们的目标啊。"吴承鉴道,"我只是一个诱饵。他们用我这个诱饵要钓出来的,才是真正的大鱼!"

蔡巧珠从牢里头出来,已经无法出城,当晚就回了娘家。到了大新街,听着更夫敲打更鼓唱着:"天干物燥,小心火烛。"

蔡巧珠心道:"又到秋天了……"

秋天是广州最舒服的日子,岭南的气候,最喜干燥,却最怕潮湿。然而这个秋天到来的时候,蔡巧珠却大感不舒爽。

回家安顿毕,蔡士群夫妇遣走了闲杂人等,才来房间里和女儿密谈。

蔡巧珠原本不想多泄露有关事宜,但蔡士群开口就道:"蔡师爷这一招,是项庄舞剑,意在沛公啊。"

蔡巧珠便不自觉地接口道:"阿爹这话是什么意思?"

蔡士群道:"听说日间在兴成行搜到了东西,两广总督府那边花了偌大的力气,等东西找到却轻轻放过,这就不合常理。我估摸着,区区一个十三行保商,还没资格让两广总督大动干戈,所以总督老爷真正的目标应该不在昊官身上。"

蔡巧珠没想到父亲竟然猜出来了,就没有再否认:"阿爹,那你可有什么办法没有?"

蔡士群道:"这里头为难的地方,是我们不知道朱总督究竟想干什么。不知道他要干什么,我们就没办法对症下药啊。巧珠,你去给昊官送饭的时候,他可有跟你说什么?"

"没有。"蔡巧珠摇头,"他只是让我不要着急。但……但我最担心的是,他不是有解决之法,而是想要把事情自己都扛了。"

"那也有可能。昊官毕竟是个有侠气的人。"蔡士群知道他们叔嫂感情好,就随口夸了一句,"但他什么都不说的话,我们就难以帮忙了,不过……虽然更具体的我说不上,但大致上也能猜到朱总督的目标是谁。"

蔡家母女同时问:"谁?"

蔡士群压低了声音:"和珅,和中堂!"

蔡家母女听到这个名字,同时屏住了呼吸。

蔡士群低声道:"只有和珅和中堂,才有机会屡次三番从大内盗取御物,而压着内务府、粤海关销赃;同样,也只有和中堂,才有资格让朱总督冒着违例被参的风险，在这承平之日，动用绿营军队，大举包围十三行。"

蔡母道："如果这后面真的还牵扯到和中堂……那这事，可就了不得了！"

不料蔡士群冷笑道："你以为只是牵扯到和中堂？只怕还不止呢！"

蔡母惊道："难道还有比和珅更大的牵扯不成？"

蔡士群道："偷卖大内御物的事情，这不是第一次。据我所知，至少十年前就有了，甚至可能更久以前就存在了。所以这事也许都不是和珅牵头，而是内务府一直都有的污秽勾当；和珅当着内务府的家，也就随波逐流了。"

蔡巧珠道："所以阿爹的意思是，这事牵扯到内务府的许多人？"

"不错。"蔡士群道，"既然是内务府久有的龌龊事，那么就可能不是和珅一个人的贪腐，而是牵扯到内务府多年以来的许多当权人物，牵扯到宫里头的掌权太监，甚至可能牵扯到某些王爷、贝勒、贝子。"

蔡母惊道："这……这……这要是都揭破了，那可就是惊天大案了。"

"对。"蔡士群道，"所以这个事情，昊官才一句话都不愿意说啊。他是宁可自己把所有事情都扛了。若是他咬紧牙关一人顶罪，虽然杀头免不了，却也罪止一人，但真要攀扯起来，把皇族、宫中这么多人拉下水的话，那吴家满门就难逃劫数了。"

蔡巧珠的心思其实也颇为机巧，但毕竟久在内宅，她又是个不喜纷争、不揽权的性子，虽然吴承钧、吴承鉴偶尔会跟她说些外头的事情，但就秉性而言，她对那些事情毫无兴趣，所以对外事的理解就不免隔了一层。这是她与叶有鱼的不同之处。

这时听了蔡士群的分析，蔡巧珠只觉得丝丝入扣，怕是虽不中亦八九不离十了。事态之险恶，比她预想中更糟糕了几分。她想："阿爹的心计，肯定要比昊官有所不如的。既然阿爹都已经看出来了，那么昊官应该就心里清楚了。不止昊官，便是启官、达官他们，应该也心里有数。"因道："如果牵涉这么大，那么只怕……只怕启官、达官他们，心中对我吴家也就会另有算计了。"

蔡士群道："事情若可能牵涉皇族、宫内，那么不管是潘家还是叶家，都肯定有多远躲多远。若你不是我的女儿，我也不敢招惹这事啊。"

蔡母叹道："若是这样，那昊官就凶多吉少了。"

蔡士群却说："其实……要想保住吴家，甚至连昊官都保住，也未必就没有办法。"

蔡巧珠忙问:"怎么说?"

蔡士群道:"也没有什么,就是上次你娘要跟你说,你却不肯听的一个计较。"

蔡巧珠道:"阿爹,当时女儿心乱,所以没听阿娘的言语。都是一家人,阿爹就别计较了,告诉女儿吧。"

蔡士群道:"说穿了,也就是'转换门庭'四字。"

蔡巧珠心头微震:"转换……门庭……"

第七十八章

蔡士群的建议

蔡士群道："其实这个事情，满广州的官员，都已经在做了。你没看朱总督擅自动用绿营兵马，包围本该粤海关管的十三行，而广州将军也睁一只眼，闭一只眼吗？至于广州知府，近来对朱总督更是恭顺。这是为什么啊？因为一朝天子一朝臣啊！嘉庆皇帝登了基，岂能还重用太上皇以前用顺了的老人？所以和珅的下台，也就是算日子的事情。而广东这边，谁都知道，我们现在这位总督老爷，他不是普通的总督啊，他是当今皇上的老师，虽然是个汉人，但身为帝师便前途无量，说不定什么时候就能成为张廷玉那样的重臣。"

蔡巧珠听得默然。

蔡母也道："乖女，我看啊，这些道理你阿爹能想得明白，昊官那般聪明的人，肯定也能想明白。只不过有句俗话说得好：当局者迷，旁观者清。昊官他身在局中，也许一时就迷糊了。但我们旁边的人看清楚了，就得给他提个醒。我看要不这样，你明天再去给送个饭，到时候就好好劝劝昊官。如果吴家能弃暗投明，那么事情就有指望；如果能再搭上两广总督这条大船，那就是傍上了嘉庆皇帝的靠山。那样说不定不只能保住性命，也许还能保住宜和行的基业、吴家的富贵呢。"

蔡巧珠思前想后，觉得父母的这一番思量，倒是真心地在为吴家考虑，于是便点头道:"好,我明天再进去,跟昊官商量商量。"

总督府偏厅。

刚刚补了一觉的蔡清华气色好了一些,但脸还有些浮肿。他冷笑道:"竟然只有一个嫂子去送饭,吉山倒还真忍得住。"

蔡士文这时也已经想明白蔡清华的意图,因道:"师爷,您不将昊官关进总督府,而把他关在广州府,这莫非是要'引蛇出洞'?"

蔡清华轻轻一哂,却是笑而不答。

蔡士文谄笑道:"师爷神算,旁人自是难及。不过蔡师爷,广州府那边既然防范不密,要与吴承鉴暗通消息的人能进去,那么要图谋不轨的人也就能进去,所以我们也要防备着吉山那边狗急跳墙啊。"

蔡清华"哦"了一声:"他们还能怎么狗急跳墙法?"

蔡士文道:"广州府那边人多眼杂,说不定哪一天,吴承鉴那小子没声没息就死在了大牢里头……"

蔡清华冷笑道:"吉山不敢的。"

蔡士文道:"我跟吉山打了好几年的交道,这世上,就没有他不敢做的事情。"

"我说他不敢,不是说他不敢干杀人灭口的勾当。"蔡士文道,"我是说,他不敢动吴承鉴。"

蔡士文道:"在下糊涂,能否请师爷指点?"

蔡清华道:"经过去年一场变故,你觉得吴承鉴是个任人拿捏的人吗?"

蔡士文道:"这……"其实经过去年的那场变故,如果说满广州最忌惮吴承鉴的人有谁,那蔡士文无疑就是其中之一。

"吴承鉴虽然被关进去了,可贻瑾还在外头。"蔡清华道,"我敢断言,此事上吴承鉴必然留了后手。去年那般险恶局面,时间比现在更加紧迫,他能动用的人力、物力也没现在多,可他仍然能做到那个地步,何况今年?我敢用我的人头来打赌,如果吉山敢对吴承鉴动手,那吴家一定会让他吃个大惊。所以我现在倒是不怕吉山动手,我就怕吉山不动手!他要是动手了,那我估摸着,我要办的事情,反而就更好办了。"

蔡士文脸上就堆出恍然大悟之色:"怪不得师爷要把那小子留到现在,这是故意要给他时间做准备啊。"

蔡清华淡淡道："也不全然因为这个。"

蔡士文道："那现在……"

"现在就看吴承鉴怎么选择了。"蔡清华道，"我们不急，现在会有人代我们去给他施压。如果到最后他还是执迷不悟……那我也只能成全他了。"

吴国英年纪虽老，处事却仍然果断，傍晚时分就派人去宜和行，让欧家富出面，把穿窿赐爷和铁头军疤革除了，在西关街公开宣布他们与吴家再无关系。至于短腿查理，是个番人，他和吴家的关系从来没被正经承认过。

短腿查理刚刚从海外回来没两天，在国内人脉不多，回来后又直接到日天居跟吴承鉴谈勋爵特使的事情，所以都还不大知道近期发生的事情。直到这时晓得了，他赶紧来找穿窿赐爷，赐爷才把事情告诉了他。

三个人被吴家公开"除名"之后，连夜赶来找周贻瑾。

四人在西关小楼上碰头，吴小九冲好茶后退了下去。短腿查理就说："乖乖，我才回大清，就遇上这种事情了。吴官他是本命年犯太岁了吗？怎么这两年老出事？"

穿窿赐爷笑道："你个英吉利番，连犯太岁这种事情也知道啊。"

短腿查理叫道："当然懂啊，我今年就冲太岁。你看，我从去年就专门让人给我准备了一条红色的里裤和红色的肚兜呢！"他说着就把裤子、衣服翻一翻，露出里头的一截里裤和肚兜。

穿窿赐爷哈哈大笑，一向严肃沉默的铁头军疤也不禁莞尔，周贻瑾马上把头偏开，不去看他的丑态。

铁头军疤咳嗽一声，道："说回正事吧。"

周贻瑾却忽然道："吴官的确是犯太岁了。"

铁头军疤一愕，没想到周贻瑾会接这个口。

却听周贻瑾接着说："太岁之冲犯，弱者忌冲，冲则拔；强者喜冲，冲则发。八字弱的人，忌冲克，冲克则贫夭不顺；但八字强旺的人，遇冲克则发达发财。"他说的话里头有一些文言文味，就又给短腿查理解释了一下，"总之就是说，有些人犯冲太岁了不好，有一些人则是会变得更好。"

短腿查理叫道："哎哟，周师爷，你原来这么懂啊。"

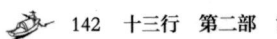

穿窿赐爷微微笑道:"医山问卜讼,一脉相承,他们做师爷的人都要学的。"医就是中医,山就是风水,问就是问米,卜就是卜卦,讼就是讼师。这五门学问,内里的底层逻辑是相通的。

短腿查理道:"那么昊官他的八字是强还是弱啊?嗯,一定是又强又旺的,对吧?"

周贻瑾道:"如果按八字来算,他的八字旺到极点,一定会夭折,结果他却活下来了。我们中国有句老话,叫否极泰来,这也是他的命格。所以,眼前的事情也许会很艰难,但就前途而言,我从来不担心。"

别看短腿查理是个番人,来了广州这么些年,有时候竟比本地人还迷信,竟然连连点头:"那就好,那我就放心了。"

穿窿赐爷道:"那我们接下来该怎么做?"

周贻瑾道:"赐爷你什么都不用做,且安心休息些日子。只等吴家熬过了这一关,否极泰来之后再回来办事。这期间若有什么需要你在外围帮忙的,我会开口。"

穿窿赐爷欣然道:"好。"周贻瑾这么安排的话,于他简直全无风险。

"查理这边,"周贻瑾道,"你暂时回沙面住吧。如果有涉外的事情,我再派人找你。"

两人就都答应了。要告辞时,周贻瑾道:"疤兄留一留,有件事情要劳烦你。"

等穿窿赐爷和短腿查理都走了,铁头军疤忽道:"我被人跟梢了。"

周贻瑾眉头扬了扬:"没甩掉?"他是知道铁头军疤的能耐的。

"甩掉了两个。一个是卢家的人,一个似乎是绿营的兵。"铁头军疤说,"但很快就有官差上门,找上了我娘,我不得已只能出面。跟着我的人,就从暗跟变成明跟了。我不敢再甩他们,不然我娘就没法安生了。"

周贻瑾的神色也暗淡了几分。

对铁头军疤的这次跟梢行动,竟然同时动用了十三行保商、绿营官兵和地方官差的力量,以小见大,便可知蔡清华那边只怕已经整合好了他对广州府军方、地方政府和商户的影响力。这麻烦可就大了。

周贻瑾知道嘉庆登基之后,广州的局势肯定会变,但蔡清华的势力扩展得如此之快,甚至还能把各方势力运用得得心应手,却就有些出乎他的意料了。

"如果连你都甩不开盯梢,那其他人就更甩不开了。"周贻瑾闷哼了一声,"那么我们明面上的人手,至少一大半都不能用了。"

再 探 监

"这次昊官的事情,是不是特别凶险?"铁头军疤就说,"我跟了昊官几年,从来没听周师爷你说这等骗神骗鬼的神棍话。但今天忽然讲了这么一大通,是为了定一定赐爷和查理他俩的心吧?"

医山问卜讼的道理的确一脉相通,周贻瑾懂得这些学问是一回事,但他的根底还是偏向儒门的,所以从来不拿这些东西来说。这时铁头军疤一语道破,周贻瑾也没否认,就道:"查理的秉性,利合而来;赐爷的为人,势尽则去。"

他也没因此就说出鄙夷二人的话来,只是继续道:"这也是人之常情。我们没必要让他们为难,这样才能彼此长久。"

铁头军疤道:"这么说来,昊官的处境,是比上次还凶险了。"

周贻瑾道:"和去年相比,各有难易。去年的情况比今年难,一是因为去年事发突然,二是因为去年昊官手里头的好牌没有今年多。但论到凶险……今年恐怕会比去年更凶险。"

铁头军疤右眼的眼皮就跳了两跳——俗话说"左眼跳财,右眼跳灾",别人右眼皮跳会恐惧自己祸事临身,铁头军疤右眼皮一跳,那就是想杀人。但他口中只是用寻常语气说:"要不要我准备些人手,真兜不住的时候,劫狱救人?"

周贻瑾道:"没用,朝堂上的事情如果解决得不妥当,你、我、昊官,一个都跑不了,都是个'死'字。"

铁头军疤挑眉道:"这么严重?"

"不说这个了。"周贻瑾道,"有件很难的事情,要你去做。你得想办法暂时摆脱盯梢,至少摆脱半个时辰。"

铁头军疤连个'好'字都不说,直接等周贻瑾发施号令。

周贻瑾道:"你先去找老顾,既然你已经被盯上,这件事情就没办法做了,所以得把老顾找来。"

蔡巧珠第二天起了个大早,还没出门,就有亲戚上门来拜访蔡士群了。因知蔡巧珠在娘家,就顺便拜访了这位吴家的大少奶奶。

上门的这几个亲戚,都跟宜和行有些生意关联。蔡巧珠闻弦歌而知雅意,便知道对方拜访蔡士群是虚,真正的目的还是要来自己这里探口风——这些亲戚的言语之中都透出深深的忧虑,不过没有如去年一般马上变脸,大概是吴承鉴上一个秋天的临危翻盘余威犹在。

蔡巧珠随口安慰了几句,一句实话都不接,敷衍了一会儿便告辞了,亲自到厨房,拿了准备好的早点,便赶到大牢中来。牢头都还没起床呢,睡眼蒙眬的,但看到银子眼睛就开了,放了蔡巧珠进去。

吴承鉴见她才隔一夜,一大早又来,有些惊疑,道:"大嫂,家里出事了?"

"没有。"蔡巧珠看看两边都没人,吴六又守在外头,便低声道,"我昨日住在大新街,我爹说了个计较,我听了觉得有点道理,便来跟你商量一下。"

吴承鉴眉头皱了皱,道:"什么计较?"

蔡巧珠便将蔡士群的分析和建议说了,中途吴承鉴一句话都没插。最后蔡巧珠才问:"昊官,你觉得如何?"

吴承鉴道:"蔡叔的见识不赖。这个计较,倒也真是为我们吴家考虑的,里头没有掺杂别的。挺好,回头大嫂替我谢谢蔡叔。"

蔡巧珠眼看吴承鉴对蔡士群的主意评价不错,暗中松了一口气,道:"那么我们……"

吴承鉴截口道："这事嫂子你别管，也别多问。"

蔡巧珠道："这是……"

"这事比蔡叔知道的、想到的还要复杂得多。"吴承鉴道，"嫂子你知道了也无济于事。总之这事我已有安排。"

蔡巧珠默然了一会儿，才说道："承鉴……"自吴承鉴当家以后，她已经有一段时间没这么叫了，"外头的事情，你知道我向来不愿意掺和的。但这一次和上一次又不一样。上一次除了最后一个晚上，你都还在家里、在外头的，我知道有什么事情，能找你商量、找你问。但这一次……现在我们是还能进来探你，但说不定什么时候，就没法进来瞧你了。到时候消息断绝，再发生什么事情，我们该怎么做，心里没底。老爷这半年多来日子过得还算舒心，但身子骨毕竟是一日不如一日了，二叔是不当用的人，光儿还小，这吴家没有你，便是一个顶梁柱也找不到了。这种时候，你若不给我交底……却叫我们在外头如何安心？"

吴承鉴张了张口，又忍住了。

蔡巧珠道："你这是信不过我吗？"

吴承鉴忙道："嫂子，你这是什么话！我们名为叔嫂，其实和亲姐弟没两样，我怎么会信不过你？"

蔡巧珠道："那么，你就是觉得我是女流之辈，怕我误事吗？"

"这……"吴承鉴要开口，却还是忍住了，道，"嫂嫂，不是我不想给你交底，是……"

他想说此刻他心中也没底，然而如果这样说，父亲和大嫂只怕会更加慌乱，于是便改口道："我一切都有安排。"

"可是……"

吴承鉴道："我人在里头，就算什么时候蔡清华改变主意不让你们进来了，还有贻瑾，他能代我拿主意。"

蔡巧珠道："万一有一天，总督府那边拿你来做由头，把家门也给封了，或者把周师爷也给拘住了呢？"

"如果有那一天，你们便什么都不要做。"吴承鉴道，"记住，什么都不要做，一切由我来拿主意。我真有什么安排，你们会知道的。"

蔡巧珠张了张口，几乎就要说"如果你不在了……"，却不忍心说出口；要问"你是不是已经打定心思用自己的命来扛"，又问不出声。

叔嫂之间，第一次不知该如何与对方说话，似乎有个什么东西隔着。

两人默然了好一会儿，吴承鉴道："嫂子，牢房龌龊，你早些出去吧。最近没什么事情你不要亲自来，来多了不好。要送饭，让吴六来送就好，我有什么话会让吴六转达。"

蔡巧珠"嗯"了一声，便出了门。

出了大牢，上了轿子，吴六在轿子外头问："大少奶奶，是回西关吗？"

蔡巧珠道："先去大新街……"然而顿了顿，道："罢了，回西关吧，老爷那边应该等得有些心焦了。"

老顾逾墙而来，跟着又逾墙而走。

把老顾送走之后，周贻瑾把吴小九叫了来，让他泡一壶浓茶。

吴小九道："师爷，你都两天没合眼了，要不先睡一会儿？"

"睡不着……"周贻瑾道，"有个事情，始终没能想通。"

吴小九问："什么事情呢？"

周贻瑾嘴唇动了动，但吴小九什么也听不见。

就在这时，小楼下响起了摇铃声。

吴小九急忙下去开门，跟着便听他清脆的叫声响起："蔡师爷，您怎么来了？"

他这声音有些故意地大，所以从院子里传到楼上来了。周贻瑾听到，便知是蔡清华到了，赶紧下楼，才走到楼梯，就隐约听见蔡清华在门外笑道："这个小院子，小是小，倒也别致。"

周贻瑾迎到房门口，微笑道："师父。"又道，"现在可叫得师父？"

蔡清华拍拍他的肩头，道："仓库外头，你我各为其主，所以我才那样对你。你可不会真恼了我吧？"

"怎么会？"周贻瑾道，"公事是公事，师徒之情是师徒之情。"

蔡清华一笑，道："那还不请我上去喝茶？"

周贻瑾便在前引路，上了小楼，把院门、房门都关了。吴小九泡了茶，便和蔡清华的书童大眼瞪小眼地一起下楼。

周贻瑾奉茶给了蔡清华，两人各喝了一盏。周贻瑾才问："师父今天来，是为了公事，还是为了私事？"

蔡清华道："你既然问是公事还是私事，那么说你如今还是昊官的谋主了？"

周贻瑾微微一笑，说："那得要师父你一句话。"

蔡清华道："什么话？"

周贻瑾道："如果我仍然是昊官的谋主，这次的事情如果昊官败了，师父是不是会放我一马？"

蔡清华道："放心，不管发生什么，我都会尽全力保你一命。"

周贻瑾道："好，那我的确还是昊官的人。"

"我也知道你是。"蔡清华冷笑道，"吴家的那点做派，一是希望万一事败可以把你们摘出来，二是要方便你们暗中行事。只是可惜，在大势面前，这些算计都是枉然！我直接跟你说吧，如今这张罗网，外松而内紧。穿窬赐爷、短腿查理，还有那个铁头军疤，全都让人给盯住了。无论你们要干什么，都别想成了。"

周贻瑾"嗯"了一声，不说话。

蔡清华又道："那个叫什么老顾的，号称西关'老八将'的，刚刚从你屋里离开，没错吧？呵呵，这个人啊，也已经被盯了。"

第八十章

道义之争

周贻瑾的眼皮忍不住跳了两跳,虽然这只是一闪而过,但他们师徒彼此熟识,所以还是被蔡清华捕捉到了。

蔡清华道:"你我本属同门,你的本事,都是从我这里学的。就算青出于蓝,但你想干什么,我全都清楚。如果彼此的东家势均力敌,或许你有胜算,只可惜……"

周贻瑾道:"只可惜如今朱帝师的势力,不是区区一个昊官能比拟的。"

听他点出了"帝师"二字,蔡清华道:"你知道就好。"

周贻瑾道:"既然师父已经胜券在握,又把我的底细都摸清了,把我的手脚都盯紧了,那今天来这里是为了什么呢?"

蔡清华道:"两件事情,第一件,还是想劝你弃暗投明……"

周贻瑾道:"这件事情师父就别说了。既然师父已经猜到昊官开革我只是做戏,那么也应该清楚我们内里仍然密不可分。就算此事凶险,不到尘埃落定的那一刻,我不会离开昊官的。"

蔡清华冷笑道:"若等到尘埃落定的那一刻,你再想离开,恐怕就迟了!到时候我也未必保得住你!"

"迟了那便迟了吧。"周贻瑾脸上淡淡的,好像说的是别人的生死,"我这条命,几年前就该绝了,是昊官把我从鬼门关拉回来的。我和他之间,也不只是简单的宾主关系。他能向我托身家,我也能与他共生死。到时候真个死了,就算死在师父手上,我也不会埋怨师父。"

蔡清华怒道:"当年我教你师爷道的三规、八则、七十二破,可没一条让你与东家共祸的!"

"但我已经不是当年的周贻瑾了。"周贻瑾把语调放低了,"师父你应该看得出来。"

两人默然相对,直到剩下的半杯茶都冷了,也没说话。

终于,蔡清华长长一叹:"痴儿!"

周贻瑾低声道:"师父,对不起,这么多年,还是让你为我操心。"

蔡清华把神情冷肃了起来,又道:"罢了!那我现在就说第二件。既然我劝不得你离开吴承鉴,那么,我就希望你能看清楚眼前的利害得失,进而帮昊官看清楚眼前的利害得失。"

周贻瑾的思维一下子跳过了好几步:"所以师父你今天来,是希望我去劝昊官?"

蔡清华微略展颜:"跟你说话,就是省事。如今北京的形势,你应该已经听说了;广州的局面,经过这次,想必你也已经看清楚了。"

周贻瑾道:"北京是新皇上登基,广州这边,连代表满洲人镇守天南的广州将军,那位福昌老爷,也都向朱帝师服了软。这一点不止我清楚,我想十三行九大保商,心里头应该都很清楚了。"

"既然清楚,那为什么还要逆势而行呢?"蔡清华道,"你不肯离开吴承鉴,是为了'情义'二字。但作为一个商人,判断行事方向的依据,应该是利害得失吧?既然如此,现在也该是你们转换门庭的时候了。"

"师父你错了。"周贻瑾道,"昊官行事,也不全是个人和家族的利害得失,他的心里头,是有'商人之德'的。如果他不是这样的人,只凭他救过我一命,我最多还他一个保其家人,不至于要跟他同生共死。"

蔡清华道:"什么商人之德?"

周贻瑾道:"商人之德,往小里说,是买卖公平,承诺如金;往大里说,就是行商处事,还能考虑到国家,甚至有为于天下之心。"

蔡清华哈哈一笑,脸上尽是冷哂。

周贻瑾叹道:"我就知道师父你不会相信……其实类似的话,昊官去年就跟师父说过了的。但去年师父你不信,想来现在也不会信。"

"这些骗鬼的话,就少扯了吧。"蔡清华说,"若他真有一点为国为天下之心,就不会去抱和珅这等奸臣的大腿了!"

周贻瑾道:"师父所认为的为国为天下,就是要紧靠嘉庆皇帝,追随朱帝师,扳倒和中堂。"

"难道不应该是如此吗?"蔡清华正色道,"和珅祸害天下,是天下贪腐之源。眼前天下大事,莫大于倒和;唯有扳倒了他,才能还大清天下一个朗朗乾坤!"

周贻瑾道:"这就是昊官跟师父认知不同的地方了。他心中是有道义的,只不过他的道义是另外一杆秤。比如说,师父觉得扳倒和珅比天还大,为达到这个目的,其他都可以让路;昊官却觉得,和珅扳倒或不扳倒,这大清的天下,差不多也还是这样。"

蔡清华的脸色,就变得有些难看了。

周贻瑾仿佛没瞧见,继续道:"然后昊官认为阻止鸦片流入,才是值得冒着抛身毁家之险以阻之的大事;在师父看来,却是无足轻重——至少是可以放一放的事情。"

"又提这一茬!"蔡清华皱眉道,"真不明白你又来提那鸦片做什么。"

"或许师父是不知道鸦片的底细,不过……"周贻瑾道,"至少有一点不知道师父能否相信:那鸦片流入中国,对百姓真不是好事。"

蔡清华道:"就算如此,又如何?就算鸦片真的有害,又岂能与和珅之害相比?"

"若师父肯相信鸦片害民,那么有些话,就可以说得更加明白了。"周贻瑾道,"和珅纵然贪腐,但他真正让新皇帝无法容忍的,不是因为他的贪腐,而是因为他是嘉庆皇帝真正掌握天下权力的拦路石。正因为新皇帝要倒和,所以在朱帝师心里,倒和才是天下第一要务!也就是说,和珅之害,在于妨君;而鸦片之害,在于害民。"

蔡清华变色道:"贻瑾,你胡说什么!"

"我说错了吗?如果我说错了,那师父又焦躁什么呢?"周贻瑾道,"其实在朱帝师的心中,妨君之事,才是真正的大事;而害民之事,却是可以暂放一边——这叫什么？这叫君为贵，社稷次之，民为轻！这就是师父所追随的朱帝师真正的想法，这就是这些年来，我所深深失望的'官场之德'！"

不理会蔡清华的脸色变得相当难看，周贻瑾继续道："至于昊官，他想要的，第一是保家，第二是保身，在此之上，则是尽自己所能，做于国于民有益之事。他做的事情，或许看起来没有扳倒和珅那般轰轰烈烈，然而就我所看到的，他做的事情，总是让周围的人得到好处，进而让更外一圈的人得到好处，最后是让他所能影响到的人得到好处。这种做事行商的理念，难道不正暗合儒门'修齐治平'的理念吗？"

蔡清华仰天一笑："贻瑾啊贻瑾，这些年来，你所进步的，就是这些诡辩之术吗？明明是一个见利忘义、趋炎附势之徒，却被你说得像一个圣人一般。"

"昊官他不是一个圣人。"周贻瑾道，"他缺点多得很。别说圣人了，算不算好人都难说——但是，他做人做事的时候，至少还有一点良心。只不过，你们连这点良心都容不得，一次又一次，一定要把他放到火炉上烤。你们就不能换个人吗？"

"够了！贻瑾啊贻瑾，我不晓得吴承鉴这些年到底给你灌了什么迷魂汤，但既然你入邪道已深，固执难拔，迷途难返，如今我也不与你做这无谓的口舌之争。"蔡清华冷冷道，"先说说利害之事吧。"

周贻瑾眼中闪过一丝黯然，却也没再坚持什么，只是道："师父请说。"

"咱们回归正题。"蔡清华道，"如今的形势，我想只要还是聪明人，就该明白自己要何去何从，才能避祸趋福。"

周贻瑾道："师父你到底要我做什么？"

蔡清华道："就算是为了你自己也好，为了吴承鉴也好，为了吴家也好，你去劝劝吴承鉴吧！"

周贻瑾问："劝什么？"

"劝什么？"蔡清华冷笑，"我都说了几次了？弃暗投明！对吴承鉴来说，这已经是最好的机会了。"

周贻瑾沉吟良久，才说："那批红货，明明放在兴成行的仓库，结果师父却压根就没为难叶大林，因为就算把叶大林打入大牢也是无关大局。"

蔡清华嘿嘿一笑。

周贻瑾又道:"同理,拿住了昊官,也并不是为了拿下昊官,或者拿下宜和行。那批红货就算打开了,如果只是定昊官一个死罪,或者封掉一个宜和行,对朱总督来说,对嘉庆皇帝来说,也是毫无意义!"

蔡清华"哼"了一声。

周贻瑾道:"所以,单单有兴成行秘仓中的那批'物证'还是不够的,还得有一个能牵扯上和珅的人证才行。师父,我说得对吧?"

听了周贻瑾的这番话,蔡清华道:"你倒是门清,不愧是我的好徒儿。"

周贻瑾道:"所以师父是要我劝昊官出面指证,利用这批大内出来的赃物,把和珅拖下水,对吧?但是师父啊,就凭着远在广州搜到的区区一批大内赃物,凭着一个与和珅管家有过一面之缘的十三行保商,真的就能扳倒执掌朝政十余年的军机大臣和中堂?"

第八十一章

儆猴之鸡

"放在去年,自然不行。"蔡清华淡淡道,"但是现在,却可以了。"

周贻瑾"哦"了一声,道:"所以……这是一个口子,甚至……只是一个理由。"

蔡清华笑道:"聪明!"

周贻瑾默然良久,才道:"好,我知道该怎么做了,也知道怎么说了。但是昊官是否答应,我不敢保证。"

"如果他还没失心疯,就应该会答应。"蔡清华森然道,"如果到了这个地步还执迷不悟,那么崖公不惮代天子一怒,以一吴家,作儆猴之鸡!"

广州府的大牢,今天收到了一个指示,要屈刑书接待一个人,带他进大牢,但探监的本子上不许出现名字。

屈刑书就知道这是个麻烦事,但指示来自两广总督府,他也不敢有违,然而接到人的时候发现是周贻瑾,却还是颇为诧异。当然,他自然不会多嘴地过问,只是打点好了牢头,自己却是连进去都不愿意。

吴小九放下提篮后,周贻瑾就让他守在外头,这才进了牢房。

他扇扇面前的空气,说:"倒也没我想象中那么憋。"

吴承鉴本来背过身子面壁睡着，听到这话才转身过来，笑道："这间牢房人来人往的，热闹得很，自然不憋。"

周贻瑾笑了笑，进了牢间，坐下打开个提篮："喝茶还是喝酒？"

吴承鉴道："这里没好水，酒吧。"

周贻瑾又问："白果酱？黄果酱？"

吴承鉴道："来盅黄的。"

周贻瑾便摸出一坛花雕、两只哥窑碗。吴承鉴接过手，斟了两碗。周贻瑾接过其中一只碗，抿了一口，随口吟道："移家只欲西关住，夜夜鹅潭看月生。"

吴承鉴道："谁的诗？"

周贻瑾道："陆放翁的。"

吴承鉴讶异道："陆游没来过广东吧？就是他来过广东，那时候哪有西关街？"

周贻瑾笑道："我改了几个字嘛。"

吴承鉴道："你搬到西关去了？"见周贻瑾点头，又说："我就不知道自己还能不能回西关，回白鹅潭了。"

周贻瑾的神色便有些凝重了起来："你看出来了？"

吴承鉴道："事情比我们当初预想中的还要麻烦，绿营兵出动围了整个十三行的消息传来，我当时惊蒙了。要早知道这么凶险，也许年初我就买船跑路了。"

周贻瑾道："听到消息的时候，你也还有机会走的嘛，真的弄条船从白鹅潭走伶仃洋，或者直接把花差号开出外海，谁追得上你？"

吴承鉴笑道："我是这样的人吗？再说我阿爹和大哥大嫂，都还在西关呢。我走了，他们怎么办？"

"所以你刚才说什么买船跑路，也不过是一句言不由衷的狗屁废话。"周贻瑾道，"就算是年初的时候，你已经隐约感到此事之凶险，但以你的性子，也一定是不会走的。"

吴承鉴默然不语，良久才道："你今天怎么会来？我都已经把你开革了——就算别人都知道这是做戏，但做戏也要做全一折啊，避避嫌疑总是好。"

"我师父来找我了。"周贻瑾道。

听了这话,吴承鉴就不言语了。

周贻瑾道:"他说了很多话,大概是把话给摊明白了,和我们当初预料的也差不多。"

但周贻瑾还是将小楼里与蔡清华的对话,一一说给了吴承鉴听:"……我师父最后道,如果到了这个地步,你还执迷不悟,那么崖公不惮代天子一怒,以一吴家,作儆猴之鸡!"

吴承鉴的眼睛一眯,目光中就闪出一股怒色来:"以一吴家,作儆猴之鸡!……以一吴家,作儆猴之鸡!"

他猛地将酒碗朝墙壁一摔,百金难买的一个哥窑碗,瞬间碎作二三十片,残存的酒水也溅了一地。

吴承鉴大怒道:"就是说,就算我想拿自己的命填上去,也还不够!如果我不跟他们合作,就是我们吴家满门都不打算放过了吗?清流……我去他的!他们这是清流?!"

"明面上,清流不大可能会把事情做得这么绝。朱南崖这个人,我觉得他应该还是有底线的。但这事……我怀疑不只是清流的事了。"周贻瑾道,"别忘了,这件事情站在最后面的……是新皇上啊。嘉庆爷未必真的过问了这件事情,但帮嘉庆爷想事情的那些人……"

如今正是乾隆、嘉庆两朝皇帝交接的敏感期,乾隆皇帝虽然退位,但无论官中朝中,嘉庆皇帝的亲信却都还处在"后备"位置上。

那些帮新皇帝想事情的人,可以是觊觎内务府位置的潜邸家奴,也可以是官中伺候着新主子的太监……

周贻瑾道:"清流要顾忌名声,但那些人做起事情来,可就没有任何底线了。"

吴承鉴道:"但你师父,他是帮朱珪办事的吧。"

周贻瑾道:"我师父是朱总督的师爷,但师爷的一些事情,是必须在东家的默许下,'瞒着'东家做。"

这话说起来佶屈聱牙,但吴承鉴瞬间就懂。

坐到了朱珪这等位置上,有时候总有一些踩线的事情要接触和处理,但他们又不能亲自去处理。

这些事情，自然就得由师爷、长随们去办，而其中更有一些事情，像朱珪这样的清流，便是连"知道"都不应该"知道"的。所以师爷和长随就会瞒着他们，然而这种瞒，却是一种心照不宣的默许。

周贻瑾道："潜邸中的太监也罢，旗人中的浊流也罢，朱总督都是不宜接触过深的。但他毕竟是嘉庆爷的老师，与这些人先天上便是一条线的，所以也不可能不合作，这事多半就得由我师父从中为介。而这次的事情，我觉得其中必有这些潜邸太监、旗人浊流的身影。"

"如果他们也进入此局……"吴承鉴沉声道，"那么这次的事情，我就算拿命来扛，他们也是不肯了。"说到最后，忍不住伸手在茶几上重重一拍。

身为清流的朱珪要克己复礼，那些潜邸太监、旗人浊流，行事可就没底线可言了。

周贻瑾看着桌面仅剩的酒碗，看着那碗里的酒被吴承鉴的怒吼拍案而震出的圈圈涟漪，垂睑不言。

"行啊，行啊！"吴承鉴道，"那我就……那我就……"

他"那我就"了好几次，却终于坐倒在地。

周贻瑾道："要不……就从了我师父吧……"

"不行！"吴承鉴道，"我也认同，和珅的确不是好官，让他继续执掌朝政下去，这个国家迟早得完蛋。但你师父要我现在改换门庭，我不能这么做……现在去动和珅，那是我们全家嫌命长！如果真把这事做成大案，我一定会被押到北京，甚至可能被安排在御前与和珅对质……呵呵，然后我就死定了，跟着就是九族全灭。"

周贻瑾道："你还是认为，朱珪保不了你？"

吴承鉴冷笑，不答。

周贻瑾道："甚至就是朱珪后面的潜邸旧人……"

吴承鉴道："那帮人更不可信！我不信朱珪，是因为清流们眼高手低；而那帮潜邸旧人，则是连信誉怕是都难有的。和珅做事还要顾全大局，这些人……嘿嘿！"

周贻瑾道："但如果你不答应，你在广州就得死。"

这就是现在死，还是迟点死的区别了。

吴承鉴沉吟了片刻，说道："和珅虽然祸国殃民，但他要拢住底下的人继续为他卖命，就得给我吴家做点事情。只要我咬死了不松口，就算新皇上身边的人要弄死我们吴家满门，和珅那边，十有五六也会出手遮拦，不然为他办事的人就得寒心。甚至……甚至我自己也不见得真会死。"

周贻瑾道："你这简直是在赌博了。不，你是在赌命！"

"你觉得我还有更好的选择吗？"吴承鉴道，"我只相信一点：区区一帮还没真正掌权的人，无论明里暗里，现在肯定都弄不过权倾朝野的'二皇帝'的。"

"但是几年后呢？"周贻瑾道，"就算你仍然看好和珅这一轮能够不倒，但老皇上还能撑多久？'二皇帝'的权势再盛，能盖过前朝的'九千岁'吗？而老皇上的年纪又有多大了？就算他真能长命百岁，又还能有几年？只要太上皇寿终正寝，'二皇帝'也就得跟着上路。魏忠贤的下场，就是和珅的前车之鉴！而到时候，我们也跟着这艘大船尸沉海底，不得翻身！"

"他娘的！"吴承鉴在牢房里踢着腿，"你说的这些，我知道啊……我当然知道啊……所以……唉！他娘的！"

他捡起一片碎瓷，合在掌心一捏，血就渗了出来："不答应朱珪，现在得死；答应了朱珪，半年后得死。要么现在死，要么迟点死，就算都给我冲过去了，但只要还在和珅那里挂着，那么就是几年后死……贼老天！你就不能给我一条好走一点的活路吗？"

第八十二章

再见刘全

吴承鉴压着自己的声音,发了一通脾气。他发脾气的时候,周贻瑾也不说话,就在那里静静地看他发脾气。

吴承鉴骂天骂地,出了老长时间的气,又道:"如果能熬过了这一遭,我马上变卖家当,买船出海……老子不玩了,老子不玩了!"

周贻瑾道:"上次你也这样说……"

吴承鉴骂道:"你以为我不想吗?就是想一到外头就要寄人篱下,一辈子憋屈地做个寓公,我就不甘心啊。他娘的!东印度公司能够纵横四海,不就因为它背后有个国家在支持它吗?我吴承鉴也不比米尔顿差,为什么我背后就没有一个能支持我大杀四方的国家呢!"

"是啊……"周贻瑾悠悠道,"个人能力再强,离开了母国,便会如同无根之萍,就算握着大把的钱,也不过是别人眼里的待宰肥猪……不知道什么时候,我们才能拥有一个能真正护国护民的国家……"

吴承鉴的眼睛闪了闪,似乎想到了什么,然而终究没开口。

"多余的感叹,暂且放下吧。"周贻瑾道,"现在我们到底该怎么办?"

吴承鉴发泄了一通之后,心情渐渐平复。他在别人面前、在对手面前总是压着,是要避免被人看穿虚实;在亲人面前压着,是要避免他们担心;也唯有在周贻瑾面前，能够把胸腔中的火气发泄出来。这时人冷静了下来，才道："还是按照老计划办！"

周贻瑾道："可这其中，除了原有的难关，又多了新的难题——我师父能调动的人力财力，还有他在广州影响力的发展，都超过了我的预想。现在我能动用的人，有一大半怕都被他盯住了。"

"这些我不管。"吴承鉴道，"现在是你在外头，你自己想办法吧。"

周贻瑾皱了皱眉头，但也没有推诿。

"以一吴家，作儆猴之鸡……哼！"吴承鉴冷冷道，"我原本还有些犹豫的，但你师父的这句话，实在叫我心寒齿冷。如果这句话是朱帝师的意思，那他就全无一点仁心，妄称大儒！如果这句话不是朱帝师的意思，那就说明在这个局里头，他朱总督并无真正掌控全局的力量。而新皇上身边的那群人，从这句话就可以看出，不会比和珅可靠。所以……"

周贻瑾道："所以怎样？"

吴承鉴想了想，道："我再等等。"

周贻瑾道："等谁？"

"有些人，也该来见我了。"吴承鉴道，"应该就这一两日了。如果来的人给出的话也是这么混蛋，那么……"

周贻瑾道："那么怎样？"他问出这句话的时候，手已经把仅剩的那个哥窑碗给拿在了手中。

几乎就在同时，吴承鉴"哗"地把茶几整个儿给掀了，叫道："那我们就掀桌子！"

他最后的怒气总算都发出来了，然后就看到了周贻瑾手中的哥窑碗，便知周贻瑾与自己看法相同，所以周贻瑾话是那样问，其实却早猜到了自己的想法和反应。两人四目一对，相视大笑。

吴承鉴嘻嘻笑道："贼老天老是玩我，但能让我遇见你，也不算太过薄待。所谓人生得一知己，夫复何求？"

周贻瑾淡淡道："老天爷对你已经很好了。一出生就锦衣玉食，半辈子都美人在抱，再不给你点糟心事，这天道才是不公平呢。所谓富贵险中求，你们这群十三行富豪，既然坐享着旁人十辈子也盼不来的金山银海，自然也要承受各种命在旦夕的险恶朝局。"

"行了行了，我知道这凶险是我应得的，我认命，行了吧！"吴承鉴道，"不过，和珅那边素来手段狠辣，而新皇上那边的人做到这个地步，在北京肯定也是潜流怒卷，也难保和珅会怎么对我，所以……我们最坏的情况也考虑到……如果真到那个份上，让军疤看在这些年我们宾主相得的分上，设法把光儿给劫走，至于我……算了，到那份上我多半是没救了。"

周贻瑾道："这一次的局面，表面看比去年平和，其实凶险更甚。不过……只是光儿？"

吴承鉴道："没办法，二何先生私下里跟我说过，我大哥没几个月了，我阿爹也……唉。至于大嫂，现在这个局面，也只能委屈她陪我在这里死扛了。"

周贻瑾道："就没有了？"

吴承鉴的眼皮下垂了一下，道："想个办法，让有鱼进来一趟吧。"

周贻瑾这才道："好。事情的方向都定了，我就知道该怎么做了。"

他说着喝光了碗中之酒，要出去时，忽然停住，回来靠近吴承鉴说："有个小事情，我突然觉得得跟你说一下。"

"嗯？"

周贻瑾犹豫了一下，道："还记得转移红货的时候的那个意外不？"

这一次转移红货的时候，吴承鉴让老顾暗中行事，动用了广东下九门的几个高手，其中最厉害的一个叫赵六指。他在转移红货期间，一时手痒，竟然从箱子里摸出了一件东西来。但此事马上就被负责指挥的老顾察觉。老顾按照行规，打断了赵六指的手，割了他的舌头，又把东西交给了周贻瑾。

吴承鉴道："是那张纸吗？"

"是的。"周贻瑾道，"赵六指不愧有两广第一贼手之名，不知用了什么手段，竟然把那张纸从箱子里取了出来，而事后我们却放不回去。所以箱子里头，应该真是有东西的。那张纸应该是红货的清单。"

吴承鉴也低声道："你忽然提起这个，是想提醒我说箱子里应该是有东西的，让我不要抱侥幸之心？"

"不是。"周贻瑾低声道，"那张清单我看了十几遍，一直觉得有问题，却又看不出什么问题。这个疑点吊在我心里头，因为没想通，就一直没跟你说。但现在想想，还是说一声吧。"

吴承鉴道："如果连你都看不出什么问题，那我就更看不出来了。这事就先按下吧。"

周贻瑾出了牢门，吴小九低声道："师爷，你进去之后，我看得很紧，没人近前。"

周贻瑾点头道："好。"带了这个俊俏小厮，径自回了西关。蔡清华竟然还在小楼，神态甚是优哉。

见到了徒弟，他随口问："如何？"

周贻瑾道："昊官犹豫了，但还下不了决心。"

蔡清华脸上闪过一丝不悦，然而也并不意外。像这样的局面、这样的抉择，如果吴承鉴答应得太过爽快，他反而要生疑心了。

周贻瑾道："不过，既然受了师父之托，我自然也要忠师父之事，而且我也觉得，昊官的思路，可能有些钻牛角尖了。"

蔡清华道："你还有什么主意？"

"再找个人去劝劝吧。"周贻瑾道。

"吴承鉴视你为心腹股肱了吧。"蔡清华道，"连你都劝不动他的话……"

"让他的妻子去。"周贻瑾道，"他的妻子，如今身怀六甲。这也是昊官的第一个孩子。"

蔡清华一听，笑道："哈哈，这倒是个好主意。夫妻之爱、舐犊之情，谁人能免？行，你去安排吧。"

周贻瑾走后，吴承鉴耐住烦躁，收拾起了牢房中的茶几，以及被自己掀掉的一地狼藉。

他生在吴家二十几年，富生贵养，早养得四体不勤，五谷不分，然而现在这个牢里头，却是没人伺候的——牢头狱卒们不虐待他已经很给（银子的）面子了，他若不想走动的时候不小心扎了自己的脚，便只能自己动手收拾残局。

正百无聊赖地一摆一捡，忽然听一个有些熟悉的声音笑道："昊官这牢，坐得可真是潇洒。别人坐的牢房，污臭扑鼻；昊官坐的牢房，竟然是满室酒香。"

吴承鉴听到这个声音，心头一凛。抬头望去，借着牢房窗户透进来的光，就见一个头已半秃谢、背脊微伛偻的小老头站在那里。

吴承鉴脱口叫道："全公！是你！"

来的人正是刘全。第一次见面的时候，吴承鉴叫他刘公；后来交接了几次，熟了些，就改口叫"全公"。

刘全走了下来，外头的门"当"一声合上了，显然有人在外头把门。他走下台阶，一边走一边用鼻子嗅着，笑道："这是二十年陈的女儿红啊！"

吴承鉴丢了手中的哥窑碎片，笑道："广东这边，有人说我的舌头价值千金；今天看来，全公的鼻子，可也不在我的舌头之下。"

刘全长得不高，都不用弯腰就钻进牢间来，看着满地碎片，笑道："我的鼻子真有这么金贵？那我的舌头也不在我的鼻子之下啊！这么好的女儿红，真是可惜了，要不然倒也可以拿来犒劳犒劳老夫的舌头。"

吴承鉴笑道："没有女儿红，这里还有别的好物啊。"便朝着刚刚收拾好的茶几一伸手："来，全公，请！"

任他折腾

吴承鉴揭开了提篮,刘全就挑了那瓶汾酒。吴承鉴顺势拿出两个碧玉杯子来,为彼此都斟满了。

刘全嗅了一嗅,笑道:"好酒,好酒!这杯杏花村,倒也不在刚才那女儿红之下。"

吴承鉴笑道:"能得全公一赞,这杯酒也算三生有幸了。"

刘全道:"一杯酒,哪来的三生?"

吴承鉴道:"上一辈子它在汾河里;这一辈子它在酒杯里;下一辈子,就在我们的肚子里。"

两人相顾大笑,一起满饮了。

吴承鉴又为彼此斟满,刘全笑道:"昊官,这几日可苦了你了。"

吴承鉴笑道:"还好。有广州府的免费牢房住着,有我大嫂送来的饭菜吃着,还有女儿红、杏花村喝着,不苦,不苦。"

刘全赞道:"我就喜欢昊官这一点,身在困顿之中,全无狼狈之色。换个人,在这般生死考验上头,可没那么容易笑得出来。"

吴承鉴笑道:"全公一来,我怕是就死不了了。"

刘全微微一笑:"原来你在久等我了?"

"我知道全公一定会顾念我的，"吴承鉴说着，忽然起身，给刘全躬了躬身，"但全公会亲自来，我却还是有点意外的。"

"坐，坐。"刘全做下按手势，让吴承鉴坐了，然后才说，"和中堂人在北京，但广州的事情，他一直挂在心上。所以知有变故，便让我连夜赶来了。不料还是让昊官受了不少委屈。"

吴承鉴道："算不上，算不上。"

刘全道："我是今天才到广州的，不过，我已经知道，昊官对红货之事的确是尽心尽力了。"

吴承鉴道："这件事情，却还要给全公告个罪：之前因见了一点蛛丝马迹，心生警惕，便瞒着粤海关，把红货转移到了我岳父家的仓库里。"

刘全笑道："只要你的存心是好的，这点小节，不为大过。"

吴承鉴道："只是可惜了，我想到了转移红货以保万一，却没想到朱总督决心这么大，竟然封了整个十三行。那批红货，最终还是落入了朱总督的手中。吴承鉴有负全公所托，实在是死罪。"

"这件事情，倒也怪不得你。说到底，还是旗城之中，有人见风使舵了。"刘全道，"要不是福昌做缩头乌龟，那日朱帝师未见得就敢在十三行里那般猖狂。"

吴承鉴人在广州，自然很清楚刘全嘴里的福昌就是现任广州将军。如果说两广总督朱珪是明面上的两广军政第一人，那么广州将军福昌就是广东真正的掌舵者。

又听刘全道："不过嘛，有广兴在旗城里做着客，福昌会犹豫，倒也难免。唉，都是一帮墙头草，就没一个有点气节的人。"

吴承鉴虚心请教："请问全公，广兴是谁？"

刘全道："就是前大学士高晋的小儿子。本来他高家是汉军旗的包衣，雍正爷给抬了旗，改了姓，如今是镶黄旗高佳氏了。广兴是高家的幺儿，出了名的不学无术，从小不读圣贤书，却喜欢钻研些偏门学问，一身的痞子味，现在在礼部做个小官。在京城里，他原本也不算个什么人物。可谁让当今皇上喜欢他呢。这不，他偷偷溜到广州来，也能让福昌把他奉为上宾了。"

吴承鉴在广州是地头蛇，但论到对京城权贵的了解，能知道刘全这一层已经不错了，自然不可能对京城里的大小人物如数家珍。不过刘全这几句话一提，他就能猜到那广兴是个什么人了，心道："嘉庆皇帝那边果然有人来了。那么对我吴家说出那句'杀鸡儆猴'的人，便与这个广兴脱不了干系。"

他没多说话，但刘全一见他的神色反应，就知道吴承鉴该猜到的都已经猜到了，又笑道："不过他们就算再怎么千般算计，结果又能如何呢？只要昊官不开口，别说广兴，就算是到了御前，一样谋算无功啊，我说得对吧，昊官？"

吴承鉴苦笑道："我根本就不知道什么事情，能怎么开口？他们要说我盗窃御物，反正有证物在，抵赖不了，我也只能认罪。就算改日要押到菜市口千刀万剐，唉，我也只能认了。"

刘全听了吴承鉴这么说，哈哈大笑，对吴承鉴竖起大拇指道："昊官不但是个明白人，而且是条好汉！中堂大人和我都没看错人。"

吴承鉴又道："那批红货是在吴承鉴这里丢的，吴承鉴责无旁贷，就是被凌迟处死也不敢有怨。不过吴某纵然有罪，罪不及家人。如果可能的话，还请全公照拂一下我的家人，免得他们跟着我受那无妄之灾。"

刘全点头道："昊官不但讲义气，而且讲孝悌。你放心，你这样的人，和中堂一定会保的。"

吴承鉴听了这话，不禁心头一动。他早知刘全既来，事情可能就有转机，所以刚才那番话其实是有些刻意地表忠心，只不过一进以求一退；不料刘全竟然会这么轻易就开了口，不由得微微意外。但他口里仍然说道："全公，到了这个地步，我本人要开脱只怕是很难了。我胃口不大，能保住家人就可以了。如果真被押到北京那边，就请全公安排一番，给我一个痛快；其他的，吴承鉴就不想中堂大人那边太过难做了。"

刘全道："这是什么话？这是什么话！论功，你是为中堂大人办事，对尽心竭力之人，中堂大人岂能不保？论私，我刘全交了事情给你办，结果你因此出事，你我一场忘年之交实在难得，我刘全岂能不救？"

吴承鉴听他这言语的味道，不像在敷衍自己，不禁心动，问道："那么，中堂大人那边莫非另有安排？"

刘全道："这个自然。这件事情，交给别人，中堂大人和我都不放心；但昊官来办，却一定能十拿九稳。"

吴承鉴道："全公请说。"

刘全道："其实嘛，红货这件事情，不止吴官你是在代中堂大人受过，就是中堂大人那边，也是在代别人受过啊。"

吴承鉴道："这是怎么说？"

刘全道："将大内多余的物件拿出来卖，这是内务府做了不知多少年的事情了，已经是大伙儿心照不宣的惯例。中堂大人上任之后，也不能无端端就打破常规啊。所以啊，这件事情，不知道的人以为比天还大，但内务府那边知道的人，就都会明白，你只是接了个代人跑腿的差使，无罪的，无罪的。"

吴承鉴道："全公的意思是……"

刘全笑道："蔡清华也好，广兴也好，他们让你办什么，你就办什么；他们让你说什么，你就说什么。这件案子，你随他们的意就好了。"

吴承鉴心中冒出一丝大不好的预感来，不过脸上仍然不动声色："全公，这……我就不大明白了。"

刘全瞄了吴承鉴一眼："不明白？"

吴承鉴摇头："不明白。"

"罢了，我就跟你说清楚吧……"刘全顿了顿，才慢慢地道，"和中堂的意思就是，你就按着朱帝师的想法去折腾吧。他们想怎么折腾，就怎么折腾。他们不是要你攀扯中堂大人吗？那你就攀扯，往死里攀扯。"

"这……"吴承鉴道，"全公，我不敢啊。"

"怎么不敢？"刘全道，"难道那批红货，不是呼塔布让你交接的吗？难道呼塔布那边，不是我吩咐他办事的吗？难道我刘全不是和中堂吩咐来广州办事的吗？难道你还要怀疑，我刘全的话，代表不了和中堂吗？"

"这……"饶是吴承鉴平时自诩多智，这时也分不清楚，刘全说的到底是真话，还是反话！

吴小九来到吴家西关大宅，直接往左院来，见了叶有鱼，递上了一封书信。

叶有鱼打开了信，看了一眼，心中有些奇怪。这信是周贻瑾的亲笔，信中提到，让她近日去探望吴承鉴一番。

叶有鱼心道："昊官与周师爷不是一直心腹相托的吗？如今这封信里的意思，分明与昊官临别前的嘱咐不同。难道……还是这里头另有乾坤？"

叶有鱼从吴小九这里也问不出什么，便请了蔡巧珠，一起到后院来见吴国英，把周贻瑾的信读给了两人听。

吴国英听完之后道："昊官已经让我们不要再去见他，这周师爷却忽然让细家嫂去看昊官，还暗示着，让细家嫂劝昊官弃暗投明。大家嫂，这事你怎么看？"

蔡巧珠道："老爷明鉴，我虽然不大知道外头的事情，但我这次回大兴街，听了我阿爹的一通分析，也觉得和珅那边那条路子，如今不应该再走下去了。既然如今周师爷也这般说了，老爷，要不然就让三弟妹去走一趟，劝一劝昊官吧。"

吴国英道："细家嫂，你怎么看？"

叶有鱼心里虽然不那么想，但这时没那么说，只是顺着蔡巧珠的话道："这事我也想不明白。但我听小九说，周师爷刚刚被蔡师爷遣去探望了昊官，那么他就是刚刚和昊官见过面的。这件事情，不管内情如何，不如就让我去见见昊官，问明白他的意思，总好过我们在这里瞎猜测。"

吴国英微微点头，然而眼睛余光还是瞥了叶有鱼微现的肚子一眼。

蔡巧珠伺候公公多年，马上会意，说道："三叔如今住的牢房，打扫得还算干净，也没有什么凶秽之物。三弟妹去走一趟，不至于受什么惊吓。而且我听说吴七从仓库里头找出了一辆西洋马车，还配好了鞍马。那车我坐过，只要路好，就稳当得很，坐着进去一趟不会有事。"

吴国英这才道："若这样，那好，细家嫂就收拾一下，明天去见见昊官。"

谁才是鱼

刘全见吴承鉴脸上仍有不解之色,便道:"这件事情,你就按我说的办,准没错。你也给我放一百个心,哪怕是进了京城,上了金銮殿,我刘全也能保你囫囵个进去,囫囵个回来。"

吴承鉴迟疑着,道:"这件事情干系重大,全公所言又违反常理。能否请全公再给我一点明示?不然事到临头,我怕我把握不好分寸。"

刘全瞥了吴承鉴一眼,道:"你真的要知道?你可晓得,真问个清楚了,于你未必是福。"

这一点吴承鉴也明白。然而他的为人,绝不愿将自己的生死放在别人的掌握之中,揣着明白装糊涂可以,但若要他真的处于糊涂之中,那就不行。

吴小九从吴家大宅回来后,禀明了交代,见蔡清华不在了,便去叫唤隔壁的厨娘做饭。饭菜做好后,他端回来这边上了楼,嘴里嘟哝着:"那位蔡师爷终于走了。哼,他虽然是周师爷的师父,可他每次来都没好事。"

周贻瑾仿佛没听见吴小九的嘟哝,放下书卷,吃着吴小九端上来的饭菜,却是食而不知其味。忽然,他整个人跳了起来,挥手指着吴小九道:"下去!"

吴小九愕然："啊？"

周贻瑾喝道："我让你下去！"

吴小九被他有些凌厉的眼神吓到了，也不知道是不是自己说错了什么话，哭丧着脸下楼去了。

周贻瑾把小楼入口盖上，这才举了灯，翻出一个箱子，再从箱子里头翻出一大堆的笔记，拼命地寻找，找了好久，终于被他找到了："这里，这里！"他的手指头在灯光之下寻摸到了一行字。

然后他又翻箱倒柜，从书柜中寻出《四书》，又从《四书》之中挑出《孟子》，又从《孟子》之中翻到了《梁惠王上》，这才按定了《梁惠王上》的第二页。他取了一瓶药水和一柄锋刃无比薄的刀来，蘸了药水，跟着剃书页——这一页纸明明是寻常厚度，页边沾了药水后，却被他剃出三层来，中间藏着的那一层，赫然就是那张从红货中偷出来的清单。

清单本身不是这么薄的，却也经过了特殊的剖纸处理，如今薄胜蝉翼。周贻瑾小心翼翼地捧了清单在手，看到了清单下面那个印章，再对照着那本笔记，大叫一声，以掌击额，整个人坐倒在楼板上。

"随安室之印……随安室之印！"

周贻瑾举手，让昏黄的灯光照亮了那清单上那个因为经过处理而变成淡红色的印章。

"果然！"

"他知道……他知道他知道！"周贻瑾嘴里头呢喃着，犹如念咒，"而他不知道！所以……他要搞他，他知道他要搞他，却任由他搞，然后让他搞得大了，搞到他也知道他要搞他，然后……"

"可笑……可笑……"周贻瑾神色怪异地苦笑着，"师父啊，你以为自己在帮着朱总督，却是犯了大忌而不自知……呵呵，呵呵！"

犹豫了片刻，吴承鉴便点了头。

刘全脸色就有些沉："好，既然你想知道，那老朽就告诉你吧，让你活得明白。"他顿了顿，才说："红货出宫的事情，当今皇上虽然不清楚，但太上皇他老人家，却是心里有数的。"

刹那之间，两个声音同时响起。

一个是吴承鉴的脑海之中，犹如珠江崩堤，海水倒灌，又似五雷轰顶，轰隆破开了他的脑壳：一刹那间，十几个可疑的细节拼凑了起来，让他一下子就明白了所有不明白的事情！

另一个声音，却是外头忽然有了一点动静。

刘全眉头一皱，叫道："呼塔布？呼塔布？"

没个声音，他又提高了声音："呼塔布！呼塔布！"

门"吱呀"一声，呼塔布这才打开了门进来，道："全爷，您叫我？"

刘全道："刚才什么声音？"

呼塔布道："爷，没什么，就好像是有一只老鼠跑过来，蹭到了门。爷放心，刚才门外头没人。"

刘全挥手："去吧。"

呼塔布应了一声"是"，便关上门了。

得亏了这么一个缓冲，吴承鉴才稍稍缓过神来，但脸色仍然十分难看。

刘全见了他的神色，笑道："我就说，这事你知道了，不是福分。"

吴承鉴要开口，牙齿却磕碰到了，一时做不得声。

刘全道："看来你都想明白了，不然不至于如此……吴官啊，你什么都好，就是太聪明了。那么现在，你要给我一个什么样的答复呢？"

他的一双眼睛转眼间变得犹如鹰隼一般。

这是久掌权力的人才特有的压迫力。

吴承鉴就明白，在他面前只有两条路：一条生，一条死！而且绝无延缓。刘全不比蔡清华，这会儿又已经给吴承鉴交了底，吴承鉴点头了生，摇头了就得死。

蔡清华也好，朱珪也好，或者那个叫什么广兴的都算上，也只是一帮还没真正掌权的人。而眼前的这位，还有他背后的人，若有足够大的动机，是能马上将他吴承鉴的存在从这个世上彻底抹掉的。

哪怕是会有后患……

可是眼下的这件事情动地惊天！是绝不容吴承鉴拒绝的！

为了这件事情，莫说吴承鉴的小命，便是整个十三行所有保商的性命，和珅都能眉头不动地全部抹掉！

吴承鉴虽然脖子都僵了，但在刘全的隼目之下，还是点了点头。

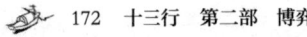

刘全哈哈一笑，竟然现学了一句很不标准的广东话："叻仔（聪明人）！"

刘全怎么走的，吴承鉴竟然都不知道，等他再回过神来，才发现自己已经瘫倒在稻草上。蔡巧珠让人带进来的铺盖，在他无意识间被撕得七残八裂。

他忽然笑了起来，对着没有上锁的牢柱，对着斑驳的牢墙，像疯子一般大笑了起来。

他笑得太过疯狂。这大半夜的，犹如一只鬼怪从地狱深处爬出来一般，把外头的狱卒都笑得心里发毛。

牢头怕他出了什么事情，忍不住跑了进来，问道："昊官，昊官，你这是怎么了？"

吴承鉴在牢房里头，像猴子一样跳来跳去，笑道："老陆，我像孙猴子不？"

牢头执掌这座监狱大半辈子，杀头犯也见过不少，却被吴承鉴这模样吓到了，道："昊官，你这是怎么了？你是疯了，还是要装疯啊？"

吴承鉴笑道："我是孙悟空，你没看出来吗？我要大闹天宫了。我要去把玉皇大帝拉下宝座。西天佛祖说了，玉帝老儿太不懂事，不如换个人来做。老陆，你说我厉不厉害？"

"疯了，疯了！"牢头道，"你说我明明好吃好喝地供着你，你这无端端地说疯就疯……这可让我怎么跟人交代啊！"

叶有鱼带了冬雪，准备好了一份早点，大清早地就出门，结果遇见周贻瑾来接自己——她有些奇怪，周贻瑾并没有说今天要陪自己去啊，不过她也没问。

到了牢房外，牢头道："哎哟哎哟，周师爷啊，这……真对不住了，昊官他……他疯了！"

同来的冬雪、吴小九等都大吃一惊。

周贻瑾道："怎么回事？"

"这……我们什么都不知道啊！"牢头说，"昨天周师爷你走了之后，我们几个都喝醉了，然后到了晚上，昊官这无端端地就疯掉了。叫嚷着说他是孙猴子，要大闹天宫。这大清早的，我都还没来得及去报屈刑书呢。"

叶有鱼望向周贻瑾，周贻瑾道："我先进去看看，你们在外头守着。"

他推开了门，然后反手就关了，一路进了牢房，只见吴承鉴瘫在那里，全身僵硬。吴承鉴瞥见周贻瑾来，也不起身。

但周贻瑾见了他的眼神，就知道他的神智没出什么问题，再看看牢房之内，铺盖碎裂，茶几掀翻。他踢开几块碎片，坐在了吴承鉴身边，问道："怎么回事？"

吴承鉴声调全无高低起伏："昨天你走之后，刘全就来了。"

周贻瑾心中一凛——刚才牢头可没说有人来探监的事，要么就是他不敢说，但更大的可能是刘全做了某些安排，让牢头也不知出了什么事情。显然，在这等事情的把控上，刘全的手段仍然要远超蔡清华的。

周贻瑾道："他向你摊牌了？"

吴承鉴瞥见周贻瑾神色极其凝重，忽然道："你今天怎么会来？"

两人四目相对，心意就相通了。

吴承鉴道："你……猜到了？"

周贻瑾将旁边缺了一条腿的茶几拿过来，用块东西垫好，摸出一个香囊来——香囊之中藏着一个隔水油丝袋，又从袋子里取出那一张清单来，放在茶几上，推了过去。

这时曙光已经从牢房的小窗中透了进来。当然，牢中的照明，主要还是靠烛火。

吴承鉴瞥了清单一眼，道："之前看过，我看不出什么。"

周贻瑾指了指那个"随安室之印"，凑近了吴承鉴，在他耳边低声道："太上皇做皇子的时候，居重华宫，书房之名就叫随安室。"

吴承鉴"哦"了一声，也就想通了。他随即惨然一笑："一直以来，我们都把心放在红货上面。自从那东西入库，你就猜到有人要动宜和行。蔡士文会把这事捅出去，是想借刀杀人——借两广总督的刀，来杀我吴承鉴报仇雪恨。我们又更进一步，猜到你师父所图更大，刻意针对我，只是一个诱饵，借此倒和才是他们真正的目的！然而我们还是没想到……"

他忽然就说不下去了。

周贻瑾接口道："我们还是没想到，有人谋虑更加深远——原来钓鱼者，却是被钓人。"

第八十五章

休　书

　　吴承鉴默然半晌，才道："只可惜……这件事情，你猜到得有点晚了……现在我们……还能怎么办？"

　　周贻瑾已经收好了那张清单，道："事情比我们之前猜测的，又升了一阶……"他在吴承鉴耳边低声说，"太上皇虽然退位，但他绝不可能愿意做李渊、李隆基的。而他才退位没多久，新皇帝的师父就在广东这边揽权夺权。所谓见一叶落而知秋将至……"

　　吴承鉴接口，也是把声音压得极低："广东政局的变化，就是那片叶子。太上皇见朱珪在广东如此揽权，就要联想到新皇帝这是什么意思。而再看到广州将军、广州知府全都在给朱珪让路，更要联想到全天下是不是也都这样了。"

　　"不仅如此。"周贻瑾用极低的声音说，"太上皇退了位，朝廷上的事情就不好事事亲临，所以有些事情就得通过和珅去做。因此在这当口，和珅就是太上皇，太上皇就是和珅，结果现在新皇帝才当了几天的家，就想把和珅给弄倒……"

　　他摸了摸藏回胸口的那个香囊："这事让太上皇知道了，他会怎么想？"

　　吴承鉴沉默。

其实，刘全来过之后，他就都已经想清楚了，想明白了。正因为清楚明白了，所以他当时的反应才会那么大。刘全在的时候他拼命压着，刘全一走，昨晚的情绪就如崩堤一般，几近失控。

周贻瑾道："刘全既然来见了你，又给你交了底，你怎么回他？"

"能怎么回？"吴承鉴道，"在那种情况下，当着他的面，我只能答应。"

周贻瑾讶异："你……真愿意做和珅的枪？这可是……"他的嘴几乎都凑到了吴承鉴的耳边，说的话都微不可闻："要变天啊！"

吴承鉴眼皮抬了抬："当时的情况，我若敢回绝他，你现在见到的就不是一个人，而是一具尸体了。就算刘全认为我可能有后手，被我当面拒绝后也不能再冒险留我性命了。"

周贻瑾也知道和珅和刘全的手段，非朱珪和蔡清华可比，便问："那现在你打算怎么办？"

吴承鉴沉吟道："小皇帝身边的人，太过着急，不知道自己的作为实际上是在给自己的主子挖坑。但我想了一整个晚上，却觉得……"

他也把嘴凑到了周贻瑾的耳朵边，把声音压得极低极低："和某人的想法，只怕也是一厢情愿。"

周贻瑾道："嗯？"

"老皇帝是极有主见的人。他拿定了主意的事情，没人能轻易动摇的。他在位一日，小皇帝就动不了'二皇帝'，但'二皇帝'若要动小皇帝，恐怕也是痴心妄想。"吴承鉴低声道，"小皇帝手腕太嫩了，所以'二皇帝'能看破小皇帝的伎俩。那么老皇帝呢？你觉得他会看不破'二皇帝'的伎俩？"

周贻瑾的眼皮一下子也垂了下来。

吴承鉴道："所以这件事情，虽然是局中局、套中套，但闹到最后，也未必能如和某人所愿。只要老皇帝一天还能保持清醒，这个朝堂还是会维持表面和谐的。但是，闹出这件事的人……"

周贻瑾竖起手来，做了一个斩的手势。

吴承鉴却抬手，连斩七八刀："以一介汉人商贾，而斗胆掺和到大清废立之事上，呵呵……"

他惨然一笑，道："吴家满门，这次是没活路了。刘全说和大人能保我，但……他保不了！这件事真给闹到御前，他和大人最后也得吃个一鼻子灰。到了那要命时节，他得先想着自保。至于我……往前是个死，往后是个死；向左是死，向右也是死！除非……除非我们真的还能掀桌子。"

"难！"周贻瑾黯然道，"咱们几个得力的人手，几乎都被盯死了。虽然我们提前安排了刘三爷走脱在外，但有外合而缺内应，只靠刘三爷在外围遥控洪门，掀不了这张桌子。"

"那就没办法了……"吴承鉴长长地叹了一声，握了握周贻瑾的手，然后把他推开。

"贻瑾，你走吧。"吴承鉴道，"有多远，走多远！"

周贻瑾说他先进去看看，众人都以为很快会出来，没想到这一进去却那么久。等出来的时候，他虽然看上去神色如常，但那双眸子中所挟带着的灰衰之色，瞒不过叶有鱼的眼睛。

"昊官让你进去。"周贻瑾出来后说。

叶有鱼应了一声，从冬雪手里接过篮子，推门进去。

牢房再怎么打扫，那股味道终究不是很好的。然而叶有鱼此刻却顾不上这些，慢慢走进牢间。

吴承鉴看到她已经显怀了的肚子，有些愧疚。

叶有鱼扫了一眼狼藉的牢房，慢慢蹲下来，一边把准备好的早茶早点一件件地摆上来，一边道："菜都冷了，你……将就吃点吧。"又将一壶尚温的茶拿了出来。

吴承鉴吃着糕点，喝着茶，大口大口地，没多久扫了个一大半。他吃到肚子都鼓起来了，才道："我吃好了。你回去吧。"

叶有鱼道："你……就没什么跟我说的吗？"

吴承鉴道："我交代过贻瑾了。等出去之后，他会跟你说。"

叶有鱼"哦"了一声，低着头良久，才道："好。"便动手把残食冷盘收拾进篮子里，又要去帮着收拾狼藉的铺盖。

吴承鉴懊恼道："行了！这些会有人来弄！"

他说话声大极了，就像在吼叶有鱼一般。

叶有鱼又"哦"了一声，迟疑着，终于提了篮子出去了。

众人都没想到她这么快就出来了，冬雪急忙上前接过篮子。

叶有鱼道："走吧。"

当此之时，众人也不好问，便都跟着出了大牢。周贻瑾要一起回西关街，所以也上了车。车内很宽敞，除了四个座位，甚至还有一张桌子。

虽是马车，但顾虑着车上载着一个孕妇，所以行得比走路还慢些。

这一路要出广州城西门口回西关，可也不近。

叶有鱼说道："周师爷，昊官说交代了一些要跟我说的事情。"

眼看旁边只有冬雪，车行辚辚的声响又能掩盖说话声，叫外头的人也听不清楚，周贻瑾便推了一张字迹潦草的东西过来。叶有鱼道："这是什么？"

周贻瑾道："休书。"

冬雪只觉得就像头顶劈了一个惊雷。

叶有鱼也有些意外，人却像反应不过来，竟又问了一句："这是什么？"

"休书。"周贻瑾说，"昊官写给你的休书。你收好了。"

冬雪叫道："这，这……师爷，这……"

她待要替自家姑娘抱不平，叶有鱼仿佛这时才反应了过来，抬手止住了她。

"周……师爷……"叶有鱼道，"这是什么意思？"

周贻瑾道："从现在开始，吴家的事情与你无关了。你不要多问，也不用你多管。"跟着，他又说："你稍等。"

眼看周贻瑾探身出了车外，问吴小九拿什么东西。

冬雪叫道："姑娘……"

又被叶有鱼抬手止住。

过了一会儿，吴小九从随从行囊那里拿出个盒子。周贻瑾接过盒子，探回身来，递向叶有鱼，道："这是昊官给你准备的东西。"

叶有鱼打开来，只见盒子分成大小若干格，每格的东西各有不同：其中一格竖放着四对翡翠镯子；旁边狭长的格子里插着十二支嵌珠金钗；在旁边的半圆形格子里叠放了一沓赤金叶子；其隔壁又有个小袋子，袋子里头是数十颗金豆子；再看格子盖，上面又粘着一些写有文字、盖有印章的纸张——似乎是文书之类，也不知道是房契还是地契……叶有鱼就没心思细看了。

"这是什么时候准备的？"她的声音有些冷，又有些僵。

周贻瑾道："有一段时间吧。这是其中一手准备，现在是时候了。你收着吧，不管未来局势如何，手里有钱，总好一些的。"

叶有鱼都不知道周贻瑾是什么时候离开的。

一路上，冬雪几次要跟她说话，都被她挥手打断。

那个有些沉的盒子就放在车内，搁在她身边。

昌仔交代得仔细，车夫们把车赶得很稳，但走着走着，叶有鱼还是忽然想吐。

眼看吴家大宅已在眼前，叶有鱼忽然叫道："停车！"

昌仔忙叫："停！停！"

叶有鱼直冲出来，扶着冬雪，在路边墙角吐了起来，吐出来的都是酸水。

冬雪有些着急，连叫："姑娘，姑娘！"

昌仔也觉得叶有鱼这吐得有些不寻常，急得团团转。

叶有鱼连呕了七八次，除了酸水，没吐出什么东西来，却把满脑子的昏昏沉沉给呕了个明白。

忽然之间，她脑子一片清明，站直了身子，望着近在二十余步外的吴家大宅的天空。

进了那个宅子，她就还是吴家的三少奶奶，而手中捏皱了的书信，则能让她远离这个灾祸的旋涡——是的，叶有鱼已经猜到吴家必定大难将至了，吴承鉴的一纸休书不是恶意，而是一片好心。然而她看着休书，心中却没有庆幸，反而感到无比难受！

"姑娘？姑娘？"

冬雪的叫唤把她拉回神来。走向马车的几步路间，叶有鱼脑子飞速旋转。在一脚跨入车门的刹那，她忽然下定了决心。

就在车轮刚刚转动的那一刻，叶有鱼道："掉头，我要再去见见周师爷！"

第八十六章

破　　执

叶有鱼去而复返,颇出周贻瑾意料,但他看见叶有鱼一双眼睛十分明亮。她的这副神态周贻瑾并不陌生,两人第一次在承露园见面时,她就是这样子。

叶有鱼进了小楼,连冬雪都不带进去,开门见山道:"贻瑾兄,我们好好说说眼前的事情吧。"

周贻瑾听她连对自己的称呼都变了,虽然还是刚才的样子,但整个人的气势完全不同。

"你有身孕,"周贻瑾道,"太过劳神对身子不好。"

"我之前就是因为听他的话,所以尽量不多想。"叶有鱼道,"可你觉得我现在还能顾忌这个吗?"

周贻瑾轻轻一叹,道:"跟我来吧。小心点。"

他护着叶有鱼上了阁楼。这时是大白天,阁楼上并不暗,但气氛还是显得很压抑。

周贻瑾拿了个软垫子,扶着叶有鱼坐好了,才道:"你想问什么?"

叶有鱼掏出那封被自己捏皱了的休书,说道:"你们山穷水尽了,是不是?如若不然,他……依他的性子,不会做这样的事情。"

周贻瑾知道骗不了她，亦不再隐瞒："是。而且事情比原先预料的更加险恶。"

叶有鱼问："究竟是怎么个险恶法？"

周贻瑾道："放在兴成行秘仓中的那批红货，会牵扯出一桩祸事，对吴家来说，那是灭顶之灾。我们之前虽然有所准备，但有些事情出乎意料。目前来说有几个难题无法解决，所以昊官得做最坏打算。"

叶有鱼道："那批红货，真的是大内的'赃物'？"

周贻瑾道："你一定要知道？"

"是！"叶有鱼道，"不然休书我会撕掉，真出了事，我便死在吴家。"

周贻瑾皱着眉头，知眼前这个人不是普通的弱女子，说到定能做到，轻叹了一声，道："是。"

叶有鱼道："而这批赃物，经了和珅的手？"

周贻瑾点头："是。"

叶有鱼道："事情被蔡师爷那边知道了。他要借此把和珅拉下水，而昊官就是他攀扯和珅的那团烂泥；那批红货，则是证据。"

周贻瑾道："是。"

"就算是这样，"叶有鱼道，"也还未必就是死局啊！昊官进去之前跟我说过，他觉得和珅暂时还倒不了，所以就算蔡师爷那边再怎么逼迫，只要我们这边……"

"这个局是和珅安排的。"周贻瑾打断她。

叶有鱼怔了怔："啊？"

周贻瑾道："这是个局中局，眼前的局面，是和珅放纵而成的。"

叶有鱼刹那间心思百转——由于消息来自周贻瑾，她不用去考虑消息源的真实性，直接进入因果思索——两三弹指的工夫，她便想明白了关键点，身子一晃，坐都坐不稳，赶紧用手支撑住了。

周贻瑾便知道她已经想明白了："都说了，让你别多想。"

叶有鱼却不愿意听这话，摇了摇头，让周贻瑾暂时别说话。她低了头思考了好一会儿，才算把这些消息给消化掉，抬头道："所以现在……是两边催逼？"

"是的。"周贻瑾道，"我们对朱帝师那边，不能说真话；对和中堂那边，不能不应承。所以现在是两面受压。"

叶有鱼道："如果我们对蔡师爷那边，揭破和中堂的密谋……"

"昊官马上得死。"周贻瑾言语中透着冰冷之气，"我师父至今显得稳如泰山，显然不知道刘全已到广州且见了昊官。由此可见，现阶段和中堂对各方的控制力，不是朱帝师能比的。在广州都这样，只怕京城之中，双方实力的对比更大。"

"那如果我们顺着和中堂的意……"

"昊官一开始就不看好朱帝师的倒和密谋，所以从来没打算与之合作。"周贻瑾道，"但是和中堂的变天企图，昊官也不看好。昊官认为，就算我们全力以赴地按照和中堂编的戏走，到了最后，也未必能过得了太上皇那一关。"

叶有鱼忽然想到了吴承鉴的那句话："不是押和珅……我押的，是太上皇。"

这时周贻瑾道："这判断是昊官下的，而我觉得他的判断没错。"

叶有鱼道："那如果真如昊官所料……"

"那么这场宫变之争，可能会不了了之。"周贻瑾道，"但是神仙打架，小鬼遭殃。神仙们随时可以和风暖雨地转身言和，可掺和此事的吴家，将不能幸免。区区一介商贾，正是各方用来迁怒的最佳对象。那时候，太上皇要吴家死，新皇上那边要吴家死，和中堂那边为了自保，也会弃卒保车。"

叶有鱼默然了。

周贻瑾道："现在你都明白了吧？事情发展到这个地步，昊官跟我都已经回天乏力。如今兴成行的秘仓有重兵把守，我们对那批红货什么都做不了。除非有大运气，让上苍降下天雷，一把天火把兴成行给烧了，否则，我们就只能在这里等死了。"

叶有鱼抬起了头，透过玻璃天窗，上头就是苍天，可是她从来就不相信苍天会厚待自己。

周贻瑾道："前因后果，你都已经明白了吧？"

叶有鱼点头。

周贻瑾道："既然已经清楚，那就回去吧。你是个聪明人，知道了局势，或者能想办法自保。我们这边无法幸免了，但还是希望你有机会好好过日子。"

叶有鱼道："你们？你不走？"

周贻瑾唏嘘了一声："我不想离开了。北京那次的事件，如果不是吴官，我早已生无可恋。这一次又是这样，我再独个逃走也没意思。而且吴官待我如手足，我便视他如腹心。世界上有失去了心肝脏腑还能活的人吗？"

叶有鱼道："你们是手足……是腹心……那我呢？我算什么？"

周贻瑾怔了怔。

"我是他的妻子啊！"叶有鱼拔高了声音，道，"如果我是一个侍妾，倒也好办。但是，贻瑾兄，我是他的妻子啊，我是他吴承鉴的正房妻子、吴家的三少奶奶，而且还是身怀六甲的三少奶奶！你和他是情同手足，我和他却已经血脉相连——若说这个世界上第一个有资格跟他共生死的人，难道不该是我吗？"

周贻瑾看着叶有鱼，良久才道："你……你果然是真的喜欢他。"

叶有鱼怔了怔，仿佛被人窥破内心般，一时有些慌乱，不自觉地掩饰道："喜欢不喜欢他，我已经不想了。但……但我不能就这么走。再说，这个乱局真到了图穷匕见时节，贻瑾兄，你认为靠着一封休书真的就能保得住我？"

周贻瑾沉默了。

"贻瑾兄，请你安排一下吧。"叶有鱼道，"我要再见他一面。"

"何必呢？"周贻瑾道，"就算你心中还喜欢着他，或者是喜欢过他，但局势如此，再见何益？"

"与局势无关！"叶有鱼道，"有关系的，是我们夫妻间的事情！"

周贻瑾眼神一闪："嗯？"

这一次，叶有鱼不再闪躲，目光也坚定了起来："我是他的妻子，他是我的丈夫，不管最后是生是死，我们两个的事情，必须得我们两个当面说明白！"

"师爷，周师爷那边说，吴家的三少奶奶，想再见吴承鉴一次。"

蔡清华皱眉："这不才见过？"

"周师爷说，方才那位吴家三少奶奶没劝动吴承鉴，路上想到了些事情，就决定再去劝一次。"

蔡清华微一沉吟，挥手道："行吧。"

广州旗城。

这是一座城中城，是"大清驻防广东满洲旗城"。

虽然说是城，但这座城初始的设定不是一座城市，而是一座军营。因为要长期驻扎，不可能有男无女，所以将家属也容纳进来，但在很多方面仍然摆脱不了军营的痕迹。

城内的旗人，男儿生下便是兵，女儿则不外嫁。旗城之内生活单调，因为这就是一座扩大化了的、变异了的军营。城中不准设妓院，不准做生意，所以城中旗人，不种地、不经商、不做工，全靠皇粮养活着。

旗城之中，自有一套独立的法律体系，广东最高司法长官也管不到这里。就算是当日朱珏发飙，要震慑那些阻碍他办案的旗人，也只能说拿下后押给广州将军处置。

按律例，汉人是不准进入旗城的。所以哪怕今天蔡清华得到了特许，走到这座自封自闭的旗城里头，也觉得自己的脚底下有些发虚。

这里是广州旗城镶黄旗的一个小院落。一个男子坐在那里，正半敞了胸口的衣服在纳凉——显然是很不习惯岭南地区的炎热。

等到蔡清华走近，这人才转过头来，一张长脸，颇现阴鸷。

第八十七章

交　心

"高大人。"蔡清华叫唤了一句。

眼前这人，正是刘全口中的高佳氏广兴。蔡清华刚刚认识他的时候，他还是北京城里的一个破落户——高晋虽然是大学士，但儿子太多，落到行十二的幺儿手中的财产可没多少。当时的广兴在北京城里乱窜，见到什么门路都要遛几趟找机会。那时候他对蔡清华可奉承得很。

但今时不同往日了。

男子听了这句称呼，眉头就皱了，正色道："蔡师爷，我乃是高佳氏广兴，不是什么高大人。"

蔡清华怔了怔，忙改口道："广兴大人。"

广兴祖上本是汉人，便是到他父亲那一辈，也还是汉军旗的包衣。但到了他这一代，既然抬了镶黄旗，他就很忌讳别人口中不大准确的称呼。其实正身旗人，反而不很在乎日常的称呼了：比如和珅自然不是姓和的，但如果有人称其和大人、和中堂，和珅也不会在意。反而是广兴这种新近抬旗的，在某些场合很刻意地在乎了。

"坐吧。"广兴摇着蒲扇，随手指了指身边的板凳，又忽然道，"刘全到广州了。"

"啊？"屁股刚刚沾到板凳的蔡清华几乎就要站起来，但还是坐下了。

"哼，他以为我不知道呢。"广兴说，"广州这边，没见他的身影，估计还是有人没眼色，给他打掩护呢。"

蔡清华道："原也料到和珅会派人来，却没想到会来得这么快，来的还是刘全。"

"那又如何？"广兴冷笑，"我们放着吴承鉴在广州府，而不是关进总督府，不就是要让各方势派的人有机会去见他吗？这不也是你的主意吗？"

"不错。"蔡清华道，"那批赃物如今是在我们手中。但只凭那一堆东西，弄死吴家绰绰有余，但要攀上和珅，还不够。所以我们得放开一条口子，让吴承鉴能够与外界接触；只要他们接触了、做事了，就一定会留下痕迹；留下的痕迹越多，对我们就更加有利；到最后甚至能掀出我们都想不到的波浪来。我就料定了只要有机会，对面的人不会放过的，如今看来果然如此。"

蔡清华是个老师爷了，处理过不知多少刑名要案。有许多案子本来破绽不多、证据不足，却总是在办案的过程中，相关者会忍不住去干预、阻止，甚至毁尸灭迹，结果却又总是将线索弄得越来越多。最后只要主审官能够秉持公心，几乎就没有破不了案的，而且每一次都会牵涉出更大的幕后来，无一例外！

"刘全既然来了，就一定跟吴承鉴说了什么。"广兴道，"或许是利诱，或许是逼迫。"

蔡清华点了点头："吴承鉴是去年才和刘全搭上的。这么短的时间，他不可能就成为和珅的心腹之人。所以和珅让他办事，多半是半告诉，半瞒着。所以如果我们当初就把吴承鉴押入死牢拷打，说不定他也真吐不出多少东西来。但经过这么一番波折，吴承鉴心里知道的事情就会越来越多。特别是刘全这一进去，肯定要跟吴承鉴说些什么。不管刘全是逼、是诱，还是胁，以吴承鉴的智慧，都一定能够猜到更多的东西。这时候我们再将他策反，他能吐露的东西，可就更多了。"

"希望这个姓吴的能识相吧。"广兴冷冷道，"那样也就能少了我们的许多麻烦。朱总督这里好做，我们这边也省去许多的手尾。哼！"

吴承鉴看见叶有鱼走进来，比周贻瑾见叶有鱼去而复返更加讶异。

"你还来做什么！"他烦躁地道，"快走，快走！"

周贻瑾送了她进来后，便合上了门，亲自守在外头。叶有鱼不急不缓地走进了牢间，说道："我孩子他爹不久就要被杀头了，我作为孩子他娘，怎么也得来送他一程不是？"

吴承鉴道："你说什么？！"

他何等智力，随即就猜到了，怒道："贻瑾他……他都告诉你了？他什么时候变得这样不分轻重！"

"不是他不知轻重，是我逼着他说的。"见吴承鉴转怒为讶，叶有鱼道，"所以，你是不是也该跟我说真话了？"

"有什么好说的？"吴承鉴冷冷道，"你我之间，本来就只是一场协议。现在吴家有难了，再给不了你需要的东西了，你也是时候离开了。"

"夫妻本是同林鸟，大难临头各自飞。"叶有鱼说，"更何况我们这对夫妻，连情义都算不上，这是连一张约纸都没有的默契。所以……你说得对，我本来应该头也不回地走的。"

"那你还来做什么？"吴承鉴说，"快走吧，你现在有钱有人，蔡清华也好，刘全也好，他们的眼睛都还没放在你身上。你这么狡猾，有机会逃脱保命的。"他顿了顿，又说："如果有需要，去洪门那边要几个人用。怎么要问贻瑾。"

叶有鱼的眼睛闪了闪："都这时候了，你还能调用洪门的力量？那你怎么不用洪门的力量来翻盘？"

"洪门的人，都是些鸡鸣狗盗，真遇到正规军队……"吴承鉴皱眉道，"你还问这些做什么！"

叶有鱼慢慢地坐了下来："因为我不想走。吴家的三少奶奶我当得正舒服呢，只要有一线机会，我为什么要放弃？就算能利用洪门的人，偷偷把我娘接出来，把我们娘俩送走，然后呢？我是到乡下做一个藏头藏脚的村妇，还是到海外做一个独在异乡的寡妇？我不想啊，还是不如待在广州，留在西关，又威风，又富贵。过个几年，说不定我还能弄一个诰命夫人当当呢。现在逃走的话，这些都没有了。"

吴承鉴冷笑了起来："还威风富贵？小心命都没有了。"

叶有鱼道："其实局势虽然凶险，但你和贻瑾心里还是有一线生机要翻盘的，我猜得对吗？"

吴承鉴怒道："我们翻不翻盘关你什么事！我让你滚！"

叶有鱼道："然而因为局势太过凶险了，所以翻盘的机会小之又小。这是九死一生之局。"

吴承鉴冷笑："你明知道九死一生，还想着事后的富贵？叶有鱼啊叶有鱼，你的心是不是被猪油蒙住了！"

叶有鱼道："既然九死之余，还有一生，但你也舍不得我跟你冒这个险。吴承鉴啊吴承鉴，你就这么关心我？"

吴承鉴忽然之间被噎住了。

叶有鱼道："除了我，你还安排了谁逃跑？老爷呢？大伯呢？嗯，老爷太老了，大伯病重，真离开了西关大宅，路上说不定就先熬不住了。那么大嫂呢？光儿呢？"

吴承鉴冷冷道："光儿我自有安排，不用你挂心。"

叶有鱼道："那么疍三娘呢？你安排好了没？你又是怎么安排她的？"

吴承鉴又噎了一下，随即道："我回头就让贻瑾安排……"

叶有鱼呆了一呆，随即哈哈笑了起来："你……你……你……你居然忘了她……这一次……你居然忘了……哈哈，哈哈！"

吴承鉴怒道："你笑什么，我只是一时忘了！"

"因为你'一时'忘了，所以才我笑啊。"叶有鱼眼睛里，笑得都带着泪水了，却一点都不悲伤，反而像是很高兴的样子，"行了，行了，就冲着你'一时'忘了她，却没忘了我，我决定留下来了。你生，我陪你一起生；你死，我陪你一起死。"

吴承鉴怒吼道："你疯了吗？叶有鱼，你疯了吗？"

叶有鱼道："你为什么这么生气？你从来都不是容易动怒的人，为什么今天这么容易就生气？你头脑发昏了是不是？因为你听说我要留下来，就急了是不是？"

吴承鉴吼道："我不知道你在说什么！"

"行，你不知道就不知道。"叶有鱼一手扶着腰，一手拉着牢柱，慢慢站了起来，道，"反正我今天来，就只是来告诉你这句话：我不会走的。九死一生而已，还未必就死呢。我叶有鱼比这更艰难的处境都熬过来了，不怕再来这么一遭。"

"比这更艰难的处境？"吴承鉴冷笑道，"你能遇到什么比这更艰难的处境？"

"当然有。"叶有鱼道，"被困在深宅后院，除了一个徒作安慰、无能为力的母亲，叫天天不应，叫地地不灵，每天的日子过得浑噩痛苦，还不知道自己为什么要活着，也不知道自己活下去能干什么。抬头看天，一片漆黑；低头看地，寻死无路……三哥哥，你从小千宠在身，所以不能理解——这种处境才是真正的艰难！"

吴承鉴听得一怔。

"至于现在……现在算什么艰难呢？"叶有鱼扬了扬下巴，说道，"我现在有个丈夫，一个怕我有危险，就像失了理智一样要将我送走的丈夫；我肚子里有个孩子，一想起我要把他生下来养大，我就满身都是勇气和决心；我还有朋友，原本是我丈夫的朋友，但我清楚他们愿意为我丈夫去做很多事；我还有忠仆——一个肯陪我度过最冷黑夜的丫鬟，一个肯为我大冷天里钻冰水的小厮；就是公公、大嫂，也都真心为我好。一个人身边这么多人陪着、帮着，那么就算明天天要塌下来，都不算什么艰难的处境了。"

这一番话，竟把吴承鉴说得呆在那里，一时说不出话来。

"这些都是你给我的！没有你的出现，我不会得到这些。"叶有鱼道，"也许在你看来这些没什么，但对我而言，这些东西万金难换！你口口声声说我们之间只是协议，那你看到我胸口的旧伤，你发什么怒？你一个日进千金的大富豪，亲自跑到南海给我调药做什么？初二带着我回娘家，那么刻意地给我出气，给我娘撑腰，这些是我们的协议里有的吗？堂堂十三行四大保商之一，当众给另一个还不如自己的保商的姨太太下跪，这也是我们的协议里有的吗？"

吴承鉴一张脸都黑了。

"三哥哥，你又生气了是不是？"叶有鱼笑道，"你不喜欢被一个女人看破自己的心思，所以你又生气了是不是？还是说，这些是你自己也不愿意承认的事情？"

吴承鉴"哼"了一声，不说话。

叶有鱼摸了摸自己的肚子："三哥哥，你觉得我这样的人，是因为一个协议就会心甘情愿地跟你行礼生孩子的吗？行礼的时候，我觉得你可都享受得很；有了孩子的时候，我看你都高兴坏了。"

吴承鉴已经把头偏了过去，不看叶有鱼。

叶有鱼道："三哥哥，你为什么不敢看我？是因为被我看破了你别扭内心中的不好意思，还是因为怕自己变心了，对不起疍三娘？"

吴承鉴怒道："谁变心呢！"

"行，行，你说没变心就没变心吧。"叶有鱼抹了泪水，笑道，"反正我今天挺高兴的。现在就出去和贻瑾商量一下该怎么办，然后我们会把你救出来的。"

吴承鉴怒道："你……你！我吴承鉴是什么人，要你一个女人来救！"

"是是是，当然不用。其实你自己早有谋划，很多事情都是做出来迷惑别人的，对不对？你送我走，只是以防万一。但其实你不用这样的。"叶有鱼道，"因为不管过程如何凶险，最后你一定会成功的。我叶有鱼不信天、不信神、不信命，但我信你。"

她说完这话，终于转身走了。

看着她已经走到了牢门，吴承鉴忽然道："站住！"

叶有鱼停了下来。

她转过头，只见吴承鉴的一双眼睛渐渐垂了下来，朝下看着地面。好一会儿，他的情绪才变得平静。

她就听他放低了声音，说："回来。"

叶有鱼扶着腰，缓缓地走了回来。

吴承鉴也不出牢间，隔着牢柱子，把叶有鱼拉近了，让她的头靠着自己的额，好一会儿，才低声说："刘三爷'出事'，是我布的局。"

"啊？"

"别说话！"吴承鉴继续低声道，"我和贻瑾对这事早有准备。我们盘算着各种最坏结局，做了种种提前打算，但有些变化，还是出乎我们的意料。我知道我拦不住你想事情。但我不想你把通盘局面都想清楚，全局思考太耗心神，虑多伤身。如果你还听我的话，如果你一定管不了自己要想，那就只想一点就好了。"

"哪一点？"叶有鱼问。

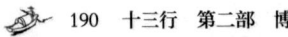

"那批红货！"吴承鉴道，"只有设法把那批红货神不知鬼不觉地取回来，或者毁掉，那我们才有机会脱险。你出去之后，如果管不了自己，就朝这件事情上想；如果想不出来就别勉强了，好好保胎。哼！我吴承鉴是被雷劈过，连和尚都夸我是知道前世今生的人。真到了北京，我靠着随机应变，也未必就死！"

这是成亲之后第一次两人凑这么近说话，叶有鱼什么都不言语，只是听着。

吴承鉴说完了这一通，才道："明白了吗？明白就点头。"

叶有鱼不说话，点头。

吴承鉴这才放开了她，道："去吧。"

叶有鱼点了点头，转身要走。

当她走到牢门边的时候，吴承鉴忽然"咦"了一声，跟着又叫道："喂！"

叶有鱼问道："怎么了？"

吴承鉴道："北冥有鱼，其名为鲲……我们是不是在卢九家的后花园见过面？"

叶有鱼猛地抬起手腕，让嘴巴咬住了手，唯恐自己要笑出来，眼角却一下子湿了，匆匆逃离了牢房。

第八十八章

天生一对

周贻瑾眼看叶有鱼咬着手走了出来,脸上泪痕未干,被手挡住了大半的嘴巴,嘴角却诡异地似乎带笑,目光闪了闪,似乎就猜到了什么,忽然道:"恭喜你了,得偿所愿。"

叶有鱼也没想到周贻瑾这么敏锐,正要说话,听得脚步声响起。周贻瑾眉毛抬了抬,他的听觉无比灵敏,又是熟识,就听出其中有蔡清华的脚步声,低声说:"我师父来了。"

叶有鱼"哦"了一声,脸色改了改,嘴角的笑意一收,但因为脸上带着泪痕,看起来就像有些悲泣,又是忧虑过度的模样。

跟在周贻瑾身边的吴小九是第一次见到这样的女人,心道:"哇!女人好可怕,这脸说变就变!"

角落那边转进来的,果然是蔡清华。他看了周贻瑾一眼,又看看叶有鱼,问道:"怎么样了?"

周贻瑾还没开口,叶有鱼道:"这位是蔡师爷吗?"

周贻瑾道:"是我师父。"

叶有鱼上前敛衽行礼,恭恭敬敬地道:"蔡师爷好。我是待审宜和行保商吴官的妻子。我丈夫……他……他是被人陷害的啊,他真的是一个好人啊。"

她一边说着，一边暗中给昌仔摆手，昌仔就半遮半掩地要往蔡清华袖子里塞红包。

蔡清华把叶有鱼的小动作都看在眼里，哪里不知道对方的意图？一推昌仔，喝道："这是做什么！"

叶有鱼慌忙把昌仔喝下去，又道："下人唐突了，蔡师爷见谅。"

蔡清华心道："又是一个自以为聪明的女流之辈！"

他从事师爷行当这么多年，见多了各种官家太太、富豪母亲。这些人在丈夫、儿子身陷囹圄的时候，都是叶有鱼这模样：不管案情如何，总是一边哭着丈夫、儿子冤枉，一边贿赂上下人等，企图就此脱困。

周贻瑾走上前来，隔开了叶有鱼，道："三少奶奶，你就先回去吧。蔡师爷是秉公之人，如果昊官真的无罪，他不会冤枉好人的。"

叶有鱼这才退后了两步。蔡清华见了叶有鱼这副模样，忖量着从她身上也问不出什么，就挥了挥手，道："既然看过了人，也劝过了，那就回去吧。"

叶有鱼道："蔡师爷，不管如何，我丈夫还请您多多照看。今日多有不便，但我们吴家是记长情的人，蔡师爷今日施恩，往后方便的时候，吴家一定会有所报答的。"

蔡清华一听，就知道这是在暗示说日后还会有孝敬奉上。他笑了笑，挥手让他们走。

周贻瑾道："三少奶奶是我请来的，理当由我送她回吧。"

蔡清华道："你留两步。"

周贻瑾应好，便跟叶有鱼打了声招呼。

叶有鱼又福了一福，这才三步一回头地走了。

蔡清华一声冷笑，用只有近在咫尺的周贻瑾才听得清的声音说："唯女子与小人难养也。容貌倒是第一流的，可惜仍然只是个妇愚之辈。这风度，可比花差号上那位差多了。"

周贻瑾道："富贵人家，娶妻不看风度，而是看门第、人品和嫁妆。至于人品才智嘛，有道是'女子无才便是德'。"

蔡清华哈哈一笑，随即目光转冷："昊官怎么说？"

周贻瑾道："刚才三少奶奶是自己进去的，也才出来。要不我随师父一起进去？"

蔡清华不耐烦地挥手，冷笑道："不必了，我自去见他！"

蔡清华遣走了周贻瑾，让心腹小厮把守在门外头，自己一个人进去。眼看牢间之内一片狼藉，他不由得笑道："怎么弄得这么乱啊。看来吴官还是少不得人伺候。"

吴承鉴似乎才注意到蔡清华入内，抬头站起来道："蔡师爷好。"

蔡清华道："吴官这牢房，住得可真是忙啊，人是见了一拨又一拨的。"

吴承鉴语气冷淡："这还不是蔡师爷你希望的吗？如果你想让我见不到人，当初直接把我押回两广总督府不就好了吗？"

蔡清华轻轻一笑，走进牢间，看着破碎的铺盖，说道："怎么弄的？听牢头说你还发疯了。"

吴承鉴不语。

蔡清华道："刘全来过了吧。"

他的语气，并没有什么询问的意思。而吴承鉴听了这话，也忍不住眉头一跳，但这等微弱变化，没能逃过蔡清华的眼睛。

"刘全这一来，想必你一定大受刺激了，要不然也不会忽然发疯。"蔡清华笑道，"或者说，原本是想装疯呢？"

"真是什么都瞒不过蔡师爷。"吴承鉴道，"只可惜，我现在就是想装疯，只怕也装不成了。"

蔡清华逼近了两步，道："我们就不绕弯子了。说吧，刘全跟你说了什么？"

吴承鉴不言。

蔡清华道："你不说，我也能猜到几分。左右不过是威逼利诱而已。不过吴官你是个聪明人，应该知道一朝天子一朝臣的道理。如今是嘉庆爷在位了，和珅就算权势滔天，这权势能保几时呢？你也是有家有业的人，又快要身为人父，就算不为自己考虑，难道就不为妻儿考虑考虑？"

吴承鉴依然沉默。

蔡清华道："好，我就再给你一天时间。到明天这个时候，若你还执迷不悟，就算我愿意放你一马，也有人会不客气。"

蔡清华说完就要走，吴承鉴忽然道："蔡师爷。"

"嗯？"蔡清华顿足，转身，却未走过来。

吴承鉴道："你们这么逼我，对你自己，对朱总督，甚至对皇上……真的好吗？"

蔡清华道："你这话什么意思？"

吴承鉴道："北京那边有人来了吧？叫什么来着？广兴？"

蔡清华眼睛猛地一眯，道："刘全的消息，倒是挺快！"

吴承鉴道："师爷您这边的消息也不慢。不过就算是为朱总督，或者是为嘉庆爷着想，蔡师爷是不是也考虑一下，靠着几箱红货，就想要动摇一个军机大臣的根基，事情真的行得通吗？"

蔡清华冷冷道："行不行得通，这不是你该考虑的事情；你该考虑的，是自己何去何从！"

他一个拂袖，道："我的容忍是有限度的，而且别人的脾气，比我更加不好。等广兴大人来了……那时候，很多事情不但由不得你，甚至由不得我了！"

周贻瑾借着送叶有鱼之名，坐上了那辆四轮马车。

广州是省城，还是天南重镇，所以道路修得还不错。等到出了西门口，走近西关街，道路就越来越好。

马车前面坐着吴七、昌仔，后面坐着吴小九。车轱辘的声音会干扰车内人对话的外传，但周贻瑾和叶有鱼之间说话，还是把声音压得很低。

周贻瑾上马车后不久就问："昊官怎么说？"

叶有鱼说："他已经给我交了底了。"

"嗯？"

叶有鱼伸手，竖起三根手指头。

周贻瑾便明白她说的是刘三爷。

叶有鱼道："不过我也不是什么都知道。因为昊官让我不要做通盘考虑。他说，如果有什么想帮忙的，就只在那个关键痛处下手——也就是那批红货。"

周贻瑾道："那件事情，我都没能解决。"

"尺有所短，寸有所长。"叶有鱼道，"或许我能帮上忙呢？"

周贻瑾迟疑了一下，终于道："这件事情，眼下有两大难处：一是我原本安排的两个重要人手——老顾和铁头军疤——都被盯住了，这等于废了我一手一脚；二是这件事情要做，却不能落下把柄，如果让人怀疑是我们做的，那这个烧毁证据的罪名，还是会落到昊官头上——这就让事情难上加难。"

叶有鱼道："只是被人怀疑也不行？"

"也不行。"周贻瑾道，"圣人治国从'心'不从'迹'。什么叫从'心'？就是说，如果太上皇、和中堂或者嘉庆爷、朱总督，他们都确信这事是你做的，那就算没有证据或者证据不足，太上皇也会觉得这个保商狡诈不可信，和中堂会觉得昊官背叛了自己，而嘉庆爷、朱总督那边，也觉得自己受了愚弄。只要他们心里认定了你的罪行，那就会在另外一件事情上找你的麻烦，最后还是一个'死'字。"

叶有鱼道："如果是这样，那事情还能怎么做？没法做啊。除非真的如你所言，天上落下惊雷烧了兴成行，那样才能推托是天意。"

"其实我隐约有一个思路的……"周贻瑾道，"就是要做得让人不大敢相信昊官敢这么干。那样的话，虽然也未必能彻底打消那几位上位者的疑心，但也能让事情告一段落。"

叶有鱼问道："怎么做？"

周贻瑾道："兴成行的仓库，似乎有一条密道。而且这条密道，绿营的那帮蠢货似乎还没发现。只是怎么样才能得到密道的所在，而且还要让叶大林在此事上保密——这件事情，我一时想不到办法。"

叶有鱼沉吟道："如果真有这条密道，我倒是有办法弄到手，但就算弄到了手又能怎么样？从密道里把'红货'偷出来，这不大可行啊。"

"得到密道之后怎么用，暂且按下。"周贻瑾说，"你刚才说，你有办法弄到手？"

叶有鱼审慎地点头，便低声说出几句话来。

周贻瑾听了之后，上下看了叶有鱼一眼，忽然道："你和昊官，果然不是一家人，不进一家门。"

叶有鱼"嗯？"了一声，颇为不解。

周贻瑾"嘿"了一声："你们啊，都是坑死人不眨眼睛的，真是天生一对！"

第八十九章

再　谋

叶有鱼被周贻瑾那般调笑，一时不知道自己该恼怒还是该高兴。她看看马车已经出了西门口，便压下情绪，问道："可行吗？"

"不仅可行。"周贻瑾道，"你这么一来，可把我的第一个难题也顺带解决了。"

"嗯？"

周贻瑾道："就按你刚才说的办。不过我们不仅要兴成行的密道，还要要多一个人。"

"谁？"

周贻瑾把声音压得更低了："叶忠。"

叶有鱼脸上闪过一丝讶异之色，道："忠叔？"

周贻瑾道："你跟叶忠的关系不错吧？"

叶有鱼道："忠叔他……待我很好、很好。我还在叶家的时候，有好几次都多亏了他照拂，否则我走不到今日。特别是被软禁在承露园那一次，如果不是忠叔，我连你也见不到的。"

"叶忠的确是个有情有义的人，而且做事相当靠谱。"周贻瑾道，"我听老顾说，叶大林救过叶忠他爹、他自己、他孙儿，一共三条性命，所以这些年不管叶大林要干什么,哪怕是伤天害理之事情,甚至就是让他去死,叶忠都不会说个'不'字。反过来说,我们如果要使唤他,就得叶大林开这个口——你明白了吧?"

叶有鱼道:"好,我知道怎么做了。只是……有了那条密道,还有忠叔,真的就能办成你所说的事情吗?"

"不知道……"周贻瑾道,"三分天注定、七分靠打拼——这是他们福建人的口头禅。天注定的那三分且不想,现在先把打拼的事情做了再说吧。待会儿我送你回去之后,我们就不要再见面了。你这边自去行事。嗯,我也该往潘家园跑一趟了。"

叶有鱼有些奇怪:"潘家园?跑潘家园做什么?"

"要跟潘有节讲讲。"周贻瑾道,"他也该出一出头了。"

叶有鱼还有许多不明白的地方,然而想想吴承鉴让她不要做全局考虑的嘱咐,她还是压住了好奇没问。

不久马车就到了西关街,后又到了吴家大宅门口。吴六出门来接,周贻瑾便算把人送到了。

他要离开的时候,忽然道:"有关你成亲之前的一些事情,如果以后有机会,你可以问一下老顾。"

叶有鱼听得莫名其妙。老顾其人她也听说过,知道是公公手下的一个能人,和叶忠齐名的西关"老八将"之一,但和自己有什么关系呢?

然而周贻瑾没头没尾地说了这句话后就扬长而去了。

叶有鱼进去之后,便由吴六直接领到后院来。吴国英和蔡巧珠都在院子里等着了。

吴国英还算沉得住气,蔡巧珠问道:"怎么样了?"

叶有鱼道:"我也劝了,但昊官自己的主意拿得很定,我也不太知道他究竟听进去没。"

蔡巧珠叹了一口气,却也知道这个三叔的确是这个性子。

她还要再问详细些,吴国英已经挥手道:"好了好了,细家嫂有孕在身,也不要太劳累了。昊官那人你还不知道?他打定了主意的事情,谁能说得动他?若是他心里有了什么打算,就算是对我们,他也未必会说实话。"

蔡巧珠又叹了一口气，便与叶有鱼各自回房去了。

回到右院，蔡母正与碧桃帮吴承钧擦脸，见了蔡巧珠，屏退了碧桃，问："怎么样了？"

蔡巧珠道："阿娘，这些粗重事，以后交给下人吧。"

蔡母叹道："承钧病了这么久，我也没机会尽一尽丈母娘的心意，现在也就是给他擦个脸，这算什么粗重事？"

蔡巧珠才又说："有鱼今天去劝过昊官了，但昊官好像没怎么回应，不知道他到底做什么打算。"

蔡母道："如果昊官是有了主张，那我们也不用多口。他想得肯定比我们想得更周全，但他如果还拿不定主意，巧珠你可得听你阿爹的。一朝天子一朝臣，眼下还是投靠朱总督那边更合适。长久来说，也是忠君之臣更可依赖啊。有机会还是要劝劝昊官。"

蔡巧珠点头称是。

第二日，她便想要再去给吴承鉴送饭，再劝他一劝。吴六听说了她的打算，劝道："大少奶奶，三少的为人你比我清楚。他既然说了您别再去送饭，您要不就别去了，还是我去吧。"

蔡巧珠才打消了念头，便让吴六去，又细细叮嘱了一些琐碎事，比如如今夜里有时候忽然转冷，要看看吴承鉴的铺盖够不够用等等。

吴六笑道："大少奶奶，昊官现在都成亲了啊。这些琐碎事，我想三少奶奶那边应该会想到的。"

蔡巧珠失笑，吴家老太太早逝，吴承鉴又晚婚，这些年来他兄弟二人生活上的事情都是她料理着，一时竟然忘了三叔已经成亲："也是，都忘了他娶媳妇了。"

吴六便去给吴承鉴送饭，中午前就赶了回来。蔡巧珠循例问了一声，却见吴六神色有些凝重，便屏退丫鬟，问："阿六，怎么了？"

"大少奶奶，事情有些不对劲。"吴六道，"我去了牢房，听牢头啰唆，似乎前天晚上昊官发了疯。后来周师爷去了一趟，昊官便不疯了；之后三少奶奶又去了一趟；听说蔡师爷也去了。这两日昊官的牢房人来人往的，应该是出了不少事。"

蔡巧珠的心也是沉了一沉。

吴六又说："还有，昊官的牢房里，茶几都缺腿了，角落里堆了好些碎瓷片，铺盖都坏掉了，稻草散乱着——虽然收拾过，但还是有好些痕迹。我试着问了一声，却被他瞪了回来，就不敢再问。大少奶奶，要么是昨天，要么是前晚，一定是发生了什么大事。"

"这……"蔡巧珠喃喃道，"若是这样，三弟妹昨日怎么什么也不说……"

吴六道："会不会是昊官嘱咐了莫说，免得家里担心？"

"倒也有可能。"蔡巧珠点了点头道，"只是……阿六，你去左院溜达一圈，打听打听，记住可别惊动了老爷。"

吴六答应着去了，过了有一顿饭工夫才回来，对蔡巧珠说："三少奶奶不在，吴七也不在，似乎出门去了。"

"这时候出门？"蔡巧珠皱了皱眉头，"去哪里了？"

吴六的小机灵不如吴七，但办事也是很靠谱的，不会等蔡巧珠问起才又去办，早想到做了："三少奶奶出门前，有让春蕊往后院报说了一声，道是昊官交代了点事情，让三少奶奶往叶家去一趟有点事情。老爷那边回了声好，也没多问。然后三少奶奶就出门了。"

蔡巧珠听了这话，心里忽然有些空落。

吴六又道："三少奶奶这次出门，排场不小，阿七、夏晴都带着，右院那边的丫鬟、小厮只留了三四个看家，其他都跟着去了。"

叶有鱼自称是应吴承鉴的要求回一趟娘家，又禀过了家公，放在平时也是挑不出什么毛病的，但如今正值非常时节，叶有鱼的娘家又不是寻常人家——叶大林毕竟刚刚出卖过吴家。这趟回去肯定是有所为而往。这么大的事情却不跟自己商量一下，蔡巧珠的心里难免就有些不舒服。

然而她素来贤惠，这点小情绪倒也消化得了："罢了，应该是有什么事情的。多半是昊官的安排。"

她这么说，其实也是排解自己，然而忽然又想到在这个家里头的同辈之中，以往与吴承鉴最亲密无间的乃是自己。如今吴承鉴却瞒着自己，让叶有鱼另外行事。虽然夫妻比叔嫂亲密乃是世间通理，这个理她也清楚，但这场变化来到的时候，还是让她略微感到失落。

"大少奶奶，"吴六道："要我去找下阿七，看看到底怎么回事吗？"

"不了。"蔡巧珠有些怏怏地道，"且随他们去吧。"

疍三娘自吴承鉴出事那天起，便开始吃斋，每日三炷香，祷求观音菩萨、妈祖娘娘保佑吴承鉴逢凶化吉。

今天起来之后，她又上了三炷香，诚心祷告着："信女疍三娘，叩首祈求观音菩萨、妈祖娘娘，我不求自己福寿，但求他能平平安安……"

她正想对菩萨诵一卷经文，忽然外头出了些动静，便停了下来，问道："碧荷，怎么了？"

碧荷的气息都有些古怪："姑娘……来，来……来了个客人。"

疍三娘道："这时候花差号能有什么客人？"

"是……"碧荷道，"是吴家的三少奶奶。"

第九十章

夺　船

蛋三娘大感意外。

她和吴承鉴的关系不说满城皆知，至少西关街的人都清楚得很。虽然她和吴承鉴认识在前，吴、叶联姻在后，但就世俗眼光来看，她蛋三娘也只是一个外室，叶有鱼那边才是正房少奶奶。

这花差号是蛋三娘的，也算是蛋三娘的一块自留地吧。但在世俗眼中，却也算是吴承鉴的——至少当初是吴承鉴从私产中提出来买的，不算是宜和行的公家产业。叶有鱼接手了吴家宅务，要插手吴承鉴的私产问题，在旁人看来也是再自然不过的事情了。自吴承鉴成亲以来，那位三少奶奶都好像不知道花差号的事情一般。然而今天叶有鱼忽然来了，这也难怪碧荷要紧张。

"不用紧张。"蛋三娘道，"走，我们接一接贵客。"

她与碧荷一前一后走到外头，只见偌大的甲板上站了两排人，有男有女。男的是吴七打头，女的是夏晴领班，正是吴承鉴房中的男仆和丫鬟，加起来足足十六个。

碧荷看着这排场，心道："这算什么？趁着吴官不在，跑到这里来摆大婆的排场吗？"

那月季扎成的鸟笼前，又是一对丫鬟、小厮——正是冬雪和昌仔，但碧荷都不认识——拱卫着一个女子，看装束就知道应该是那位吴家三少奶奶了。

冬雪叫道："三少奶奶，来了。"

叶有鱼这才转过了身来。

去年吴、叶成亲的时候，两人曾隔船互望，但就近见面，这是第一次。

疍三娘一见她，心道："吴官好福分，娶了这样好一房媳妇，我……我应该替他高兴。"说是这样对自己说，心里却有些发苦。

叶有鱼心里却想："这般风度、这般韵味，怪不得他挂在心头这么久。"虽然她今天是来办正事的，却还是忍不住心里酸酸的。

她走上来两步，疍三娘也迎了过来。叶有鱼敛衽道："姐姐好。"

疍三娘连忙还礼："不敢，三少奶奶好。"

叶有鱼今天是要来做一件无礼之事的，所以才要搞出这么个排场。如果疍三娘拒不合作，或者咄咄逼人，叶有鱼还好受些，然而见她态度谦卑，心里反而有些不忍。叶有鱼心道："今天要做的事情，回头让他知道，他多半要生气的。多说不如少说，要恨就让人恨去吧。"

她便开门见山，道："姐姐，你我虽是初见，但近期吴家的事情，姐姐耳目灵敏，想必也是清楚的。所以我今日上花差号来，乃是无事不登三宝殿。"

疍三娘听她说得直接，反而有些担心是不是吴承鉴有什么不好的事情了，忙道："三少奶奶不用客气。有什么事情，还请直说。"

叶有鱼道："我有件事情要办，得借这花差号一用。"

碧荷一听，差点就要跳起来了，怒道："这……你什么意思！"

却已经被疍三娘按住了。

碧荷叫道："姑娘，人家这是趁着吴官不在，欺上门来了！"

去年吴家大难临头之际，疍三娘曾提出要卖船纾难，但事情由疍三娘提出来是深明大义，由吴家三少奶奶提出来那就是另外一层意味了。

疍三娘喝道："住口！"她与碧荷情同姐妹，说话可很少有像今天这样大的声调。

碧荷一下子委屈得眼睛都红了。吴家的下人里头，秋月管着的丫鬟，心里就想这位三少奶奶好厉害，趁着吴官不在，直接带人踩上门来掀外室；昌仔、冬雪虽然不大明白自家小姐要做什么，然而总之帮着自家主人就是；夏晴与叶有鱼颇交过几次心，不免有些奇怪她这时的作为；吴七眼睛看着鼻子，就像什么都没看见。

疍三娘勉强笑了笑，说："这花差号，虽然昊官指了给我，但说起来到底是吴家的产业。三少奶奶要用，拿回去便好，说不上一个'借'字。"

叶有鱼见她如此谦退，心里更不大好受，然而此刻不是心软的时候。她需要满西关都认为她是个厉害恶毒的正房，但有些话无法明说，便只是道："那多谢姐姐了。"

她竟然就这般坦然接受了。

疍三娘也不禁有些意外。碧荷怒气攻心，一张脸都憋红了，戟指着叫道："你……你……你……"

叶有鱼仿佛没看见碧荷一样，自顾自说道："姐姐深明大义，有鱼感念不已，只是事情有些急，能否就请姐姐……收拾收拾？落脚的地方，我这边已经替姐姐找好了。"

听她不仅全不推辞，甚至还当场逐客，两句话说得客气轻巧。但她越表现得平淡，这一边的丫鬟、小厮，那一边的水手、渔民，全都暗中觉得这个吴家三少奶奶口蜜腹剑。

碧荷已经气得浑身发抖，叫道："姑娘，姑娘！"

她希望疍三娘无论如何，今天至少要挺身斗一斗，就算斗不过，至少也不能这么窝囊——何况花差号这么大，丫鬟、仆役人数众多，叶有鱼就算带了这么些人上来，在人数上也是不占优的——再说花差号的船契也是疍三娘收着呢，只要她愿意奋起一击，未必就得白受欺负。

疍三娘的心里也是难受。她刚才虽然表示愿意退让，可叶有鱼不但要她走，还要她马上就搬，这就有些太咄咄逼人了。

她毕竟曾是神仙洲花魁之首，一股傲气还是有的，在欢场与人争斗多年也没输给谁过，胸中一口气一提，就要反击——以她多年历练出来的口才，这时出口未必就会落了下风。

然而话将出口，她忽然看见了叶有鱼一身少奶奶的装束——这是广州正经富贵人家标准的配饰——马上就想到自己与对方的身份区别来，不由得心里一阵酸苦："我何苦呢，我何苦呢！我这会儿就算斗赢，我又算个什么？平白是一个外室吵赢了正房，传出去也是被人笑话。"

和十多年来自强不息的叶有鱼不同，疍三娘美丽善良的背后，其内心深处总是藏着一股深深的自卑。

她身子晃了两晃，扶着碧荷，终究还是没发作，忍耐着点了点头，道："好，我……我这就去收拾……"她忽然一声苦笑："其实也没什么好收拾的，也就是带几件换洗的衣服。碧荷，你……去帮我收拾几件衣服吧……"

碧荷没想到三娘竟然就这样放弃了，登时号啕大哭了起来："姑娘！"

疍三娘叫道："去啊！"

碧荷顿了顿足，掩着满脸的泪去了。

叶有鱼见她主仆二人反应如此之大，愧疚更深了些，然而对方既然愿意退让，这会儿她就不想多生枝节。她行了一礼，道："委屈姐姐了。"

在旁人眼里，吴家三少奶奶行的这个礼宛若胜利者的嘲笑。

"不必！"疍三娘毕竟是在神仙洲经历过风浪的人，只这么一会儿，心就定了下来，脸色变冷，语气也淡，"物归原主罢了。"

疍三娘是个极其自卑又极其傲气的人，说收几件衣服，就真的只收了几件衣服，然后就带了碧荷，坐着疍家的渔船走了——吴承鉴送给她的无数好物，包括这花差号的船契，以及无数黄金白银、珍宝首饰，全都没带走。

她们主仆两人走了之后，冬雪要进房去察看，叶有鱼却下令将三娘的舱房封了起来，一丝一线都不准动。

吴承鉴是白鹅潭的风云人物，疍三娘更是神仙洲的花魁传说。结果前几天吴承鉴刚刚进去，今天他的正房少奶奶就踩上花差号，从疍三娘手中夺走了这座海上花园。

消息一传出去，整个神仙洲就都炸开了。

这么一场大戏，就算没人亲眼见着，光是听一耳朵也能叫人热议三个月。

这神仙洲本来就是粤海地区的消息集散地。没一会儿工夫，吴家那位三少奶的底子也给人扒了出来。众人不仅知道了这位三少奶奶不是嫡出，甚至还知道了当年的一些隐事，包括叶大林的正房马氏如何趁着叶大林不在，直接踩上门去作践叶大林宠爱的外室，而被作践的那个外室，又恰恰正是那位叶三小姐的生母。

"这真是厉害啊！"便有神仙洲的欢客说，"原来是家学渊源啊。只不过奇怪得很，这位吴家三少奶奶，学的不是生母的手段，竟然是嫡母的手段。"

便有人搭腔："这你就不懂了。但凡这些庶出的子女，小时候受了什么欺负，长大以后，如有机会，往往都要找个对象报回来的。这样才能一舒胸中之气。而且报复别人的手段，往往会像极了当日欺负他们的人。这就叫当初受欺者，今成欺人人。"

这人说的倒是世上常见之事，因此周围的人听了纷纷应和："有理，有理！"

神仙洲毕竟是吴承鉴的主场，里头不免有帮着吴承鉴的人——因心里帮着吴承鉴，就不想吴家的少奶奶名声太难听——便想着要帮忙撇清："话说，人家吴家正出大事呢，忽然来要了这艘大船去，也许是要办正事呢。"

"办什么正事！"便有一个知情人笑道，"那位吴家三少奶奶，夺了花差号之后，你猜怎么着？"

"怎么着？"众人纷纷询问。

那知情人笑道："她夺了这花差号不久，她的几个兄弟就先后上了船。之后花差号上便传出靡靡之音，神仙洲最好的那两个顺德厨子也都被叫了去。现在花差号上酒池肉林，叶家的几个兄弟，在上头花差花差着呢。"

这下子，连那些心里想偏帮的人，也都觉得这位吴家三少奶奶没法洗白了。

只半日工夫，半个广州府就都知道这事了。

不但吴家、叶家都晓得了，甚至连关心吴家动态的两广总督府那边，蔡清华也听到了这个事。他听了之后，不由得冷声一笑："妇愚之愚，妇愚之愚！"

他与外头的吃瓜看客不同，乃是深了吴承鉴一案的知情人。眼看吴家倾覆在即，他的正房太太还趁机去掀了丈夫的外室。"女人之愚蠢，当真愚不可及！"

然而他毕竟是要做大事的人，只摇头冷笑了两声，便将此事给放下了，不再理睬。

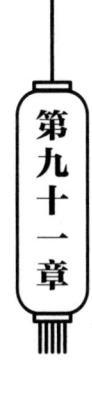

第九十一章

逼　父

吴家那边,自然也很快就收到了风声。

蔡巧珠刚刚听到消息的时候,喝下的一口水当场呛了出来。碧桃在旁边不停给她拍背脊顺气,好一会儿才算缓了过来。她问吴六:"这……这事是谣言,还是有几分真切?"

吴六一时不好回口。

蔡巧珠道:"说!说啊!"

吴六憋了好一会儿,才道:"外头传的这些话,几乎……是真的。"

"这,这不可能啊。"蔡巧珠道,"有鱼是什么样的人……这……"她要为叶有鱼辩驳几句,却忽然觉得,这几日叶有鱼的行踪实在有些诡异,什么话都不跟自己交底。再一细想,自己和这位妯娌其实相交也并不深。

虽然叶有鱼入门以来规行矩步,办的几件事情也都很合她的心意,但所谓知人知面不知心,谁知道先前那些是不是暂时装出来的?

粤语俗话"初归新抱、落地孩儿",指的便是新娶进门的媳妇,婆家要好好调教,这是做婆婆的责任。现在吴家老太太没了,长嫂为母,这也就是蔡巧珠的责任。

想到这里,蔡巧珠不禁有些后悔起来。叶有鱼成亲以来,自己就直接把她放在了河南那边，让她独掌大权，没有好好地教导她吴家的家风规矩。自己这么做是不是错了？

吴家自老爷子创业以来，可从没出过这样的丑事啊。

"阿六，"蔡巧珠道，"你可别是道听途说。这事关乎三少奶奶的名声啊。"

世人对男人的宽容程度与对女人不同。吴承鉴在神仙洲怎么胡闹，去年一个力挽狂澜，便让人都觉得他是浪子回头的好男人了，甚至觉得他的做派乃是一种风流，甚至半条西关街的豪门小姐都愿意嫁给他了。

可是叶有鱼就不同了。她一个怀着身孕的女流之辈，不在家里好好待着，却在丈夫锒铛入狱的当口，趁机跑去掀了丈夫的外室——这叫好妒；又当场把人逼得净身下船——这叫刻薄；收了花差号以后，又拿了这艘大船去招待娘家兄弟——这叫吃里爬外！

好妒和刻薄都已经不是什么好名声了，公然拿着夫家的好物去补贴娘家，这可就是闺门大忌。前两条只是被人戳脊梁骨说闲话的，后一条被吴家的宗亲们知道，怕是要上门干涉过问的。

吴六讷讷道："这……别人是道听途说，我不能啊。现在那位置家的花魁，都已经搬到义庄去了。还有叶家的几位少爷，如今全在花差号上饮酒作乐呢。这事……没得假的。"

蔡巧珠也知道吴六在家中仆役是什么地位，他是连吴七肚子里的秘密都能掏出来的人。自家出的事情，欺瞒不过他。那么有关叶有鱼的传闻，看来是真的了。

"去，去！"蔡巧珠叫道，"去把三少奶奶给我叫来，我要好好问问她！"

吴六道："现在去？"

"当然是现在去！"蔡巧珠道，"外头的事情，我可管可不管，但是内宅的事情，我可不能不管。"

事情虽然发生在花差号，但就事件性质来说，是吴家的内宅之事。

吴六道："可三少奶奶还没回来，可能还在花差号上吧……"

"那就更不像话了！"蔡巧珠生气了，她很少这样动怒的，"如果是吴官在花差号上开宴陪大舅子小舅子，胡乱闹一闹也就算了。她是吴家的媳妇，去夺了外室的船，然后给娘家兄弟花天酒地？这话传出去，吴家的家风脸面都别要了。去！去！现在就去找人！"

吴六亦觉得大少奶奶这话有理，便带了两个人，赶往白鹅潭——上花差号是要坐船的。

吴家自己就有船，但吴六偏生一艘也调不到。他一时着急，没工夫去找掌柜们理论，便让人拿了银子去码头雇船。

谁知他这船也雇不到，好不容易找到了一个认识的老船夫，来了之后对吴六说："六小哥，那花差号啊，听说叶家的几个少爷上去后就已经起锚了。现在也不知道往哪里泊去了。"

吴六道："不管往哪里泊，白鹅潭能有多大，你载了我去找。"

那个老船夫面有难色。

吴六道："怎么了？"

那老船夫才说："昊官有吩咐，说是要用花差号款待款待几位舅子，这两日不许人去打扰了兴致。我们要是这会儿载了您上花差号，回头要被打断腿。"

吴六怒道："昊官怎么会有什么吩咐？我就是吴家的管事。我怎么不知道！"

老船夫说："那我不懂。反正有人交代了，不许我们摆渡过去。六小哥，你就别让我难做了。"

吴六心道："莫非是三少奶奶拿着鸡毛当令箭，假传了昊官的吩咐？"

本来吴承鉴只是宜和行一家商主，他的话也没法号令得住整个白鹅潭，但他既和刘三爷交好，他说出来的话，就有洪门背书。所以这些时日白鹅潭附近的渔民、船夫、苦力，对宜和行昊官的话都不敢轻违的。现在刘三爷虽然不知所踪，但吴承鉴与洪门的关系却未见大变，既然"有人交代"了说敢摆渡就打断腿，那就真的会被打断腿。

所以吴六又走了一圈，无论是自家的，还是外头的，竟然找不到一艘船能渡他去花差号。

"唉！"吴六心中暗叹，"三少奶奶这一番可做得差了，回头回了家里，可就更辩不清了。"

无奈之下，他只能先回西关禀报了。

更早一些的时候，几乎就在吴家收到消息的同时，叶家也听到了消息。

一开始叶大林觉得事情有些古怪，不大像叶有鱼的做派；而马氏那边则幸灾乐祸，在宅子里大骂那个小贱人果然不是什么好东西，这就原形毕露了。徐氏在迎阳苑则怎么都不相信有鱼会做这种事情。

再跟着，"叶家几个少爷上花差号花差花差"的消息也传来了——这个消息传到叶大林夫妇耳朵里可有些延迟了。因涉及宅子里的几位少爷，下人们一时不敢造次，直等到外头都传得沸沸扬扬，这才由叶多福战战兢兢地给叶大林提了一嘴。

叶大林当时就怔了，马氏则赶紧让人去找儿子们。结果一搜，从叶好野到叶好家，叶家的少爷们果然全都不见了！

马氏大怒，马上派人去白鹅潭把人逮回来，结果却遇到了和吴六一般的困境。只是吴六调不动宜和行的船，叶多福却能调动叶家的船，结果在白鹅潭搜了一圈，却没找到花差号，也不知道开哪里去了。

神仙洲的人听了这事后议论纷纷，都笑着说："叶家出的这位吴三少奶奶，可真是个爱兄扶弟的典范，为了自家兄弟能风流一场，居然安排得这么妥帖。"

马氏那边听到消息后则气得暴跳如雷，不顾叶大林的禁令，直踩到迎阳苑去，当头把徐氏骂了个狗血淋头："都知道你女儿不是什么好东西！人都嫁出去了，还来带坏自己的兄弟！"

徐氏这段时间也一直有派人去打听。从传回来的消息看，事情竟然都像是真的！所以被马氏喷了一脸的口水，她也只能低头承受。

书房那边，叶大林却烦躁了起来。外头的人都在看戏，他却深知自己这个女儿不是个普通人。现在又正值多事之秋，出了这样的诡异变故，隐隐就觉得事情不对劲，只是他一时之间也想不通究竟是怎么回事。

就在这时，叶忠走了进来，道："老爷，三姑娘来了。"

"嗯？"叶大林一下子就坐直了，"什么？！"

叶忠低声道："三姑娘变换了装束，从后门悄悄进来，让昌仔找上了我，让我引来见老爷。"

叶大林心道："果然没好事！"挥手，"带过来带过来！"

叶有鱼早等在外头了。叶忠去引了她进来，只见她穿着丫鬟的装束，扶着腰慢慢走了进来。冬雪、昌仔都留在了外头。

进来之后，她就说："忠叔，我有要事跟阿爹说，别让一个人靠近。"

叶忠看看叶大林，见叶大林点头，这才出去守在了外头。

叶有鱼这才向父亲行礼。

叶大林冷冷道："你又要做什么！"

叶有鱼道："这一次女儿是代昊官来，跟阿爹谈一桩生意。"

叶大林冷冷道："生意？什么生意！"

叶有鱼道："从现在开始，叶家要和吴家生死同阵。叶家要不惜代价，帮吴家渡过眼前这个难关。"

"这口开的……"叶大林仰天哈哈一笑，"凭什么啊！"

叶有鱼语气冷静，但冷静得叫人心里发毛："花差号已经开往伶仃洋。如果阿爹不答应，或者答应了心怀鬼胎，或者中间使坏，花差号就会在伶仃洋沉入大海。阿爹，大哥还没生儿子啊，大嫂的头两胎给你添的都是孙女。你所有儿子，现在全部都在花差号上。船一沉，咱们叶家也就绝后了。"

叶大林一双眼睛就像死掉的金鱼的眼睛一般，几乎都要凸了出来，喉咙之中，发出野兽一般的声音："叶——有——鱼！"

第九十二章

密　　道

叶有鱼此刻的脸色有多冷，叶大林肚子里的那团火就有多旺。

如果换了去年，他能当场把这个女儿掐死。

但现在不行了，站在对面的这个孕妇身体虽弱，却是代表着吴承鉴——也就是说此刻她与自己乃是平起平坐的地位，更别说她手里还握着自己所有儿子的性命！

"叶有鱼！"叶大林咬牙切齿，"那些可都是你的兄弟！"

叶有鱼道："是的。"

叶大林叫道："那你就不怕报应，就不怕被满广州的人唾骂？你就不怕死了之后要下十八层地狱！"

叶有鱼道："如果不是被逼到这个份上，我也不会行此下策。但是，阿爹啊，如果不是你出卖吴家在先，让吴家对你已经全然无法信任，我们也不会做到这个份上。"

"之前去出首，我也是没办法！"叶大林道，"吴官自己不也都说了吗？如果我不去告发，吴家救不了，叶家也会被拖下水的。"

叶有鱼道："以当时的局势而言，叶家选择独善其身，也是情有可原……"

叶大林道："既然你知道……"

话却已经被叶有鱼打断："可是在告发之前，阿爹你难道连派人来日天居知会一声的时间都没有吗？"

叶大林被女儿这句话堵得一时说不出话来。

叶有鱼道："我们彼此都知道，以当时的局势，昊官必定要下水。叶家真的顾念两姓之好的话，在去告发之前，大可以派人来说一声。说实在的，以昊官的心胸，他未必就不会答应。但阿爹你是怎么做的？直接就跑到蔡师爷那里去，把自己摘了个干净。所以阿爹你当时打的是什么主意，我们心知肚明。"

叶大林"哼"了一声。他可不相信叶有鱼的话，更不相信吴承鉴的"心胸"！

叶有鱼淡淡一笑："我知道阿爹不会相信的，正如现在如果没有几个兄弟做人质，我也不敢相信你一样。"

叶大林又"哼"了一声，忽然满脸不在乎地坐回太师椅上去，淡淡道："我就不信了，你还真敢凿船，把你的兄弟们都坑死——你敢动你兄弟们一根毫毛，我就去迎阳苑，一刀一刀将你娘的肉都割下来！"

他一开始故意冷淡着语气，但说到后面就面目狰狞，任谁看了都知道他说的不是空话。像他这般阴鸷的人，如果儿子全都死光了，会做出什么难以意料的事情，谁也无法想象。

叶有鱼道："阿爹啊，我一介女流，怎么做得来那般残忍的事情？再说，那些毕竟是我的兄弟，就算不是一个娘生的，至少也都血脉相连。所以你会认为我未必敢动手，我也不奇怪。只是可惜，花差号只是在我手里转了一圈，现在也已经不受我控制了。现在控制着花差号的，是刘三爷。"

叶大林怔了怔："你说什么？"随即脸色一变，"你说什么！"

"阿爹你真是聪明啊，怪不得能凭一己之力，把兴成行做到这么大。"叶有鱼道，"你猜得没错。刘三爷出事，是个幌子。他其实一直潜伏在暗中。"

叶大林的嘴角抽搐了一下："谁知道你说的是真的还是假的！"

叶有鱼道："叶多福刚才去了白鹅潭，在外头找不到船出海吧？他还能动用兴成行的船只，可吴六是一艘船都找不到了。能够把白鹅潭的江湖道封到这个地步——如果不是刘三爷在背后出力，阿爹，你认为凭着女儿的能耐能做得到？是，女儿是能代表昊官，可是如果没有刘三爷在暗中主持，一个被抓到广

密道 213

州府大牢的吴官说的话，现在还能那么好用吗？"

叶大林又有些坐不住了，撑着桌子站了起来。

叶有鱼道："所以，哥哥弟弟们的性命，是女儿交出去的，但哥哥弟弟们现在的生死，却不是女儿能掌控的。阿爹你别说对我娘怎么样，你就算现在把我活剐了，也救不了兄弟们啊。我一个女流之辈，杀鸡都不敢，可洪门的那些人，沉几个人下海，那跟丢几个沙包也没什么区别。"

叶大林怒吼着，将桌子一拍，喝道："贱人！你到底想怎么样！"

叶有鱼不慌不忙，迎着她这个生身之父的目光："阿爹，现在可以坐下来谈生意了不？"

叶大林毕竟是十三行巨贾，虽然在暴怒之中，但神智未失，便指了指前面的椅子，自己也坐了下来。

叶有鱼扶着椅子，慢慢坐下。

叶大林问第三次："说吧，你们到底想怎么样？"

叶有鱼道："条件刚才已经开了，现在就等阿爹答应。"

叶大林"哼"了一声，不言语。

叶有鱼道："阿爹，这笔买卖，你做也得做，不做也得做！"

叶大林尖声叫道："就凭你这句话，就要我叶大林押上整个身家！你……你做梦！"

"我一直知道阿爹一向把钱看得……甚至比命还重的。"叶有鱼道，"但是……且别说这次的事情，如果闹大了，红货毕竟是从兴成行仓库里搜出来的，到最后你未必脱得了身；就算脱得了身，如果儿子都死光了，将来连个送终的人都没有——你积攒那么多钱拿来做什么啊？带到棺材里去？还是……都送给我那大姐夫。"

叶大林的脸又抽搐了起来！

如果他儿子都死光了，到他死后，的确是有可能由外孙来继承家业——给了外孙，不就相当于是给了女婿？就算自己做主让外孙改姓为叶，等自己一死，女婿说不定就能把外孙的姓给改回去。

一想起自己的百万家财，百年之后全部都要送给外姓人，念头一闪过，就像一把刀一般切割着他的肚肠。他叫了起来："我，我……你老子我老是老了，可身子骨还硬朗！我明天就多纳几房小妾，我就不信，我就再生不出一个男丁来继承家业！"

"那阿爹可以试一试。"叶有鱼道，"且别说太太那边的想法，就算太太真愿意了，阿爹老当益壮，究竟能够不能够再帮我添几个弟弟，也是两说。就算真生下来了，大姐夫眼看着百万家财要飞，说不定眼睛就要红了；就是叶家的其他亲戚，怕也都要眼红，都要帮着阿爹你照顾那孩子了。那孩子被这么多人呵护着，就不知道还能不能长大……"

"够了，够了！"叶大林指着叶有鱼，骂道，"你这个毒妇！你这个贱人！你……你……"

叶有鱼垂下眼睑，就好像没听见叶大林气急败坏地破口大骂。

叶大林"你"了好几次，最后却变成了："你说吧，你到底要我做什么！"说到最后三个字，他整个人心肺撕裂——这是有生以来第一次他被人威胁得全无还手之力，威胁他的这个人还是他的亲生女儿！

"两件事情。"叶有鱼竖起了手指，"第一，这段时间，叶家的人手，全都听忠叔的，而忠叔全都听我的。"

叶大林咬着牙，点了头："行！"

叶有鱼道："第二，我要兴成行仓库的密道。"

叶大林道："密道？密道？！"他忽然放声大笑了起来，就好像听到了什么天大的笑话，又好像在路上捡到了一个一万斤重的金元宝。

"阿爹你笑什么？"叶有鱼知道今天要对付的是一条什么样的老狐狸，所以在进门之前，已经给自己做了重重心理建设，让自己的心境尽量保持平稳，然而此刻还是被叶大林笑得心中蒙上了一层阴霾，"难道阿爹要告诉我：兴成行的仓库没有密道？"

"密道……哈哈！"叶大林转身，拿出随身的钥匙，开了书房后面的小密室，进去了一会儿后出来，将几张图纸扔在了叶有鱼身上，"拿去！"

叶有鱼随手捡起了图纸，也没看，就望着叶大林。

叶大林笑道："密道是有的，可是根本没通到秘仓！你们想通过密道取出赃物？痴心妄想，痴心妄想！"

河南岛，潘家园。

吴家园吞并了叶家园后，如今的规模已经不在潘家园之下。但两个园子的围墙刚刚打通，许多院落花园尚在营建，除了日天居等寥寥几个地方，很多地方其实都还是工地。

相比之下，潘家园就一切皆就，富丽、典雅、堂皇。

吴家园就像是潘家园的半成品，而潘家园就像是吴家园的未来——如果吴家园还有未来的话。

周贻瑾乘坐小舟，仿佛丝毫未发现有人盯梢，一边欣赏着潘家园的暮色，一边大大方方地驶进了潘家园。

"周师爷，"柳大掌柜亲自迎了出来，笑着，"真是稀客，稀客。"

周贻瑾笑道："吴家大难临头，对我这样一个被革除的客卿，启官还肯接见，真让周某受宠若惊。"

"这是什么话？"柳大掌柜道，"吴家革除周师爷，满西关都知道那是做给官面的人看的。再说了，昊官虽然进了广州府大牢，但也只是小厄而已，假以时日必定转危为安的。更何况就算没有吴家，冲着周师爷的风流韵雅，潘家园的大门，也是随时敞开啊。"

周贻瑾笑道："承蒙谬奖，贻瑾也替昊官谢过柳大掌柜的吉言了。"

柳大掌柜将周贻瑾接入了一个精致的雅舍。雅舍周围都是回廊，几面镂空的墙壁若有若无地形成了一个半隔不隔的空间，人坐在里面，放眼扫一圈，二十余步之内无人可以遁形，正是一个十分雅致通透，又适合谈论秘事的所在。

这个雅舍，名曰"不隔"。

不隔雅舍之中，除了潘有节外更无第二个人。柳大掌柜送了周贻瑾入内后，就托言有事走了。

潘有节指了指茶几上的茶具，笑道："今日我也不想找下人来坏兴致了，素闻周师爷精通茶道，就不知道今日潘某有没有那个荣幸，能一尝周师爷的手艺？"

周贻瑾伸出修长白皙的手指，摸了下茶盘上的极品紫砂壶，道："供春壶，嗯，还是时大彬的亲手作。"

"好眼力！"潘有节笑道，"可还配得上周师爷的茶艺否？"

周贻瑾手指摩挲着紫砂壶盖："我的手艺，少年时伺候过我师父，近年来偶尔泡几盏给昊官尝尝。今天嘛……"

潘有节笑道:"如何?"

周贻瑾脸色一沉,将紫砂壶"啪"地盖上了,脸上失去了平日的温和:"这轮麻将已经打到要流局了。今天我是代表昊官,来跟启官你摊底牌的,所以没那闲工夫!"

第九十三章

摊　　牌

不悦之色，从潘有节脸上闪过。

他盯着被周贻瑾盖上的紫砂壶，过了好一会儿，才语气冰冷地说："你知道自己在说什么吗？"

周贻瑾道："这几年，启官你藏得够深，深到明明是十三行第一保商，大家却几乎要忘了你的存在。可人只要做了事情，就会有蛛丝马迹露出来，哪怕他自己又把蛛丝马迹给抹掉了，但是抹掉痕迹的时候，又会有新的痕迹暴露。这就应了一句话：若要人不知，除非己莫为！"

潘有节昂了昂头，不言语。

"本来，我们也没有怀疑你，毕竟在这整件事情上，都没有看到与你有关的迹象。可是……"周贻瑾道，"就因为你太过干净了，撇得太清了，所以反而露出了马脚。"

潘有节轻轻一声冷笑，似乎在嘲弄周贻瑾故作玄虚。

周贻瑾不受他的影响，继续说："在整个十三行的保商里头，昊官算是很能看清楚十三行本质的人了。十三行的本质是什么呢？"他知道潘有节不会来搭腔，所以自己回答，"十三行的本质，是皇上垄断天下百姓出海之利后，放在广州的一门独占买卖。所以十三行地方虽在广州，但它的根子却在北京。也不是说只有昊官看透了这一点，而是很多人就算有想到什么，却没有继续的动作。只有昊官想到之后，就针对这一点而有了行动。"

潘有节似乎依然对周贻瑾的言语没有任何兴趣。

周贻瑾继续道："十三行这么多买卖人，大部分就算偶尔想到了'天子南库'的真谛，做起生意来还是只顾眼前；小部分人能把门路跑到粤海关、两广总督府那里，那就已经很了不起了。可昊官不然，他在没有任何门路的情况下，就在北京布局——虽然一开始吴家在北京毫无根基，但他还是在北京落了子，派人常驻皇城根搜集各种情报。凭着这一点，他和其他保商拉开了距离。吴家这些年能够崛起得这么迅猛，固然与吴承钧打下的牢固基础有关，但如果没有昊官在北京的情报积累，那么去年吴家面临大危机的时候，昊官他就算智比诸葛、谋胜张良，要想翻盘也绝无可能。"

潘有节仍然不说话，因为周贻瑾的言语依旧未能打动他。

"可是能想到这一点并且能落实去做的，十三行里宜和行并非独一家。还有另外一家保商。他们不但早就想到了这一点并落实去做，还比宜和行做得更早。这家保商……"周贻瑾的目光，又落到了潘有节身上，"就是同和行，就是潘家！"

潘有节轻轻一笑，不知道这笑意是自得，还是在继续嘲笑周贻瑾拿这等人尽皆知的事情来说。

周贻瑾道："同和行在北京的布局比宜和行更早。启官你在北京也好，在内务府也罢，人脉更深，耳目更广——既然如此，那问题就来了：红货是大内赃物这件事情，启官，你事前真的会不知道吗？"

听到这里，潘有节的笑容才微微一敛。

周贻瑾道："当我和昊官对这一点生疑之后，又进一步想到销赃这件事情在宜和行接手前，显然是蔡、谢两家在做。那么在蔡、谢两家之前呢？如果内务府从大内盗窃御物到广州销赃，乃是远至和珅接手之前就有的'传统'，那么，在蔡士文接手十三行总商之前，又是谁在做？"

他透过镂空的窗户，望向天上，天上晴空万里，一片云都没有——这可未必是好事，因为没有云就没有雨，没有雨就意味着干旱。干燥的气候对广州的富贵人家来说是舒适的，但久久不雨对小民而言，却可能是一场灾难。

周贻瑾道："所以，按常理推断，启官你既然清楚红货的内幕，那么通过蛛丝马迹，早就应该清楚这次红货事件的前因后果——就像蔡士文被踢出和珅旗下后仍然能推断出许多与红货相关的事情一样。如今吴、叶两家奉你为首，三家结成同盟，而你身为十三行总商、三家同盟的首席，知道了这件事情却一点口风都不露，不但不露，还装得自己对整件事情一无所知，从头到尾与红货之事仿佛毫无牵涉。就是这一点，让我和吴官对你生了疑心——因为这件事情你本不该这样毫无牵涉的。启官，我说得对吗？"

潘有节的笑容终于消失了。

周贻瑾道："疑虑一旦有了一个缺口，再往下想，疑点就会越来越多。我们既怀疑启官你心怀叵测，自然就要跟着这个怀疑来问个问题：如果事情真的与你有关，那么你这么做究竟是为什么？这个问题一想，所有事情豁然开朗了！"

他转过身来，直面潘有节："你要对付昊官的理由，跟去年蔡士文要对付吴承钧的理由是一样的——因为昊官威胁到你了，对吗？"

潘有节呵呵一笑，不知道是在掩饰，还是在嘲弄。

周贻瑾道："启官你还笑得出来，那看来以上那些话，还触及得不够深啊。"

潘有节终于开口了。他冷淡地道："如果你今天要说的就是这些，那你可以走了。"

"何必这么快就逐客呢？在下的话，才说了一小半呢。"周贻瑾语气一转，道，"其实去年的'饿龙出穴、群兽分食之局'，启官你也是一开始就知道的，对吧？甚至……那个局面，从一开始就是你有意促成的，对吗？"

潘有节的脸色终于变得有些不自然了。随即他冷冷道："周师爷，在这广东地面，东西可以随便吃，话可不能乱说。你这番胡言乱语如果传了出去，可是要坏我潘氏声誉，坏我潘、吴两家三代交好的。如果没有证据，这两句话请你赶紧收回去！"

"证据？"周贻瑾笑了笑，"自然是没有的。但有两个巧合，却是现成的。"

潘有节冷冷道："什么巧合？"

这是今天见面以来，他第一次主动搭话。周贻瑾嘴角露出了一丝微笑："当初粤海金鳌去世后，启官你继承家业，执掌同和行。以同和行在十三行的地位而言，由你继承父职也属正常。然而当时的两广总督以及粤海关监督都比较保守，认为你年纪太轻压不住场面，所以此事遂罢，改由蔡士文继任。数年过去，启官你年纪渐长，而同和行根基更厚，算算年岁，当年阻碍你成为总商的理由已经不复存在。既然如此，你也是时候要复出了。而恰好就在此时，发生了去年的那件事情，启官你说，这算不算巧合？"

潘有节冷冷一哼，道："如果凭着这点就想定我潘某人的罪，那也太荒谬了。"

"荒谬吗？"周贻瑾呵呵一笑后，说道，"以去年秋季之前的十三行局势，启官你要成为总商，有三层障碍。

"第一层障碍，当然就是蔡士文。在令尊粤海金鳌当家的时候，万宝行的规模跟同和行根本就没得比，但蔡士文当上总商之后，多方经营，不但自家继续壮大，而且还和谢家、吴家结成了明暗两盟。

"蔡、谢是明盟，一荣俱荣，一损俱损，两家联手已经足以与潘家抗衡。而蔡、吴两家又间接联姻，虽未正式结盟，但在十三行保商会议上，蔡、吴之间也一直彼此呼应，这算是结了暗盟。而吴家又一直连带着叶家。再加上潘、易两个狗腿子，蔡士文在十三行保商会议上的局面，一人动议，六家响应，可说是稳如泰山——单比潘、蔡两家的产业，潘家仍然远远超过蔡家；但就整体势力而言，万宝行却已无法轻易撼动了。"

潘有节淡淡道："什么无法撼动！土鸡瓦狗而已——不见去年一夜之间就崩塌了吗？"

周贻瑾不顾他的打岔，继续说："启官你要复出执掌十三行，第二层障碍，就是粤海关监督的态度。在粤海金鳌时期，令尊行事公正公道，又能挺身而出，保护十三行中小保商、小商户的利益，故而得到下面人的鼎力支持，根基既深，便有底气对粤海关那些不合理的要求进行抵制。

"而接替他的蔡士文，由于一开始根基不深，必须借着粤海关的威权来震慑其余保商，所以办起事情来唯恐不尽力，拍起马屁来唯恐不谄媚，故而只能榨下以媚上。

"所以在小保商那里，令尊的名声远胜蔡士文。可是在监督府那里，恐怕会觉得蔡士文比令尊更堪使用。既然如此，监督府为什么还要用一个端着架子办事的潘启官来替换一个跪着办事的蔡士文呢？"

潘有节道:"听着似乎有理,可惜全是臆测!我跟吉山老爷之间,关系一直很好。"

"私交是私交,利益是利益!"周贻瑾驳了一句,却没有就此深入辩论下去,而是继续说,"我们再说启官你要复出执掌十三行的第三层障碍吧。这第三层障碍,那就是吴家的崛起。

"吴家在脱离了潘家附属之后,一边与叶家守望相助,结成明盟,一边又与蔡家间接联姻,结成暗盟。吴、叶、蔡的三角同盟关系,与蔡、谢、吴的三角同盟关系,几乎是一样的。区别只在于以蔡家为中心时,蔡、谢是明盟,而蔡、吴是暗盟;以吴家为中心时,则是吴、叶为明盟,吴、蔡为暗盟。这两个集团又以吴家为交叉点,在当时实际上已经成了保商会议上最大的势力。

"吴家既处在最关键的那个交叉点上,一旦吴家的生意再上层楼,吴承钧再发挥作用,与蔡士文达成江山轮流坐的协议,那么就算上头觉得蔡士文已经在总商位置上坐得太久,要他卸任——这继任之人也不一定非得是启官你,吴承钧上位的可能性只怕会更高。"

潘有节道:"承钧的确是个人才,只是可惜天妒英才。他病倒之后,我也时常叹息。"

"究竟是叹息,还是庆幸,天晓得!"周贻瑾道,"周某人只知道,如果去年昊官没有临危翻盘,那么此局的结果,便是吴家陷入万劫不复之地,蔡、谢、吴与吴、叶、蔡两个三角同盟,同时拆崩。

"到那时节,叶家只能倒向潘家,兴成行再次成为同和行的附属。而'饿龙出穴、群兽分食之局'的真相一旦被众人知晓,其他保商看到吴家的下场之后,也会兔死狐悲,对蔡士文产生恐惧、厌恶与忌惮。以潘家一家,本来已经能抗衡蔡、谢,若再得叶家为扈从,继而挑起十三行其他家族对蔡、谢的不满,那么再与蔡士文对阵时,你便有了绝对的胜算。"

说到这里,周贻瑾道:"所以如果事情演变成那样,最后得利最大的人是谁呢?不是蔡家,不是谢家,不是卢家,只能是潘家,是同和行,是你潘启官!而这个,就是我刚才要说的第二个巧合。"

这一回,潘有节没有说话,只是这一次的不言语,却与方才的不言语似有微妙区别。

"然而可惜啊,"周贻瑾道,"昊官坏了你的大事!你刚才说,回头去看蔡士文的势力不过土鸡瓦狗。但为了让这'土鸡瓦狗'崩塌,启官你应该还是花了不少心思吧。不但如此,到了最后,真正击垮这'土鸡瓦狗'的,还不是你启官,而是昊官。秋交之夜昊官的那一记反击,把整个十三行都给震慑住了。你的所有图谋,非但没能如愿,反而都成了昊官扬名立万的踏板!"

潘有节修养极佳,本来已经到了喜怒不形于色的地步,但听到这里,呼吸竟忽然有些不自然起来,似乎带着难以压下的恼意,又似带着无法抑制的不忿与不甘。

周贻瑾看到了潘有节的这个反应与变化,却还继续刺激他:"虽然到最后你还是成了总商,但这个总商之位,来得有些委屈,因为你不得不放下身段去跟昊官妥协,连花了无数心血的戏班都让了出来,才取得了吴、叶联盟的支持——即使如此,保商投票会议上,你也仅仅赢了一票。那一仗在旁人看来你是赢了,但你自己很清楚,你的总商之位虚得很。蔡士文倒下之后,保商会议上已是潘、卢、吴三家鼎立的局面。而三家之中,势头最猛的,也不再是潘家,而是吴家了。"

"唰"的一声,潘有节手中的折扇猛地合起。周贻瑾就知道,自己的话终于触到了这位巨贾骄傲不容冒犯的那根弦。

两人静静地相对,默然良久,周贻瑾才开口:"去年的赈灾事件也罢,今年的红货事件也罢,看起来似乎是朝堂权谋的延伸,是广州商场被北京政局给波及了。实际上,这背后却是两起暗流涌动的商战。而能够于谈笑之间利用朝堂纷争,今年甚至利用到了皇权倾轧,这样的商战大手笔,也算天下罕见了。"

潘有节抬起了头,冷然道:"周师爷不愧是喜欢听戏唱戏的,编起故事来有头有尾。明明是没影子的事情,也被你说得好像真的。"

周贻瑾道:"如果事情有疑,而某人得利,那么这件事情如果听起来像是真的,那么……它就是真的!"

潘有节哈哈大笑,笑声远远传了出去。可就在笑声到达最高峰的时候,他忽然收口,令笑声戛然而止:"周师爷,我其实不明白,你今天巴巴地跑来,给我说了这样一场大戏,究竟是什么意思?是想要我回头找人写成戏本,交给戏班传唱吗?"

周贻瑾道:"戏被揭穿,启官却依然稳得如坐钓鱼台,想必是算定到了今天这个地步，即使我和昊官看破了一切，也已经无力回天了。只可惜，你还是小看了两个人。"

潘有节道："哪两个人？"

"第一个，就是和珅和中堂。"周贻瑾道，"一个人的眼界，和他所处的位置是有关系的，站得多高，就能看得多远。启官你站得比十三行其他保商都高，所以你也就看得比别人更远。蔡士文看不到的事情，你能看到；蔡士文想不到的事情，你也能想到——这很正常。然而……"

他顿了顿，冷笑了起来："启官，你毕竟只是区区一介保商。你站得再高，能有中堂宰执高吗？你看得再远，能有军机大臣远吗？位势不如人的情况下，你怎么就敢斗胆去利用一个站得比你高、看得比你远的天下权臣！这一点，就是你不如昊官的第一个地方了。至少昊官他比你懂得谦卑，无论谋算什么，都不敢小看天下人，尤其是不敢小看那些位势比自己更高的人。"

潘有节冷冷道："你什么意思？"

周贻瑾道："这红货之局，我料定你所知还是差了一层。如果你连最后一层都晓得，那么给你十个胆子，这件事情你也不敢碰！"

潘有节虽然没有接口，但神色第一次严肃了起来。

虽然一眼就看到周围没人，但周贻瑾还是走得近了，低声道："蔡士文不读书，不知道'随安室之印'意味着什么。但按我猜测，启官你早就心里有数。算起来，你比蔡士文多知道了一层。"

潘有节不接口，半句都不接——这等涉及皇宫大内的秘闻，多听一句都可能惹祸，遑论接口。

周贻瑾压低着声音继续说："所以你一开始就猜到，这件事情捅出来也倒不了和。那些企图倒和的人，最后只会因此惹来一身骚。所以你就故意要引昊官往这条黑路上走，比如通过不知道什么手段，让蔡士群以为得计地去劝吴家大少奶奶，再让吴家大少奶奶去劝昊官。然而，最后的那一层，你还是不晓得。"

他越靠越近，最后直接到了潘有节的耳边，说："其实整件事情，和珅打一开始就知道。"

周贻瑾只说了这么一句，然后就不说了。

这句话在潘有节的脑子里过了一遍。跟着，他的脑子里响起了一个惊雷，一张脸再也绷不住，他怒视周贻瑾："你……你……你告诉我这个做什么！"

得意的微笑，第一次从潘有节那里，转移到了周贻瑾这边："启官不愧是启官，这么快就都想明白了。"

潘有节当然想明白了——他把北京城、内务府，乃至皇宫大内的情报浸淫得那么深，怎么会听不懂这话意味着什么！

和珅一开始就知道整件事情，却还是假装被人利用，那么和珅的用心也就昭然若揭了！

如果事态仅止于朱珪企图倒和，那也只是朝堂争斗、官场倾轧，被卷入旋涡中心的人难以幸免，外围牵涉者却还能保无碍。

但那件不可说之事，任何被牵涉的人，恐怕都将不得好死。

周贻瑾道："可惜我话已经出口，你现在就算不想知道，也已经知道了。"

有些事情，不知道还好，知道了就是一包随时会爆的炸药！更何况这件事情深挖下去，他潘有节可不见得真的干净！

潘有节是何等智谋，又是何等见识！他既知道了一个开头，便能想到接下来的千头万绪，越想心越惊，越想心越寒，蓦地一拍扶手，一脚踢翻了桌几，价值千金的宜兴极品紫砂壶落在地面，碎成两瓣。

"周贻瑾！"潘有节怒喝道，"你们这是走投无路，所以准备拖着我一起死吗！"

看见潘有节失态，周贻瑾反而收起了微笑，道："我刚才说，你小看了两个人，第一个是和中堂。第二个是谁……你觉得呢？"

潘有节怒而不答。如果说他一开始是不屑，后来是刻意端着架子，那么现在不答话，就是因为根本没这个心情了。

周贻瑾道："你小看的第二个人，就是昊官了。"

"什么意思？"潘有节目光一闪，"难道到了这个地步，你们还能自救？"

周贻瑾道："一个人有多大的心胸，他才能有多大的想象力和勇气；有多大的想象力和勇气，他才能做出多大的成就。在这件事情上，蔡士文能想到的只是个人恩怨，和珅能想到的是如何延保自己的身家性命，朱珪能想到的远一点，里头的确是有忠君爱国之志。而昊官他身处牢狱之中，却在我去见他的时候，无意间还提到了一件事情。你猜是什么？"

潘有节道："是什么？"

周贻瑾道："昊官说：'这次我恐怕是死定了。我自己死了也就算了，就是恨举世无人知鸦片之害，而米尔顿又已经完成了输入鸦片的布局。我死之后，恐怕不出数年，鸦片大举流入大清就会变成难以挽回之势，从此祸国殃民，贻害无穷。'"

潘有节道："鸦片？那是什么东西？"

"启官你最近的心都放在商场倾轧、钩心斗角上，不知道鸦片为何物不足为奇。"周贻瑾这时也没兴趣再给潘有节普及鸦片的危害，"但昊官与你不同，他身处九死之境，却还记挂着要阻止鸦片流入。这样的心胸，显然比你胜出不止一筹了。一个心里头还装着国家天下、装着同胞生民的人，我相信上天不会薄待于他。"

周贻瑾终于行了一礼，转身告辞，临行前停了停，留下了最后一句话："如果老天有眼，能给昊官一条生路的话，我希望启官你到时候不要再扯老天爷的后腿，更不要自误。"

罅　　隙

广州旗城。

最近天气干燥，珠江的水喝了容易上火。蔡清华又喝不惯凉茶，嘴角已经起了两个燎泡。

但让他更烦躁的，是吴承鉴的态度。

当初之所以将吴承鉴放在广州府的大牢，一开始的谋算是"放长线钓大鱼"。

结果鱼饵抛了出去，浮标倒也动了好几下：吴家的人来了，周贻瑾去了，甚至刘全都出现了。

然后就没有然后了。

"他还是没有回应？"广兴冷冷问道。

蔡清华有些说不出话来，额头沁出了几颗冷汗。

本来，事情看上去进行得都算顺利，然而吴承鉴就是没反应。

"得！"广兴道，"没想到，最后还得老子去会会他！"

西关街。

叶有鱼将东西交给叶忠，又把周贻瑾的交代告诉了叶忠，然后便在昌仔的遮护下回了吴家大宅。两家都在西关街,但由于要避开大街,穿巷道,绕小路,又因天色昏暗,她怕摔了自己,所以走得很慢,便费了许多时间。

叶有鱼一路上虽然勉强稳住心神,内心毕竟还是有些不安,因为不知道周贻瑾的计划究竟能否成功。

好不容易回到家中,叶有鱼才坐下歇了一口气,便听春蕊过来道:"三少奶奶,大少奶奶有请。"

若是别的时候,蔡巧珠叫,叶有鱼一定赶紧过去。但她今天委实有些疲累了,便道:"我身子实在是乏了,能否你过去回复一下大少奶奶,说我明天一早再过去。"

春蕊心道:"大少奶奶这时候来叫,岂能无事?这般回复,右院那边的人一定以为三少奶奶是在端架子。"然而她见叶有鱼的脸色也是真的疲倦,再看看她的肚子,张了张口,终于没出声。

那边冬雪捧上一碗燕窝羹来。叶有鱼喝了几口,也不梳洗了,就想躺下休息。不想春蕊就回来了,道:"三少奶奶,大少奶奶说还是请您过去。如果您这边实在不方便,她过来也可以。"顿了顿,又道:"三少奶奶,大少奶奶应该很生气,我从未见她这样子过。"

叶有鱼也猜到了是为什么,轻轻叹了一口气,没再多问,点了点头说:"好,我过去。"

叶有鱼由冬雪扶着,慢慢走到了右院。

吴六带着八个小厮,守在院门口,见到叶有鱼便请她入内。

叶有鱼进了院子,只见蔡巧珠坐在梨花树下,左手边站着连翘,右手边站着碧桃。连翘、碧桃的下首各站着四个丫鬟;再看蔡巧珠,往常她在家时都是便服,现在都已经入夜了,晚饭也吃过了,在自己的院子里却还穿得规矩体面,头上还插着珠翠——穿着得这般正式,就是去参加粤海关监督夫人的宴请也够了。

反观叶有鱼,她去叶家是易装潜行,所以是刻意灰头土脸,回来后连梳洗都不曾。被蔡巧珠两次叫,她才洗了个脸赶紧过来,身上就是一套家居服,与蔡巧珠一对比就显得怠慢了。

叶有鱼暗暗叫苦,这般阵仗她再熟悉不过——她去夺船的时候,就是整了这般架势去的。这才过去多久，便报应回自己身上来了。

她上前施了一礼，叫道："大嫂。"

"可不敢。"蔡巧珠道，"老爷说过，细家嫂怀着身孕，以后便是礼节上也能免就免。这大晚上的我还把你叫来，本来就为难人了。若还再拘你的礼，万一动了胎气，我也吃罪不起。"

她素来柔善贤惠，说这种带着尖酸的话，对她来说那已经是怒火到了极致才有的事情了。

叶有鱼听在耳朵里，肚子里的酸苦几乎都涌到喉咙了。自入门以来，不管是吴国英还是蔡巧珠，其实都待她很不错。叶有鱼是在叶家满院子恶意中长大的，所以对两人的这份善意更加珍视。不料造化弄人，竟还是把蔡巧珠给惹恼了。

这两日她在外头做的事情落在不明真相的人眼里，那就是不顾丈夫入狱，还趁机掀翻外室，夺回宅产后又拿着属于婆家的好物去给娘家的兄弟享用。这些事情要是悄悄做也就算了，偏生还弄得满城风雨。她自己的名声固然坏掉了，便是吴家这两日也没少被人笑话，若是不然蔡巧珠会气急败坏到让吴六满白鹅潭找自己回家？

这些事情叶有鱼心里清楚，之前只想着外头的大事，就没顾得上宅子里的。这时被蔡巧珠发脾气，她心里就有些发急，冲口就想为自己辩白，叫道："大嫂……"

然而话到嘴边，又硬生生停住了。

她所做之事乃是绝密，如今事尚未成，一丁点都不能泄露的。所谓做戏做全套，眼下的局势，若是她在宅子里的名声也臭掉，连家翁、大嫂都厌弃了她，这事通过下人传扬出去，那对吴家才是最好的。

"怎么？"蔡巧珠道，"为什么这副欲言又止的模样？这是怪我大晚上的把你找来吗？"

"没有……"叶有鱼垂着头，低声道，"是有鱼做错了事情，见着大嫂，心中有愧。"

蔡巧珠见她竟然承认了，顷刻间怒火直往上冲。在她看来，叶有鱼这两日做的事情简直恶劣到不可思议，换了自己干了这般事被人戳破，不等别人责备，自己活活就羞死了，愧死了。然而看叶有鱼，只见她脸上神色带着掩盖不了的委屈，口中言语带着些许的苦涩。这算什么？做错了事情被别人一问，就还委屈了?

换了马氏到这地步,脏话、狠话就破口骂出来了。蔡巧珠却只是气得伸手。

连翘赶紧端了杯茶过来。蔡巧珠喝了一口要顺气,不料反而逆气呛了出来。

院子里当场就有些乱了,两个大丫鬟赶紧为主母顺胸口顺背脊。

碧桃道:"三少奶奶,大少奶奶为人柔善,这是满西关都知道的,你……你怎么就忍心这样气她!你可晓得你出了这样的丑……的事情,大少奶还压着家中上下,不让老爷知道呢。"

叶有鱼听了这话,对蔡巧珠暗生感激,忍不住上前要帮蔡巧珠顺气。

蔡巧珠抬手止住她道:"莫过来,莫过来!莫我一时气恼推了你,那时我对吴家的列祖列宗没法交代。"

叶有鱼低声道:"大嫂……是有鱼不对……"

蔡巧珠大怒,叫道:"你……这就是你认错的态度吗!"她大怒的时候,说出来的狠话也就是这样了。

叶有鱼好生为难,饶是她智计过人,这时却不由得心乱如麻——她在叶家见多了人心算计,所以对以德报德、以怨报怨的各种路数都心中熟稔;可面对对自己好的人误会了自己,偏偏又不能解释,这时候该怎么办,她却是全无经验。

且她和吴承鉴是不同的。吴承鉴再怎么闯祸,再怎么胡闹,也是吴国英的亲儿子、吴承钧的亲弟弟。他若不想解释时就随便胡搅蛮缠一番,等到尘埃落定,父、兄、嫂子知道了真相,心中反而要怜惜他当初忍辱负重,不会有什么芥蒂留下。

叶有鱼却是做儿媳、弟妹的,一个处置不当,就算有正当的理由,日后也要生怨。

这时院子门没关,吴六在门边瞧着,见叶有鱼既不辩驳,也不回讽,这场景与他预料的全都不同,便提醒了一句:"大少奶奶,院子里风大人多,您和三少奶奶不如到屋里说话吧。"

蔡巧珠被吴六一提,忽然想到:"会不会是这里人多口杂,她不好说话?"她还是愿意将人往好处想——今天摆出这架势来,是听说叶有鱼在花差号上的作为,回家之后又一请不至,不免担心叶有鱼拿乔,所以刻意要摆个排场来压她一压。这时叶有鱼既然没有示强之意,这些排场就不需要了。蔡巧珠当下道:"好,我们屋里说。其他人且都散了吧。"

吴承钧还在内屋养病呢,蔡巧珠便只带了两个心腹丫鬟连翘、碧桃进了外屋。冬雪扶着叶有鱼也跟了进来。坐定之后,蔡巧珠才放低了声音说:"三弟妹,这里也没外人了,连翘、碧桃都是我能托付心腹的,你若有什么委屈,便都跟我说吧。"

叶有鱼怔了怔,却还是摇头:"我没什么委屈。"

蔡巧珠道:"你!"她当真好修养,还是忍了下来,对连翘、碧桃道:"你们都出去。"

连翘、碧桃眼看连自己也要出去,心中不免腹诽了两句——腹诽的对象自然不是蔡巧珠。

冬雪看这架势,也只能出去了。

几个丫鬟把门带上后,蔡巧珠道:"现在这屋子里只剩下我们妯娌两个了,我再问你一句,这两日的事情,是不是昊官让你干的?"

有了去年的经验,蔡巧珠自然要想想会不会又是吴承鉴在出奇招。

叶有鱼犹豫了一下,才道:"他……他不知道。"

蔡巧珠听了这话,大为失望——不只是对叶有鱼,更是对当下吴家的处境。她和吴六商议过,都觉得叶有鱼干的这两件事情如果是吴承鉴交代的,那或许就和去年一样,是吴承鉴再出奇谋。那不但不是丑事、坏事,反而是一件好事了。

不料叶有鱼的回答,断送了她的期待。

蔡巧珠再忍不住,手将桌子轻轻一拍,道:"那花差号的事情是怎么回事?"

叶有鱼眼见她又失落又恼怒的样子,心中不忍,又眼看屋内更无旁人,差点就要吐露,忽又想起周贻瑾的叮嘱,让她在此事上一丝一毫也莫让蔡巧珠知道。叶有鱼话到嘴边一转,竟然道:"我几个兄弟,一直都想上花差号去见识下的,缠着我久了,我实在推不过,再说……"

她一咬牙,说道:"那个……那个……那个贱……贱人!她跟昊官欲断不断的,算什么呢!所以我就……"

蔡巧珠的失望之情几乎都要在脸上流露出来了。

叶有鱼见她如此，心中更是难过。这几日她压力本来就重，虽然吴承鉴让她不要谋算全局，只攻一点，但夺船、囚兄、禁弟、逼父，哪一件都是大耗心神，此刻便如骆驼背上加了最后一根稻草，竟动了胎气。她心中一慌，叫道："大嫂，我……我肚子痛……"

蔡巧珠再看叶有鱼时，眼睛里没有紧张，反而带着审视。她实在是分不清楚叶有鱼是真的动了胎气，还是在做戏，口中叫唤："连翘，碧桃！"

门打开了，几个大丫鬟一起进来。冬雪见叶有鱼脸带痛楚，急忙冲上。蔡巧珠挥手："送你们三少奶奶回去吧，以后……好好养胎，不用过来了！"

叶有鱼见她如此，心里更不好受，叫道："大嫂……"

蔡巧珠顿足道："还要我送你出去吗？"

叶有鱼无奈，然而此刻多留多说都是无益，只得收敛心神，扶着冬雪才走到院子里，肚子又发疼。冬雪忙让叶有鱼莫再动了。昌仔机灵，急去后院找了日常抬吴国英的抬椅，把叶有鱼抬了回去。

这一来，满宅子都惊动了。满宅子的下人便都知道今晚三少奶奶回来后，硬被大少奶奶叫了去。人走了过去，却抬了回来。吴国英听到了风声，急忙让人去福安堂请刘良科。

刘良科住得不远，没一会儿就到了。诊脉过后，他问明没有摔着碰着，便道："这没磕没碰的，怎么就动胎气了？幸好母壮胎稳，暂时无事，我开一副安胎药，往后要好好地养，不可多思，不可多虑，要放宽了心，一切以安胎为重。"

蔡巧珠在右院听说并无大碍，也松了一口气，然而又有些思疑起来，问吴六道："阿六，你说是真动了胎气，还是，还是……"她终究说不出口。

吴六道："女人的事情，我不大懂。"

旁边碧桃道："动胎气有真动的，也有可能是孩子踢了两脚。刘良科那人，满西关谁不知道？诊脉唯恐小心，说话唯恐不谨慎，用药唯恐不稳当。说的话从来都模棱两可，不得罪人的。"

蔡巧珠听了这话，心中又有些冷了。

就在这时，院子外头忽有喧嚣之声。

蔡巧珠正皱眉，忽然一抬头，只见西南门的天空忽然有些亮，似是火光。

吴六、连翘、碧桃也都发现了，齐齐道："那是什么？哪里着火了吗？"

大家都是鸿毛

广州府的大牢,今天又迎来了一个新的客人。

访客抵达之前,屈刑书找了个名目,将狱卒们给支使走了。

老许就知道,又有不能被人知道的"神秘客人"光临了。他最讨厌这种客人了。

上次莫名其妙地就喝到了一杯掺了蒙汗药的酒——老许是什么人,一个在省城大牢待了十几年、混了一辈子的老家伙,能闻不出那东西吗?

可闻出来了,他还是得喝;不但自己喝了,还帮忙把几个手下都给灌倒了。但他自己不敢多喝,这东西喝多了,第二天起来头疼,长久来说伤身。

所以那天晚上,他其实没被蒙倒,可装着僵在那儿,也是难受。

现在呢,又要用各种借口把手下连同自己都支使开。

整个大牢一个人也没有,回头如果出了事情,这锅还是得他背。

然而老许宁可自己背锅,也不愿意待在这儿。他把牢里头仅剩的几个囚犯都捆个死紧,塞了嘴巴,敲昏,这才离开去"办事"。

天渐渐黑了。

大牢静了下来。

广兴在蔡清华的带领下,走进了这座牢狱。

狱中一片死寂。

"就在这里了。"蔡清华为他打开了牢门。

广州的天黑得晚，但这时外头也已经昏暗，那个狭小的窗户，透不进来多少光。牢房中本来是连灯也没有的，但吴家特意托人送了许多灯火蜡烛进来，怕晚上太黑，委屈了自家商主，可这时也只点了两盏灯。

牢房之中，昏暗、潮湿、阴冷，静得叫人有些难受。

只有一种似乎石子滚动的声音，有节奏地从牢房里传出来。

广兴皱了皱眉头，走了进去，身后蔡清华随即关上了门。

吴承鉴背对着牢门，依靠着牢柱，手里玩着个什么东西，似乎是个小球——走得近了，才发现那是一个玻璃球。牢间里散落着二三十个玻璃球，吴承鉴就近随手抓一个，对着另外一个弹去，如果弹中了，两个球或撞向牢柱，或撞向墙壁，或撞到其他球，跟着滚得到处都是。

玻璃球在这个时代价值不菲。这二十四个玻璃球，每一个都做得滚圆无瑕、晶莹通透，球心又各藏映像。二十四个球藏了二十四个节气的景物，反射了昏黄的灯光后，把整个牢间变得五色斑驳，漂亮极了。然而这么一套价值千金的宝物，就被吴承鉴随手玩耍。球在粗糙不整的地面滚动着，与凹凸不平的墙壁碰触着，使球面被划出了一道又一道的痕疵，但玩耍的人毫不在意，仿佛这二十四个玻璃球就是二十四个石子一般。

广兴没想到自己来到这牢房里，见识到的还是这粤海保商的豪奢。

他"哼"了一声，就在牢间外头停下了。

吴承鉴察觉了动静，也停下了手中的玩意儿，转过身来。

吴家本来有安排人每天进来帮他洗头擦身的，但从昨晚开始就没有了。吴承鉴懒得自己动，这时头发也有些散乱了，然而他懒洋洋地，似乎并不在乎自己的仪容。他斜斜抬头，笑道："广兴大人？"

见到这个人，吴承鉴就知道，自己的"最后时刻"要到来了。

广兴冷冷道："你认得我？"

"刘全跟我提起过这个名字。"吴承鉴说，"后来贻瑾进来，我问了两句。他倒是知道一点事情，但也不多。就不知道我有没有认错人。"

广兴冷笑道："没错，我就是镶黄旗高佳氏广兴。"

"这里是广州，不是北京。"吴承鉴道，"镶黄正黄，除了旗城里头的人，没几个老百姓明白是什么意思，就是知道了也不在乎。您跟我提这个，对我来说毫无意义。"

广兴冷冷一哼，道："果然是南蛮化外之地，你身为十三行四大保商之一，原来也只有这点见识。"

吴承鉴哈哈一笑，说："海滨一介商贾，怎么敢跟皇城根脚下的老爷们比见识？不过我们广州可不是南蛮之地。"

广兴道："哦？难道我说你是南蛮还委屈你了？"

"不是委屈，不是委屈。"吴承鉴笑道，"我小时候念过几天私塾，先生教过的东西还记得一些。南蛮好像是《礼记》提出来的吧？按照周朝人的说法，南蛮似乎是今天湖北那一块，再勉强一些，最多算上湖南、江浙，我们广东哪是南蛮啊。我们是蛮南——南蛮都还在我们北边呢。呵呵。"

广兴道："你倒是还有自知之明。"

"当然自知啊。"吴承鉴道，"我们汉蛮子，家有家谱，族有族谱，对自己和自己祖宗的事情都记得挺清楚的。虽然广东两千多年前是南蛮化外之地，但如今这里住着的却都是华夏衣冠的后裔了。比如我们吴家，唐时入闽，宋时大兴，雍正、乾隆年间我们这一支迁到广东来，正式落户广府，这才成为广州人。嗯，不知道广兴大人祖上又在哪里？"

广兴倏地变色："贱狗，你敢讥刺我！"他家本是汉军旗高姓，再往上数，其实也是汉人。但既然愿意包衣为奴、抬旗改姓，那就是变了祖宗。这事他们高佳氏一边觉得荣耀，一边又不愿别人当面提及此事。

吴承鉴慌忙道："广兴大人冤枉啊，我也就是好声好气问一声，怎么说我是讥刺？我们吴家祖上没出过什么大人物，但身卑不敢忘祖。广兴大人家里是出过大学士的，怎么被人一提起祖宗就说是讥刺啊？"

广兴一字一句道："吴——承——鉴，你——真——要——找——死——吗！"

吴承鉴轻轻一笑，那些故作慌乱的神色就不见了，淡淡道："广兴大人要杀要剐，动手就是。这广州府大牢的人都被你支走了吧？我现在死在这里，也跟你没什么关系。更何况你是礼部给事中，这时候本不应该出现在广州的。既然如此就可想而知了，按照明面上的记录，你现在应该人在北京，或者因病，或者因事，告假在家。既然你人不在广州城，那我吴承鉴死在哪里，怎么个死法，也都牵连不到你身上。"

广兴道："既然知道这一点，你还敢出言忤逆于我，真不知道'死'字怎么写吗？"

吴承鉴道："太史公说过，死有轻于鸿毛，有重于泰山……"

广兴哈哈笑道："你认为你的死会重于泰山吗？哈哈！"

吴承鉴道："吴某的死，自然是轻于鸿毛的。"

广兴道："总算你还有一点自知之明……"

吴承鉴道："但广兴大人你也只是一根鸿毛。咱俩都是鸿毛，谁也不见得比谁贵重。"

广兴勃然大怒，换了别的地方，就要叫人将吴承鉴往死里打。但这时大牢之中更无第三个人，他伸脚就踢了过去，吴承鉴往后一仰就躲开了。

广兴一脚踢不中，要冲进牢房中去补上一脚，又觉得掉了身份。

吴承鉴笑道："行了吧，行了吧，广兴大老爷，你就别费力气了。我告诉你，吴官我可是西关街上有名的烂仔，从小打架过来的，又在佛山练过拳，官面上我不敢对你怎么样。可在这暗室之中，你要是敢进来踢我，你以为我会乖乖躺在这里给你踢给你打？真纠缠起来，吃亏的只能是你。"

他顿了顿，又冷笑起来："既然记录上你不该在广州，那么我死在这里，固然对你全无影响；可要是你莫名其妙死在广州，呵呵，那也只是白死。明白了吗？"

广兴听了这话，心头猛地一凛。

他是"不应该"出现在广州的，所以如果莫名其妙死在广州，高佳氏也没法向朝廷交代。因此他的家里人非但不敢大肆追索，对外反而会报他在家病毙，以免再牵扯出更多的祸端。

广兴其实也非无智之人，只是新近得势，如日中天，所到之处所有人都吹着他，捧着他，使他犹如人在上峰，视下位者如蝼蚁。君不见蔡清华如今在广州城何等权势，见到他也大气都不敢出？所以今天来见一个阶下之囚，在他看来，便和来看一条死狗差不多。原本以为自己一到，对方必定摇尾乞怜，不料对方竟然如此无赖！

在旗城的时候，他对蔡清华多方施压，觉得蔡清华妄称多智，连一个区区商贾都搞不定，等到现在直接面对吴承鉴，才觉得此人的确比自己想象中要麻烦得多。

吴承鉴也不起身，背靠着那套重新换过的铺盖，伸了伸腿，一副无赖样："广兴大人，听说你在北京那边颇得嘉庆爷的青眼。像您这样一位简在帝心的新贵，到了外省自然是谁都得奉承。可那些奉承你的，不是想要从你这里得到好处，就是怕被你打击报复。但你也不想想，我现在还要什么啊？你什么也给不了我。我现在还怕什么啊？我吴承鉴都已经被你们逼到死路上了，既然都快死了，我还顾忌什么啊。"

广兴冷笑道："那也说不定，如果你让爷舒心了，或许不用死呢。"

"是吗？"吴承鉴懒洋洋的笑容忽然变作冷笑，"你真有你自己说得这么了不起吗？说的好像自己也是下棋的人一样。只可惜，你和我一样，咱们都是这个棋盘上的一颗棋子罢了。所以啊，就别在那里摆虚谱了。"

广兴冷冷道："吴承鉴，你几次三番这般触怒我，是打算破罐子破摔了吗？"

第九十六章

破　　裂

"不是我破罐子破摔,是你们不给我活路。"吴承鉴道,"让我承认勾结和珅、盗窃大内御物,你们倒是好了,能够攀扯到和珅身上去,干成你们想干的事情。可是你们这些高高在上的大人物,有为我们这些小人物想过没有——如果你们所谋不成,回头和珅找我算账,我还怎么活?如果你们所谋成了,那我盗窃大内御物本身就是死罪,而且还勾结和珅,那就是罪上加罪!两罪相加,铁定是少不了到菜市口挨一刀了。既然左右都是死,我还凭什么要奉承你们,凭什么要被你们摆弄?不如临死之前,痛痛快快做回人!"

广兴道:"你举报有功,回头功过相抵,未必便死。"

"大清的皇上们是什么样的脾性,真当我人在广州,就不知道吗?"吴承鉴冷笑,"你这话说出来,连你自己都不会相信!"

广兴终于冷静了下来。

很显然,眼前的吴承鉴,并不是他想象中那等不学无术的"南蛮子",对方对清廷的事情,知道的显然不少。

牢间他是拉不下脸走进去了。他拖来了一条板凳,坐在了外头,把语气也缓和了下来,道,"罢了,算我广兴之前小看了你。吴承鉴,你的确不愧是十三行里出来的怪才,也怪不得去年连吉山都拿不下你。"

"这话说的!好像吉山很了不起似的。"吴承鉴笑道,"如果他不是旗人,如果他不在那个位置上,在十三行里他连潘、易、梁、马那种小保商都未必混得上。"

广兴皱了皱眉头,却还是让自己平下心静下气来,说道:"吴承鉴,你知道蔡清华找到那批大内赃物后,为什么封而不启吗?"

吴承鉴道:"因为箱子一打开,我吴家就没退路了。一旦现场确定是赃物,不管最后攀不攀得上和珅,我自己肯定得死。我们全家死不死,要看皇上金口开启时那片刻的心情。但我吴某人算什么东西?也值得两广总督违例动兵,包围十三行两天一夜?所以你们一开始就志不在我。"

他说这些话的时候,一点都没去看广兴,似乎根本不在乎对方的反应:"既然志不在我,那自然不能当场打开箱子,至少要给我留个念想,吊着我,让我觉得还有活路,让我们吴家赶紧设法去运作,让我没头苍蝇般去找人,最好是找粤海关、找刘全、找和珅。如果吉山、刘全愿意出手,你们当然乐意,那样就可以把和珅一步步拖下水来;如果吉山、刘全见死不救,那更好,我被激怒之下,说不定就抱着和珅一块死。所以你们不但不开箱子,还把我关在这种什么人都能进来走两圈的广州府大牢。"

说到这里,吴承鉴停下笑了笑:"只可惜你们的盘算全落了空。我吴某人进来之后,一不找和珅,二不找刘全,吴家除了花点钱打点一下狱卒牢头,就什么关系也没去动。刘全倒是来了,可他来了之后我还是没动静,所以广兴老爷你这才坐不住了,忍不住亲自来找我。我说得对吗?"

广兴的眉头又皱了起来。吴承鉴所说的的确就是他的计划,这等猫逮住老鼠后假给一线生机的套路,在别的地方屡试不爽,可怎么在吴承鉴身上就不灵了呢?不但吴承鉴这边不灵验,就是和珅那一头的反应,也有些出乎他意料。

他调整了一下思路,才道:"既然你也知道,箱子一日不开,于你就是一条活路,那么事情就好商量了。"

吴承鉴问道:"怎么商量?"

广兴道:"既然你也清楚我们对你的身家性命不感兴趣,那么这里头就有得谈。吴承鉴,你说对吧?"

吴承鉴道："你的意思是……"

广兴道："我们来合计一个办法，既能让和珅倒霉，又能让你活下去。"

吴承鉴道："什么办法？"

广兴将板凳拖得靠近了一些，向吴承鉴招了招手。吴承鉴便也走过来了两步，双方只隔着两根牢柱。

广兴压低了声音，道："既然你在北京布有耳目，连我乃当今圣上宠幸之人这等事都知道，那么想必你知道，万岁爷对和珅有多深恶痛绝。"

吴承鉴点了点头。

广兴继续说："所以如果你能攀扯上和珅，拉他下马，万岁爷必定龙颜大悦。到时候我再为你求个情，表明你其实是身在曹营心在汉，万岁爷知道之后，必定赦你无罪，说不定因你举报有功，还能赏你一个顶戴花翎。到时候莫说保住性命，就是十三行总商之位也指日可期。"

吴承鉴道："这话听起来倒是有点靠谱。"

广兴笑道："那你是答应了？"

吴承鉴道："没问题。不过能不能求皇上先给我一道圣旨？"

广兴皱眉："这乃是秘事，怎么可能给你下圣旨？"

吴承鉴道："如果没有圣旨，密旨也行。"

广兴道："什么密旨——我大清没这规例。"

吴承鉴道："再不行，就让皇上给我一纸手书吧，不必署名，随便写张字条就行。"

"万岁爷的字岂能轻传？"广兴道，"但你放心，我本来就是奉了万岁爷的密谕来广东的。你替我办事，就是替万岁爷办事；替万岁爷办事的人，万岁爷是不会亏待的。"

吴承鉴看着广兴，忽然笑了起来。

这笑容把广兴刺了一下，让他觉得极不舒服，觉得吴承鉴笑着看自己的目光，就像在看一个傻子。

"广兴大人，"吴承鉴笑道，"你当我是个傻子吗？"

广兴皱眉道："你什么意思？"

吴承鉴道："你知道我为什么肯跟刘全合作不？"

广兴皱眉，不知道吴承鉴问这话是什么意图。

吴承鉴自己回答道:"我肯跟刘全合作,不只因为和珅的权势,也因为刘全没把我当傻子,还有他背后的和珅和中堂,也没把我当傻子。只有傻子,才会当我吴承鉴是个傻子。"

广兴怫然道:"吴承鉴,你什么意思!"

吴承鉴淡淡道:"高佳氏广兴,其实你根本就求不来嘉庆爷密旨或手书——别说密旨或手书,你怕是连嘉庆爷的一句话都求不来,对吧?"

广兴的脸一下子就黑了。

吴承鉴却一点顾及他心情的意思也没有:"别说去求密旨、手书了,就连跟我暗通消息、指使我去攀扯和珅这件事情,你也根本不敢让皇上知道。我说得对吧?"

广兴冷冷道:"你这真是以小人之心,度君子之腹!"

吴承鉴笑道:"还不肯承认?好吧,我再点破一下:嘉庆爷的性情,跟乾隆爷是不同的。乾隆爷胸怀……那个……胸怀广大,通晓权谋机变,所以黑白善恶其实都能容得,不然军机处就没有和珅的位置了。"

胸怀广大是个好词,但黑白善恶都能容,那就是暗指乾隆有意在藏污纳垢了。当然这话不能明说。

"但嘉庆爷嘛,呵呵,他的性情……那个……性情高洁,不容污垢。本人是道德之君,爱的也是清正廉洁的道德君子。"

吴承鉴形容嘉庆的这些话听起来也都是好词,但一个处士"性情高洁""不容污垢"是好事,一个皇帝有这种倾向就未必是好事了。

"皇上既然是这样一个人,"吴承鉴悠悠说道,"那还怎么可能指使你来广东干这等鬼鬼祟祟之事?蔡清华不甚知道两位圣君的性情,福昌久在广州消息不灵,也许摸不透你的底,所以才会被你诈了。但实际上,我料你这次下来,其实根本就没奉什么圣谕,就是自己偷偷摸摸下来的。对吧?"

广兴再看吴承鉴,那眼神就像看到鬼一样!

大清的皇帝一直刻意地与群臣拉开距离,在群臣面前保持着浓浓的神秘感,除了亲近之人,很少有人能清楚其性情。朱珪是能琢磨到几分的,但他忠君爱国,又要为圣人讳,不可能跟师爷去讨论两代皇上的长短。

广兴久在北京,得了几次潜邸行走的机会,其父又是前大学士,所以才能对乾隆、嘉庆的脾气有了几分知晓。但他万万料不到,远在广州的一介保商,竟然能一语道破两代皇上的性情区别，而且说得比自己更加深刻明白！

吴承鉴继续道："你刚才说自己是嘉庆爷的宠幸之人，呵呵，其实这宠幸能有多少，你自己心里有数。或者是在人前偶得夸奖，或者是办事合了皇上的心意得了几句赞誉，然而最多也就这样了。真说到能跟当今皇上谈暗黑秘事的心腹之人，你高佳氏广兴是算不上的！"

吴承鉴多说一句，广兴的脸色就黑多了一分，但他没有停下来的意思："所以这一次的事情，你根本就不可能冒着触怒皇上的风险，在御前为我说话；相反，你是要拿着我攀扯和珅的功劳，去嘉庆爷那里继续邀宠啊。形势真到了那风口浪尖上，如果是朱总督，或许他老人家为了守信，还有那么两三成机会冒险来给我求情。换了你高佳氏广兴呢，你们家为了功名富贵，可以忘祖弃姓。凭你们这样的人，空口白牙地就想我为你火中取栗——我吴承鉴要是信你这话，不用等你来，宜和行早被人卖了十次了。"

他还没有说完，广兴就被激得暴跳如雷，大怒道："住口，住口！你给我住口！"

山雨已来

周贻瑾走了之后,潘有节的心情就像他的脸色,一直显得阴晴不定。

潘海根在一边不敢打扰。柳大掌柜进来后,见了潘有节的模样,试探着问:"启官,这位周师爷又出什么招数了吗?"

"没有。"潘有节说,"他们现在还能怎么样!"

说是这么说,但他的心还是不定,又琢磨了好一会儿,终于站了起来。

"走。"潘有节说,"回西关老宅。"

正如吴家虽然已经在往河南这边搬迁,西关的老宅却还保留着一样,潘家在西关也有一座老宅子,虽然已经很少过去住,但日常也都有人勤加打扫。潘家园这边成了正宅之后,那边反而变成别墅了。

"启官,"潘海根说,"是发生了什么吗?"

"还不晓得。"潘有节道,"但就近监看总是没错,好过孤悬河南,万一有变,措手不及。"

如果没有那一层牢柱,广兴几乎就要冲进去。如果他握有权柄,暴怒之下早就让人将吴承鉴拖下去剐了。

但这时他只能在牢间外头喘气。

喘着喘着，人也终于第二次静了下来。

他进牢初始表现得高高在上，那是企图以上位者的威势来让他心目中的"商贾贱人"屈服，结果发现吴承鉴根本不吃这一套；于是又改变策略用"诈"，想诓得吴承鉴为他卖命，不料又被识破。

到了这时，他也不得不承认眼前这个保商真的没自己想的那么简单。

"说吧！"广兴道，"姓吴的，你到底想怎么样！"

吴承鉴道："你晓得我为什么能看穿你的伎俩吗？"

广兴皱眉。他其实是想知道的，却还是拉不下面子来问一声为什么。

吴承鉴也不为难他，自己回答了："无论是吉山还是刘全，不管他们心里怎么想，当他们被逼得决定要跟我妥协合作的时候，还是会改口称我一声'昊官'的。可你呢？从进来到现在，一直都颐指气使，嘴里叫叫嚷嚷，不是'吴承鉴'就是'姓吴的'，可见你心里有多瞧不起我，瞧不起到连嘴里敷衍一句都不乐意。你用这样的态度跟我说话，让我怎么可能信你？"

广兴一股气被堵住，几乎出不来，然而到最后，口里说出来的却还是："也罢……昊官，你说吧，你到底想怎么样！"

吴承鉴道："我们现在可以谈生意了吗？"

"生意……"广兴冷笑道，"说你们是南蛮子，你还不服！眼里心里就只有生意。"

"普天之下，什么不是生意呢？"吴承鉴道，"再说了，我是十三行的保商，我们不谈生意，难道还谈道义？我跟您谈道义，您愿意听吗？"

广兴轻轻冷笑着，一挥手："生意就生意，说吧。"

吴承鉴指了指那条被广兴踢翻的板凳，道："坐下说。"

广兴"哼"了一声，把板凳拉好坐了。

吴承鉴把铺盖叠起来，也在牢间里坐下了。与广兴隔着牢柱面对面，他这才说道："三点：第一，我不喜欢和珅；第二，我也不看好和珅；第三，我现在帮和珅做事，是局势所迫，不是我自己愿意的。"

广兴转厌为喜："那就好了。那我们就没矛盾了，我们的目标是一致的。"

"不，我们的目标不一致。"吴承鉴道，"我虽然讨厌和珅，看衰和珅，但你们现在要我做的事情我做不到。我要是做了，只有死路一条。所以不是我吴承鉴要跟你广兴大人杠，也不是我吴承鉴不忠君爱国，而是现在你们要我做的这件事情，其后果我承受不起。"

广兴的脸色一沉："那你刚才说的三点，不等于放屁吗！"

吴承鉴道："现在这个事情，我真的没法答应，我只能求诸位放我一条活路。我们广东生意人有句行话：生意不成仁义在。疍家又有一句老话：船在水行要碰头。当下这场生意虽然做不成，但来日若有机会，我一定会有所回报，不管是回报皇上，回报朱总督，还是回报你广兴老爷。"

广兴对吴承鉴终于失去了最后的耐心，拍着长衫摆子，冷冷道："如果这就是你最后的答复，那我们就没什么好谈的了。"

他拂袖转身，慢慢走向牢门的时候，这一路期待着吴承鉴改口，然而吴承鉴什么也没说。广兴走到门边，停了停，还是没得到他预期中的最后求饶。他一转头，只瞧见吴承鉴脸色平静地在看着自己。

广兴一时烦躁起来，"砰"地打开了牢门。

蔡清华在外头，借着走廊的灯光，投来问询的眼色。

广兴哼道："看来，有些人还是不到黄河心不死，不见棺材不掉泪！"

蔡清华的脸色不好看了起来："广兴大人，您的意思是……"

"意思？"广兴冷笑道，"走吧，去十三行！开箱验赃！"

蔡清华一下子有些急了。

箱子不开，尚有转圜的余地；箱子一开，吴家就只是一个'死'字了！但到那时，这个事件也就到此为止。

让堂堂两广总督违例动兵，最后换来一户保商的家破人亡，这又岂是他们的初衷？此事要真这么结了，朱珪未必有事，不过被人背后说两句闲话罢了，可他蔡清华就交代不过去了。

然而看广兴的脸色，他也猜到刚才两人的谈判必定破裂了，事情恐怕已无法挽回。

广兴是带了一些旗兵过来的，当下便挥手让他们将吴承鉴拖了出来。

这时天已经全黑了下来，隐隐传来更夫打更的声音："天干物燥……小心火烛……"

蔡清华劝道："吴官，箱子一开，一切就无法回头了。你还是再想想吧。"这句话，他是真心在劝了。

山雨已来

他和吴承鉴、周贻瑾斗智斗勇了大半年，但对方对自己总是以礼相待，算是有几分私交：如果能够斗倒和珅，吴承鉴死了也不可惜；但若是这个目的没能达到而白白把吴承鉴害死，那就非他所愿了。

这个时候，吴承鉴脸上就现出了愤然之色："我吴某人赚的是清清白白的钱。赚到钱之后修桥铺路，赈济孤寡，吴家三代商主，只积德，没造孽！我实在搞不明白，你们为什么要这样对我，上天为什么要这样对我！"

蔡清华来广州有一段日子了，对各家保商的品性多有打听，知道吴承鉴并没有说谎，脸上不由得多了两分歉疚。

"不说了，不说了。"吴承鉴道，"蔡师爷，别的我不敢奢求了，我们吴家……没办法了！但河南那边那个义庄，虽然里头花了我们吴家的钱，可建成之后，就跟我们吴家没什么关系了。如果力所能及，希望蔡师爷保那个义庄一保，不要让住在里头的孤寡，因为我们吴家而受无辜牵连。"

蔡清华便知吴承鉴所求明里是为了那个义庄，暗中还是为了那位窦三娘，轻轻一叹，道："阁下果然是个多情种子。可惜，如果此事不成，我在广州这边多半也待不住了。昊官所托我会尽力，但能不能成，不敢夸口了。"

吴承鉴道："多谢，多谢了。我现在山穷水尽，也不知道还能求谁了。"

广兴喝道："还啰里啰唆干什么，走吧！"他是要把吴承鉴带到兴成行的秘仓，在那批赃物前面，于将打开未打开的时候，再逼吴承鉴一逼！

如果到了最后关头吴承鉴还不回头，那就让他去死好了！

便在这时，有人飞奔而来，报道："不好了，十三行着火了！"

广兴和蔡清华都吃了一惊，随即一起目视吴承鉴。广兴厉声道："你要是敢放火烧赃，哼哼，别以为就能逃脱关系，回头你照样得死！"

蔡清华则急忙问："哪里着火了？兴成行的仓库吗？"

来人道："不，不是，是三江行的仓库。"

蔡清华松了一口气。

广兴道："那是哪里？可是挨着兴成行？"兴成行的仓库有官兵守着，对方要放火不容易，所以广兴就想到有隔壁放火这一招。

蔡清华这几个月对十三行用心颇多，又刚刚大搜过那一带，所以印象深刻，对几座仓库的位置了如指掌，回答道："没有挨着，三江行的隔壁是顺达行，顺达行的隔壁是宜和行，宜和行再过去才是兴成行。虽然一间接一间地都挨着,但这些大保商的仓库占地极大,中间还隔着老远呢。"

广兴一听,这才稍稍放心,那什么三江行跟他的大事没关系,就算烧了个干净,也与他无关。

他踢了吴承鉴一脚,道:"走吧!"

火烧十三行

广兴也不着急,押着吴承鉴悠悠往西关方向走。

出了广州府的大牢,没走多远,还未出城,又有人急奔来报。蔡清华一问,却是白鹅潭的这场火灾来得好猛。或许是因为久旱无雨,天干物燥,或许是因为正处于交易季节,货物杂乱,那火一烧起来就停不下,现在左边的顺达行仓库、右边的康泰行仓库都被波及了。

蔡清华听了这一报,隐隐觉得事情不对头。

又走几步路,将到广州西门,隔着城墙也能见到西面偏南的方向红光冲天,蔡清华暗叫一声不好。

广兴也有些不稳了,就问:"那三江行有多大?烧起来能这么厉害?"他来广州之后都躲在旗城,没去过十三行。

蔡清华道:"十三行的仓库都是极大的,但看这红遍半边天的态势,莫非是顺达行、康泰行都烧起来了?"

他忽而心头一动,转头问吴承鉴道:"是不是你?"

吴承鉴道:"什么我?"

蔡清华瞪了他一眼,吴承鉴似乎才明白他问的是什么:"蔡师爷你这话让我怎么回答?这怎么会是我呢?十三行的仓库连成一片,货物摆放密集,人员往来杂乱，这事早有隐患。我大哥两年前就给蔡士文提过两回，蔡士文都不搭理。这事保商会议事处都有备案的，你一查就知。再说如果真的是我放的火，我也该烧兴成行啊，哪有放着兴成行不烧，却去烧跟我没什么关系的三江行？我有病吗我？"

蔡清华"哼"了一声，半信半疑间与广兴一道出了城。

十三行的这场火来势极快极猛，几乎是一刻一变。广兴他们每走一小段路程，白鹅潭那边火势都不一样，且消息传递又有延迟——每次蔡清华他们接到消息时，白鹅潭那边的火势早就又不一样了。

他们这一行人才出西门，便有卢家的伙计急脚来报："蔡师爷，不好了，十三行的火势止不住！现在宜和行也被点着了！"

蔡清华一听就有些急了，但他还没开口，有个人比他更急——被押着的吴承鉴原本一路都不主动开口的，这时大叫道："怎么会烧到我们宜和行！我们宜和行的防火是全十三行做得最好的！我们和顺达行之间，垒有一道隔火防盗的高墙的！"

"啊，这是昊官啊。"卢家的那个伙计在灯火中认出了吴承鉴，"昊官，你们宜和行的仓库是被飘火点到的啊。"

"飘火？"吴承鉴听到这两个字，脸色就变得更加不好看了。

"是啊，"卢家的伙计说，"现在风大，顺达行有许多纸，三江行有许多绸缎，火起来之后，大风一吹，就有许多飘火漫天乱飞。有一些飘火随风落到你们宜和行，就把你们宜和行给点起来了。"

吴承鉴叫道："救火了吗？在救火吗？"

卢家的伙计道："救！几家的伙计、白鹅潭的苦力，赶到的人都在救火。欧家富救火救到头发都被点着了，但火势太大没法扑，水泼上去就都化成烟了，挡不住啊。"

吴承鉴就跳了起来，对广兴叫道："快，快，我们快点走！"

广兴难得看见吴承鉴这副气急败坏的样子。他原本也想加急赶往的，但见吴承鉴如此，反而故意好整以暇道："着什么急呢？如果火真那么大，你现在就算赶去了，对救火也无济于事。"

吴承鉴叫道："你！"却也知道多说无用。

广兴挥挥手，一行人继续走。

走没多远,又有个绿营的士兵跑了来,报道:"蔡师爷,不好,兴成行着火了!"

蔡清华至此脸色一变:"什么!"

广兴也叫道:"怎么回事!"

那绿营的士兵叫道:"宜和行的火烧起来就盖不住。那火烧着烧着,就烧过兴成行这边了。我们分了兵去扑,但眼看着火势太大,未必挡得住。"

蔡清华急问:"那批货呢!"

那绿营的士兵道:"蔡师爷您说过,不管发生什么事情,那个秘仓不许人靠近,那批箱子不许搬动,都司不敢自专,所以赶紧派小的赶来请命。"

虽然当初围十三行是总兵王得功出马,但他当然不可能没日没夜地驻守在兴成行仓库里头。派驻兴成行看守秘仓的绿营士兵,最大的武官就是一位都司。

广兴叫道:"还请什么命!如果救不了火,就赶快把东西搬出来!"

那绿营的士兵却不知道他是谁,只看着蔡清华。蔡清华叫道:"快去,快去!无论如何要把那批箱子给我救出来!"

那绿营的士兵才赶紧去了。

蔡清华望向吴承鉴,只见他脸上神色复杂,既担忧,又带着某种希冀。蔡清华便猜到他担忧的是宜和行着火,希冀的自然是这场火干脆把那批大内贼赃给烧了。

广兴也猜到了,瞪了他一眼,道:"姓吴的,少幸灾乐祸。"

吴承鉴道:"我有什么好高兴的?这场火从旁面的顺达行烧过来,如果烧到兴成行都被波及,那我们吴家的仓库肯定就已经被烧到穿窿了。就算我因此侥幸脱罪,可如果我们家的钱、货都烧没了,我们吴家也得破家。破家之厄就在眼前,我还有什么好高兴的?"

蔡清华和广兴想想,似乎也有道理。

一听说兴成行的仓库也着火,广兴、蔡清华也都有些急了,催着轿夫道:"快走,快走!"

吴承鉴虽然担心,却还是忍不住嘴贱了起来:"着什么急呢!如果火真那么大,你们现在就算赶去了,对救火也无济于事。"

广兴大怒道:"给我掌他的嘴!"

一个旗兵就过去要打吴承鉴嘴巴，但吴承鉴躲着不让打。

蔡清华怒道："现在还闹什么，快赶路！"

这一来总算全速赶路了，但走不出二里路，前面又有个守备拍马赶来。他满脸灰黑，显然是刚从火场跑出来。

他还没说话，蔡清华和广兴便都已经暗叫不妙。

果然那守备一近前就叫道："蔡师爷，火势来得太猛，货没抢出来。现在整个兴成行都烧成火海了。"

蔡清华勃然大怒道："我刚才怎么说的！没听我说无论如何要把货抢出来吗？"

那守备叫起撞天屈来："师爷，您也不看看那火势！"

这时离白鹅潭还有一段路程，但已经可以看到那边的天空红彤彤的一片，那冲天火光覆盖面积之大是个傻子也看得出来。那么大的火，在那个时代要想扑灭已非人力所能及了。

那守备道："我们在兴成行好好守着，结果那火一边从天上飘来，一边从隔壁烧来，眨眼工夫连地面都给煨热了，就像要从地底也烧出来一样，反正到了后来也不知道那火从哪里来了。那火实在来得太快了，快到再不出来，我们全都得变成烧鹅。"

蔡清华怒道："挡不住火势，你们不会把东西搬出来吗？"

那守备叫道："蔡师爷，当初两广总督府下过严命的，不管发生什么事情，谁也不准动那几口箱子，谁动了就杀谁的头。那命令还是您转达的。我们区区一个都司、一个守备，怎么敢违抗总督府的命令？至于师爷您派去让我们抢箱子出来的人，我是在路上遇上的，那人恐怕现在都还没到白鹅潭。可我来之前，火就已经把整个兴成行的仓库给吞了啊！"

蔡清华大怒道："就算我的话还没传到，但大火当前，你们就不懂得变通吗？"

那守备皱着一张苦瓜脸，不说话。蔡清华毕竟是个老师爷，马上就想明白了。

既然总督府当初下的命令是无论如何不能妄动那批箱子，动者杀头，那么在请示上峰获得允许之前，就算形势再怎么危急，他们也是不会动的——如果他们动了，可能有功，但也可能会被杀头；如果不动，大火从天而降又不是大家愿意的,他们反而有了推脱的余地。

这其实正是官场上的通用潜规则:宁可无功,不要有过。换了蔡清华在都司、守备的位置上,也会这么做。

兴成行既然被烧,那什么红货、什么赃物,全部就都化为乌有。没了证据,再逼迫吴承鉴也变成无端之行。想到半年多来的筹谋竟功亏一篑,蔡清华怒目转视吴承鉴,却见吴承鉴跪倒在地上,望着那烧到把云都映红了的天空,也不知道是在祈祷,还是在呢喃。

广兴那边自然也清楚这意味着什么,焦躁地怒喝道:"吴承鉴,你好大的胆子!竟敢烧赃!"

吴承鉴回过神来,叫道:"广兴老爷,您要栽赃我麻烦也找个好点的说法。我人在大牢里,一直都被你们盯得死紧,还怎么去烧赃?"

广兴冷笑道:"你人在牢里,可你的手下还在外头!"

吴承鉴道:"我的手下?我的手下也都在你们眼皮子底下呢!蔡师爷,这一点你应该比谁都清楚。"

蔡清华"哼"了一声。广兴道:"这里是你的地头,谁知道你还有哪些暗桩。"

吴承鉴道:"广兴老爷,我虽然比旁人聪明了一点,但我再怎么聪明,也只是一个人,不是神仙!蔡师爷,你来广州有些日子了,我吴承鉴有多少可用之人,我不信你没查过。"

"行了行了!"蔡清华道,"且到白鹅潭看了再说吧。快走快走!"

这一路去,每走不到一里路,就有新的情报传来:这场大火,竟是越烧越大,已经不只是三江、顺达、宜和、兴成——兴成行烧起来不久,隔壁的同和行也被波及了。

由于十三行仓库都是挨着的,看这火势,如果占地最广、货物最多的同和行也烧了起来,怕是其他保商的仓库也都难以幸免。

西关,潘家老宅。

早在十三行刚刚起火的时候,就已经有人急报潘有节。之后一字[①]一报,

---

① 一字:广东话里,"一字"就是五分钟。

没多久就有飘火落到了同和行那里。

眼看同和行起了些火，隔壁兴成行也冒了火光，柳大掌柜和潘海根都坐不住了。潘海根道："我这就急调人手，前去救火，无论如何不能让大火蔓延到我们同和行。"

然而潘有节微一沉吟，却道："不了，随它去吧。"

潘海根都以为自己听错了："啊？"

就这样，因同和行这边救火不力，所以同和行实际上比兴成行更早地烧了起来，之后和宜和行左右夹攻，煨着兴成行烧。

广兴和蔡清华他们赶到白鹅潭边的时候，整个十三行都已经烧成了一片火海。同和行烧起来之后，它隔壁的万宝行也就接着遭殃。万宝行起了火，宏泰行的仓库原址——如今已被几家瓜分却还没交割干净——更是迅速烧了起来，因为这里看守的人更不得力。

蔡清华和广兴在路上还都怀疑吴承鉴搞鬼，但看到眼前场景后，心里的疑心反而打消了七八分——因为这场火实在太大了！

大到不可思议！

大到似非人力所能为！

一边是江海交接，一边是火云相连。不远之处就是江水海水，可离岸边没几步就是烈焰熊熊。

成百上千的人在火场之中哀号，许多洪门子弟在那里跑来跑去——大概是在救火。

"出祸事了，出大祸事了！"广兴喃喃道。

这场大火蔓延到这个地步，受影响的已经不是区区广州，甚至不光是大清——这十三行可是东亚地面最大的贸易中心，甚至这里就是全世界最大的贸易中心！

在这个时代，广州不只是中国商都，更是世界商都啊！

而现在，火舌已经席卷全港，扑面而来的热气让企图救火的人都不停后退。

蔡清华来过这里好几次，对这一带的地形地貌了然于胸，然而大火改变了这一切，接连成片的十三行仓库已经烧成了一座火焰山。漫天烟火之中，他竟然分不清哪处是宜和、哪处是兴成了。

"完了……完了……"吴承鉴看着这火焰山，有如失魂落魄，"十三行完了……"

刘全在监督府最高的阁楼上，望着西关外的冲天火光。

"火不是从兴成行烧起的，也不是从宜和行烧起的，而是三江行失了火，一时没控制住，现在全港……全都被波及了。"吉山额头汗水涔涔而下。他已经顾不上红货的事情了，这场大火烧将起来，他的官运也就到头了——万一太上皇和皇上心情不好，脑袋都可能搬家。

刘全沉吟着，道："你说……这火会不会是昊官放的？"

"啊？"吉山愣了愣，随即下意识地说，"这不能吧……谁能这么丧心病狂，敢干这事！这可不是烧几栋房子，这是要烧掉全天下的金山银海啊！"

白鹅潭边，蔡清华也正听着都司的汇报，这位都司不但满面尘灰，连眉毛都被烧掉了一边，显然刚才的局势的确无比凶险。

"因为有了准备，从头顶落下来的飘火我们尽量扑灭了。可那火来得太快了，一开始是从宜和行那边烧过来，我们尽量抵挡着，没想到不过一会儿，同和行也烧了起来。左边也是火，右边也是火，烟火滚滚，把我们的眼睛都迷住了，接着不知道怎么地，那火又从后面烧了过来……"

"后面？"蔡清华插口问道。

"不是后面，不是后面！"都司手下的另一个守备说，"蔡师爷，那火是从地底烧上来的。从地底烧上来的那火才最厉害，那烟一扑上来，我们当时就是想救那批箱子，也来不及了。"

"胡说八道！"蔡清华道，"火怎么会从地底烧来？"

那都司也道："对，对，应该是从后面烧来……唉，这家伙一定是被烟给熏昏了头，分不清左右上下了。"

那守备还要说话，忽然有人叫道："看，看！火里面，怎么有水流了出来！"

众人举目望去，只见大火之中，果然闪动着水光。那水一开始是涓涓细流，到后来，竟然汇聚成了一条小河，从火中流了出来。

火中流出水来，还汇聚成河，这等逆天奇观，谁见过啊？连听都没听过。所以片刻之间人头攒动，全都挤着要看。

等那条"小河"流得再近了些，众人看得更真切一点，才觉得那河水有些不大对劲。

终于，有人叫了起来："天啊！那……那不是水！那是银子，银子被烧化，流成河了！"

火场边缘，无数人目瞪口呆。虽然大家一直都形容十三行是"金山银海"，然而形容总是有所夸张的。可大伙儿万万没想到，大火之下，真的银流成河！

"啊，银子，银子！"忽然有人跳了起来，疯了一样朝那条银河冲了过去。

随即有人反应过来，也发狂一样跟着冲。再接着，几乎所有人都冲上去。

火舌犹如蛇信，吞吞吐吐，那些冲上去的人有的被火舌吐到，惨叫着退了下来，但有更多的人不顾生死地冲了过去——那银子构成的河流，既像香甜的毒药，又似绝美的恶魔。

第一个跑到银河边的人大喜如狂，手就朝"河流"里探，要将银子捞出来，跟着就发出了一声惨叫。

液态的银子沾满了他的手，可骨肉也瞬间被烧化了。他痛得在地上不停打滚。后来的人先被吓了一吓，但没人就此后退，而是各自去拿东西要来捞银子！

"疯了，疯了……"蔡清华目睹眼前的疯狂场景，整个人也僵在了那里。等他回过神来，要让官兵们去阻拦人群、维持秩序时，却发现没人可用了——无论旗兵还是绿营，也都冲了过去，一个两个都试图着在烈火滔焰中捞银子！

又有一些商行的伙计、掌柜冲了过来，大叫："不许动，不许动！那银子是我们万宝行的！"

"放屁！那银子是我们中通行的！"

"胡说！那是我们三江行的！"

场面已经一片大乱，越靠近火海银河，那混乱就越加严重。

在数百步外，一条河涌里停着一叶扁舟，扁舟之上坐着一个老头、一条壮汉,正是吴家的两代打手——老顾和铁头军疤。

在这艘小船的不远处又有另外两艘小船,那是负责盯着他们两人的。

"真烦!"老顾说,"到现在还盯着!"

铁头军疤道:"上头一天没下令,他们应该就会一直盯下去。虽然咱俩都知道,他们再盯我们也没意义了。"

老顾轻轻一笑,道:"这一次,本来以为我临老还要大干一场的,没想到头来却只是坐在这里看戏。"

他望着火海,看得又是津津有味,又是感触无比:"十三行多少年的繁华、多少代的积攒,这火一烧,可就都没了!"

"未必吧。"铁头军疤说。

"至少也是元气大伤。"老顾说。

铁头军疤说:"不管再怎么伤,只要'一口通商'还在,迟早也能恢复的。"

老顾笑了起来:"也没错,也没错,没想到你一个老粗,还有这等见识啊。"

铁头军疤道:"在昊官和周师爷跟前日子多了,总能学到一点儿。昊官说过,十三行的命根,不在仓库,不在奇货,而就在那'一口通商'的政策上。"

老顾笑着点头,便不再就这个话题谈下去了,转头望着远处还没控制住的火势,赞了一声:"不管怎么说,老叶这把火……放得不错。"

蔡清华盯着吴承鉴,吴承鉴道:"蔡师爷,你别这么盯着我了,事情变成这样……我也不想的。"

蔡清华厉声道:"这件事情,虽然没有任何证据,但想来想去,也只有你能得利!"

吴承鉴道:"如果是这样,那刑部和大理寺的主官们可就很好当了,以后都不用问证据口供了,发生了什么案件,只看最后谁能得利,谁就是凶手、犯人。"

蔡清华再次厉声道:"难道不是吗?"

吴承鉴道:"如果有可能,我的确想放这把火,但我真的要烧,为什么不直接烧兴成行,要连我们宜和行的仓库也一起烧?"

蔡清华道:"那不过是你在掩人耳目而已。"

吴承鉴道："我在掩人耳目，那十三行的其他保商呢？难道他们也都在陪我演这场戏不成？而他们为了陪我演，都把自己的身家财产付之一炬了？蔡师爷，你觉得潘有节是这样的人吗？你觉得叶大林是这样的人吗？"

蔡清华终于沉默了下来……

如果只是秘仓起火，那就算没有证据，也一定和吴承鉴脱不了干系。

但整个十三行都烧了……

这……虽然不愿意相信，但实在不大可能啊。

白鹅潭的一艘英国巨舰上，米尔顿站在船舷，看着大火从烟火熏耀到燎天之势，恼怒地嘟哝出一些中国人听不懂的英国乡下土话。

而在西关街那栋小楼上……

"总算……"周贻瑾闭上了自己黑了眼圈的双目，躺下了，"可以好好睡一觉了。"

十三行巨大的财富，连同那些即将流入大清的鸦片，伴随着可能为吴家带来灭顶之灾的红货一起，在珠江侧畔、白鹅潭边化为灰烬。

这场漫天大火会烧掉多少财富，没有人能估算清楚；这场灾难损失之大，在场也没有人能承受得起。但这一次的商战风波，也在大火之中暂时降下了帷幕。

第九十九章

尾　声

北京，圆明园紫碧山房。

一封六百里加急文书冲入，却又被挡在门外头。

与广州的冲天大火完全相反，紫碧山房之中，此刻充满了祥和的气氛。

房中一个老者正在提笔写字，一个中年男子正在磨墨，另外两个中年男子正在旁观。

这四个人，便是整个大清最高核心层：太上皇乾隆、皇帝嘉庆、军机大臣和珅，以及嘉庆帝的十一哥爱新觉罗·永瑆。

写字的是乾隆，磨墨的是和珅，站在旁边看字的是嘉庆和永瑆。山房之中，君圣臣忠，父慈子孝，一派和谐。

乾隆皇帝已经八十多了，却仍然要显得自己精神矍铄。在历代帝王里头，如他这般高寿绝无仅有，然而此刻握着笔，手却止不住地要颤抖。

站在旁边的嘉庆帝和永瑆都克制自己不去看乾隆的手，尽量把目光集中在字上面。只有和珅的目光很自然地就随着纸面上的笔画走，一边看着，一边流露出赞叹之色。

字其实也不大行了，微颤的手写不出真正的好字。不过乾隆皇帝也有些看不清了，模糊间大概觉得自己的字并未有很大的变化。

他写着写着，停了笔，嘟哝了一声。嘉庆听不明白。永瑆猜到是在叫人。和珅马上应道："主子，奴才在。"

乾隆又嘟哝了一句什么。

和珅停下磨墨的手，苦笑道："主子，您这不是为难奴才吗？奴才虽然也读过两本书，临过两天帖子，但哪有资格品评主子的字？"

乾隆笑了笑，指着和珅，摇了摇头。这一次永瑆懂了，这是在说："你啊你啊。"

然后，乾隆又朝嘉庆说了一句话。和珅道："皇上，太上皇问您这字怎么样。"

对这个问题的预备答案，嘉庆早搜肠刮肚过了，但这时话由和珅来问，先前想好的回答竟都说不出来，最后只是道："好，皇阿玛的字就是好。"

乾隆似乎并不太满意，又问永瑆。他的嘟哝和上一句略有不同，但腔调变化不大，又是对着自己，永瑆便猜这是在问自己同样的问题，不等和珅翻译就道："皇阿玛这字，流润飘逸，深得赵字之妙。"

赵字就是赵孟頫的字，乃是乾隆皇帝最喜欢的书法家。永瑆本身就精通书法，所以就冒险一蒙。

结果是蒙对了。乾隆笑着看永瑆，显然颇为满意，然而又有意犹未尽之感，于是又朝着和珅嘟哝了一句。

和珅虽然年近五十，人却还保养得很好，加上容貌本就英俊，望上去四十还不到，这时却又苦着脸："主子，您，您这太为难奴才了。明知道奴才不太懂字，您还硬要奴才说。这要说错了，主子宽容，也不会怪罪奴才，但传出去却成笑话了。"

乾隆却还是点着和珅，嘟哝着。

"行，行。"和珅道，"主子既然这么说，奴才就斗胆说两句吧。"

乾隆把自己的位置让出来，和珅近前一些，细细地看那幅字，口中啧啧有声："哎呀，这字，妙，妙。奴才看来看去，也只看到一个字，就是刚才皇上说的那个'好'字。不过嘛……"

乾隆微微抬下巴，嘟哝了一声。这句永瑆猜到了，应该是问"怎么了"——估计是以为和珅这个"不过"下面是要批评，就有些不服气地期待。

和珅道："奴才不大懂字，但跟着主子久了，对着主子的东西，这鼻子就像狗一样，能闻到各种味道……"

乾隆听了这话，哈哈大笑。嘉庆和永瑆也急忙笑了起来。

和珅等三人笑过了，才说："所以奴才闻着这味道觉得有些奇怪。这字嘛，自有一股富贵、典雅的气味。这是很正常的嘛，主子本来就是千古以来、万里江山最最尊贵的人，字自然富贵而典雅。可让奴才不明白的是，怎么这字里头，又透露着一点儿山林之气……"

嘉庆反应比较慢，而永瑆一听这话，心道："坏了，和珅说崩了。皇阿玛贵为天子，字里头怎么会有山林之气？"

他有些担心地望向乾隆，不料乾隆面上无不悦，甚至还很是高兴，指着和珅的鼻子，嘟哝了一句。和珅笑道："奴才这鼻子能得主子这么一夸奖，回头它就金贵起来了，比奴才还要金贵了。"

乾隆又哈哈大笑——他年纪虽大，五官除了耳朵还保持灵敏，余者皆有退化，但人还是很有自制力，虽然一乐，却不让自己笑得太过伤了身。

嘉庆和永瑆皆助笑。

乾隆朝向他们，指着和珅嘟哝了两句。

和珅便替他翻译："太上皇说：'和珅这狗鼻子还真是灵，朕刚才见了这紫碧秋景，心中忽有山林之意，落于笔端，没想到就被他的狗鼻子给闻出来了，哈哈，哈哈。'"

他的那两个"哈哈"不是在笑，而是在帮乾隆说"哈哈"。

嘉庆觉得有些尴尬，一时跟不上。永瑆却已经笑了起来，道："和大人这狗鼻子大有用处，我们做儿子的只恨没有，不然也就能闻到皇阿玛的心意了。"

嘉庆心中颇不乐意。他毕竟是一国之君了，岂愿再去长个狗鼻子？然而脸上并未流露。

君臣父子又玩笑了两句。和珅瞥了门外一眼，说："主子，外头似乎有加急文书，奴才……去瞅瞅？"

乾隆扬了扬手，和珅便出去了。他在房里头微哈着腰，一踏出门槛，背脊一挺，登时行如虎步，背如青松。旁边的侍卫、太监看都不敢看他，但他经过，两旁皆把腰弯下了。

这等气势，吓得送信者急忙把腰也弯下了。

和珅随手抽过急递打开，看了两眼便收起了，回了房内，一入门槛，身形又自然而然地弯了几分。

乾隆已经让永琪摊开另外一张纸，继续写字，都不曾问。倒是嘉庆问了一句："什么急报？可是边疆有警，或是何处有灾？"

他知道那必定是六百里加急，要不然文书都送不到门外。

"不是。"和珅面向乾隆。乾隆挥挥左手，指向嘉庆。

和珅应道："是。"

他这才又面向嘉庆道："启禀皇上，没什么大事，就是广州起了场大火，烧了白鹅潭几十间仓库。现在大火已经扑灭了。两广总督和广州将军那边同时把急报送了来。"

嘉庆"哦"了一声，便问道："可曾伤人？"闻有火灾，不先问损失，却先问是否伤人，这里头有个典故，乃是东周时期鲁国的马厩失火，孔子退朝后听说，先问"伤人乎"而不问马。

嘉庆这一问，也正是要表现孔圣人"问人不问马"的仁心——然而他无法从"白鹅潭几十间仓库"的字面之下，听出更多的隐藏内容。

乾隆本来在写字，听到这里，笔微微顿了顿，这字就废掉了。

和珅道："没说，想必也没伤什么人。"

嘉庆对这座江山的了解和掌控还浅着呢，也就没法从和珅轻轻的一句"白鹅潭几十间仓库"里，听出烧掉的是多少钱，便没再问。

乾隆搁了笔，把写废了的这幅字揉成一团扔了。

和珅目光微微一闪，说道："被这急递提起广东来，奴才忽然想起一件事，不知该否奏予太上皇与皇上。"

乾隆没说话。嘉庆看乾隆虽然没让说，也未阻止，就道："你说吧。"

和珅道："最近西番夷寇又不安分了，在广东猖獗了起来。据粤海关总督报，几个月前甚至不知何故炮轰老万山岛……"

乾隆本来正要落笔，听了这话，眼中精芒闪现。他号称"十全老人"，自诩"十全武功"，对疆土问题最是敏感。

嘉庆问："老万山岛在哪里？"

和珅道："那是广东香山县海域的一个小岛，岛上只有一个小小渔村。"

嘉庆松了一口气："原来只是个荒岛……"

乾隆已经"哼"了一声，竟将笔扔到雪白的纸上，染了一大片的墨花。

嘉庆大慌，永瑆更是赶紧低了头。

乾隆嘟哝了一句。和珅忙道："是，是，主子说得是。老万山岛就算再荒凉，但既是我大清之土，便万万不容番夷染指侵犯！"

乾隆又嘟哝了一句。和珅道："回主子，广东那边虽无其他奏报，但番夷既然敢动炮，恐怕其余如沿岸劫掠之事在所难免。下面没有奏报，或许是意图欺瞒，也未可知。"

乾隆又说了一句。嘉庆隐隐听到似乎有"朱珪"二字，心里一阵紧张，不是为朱珪着急，而是怕如果真是说朱珪，也不知道会不会牵连自己。

和珅道："两广总督府那边并无奏报传来，也没听说他曾督师出海，缉拿番夷。这件事情，还是粤海关那边奏上来的。"

乾隆"哼"了一声，抓起笔来，在溅了墨花的纸上唰唰写了两个字。因为字写得大了，虽是行草，但嘉庆还是认了出来，正是"颟顸"两个字，他心里头的压力就更大了。

乾隆向嘉庆说了一句话。和珅道："皇上，太上皇说，广东的事情，您看着办吧。"

嘉庆心念数转，才说："朱珪治政无方，有负皇阿玛重托，儿臣这就下旨严处！"

乾隆皱了皱眉头，又嘟哝了一句话。

和珅道："皇上，太上皇说，那毕竟是您的老师，该有的体面，还是要留点的。"

"这……"嘉庆想了好一会儿，才道，"安徽巡抚出缺，要不，就让朱珪调任安徽？"

乾隆挥了挥手，说了句话。和珅道："皇上，太上皇说，江山已经传给您了，您……看着办吧。"